中国作家协会网络文学理论评论支持计划资助项目
"中国网络文学大事记"的结项成果

国家社科基金重大项目"中国网络文学评价体系建构研究"
（项目编号18ZDA283）的中期成果

中国网络文学大事记

（1991—2022）

主　编◎周志雄
副主编◎江秀廷

北京师范大学出版集团
BEIJING NORMAL UNIVERSITY PUBLISHING GROUP
安徽大学出版社

图书在版编目(CIP)数据

中国网络文学大事记:1991—2022/周志雄主编.—合肥:安徽大学出版社,2023.12
ISBN 978-7-5664-2756-4

Ⅰ.①中… Ⅱ.①周… Ⅲ.①网络文学-文学史-大事记-中国-1991—2022
Ⅳ.①I207.999

中国国家版本馆CIP数据核字(2023)第232972号

中国网络文学大事记:1991—2022
Zhongguo Wangluo Wenxue Dashiji

主　编　周志雄
副主编　江秀廷

出版发行:	北京师范大学出版集团 安徽大学出版社 (安徽省合肥市肥西路3号 邮编230039) www.bnupg.com www.ahupress.com.cn
印　　刷:	合肥远东印务有限责任公司
经　　销:	全国新华书店
开　　本:	787 mm×1092 mm　1/16
印　　张:	31.5
字　　数:	483千字
版　　次:	2023年12月第1版
印　　次:	2023年12月第1次印刷
定　　价:	60.00元

ISBN 978-7-5664-2756-4

策划编辑:李加凯　　　　　　　　　　装帧设计:李　军
责任编辑:李加凯　龚婧瑶　　　　　　美术编辑:李　军
责任校对:宋执勇　　　　　　　　　　责任印制:陈　如　孟献辉

版权所有　侵权必究

反盗版、侵权举报电话:0551—65106311
外埠邮购电话:0551—65107716
本书如有印装质量问题,请与印制管理部联系调换。
印制管理部电话:0551—65106311

编写说明

1.本书按时间顺序罗列有关网络文学方面的重要事项。从1991年至2022年,按年份分篇,按事项分条,每条先标时间,再列事项。不确定具体日期的,则仅标月份;不确定月份的,则视情况而标"年初"或"年末"或"是年"。每篇之中,标"年初"的排在"1月1日"之前,仅标月份的排在该月之末,标"年末"的排在"12月31日"之后,标"是年"的排在最后,所标时间相同者按信息获取的先后排序。

2.每条事项的内容一般仅列所标时间范围内发生的事。有时为便于读者了解该事的前因后果等相关情况,酌情补充超出时间范围的事和计划之内将要发生的事。

3.因本书的读者对象主要为网络文学爱好者和研究者,该领域常用的缩略语、字母词和简称等在本书中一般不做解释;网络作家笔名、文学网站名在本书中一般不加双引号,有些笔名、小说名等用的是繁体字,在本书中名从主人,不改为简体字;网络期刊名加书名号;报刊单位名不加书名号。

4.网络文学领域的部分年度研讨会、年度颁奖典礼、年度报告等的全称中往往没有"年"字,为保持原貌,在本书中出现时不补"年"字。

5.涉及相关图书的出版时间仅具体到月份;涉及相关论文在期刊上的发表时间,或仅具体到月份或参照该文在中国知网检索页面呈现的"发表时间"。

目 录

1991 年 …………………………………………………………… (1)

1992 年 …………………………………………………………… (2)

1993 年 …………………………………………………………… (3)

1994 年 …………………………………………………………… (4)

1995 年 …………………………………………………………… (5)

1996 年 …………………………………………………………… (6)

1997 年 …………………………………………………………… (7)

1998 年 …………………………………………………………… (9)

1999 年 …………………………………………………………… (13)

2000 年 …………………………………………………………… (21)

2001 年 …………………………………………………………… (35)

2002 年 …………………………………………………………… (44)

2003 年 …………………………………………………………… (54)

2004 年 …………………………………………………………… (67)

2005 年 …………………………………………………………… (74)

2006 年 …………………………………………………………… (81)

2007 年 …………………………………………………………… (107)

2008 年 …………………………………………………………… (131)

2009 年 …………………………………………………………… (144)

2010 年 …………………………………………………………… (161)

2011 年 ………………………………………………………………… (181)

2012 年 ………………………………………………………………… (196)

2013 年 ………………………………………………………………… (209)

2014 年 ………………………………………………………………… (223)

2015 年 ………………………………………………………………… (245)

2016 年 ………………………………………………………………… (271)

2017 年 ………………………………………………………………… (298)

2018 年 ………………………………………………………………… (328)

2019 年 ………………………………………………………………… (367)

2020 年 ………………………………………………………………… (422)

2021 年 ………………………………………………………………… (445)

2022 年 ………………………………………………………………… (462)

后　　记 ………………………………………………………………… (498)

1991 年

4月5日,中国留学生梁路平、熊波等人在美国创办了全球第一家中文电子周刊《华夏文摘》,其前身是网刊《中国新闻摘要》。它以电子刊物的形式供读者免费订阅,每周一期,通过英文网络发送到订户的电子邮箱。《华夏文摘》每周五定稿,全年共52期。该刊的编辑大多是在美国的中国留学生,他们来自各种不同的专业。该刊主要是从国内外的报刊上精选佳作向读者推荐,包括各大通讯社的新闻,也发表一些文学原创作品。

4月16日,《华夏文摘》第3期发表美国普林斯顿大学访问学者张郎郎的杂文《不愿做儿皇帝》。这是目前可考的网上第一篇华文网络原创杂文。

4月26日,《华夏文摘》第4期发表阿贵的《文如其人》。这是目前可考的最早的一篇华文网络原创文学评论。

4月26日,《华夏文摘》第4期发表旅美作家少君(原名"钱建军")的小说《奋斗与平等》。该作品在网上产生了较大的影响。少君的网络文学作品陆续被《世界日报》《人民日报》《联合报》《世界华文文学》等纸质媒体转载。少君成为目前可考的最早开始网纸两栖写作的网络作家之一。

11月1日,《华夏文摘》第31期发表佚名作者的小小说《鼠类文明》。这是目前可考的第一篇中文网络小说。

是年,中国香港和中国台湾加入互联网。

是年,海外留学生王笑飞创办了海外中文诗歌通讯网。该网是一个邮件订阅系统,以张贴古典诗词为主。这是目前可考的最早出现的中文诗歌网。

是年,网络上出现录入的《孙子兵法》。这是目前发现的最早的华文电子典籍,现存于中文诗歌网。

1992 年

4月,《华夏文摘》直接订阅量首次超过 5 000 份。

5月1日,美国俄勒冈州立大学在读博士生图雅的《祝愿——致友人》在《华夏文摘》第57期发表。这是目前可考的第一首华文网络原创诗歌。

6月,在美国印第安纳大学出现了一个以 alt. Chinese. text(简称"ACT")为域名的互联网新闻组,在国际互联网上开始局部地使用中文。这是当时网络上独一无二的可利用的中文网络交流平台。ACT 激发了身在异乡的国外留学生对本土文化的热情,以及潜意识的对英语霸权的抵制。ACT 的另一个贡献是当时网友将很多经典文学书籍以打字录入的方式电子化,如《庄子》《离骚》《水浒传》《三国演义》《围城》《北方的河》《红楼梦》《唐诗三百首》《天龙八部》《倚天屠龙记》等就是这个时候电子化的。当时,中文电子扫描识别技术还没有开发出来,这些海外文学爱好者凭借敲打键盘的艰辛劳动为后来中文文学书籍电子化打下了基础。

是年,《联谊通讯》(*Lian Yi Tong Xun*)创刊。其由加拿大渥太华中国同学联谊会主办,每月 25 日出版,是一种综合性月刊,是继《华夏文摘》之后创办的第二份海外中文电子版刊物,以发表留学生自创作品为主,力求反映海外学子的真实生活。该刊是第一个取得国际统一编号的中文电子版刊物。

是年,上海作家陈村花两年的工资买了一台电脑。他是目前可考的中国大陆最早"触网"的代表性作家。

是年,美国微软公司推出的 Windows 视窗系统实现了华文在网络中的直接输入与阅读。

1993 年

3月,诗阳开始通过电子邮件网络发表诗歌作品。诗阳,1963年出生于安徽芜湖,原名"吴阳",曾旅居法国、美国,并获得博士学位。在诗阳的网络诗歌中,不少意象都与网络技术名词与特征有关,表现了技术与艺术的有机结合。

是年,欧洲核子研究组织宣布万维网对任何人免费开放。

是年,许多国家的中国留学生主办的综合性电子杂志开始大量出现,如美国的《威斯康星大学通讯》《布法罗人》《未名》,加拿大的《红河谷》《窗口》《枫华园》,英国的《利兹通讯》,德国的《真言》,丹麦的《美人鱼》,瑞典的《北极光》《隆德华人》,荷兰的《郁金香》,日本的《东北风》,等等。

1994 年

2月,方舟子、古平等人在美国加州创办了文学网刊《新语丝》。《新语丝》以"语丝"为名,源于1924年鲁迅、孙伏园所创办的刊物《语丝》,取意"任意而谈,无所顾忌"的"语丝体"。但《新语丝》只刊登文史方面的专稿,注重作品的思想性和文学性。在因特网发展初期,网民的整体素质很高,《新语丝》的作者都有很高的文学水平,很多作者出版过文学作品集,他们因为在国外缺少发表中文作品的阵地而集结到网络上。《新语丝》以其批判的锋芒、清新的风格赢得了广大读者。在国内互联网兴起之后,《新语丝》的读者以国内居多,《新语丝》上的作者从国外的百合、莲波、子川到国内的张远山、笨狸、吴过等在网上都有很大的影响,《新语丝》也不再是一个单纯的海外电子刊物。后来,《新语丝》上的文章结集出版的有《方舟在线》《网络新语丝》等。《新语丝》网站从1999年开始举行网络优秀作品的评选。

是年,诗阳在互联网 ACT 新闻组和中文诗歌网上刊登了数百篇诗歌,被称为历史上第一位中国网络诗人。

是年,中国大陆以域名". cn"正式加入国际互联网,为海外文学网站挺进中国大陆打开了通道。

1995 年

2月,中国台湾交通大学的研究生PLOVER完成《往事追忆录》。该作品以一个人的情感经历为蓝本,成为早期网络文学代表性作品之一。PLOVER还相继创作了《台北爱情故事》《风流手记》等作品。

3月,诗阳、鲁鸣等人创办网络中文诗刊《橄榄树》。

8月,中国大陆第一个互联网上的BBS(Bulletin Board System,电子公告牌系统)水木清华建站。随后,国内其他高校相继建立了自己的BBS。水木清华的读书、文学、武侠等版面的人气很旺,其网络原创作品以自发性创作为主,产生较大影响的作品有choujs的《人间世》等,这应该是中国大陆最早的自发型网络原创作品。水木清华一度是中国大陆最有人气的BBS之一,代表着中国高校的网络社群文化。

是年,中国各大学开始出现相互联通的BBS,聚集着一批热爱舞文弄墨的理工科学生。

1996 年

2月8日,电子前哨基金会的创始人约翰·佩里·巴洛(John Perry Barlow)发布了《赛博空间独立宣言》,宣称网络世界是一个独立的心灵家园,不受任何传统力量的约束。该宣言体现了以下三大主张:一、无物质,我们的世界既无所不在,又虚无缥缈,但它绝非实体所在的世界。二、无国界,在那里,所有人都可加入,不存在因种族、经济实力、武力或出生地点产生特权或偏见。三、无歧视,在那里,任何人,在任何地方,都可以表达他们的信仰而不必保持沉默或顺从,不论这种信仰是多么奇特。该宣言在互联网上广泛传播。在发表后9个月内,获得了约40 000个网站转载。

8月,金庸客栈BBS建立。这个论坛上活跃着大量"金庸迷",也交流其他类型的作品。后来,该网站被纳入四通利方旗下,故称"新浪网金庸客栈"。

9月,《联谊通讯》并入《枫华园》。

是年,《新语丝》网站举行网络优秀作品评选活动。

是年,美国硅谷的花招公司创办了《花招》女性文学月刊。这是一个网络刊物,其定位是大众娱乐性读物。后来,相继出版《花絮》生活周刊、每日《花边》新闻、《花会》通俗小说选刊、《花雕》古典文学季刊。

是年,北京在线温馨港湾网站集纳了2 000篇网民创作的文学作品。这些作品以散文、随笔为主,包括很多海外留学生的作品。

1997 年

4月,美国密歇根大学中国大陆留学生陈茂等人创办文学城网站。这是全球最早的商业经营成功的中文网络文学网站。

6月3日,经国家主管部门批准,中国互联网络信息中心组建。该中心是中国信息社会重要的基础设施建设者、运行者和管理者,负责运行和管理国家顶级域名".cn"、中文域名系统,以专业技术为全球用户提供不间断的域名注册、域名解析和WHOIS查询等服务。

6月,网易公司成立,开始向用户提供每人20兆的免费个人主页空间,提供包括计数器、留言簿等功能在内的个人主页服务,为网络上的文学爱好者提供了广阔的天地。网络作者开始发布自己的作品,开办自己的个人网站,中国网络文学原创作品进入迅猛成长期。

8月,罗森开始创作玄幻小说《风姿物语》。2006年1月完结。在中国台湾,由狮鹫文化、万象图书和河图文化出版。《风姿物语》是网络玄幻小说的鼻祖级作品,其鲜明的风格深深影响着后来的写手。

11月2日,中国足球队进军世界杯失利后,四通利方的体育沙龙出现署名"老榕"的帖子《大连金州不相信眼泪》。48小时后点击量达到数万,当时被称为"全球中文网上最著名的帖子"。

11月14日,《大连金州不相信眼泪》全文在《南方周末》上刊登,初次让人们感受到网络论坛的力量和影响。这是网络文学初次在传统媒体上比较有影响的登台亮相。

11月,美国报纸《达拉斯新闻》开始连载少君在网上的《人生自白》系列创作。

12月25日,美籍华人朱威廉(网名"Will")在上海创立榕树下网站。它是我国成立最早、规模最大的专业性文学网站,是中国网络文学发展初期最有影响力的原创平台之一。榕树下最初只是个人网页,朱威廉一个人承担了从审稿到编辑再到发布的整个过程。榕树下只是接受用户的投稿,朱威廉会通过他制定的"生活,感受,随想"的标准对稿件进行筛选,因此榕树下以文学之名脱颖而出。

是年,作家出版社和瀛海威信息通信公司合作,将青年作家王庆辉的长篇小说《钥匙》上传至网络。《钥匙》成为我国第一本上国际互联网的小说。

是年,《橄榄树》改变了编辑方针,既发表小说、评论、散文、诗歌,也发表翻译作品、社会评论等,打破了创刊初期封闭的文学小圈子。《橄榄树》吸引了大批诗人、作家的加盟,如北岛、京不特、严力、翟永明、吴晨骏、陈希我、陈东东、虹影、何小竹、拉家渡等,产生了较大的影响。

1998 年

2月，清韵书站创建，这是一个以文化为主题的网站。主办人是旅澳博士陈健（网名"老夫"）。据网站的主编邓艳（网名"温柔"）说，创办网站的初衷是"想把中国传统文化搬到网上来，给有此爱好的人一个交流思想的场所"。这个网站刚创建时大部分用户都是海外华人。该网站有《网络新文学》电子期刊，还活跃着"清韵匪帮"等众多武侠小说作家。

2月，张朝阳创立搜狐——中国第一家中文搜索引擎。

3月22日至5月29日，台湾成功大学水利研究所博士研究生蔡智恒在成功大学BBS上连载小说《第一次的亲密接触》，迅速被网友追读跟帖。这部作品也成为中国互联网上第一部"网人写网络化生活"的畅销小说，开启了中国网络言情长篇小说的先河，并引发全民写作高潮。该书讲述了一个网名为"痞子蔡"的男孩与网名"轻舞飞扬"的女孩之间凄美的网络爱情故事，被视为中国网络文学的开山之作。3个月后，《第一次的亲密接触》成为台湾第一部正式出版的网络小说。1999年11月，大陆知识出版社出版了《第一次的亲密接触》，连续22个月位居大陆畅销书销量排行榜，产生了广泛的影响。蔡智恒的"一夜成名"被人戏谑为"网上出名网下卖，终南捷径痞子蔡"。《第一次的亲密接触》的文学性并不高，却直接在网络上"卷起一片腥风血雨"，成为很多人的纯爱小说启蒙之作，其出版、热销使人们认识到网络的强大传播能力。《第一次的亲密接触》风靡两岸，被称为"网络上的《泰坦尼克号》"，它的爆火引发水木清华、广州华南木棉等BBS开始连载。该书的出版成为一个标志性事件，意味着BBS作为早期第一个成熟的互联网应用正式"轰动中国"；1998年也被称为互联网界真正意义上的"BBS元年"。

3月，文学城个人书站成立。

4月14日，西祠胡同正式创办，是华语地区第一个大型综合社区网站。西祠胡同首创"自由开版、自主管理"的开放式运营模式，用户自行创建讨论版、自行管理、自行发展,自由发表信息、沟通交流。

5月,个人书站黄金书屋由youth成立。这是中国网络文学萌发期规模最大的网络书站,长期被网文圈内部视为中国文学网站的不祧之祖。黄金书屋在当时"牢牢占据了网络书站老大的位置",甚至在网民中有了"上网读书不识黄金书屋,再称网虫也枉然"的说法。凭借丰富的内容与细致的分类,黄金书屋上线一个月,日均访问量就达到3 000人次,之后,很快在众多个人书站中脱颖而出,成为当时网络阅读的一个中心,不但在1998年全国个人主页大赛中获得亚军和最佳人气奖,还在中国上网用户刚刚超过百万的情况下,日均访问量突破3万人次。最受欢迎并得以长期在主页上展示、推荐的主要是扫描上传的纸媒类型小说和网友投稿的原创文学。

5月,迷迷漫画世界与桑桑学院网站合并,形成了新的桑桑学院,并设置耽美小岛专栏,专门刊登耽美作品。

6月,在椰林风情站连载的徐晓晴的小说《平凡人的爱》,将由皇冠出版社出版,由网络文学进军平面媒体。《平凡人的爱》善用网络文学口语化特质,独树一格。南方朔在这本书的序言中指出,此书是第一部非常具有网络特性,同时值得作为理论探讨的网络小说,因为它为传统小说开创了一个新的类型。

6月,黄鸣奋的《电脑艺术学》由学林出版社出版。该书系统考察了计算机与艺术之间相互渗透的意义。作者认为,电脑改变了艺术作品的形态,冲击着似乎天经地义的艺术观念,在造就一批艺术新人的同时,动摇着传统艺术的根基。作者从文化学、心理学、传播学等多种角度对电脑艺术加以思考,为新时代的艺术实践提供理论支持。

7月10日,书路文学网正式创办。书路的主人残剑,基本上是这个网站的唯一操办者,使其发展为大型站点。

8月,中国内地较早的网络文学刊物《西湖评论》创刊。

8月,筱禾开始在男人男孩天堂连载《北京故事》,以敏感的同性恋为主题,讲述了蓝宇和陈捍东两个男性之间的感情故事。2001年由香港导演关锦鹏改编为电影《蓝宇》并取得空前成功,被第38届"金马奖"评为"最佳改编剧本奖",被法国亚洲电影节"金环奖"评为"最佳导演奖",并入选第54届戛纳电影节参展影片。《蓝宇》是首部获得成功的网络文学影视改编作品,给网络文学影视改编带来了曙光。

8月,公共信息网络安全监察局成立,负责组织监督管理计算机信息系统安全,实施维护计算机网络安全,打击网络犯罪。

10月,安妮宝贝(原名"励婕")开始在网上发表作品。她凭借《告别薇安》一举成名。作者通过对女性另类生活与情感的叙述,展现了女性在现代大都市文明下的困惑、迷茫和独特的生命感悟。

10月,四通利方公司并购北美最大的中文网站——华渊资讯,使四通利方公司由一家单纯的民营软件公司一跃而为国际互联网领域举足轻重的跨国公司。

10月,中国作协召开北美华文作家作品研讨会。少君较为全面地向中国学界介绍了北美华文网络文学的发生、发展、特征和存在的问题,随后还根据会议发言整理成论文《华文网络文学》。

11月12日,马化腾和张志东正式注册成立深圳市腾讯计算机系统有限公司,当时公司的业务是拓展无线网络寻呼系统,为寻呼台建立网上寻呼系统。后来,QQ的创办取得巨大成功,这种即时通信工具促进了网络文学的发展,极大地便利了作家与读者之间的沟通交流。

11月,《天涯》刊登了一篇"佚名"的小说《活得像个人样》。后来证实作者为邢育森。这是中国本土网络文学作品首次在传统文学刊物上的亮相。

11月,《科幻世界》发表了一篇科幻小说《断章:漫游杀手》,作者柳文扬。该小说写网络世界,也写现实生活,一个在现实生活中普普通通的职员漫游在网络中成了无敌的杀手。

11月,《收获》发表了新生代作家张生有关网络世界的小说《片断》。

12月1日,全球最大的中文门户网站"新浪网"面世。新浪网为全球用户提供全面及时的中文资讯、多元快捷的网络空间。

是年,剑客的《约会》完结。《约会》是1997年8月开始写的,中间断断续续一年左右,经历了较长时间的停笔,最后终于续完了30集的篇幅。它以巧妙的情节安排和生活化的语言,受到了网上读者的欢迎。

是年,李寻欢的《迷失在网络与现实之间的爱情》在BBS上发布。其文笔细腻,贴近BBS的叙事风格。

是年,中国台湾作家李顺兴将其发表在《民众日报》上的小说《猥亵》被改编为超文本上网。超文本是20世纪90年代后期由美国先锋文学界提出的一个概念,它是包含图片、文字、音视频等多种内容形式的电子文本。不少学者认为,从狭义上来说网络文学就是超文本文学,只有超文本文学才是真正的网络文学。

是年,紫天使的《龙魔传说》在中国台湾上砚侠客网发表。这是一部东方玄幻史诗,是继还珠楼主《蜀山剑侠传》之后的修真经典,也是网络仙侠小说的开山之作。

是年,中国台湾曹志涟的《虚拟曼荼罗》以丰富的多媒体手段在网上吸引观众互动,成为汉语圈内一次影响较大的超写作尝试。超写作与普通写作最大的不同在于作品并不属于或不完全属于个人意义上的作者。超写作是一种尊重共性的写作。

是年,沈元创办元元讨论区和巨豆广场。

1999 年

1月4日,雷默在《互联网周刊》上发表《Internet 上的文学净土——由〈橄榄树〉的成长到网络文学思考》,从"网络时代,谁都可以成为作家?""网络杂志:新的编辑机制和组织形态""稿源和稿酬"三个方面,肯定了《橄榄树》的不断成长,表达了对网络文学光明前景的期望。

1月28日,黄鸣奋在《厦门大学学报(哲学社会科学版)》上发表《电脑时代的文艺变革》。文章认为,电脑时代的文艺变革的内涵主要包括:由书写到录入(换笔);由定向到随机;由文本到超文本;由传统媒体到超媒体;由独立创作到人机合作;由依托生物人到依托智能电脑(或机器人);由阅读到机读;由"登攀"到"漫游";由定性到定量;由静观到交互;由自理到代理;由立足今人到立足后人等。

1月,重庆诗人李元胜、何房子创办的《界限》成为国内第一个网上诗刊。界限网站的创办,掀开了中国网络诗歌运动的大幕,之后一年间,数十个有影响的诗歌网站和论坛横空出世。界限网站还直接孵化了界限诗群,一批不参与论战和流派的独立诗人,在这里安静写作、讨论,形成中国诗坛的一个不可缺少的景观。此外,《界限》诗刊还出了英文版。

1月,中国社会出版社出版网络文学作品合集《美利坚的天空下:在美留学生情爱故事》。作者大都是海外留学生。作品文笔流畅,结构独特,给人一种恍如隔世、沧桑忧伤的感觉,细致入微地刻画了人内心的真实感受。

1月,陈炎撰写的《Internet 改变中国》由北京大学出版社出版。

1月,严耕主编的"透视网络时代丛书"由北京出版社出版。严耕在其所著的《终极市场——网络经济的来临》一书中,对经由网络的出现所产生的网络经济的诸种表现形态,包括电子商务、终极市场、跨网络企业、数字货币、虚拟工作、信息产权、多媒体产业和网络经济安全等问题进行了详细而准确的描述和阐释。陆俊在其所著的《重建巴比塔——文化视野中的网络》一书中,把网络理解为一种新型的文化形态和观念体系,既对网络发展的文化动因、网络文化的结构与特征、网络文化的模式与主体以及网络文化的冲突与选择等问题进行了颇具学理性质的阐述,又对构成网络文化之重要组成部分的网络艺术、网络文学、网络游戏以及网络"黄""黑""红"等三色文化形态进行了全景式的观照。孙伟平在其所著的《猫与耗子的新游戏——网络犯罪及其治理》一书中,把网络犯罪现象解释成一种新的"游戏",一方面对构成网络犯罪的各种具体现象如网络诈骗、网络盯梢、网络盗版、网络色情、网络赌博、网络战争、网络黑客等进行了全方位的描述,另一方面也对如何看待和处理这一场"新游戏"进行了法理上的梳理和说明,展示了这一场"游戏"的非游戏性质。冯鹏志在其所著的《伸延的世界——网络化及其限制》一书中,以一种"社会学想象"的形式把网络和网络化理解为一种全新的社会文化生活空间和一套附着于其上的人类生存方式,既对网络行动、网络共同体、网络社会规范、网络社会变迁、网络社会张力和网络社会问题等进行了详细的描述和说明,又对网络社会从行动到系统、从结构到过程的具体"伸延"历程进行了社会学层面上的解释。韩庆祥在《理论前沿》1999年第8期撰文评价严耕主编的"透视网络时代丛书",称该丛书从社会科学学理阐释的层面和理路上,对网络以及网络化的趋势分别进行了侧重于社会学、经济学、文化学和法学等四个维度的清理、透视和解释,从而在"网络解释"热中开辟出了一种崭新的"沉思"方式和进路。

1月,新浪网与《中华工商时报》联合举办为期一年的接力小说活动。小说题目为"网上跑过斑点狗",第一章由青年作家邱华栋、李冯、李大卫写作,其余由网民和读者共同续写,计划最终完成一篇6万字左右的中篇小说。小说试图反映互联网给人类生活、工作、爱情带来的冲突与影响,揭示虚拟社会与现实社会之间的矛盾与冲突。

3月,洪华龙创办海南天涯在线网络科技有限公司,运营天涯文学社区(简称"天涯"),以"全球华人网上家园"为愿景,致力于打造最具影响力的全球华人内容创作和知识分享社交平台。当时的天涯社区开办了股票论坛、天涯杂谈、电脑技术、情感天地、艺文漫笔、新闻众评、体育聚焦、书虫茶舍、旅游休闲、海南发展、天涯互助等栏目。

4月,宁财神在网络文学论坛上发表小说《缘分的天空》《方寸之间》《无数次亲密接触》《三三得九》《套狼不完全手册》《鬼话八篇》《闲极无聊》。5月,宁财神在网络文学论坛上发表小说《西游记外传之寻找猪二》。9月,宁财神在网络文学论坛上发表小说《星之夙愿》《红旗镇的刀声》。10月,宁财神在网络文学论坛上发表小说《爱我,就请臊着我》。年底,宁财神回到上海,在榕树下担任运营总监。

5月12日,元辰在博客中发出《恭喜吴过》的文章,称"吴过这个网络文学评论家不是他自封的,是一张张帖子换来的别人的称呼",他是人气很旺的"原创广场"和"自由人说"的版主,著名网络文学评论家、作家。邢育森、李寻欢、宁财神、安妮宝贝等都曾是吴过的访谈对象。他的网访、评论、随笔等作品大气浑然,包括《击鼓者说——访元辰》《做个欢乐英雄何妨——网路访李寻欢》《青春的欲望和苦闷——访邢育森》《沿着河流踏歌行——访似水流年》等。

6月1日,好心情原创文学网站创立。

6月15日,王蒙、张洁、张抗抗、毕淑敏、刘震云、张承志6位著名作家,通过他们的代理律师,向北京市海淀区法院提起诉讼,状告由世纪互联通讯技术有限公司主办的北京在线网站未经许可将他们的作品《坚硬的稀粥》《漫长的路》《白罂粟》《预约死亡》《一地鸡毛》《北方的河》和《黑骏马》登载到网上,从而侵犯了他们的权益,要求赔偿经济和精神损失。《中国青年报》称"这是我国首起网络站点刊登他人作品而引起的著作权纠纷",此案胜诉后,许多本来对网络概念模糊的作家已经开始意识到维护自身权益的重要性。

6月,姜奇平主编的"数字论坛丛书"由海洋出版社出版。

7月4日,邹子挺、孙立文创建的西陆BBS正式上线运营。

7月,叶仁浩、朱贺华、包云3位年轻人创立多来米中文网。

7月,晋江信息港的晋江万维信息网开设下属文学站点——晋江文学城,由电信局员工楚天、sunrain负责,sunrain将众多言情小说扫描为电子版上传至晋江文学城,由此晋江文学城成为言情小说电子书的聚集地。

8月20日,红袖添香网站正式开通,这是世纪青年制作的第一个专题系列站。红袖添香网是全球领先的女性文学数字版权运营商之一,中文女性阅读第一品牌。其拥有完善的投稿系统、个人文集系统、媒体联络发表系统及高创作水准的原创书库。

8月31日,钱建军在《中外文化与文论》上发表《北美华文网络文学创作的回顾与展望》,对北美华文网络文学的发展做了介绍。

8月,黄鸣奋的《电子艺术学》由科学出版社出版。该书指出,电子艺术是以电子媒体为依托的艺术。当时的电子艺术是电影艺术、广播艺术、电视艺术和电脑艺术的总称。

8月,中国民族文学网创建。

8月,榕树下商业注册成功,上海榕树下计算机有限公司成立,获得120万美元风险投资。榕树下全球中文原创作品网正式运作,从个人书站转变为公司运营。其后,一批中小型原创文学网站先后转入公司化运营,网络文学进入发展"快车道",产生了"网络文学三驾马车"李寻欢、宁财神、邢育森以及俞白眉、安妮宝贝等作家。他们开了网络创作的先河。

9月,榕树下同上海《文学报》合作,开辟"榕树下网络文学专版"。2000年3月,同上海文化出版社合作出版"榕树下·网络原创作品丛书"。

9月,招商银行率先在中国推出了"一网通"网上银行服务,建立了以网上企业银行、网上支付、网上证券和网上购物中心为核心的网上银行服务系统。网上银行为网络文学创作营收和阅读消费提供了支付通道。

9—10月,复旦大学教授顾晓鸣主编的网络丛书"草鸡看世界"(4本,包括《辛德蕊拉在摩天世代》《白雪美眉和七个小帅哥》《标题待定》《无数次的甜蜜接触》)由辽宁美术出版社出版。

10月19日,网易公司在北京举办"网易中国网络文学奖"评选活动新闻发布会。王蒙、刘心武、刘震云、从维熙、张抗抗、莫言等中国文学界知名人士出席了发布会。网易公司总裁丁磊表示,网易愿通过这次活动为繁荣中国网络文学做些实实在在的工作,并向获奖者献上网络时代最宝贵的礼物——"注意力",不设奖金而为获奖者开通8兆金色文学邮箱,并在网易网站做30天重点推介,将受到100万网民的注目。这是中国第一个网络文学大奖赛。

10月19日,在由网易网站主办的上述发布会上,人手一份未署名文章《网络文学:新文明的号角》。这篇带有宣言性质的文章试图证明,从1997年开始兴起的中国网络文学,即将引爆一场文学革命:作为时代新文化的先声,"网络要成为文学的家"。文章说,网络文学不是把传统的文学作品电子化而搬到互联网上,它是包含网络文化特质的个人化文字,在形式和内容上都与传统文学有本质区别。

11月11日,榕树下举办首届网络原创文学作品奖评选活动。评委分为传统文学和网络文学两部分,传统文学家包括王安忆、余华、贾平凹、王朔、阿城、陈村、叶辛、陈丹燕、须兰、郦国义、郝铭鉴;网络文学家包括李寻欢、宁财神、邢育森、安妮宝贝、吴过、柳五、SIEG以及网友代表残剑、全景、温柔。蚊子的《蚊子的遗书》获得散文类一等奖,尚爱兰的《性感时代的小饭馆》夺下小说大奖,散文家宁肯以一篇散文《我的二十世纪》进入获奖者名单,获二等奖的作品有《我爱上那个坐怀不乱中的女子》《英雄时代》《我至死不渝爱着的地方》《何时无忧》《艺术在别处》,获三等奖的作品有《丹青》《秦朝女子》。

11月28日,西门大官人在天涯论坛舞文弄墨上连载《你说你哪儿都敏感》,成为天涯新星。该小说在全球华人文学网站黄金书屋的人气指数一路飙升。中国电影出版社于2001年9月出版纸质书,风靡一时。2005年该小说被改编成20集电视连续剧《一言为定》。该剧以丰富清新的情感表达为主线,意在演绎现代年轻人的真实情感和现实生活。

12月24日,网络时代的文学艺术空间研讨会在上海举行。上海文联邀请了上海信息办的领导及上海的一些文艺评论家、大学教授、广告人、记者、网站主持和部分网络作者共同探讨网络时代的艺术空间问题。复旦大学教授顾晓鸣总结网络文学艺术的特征为"3W":无性别、无年龄、无身份。在整个创作过程中,写作主体摆脱了传统传播媒体的制约,自由主宰一切,主动卸下那些急功近利的目标追求,把握住自己鲜活真实的生命体验和生存经验,并将之酣畅淋漓地表达宣泄出来。对生活与生命的感悟直接成为写作的内驱力。这样的自由写作、本真写作可谓回到了生活,回到了民间,也回到了大众,最终为技术平台上写作的成熟与发展开辟出新的生长点。陈思和教授认为网络创作的"面具"效应,为创作者扫清了心理障碍,比较容易表达出某些真实的东西,从这个角度看网络文学会有很大的突破。

12月25日,钱建军(笔名"少君")在《华侨大学学报(哲学社会科学版)》上发表《第X次浪潮——华文网络文学》,论述了北美华文网络文学的诞生、发展及其主要特征,并指出网络文学对传统的冲击,它本身存在的问题和未来的发展前景。

12月28日,露西弗俱乐部成立。该名称有叛逆、开拓进取、勇于创新之意。网站口号是"自由、平等、开放"。这是大陆第一个专门的耽美文学网站,也是大陆历史最悠久、服务最稳定、规模最大的女性向原创文学站点。从这里走出了许多著名的耽美作家,如风弄、Fatty、APPLE、清静、月幽、bei等。

12月,多来米中文网以400万元人民币收购网易个人书站排行前20位中的16家,包括当时非常知名的黄金书屋、中国足球网、海阔天空下载、笑林广记等。黄金书屋被收购后,出于版权的考虑,未能收录当时最为流行的作品,而自身原创作品又不够多,从而造成读者群逐渐流失,让出了网络书站的霸主地位。

年末,都梁的《亮剑》开始在网络上连载。这是一部战争题材的长篇小说,作者塑造了一个典型的军人形象:李云龙将军。这部40万字的小说从抗日战争写起,直到李云龙将军殒命"文革",跨30多年。李云龙的一生充满了传奇色彩,从战争、生活、爱情、婚姻、升迁、入学到辞世都富有传奇色彩,充满着阳刚之气与尚武精神。

是年,中国作协官网开设"网上发表"栏目,以刊登自由投稿的原创作品为主。该栏目上线不久,传播传统作家作品的文学网站也纷纷崭露头角,不少传统文学开始了"网络试水",如展示中国新生代作家创作的文学网站新生代文学网上线,推出了包括程青、古清生、李冯等在内的一批锋芒毕露的初生代作家的作品。

是年,中国台湾作家海龟的《月落》开始在网络上连载。有的专业作家很奇怪该作者为什么更新得这么慢,网上甚至传说"他本体就是海龟",也是从这本书开始,"太监"一词大行其道。

是年,勿用的《临兵斗者皆阵列在前》开始在网络上连载。它是中国本土玄幻小说的开山之作，对于传统金丹修炼之术与巫术等的猜想与探讨对后续网络小说具有很大的启发意义。

是年，龙吟在网上推出小说《智圣东方朔》。该小说一发表就成了压网之作，成了网上第一部拥有10万访问人次的中文小说。它是"文侠小说"的开山之作，全面展现了一个让中华民族自豪的时代，表现了"千古一帝——汉武帝"和"第一智臣——东方朔"共强汉室的艰苦卓绝且又撼魂动魄的历程。

是年，为了推广自己的小说《我一定要找到你》，云中君在各大BBS发帖，自封为"中文网络第一才子"，开始自我炒作。许多网站被这"第一才子"搅得风起云涌。这本小说最终于2000年出版，书中感情描写细腻而深沉，在热情、豪爽、奔放后带来一股隐隐的凄凉和悲惨，韵味十足。

是年，黑可可的《晃动的生活》被许多网友称为"年度最佳网络小说"。小说通过一位现代都市女性良三对自己成长经历的回忆，讲述了生命历程中亲情、友情、爱情的甘苦，塑造了大马、伊五、李威兄弟等性格鲜明的人物形象。黑可可曾做过翻译、职业经理人、外企首席代表，后辞职到榕树下担任市场总监兼北京分公司总经理。

是年，沙子的《轻功是怎样炼成的》在网上发布。

是年，心有些乱的《秋风十二夜》在网上发布。

是年，稻壳的《流氓的歌舞》在网上发布。

是年，蒋胜男出版了处女作长篇小说《魔刀风云》。

是年，不少传统作家加入网络新媒体，如陈村在榕树下建立了自己的主页。他称此举是为了表示一位职业作家对网络文学的支持与关爱。对于网民的个人原创作品，陈村的态度十分宽容，"网络文学创作其实与卡拉OK差不多，能给人以牛刀小试的机会"。作家王朔也有自己的个人主页，他把自己的作品搬到了网上，并且开设了众多栏目。在这里网友们可以看到王朔已经发表的作品和未发表的作品，甚至可以和王朔一起写小说，一块聊天。作家古清生在世界论坛网安营扎寨。作家哲夫与一家网络公司签订作品上网授权协议，将其部分小说搬上中文站点搜索客，成为国内第一个将作品版权授予网络公司的作家。阿坚、韩东、朱文、狗子等诗人和作家也把自己的作品交给一些网站发表。

是年,吴过在网上发表一系列评论文章"网络文学乱弹":《网络写作的另一种意义》《一场网络官司引发的话题》《对文学网站的几点思考》《沙里淘金:浅说网络文学现状》《谁来保护网络写手?》《再对文学网站拍一砖》《网络给文学带来了什么?》《网络:文学的两刃剑》。

是年,出版界开始将目光投向热热闹闹的网络文坛。二十一世纪出版社出版《点击1999》;中华工商联合出版社出版《E网情深》;湖北教育出版社特邀王蒙、宗仁发主编"网络文学丛书",汇集了几位网上新生代作家的作品;内蒙古人民出版社出版《看见你的脸红——网络时代的情感体验》(令狐西主编)。

是年,为进一步推进网络文学的发展,榕树下开始举办"网络原创文学作品奖"评选活动;网易公司也开始设立"中国网络文学奖",并请王安忆、贾平凹、阿城、余华、陈村、王蒙、刘心武、从维熙、刘震云、张抗抗、马识途、谢冕、白烨、欧阳江河、戴锦华、李陀、张胜友等知名作家担任评委。

是年,国内有数家网站主动与作家接触,提出购买版权。其中,上海多来米中文网公关部主任孟军介绍说,多来米中文网收购黄金书屋后,从1999年12月初开始与作家接触,商洽授权签约的有关事宜。

2000 年

年初，西陆网获得三九集团融资，成立北京西陆信息技术有限公司。

年初，华语文学网站新语丝举办"1999年优秀作品奖"评选活动。

1月5日，网络诗歌《午睡》发表。在上海交大BBS饮水思源站"现代诗歌"板块中fouca的《午睡》，是迄今能发现的最早发表的一首校园网络诗歌。

1月22日，榕树下"首届网络原创文学作品奖"颁奖典礼在上海商城剧院会场举行。评委由传统作家（贾平凹、王安忆、王朔、阿城、余华、陈村、郦国义、郝铭鉴）、网络作家（宁财神、邢育森、安妮宝贝、吴过、柳五、SIEG）、网友代表（全景、残剑、温柔）组成。在这场网络作家与传统作家的对话中，网络作家在传统作家的打量下排定江湖座次，引来媒体的大量炒作。北京师范大学五四文学社、北京大学我们文学社为友情支持单位。《性感时代的小饭馆》（尚爱兰）获小说一等奖，《蚊子的遗书》（蚊子）获散文一等奖。

1月28日，由网易公司主办的"网易中国网络文学奖"评奖揭晓，金奖分别被小说《相约九九》（蓝冰）、散文《石像的忆述》（AIMING）、诗歌《疯子》（余立）斩获。主办方网易公司认为，自身在对网迷的热情和评委的工作量方面估计不足，加之举办经验的缺乏，导致了此次奖项的延期揭晓。

1月，李寻欢受榕树下邀请，担任网络原创文学大赛的评委。

1月，中国社会科学出版社出版安妮宝贝的《告别薇安》，受到网友读者的强烈关注。《告别薇安》在网上有较高的点击率，也是安妮宝贝的成名作，包括《告别薇安》《暖暖》《七年》等23篇作者已在网上发表的短篇小说。此作品以告别、流浪、宿命为题材，文笔艳丽诡异，格调清冷阴郁。

1月，中国社会科学出版社出版张建等的《旧同居时代》。该书是多位作者的合集，有来自美国的张建、酒心等人的作品，也有来自国内作家的作品，这些作品有很明显的不同于传统文学的风格。

1月，五朝臣子、李寻欢主编的"中国网络原创作品精选"（4本，分为小说卷《我的爱漫过你的网》《活得像个人样》、散文卷《女人心事风过留香》、杂文卷《生活的原味》)由时代文艺出版社出版。

1月,由上海三联书店策划的网络小说集《进进出出:在网与络、情与爱之间》出版。该书收录宁财神、安妮宝贝、邢育森、何从、李寻欢和花过雨等网络写手的网络爱情小说。

1—2月,雷默编选的《青柿子:网虫的青春故事》和《蜘蛛梦:网虫的爱情故事》由江苏文艺出版社出版。《青柿子:网虫的青春故事》收录11篇发表于网络的原创作品,而《蜘蛛梦:网虫的爱情故事》则收录6篇在网络上自由发表的原创性作品。

2月18日,《悟空传》首发于新浪网的金庸客栈上。开始在网络上广为流传,被誉为"超人气网络小说""最佳网络文学"。该书情节曲折且合理,人物之间的情感表达真挚细腻,在网上一直享有"网络第一书"的美誉。作者以现代人的角度重新解读《西游记》的某些情节,语言使用符合当时青年读者的习惯。

2月22日,e龙收购西祠胡同,响马发表e龙西祠首次公告。

2月28日,莱耳、小西、白玉苦瓜、桑克等人创建诗生活网站。诗生活网站包括论坛、诗通社、诗人专栏、翻译专栏、评论家专栏、当代诗库、诗观点文库、诗歌专题、诗人扫描、诗歌书店、诗生活博客等十余个板块。诗生活网见证并经历了诗歌在网络时代的再度繁荣,倡导独立、平等、互动和包容的精神,为诗人和网友之间的创作及交流提供了良好平台,网友来自中国及世界各地,多为活跃的当代汉语诗人。

2月,中国台湾学者电影公司决定出资拍摄《第一次的亲密接触》,开创了国内网络文学改编为影视的先河。2001年,电影《第一次的亲密接触》上映。

2月,榕树下网站出台《榕树下网站编辑工作细则》。该细则主张对小说从严把关,对随笔从宽处理。朱威廉认为,作品20%能看懂、80%看不懂的就是纯文学。朱威廉的纯文学观特别强调"很真实的生活,很纯粹的个人体验",而不是所谓"文学技巧"。

3月1日,张抗抗在《中华读书报》上发表《网络文学杂感》一文,谈论自己担任"网易中国网络文学奖"评委的种种感想。文章指出,此次评委经历纠正了她本人之前对于网络文学的某些预设。

3月20日,诗江湖诗歌论坛由南人创办,办有《诗江湖月刊》《下半身》网络版两种电子刊物。

3月,大洋网开办大洋书城。这是华南地区率先开展电子商务的典范。其旗下国内第一家全英文的城市门户网站——广州生活不仅成为广州40万外籍人士了解广州的良好平台,也是广州通往英语世界的重要窗口。

3月,周洁茹《小妖的网》由春风文艺出版社出版。该书讲述了一位年轻漂亮的姑娘茹茹辞去公职后,与家庭也处于决裂的边缘,网络让她找到了与现实迥异的另一种生存方式,从而引发的一系列动人故事。

4月5日,号称全球最大的中文图书阅读网站及电子书发布平台——博库网,正式登陆中国,在北京进行大规模招聘。博库网是国内众多图书网站知名度极高的一家网站。它与国内一批著名作家签约,买断他们作品的电子版版权。这在当时著作权保护意识淡薄的中国网络界,无疑是独特之举。

4月26日,湖北网络写手元辰在一次网络文学讨论会上提出《对武汉四家联办网络文学研讨会的八点建议》:一、希望评论网络文学者有三个月以上阅读网络作品与参与创作讨论的经历。二、认清网络文学站点将是传统出版刊物稿件采集、批发市场的性质,作家、出版商不上网,将会失去市场。三、不要像张抗抗等对网络作品提出应属另类的要求,可以是另类,也可以是常类,可以与传统写作相同,也可以不同。网络文学创作应该是万千气象,众星捧月。四、不要企图用网外的经验规范网内的活动,应该如何规范,参与进来才有发言权。任何摘桃子和强行规范的做法都不利于网络文学的发展。五、不要企图把游乐者、一般读者、业余爱好者赶出网外,网络的优势就在像大栅栏,大部分是和的,一部分是骨干,极少数是精英,且谁也不能离开。六、作家、出版商、图书经营商、读者应以平等心态进入文学网络,先交朋友,再用自己的真才实学和真诚引导网络文学发展。网络文学需要真诚的朋友,不需要太上皇。七、网络文学成熟的希望在网络中成长着的下一代,现在就指望网络文学与传统文学界抗衡或用能否抗衡的标准衡量网络文学是幼稚可笑的。八、网络文学是文学创作、阅读、评论、传播整体方式的转变,不是在文学之外生长一个与传统文学抢饭碗的兄弟。这对评价网络文学具有一定的参考价值。

4月27日,欧阳友权在《社会科学报》上发表《网络文学的五大特征》。文章指出,网络文学迥异于传统文学的五个显著特征:一是作家身份的网民化,二是创作方式的交互化,三是文本载体的数字化,四是流通方式的网络化,五是欣赏方式的机读化。

4月,榕树下"首届网络原创文学奖"获奖与入围作品《性感时代的小饭馆》《我爱上那个坐怀不乱中的女子》《蚊子的遗书》由花城出版社出版,陈村任主编。

4月,安妮宝贝加盟榕树下,创建了安妮宝贝工作室,向网民介绍她喜欢的书籍、唱片、电影、街景、城市、朋友和她的最新作品。

4—7月,中国三大门户网站搜狐、新浪、网易成功在美国纳斯达克挂牌上市。

5月1日,由计算机界资深记者汪向勇创作的第一部反映计算机业内人士的生存状态与心路历程的小说《逃往中关村》,开始在新浪网站"科技时代"独家连载。小说讲述计算机行业内几名小人物成长为IT名人的经历。在连载期间,《逃往中关村》连续10多天位居新浪网"科技时代"栏目点击量榜首。

5月8日,大型女性门户网站伊丽人网,正式开通运营。开通之初,网站推出一系列活动造势:5月8日晚上8点,网站邀请台湾著名电影演员焦恩俊到聊天室和网友交流婚姻、家庭、生活、拍戏等方面的话题。此外,伊丽人网站还将刊登启事,举办"伊丽人新女性'浪漫爱情'网络文学大赛"活动,一等奖获得者可获万元大奖。

5月,榕树下发现中国社会出版社出版的"网络人生系列丛书"中的《烛光夜话》《寂寞如潮》《爱若琴弦》《幽默男女》《网事悠悠》5本书,未经榕树下许可,擅自收进了榕树下享有专有出版权的9篇文章。据此,榕树下坚称自己的著作权受到侵害,向北京市第一中级人民法院提起诉讼。根据双方的举证,法院认为,原作者签约授权网站,因而网站具有出版权。这些发表在网上的作品的著作权由网站协助行使。被告中国社会出版社侵犯了原告榕树下的著作权。榕树下最终获得中国社会出版社的正式道歉和10 001元的赔偿。其中1万元分配给几位作者,榕树下只留下1元作为对自己的象征性赔偿。

5月,随着中文在线网站的成立,余华、余秋雨、巴金等传统作家以其作品入股,成为中文在线的股东。这预示着中国著名的传统文学作家也开始进军网络文学地盘。

5月,《作家》第5期《联网四重奏》专栏发表了余华的《网络和文学》、陈村的《网络两则》、张抗抗的《有感网络文学》、述平的《网络与理想社会》、徐坤的《网络是个什么东东》。

5月,中国社会科学出版社出版张帆、刘志峰编《爱情名片》。该书收录了《纸巾上的爱》《爱情不是画地为牢》《爱情名片》《第一情人》《妻子的初恋情人》《与君长相醉》《温柔的脆弱》《契约幻想》《人约黄昏》《请不要嫁给我》等14篇散文。

5月,王一川在《大家》上发表《网络时代文学,什么是不能少的》。文章指出,网络文学双向沟通、即时海量、个人性和日常性等"区别于现成文学写作社会性和精神性",尊重网络文学的媒介特性。

6月1日,鲜文学网成立。在这里发布作品的耽美作者有来自台湾、香港、大陆(内地)的作家。

6月19日,中华读书网创立。该网由权威的书业媒体《中华读书报》和北京世纪超星公司共同创建。该网设有新闻、书评、人物、阅读、分类杂志、读者俱乐部等频道,同时发布名家名作,推荐新人新作,致力于将纯文学引入网络。同时,作为以中文图书为核心的文化资讯平台,中华读书网主要为知识分子读者提供文化资讯、在线阅读、有偿下载、虚拟读书社区及网络出版等服务。

6月25日,当当网上书店推出首部网上中文交互小说,这部小说被命名为《E情战事》。小说以网络时代为背景,通过叙述中国外语学院一名大学四年级女生从迷恋网络,到毕业进入新兴网络行业工作的经历,呈现了"e时代"下的年轻人在网络经济时代对职业、爱情、权力和金钱的追求。

6月,榕树下在北京开设第一家分公司。

6月,北京中北电视艺术中心主任、知名导演尤小刚投资的京视交易网开通,将包括《人民文学》《当代》《十月》《收获》在内的大部分文学刊物上网,并试图面向演艺界发布文化消息从而进行文化领域的交易。

6月,由榕树下图书工作室选编的《'99中国年度最佳网络文学》由漓江出版社出版。本书收集了由榕树下精选的1999年发表在网络上的优秀文学作品,包括小说、散文和评论等内容,如邢育森的《我们一定要好好地相爱》、安妮宝贝的《告别薇安》、宁财神的《缘分的天空》等作品。

7月15日,黄鸣奋在《文艺报》上发表《网络时代的世界华文文学》。文章指出,国别性的华文文学创作与研究在过去取得了颇为可观的成就,但当时网络媒体正在抹去华文文学身上的国别烙印,以至于我们将不再满足于只谈论"世界华文文学",而是对"华文文学世界"津津乐道。作为华文文学写作手段的汉语,在网络化的过程中也发生了变化,成为有别于传统口语和书面语的电子语。

7月,TOM中国文学网和榕树下在北京联合举办"网络写手究竟要不要成为传统作家"研讨会,传统作家和网络作家分坐于主席台两侧展开对话,传统作家有雷抒雁、张胜友、徐坤、赵凝、周洁茹等,网络作家有李寻欢、宁财神、邢育森、心有些乱等。

7月,中国社会出版社推出李寻欢的《迷失在网络中的爱情》。这是第一代网络写手李寻欢的一部网恋小说,也是李寻欢的成名作,最初在《网友》杂志上连载。

8月3日,癌症患者陆幼青在榕树下网站挂出了第一篇《死亡日记》。该作品在网站的推动下引起媒体的关注与报道。

8月3日,中央人民广播电台开始以评书连播的形式播出龙吟的《智圣东方朔》。龙吟的《智圣东方朔》第一部《天纵》、第二部《天骄》在2000年1月由作家出版社出版后,也被中央电视台买断版权。

8月9日,湾区华人论坛在美国加州注册。这是一个中英文双语网站,与天涯社区类似,是在美国旧金山的一个华裔群体中相当有影响力的华文资讯网站。作家六六就曾长期泡在"湾区华人论坛",用BBS一样的连载方式,积累出多部优秀作品。《王贵与安娜》《蜗居》等让她一举成名,多部作品因改编的电视剧而妇孺皆知。

8月15日,晋江文学城开辟了"网友交流区"。晋江文学城在10—11月增设"耽美文学区",并于2003年开创"晋江原创网",正式接棒露西弗成为新的"女性向"网络文学中心。

8月20日,南帆在《福建论坛(文史哲版)》上发表《游荡网络的文学》。文章认为,网络原创文学表明,网络介入了文学生产的全过程。这彻底改变了已有的文学社会学,网络空间的文学权威陨落了。同时,网络语言的"速食化"倾向将对文学语言产生深刻的影响。此外,网络技术形成的超文本对于传统的线性文本结构具有巨大的冲击力量。

8月,天涯社区与天涯杂志社签约合作。天涯社区秉承了天涯杂志社"大文学、泛文化"的办刊方向,在杂志上刊登天涯社区广告,在天涯社区开办人文思想论坛"天涯纵横",借助于杂志的影响力提高点击量。陈村、老冷、宁财神、十年砍柴、慕容雪村等知名作者和网络写手加盟天涯社区,给天涯社区带来了人气。

8月,宁财神在天涯社区舞文弄墨论坛贴出了他的小说《九月葵花黄》。

9月11日,著名网络写手朱海军因心脏病突发在深圳去世。朱海军于1998年开始在网络发表作品,两年间写下了150万字的作品并发布于各论坛。朱海军借助于网络,追求文学梦想。

9月12日,宋晖、赖大仁在《文艺评论》上发表《文学生产的麦当劳化和网络化》。文章认为,在当代,文学的神圣性受到不可忽视的消解。一方面,文学生产面临着商品经济的冲击,走向边缘化。文学生产被视为一种商品生产,逐渐演变为一种麦当劳式的文化工业。另一方面,随着网络的发展,网络文学创作日益兴旺,人人都可上网写作,发表作品。文学生产的网络化与麦当劳化作为当代文学生产中引人注目的两个趋势,对文学产生了深远的影响。

9月12日,许苗苗在《文艺报》上发表《与网相生:网络文学的现状与发展》。文章从网络写家的身份、网络文学的语言风格、网络写作的非功利性等多个方面谈论网络文学所具有的多种属性,并指出当时网络文学的发展所面临的种种困难与挑战。

9月13日,宁肯的《蒙面之城》开始在新浪网文教频道连载。该书曾投稿

13家出版社未果，连载的成功引来多家出版社接洽。随后，分上下部于《当代》杂志2001年第1期和第2期连载发表，2001年4月由作家出版社出版。这部小说的成功，让人看到了网络在推介作品方面的力量，由此也暴露出传统文学刊物审稿机制上的缺漏。

9月15日，杨新敏在《文学评论》上发表《网络文学刍议》。文章认为，网络文学即与网络有关的文学。它起码有这样两类：一是印刷类文学的网络化；二是网络原创文学。网络原创文学又可分为三类：一是虽然发在了网络上，但只要质量过关，以印刷方式发表仍然可行的作品；二是虽然可以通过印刷方式发表，却因带有另类色彩而不被印刷媒介接纳的作品；三是依靠电脑和网络技术写就，离开网络就无法生存的作品。此外，换一种分类标准来看，网络文学又是表现网络生活或体现网络文化的文学。

9月15日，黄鸣奋在《文学评论》上发表《女娲、维纳斯，抑或魔鬼终结者？——电脑、电脑文艺与电脑文艺学》。文章指出，从研究对象来说，电脑文艺只是人类文艺的组成部分之一。因此，以电脑文艺为研究重点的电脑文艺学只是文艺学的一个分支。在一定意义上，信息科技和传统文艺学是电脑文艺学的双亲。电脑文艺学如果真的有所建树的话，传统文艺学只会因此增辉，它应当将电脑文艺学当成自己的生命在新的历史条件下的延续，为电脑文艺学的进展感到高兴。

9月15—17日，"联网四重奏"第六届年会在贵阳举行。此届年会由黄果树集团和山花编辑部主办。与会者认为，文学期刊应以自身的方式介入网络文学，达成网络与期刊两种传媒间的对话与碰撞，以促进文学的健康发展。最终，"联网四重奏"第六届年会决定：在2001年度挑选六位有潜力、有影响的网络作家，由他们为四家（《山花》《作家》《钟山》《大家》）刊物写稿，并请作家、评论家对其作品做精彩点评，分别在四家刊物同期推出；与一家网站达成协议，将四家刊物推出的作品上网发表；年终举办一次评奖活动，分设专家奖和网络奖；该年度"联网四重奏"所发表的作品及相关点评，结集后由云南人民出版社出版。

9月25日，国务院颁布《互联网信息服务管理办法》。这是我国首次为规范中国互联网信息服务活动,促进互联网信息服务健康有序发展而制定的重要法规。该办法共27条,于9月20日在中华人民共和国国务院第31次常务会议上通过,并于9月25日开始施行。该办法在第18条明确了国务院出版行政部门负有对全国互联网信息服务活动进行监管的职责,并成为《互联网出版管理暂行规定》的依据之一,为"互联网出版"概念的界定提供了依据。

9月,李寻欢正式加入榕树下。在榕树下,李寻欢一开始担任内容总监,后来担任战略发展总监,开始从文学青年向文化经理人转型。

9月,岳麓书社推出《风言风语:陈村评说网文》。作者陈村在文学网站榕树下开辟的网络文学评说专栏,名曰"风言风语",该书就是这些评说网文的结集。

9月,在广东肇庆召开的广东当代文学研究会上,评论家葛红兵认为"网络文学"是继"口传文学""纸面文学"之后文学发展第三阶段的主导性"历史形式",这一言论遭到质疑。尽管当时优秀的网络文学作品不多,也未引起主流文坛的关注,但它自由、肆意和大众书写的特点,让葛红兵深信,网络文学会成为文学的新生点,将和纸面文学平分天下。

9月,玫瑰灰的网络散文集《空城记》由上海文艺出版社出版。《空城记》由一个个轻松易读又颇引人入胜的都市故事和散文集合而成,收录玫瑰灰所写的故事20余篇,分为"是为空城""爱和承诺""无关风月""生活背面"四部分。

9月,上海文艺出版社推出由橄榄树网站编选的评论集《谁的思绪走得比大地更远》。此书包括《必须批判二十世纪中国文学中的实用主义/功利主义倾向》《淡蓝色的药片,或生与死》等16篇评论文章。

9月,上海文艺出版社出版由橄榄树网站编选的小说集《作为一种高级生物的飞行企图》。该书收录包括巴桥的《李小多分果果》和王青松的《蝶恋花》在内的20多篇网络小说,这些小说致力于在创作题材和艺术风格上的开拓与探索,反映了网络自在舒展的气质。

9月,时事出版社出版《周星驰不完全手册》。该书由周星驰参与编辑,收录了俞白眉的小说《刀剖周星驰》。

10月3日,"温哥华天空"在上海注册。这是一个温哥华华人的网上社区,除了提供生活资讯、广告、新闻、活动信息、求职招聘、旅游、留学、移民等实用信息,还设有论坛、分类信息板、博客、留言板和俱乐部交友板。

10月12日,李洁非在《黑龙江邮电报》上发表《Free与网络写作》。文章指出,应该用"Free"一词概括网络文化精神,主张撇开"文学"一词谈论网络写作。李洁非指出,网络文学大奖赛沿用的依然是"文学"的评价尺度,跟网络关系不大,无非是把以往的文学评奖搬到网上来进行而已。

10月18日,《中国作家》杂志在创刊15周年之际与三九企业集团进行合作,共同创办的三九作家网正式开通运营。这是国内首次有影响的文学杂志与网络公司进行的深度合作。对此,业内人士将其称为"中国文学正规军"向网络领域全面进军的一次大行动,必将对网络文学的发展产生重要影响。三九作家网是国内第一家文学专业网站,网站特聘蒋子龙、铁凝、陈建功、高洪波、贺捷生、舒婷、林希、杨匡满、何建明、杨志广等知名作家与资深编辑、文学评论家组成编委会,力争建立自己的作家队伍,占领网络领域这一文学新阵地。

10月21日,榕树下负责人朱威廉在《人民日报》上发表《文学发展的肥沃土壤》。文章指出,网络文学就是新时代的大众文学,Internet的无限延伸创造了肥沃的土壤,大众化的自由创作空间使天地更为广阔。网络文学跳过了印刷、纸张的烦琐,跳过了出版社、书商的层层限制,无数人敲击键盘,一篇篇源于草根阶层的文章跃于各类现代化通信工具上。

10月27日,王朔与叶大鹰联手成立的"文化在中国"网站正式开通运营。电影导演叶大鹰担任网站CEO,著名作家王朔则出任网站的CAO(首席艺术执行官),并负责网站文学频道的总策划。

10月30日,席云舒在《图书馆》上发表《网络的崛起与文学的溃散》。文章指出,网络文学创作主体成员的溃散,网络文学的目的与意义、内容与形式的溃散及网络文学评论的溃散,这大致能够描述出网络对于文学的冲击和网络文学的现状,而造成这一现状的便是网络所带来的自由。这种自由由于缺乏应有的节制而显得有些失范,它一方面为有才华的文学作者提供了更多的机会,为文学创作提供了更为广阔的空间;另一方面也使网络文学产生了大量的泡沫作品,这也正是网络文学经常为一些传统作家、批评家所诟病的原因。

10月30—31日,上海市作协与华东师范大学中文系共同举办"90年代文学研讨会"。顾骧、何西来、陈骏涛、徐中玉、徐俊西等来自全国各地近50位评论家出席了会议。研讨会还对20世纪90年代出现的都市文学、女性文学、新生代文学、网络文学及商品经济的影响进行了深入的讨论,并对一些作品进行了细致的个案分析。

10月,榕树下组织"贝塔斯曼杯"第二届网络原创文学作品大赛。

10月,榕树下在线作品交易平台搭建完毕。该平台成为沟通网络作者与传统媒体的桥梁,为出版社、期刊、报纸等传统媒体寻找网络稿源。榕树下也从版权代理中获得一定报酬。

10月,书情小筑、石头书城、小书亭、凝风天下四个网络书站为了谋求更好的发展,组成了一个松散的网站联盟,取名为"幻剑书盟"。

10月,中国友谊出版公司出版黑可可的长篇网络小说《晃动的生活》。

10月,知识出版社推出精心制作的网络文学图书,其中包括蔡智恒的新作《雨衣》、霜子的《破袜子》和微酸美人的《敷衍》,这3本书都是当年中国台湾地区的火爆网络作品。

11月22日,最高人民法院审判委员会第1144次会议通过了《最高人民法院关于审理涉及计算机网络著作权纠纷案件法律若干问题的解释》,其中第二条第二款规定:"著作权法(指修改前的著作权法)第十条对著作权各项权利的规定均适用于数字化作品的著作权。将作品通过网络向公众传播,属于著作权法规定的使用作品的方式,著作权人享有以该种方式使用或者许可他人使用作品,并由此获得报酬的权利。"

11月27日,丁德文在《文学自由谈》上发表《网络文学的悲哀》。文章从网络文学的创作、发表、阅读、点击和批评五个角度讨论网络文学的悲哀这一主题。

11月30日,吴晓明在《湛江师范学院学报》上发表《网络文学创作述论》。文章指出,作为一种流行文学现象,网络文学的存在价值、生存环境,它在中国当代文学史上的走向,它对传统纸介质文学、传统印刷出版业的影响,它的评判标准和前景等问题,正在受到关注。

11月,文心社成立。该社是一个以海外华人为主的非营利性的中国文学社团,在美国新泽西州注册,总社社长是施雨,成员多为旅居北美、在网络和平面媒体上写作的中国文学爱好者。

11月,黄鸣奋的专著《比特挑战缪斯:网络与艺术》由厦门大学出版社出版。

11月,结集成书的《生命的留言:〈死亡日记〉全选本》由华艺出版社出版。

12月7日,文化部、共青团中央、国家广播电影电视总局、全国学生联合会、国家信息促进办公室、《光明日报》、中国电信和中国移动在北京正式启动"网络文明工程",主题为"文明上网、文明网络建设、文明网络"。这意味着此时的网络文学已不再仅仅是一个技术事件,更成为一个文化事件,乃至政治事件。

12月15日,邱安昌在《东疆学刊》上发表《电脑写作层次论》。文章认为,电脑写作可以极大地提高文本质量、写作效率,它是书写方式的革命;电脑写作可以减少重复劳动,瞬间传递,存储全息,以比特的方式在屏幕上显示,没有体积和重量,可无限复制,光速传播,可供无数人阅读。电脑写作还处于利用其编辑功能来实现文章的自动生存阶段,没有真正在电脑中实现人类自身意念的自动生成。

12月15日,黄鸣奋在《艺术广角》上发表《略论文学与网络》。文章指出,网络是生产力的有机组成部分,随着知识经济时代的到来,这一点已经表现得相当明显。即使我们把网络看成媒体(准确地说是注目于网络作为媒体的方面),它也不同于报刊、广播、电视,其特色就在强烈的交互性上。这种交互使得网络用户能够得到各种反馈,因此有望对于所发送或接收到的信息作进一步的考察,在调查研究的过程中将间接经验变成自己的直接经验。上述分析表明:网络时代的艺术家,完全可以将上网作为自己深入生活的一条途径。

12月24日,榕树下"贝塔斯曼杯"第二届网络原创文学作品大赛的颁奖典礼在上海美琪大戏院举行。最终,《悟空传》《岩画》《瘟疫》《毕业一年间》等10部作品获得最佳小说奖,《倾城》《那一场风花雪月的事》《烹饪》《太阳女人》等

10部作品获得最佳诗歌奖,《老婆·嫁妆·女儿红?》《我是一只橙》《大地之上》等10部作品获得最佳散文奖。其中,flying-max的《灰锡时代》、凡妮的《傍晚那场电影》、小引的《西北偏北》分别荣获最佳小说大奖、最佳散文大奖和最佳诗歌大奖。最佳人气奖则由小说《悟空传》、散文《大地之上》、诗歌《那一场风花雪月的事》斩获。评委会特别奖颁给了《死亡日记》。

12月,飞凌在网络上发表的150万字超长篇奇幻小说《天庐风云》由内蒙古文化出版社出版。2001年,《天庐风云》在中国台湾正式出版,这是中国台湾出版商出版的第一部中国大陆网络文学作品。飞凌是中国大陆第一家作家经纪公司天行文化的第一批签约作家之一。

12月,《第一次的亲密接触》被编排成话剧在清华大学上演。有许多摇滚歌手参与演出,并为话剧录制了一首主题曲。

12月,云中君的小说《我一定要找到你》由长江文艺出版社出版。

是年,中文在线成立于清华大学,是国内最大的正版数字内容提供商之一。

是年,从榕树下脱颖而出的安妮宝贝、宁财神、俞白眉、李寻欢并称为"四驾马车"。

是年,江南在BBS上发布《此间的少年》。《此间的少年》是一部校园小说,讲述的是让人熟悉的大学生活,小说以宋代嘉祐年间为时代背景,地点在以北大为模板的"汴京大学",主要讲述了乔峰、郭靖、令狐冲等大侠的校园故事。

是年,心有些乱的《秋风十二夜》获榕树下第二届网络原创文学大奖赛最佳小说奖。心有些乱,原名洛兵,1998年开始上网,以歌名"心有些乱"为网名,一年后开始写散文、诗歌,后写小说,其作品被多家网站开设专栏收藏。

是年,长江文艺出版社创办刊物《网络文学》。这是一本以纯粹的网络文学为内容的刊物。

是年,权威文学杂志《当代》开设了《网络文学》专栏。

是年,上海大学教授葛红兵获得上海市教委"网络文学研究"的项目资助。研究成果后来编入《文学概论通用教程》一书。网络文学由此通过教学系统,从专家关注的小现象进入青年一代的视野中。

是年,《网友世界》杂志创刊发行。该杂志由中国电子学会主办,以网络为中心,拥有网络、游戏、电脑软件、硬件、时尚数码产品、网络文化等多个特色板块。

是年,橡皮网络论坛和诗江湖网络论坛发展达到兴盛期。许多作者通过在橡皮和诗江湖的文学活动中展露才华并发展人际关系,网络在此时第一次显示出社会交际和作家圈聚散的功能。当时负责《芙蓉》杂志小说编发工作的是韩东,而橡皮和诗江湖则拉近了写手们与韩东的距离,一些确有才气的年轻人在此得到了关注,比如橡皮的竖、乌青,诗江湖的李红旗、李师江、尹丽川、巫昂、子弹、沈浩波、南人等人。

是年,南琛的长篇历史小说《太监》开始在网络上连载。该小说创作态度严谨、文风清新、表现手法新颖,可谓网络文学中具有典范意义的作品。

是年,《文艺评论》《理论与创作》《探索与争鸣》《中国文学研究》《小说评论》等文学刊物以及一些大学学报,如《湛江师范学院学报》《扬州大学学报》《牡丹江师范学院学报》等,开始发表高校学者、传统批评家的网络文学理论批评论文。

是年,孙晓的《英雄志》开始在孙晓自创的讲武堂网站连载。该作品被誉为"具有《清明上河图》风貌的武侠小说"。《英雄志》在明英宗土木堡之变的基础上虚构出一个历史时空,写尽了英雄与时代间的相互激荡。作者在这部武侠小说中注入了浓烈的人文思想,探讨了"英雄与天命"这一厚重命题。

2001 年

年初,纳斯达克综合指数探底至1 500点,创历史新低,成为"网络经济"这一名词出现以来最大的一次危机,几乎波及整个互联网。网络投资过热,再加上盈利模式的不成熟,涌入大量资本之后却无法找到盈利点,从而造成网络公司集体倒闭,近乎90%的网站从此消失于互联网上,而存留的西陆BBS成为网络文学的主要阵地。

1月23日,杨黎、韩东、何小竹、王敏、乌青、竖等诗人和小说家在成都创办橡皮·中国先锋文学网。该网是当代影响最大的先锋文学网站之一。

1月23日,金振邦在《东北师范大学学报(哲学社会科学版)》上发表《网络文学:新世纪文学的裂变》。文章认为,网络文学是信息时代传统文学和电脑网络碰撞的产物,是21世纪文学研究的热点之一。对网络文学的不同理解和阐释,反映了网络文学现象的复杂性、前沿性和跨学科性。网络文学必须具有文学的本质特征,即虚构性、创造性和想象性。它与传统文学的区别主要在于信息传递的媒介和方式手段不同。其鲜明的艺术和美学特征具体表现为:体裁边界的模糊昏暗、形象手段的多媒体方式、故事情节的非线性叙述、结构模式的全息开放、艺术形态的流动不息、美学欣赏的读写互动、作品信息的资源共享。网络文学对传统的文学理论和文学批评是一个严峻挑战。关于网络文学的诸多问题还需要进行深入探索。网络文学正处于一个从非平衡态的混沌、无序向平衡态的清晰、有序发展的良好态势。

1月,宁财神创作的网络文学集《假装纯情》由作家出版社出版。该书收有《网络爱情故事》《缘分的天空》《陷阱》《假装纯情》《三三得九》《逍遥游》《方寸之间》《亲朋老友》等21篇短篇小说和散文。

1月,李寻欢作品的结集《边缘游戏》由知识出版社出版。该书包括《四大皆空》《我的爱情观理论大纲》《边缘游戏》《一线情缘》等网络小说,作品语言风趣幽默,充满灵性的智慧。

1月,邢育森的《极乐世界的下水道》由知识出版社出版。该书的风格与他的其他作品不同,带有一种梦幻气质,全书充斥着天马行空的想象力。

1月,安妮宝贝的《八月未央》由作家出版社出版。该书为安妮宝贝的第一本作品集,其中既有虚构作品,也有纪实文字,包括《八月未央》《一个游戏》《暗香》等作品。文章文字优美,风格内敛,整体上更趋厚朴而有韵味。

1月,心有些乱的小说集《秋风十二夜》由知识出版社出版,获得了网上读者的高度评价。

2月9日,电影《第一次的亲密接触》在中国大陆上映,由金国钊执导,舒淇、陈小春、张震领衔主演。该片改编自蔡智恒(痞子蔡)的同名网络小说,全片使用了许多电影特效和科学技术来营造抽象的情境。为了丰富情节,这部电影对原作改编幅度较大。舒淇扮演的"小鱼"是电影剧本新增加的角色,却成了剧中的第一女主角。

2月28日,欧阳友权在《湘潭大学学报(哲学社会科学版)》上发表《网络文学:挑战传统与更新观念》。文章指出,网络文学的悄然兴起给文坛带来活力,也给传统的文学观念带来挑战。作家身份的网民化、创作方式的交互化、文本载体的数字化、流通方式的网络化和欣赏方式的机读化等,是网络文学的基本特征;文学存在方式、文学创作模式和文学价值理念的变异,则是网络时代文学的新挑战。要构建网络的文学观,需要树立信息时代的文学生态观,培植开放而宽容的"大文学"观和"准文学"观,同时还要涤除贵族意识,倡导平民的文学观。

2月,梦回汉唐的《从春秋到战国》在网络上发布。在网络传播过程中,小说名字被改为《开战中国》(署名周梅森)、《从春秋走向战国》等。该小说是已知最早的网络穿越小说,也是网络军事战争小说的先行之作。

3月15日,翠微居士在西陆上申请免费论坛,将其作为个人的藏书库,方便自己阅读。论坛名称则选择了翠微居士当时的 ID 名称"cuiweiju"。翠微居可以说是国内成立最早的文学网站之一。论坛建立初期,人气并不高,发文量也很小。

3月20日,欧阳友权在《文艺报》上发表《高科技背景下的文学基础理论研究》。文章指出,由于网络文学作家身份的网民化、创作方式的交互化、文本载体的数字化、流通方式的网络辐射化和欣赏方式的鼠标点击化等,形成了对传统文学基础理论的观念挑战和整体变革,网络文学带给文学理论的将是一次理论范畴的"换血"、理论观念的"颠覆"和理论体系的重整。

3月,蔡智恒的《爱尔兰咖啡》由知识出版社出版。

3月,云中君的小说《网络第一才子书:数字化精灵》由江苏文艺出版社出版。

4月,南帆的《双重视域——当代电子文化分析》由江苏人民出版社出版。本书阐述了电子传播媒介正在深刻地改变我们周围的文化、政治和经济。电子传播媒介不仅形成了新型的民主和解放,同时也产生了新型的权力和控制,我们必须在双重的视域中重新勘测种种传统的文化坐标,必须在双重视域之中考察电子传播媒介的意义:电子传播媒介的诞生既带来了一种解放,又制造了一种控制;既预示了一种潜在的民主,又剥夺了某些自由;既展开了一个新的地平线,又限定了新的活动区域。

4月,榕树下收购了面向高校的垂直门户网站"下课了"。

4月,榕树下第二届网络原创文学作品大赛获奖作品由陈村主编成"网络之星丛书"(含《猫城故事》《人类凶猛》《灰锡时代》3册),由花城出版社出版。

4月,莲蓬申请并成立副版"莲蓬鬼话",此版主主要发布鬼故事与恐怖故事。莲蓬鬼话是天涯社区最著名的一个板块,也是天涯社区唯一以个人命名的超高点击量论坛。

4月,人民文学出版社在庆祝建社50周年之际,首次介入网络文学出版,出版了《风中玫瑰》这部网络原创作品,且极有创意地保留了BBS公告板中作者与读者的互动,独创了新的内文版式——"仿BBS读本",将网络文学的"网络原味"成功地移植到传统出版物上。

4月,光明日报出版社推出今何在的《悟空传》,内容有《悟空传》《百年孤独》《花果山》几部分。

4月,光明日报出版社推出王小山的作品《大话明星》。

4月,铁马、曦桐的《赛伯的文学空间》由山东文艺出版社出版。作者从时代背景入手廓清了网络文学的概念,对各大网络文学门户网站、网络写手以及网络名作进行探析,最后对网络文学与传统文学的互动以及网络文学的未来分别进行了探讨和瞻望。

4月,王强的《网络艺术的可能——现代科技革命与艺术的变革》由广东教育出版社出版。作者通过阐述科技与艺术的同一性和差异性,揭示了科学技术与文学艺术之间源远流长的互动关系,梳理了传播技术的发展脉络,从电影以及其他艺术的诞生和变革中,力图证明人类文明史上每一次大的进步都与科技密切相关。

5月,幻剑书盟各成员站正式合并成一个站点,并启用了国际域名。幻剑书盟以推动网络原创文学的发展为宗旨,广聚网络写手,开创了网络奇幻小说与武侠小说的盛世。

5月,西门大官人的《你说你哪儿都敏感》、心有些乱的长篇小说《新欢》在天涯上创造了点击量的奇迹。

6月,沙子的长篇小说《轻功是怎样炼成的》由中国社会科学出版社出版。沙子曾被新浪网评述为"从网络走出来的最好的作家"。他的小说幽默诙谐,又能引发读者各种各样的思考。

6月,陈卫等人建立黑蓝文学网。该网坚持先锋实验性的小众化"纯文学"路线,致力于"艺术本体"的小说的发掘和培养,呼唤并凝聚对材料、形式、叙事、语言、视角等诸元素进行质疑反思和独立创造的写作者及其创作的"艺术小说"。

6月,包为的小说《有我是谁》由长江文艺出版社出版,被长江文艺出版社时任社长周百义称为"近几年最好的长篇小说"。

6月,于根元教授主编我国第一部网络词典《中国网络语言词典》,由中国经济出版社出版,收词2 000条左右,28万字。该书条目用汉语拼音音序排列,释义简明通俗,例证丰富。

7月22日,胡燕妮在《暨南学报(哲学社会科学版)》上发表《在阳光与阴影的街上——网络文学现状初探》。文章指出,网络文学是网络文化的重要组成部分。网络文学是一种游历于网络之间的个体生命对于理想网络的渴望,这种追求不是技术性的未来展望,而更多的是感性且具有人道主义的精神需求。文章试图从网络文学的作者、作品、读者三方面入手,思考网络给文学带来的巨大变化。

7月,《北京青年报》率先报道黎家明(化名)和他的《艾滋手记》,迅速引起社会和公众的广泛关注。《艾滋手记》在榕树下发表,使更多的年轻人开始思索生命的意义与价值。由于反响很大,一向很少收录原创作品的《读者》随即又以很大篇幅刊发了黎家明的这部作品。

7月,树下野狐的《搜神记》发布在幻剑书盟。这是中国本土奇幻的开创性作品。《搜神记》开创了中国新神话主义的东方奇幻风格,掀起全球华人网络的"搜神热",随后在港台地区正式出版。作者树下野狐被誉为"本土奇幻扛旗人""当代新神话主义浪潮的领军人物"。

7月,陈村在榕树下发帖,一篇名为《网络文学最好的时期已经过去》的帖子引起轰动。陈村说:"如果都把到网下去出版传统的书籍作为网络文学的最高成就,作为写手资格、夸耀的执照,那么,还有什么网络文学呢?它的自由,它的随意,它的不功利,已经被污染了。虽然我很理解这样的变化,但是,终究不是我希望看到的。"由此他感叹:"网络文学最好的时代已经过去了。网络文学的初心,是不功利的,而是老子所说的那种赤子之心、婴儿的状态。但从今天来看,网络文学把文学做'瘦'了。文学本来海纳百川,有文学批评、散文、诗歌、杂文、小说,但网络文学出于经营的原因,需要把文章写长。这导致类型文学一枝独秀。"

7—8月,何员外开始在网上发表《越女剑之哀痛者和幸福者》《养狗还是养蚊子》等作品,转载率很高。何员外,原名龚文俊,1999年开始在榕树下写作。2002年,他发表《毕业那天我们一起失恋》,在网上一举成名。他的作品语言质朴,情节离奇但并不荒诞,语言幽默。其他代表作品还有《何乐不为》《学人街教父》《根本牛人》等。

8月5日,《社会科学》刊发《网络文学与当代文学发展笔谈》专题学术文章。此专题共包括5篇文章,分别是王宏图的《网络文学路在何方?》,葛红兵的《网络文学:新世纪文学新生的可能性》,梁宁宁、聂道先的《网络文学:文学发展的第三历史阶段》,王一侬的《网络文学的优势》,滕常伟、杜晓东的《"网络文学"的特点及现状》。

8月22日,榕树下主办的"贝塔斯曼杯·第三届全球网络原创文学作品奖"评比活动开始举行。

8月,湖南少年儿童出版社出版云中君的小说《兵书与宝剑》。该书力图在恢宏的历史背景中为读者展示战国时期一段悲怆的故事,小说叙事高妙,结构缜密,语言雅洁,极具文学与文化品格。

9月,安妮宝贝的长篇小说《彼岸花》由南海出版公司出版。

9月,光明日报出版社推出龙吟的新作《万古风流苏东坡》。该书情节引人入胜,富于形式上的开放性的小说。

9月,榕树下宣布要以1000万美元出售该网站六成到七成的股份,并寻求购并。此消息引起社会的广泛关注。

10月22日,"第二届老舍文学奖"把"优秀长篇小说"奖授予网络作家宁肯的《蒙面之城》。该小说的意义在于它改变了文学作品的推出模式,弱化了编辑在作品推出过程中的作用,使文学作品能够通过网络直接到达受众,强化了作者与读者之间的交流。《蒙面之城》获得"第二届老舍文学奖优秀长篇小说"的荣誉,也表现出文学界和评论界已日益重视网络文学。

10月27日,中华人民共和国第九届全国人民代表大会常务委员会第二十四次会议通过了《全国人民代表大会常务委员会关于修改〈中华人民共和国著作权法〉的决定》。此次会议对《中华人民共和国著作权法》进行了修改,在第十条的基础上添加了"信息网络传播权",并在第五十八条提出"关于'信息网络传播权'的保护办法由国务院另行规定"。修订之后的《著作权法》除了体现出更严密地保护著作权人的各种经济权利,还在法律上为网络著作权保护体系正名。

10月,翠微居士在网站上发布一则抒发自己不满的帖子,引发强烈反响。之后,炽热的吻、幻马、寒江挽月等网络名人加入翠微居,他们于10月底召开翠微居第一次版主会议,商议如何提高翠微居的知名度。

10月,葛涛编选的《网络鲁迅》由人民文学出版社出版。该书选取了一些具代表性的网民帖子,最后附录了编选者的长文,全面介绍了网上有关鲁迅的网站、频道、版主等的相关情况,并将它们逐一归类。

10月,柠檬火焰在露西弗俱乐部连载《束缚》。2002年6月完结。该作品中前所未有的"虐身"情节在读者中引起巨大反响,成为耽美"虐文"的早期经典作品。

11月20日,美国新闻传播学教授丹·吉尔默应邀参加了清华阳光传媒论坛。该论坛由清华大学国际传播研究中心与阳光卫视共同创办。吉尔默教授演讲的主题是"9·11后世界新闻传媒的走向"。他在演讲中特别提到了网络日记。他指出,网络日记完全是个人化的日记的形式,并向大家展示了自己的网络日记。这是中国人第一次知道"网络日记"这个概念。

11月,由宝剑锋(本名"林庭锋")发起的中国玄幻文学协会在西陆正式成立。2002年5月,该协会筹备成立文学性质的个人网站,并改名为"原创文学协会——起点中文网"。它成为中国网络文学史上第一个专业从事网络文学的网站,标志着中国网络文学时代的开启。

11月,许行明、杜桦、张菁等写作的《网络艺术》由北京广播学院出版社出版。该书阐述了新媒体诞生的历史以及在中国的发展现状,论述了新媒体与传统媒体的对比、新媒体带给传统媒体的冲击及在这种形势下新旧媒体之间的互动,从历史角度探讨了新语境下艺术传播方式的演变,对网络艺术的发展、特征、构成和类型等做了分析探讨,对网络音乐、影视剧、游戏、戏剧等新的艺术表现形式做了分析,还记录了各方对于网络艺术的争论以及评价与看法。

12月15日,陈定家在《三峡大学学报(人文社会科学版)》上发表《网络时代的文学艺术》。文章指出,现代传媒在崇尚科学的背景下获得了迅猛发展,它以代表新科学成就的面孔,影响着人们的工作、生活和学习,甚至生活方式和思维方式,传统文学艺术也因此从内容到形式都在随着传媒的不断变革而发生着革命性的变化。现代媒介不仅在改变文学艺术存在的本质,而且在改变文学艺术生产方式的同时,还改变了文艺生存的基础。

12月15日,欧阳友权在《三峡大学学报(人文社会科学版)》上发表《互联网上的文学风景——我国网络文学现状调查与走势分析》。为廓清网络文学的发展现状,欧阳友权对我国现有的文学网站、网上作品、网民阅读状况和网络文学的势态与走向等作了一次网上调查,以期了解我国网络文学的发展规模和水平,总结其经验教训,促进网络文学的健康发展。

12月20日,中国十大骨干互联网网络已经签署连接协议。这意味着中国互联网用户将来能够更方便、顺畅地进行跨区域访问。在这种网络环境下,网络文学进入白银时代,原本依附于传统媒体的写作者开始在网络上风生水起。

12月27日,暗夜流光在露西弗俱乐部连载《十年》。2002年1月22日完结,该作品成为现代耽美的经典之作。

12月31日,桑桑学院的ACG堂设立的"同人小说"分区第一次有同人小说发布,它们主要是《银河英雄传说》等作品。

12月,龙的天空与中国台湾狮鹫文化有限公司合作出版《神魔纪事》小说繁体版,开创了大陆原创作者在台湾地区进行繁体出版的先河。

是年,天涯虚拟社区舞文弄墨和乐趣园的"小说之家""新小说"论坛,接过榕树下的大旗,引发新一轮的网络写作高潮。

是年,在网络原创文学轰轰烈烈发展的同时,传统文学也不甘寂寞,不少作品被搬上网络,安放在"文学收藏室"供人浏览。从中国古代的经史著作到明清小说,从五四新文学时期鲁迅、郭沫若、茅盾的作品到新时期文学代表作家莫言、贾平凹、王安忆等人的作品,甚至连不少外国文学作品都可以在互联网上找到。

是年,中国移动推出"移动梦网"功能。该功能囊括了短信、彩信、WAP(手机网页)和百宝箱(手机游戏)等,其中的WAP技术促进了网文数字出版的突破性进展,推动了基于中国移动阅读基地等手机无线渠道的无线风网文的崛起。

是年,少君的多部作品由多家出版社出版:5月,《网络情感》由中国群众出版社出版;6月,《爱在他乡的季节》《大陆人》《未名湖》由中国文联出版社出版;等等。

是年,铁血读书平台创建。该平台是铁血网下辖的读书频道,国内最大的军事小说互动平台。该频道建站之初即以军事类原创网络小说轰动互联网,产生过《夜色》《兵王》等一大批脍炙人口的作品,在军事类网络小说的发展过程中具有里程碑式的意义,是中国原创军文的摇篮。铁血读书有原创、图书、书库、排行榜、VIP专区、作者专区等子栏目,其中,原创栏目下有军事小说、历史小说、玄幻、仙侠、都市、情感、推理、悬疑、中短篇小说、新书、完本等子栏目,另有编辑推荐排行榜和名家访谈等子频道。

是年,潇湘书院网站创建。潇湘书院是一家以女性阅读为特色的原创文学网站,也是最早发表女生网络原创文学的网站之一,最早实行女生原创文学付费的网站。

是年,稻香老农(林鸿程)首创稻香居电脑作诗机。

是年,西陆咖啡屋网站上线,当时正值网络文学迅猛发展的时期,立即吸引了众多网络作者加盟。

是年,意者(侯庆辰)开始创作并连载《不会魔法的魔法师》。2001年11月,与宝剑锋(林庭锋)联合创立中国玄幻文学协会。2002年,联合创立了起点中文网,负责作家与编辑业务;2002年《不会魔法的魔法师》在台湾出版。侯庆辰担任起点中文网副总经理、副总编等职务,长期负责作家与编辑管理工作,是网络文学作家班主要负责人,曾亲手发掘出了多位"白金"作者。

是年,海纳白川的中文论坛评选"全球中文论坛十大写手"。尽管有人援引诺贝尔文学奖的评选先例,提出图雅早已在论坛销声匿迹,不该列入评选行列,但是网民意见"如此强悍而又公正",最后图雅光荣当选。图雅是早期中文网络媒体的活跃人物,在《华夏文摘》、中国诗歌网络和ACT中文新闻组中发表了许多诗歌、散文和小说,并担任过《华夏文摘》的编辑,是早期海外华文网民公认的最早、最有影响的网络作家。1996年7月,图雅突然从网络上消失,留下了诗歌、散文、小说等近30万字的作品,成为北美华文网络文学的传奇。

是年,《江湖月刊》第4期的《新人亮相》栏目刊登李傻傻的《见鬼》和《西行瞎记》;第7期的《又见新人》栏目刊登了春树的《情丝》和《世界小姐》。据悉,李傻傻为中国作协会员,是80后代表作家之一。而和李傻傻同样出身于"诗江湖"的春树,风格也同样大胆。

是年,教育部首次设立了网络文学研究的"十五"规划项目,中南大学欧阳友权的《网络文学对文学理论基础理论的影响研究》获得立项。

2002 年

1月23日,陈跃红在《文艺争鸣》上发表《文本:在网络空间狂欢》。文章认为,在文学以网络为载体之后,现实生活世界、作者、作品以及读者之间的关系表现为更加贴近和加速循环的互动关系;对于电脑和网络载体而言,一切都只能以符码化的文本得以存在和呈现,主要体现是传统文本在网络上的重新激活和新的电子文学文本在网络空间的任意狂欢。

1月,福建晋江电信局的网络信息港面临关停,晋江文学城板块被众多爱好网络文学的读者接管。

1月,榕树下图书工作室选编的《2001中国年度最佳网络文学》由漓江出版社出版,书中收集了Will的《生死搭档》、俞蓓芳的《祈祷拥抱》、水手刀的《记忆中的死亡遭遇》、含章的《女人·唐装·爱情》等作品。这些都是网络文学原创网站榕树下精选的2001年出现在网络上的优秀文学作品。

2月,莲蓬鬼话由副版升为主版,此时其已成为中国影响最大最广的悬疑论坛,网络悬疑恐怖文学形成最初的圈子。

3月1日,黄鸣奋在《华侨华人历史研究》上发表《网络华文文学刍议》。文章认为,网络华文文学的兴起与全球化存在密切关系。因特网为海外华人用汉语创作与发表文学作品提供了更多机会,并促进了海内外华文作家之间的交流。网络华文文学的未来在很大程度上取决于英语与汉语、中华传统文化与其他民族文化、科技与文学之间的互动。

3月25日,邢颖立在《北京航空航天大学学报(社会科学版)》上发表《网络写作现状及其意义》。文章认为,随着网络技术的发展与触网人数的增多,网络写作从无到有,方兴未艾,业已成为当时文坛一个重要组成部分。由于网络传媒的特殊性,网络写作从一开始就表现出与传统文学的迥然不同。当时,有众多颇具素质的写家正在积极从事着网文的创作。网络写作不仅是对传统媒体文学的补充,也是强有力的挑战和冲击。

4月，苏州大学谢家浩在其博士论文《网络文学研究》中写道，在20世纪末崛起，以排山倒海之势席卷全球的万维网，必将改变21世纪人类的生存方式及精神风貌。以文学为例，网络文学的出现，开启了新人类书写的历史，可被视为文学与科技结合的一个指标。网络文学的创作并非单纯将书写媒介由纸张移植至屏幕，而是利用计算机"断裂""交错联结""非线""多向"等特质，营造与印刷技术截然不同的文本。"网络文学"的本体应以网络特性为经，超文本的非平面成分为纬。

4月，慕容雪村在天涯社区首发《成都，今夜请将我遗忘》，被大量网友转载。作者慕容雪村对小说的主要内容进行了概括：一个普通的城市居民陈重，在物欲横流的城市中一点点沉沦，他沉醉于放纵的生活，蝇营狗苟，斤斤计较，与上司和同事钩心斗角……与最好的朋友时远时近，甚至勾引对方的未婚妻；他爱自己的妻子，却不知道珍惜。到了最后，一切美好的东西都被戳穿了，陈重在灰色的天空下开始质疑人生。小说被新浪等网站评为2002年度之"最佳网络小说"，慕容雪村被多家媒体评为"2002年度网络风云人物"，小说版权甚至卖到了海外。2003年7月4日，慕容雪村授权新浪文化发布消息以50万元招标转让《成都，今夜请将我遗忘》的影视改编权。2003年12月，由小说改编的话剧《今夜请将我遗忘》在上海演出30余场，创造当年小剧场票房纪录。

5月15日，宝剑锋和吴文辉宣布起点中文网正式成立，它的前身是2001年底由几个网络玄幻文学爱好者建立的玄幻文学协会，并以"推动中国文学原创事业"为发展宗旨。起点中文网是国内最大的文学阅读与写作平台之一，隶属引领行业的数字内容综合平台——阅文集团。按照性别划分为男生频道和女生频道，男频分为玄幻、奇幻、武侠、仙侠、都市、现实、军事、历史、游戏、科幻、体育、悬疑等小说类型，女频分为古代言情、仙侠奇缘、现代言情、浪漫青春、玄幻言情、悬疑推理等小说类型。

5月20日，玄雨在起点中文网开始连载《小兵传奇》。该作品开启科幻星际战争一脉，获得超高人气，点击量久居不下，为"网络三大奇书"之一。故事讲述了主人公唐龙高中毕业后参军，经过骷髅教官近乎残酷的训练，最终成为一名合格的士兵，并成为一艘自动炮艇的舰长，参加宇宙大战。主角唐龙一度成为无数男女生追逐的偶像。《小兵传奇》与《紫川》的大火为起点中文网带来了大量的人气，使得起点中文网能够和幻剑书盟相抗衡。

5月25日，许列星在《当代文坛》上发表《网络文学及其文化思考》。文章认为，在IT产业飞速发展时期，被誉为"第四媒介"的互联网正无声无息地影响着人类的政治、经济、文化生活。网络文学的出现则更深刻地影响并改变着社会文化环境乃至人们的意识形态。作为文学现象的网络文学尚处在起步阶段，有待进一步发展，但作为一种文化现象的网络文学则有诸多值得探讨之处。

5月，老猪在起点中文网开始连载奇幻小说《紫川》。该作品与《魔法学徒》一同开启网文奇幻一脉。作品语言诙谐幽默，人物塑造真实立体，迅速在网上火爆，在知名度、影响力、口碑方面皆是上乘之作，与《飘邈之旅》《诛仙》《小兵传奇》共同被称为"网络四大名著"（"网络四大名著"的说法脱胎于最初盛传的"网络三大奇书"：《飘邈之旅》《诛仙》《小兵传奇》）。浙江作家网执行主编海飞评价《紫川》是一本庞大的架空历史题材的奇幻小说，讲述了一片洪荒奇幻的大陆上，一个200多年的强大势力——紫川家族的兴衰传奇。情节架构铺得很开，收得也还算稳当。作者老猪的文字酣畅淋漓，擅长人物性格形象的描摹。小说中上百个人物性格，上到紫川三杰，下到圣庙之战中无名无姓的坠崖的半兽人战士，都能让读者印象深刻，每个人都有不为人知的一面，自我的真实状态在异质矛盾的挤压之下呈现出的表象是另一种带有启示性质的符号。身份、阶层、欲望、感情、战争等元素使这部小说具备了开放辽阔的格局。对人性的探究隐藏在复杂情节之下，却直抵人心。

6月16日，北京蓝极速网吧发生一起纵火事件，火灾致使25人死亡、12人受伤。这起纵火事件影响恶劣，使网络开始被恶魔化。

6月27日，国家新闻出版总署和信息产业部颁布《互联网出版管理暂行规定》，将游戏行业置于信息产业部和新闻出版总署的共同管理下。这是一部针对互联网内容管理的政策法规，自2002年8月1日起正式实施。

6月，三苗网（苗族联合网）正式以独立国际域名（www.3miao.net）运行。三苗网于1999年11月由石茂明博士创建，2000年1月1日正式开站。网站内容包括苗族新闻、苗族历史、苗族文化、苗族服饰、苗族经济、苗族文学艺术、苗族人物、苗族研究、苗族旅游等,以"保护、弘扬、展示与传播苗族传统文化,关心苗族网友间的交流,帮助苗族地区社会经济与教育文化的发展"为宗旨,目标是创建一个具有自身活力、具有世界影响和社会责任感的少数民族主题网站。

6月,萧鼎(原名"张戬")的第一部长篇作品《暗黑之路》在中国台湾地区出版。该书是一部西方奇幻小说,深受游戏影响。

7月20日,杨俊蕾在《中国比较文学》上发表《网络写作中的交往可能与局限》。文章认为,互联网上的身份很多都是自我建构出来的,个体的游移不定也由此而来。主体没有了唯一的、必定要自我承担的规定性定位,而是可以随心所欲地变幻不居,重新来过,在一次次命名中更换新的头衔。网络上的写作是个体化写作得以实现的最充分形式。看似方便而且没有形式局限的回帖和及时的点评似乎建构起了读写之间自由交流的美好幻象,但是这种认知根本经不起时间流转的考验。

7月23日,敦玉林在《天津社会科学》上发表《网络文学:文学的新变迁》。文章认为,网络文学是伴随电脑网络而生、随着网络社会的发展而发展、反映网络社会生态环境下人们的生活方式和思想情感的文学现象。它在表现方法、表现内容、创作方式和传播方式等方面与传统文学有显著的差异,显示出新的基本特征。网络文学扩大了文学的领域,必将成为文学创作和传播的主要形式和样态之一。

7月25日,《社会科学战线》发表了一组笔谈文章。这些文章各自从不同的角度切入网络文学的动势与反思。欧阳友权的《网络文学的媒体突围与表征悖论》是对"读屏乌托邦"现状的警示和剖析,认为网络文学仅有媒体嬗变尚不能建构其历史确证和文学信任,还必须在化解表征悖论的过程中开辟更有价值的审美生存;黄鸣奋的《网络文学之我见》阐释栖身于网页的网络文学贵在鲜活、追求互动的网络根基特质;陈定家的《火焰战争与文化垃圾》对网络文学的存在方式及存在的问题作了认真的学理反思;钟友循的《网络写作的生机与困境》以辩证的眼光考察了文学面对网络时代的挑战与机遇、生机与困境问题;聂庆璞的《网络文学:未来文学的主流形态》则基于时代媒体变迁和网络的后现代文化特点,明确提出网络文学将成为未来文学的主流。这些现状描述和理性思考有助于引导人们正确认识网络文学,把握它的艺术特征和审美规律,使迅猛发展的网络文学现象获得科学的理论解释和规范引导,让21世纪的文艺发展更好地适应全球化、高科技和大众审美文化的时代变迁。

7月25日,胡瑞琴在《当代文坛》上发表《"期待视野"与网络文学》。文章认为在传统文学中,接受美学刻意追求的读者"期待视野"只能作为一个美好的设想停留在理论经典中,是不可能实现的海市蜃楼。然而,在网络文学中,"期待视野"的理念却在不经意间从理想回到文学现实并得到了实现。但是,就此断定接受美学的理论难题在网络文学中都得到了解决,还为时过早。尽管网络文学还存在着这样、那样的不足和缺陷,还处于"民间"文学阶段,但中国文学走的从来都是一条由民间到艺术殿堂的道路。网络文学对传统文学提出的种种挑战是不可等闲视之的。对在电视、电脑屏幕前成长起来的下一代而言,或许网络文学将成为他们文学消费的主流。

7月25日,黄燕妮在《当代文坛》上发表《论网络文学对传统文学秩序的新建构》。文章认为,网络文学对传统文学发出了挑战,对原有的文学秩序进行了全面建构。相对于传统文学,网络文学具有如下特点或者说优势:时效性、新颖性、技术性。网络文学的发展是随着网络技术的发展而发展的。真正的网络文学离不开网络。

8月19日,博客中国由IT分析家方兴东创建,是中国博客的发源地。博客中国分为前沿科技、网络研究、互联网口述历史、数字论坛等多个页面,具有开放、中立、人性化等特点。

8月25日,张琼在《山西师大学报(社会科学版)》上发表《网络文学的特性及其发展趋势》。文章认为,网络文学具有以下特性:"速食"性、自由性、幽默性、多层次性。网络新文化背后崛起的是网络新生代,与现实中的年轻人相比,网络新生代们有着自己的特性:自主性、开放性、包容性、创新性。网络文学的发展趋向是网络创作应该遵循文学创作的基本思想。

8月29日,专栏作家方兴东和王俊秀一起发表了《中国博客宣言》,首次将

Blog 翻译成"博客"。在该宣言的最后,方兴东写道:"博客文化能引领中国向知识社会转型,博客关怀能开启一个负责的时代。"

8月30日,许苗苗在《甘肃社会科学》上发表《网络文学的五种类型》。文章认为,比起传统文学,网络文学有着更多的精力和创造力,也敢于采用更加多样的形式来表现自己。当时的网络文学创作可分为五种类型:BBS网络故事型、传统文学型、大众参与型、接龙游戏型、完全网络型。

8月,天津人民出版社出版了李寻欢的代表作,同时也是告别作的《粉墨谢场》。李寻欢(本名"路金波")出生于1975年10月,1997年进入网络文学圈,随后以"李寻欢"为笔名创作了《迷失在网络中的爱情》《边缘游戏》等作品,是中国第一代网络写手中的代表人物。在完成《粉墨谢场》的创作后,李寻欢摆脱自己的笔名,恢复本名路金波,此后逐渐退居幕后,从一个文学创作者转变为文化经理人,并于2012年成立了果麦文化传媒有限公司。

9月1日,读写网正式运行。这是第一个尝试网上阅读收费并付给网络作家稿费的网站。由于当时恶劣的网络支付环境以及过低的收入,读写网以失败而告终。

9月20日,欧阳友权在《文艺研究》上发表《论网络文学的精神取向》。文章认为,网络文学对于人类审美精神的解构主要表现在匿名写作对主体承担的卸落、网络作品对传统价值观的颠覆、读屏模式对诗性体验的拆解。网络对文学精神素质的解构并没有妨碍其对于人类精神的建构,因为这些解构本身就常常蕴含着某种精神的建构,主要表现在话语权对自由精神的敞亮、情感流对生命力的挥放、交互性对心灵期待的沟通。

9月29日,中华人民共和国国务院总理朱镕基签署第363号《中华人民共和国国务院令》,颁布《互联网上网服务营业场所管理条例》,自2002年11月15日起实施。

9月,龙的天空与花雨文学、广西人民出版社合作出版长篇玄幻现实系列"腾龙奇幻书系"。第一辑收录龙的天空原创文学社区的四部作品《创世圣战》《女人街的除魔事务所》《神魔纪事》《骑士风云录》。

9月,中华杨在起点中文网上发表《异时空之中华再起》。这是最早产生广泛影响力的网络历史穿越小说,讲述了主人公杨沪生、史秉誉因车祸穿越到了太平天国时期的浙江一带,借助于领先于同时代人的科技与知识击败了清军、英军、法军,后联合石达开与左宗棠推翻了清朝的统治。小说文笔清新优美,情节婉转曲折,人物关系复杂,为后来的历史穿越小说提供了众多借鉴思路。

10月18日,新浪网创立新浪读书。这是中国最早的门户网站的文学频道,新浪读书在很短的时间内便突破了日均百万的点击量。

10月22日,于北京颁发的"第二届老舍文学奖"将"优秀长篇小说"的桂冠给了宁肯的《蒙面之城》。2001年开春,《蒙面之城》被多个期刊拒发后,宁肯转而在新浪网上连载,一个月后,小说的点击量超过了50万人次,当年拿下"《当代》文学接力赛"总冠军。作品描写了青年马格在北京、秦岭、西藏、深圳的流浪之旅,表现了主人公内心的迷茫以及他与现实社会的冲突。

10月,萧潜的《飘邈之旅》开始连载。《飘邈之旅》是中国网络文学发展史上一部极具开创性的小说,具有里程碑式的意义:作为网络仙侠修真小说的开山鼻祖,《飘邈之旅》首次建立了完整的修真体系,促使仙侠修真脱离了武侠自成一派,奠定了仙侠修真的基础。《飘邈之旅》凭借其令人耳目一新的设定将身处武侠泛滥时代的读者拉入仙侠修真的大门。小说主要讲述了西汉年间的修真者傅山利用紫炎心的力量将李强改头换面并带领他穿越星空,开启一段奇妙的飘邈之旅的故事。小说文风轻松,故事情节流畅,人物形象丰满清晰,深受广大读者的喜爱。

11月25—27日,首届中国互联网大会在上海成功举办,大会主题为"互联网应用——呼唤创新"。国家有关部委、上海市政府的领导、27个省区市互联网协会负责人、学术界著名专家等1000余人出席了大会。这在当时是我国互联网行业一次规模最大、层次最高的大会。相关专家及权威人士围绕互联网的发展政策、电子政务、电子商务、城市信息化、宽带技术与建设、网络与信息安全、互联网经营模式及下一代互联网等议题进行了探讨。

11月28日,邝炼军、李欧在《西南民族学院学报(哲学社会科学版)》上发表《网络文学:自由的挑战》。文章认为,网络文学是网络技术延伸和普及的产物。因网络所具有的匿名性、开放性和互动性等技术优势,网络文学相比于印刷性传统文学,拥有巨大的自由,并呈现出平民化风格。同时,网络文学的自由性对传统文学形成了前所未有的挑战。

12月30日,张永璟在《华南师范大学学报(社会科学版)》上发表《深入认识网络文学的真实面目》。文章对四个有代表性的观点进行解读,直陈错读和误判症结所在:"网络文学"等于"网络+文学","网络文学"等于"厕所文学",网络写作会终结传统写作,网络文学是一种没有品位的码字游戏。引起传统文学的话语阶层对网络文学的重视,从而参与文学话语、民族话语在电子空间里的建构、谋划和设计,需要说明清楚以下几个问题:网络文学可以将无效歧视转化为有效歧视,网络写作是ICP和超ICP的角色整合,等等。

12月,由柏克莱加大美国亚裔研究系主办的海外华人文学研讨会召开,会议主题是"海外华人文学与电影的创作与研究"。许多专家认为,网络文学带来了众多年轻读者,还对海外华人文学产生了重要影响。

12月,风弄在露西弗俱乐部开始连载《凤于九天》。这是耽美早期的重要作品。其讲述了当代大学生凤鸣在机缘巧合之下穿越到架空世界的西雷国的故事。

12月,幻剑书盟在Alexa全球排名进入2 000名,开始成为中国原创小说文学的门户网站。

是年,中国网文掀起了玄幻热潮,这与《哈利·波特》《魔戒》等西方魔幻电影的流行有很大关系。玄幻小说结合了武侠、魔幻、日漫、历史等趣味性要素,故事情节跌宕起伏,深受读者喜爱。随后,在《我是大法师》等一众YY小说的推动下,玄幻小说更是红遍网络,直到2005年左右,这股热潮才逐渐消退。

是年,受奇幻文学潮影响,可蕊在龙空BBS论坛发布奇幻小说《都市妖奇谈》。小说主要讲述了一座有着500万人口的现代都市里面3 000多只妖怪的生活百态的故事,是一部温馨奇异的现代奇谈,后来被起点中文网转载,同年11月作者在晋江原创网开创作者专栏。《都市妖奇谈》开创了中国大陆都市背景的妖怪类小说先河,创下单部作品单月有300万人次点击阅读的惊人纪录。小说连载七年,网络累计点击量高达4 200万,2005年多家出版社争相抢购《都市妖奇谈》的出版权,同时推出大陆(内地)版、台湾版和香港版,都分别再版三次,迅速售罄,再创"洛阳纸贵"的奇迹。作者可蕊是同时代玄雨、老猪、萧鼎等奇幻男性作家中最著名的女性作家,故被称为"奇幻女王",除《都市妖奇谈》外,还创作了《龙之眼》《奇幻旅途》等多部小说。小说不仅深受读者喜爱,也引起了众多网络作家的兴趣,著名奇幻作家沧月评价道:都市里寄居着现代人的躯体,但人的精神世界却超越了这片钢筋水泥的丛林,可蕊用惊人的想象力超越了这平凡的生活,带读者走入了身边另一个不可捉摸的世界,让我们得以共飨这丰富的幻想盛宴。今何在和江南对可蕊的小说进行了评价,今何在说,在可蕊的眼中,每一个妖精都是那么的可爱;那些神话中的灵怪,在可蕊的笔下却变得充满人情味,而这群异类在街头你的身边走过。江南说,可蕊笔下的妖怪比人类更具人性,种种奇思妙想间,展现着妖怪与人类的故事、钢筋水泥森林中的温情与寂寞。

是年,步非烟在幻剑书盟连载小说《华音流韶》系列。这是一系列传统武侠小说,故事为卓王孙凭借高超的武功和冷静的头脑带领华音阁成为江湖上一个恐怖的存在。正道联合起来组成武林盟主共同对付华音阁,神秘少年杨逸之成为武林盟主,从而带领武林正道与卓王孙展开了江湖对决。小说共三卷八部:第一卷为《紫诏天音》《风月连城》《彼岸天都》;第二卷为《海之妖》《曼荼罗》《天剑伦》;第三卷为《雪嫁衣》《梵花坠影》。

是年,庄羽在网络论坛发表作品《圈里圈外》。小说以娱乐圈为背景,记录了初晓、张小北、高源之间的情感纠葛。

是年,春树的小说《北京娃娃》在新浪网连载。这部惊世骇俗的著作袒露了她"无比残酷"的青春,在文坛和年轻人心里掀起了轩然大波。小说以作者的亲身经历为蓝本,表现了青春的残酷与感情的迷茫,被称为中国第一部严格意义上的"残酷青春小说"。著名诗人沈浩波评价《北京娃娃》:"一个人在很年轻的时候就过着一种奋不顾身的生活,并且一直写着奋不顾身的文字,这无疑是可敬的,也令人揪心。《北京娃娃》的作者春树就是这样一个奋不顾身的女孩,而《北京娃娃》一书,也就是这样一种奋不顾身的文字。"

是年,凭借着《异时空之中华再起》的超高人气和影响力,中华杨、苏明璞等一批网络写手成立了明杨·全球中文品书网(简称"明杨品书网"),首次提出了"按字数收费阅读"的概念。《异时空之中华再起》成为第一部网络原创收费作品,明杨品书网的作者能得到50%的分成,但仅收录军事和历史架空类作品,由于这类小说是小众的,明杨、铁血等军事历史类网站最终没能成长为原创文学中的大站。2005年,幻剑书盟收购了明杨品书网,接收了残留的VIP作品及会员。

是年,何员外在BBS连载小说《毕业那天我们一起失恋》。小说以男女主人公何乐、桃子之间纯真纯美的爱情故事为主线,真实再现了温馨快乐、丰富多彩的大学校园生活。2003年7月,《毕业那天我们一起失恋》由上海人民出版社出版,书中还收录了作者的其他中短篇小说,包括《没有声卡的电脑》《我的大学》《男生是什么样的?》等。此书一出版就荣登当年各大书店的销售排行榜,销量有50余万册,2004年,作者因这部小说一举成名。

是年,瘦子(又名"端木")在起点中文网连载玄幻小说《风月大陆》。小说讲述了在大陆诸国争霸的时代,一个出身平平、贪财好色的混混叶天龙在风月大陆谱写惊人传奇的故事。故事并未更新完,后因其露骨的性幻想而被禁。

是年,宝剑锋的玄幻小说《魔法骑士英雄传说》在中国台湾出版,使宝剑锋成为第一批"登陆"台湾的大陆网络作家之一。这部小说是网文界早期成功地完成西方奇幻文学中国化的作品。作者宝剑锋本名"林庭锋",1977年出生于广东,2001年11月在西陆BBS创建中国玄幻文学协会,2002年5月15日在中国玄幻文学协会的基础上成立了起点中文网,任站长,是"起点团队"最早的创始人之一。后来,起点中文网的运营模式不断完善,使得起点中文网成为全球最大的华语文学网站。

是年,荆泽晓开始在天涯社区进行创作,在天涯社区莲蓬鬼话板块发布异都市系列推理小说的首篇《都市异侠·上镜》。该小说风格有别于当时盛行的"本格派"日式推理小说,大胆的尝试、不一样的文风迅速使其在众多作品中脱颖而出,深受读者喜爱。随后,作者又另辟蹊径创作了《异都市·违约》《烽火涅槃》等小说。作为网络文学萌芽时期的创作,荆泽晓对于创新的追求和尝试体现了网文作者在艺术创新上的使命感和责任感。

2003 年

1月15日,《上海文学》刊发的《网络时代的文学批评与人文学术》一文中记录了主持人宋炳辉与南帆、郜元宝、梁永安、王光东、张新颖、葛红兵、刘志荣之间的对话。主持人宋炳辉提出问题:在互联网这一媒介方式下,文学批评(既针对网络文学,也针对纸面文学)的机制将怎样体现出来?它的自由发表言论、即时网上传播的特点,相对于传统媒体(纸面)而言会有什么新的特点?职业文学批评将受到怎样的挑战?随着网上图书和信息量的剧增,在网上获取知识的可能性大大增加,对于学术研究(尤其是文学研究)而言,会面临什么新的问题?对话人分别对这些问题做了精彩的回答。

1月15—17日,九州设定小组提出了小组的人选:江南、今何在、大角、遥控、多事、斩鞍和水泡。这七位作家参与了整个九州体系的构建和撰写,设定了九州的地理、种族、文化信仰和基本世界观,所以也被称为"九州七天神"。1月16日,确定了这个世界的名字——九州。2002年1月至2003年1月,清韵论坛天马行空版见证了一个东西方风格兼容的无名奇幻世界——九州的诞生和初具雏形。九州是江南、今何在、大角、遥控、多事、斩鞍和水泡七位作家共同创造的有关九州的奇幻小说和影视作品所共享的背景设定。"九州"系列著名的作品有江南的《九州缥缈录》(全六册),今何在的《九州·羽传说》《九州·海上牧云记》,大角的《九州·铁浮图》《九州·死者夜谈》《九州·白雀神龟》《九州·地火环城》,斩鞍的《九州·旅人》系列、《九州·朱颜记》《九州·秋林箭》,水泡的《九州纪行》《九州·恶途》《九州·寒风谷》等。

1月21日,舒飞廉开始在天涯社区舞文弄墨板块发表《飞廉的村庄》,作品描写了作者的童年农村生活,语言质朴自然。2004年5月由华夏出版社出版,2012年改名为《草木一村》并出版了第二版。

1月30日,王宗法在《安徽大学学报(哲学社会科学版)》上发表《网络文学的走向》。文章认为,网络文学已经进入了一个新阶段,这个新阶段的突出标志就是由"写实"走向"浪漫的写实"——在聆听现实人生的歌哭声中,用力捕捉灵魂升华的讯息,并且把它融入芸芸众生血泪拼搏的行旅中,从而塑造出基于现实又超越现实因而富于理想倾向的新人,展示一种令人叹息不止又感奋不已的灵魂世界,给人以启迪和仰慕的触动。

1月,charlesp在起点中文网连载《星之海洋》。这是早期的一部星际战争题材小说,主要讲述了主角黄而等人一边重建家园,一边与外星文明对抗的故事。

1月,林长治的《沙僧日记》出版,是《悟空传》后又一部搞笑作品,被广大读者称为史上最爆笑、最无厘头的文学作品。作者完全颠覆了沙僧的传统形象,以日记形式讲述了一个另类幽默的西天取经故事。该作品被评为中国网络文学中"大话西游派"的开山之作。

1—4月,龙的天空选取科幻名家王晋康、刘慈欣、郑军等作者的优秀作品,在中国台湾地区出版个人作品集。

2月15日,杨林在《中南大学学报(社会科学版)》上发表《中国网络文学的禅美学视野》。文章认为,禅与后文化背景下的网络文学有某种穿透时空障碍的精神呼应,将中国古老的禅文化与网络技术时代的文学新变放在同一个平台上进行比较和融贯,不仅可以使老去的文化重焕青春,也能帮助当代网络文学沉淀一种更深厚的文化底蕴。禅文化对网络文学的美学意义包括七个方面:"空船载月"的禅境审美、"境随心转"的定力修为、"黄花般若"的诗性本源、"直抉神髓"的禅机灵慧、"鸢飞鱼跃"的本体性游戏、"山水自见"的平常心、"以淡照腴"的虚飘风范。

3月24日,欧阳友权在《文艺理论与批评》上发表《网络文学的后现代文化情结》。文章认为,电脑网络是伴随西方社会的后工业化发展而来的,网络文学被打上了后现代主义文化的深深烙印。人们对网络文学作文化学诠释,需要廓清这种文学与文化之间的"图—底"关系——后现代主义文化诗学的逻辑背景。

3月25日,姜飞在《文艺理论与批评》上发表《"遗忘":叙事话语和价值态度——评慕容雪村的网络小说〈成都,今夜请将我遗忘〉》。文章从作为话语策略的"遗忘"和谁被"遗忘"两个方面分析了作品,认为作品告诉人们:第一,大体言之,网络文学也是一种市场化的文学;第二,网络文学大体上也不是许多人所认为的没有门槛、真正自由的文学;第三,正如《成都,今夜请将我遗忘》所显示的一样,此时的网络写作不关心他人,不关心他人的苦难,这里没有工人、农民和一切底层人民的声音,没有坚硬的、艰辛的生活真实,只有"小资"们、"下半身"们的无聊抒情、消费表述和纵欲狂欢,在某种意义上,这正是现实某方面社会生活的缩影。

3月29日,艺丹在《社会科学辑刊》上发表《网络文学:文学面临的新挑战》。文章认为,网络的出现拓宽了民主、自由的内涵,带给大家一种全新的生活方式;网络文学的出现打破了文学上传统的、封闭的出版模式,网络文学向具有大众审美特征的民间语文复归;网络带来的大众审美趣味的变化,使得文学观念、创作模式、创作空间都发生了变化。

3月31日,新浪网推出中国第一个原创短信专栏——戴鹏飞原创短信。该专栏公布了戴鹏飞创作的8个"幽默短信"系列共126条短信,包括时代童话、哈哈节日、动物凶猛、实话实说、爱是永恒、成人承认、直接开涮、大话西游,首日发送人气超2万人次,第二日超10万人次。戴鹏飞素有"中国短信写手第一人"之称,其意义不在于他是第一个短信写作者,而在于他是最有成绩的短信写作者。

3月,四川大学博士生姜英在她的博士论文《网络文学的价值》中认为,网络文学与传统文学的不同一方面表现在文学形态上的显著差异,如超文本、多媒体、交互式创作等;另一方面则表现在其价值倾向上的根本变革,网络文学发展的强劲势头彰显了其在价值倾向上的民间本位、对话平台、自由精神等特征,而这些特征正是网络文学的本质。论文从网络文学价值的生态背景、形态特征、价值体现和哲学追问四个方面对网络文学的价值进行了分析和研究。

3月,天下书盟网站成立,原名为"北京天下书盟文化发展有限公司",是国内较早成立的文学网站之一,前身为"中华写手同盟"。该公司以文学版权运营为主,为用户提供电子付费阅读、线下出版、游戏、动画等有版权的内容。

4月7日,说不得大师在起点中文网开始连载奇幻小说《佣兵天下》。2007年12月31日完结。该作品是中国主流奇幻小说的代表作。2007年由新世界出版社出版,2011年根据该小说改编的同名漫画在起点中文网首发,故事主要从艾米、大青山、池傲天三个小佣兵的角度,描述了一场跨越诸个大陆、十多个国家的旷世大战。小说世界观十分宏大,种族众多,场景复杂;另外,作者化用许多经典,对中国古典诗词和历史进行魔幻风格的解读,十分具有感染力。

4月21日,网络骑士在网上开始连载异世大陆类小说《我是大法师》。故事讲述了高中生吴来被异界之雷劈中,从而穿越到一个充满魔法与剑的异界,在异界纵横驰骋的故事。小说构思奇特、剧情复杂、起伏跌宕,是一部情节与文笔俱佳的玄幻小说。

4月,欧阳友权等著的《网络文学论纲》由人民文学出版社出版。这是我国第一部网络文学理论研究专著,为网络文学理论批评和理论建构奠定了基础。全书共分十章:生存还是死亡——互联网时代的文学生态论;文化解读——网络文学的后现代话语逻辑;灵魂考辨——人文视野中的网络文学;众妙之门——网络文学的学理分析;欲望的狂欢——网络文学生长样态;解放话语权——网络文学主体视界;艺术与技术——网络文学创作嬗变;把玩文本魔方——网络文学接受范式;追寻赛伯家园——网络文学价值趋向;眺望新的审美星空——网络文学的省思与前瞻。彭国辉的《解构时代的理论建构》、聂庆璞的《用创新打造高科技时代的理论平台》、何志钧的《网络文学基础理论建设的拓新之作》、刘淮南的《"赛博空间"与文学问题》、傅其林的《网络文学的理论建构三部曲》、陈丽玉的《网络文学的文化逻辑及人文内涵》等文章从不同方面对《网络文学论纲》一书进行了评介与研究。

5月3日,流浪的蛤蟆在起点中文网开始连载玄幻小说《天鹏纵横》。2004年5月1日完结。该小说是流浪的蛤蟆的处女作,也是他的经典之作,讲述了"妖魔"修炼的过程。《天鹏纵横》横空出世,获得起点中文网90%以上的VIP读者订阅,网站VIP读者翻了5倍,被称为"救了起点的两本书"之一(另一部是血红的《升龙道》)。

5月25日,夏青在《当代文坛》上发表《网络文学的唯美主义倾向》。文章认为,网络文学载体的独特性,以及因此引发的创作主体和客体的特殊性,使网络文学具有与传统纸质文学迥异的审美特征。综观其近年来的发展轨迹,网络文学总体上呈现出一种唯美主义的创作倾向,主要体现在以下几个方面:题材范围十分狭窄,主题大多空洞苍白、消极颓废、无病呻吟,情节简单肤浅以及人物塑造的非主流色彩,多数网络作者偏重作品的语言艺术,盲目追求作品的现代感。唯美主义是形式主义的一种表现形式,网络文学从一开始就明显表现出唯美主义的倾向。这一倾向对网络文学的健康发展极其有害,这种情况应该引起人们的充分注意。

5月25日,刘志权在《南京师大学报(社会科学版)》上发表《当代文学转型中的赛伯批评空间——兼谈网络文学的若干特性》。文章认为20世纪末,以启蒙理性为主导的20世纪中国文学,在宏观上正经历着向以狂欢精神为主导的新文学时期的转型。在这一过程中,网络及网络文学的流行具有重要意义。一方面,作为新兴媒体的网络有可能继报纸之后为日益民间化、边缘化的知识分子提供新的"批评空间";另一方面,网络文学既深受狂欢化的当代文学影响,同时由于自身的特性,又强化了这种狂欢化倾向。网络及网络文学、狂欢化的当代文学以及日益民间化的知识分子,三者将会互为表里,互相推动,形成狂欢化文学时代的第一个里程碑,从而对未来文学创作的形式、内容、格局都将产生深远影响。

5月,ftp1976在起点中文网开始连载《微酸学园ABC》。这是一部魔法校园小说,讲述了阿卡波夫星球上主角们18岁至28岁10年间的苦辣酸甜。这部作品代表了无数人的青春年少,代表了那个岁月许多人的校园时光,是无数人曾经的记忆。

6月19日,木子美开始在博客中文站发表名为《遗情书》的私人性爱日记。这篇日记在网上被广为转载并引起极大争议,木子美一夜成名,网友将其走红事件称为"木子美现象"。

6月,出于对网站未来发展的考虑,起点中文网的创始者宝剑锋等人提出了VIP方案。鉴于当时互联网以免费著称,多数人并不认同这一方案,众说纷纭的意见致使这一方案被搁浅了三个多月。然而三个月的搁浅却让起点中文网有了更加迅速的发展,为日后实施VIP制度打下了坚实的基础。

6月,血红(本名"刘炜")与起点中文网签约,发表了《邪风曲》《升龙道》《神魔》《龙战星野》等小说,创作总字数超过1 400万字。血红成为网络文学界第一位年薪超过百万元的网络写手。

6月,幻剑书盟逐渐从个人网站走向商业化,成立了北京幻剑书盟科技发展有限公司。

7月10日,司宁达在《南都学坛》上发表《网络文学的局限性与发展趋势》。文章认为,网络文学是一种由形式到内容发生变革的新文学样式。它是网络作家以网络文学语言为媒介来塑造网络文学形象、反映社会生活的一种靠网络传播并适合网上阅读的文学样式。它的局限性体现在以下几点:题材与主题意义狭隘、审美的失落、网络文学形象的平面化。网络文学的诞生是历史发展的必然,但网络文学的发展不可能一帆风顺,它必然经过一个漫长的发展阶段才能逐步走向成熟。对于网络文学的发展,人们不能等闲视之,而必须采取相应的对策才能保证它朝着健康、良性的方向发展。

7月19日,作者为X的《梦幻魔界王》开始在起点中文网连载。该作品被认为是网游小说的开山鼻祖,引领了第一代网游小说的热潮。小说主要讲述了2098年的太一世界中,在游戏中本是神一般的战士因意外变成了一只弱小可怜的软体小爬虫,通过努力进化成大魔王的故事。

7月,网络游戏小说《奇迹·幕天席地》由上海人民出版社出版,作者是Jade。小说由畅销网络游戏《奇迹MU》改编而来,讲述了罗林西亚草原上被命运选择的战神与幕天席地上被魔域之王囚禁幽魂的公主的旷世情缘。

8月1日,女性文学网站晋江原创网正式上线,主打言情、耽美等女性向小说。

8月6日,萧鼎的《诛仙》首发于幻剑书盟。该作品开古典仙侠一脉,是"网络三大奇书"之一。小说以"天地不仁,以万物为刍狗"为主题,讲述了青云山下的普通少年张小凡的成长经历,被称为"后金庸时代的武侠《圣经》"。

8月23日,起点中文网第二版的改良升级工作完成,加入了更多贴近读者的阅读设置。

8月25日,起点中文网获得了一笔资金,对硬件进行升级,并初步建立管理团队,第二版改良版随之发布。拥有技术优势、率先实行首发制度以提高竞争力、合理利用国家最新相关政策的起点中文网改版,可以称得上是网络文学史上最成功的一次改版。

8月31日,幻剑书盟文学网站进行改版,发布作品收录原则2.1版:宣布将内含较多情色、暴力描写的作品定义为限制级作品,禁止此类作品上榜。此举试图效仿起点中文网日前大获成功的改版经验;但由于幻剑书盟网站自成立之日起就未能找准自己的定位,始终在文学价值与商业效益之间摇摆不定。在大方向已然走偏的情况下,此次改版措施不仅收效甚微,还取得了适得其反的效果。血红等作者遭受驱逐,大量作者与读者转而投向起点中文网。伴随着幻剑书盟因错过最佳发展时机而趋于落寞,起点中文网也迎来了自己的"霸主时代"。

8月,新世界出版社出版醉鱼的《我的北京》。作者用他富于黑色幽默的笔触,描绘了在北京这个国际化大都市中一群平凡的"北漂"族从怀抱梦想到在现实中渐渐麻木心智的心路历程。主人公高阳作为这个群体的代表,游走于理想与现实之间,逐渐被现实的残酷击败,最终从一个充满理想、自信与激情的青年变成一个懦弱、自卑与功利的人。作品以深刻的现实关怀将工作、生活、婚姻、抱负等社会热点话题淋漓尽致地表现了出来,切中一代人的青春梦想之殇。

9月24日,欧阳友权在《文艺理论与批评》上发表《网络文学研究述评》。文章从什么是网络文学、文学网站发展现状、网络给文学带来了什么、网络文学存在的问题、网络文学有什么特点、网络文学的意义与价值、网络文学路在何方、网络文学走势及其研究的局限等方面整理了网络文学研究的问题和思路。

9月,顾漫开始在晋江原创网连载《何以笙箫默》。2006年1月连载结束,随后由朝华出版社出版。2015年1月,由该书改编的同名电视剧播出,开播第十天,该剧成为电视剧史上首部单日网播量破3亿的电视剧;同年5月,由同名小说改编的电影上映,最终票房为3.52亿元,在市场上打败了同档期的《闯入者》等影片,成为档期最大赢家。作者顾漫1981年出生于江苏宜兴。

9月,春风文艺出版社出版雷立刚的长篇小说《曼陀罗》。

10月1日,任怨在起点中文网开始连载《横刀立马》。这是一部异世大陆玄幻小说,主要讲述了王风跌入异界并掀起了一场血雨腥风的江湖故事。任怨凭借这部小说当年就成为起点新人王,代表作品有《武道乾坤》《斩仙》。

10月30日,柯秀经在《华南师范大学学报(社会科学版)》上发表《网络文学的审美特质》。文章认为,网络文学是一种崭新的文学样式,它在迅速发展中,优秀的网络作品体现出独特的审美特质:审美的虚拟性、互动性、超文本的结构美、符号多元化、娱乐性。

10月,逐浪网成立。逐浪网前身为蒋刚、李雪明二人1999年创办的国内知名文学站点——文学殿堂。

11月1日,在由CHNFAQ(中文FAQ网站服务评测系统)举办的全国个人网站大赛中,起点中文网在全国2 000多家参选网站中脱颖而出,荣登榜首。

11月2日,由于网站硬件设备无法完全应付巨大的流量,新版龙空论坛建立,标志着"龙空"的"第二纪元"开始。但是,由于龙空论坛之前的服务器数据全部丢失,人气与水平大大降低,后在原评版版主与其他原评众的努力下,龙空原创评论版很快重新成为网络文学的核心讨论区。

11月8日,由任鸣导演、空政话剧团成员演绎的《爱尔兰咖啡》在北京人民艺术剧场与观众见面。剧本改编自网络文学作家痞子蔡于2001年推出的畅销作品《爱尔兰咖啡》,小说讲述了男主人公与一个具有爱尔兰血统的咖啡店女孩相知、相识、相恋的过程。此次畅销作品的网络戏剧改编也是任鸣导演与痞子蔡继《第一次的亲密接触》后的再度合作。因此,任鸣对小说故事的理解与网络戏剧改编尺度的拿捏都非常到位,痞子蔡本人也对女主角的表演大加称赞,肯定其"更接近自己笔下的人物"。但令人惊愕的是,话剧《爱尔兰咖啡》无论是在受追捧程度,还是在观众评价反响上,都远不及两年前《第一次的亲密接触》所创造的实绩。或许这一切归根结底正如其中的经典台词所印证的情况:"就让网络的归网络,现实的归现实。"

11月10日,起点中文网正式推出第一批8部VIP电子出版作品,确立了2分/千字的阅读付费标准,VIP会员计划正式启动。网站实行首月对会员免费,"免费试读+分章节订阅"成为后续网络文学在线阅读的基本模式。为了吸引作者，起点中文网采取"所有订阅收入均归作者，平台暂不分成"的模式，流浪的蛤蟆成为第一个月稿酬过千元的网络文学作者。在起点中文网试水VIP制度后，天鹰、翠微居相继开始实施VIP制度。

11月20日，燕垒生在晋江原创网发表武侠小说《天行健》。《天行健》包括第一部《烈火之城》、第二部《天诛》、第三部《创世纪》等。小说以主人公楚休红的视角记叙了在架空历史背景下一个帝国的覆灭，是一部波澜壮阔的史书。

11月24日，六道开始在逐浪网连载《坏蛋是怎样炼成的1》。这是一部都市生活题材网络小说，自发表以后，迅速风靡整个网文圈。小说主要讲述了原本听话、成绩优秀的好学生谢文东在校园霸凌的困境下逐渐奋起反抗并成为黑帮老大的成长故事，堪称黑道流小说的丰碑。这部小说的巨大成功也让六道开始了职业写作的生涯。

11月28日，由新浪网主办、榕树下等协办的"万卷杯"中国原创文学大赛举办。大赛确立的目标是："全力开垦原创文学的新领域，执着追求多种媒体与文字魅力的流畅整合，充分张扬文字的内涵，探索文字所蕴藏的深刻，从而期望多元化人们的精神食粮。"

11月，烟雨江南开始在起点中文网连载《亵渎》。小说讲述了破落贵族的儿子罗格在误打误撞之下继承了神本之源并踏上寻求力量的道路的故事。这部小说对网络西式奇幻小说影响深远，后来几乎所有的西方玄幻小说的设定，都能在本书中找到。

11月，新浪读书频道一篇文章指出郭敬明的《梦里花落知多少》涉嫌抄袭作家庄羽的《圈里圈外》。

12月3日，全球最大的中文搜索引擎百度正式上线一项社区搜索服务——百度贴吧。贴吧的出现，给人们提供了一个自由全面的交流平台，它的范围涵盖了不同地区、各行各业的方方面面，以相同的兴趣主题将网友们聚集起来共同讨论、畅所欲言。百度贴吧并不是专业的文学网站，却吸引了一大批网文爱好者。

12月5—7日，第二届中国互联网大会暨2003年中国互联网协会会员大会在北京国际会议中心举行，会议主题为"透视互联网，迈向e时代"。此次会议举行了主题报告大会和多个分会场论坛,并在大会期间成功举行了互联网行业成果展示会。在互联网经济日渐复苏并与传统产业有机结合的新形势下,此届大会新增了网络游戏论坛、网络经济论坛等内容,并就国际国内互联网业的最新发展动态、互联网产业链的有效整合、互联网产业的机遇与挑战以及网络技术的发展与应用、网络安全的建设与发展、企业信息化建设、互联网经济发展模式等主题展开了广泛研讨和交流,意义深远。时任中共中央政治局常委、国务院副总理黄菊向大会发来贺词,肯定了中国互联网协会为政府决策与企业发展所做出的积极贡献与其在信息沟通交流中发挥的桥梁纽带作用;鼓励中国互联网行业积极探索、开拓创新,不断推动中国互联网事业健康发展。

12月26日,《青年文学报》发表蔡方华的评论文章《从郭敬明涉嫌抄袭看文学价值尺度的丧失》。文章认为:"在郭敬明涉嫌抄袭的问题上,文学界还有一种向法律乞灵的现象,似乎只有法院才能证明郭敬明是否抄袭。殊不知,抄袭现象首先是一个文学问题,也是应该在文学领域之内就可以鉴别、批评和纠正的问题,而法律的作用只是对抄袭的过错实施惩罚。把一个简单的抄袭问题推给法院,显示了当代文化良知的缺席。郭敬明涉嫌抄袭是一个意味深长的事件,从中我们可以看出,对文学人才的培养已经出现了拔苗助长的畸形倾向,出版社的唯利是图已经愈演愈烈,文学批评的软弱无能日趋明显,而一些所谓的'权威人士'已经丧失了知识分子的品格。如果这个事件不能早做结论,它对年轻一代造成的负面影响将无法估量。"

12月,庄羽就抄袭事件向北京市人民法院提出诉讼,称《梦里花落知多少》一书以改头换面、人物错位、颠倒顺序等方法剽窃了她在2002年11月创作完成的《圈里圈外》。

12月,南方玫瑰在起点中文网开始连载玄幻小说《亡灵圣魔导》。小说讲述的是主角轩辕月耀来到北京上大学,机缘巧合之下认识了精灵王子和魔界之主并与他们牵连在一起的故事。小说作者南方玫瑰的职业为护士,她的每部作品都充满了对亡灵的崇拜,除《亡灵圣魔导》外,她的作品还有《转生》《北之星冠》《南方玫瑰杂文集》《黑色的女王》等。

12月,起点中文网宣布"VIP计划中订阅率最高的作品的稿费已经达到20

元/千字""网站流量在全国所有网站中排进了前100名"。这标志着起点中文网站 VIP 制度的基本成功,而由此所获得的收入也能维持网站的运营和发展。VIP 制度成为网络文学付费制度标杆,标志着中国网络文学发展进入第二个阶段,即阅读收费阶段。此后,各大文学网站纷纷掀起 VIP 订阅风潮。自2003年起点中文网开创了向读者收费的先河后,收益按照一定比例进行分红后归阅读平台和原创作者所有。付费渠道解决了资本的问题,原创作者的收入也有了新的局面,此模式的成功推出是网络文学阅读平台至今仍然保持活力的重要源泉。付费阅读模式的建立,在一定程度上增强了大众的版权意识,对盗版猖獗问题进行了有力回击,VIP 收费阅读模式的使用标志着网络文学商业运作模式的正式成型,网络文学在巨大商业利润的驱动下,职业写手逐渐增多,商业化的发展模式也日益完善,很快便迎来了数据为王的时代。

是年,血红在幻剑书盟发表《我就是流氓》。该小说是2003年度涉黑类四大代表作之一(其余三部为《永不放弃之混在黑社会》《坏蛋是怎样炼成的》《现代军人启事录》)。《我就是流氓》共28万字,描写了一个主角在学生时代得到了蚩尤的力量和记忆,在黑社会奋力打拼,经历各种磨难,最后改邪归正成为一代英雄的故事。

是年,郭敬明与出版社签订合同出版《梦里花落知多少》。这是郭敬明的第二部作品,此作一改《幻城》的奇幻风格,从天上回到人间,是一部描写年轻人成长历程与友情、爱情的小说。故事以北京、上海等大都市为背景,以主人公林岚与现男友陆叙及前男友顾小北的感情经历为主线,在描写林岚与陆叙的爱情生活及矛盾冲突的同时,交替描写了林岚与顾小北的感情纠葛,顾小北与现女友姚珊珊的感情经历。

是年,浙江作家网成立。浙江作家网主要包含作协信息、文学动态、期刊前沿、文学奖项、作家博客等方面内容。

是年,广东作家网成立,为广东省作协的官方网站。广东省作协以现实主义为题材,创作了众多反映改革开放,弘扬时代主旋律的优秀作品。广东省作协于1953年成立,以会员制为基础,形成了全省作家自愿结合的专业性人民团体,开创了属于广东的主流创作模式,因此深受全国文坛的关注。

是年,《曼陀罗》网络点击量排名第一,总阅读量超过 300 万人次,在全国很多高校都以手抄本和打印本的形式流传。这是一部 18~25 岁年轻人欲望与荣誉的秘史,主要讲述了马松和罗曼长达八年的爱情故事,他们的爱情充满变数和激情,终成眷属却没能有理想结局。小说带有鲜明的自传色彩却又无形之中与当代真实的大学生活相契合。

是年,雷立刚的一篇针对网络文学的批评文章《中国文学在网络上的 5 年行走》开始在网络上广泛流传。作者认为:"网络文学杰出论坛中优秀作品的质量,已经不低于《当代》《收获》《芙蓉》《天涯》《山花》等一流文学期刊发表作品的平均质量。"作者使用"中国文学在网络行走"这一说法,其实是为网络文学正名,网络文学相比于传统文学在于首发媒介的不同,网络文学是中国文学在网络上的延续。

是年,金寻者开始在起点中文网连载《大唐行镖》,受到读者的欢迎,点击量高达 3 000 万。小说讲述了一位镖局少年背负家门血海深仇,在高人的帮助下重振彭门镖局的故事。台湾小说频道出版集团出资出版了繁体版的《大唐行镖》,小说一经出版就引起了较大反响,掀起了当地新武侠的旋风,使金寻者成为深受欢迎的网络作家。金寻者原名"史愿",毕业于清华大学工程力学系热物理专业,酷爱武侠。代表作品有《初旅》《血盏花》《末日之翼》《大唐行镖》《末日秀》《大唐乘风录》《大唐御风记》《纹章之怒》《远征天河谷》等。

是年,奇幻小说作家白饭如霜在天涯论坛发布小说《猎物者》。小说一经面世,就因"脑洞"新奇、风格独特等特点好评如潮。小说讲述了一位颇具传奇色彩的职业猎物者猪哥在人与非人共存的现代都市终止一场灭世祸乱的故事。白饭如霜写作的个人风格独特,极具想象力,他被称为"非人"小说第一人,主要作品有《生存者》《疯狂植物园》《狐说》《四色狐》等。白饭如霜的作品不仅深受读者好评,也受到许多网文大神的喜爱,她被亲切地称为"饭饭"。著名悬疑小说家南派三叔(代表作《盗墓笔记》)评价白饭如霜:饭饭的文字这点最是好玩,乍一看明明是古灵精怪的小女儿姿态,细细一琢磨偏又带着点江湖豪客般浑不在意的豁达洒脱,让人读起来甚为痛快。……一幕幕、一场场鲜活自在,炫目多彩。唐家三少也表示了对白饭如霜的喜爱:饭饭的嘴着实厉害,她眼珠一转就是一个点子,总还出人意料,让人应接不暇。她写文也是一样,不流俗,也不晦涩。想象天马行空,下笔自由潇洒,语言俏皮灵动,故事写就异世风采,又总不忘点出真情大爱。通篇读来总有灵巧一笔,让你或爆笑,或感动。

是年,瑞根开始在起点中文网连载《江山美人志》。该小说是早期网文界架空历史军事争霸的经典之作,小说构建了一个庞大的世界背景,讲述了出身于没落士族家庭的李无峰投身于军旅,历经无数战事,一步步崛起的故事。除战争外,主角与绝世佳人之间的爱恨情仇故事也十分精彩。

是年,学术界对网络文学展开争论。2月19日,欧阳友权在《中华读书报》上发表《网络文学:技术乎?艺术乎?》。文章认为,人们从人文的视野考辨网络和网络文学的时候,正确的立场是:"放弃机械论的二分法,提倡有人文精神的科学精神,同时有科学精神的人文精神;或者有人文关怀的科学技术,有科学精神的人文科学,这两者相结合,发展充满人文关怀的科学技术,同时发展有科学精神的人类道德。"4月22日,《中华读书报》发表了张辉的商榷文章《网络文学不是游戏文学》。文章对欧阳友权的观点提出了疑问。5月21日,《中华读书报》发表了何志钧的文章《网络文学:无法忽略的"物质基因"》,反驳了张辉文章的观点。6月18日,《中华读书报》发表了欧阳友权的回应文章《哪里才是网络文学的"软肋"?》,欧阳友权进一步阐发自己对网络文学局限性的看法。这次争论的内容被《人民日报海外版》《中国人民大学报刊复印资料》《2003年中国文情报告》《观点——2003年文学》等转载介绍或评论,引起学术界的广泛关注。

2004 年

1月5日,竹影青瞳在天涯社区个人博客里贴裸照,引发关注和讨论。该博客单日访问量达到150万人次,一度导致天涯社区服务器瘫痪。

1月5日,由新浪网主办的"新浪·万卷杯"中国原创文学大赛颁奖仪式在北京举行。本次大赛的评选不仅有网友们的积极参与,同时还包括周国平、刘震云、海岩、铁凝等专业作家。大赛共收到参赛作品1万余篇,经过层层选拔,最终有15篇小说、2篇抒情散文获奖。在所有奖项中,分量最重的大奖授予一部叫《合法婚姻》的作品。作者网名"铸剑",其真实身份是北京一位名叫"栾文胜"的广告人。他认为自己的文字实在没有什么值得炫耀的,唯一自信的是对文学还抱着一份敬畏的感情。评委们给出的获奖评语是:"语言和叙述充满机智,风趣中带有一种现代意义上的反讽,充分体现了当代青年的特征。老徐和小雅的一段短暂恋爱婚姻史包含着社会的深刻矛盾。"此外,段战江的《寂寞山水苏格兰》、乡村的《忧伤的河流与屋檐》获优秀抒情散文奖;安昌河的《忧伤的炸弹》获最佳短篇小说奖;铸剑的《黑耳朵》获最佳中篇小说奖;阿闻的《纸门》获最佳长篇小说奖。

1月13日,国家新闻出版总署公布了首批50家互联网出版机构名单,其中包括:图书出版单位23家,电子音像单位5家,图书发行单位1家,报纸单位6家,期刊单位3家,综合网站5家,电信机构2家以及新闻单位4家等。

1月,由董晓磊创作的小说《我不是聪明女生》在国内尚未出版便被韩国引进。据相关统计,中、韩两地网络点击总量超过6 000万,图书出版两周后在韩国发行量便突破300万册,稳居当年韩国图书排行榜榜首。小说的风行在韩国甚至衍生出新名词"哈唐族",同时大批韩国学生涌向中国东北学习汉语。

1月,漓江出版社出版图书《2003中国年度最佳网络文学》。编者是榕树下图书工作室,作品选自榕树下网站2003年发表的作品,共30余篇,均有较高点击量。

1月，被媒体评为"中国十大青春小说"之一、由孙睿创作的《草样年华》由远方出版社出版。本书是以邱飞和周舟的爱情生活为主线，以描述大学生活为主要内容的长篇小说。仅在新浪，该书就创造了300万点击量的佳绩。读者表示之所以被这本书吸引，是因为每个人都能在这本书中找到自己爱情、生活甚至是人生的影子。小说源于生活又高于生活，作者把小说的精髓发挥得淋漓尽致。孙睿也被网友们视为"青春小说的新掌门""青春小说的最后一个酷哥"。图书策划人沈浩波认为，与郭敬明、何员外等青春小说作者相比，孙睿的文学准备更为充分，作为一个北京孩子，其鲜活生动的文笔，幽默诙谐的文风，深得京味文学的精髓，常常使人在怅然若失之余又忍俊不禁。他完全继承了京味作家幽默洒脱的文风，他的小说有着王朔式的幽默，却没有王朔的油滑；有着王小波式的睿智，却没有王小波的炫耀；有着石康式的浑不吝，却不像石康那样一味地颓靡。

1月，于洋、汤爱丽、李俊合著的《文学网景：网络文学的自由境界》由中央编译出版社出版。本书论述了网络文学的兴起、电脑书写与网络文学的关系、网络中的文学批评等内容。

2月6日，席立卓在《中国教育报》上发表《网络文学在成长中》。文章指出，近年来强劲生长的网络文学凭借着超文本和多媒体技术为大众提供了表达的媒介，突破了传统文学的单向模式。虽然当前网络文学尚存在诸如创作水平良莠不齐，缺乏专业理论和相关法律政策扶持等问题，但网络文学依旧在成长的过程中，充满希望。

2月10日，幻剑书盟开始实行收费制度。

3月11日，血红在起点中文网首发《升龙道》。2006年4月20日完结。该作品讲述了一个在异国他乡独自挣扎求存的人，却始终没有忘记自己的根在中国，始终坚定信念，寻求一条自强的道路，最后在异国拼搏出属于自己的事业。

3月11日，《北京晨报》刊登了树儿的《娘，我的疯子娘》。这是一篇当时在众多中文论坛中被转载的帖子，而且每一次的转帖，都赢得惊人的点击量，每一个回复的内容都与"哭"字有关。在网络时代，这个帖子无数次被泪水擦亮,受到持久的关注。在中青论坛,这个帖子被作为"每日精彩"而置顶数日,版主在回复中称"近年来所见文章,此篇当居第一"。

3月15日,姚鹤鸣在《学习与探索》上发表《法兰克福学派文艺技术化批判的批判——兼论网络文学存在的合理性》。文章指出,文艺的技术化毫无疑问与传统的文艺观相悖,但从另一个方面观察,它又能够促使文艺的发展,促使文艺功用目的的真正实现。科学技术和文学艺术不是截然对立的两物。网络文学正是这两物矛盾对立统一在崭新时代的产物,它有它存在的合理性——体现了真正的"创作自由",拓展了创作的空间,为多种艺术样式的融合提供了可能。

3月,《星星》诗刊、《南方都市报》分别推出"甲申风暴·21世纪中国诗歌大展"专辑。新浪网进行滚动式报道、网络征稿以及调查。这是继1986年诗歌大展以来国内最大规模的现代诗展示。除了少量"散户",主要是以"民刊·社团"和"网站·论坛"为单位展出各派代表诗人及其代表诗作,表明网络和民刊已成为21世纪诗人群体集结的主要方式。

3月,天方听书网创建。天方听书网是中国最早正规化运作的听书网站,曾经是中国最大的为MP3、MP4、手机、电子书等提供有声小说下载服务的专业网站,也是一座汇集古今中外文学的"有声数字图书馆"。图书内容囊括了玄幻、武侠、都市、校园、灵异、穿越、古典、生活、理财、历史、职场、两性等近60种类别。

5月,阿越的历史穿越架空小说《新宋》发布于幻剑书盟。小说描述了一个当代的历史系大学生石越回到北宋,利用千年的知识积累,对北宋王朝的各个方面进行改革的故事。

5月,中国文联出版社推出由中南大学教师完成的"网络文学教授论丛"(5本),具体包括:欧阳友权的《网络文学本体论》,蓝爱国、何学威的《网络文学的民间视野》,杨林的《网络文学禅意论》,聂庆璞的《网络叙事学》,谭德晶的《网络文学批评论》。该丛书系国家社科基金项目、教育部人文社科研究"十五"规划课题成果,由欧阳友权主编。该丛书的出版标志着我国网络文学受到高校学者的深度关注。黄鸣奋认为,这套丛书是网络文学首次从理论上证明自己的存在;王岳川认为,该丛书较好地回答了网络文学的文学性问题;王德胜认为,该丛书开启了21世纪网络新文学的理论大系;何志钧认为,该丛书堪称学术界网络文学研究的一次阵容严整的集体亮相。

5月,小说阅读网创办。该网站分设男生版、女生版和校园版三大块,其网站中的小说论坛为国内最大的文学在线交流平台,主要提供原创小说,因其独特的风格和丰富的内容而受到广大小说爱好者的推崇。

5月,"爱尔兰华人论坛"在爱尔兰注册,是爱尔兰最大的华人与中国留学生论坛。

6月14日,由中南大学文学院、文学评论编辑部、文艺理论研究编辑部等单位主办的"网络文学与数字文化"全国性学术研讨会在长沙陋园宾馆举行。一批知名专家学者和近百名代表围绕网络文学与数字文化的各种热点问题展开了热烈讨论。

6月,广东作家千夫长创作了中国首部短信连载小说《城外》。

6月,海南移动通信公司与天涯杂志社、海南在线天涯社区联合发起首届全球通短信文学大赛。

7月1日,金子开始在晋江原创网连载《梦回大清》。2007年10月完结。该小说作为经典的穿越文、清穿小说的鼻祖,是"清穿三座大山"(另两部是《步步惊心》《瑶华》)之一。

7月16日,全国"扫黄打非"工作小组办公室发起"打击淫秽色情网站专项行动"。网络文学首次成为"扫黄打非"的对象。中国成人文学城、成人文学俱乐部等网站被取缔;天鹰网、读写网、翠微居等因存在色情内容,被要求关闭整顿;起点中文网、幻剑书盟等网站展开自查,大量作品被删除或屏蔽。从不乱、罗森、泥人、半只青蛙、秦守等情色文学知名写手从中国大陆网络消失,转战中国台湾地区文学网站。

8月21日,在"2004红袖大型文学对话论坛"上,国内知名作家、文学评论家、高校教授、学子等共同就文学在新时期的网络技术语境中的发展、当代文学的发展与所面临的困境、当代文学的独特风景等相关议题进行了热烈讨论。作家出版社、人民文学出版社及《北京文学》《小说选刊》等国内知名出版社和杂志社均应邀并派代表出席了此次对话论坛,还作了发言。

8月,中国电信运营商华友世纪通讯公司以18万元的价格与千夫长签署了《城外》的版权协议,并以有偿的短信连载方式推出,版权包括《城外》的SMS短信、WAP手机上网和IVP语音业务等版本。

8月,戴鹏飞作品集《谁让你爱上洋葱的》以"中国第一部短信体小说"之名由中国电影出版社出版,并被新浪网购得两年版权。

9月1—3日,中国互联网大会(第三届)在北京国际会议中心召开。本届大会以"构建繁荣、诚信的互联网"为主题,以"把握机遇、创新发展、务实合作"为准则,以"促进发展"为目标,力求推动企业、投资和研究三类机构在技术、资本、业务等三个层面的深度合作,帮助参会各方把握产业脉搏、有效拓展市场需求、创造新的发展契机。

9月10日,广东文学院签约作家千夫长撰写的手机短信连载小说《城外》在全国同步发行。这部号称仅有4 200字的中国首部手机短信小说尚未上市就引起了热议。该书的版权被一家电信增值服务商以18万元的天价独家买断,核算下来,每一个字卖到了42元。这部小说共分为60条短信,每条70字,如果每天订阅一条,需要2个月才能够读完。

9月28日,刘俐俐、李玉平在《兰州大学学报》上发表《网络文学对文学批评理论的挑战》。论文提出了与网络文学批评原则相关的几个理论问题,即虚拟空间与物理空间的关系及民族文化认同问题;网络文学与传统文学的关系与批评原则确定的问题;网络文学的批评标准与传统文学批评标准的同构问题;超文本网络文学对既有文学理论和传统批评原则的挑战问题等。

9月,逐浪文学网正式推出VIP收费阅读系统。

10月8日,起点中文网以2 000万元的价格被盛大网络收购,成为盛大全资子公司。收购后,盛大建立了VIP阅读点卡的全国销售网络,加上网络银行等渠道,让众多喜欢看书并有付费能力的读者成了起点VIP会员。读者迅速增加,也使得大量作者涌入,使起点迅速拥有了业内最为重要的作者资源和读者资源,起点正式成为网络文学第一大站。

11月,曾与中国青年出版社合作出版了"银河网络丛书"的北美非商业化运营的大型华文网络文学网站银河网倒闭。

12月8日,新浪"第二届华语原创文学大奖赛"开幕,在投稿须知中规定:作品体裁为长篇小说,作品篇幅在3万字以上。这与网络文学市场上长篇小说的繁荣有关,因为获奖作品将由主办方组织出版,诗歌、散文、剧本等体裁因商业价值不高被放弃,这也是出于经济效益的考量。"在征稿期间只能在论坛上发布作品前2/3的内容。"这次网络文学大赛可以被看作网络文学评奖的一个拐点,说明了长篇小说已经成为网络文学最重要的体裁。

12月17日,盛大网在上海宣布:其旗下的起点中文网与多位网络原创文学作者正式签订个人稿酬协议,个人最高年薪将突破100万元人民币。目的是在保护网络作家知识产权的前提下,促使中国原创网络文学加速融入传统文化领域。而众多受到欢迎的网络文学原创作家收益的提高,也将为盛大的网络娱乐研发事业提供更多更好的内容保障。

12月18日,起点中文网在上海举办"盛大起点2004年原创文学之旅"活动,请来了网络上的最有人气的写手,根据作者以前的表现和起点未来发展的综合考评,以年薪的方式买断作者一年所写的作品版权,并与他们正式签订了百万元稿酬的协议。协议规定,根据网络文学界著名的原创作者血红(《神魔》)、烟雨江南(《亵渎》)、蓝晶(《魔盗》)、赤虎(《商业三国》)、流浪的蛤蟆(《天地战魂》)、碧落黄泉(《逆天》)等人的原创作品质量和数量,他们将获得最高超过百万元的稿酬。血红成为历史上第一位也是当年唯一年收入过100万元的网络作家。这是当时网络文学界年薪金额最高的正式合约,将为这些网络文学原创作者赢得更为宽松的创作条件。

是年,看书网成立。该网站是人民网旗下的大型原创文学门户和著名的原创小说网站。看书网坚持打造原创文学精品,为华语网络文学在文化传承、文学创作和创新上发挥核心作用。

是年,新浪网读书栏目设立"原创特区",并将其中反响较大的作品转化成纸质出版物,如网络校园文学作品《此间的少年》《毕业那天我们一起失恋》等。

是年,奇幻文学成为热点。《小兵传奇》《飘邈之旅》《诛仙》《天魔神谭》《魔法学徒》《升龙道》《紫川》等作品有很高的点击量,奇幻文学成为网络文学的出版重点。

是年,中国网络小说迎来了影视改编的第二个历史时期。在这个时期,中国网络小说影视改编的基础已经打下,网络小说的作品增多,类型也更多样,影视创作者的选择范围扩大,改编题材多样化,不局限于爱情故事的题材,家庭伦理、悬疑惊悚、军旅题材等网络小说也进入改编的范围。题材的丰富标志着中国网络小说影视改编进入一个新的发展期。同时,网络小说改编影视的现象引起国家的关注,相关政策相继出台,扶持其发展,相关研讨会也促进人们对网络小说影视改编的认识,其影响力不断扩大。

是年,凤鸣轩网络科技有限公司正式成立。网站以"凤鸣华夏,畅享好文"为口号,致力于中国原创文学的发展。

是年,云轩阁小说网成立。这是一个主要由网络爱好者共同建立的网站,最初名为"去读书小说网"。在发展的巅峰时期,用户点击量超过1万人次,实现了1百万以上的网页访问量。

是年,阅文集团下属的起点中文网以国内站点的内容生产为依托,成为网内文学海外探索的先行者。起点中文网面向全世界出售网络文学作品版权。

是年,蔡骏的小说《诅咒》被改编为电视剧《魂断楼兰》,胭脂的小说《蝴蝶飞飞》被改编为同名电视剧。

2005 年

1月7日，刘昶在《中国图书商报》上发表《1995—2005大众出版市场十年风云回眸》。文章指出1995—2005年这十年间，大众出版业随着中国经济的巨大洪流，在市场化、国际化的道路上走出了很长一段路程。青春旗帜引领文学市场，严肃文学日渐式微，青春文学——包括网络文学的主流——增势强劲，成为新的主流，取代了严肃文学的市场主导地位。

1月10日，望友在《中国网友报》上发表《网络文学论坛的前世今生》。文章以新浪、搜狐、网易、腾讯、天涯等网站下属的网络文学论坛为例，分别讨论了其特色及大致发展历程。

1月14日，深海、水妖二人在《e时代周报》上发表《奇幻文学的奇迹》。文章指出，伴随着大量优秀奇幻类网文作品的出现与爆火，实际上已经形成了奇幻类网文作品的创作风潮。

1月，大型文学月刊《十月》推出了新栏目《网络先锋》，由著名作家陈村主持，先期为读者推出了盛可以和舒飞廉的两部网络作品。陈村是当时唯一活跃在网上的传统作家，他被聘请为新栏目《网络先锋》的主持人，表明随着网络媒体的快速发展，大批年轻而有实力的作家开始活跃于网上，传统主流媒体再也不能无视网络的存在，必须与网络发展接轨，开始在网上发现有潜力的作家。

2月2日，高小胖在《中华读书报》上发表《我是人渣我怕谁》。文章指出，相比于严肃文学，网络文学多以小人物的视角讲述故事，在写作方式上独具特色，在语言上别具一格，展现出了当代社会中人的状态与自然的情感。

2月5日，怀宁在《教育时报》上发表《网络文学：语文教育的新视域》。该文将网络文学视为未来对学生进行语文教育的一大重镇。

2月，雷云风暴在起点中文网开始创作《从零开始》。2016年3月2日完结。

2月,欧阳友权的《数字化语境中的文艺学》由中国社会科学出版社出版。

3月2日,《中国新闻报》刊登了杨晓芳的文章《2005:悬疑风乍起》。该文指出,2005年伊始,上海人民出版社的《碎脸》和接力出版社的《地狱的第19层》两部悬疑小说在图书市场爆火,甚而有媒体宣称:2005年将是一个"悬疑年"。2004年,《达·芬奇密码》的爆火引燃了悬疑之火,使悬疑小说重新成为出版社的宠儿和图书市场关注的焦点。

3月16日,水木清华BBS转为校内型网站,取消清华大学之外的校外访问权限。随后,网站高峰在线人数由23万余人下降到7 000余人。

3月23日,舒晋瑜在《中华读书报》上发表《网络读书频道的原创战》。文章指出,当时各大网络文学网站与读书频道更加强调原创文学作品的重要性。

3月31日,起点中文网推出"起点职业作家体系",开始招聘"职业作家",实行保底年薪制,即"底薪+分成=年薪"。该计划要求作者每月更新字数达到8万~10万、平均订阅数3 000~5 000,超出的部分享受分成和奖励。起点中文网对作者提出了两个看似矛盾的要求:好看、快速。为此,作者必须在免费章节中保证"质量",即给读者最想看的东西;同时,"快速更新"才是网文作者的第一使命,即只有不断更新,才能更好地满足读者的阅读体验。

3月,来自武汉的杨露以长篇爱情小说《蜘蛛之寻》,击败两岸近2 000篇参赛作品,荣获首届"凤凰网络文学大奖"首奖。此次网络文学大赛吸引了两岸在校学生、公司职员、退休公务员等不同人群参加,经评审团的多次电函往来、讨论,最终评出10部作品入围得奖。评审团表示《蜘蛛之寻》能够击败其他作品的原因,在于作者对人物塑造、文字处理都较其他作品成熟,同时故事情节能使人感动,许多细节描写有直指人心、打到痛处的畅快感。担任此次大赛两岸决选评审团委员之一的北京大学中文系教授曹文轩认为,获奖作品都有较强的当下性,关注的是现代形态下的家庭、婚姻、爱情、性爱等现实问题。

4月26日,刘旭义在《文艺报》上发表《网络文学研究的学理悖论》。文章指出"网络文学研究"已成为一门新的学问。然而,纵观当时网络文学研究的现状,存在着许多问题:一方面,研究者不得不承认网络文学是一个无法界定的东西;另一方面又抛开这些,自说自话地认为网络文学完全不同于传统文学,对网络文学做出种种有悖于文学常识的"学理"结论。

4月30日,国家版权局和信息产业部联合发布了《互联网著作权行政保护办法》,其中明确规定了侵犯信息网络传播权的一系列行为。此办法的制定、实施为保护著作权人的信息网络传播权营造了良好的环境。其一,它不仅填补了国内关于互联网著作权行政保护的法律空白,也对人民法院在司法实践中细化信息网络传播权的原则产生了极其重要的影响。其二,它开启了网络语境下著作维权的先河。

4月,起点中文网页面日均访问量超过4 000万次,相当于幻剑书盟的3倍。

5月,随波逐流开始在起点中文网连载《随波逐流之一代军师》。2006年9月完结。这是难得的女作者写"大历史叙述"小说的成功范例。

5月,天逸、幻剑书盟、龙的天空、爬爬书库、翠微居、逐浪等文学站点组建中国原创文学联盟,通过VIP共享来增加作品的阅读率,联合对抗起点中文网。此后,两大阵营展开了一系列抢夺作者、读者的斗争,而起点中文网最终凭借雄厚的实力胜出。

5月,萧鼎的《诛仙》、烟雨江南的《亵渎》、猫腻的《朱雀记》、兰帝魅晨的《高手寂寞》先后上线,血红的《升龙道》开创中国大陆网络文学超长篇小说先河。这一系列作品催生玄幻小说的各种门类全面开花。

5月,红袖添香联合20多家网站开展"维护网络著作权益联合大签名"活动,积极致力于维护网络知识产权。

5月,MSN中文网成立。该网站与起点中文网、红袖添香等国内知名文学网站建立了战略合作关系。

5月,随着湖南的网络文学创作逐渐掀起热潮,网络写手人数众多和网络文学自由多样,引起了湖南省作协的重视。湖南省作协在郴州召开了网络文学座谈会,与会者就网络文学的诸多问题交换了意见。大家认为,纸质文学和网络文学都属于文学的范畴,两者又各具特色,承载着不同的使命。还有人提出,应给予网络作者以应有的认可,发展和吸收其中的优秀分子加入作协,另外网络文学也应该建立自己的一级组织。

5月,湖南省网络文学研究基地在中南大学文学院正式挂牌。

6月1日,晚晴风景开始在晋江原创网连载《瑶华》。2006年6月完结。

7月1日,月下箫声开始在晋江原创网连载《恍然如梦》。2007年6月完结。

7月8—10日,新闻出版总署举行首届中国数字出版博览会。会议围绕网络文学、学术著作和网络游戏等热点话题进行探讨交流,倡议成立数字出版产业联合体,推出《中国数字出版产业调查报告》和《中国数字出版行业前沿集锦》。

7月,起点中文网当月签约作品稿酬发放突破100万元。

8月17日,由南派三叔创作的小说《盗墓笔记》中的铁三角成员之一的张起灵进入长白山青铜门,代替吴邪守十年终极。作者南派三叔与"稻米"(《盗墓笔记》粉丝的自称)许下了一个长达十年的约定——2015年8月17日共同迎接"小哥"张起灵的回归。

8月,随缘居论坛建立,成为欧美圈同人作品最重要的大本营之一。

8月,飞库网成立。该网站融合网上阅读与下载功能,致力于推动手机阅读的发展,作品内容多元,旗下有诸多知名的网络写手。

9月1日,葡萄开始在晋江原创网连载《青莲记事》;14日,流玥开始在晋江原创网连载《凤霸天下》。这两部作品共同创造了"女穿男"的"(伪)耽美"经典穿越模式,并掀起了晋江"逆后宫"模式的风潮。

9月15日,新浪读书频道举办"第三届新浪原创文学大赛",推出"打造通俗文学"概念,奖金号称高达40万元。

9月22日,中共张掖市委宣传部和甘州区委宣传部通过甘州新闻在线网站和张掖宽带网站合作承办了"金张掖"网络文学大赛。本次网络文学大赛与甘肃省内外的30多家网站链接了大赛网页,在130多家文学论坛上发布了大赛消息,向甘肃省内各地发出了1 300多封邀请参赛函,使此次大赛的点击总数超过了30万次,参与评分和评论的网友有6万人。

10月,书路的下属网站中国原创文学网全新改版并新开通多种业务,成为集游戏文学、玄幻修真、浪漫言情等娱乐小说为一体的大型原创文学网站,网游和玄幻小说是其特色。

11月17日,《人民日报》刊登杨文雯的《"点击率小说":出版方式的变革》。该文将网络文学作为文学进入21世纪之后一种重要的文学现象来加以讨论。

11月19日,由腾讯网读书频道发起的"网络文学精英会"之"掌门论剑"在北京大学正大国际会议中心隆重举行。来自起点中文、幻剑书盟、红袖添香、天涯、榕树下等著名原创文学网站及知名作家、学者、网络写手汇聚一堂,堪称网络文学界规模最大的会议之一。在会上,十余家文学网站共同签署《中国网络文学阳光宣言》,宣称要"坚决抵制色情、暴力、反动等不良文学和低俗文学在网络泛滥,坚决清除不良网络文学对青少年的污染,全力营造一个健康、向上、充满阳光的网络文学成长新环境"。

11月,阿越的历史幻想小说《新宋·十字》在四川科学技术出版社推出。随后则由台湾鲜鲜文化出版社推出繁体版。

11月,由北京铁血科技有限公司主办,修正文库、凤凰网和新浪读书频道等协办的"传统写作和网络写作,谁会走得更长远"作家座谈会在北京举行。传统作家北村、诗人宋琳、评论家朱大可、导演王超与网络写手慕容雪村、张轶、卜小龙等人就这一话题进行了探讨。针对"传统写作和网络写作,谁能走得更长久",慕容雪村这样预言:"我认为文学死亡是指日可待的。"慕容雪村的观点遭到导演王超、作家北村等人的激烈反驳。

是年,起点中文网开展"三周年庆:VIP加入新举措,免会员费"活动,对VIP会员进行分级,有初级VIP会员和高级VIP会员。前者充值30元,VIP章节每千字付费3分;后者充值50元,VIP章节每千字付费2分。起点中文网筛选出了八大职业作家:血红、流浪的蛤蟆、碧落黄泉、肥鸭、周行文、最后的游骑兵、云天空、开玩笑。其中,云天空的年底薪为税后5万元,超出3 000订阅的部分每订阅、每千字分成1分。起点中文网召开了第二次作者年会,从此年会成为文学网站的标配。

是年,幻剑书盟的VIP收费是网站的主要收入来源,但最高只做到起点中文网的六分之一,其中《新宋》《诛仙》和唐家三少的《狂神》贡献最多。

是年,中国作协等吸收了一批有影响的网络作家如安妮宝贝、郭敬明、张悦然、蒋峰、李傻傻、当年明月、千里烟、笑看云起、晴川、月关等,引发关注。

是年,济南市文联专业作家王金年把新创作的《百年土匪》长篇小说在新浪文学网站上贴出后,反响强烈,点击量一直居高不下。

是年,林海听涛开始在起点中文网连载《我们是冠军》。该小说是网络"体育竞技小说"的代表作。

是年,桐华开始在晋江原创网连载《步步惊心》。2006年完结,版权后来转到起点女生网。

是年,兰帝魅晨开始在起点中文网连载《高手寂寞》。该小说是"虚拟网游小说"的代表作之一,以逻辑跳跃、阅读挑战性强著称,甚至被人称为"网文界的《等待戈多》"。

是年,明晓溪开始在晋江原创网连载《泡沫之夏》。2007年6月第三部完结。小说中两位男主角欧辰和洛熙,分别成为都市言情经典的"总裁"和"明星"形象,开启了女频总裁文和娱乐圈文的风潮。

是年,言情小说吧网站成立,高峰时期日浏览量超过6 300万,注册用户人数350万。

是年,世纪书城网站成立,综合了小说创作、文学阅读以及实体出版等方面的功能,是当时网络文学领域颇受推崇的原创性华语文学品牌之一。

是年,3G书城基于移动终端的网络平台问世。该网站借助于移动业务的拓展以及移动终端的普及快速成为国内移动网络中具有显著影响力和知名度的原创文学网站。

是年,明杨品书网被幻剑书盟收购。

是年,随着新浪博客的发展和简易信息聚合技术的出现,个人订阅的推送技术得以风行。

是年,豆瓣读书上线了打分功能。该功能与豆瓣影评五星制打分功能类似,开始尝试对图书进行大众点评。

是年,莲蓬鬼话吸引了周德东等写悬疑的传统文学作家加入。

是年,起点中文网正式聘请王蒙担任网站的文学顾问。

是年,起点中文网针对女性用户群体,推出起点女生网。该网站针对女性读者喜爱的文本类型将所收录的小说进行整合分类,以便满足女性读者群体的需求。

是年,第三届"新浪·万卷杯"中国原创文学大赛举行。本次赛事在评选环节预先对所收录的作品进行了分组,分为奇侠类、悬疑类、军事类、言情类等。

是年,作家出版社和腾讯网共同组织并举办了QQ作家杯征文大赛。

是年,新闻出版总署组织评选"中国政府出版奖",其中对网络出版物单独设置了子奖。

是年,盛大文学开始了维权之路,先后对联想经典时空读书空间、云霄阁网站、读吧网、百度、文轩阁进行了侵权起诉,最终都胜诉。

是年,三十的小说《和空姐同居的日子》开始连载并在短期内迅速蹿红,两个月内阅读量超过1亿。该小说主要讲述了空姐冉静失恋后买醉,被同住一个小区的白领陆飞"捡"回了家。之后,冉静因故搬进陆飞家中,开始了和陆飞的"同居"生活的爱情故事。作者三十用俏皮而秀丽、委婉而深入的独特文笔,赋予了小说一种不可言说的魅力。

是年,作为中国网络小说海外传播的先行者,起点中文网第一次授权泰国和越南,开启了网络文学出海的时代。随后,起点中文网逐步向全世界多个国家出售网络小说版权,涵盖多种类型。

2006 年

年初,胡戈《一个馒头引发的血案》一出,在网上掀起了轩然大波,同时也给我们带来了一个全新的概念,那就是"网络恶搞"。

1月8日,一刀文学网(由军旅作家苏一刀于2004年创立)在羊城东圃的盛谷酒吧举办首届网络与文学研讨会。会议讨论如何利用网站固有的人气并兼顾内容丰富与不同层次写手的需求,优化网络写作的问题。

1月15日,BSP博客服务系统上线。该系统能够承载千万用户,并发布了以博客个人价值为中心的"新生活方式"战略。

1月15日,欧阳友权在《文学评论》上发表《用网络打造文学诗意》。文章从重铸科学诗意化境界、虚拟世界的行为诗学、网络叙事对文学诗意形态的置换三个方面进行论述。

1月16日,改编自棉花糖的同名小说《谈谈心恋恋爱》的电影上映。

1月,天下霸唱开始在天涯连载悬疑盗墓小说《鬼吹灯》。2008年完结,后转至起点中文网发表,开创了盗墓小说的先河。《鬼吹灯》是盗墓文学正式诞生的标志和重要代表作之一,因而被称为"盗墓小说鼻祖"。

1月,《天涯社区"闲闲书话"精选》(全3册)由上海人民出版社出版。

1月,由天涯社区选编的《2005中国年度网络文学》由漓江出版社出版。

1月,朝华出版社出版红娘子的《红缎》。红娘子也被称为"惊悚女皇"。

1月,文学刊物《小说选刊》改版,以"贴着地面行走,与时下生活同步"为口号,增加了许多全新栏目,如《发现》《经历》,以及优秀网络小说的栏目《网趣事》等。

2月15日,国新办召开新闻发布会。在会上,阎晓宏介绍了近年来国内打击盗版活动的进展,并就陆小亮和陈亮的网络盗版案等12个主要的网络侵权案件进行了通报。

2月20日,梦入神机(原名"王钟")开始在起点中文网连载《佛本是道》。

2007年3月完结，开创洪荒流仙侠修真网文类型。作者有"神机一出，谁与争锋"之称，被誉为"独自扛起2006年仙侠小说的大旗"。

2月24日，发生"韩白之争"。白烨的《80后的现状与未来》一文，引发了韩寒等80后的强烈反响。

2月27日，方想在起点中文网首发科幻类小说《师士传说》。2008年6月完结。

2月27日，由北京燕山出版社、新浪网读书频道联合举办、数万网民参与的华文"世纪文学60家"网络大评选活动历时两个月落幕。活动由北京燕山出版社策划，白烨、倪培耕为发起人，又邀请王富仁、孙郁、陈思和、陈子善、孟繁华、杨义、谢冕、雷达等25位中国现当代文学专家组成"世纪文学60家"评选委员会。活动展示了20世纪以来华文文学所取得的丰硕成果，目的是促进经典作品的积累和传播。

2月，天籁纸鸢开始在晋江原创网连载《花容天下》。作品中含有"男男生子"元素，后来成为耽美中极具争议性的情节元素。

2月，天空之承在起点中文网首发架空历史小说《请叫我威廉三世》。2008年4月完结。

2月，流潋紫（原名"吴雪岚"）开始在晋江原创网及新浪博客连载《后宫·甄嬛传》。

2月，文汇出版社与暴雪娱乐合作出版"魔兽·上古之战"小说三部曲中的第二部《恶魔之魂》。这是国内游戏文学正式介入出版业的第一个成功案例。

3月2日，韩寒发表《文坛是个屁，谁都别装逼》，和白烨展开了一场激烈的争论。白烨在他的博客上发了《我的声明——回应韩寒》。韩寒马上就发了《有些人，话糙理不糙；有些人，话不糙人糙》和《辞旧迎新》，迎战白烨。其间，涉及解玺璋、王晓玉、陆天明、古清生、陆川等人。这些人的争论越来越激烈，论战历时一个多月。

3月8日，中国首次MSN移动新书发布会举行。这个发布会是中国社会科学出版社为著名作家黄集伟的新作《习惯性八卦：语词笔记（5）》所举办的，以"2006·语词联欢"为主题，利用MSN作为网络在线平台，实现不同分会场之间的实时发布和实时问答的在线沟通。这种新形式被一些业内人士称为我国出版界新书发布会的一个里程碑。

3月13日，TOM在线集团宣布以2 000万元收购幻剑书盟80%股权。此次并购是当时数额最大的原创文学网站并购案，高于盛大2005年全资收购起点中文网的价格。经过此次并购，幻剑书盟拥有更大的资金优势为广大读者和作者搭建更广阔的平台，并逐渐形成起点、幻剑、17K三足鼎立的网络文学市场格局。

3月15日，红袖添香与北京人类大成教科文研究院联合举办首届和慧杯科幻小说大赛。大赛将于2007年2月15日截稿，奖金总额超过12万元，单项奖金高达5万元。获得本次大赛一、二、三等奖的作品将正式出版。

3月17日，天使奥斯卡开始在起点中文网连载《1911新中华》。2008年4月完结。该作品将历史"穿越救亡"的主题发挥到了极致。

3月25日，李歆开始在晋江原创网连载《独步天下》。2007年10月完结。该小说成为后期"清穿文"的成熟代表作，是"清穿三座大山"之一。

3月28日，流浪的蛤蟆在起点中文网首发更新网游类小说《蜀山》。2007年4月21日完结。

3月28日，第三届e拇指手机文学原创争霸赛（前身即"全球通短信文学大赛"）正式拉开序幕。该活动由中国移动、天涯杂志社和天涯社区共同主办。自中国移动提出"手机阅读年"口号以来，移动公司联合多家文学期刊、全国性媒体和大型门户网站，以大赛为契机，推广手机文学，力图打造"手机文学星工厂"。

3月，在陈先发、汤养宗的倡议下成立了安徽若缺诗社。该诗社提倡在继承汉诗的独特个性的基础上，实现汉诗的"当代性"。

3月，石悦以"就是这样吗"的ID在天涯社区的"煮酒论史"板块发了《明朝的那些事儿——历史应该可以写得好看》的帖子。作者的ID名称也由原来的"就是这样吗"改为"当年明月"。5月22日，作者开始在新浪博客上连载该作品。11月，他的博客点击量已达830万。2009年3月21日，连载完毕。该小说也出版了纸质书，销量超过500万册，并于2018年入选"中国网络文学20年

20部优秀作品"。当年明月借助于网络媒介,成为"草根说史"的代表作家。小说以史料为基础,加入小说的笔法,用诙谐幽默的语言讲述了明朝近300年的事。除了国内出版社将其出版成书,该系列作品还被译为日、韩、英等多国文字出版发行。出版后,该书迅速入选当当网"终身五星级最佳图书",被评为"全国十大畅销书"之一、"全国中小学生必读十本好书"之一,并连续多年被读者推荐为"印象最深的书",在读者中掀起了一股"读史热""明朝热"。

3月,《中国网络诗歌年鉴(2006)》由环球文化出版社出版。主编小鱼儿、陈忠村已连续3年编辑出版《中国网络诗歌年鉴》。该书收录了2006年全国知名网络诗人100篇名作和网络诗歌研究者的理论文章,并对全年网络诗歌大事件进行了评论,推荐了46个网络诗歌论坛与网站。

3月,徐静蕾"老徐的博客"结集出版。这是商家对博客与出版相结合形式的首次尝试。

3月,作家出版社出版安妮宝贝的《莲花》。该小说以神秘圣地墨脱为背景,讲述了年轻女子庆昭在拉萨遇到可以结伴一程的男子纪善生,他们两人穿越雅鲁藏布江大峡谷,前往墨脱寻访善生旧友内河的故事。小说标志着安妮宝贝创作风格的成熟转向,进一步超越对生活表象的叙事及对生命意义、人生真谛的追索与探寻。

3月,天方听书网获得中国互联网"Web2.0 100佳"称号。

3月,新世界出版社出版明晓溪的《泡沫之夏》第一部。同年8月,出版第二部,2007年5月出版第三部。

4月13日,榕树下被欢乐传媒以超过500万美元的价格成功收购。这是国内民营传媒企业收购新媒体的第一案例。

4月15日,幻剑书盟举办的互联网出版与发展峰会在北京召开,标志着我国互联网与平面出版、动漫、有声读物行业的全面合作。在会议上,幻剑书盟作为网络作家和传统出版商的桥梁,不仅为网络作家提供了出书渠道,也为传统出版商和网络出版商的合作带来了一个双赢的局面。

4月26日,北京数字作品版权登记平台正式启动。这意味着未来包括数码相片、手机铃声等在内的数字作品都将得到著作权的保护。北京市版权局利用数字水印技术和自动图像检索技术,建立了国内第一个数字作品的著作权注册系统。

4月,敦煌文艺出版社同时推出了洛艺嘉的《一个人的非洲》的纸版、网络版和手机版。针对出版撞车的质疑,洛艺嘉认为,在网上看书的人和买纸版书的人不是同一个族群,两者相交的部分只有10%。像当初《第一次的亲密接触》在网上已经相当流行了,可纸版发行了,仍然销售很好。

4月,架空历史类小说《一代军师》第一部由人民文学出版社首版。作者随波逐流原名"刘雪林"。2018年5月,《一代军师》以8.2分的优异成绩入选第三届"橙瓜网络文学奖"百强作品。

4月,东方出版社出版谢耘的《修炼——我的职场十年》。出版社曾将编校过的部分书稿在博客上连载,以网民意见为参考进行修改。

4月,文汇出版社出版郑渊洁的《勃客郑渊洁》。此书收录了他在新浪博客中的精彩文章,是一本散文作品集。

5月5日,一起看(17K)小说网推出测试版。

5月10日,红袖添香正式实行红袖积分制;红袖博客正式开通。

5月10日,作家王蒙在海珠讲坛上就网络文学的优势和劣势进行了探讨,并呼吁人们多读书,少接触网络文学。王蒙首先认同了网络文学的存在。他认为,网络文学的内容和形式都很随意。因为网络文学是如此的便利、如此的简单,以至于货币贬值,产生了垃圾。"当然,不能因为有了垃圾,就禁止了它,也不能因为人们喜欢它,就不能说它是废物。"王蒙也坚定地表示不会在未来发布自己的博客。对于认为博客是一种"超女现象"的看法,王蒙表示赞同。他认为,对待博客,应当以趋利避害的心态来看待。

5月13日,博客专栏(即博客中国)进行第三次改版,正式把博客中国定位为:中国思维第一集散地,知识者的梦工厂,思想者的聚乐园;倡导自由、平等、分享、互动理念;以评论性、思想性、尖锐性见长;以人为本,以文会友,汇聚国内精英群体;以传播思想、汇聚知识、洞察时事为己任。

5月17日,幻剑书盟发表声明,称起点中文网刊载了幻剑书盟独家拥有网络收费刊载权的《诛仙》和《飞翔篮球梦》两本书的部分章节,要求起点中文网道歉并赔偿100万元人民币,否则将诉诸法庭。但是起点中文网无视声明,将作品更名后继续非法连载。于是,幻剑书盟将起点中文网诉诸法庭,要求起点中文网立即停止侵权并公开道歉,并索赔50万元。

5月22日,一起看(17K)小说网正式开站,酒徒《指南录》开始连载。17K小说网隶属于北京中文在线文化传媒有限公司,是集创作、阅读于一体的国内领先在线阅读网站。其以"让每个人都享受创作的乐趣"为使命,以"成就与共赢"为价值观。2006年12月收费阅读系统(VIP付费)正式开始运营。

5月22日,烟雨江南在17K小说网开始连载仙侠武侠类小说《尘缘》。2009年7月完结。2010年4月由新世界出版社出版,成为网络文学十年盘点活动的"十佳优秀作品"之一,并且在人气盘点中摘得桂冠。

5月22日,教育部和国家语委公布首个《中国语言生活状况报告》。第一次公布了网络语言使用频率排行榜,"顶"居第一位。网络语言冲击现代语言规范的问题重新浮上水面,引发大众讨论。持反对意见的上海市曾在《上海语言文字法》中明确规定"国家机关公文、教科书不得使用不符合现代汉语词汇和语法规范的网络语汇",并明确禁止网络语言在正式场合的使用。而持支持意见的很多人呼吁要宽容对待网络语言,强调"宽容比扼杀更重要"。

5月23日,第四届浙江作家节举行。70多位省内外知名作家共聚台州学院,与学子们就网络文学的使命、文学性和出路等问题,展开了精彩对话。

5月25日,辰东开始在起点中文网连载《神墓》。2008年11月24日完结。《神墓》是辰东的成名作,是其处女作《不死不灭》的续集。2017年7月12日,《2017猫片·胡润原创文学IP价值榜》发布,《神墓》排名第7。由九州出版社在2007—2009年持续出版,全14册。它是太古战争流的奠基之作。2018年入选"中国网络文学20年20部优秀作品"。2021年7月4日上映同名改编电影。

5月28日,一篇名为《十网络作家批判书》的文章,在很多文学网站悄然流传开来。该文由数名青年网络写手集体完成,将安妮宝贝、痞子蔡、慕容雪村等网络作家请上祭坛,以文学批评的名义"大开杀戒"。

5月31日,红袖msn读书频道正式上线开通。该频道由红袖网站运营,内容以短篇文学和长篇小说为主。

5月,弯弯(原名"胡家玮")著《可不可以不要上班》由北方文艺出版社出版。在中国台湾地区诚品书店公布的2006年前10名畅销排行榜中,《可不可以不要上班》一度排名第9。该书在中国台湾地区得到百万人次连锁爆笑推荐,是学生及上班族必备抗无聊、提神秘籍。弯弯,中国台湾地区绘本小天后,上班族最佳心情代言人。她的Blog荣获第二届华文Blog大奖"最佳生活趣味部落格",她本人是金石堂书店"2005年度出版风云人物",并被书店及媒体票选为两岸最重要之十大作家之一。三部书《可不可以不要上班》《6868,一起翘班去》《可不可以不要上学》,总销售已突破100万本,掀起狂热的"弯弯风潮"。

5月,上海人民出版社出版王小峰的《不许联想——一个无聊人和他的无聊博客》。该书收录了作者在报纸杂志及其博客上发表的时评、娱评、随笔和段子。

5月,房忆萝(原名"杨海燕")开始在天涯网上连载《东莞打工妹生存实录》。该作品在几个月内成为天涯第一帖,月点击量超过百万,并成为手机阅读最受读者欢迎的网络文学作品之一,单日信息费最高收入突破5万元。

5月,云南美术出版社出版唐家三少的《善良的死神》。

5月,北京市高级人民法院终审判定郭敬明的《梦里花落知多少》剽窃作家庄羽的《圈里圈外》,郭敬明和春风文艺出版社共同赔偿庄羽经济损失20万元并道歉,追赔1万元精神损害抚慰金,停止《梦里花落知多少》的发行销售。

5月,白烨主编的《中国文情报告(2005～2006)》,由社会科学文献出版社出版。报告以2005年度中国文坛各种现象与事件为描述对象,对文学创作的各个门类和文学批评、文坛事件等进行了概说与评述。在各个分类中,对文坛的形势和变化都有以点带面的具体评说。该书对2005年度中国文学发展的描述,具有较强的权威性和较大的资料参考价值。

6月1日,马季在《红豆》上发表《海外华文网络文学》,梳理了海外华文网站的发展以及相关海外网文活动。

6月5日,第三届"新浪·万卷杯"中国原创文学大赛举行了颁奖典礼。19岁的辍学少年林千羽和22岁的复旦大学女生楚晴分别凭借《逍遥·圣战传说》和《挽云歌》分享了总状元的荣誉,探花则被安齐名的《肉鸽:东京的生死恋情》摘走。在颁奖典礼上,文学评论家白烨认为,本届大赛与前两届最大的不同在于,前两届的作品还是没有脱离传统小说的模式,而这次的作品是网络文学与传统文学的分离,开始另立门户,有网络小说和通俗小说的特点。此次比赛 80 后全盘胜出,有的甚至未满 20 岁。不少评委认为,这种结果预示着 80 后作家的全面崛起,以及新一轮的 80 后创作高峰即将到来。

6月13日,徐公子胜治的《神游》开始在起点连载。2007年9月16日完结。2012年10月由中国华侨出版社出版。

6月17日,由广东中国文学会主办,广东技术师范学院承办的广东中国文学会现当代文学 2006 年学术年会在广东技术师范学院召开。来自中山大学等全省知名高校、科研机构、新闻出版单位 80 多位专家、学者,围绕新时期文学的终结和 21 世纪文学的开端、中国现当代文学的教学与研究等议题,展开热烈讨论。其中,网络时代下中国当代文学的发展问题受到了与会专家的重视。多位专家认为,网络的自由空间降低了文学入门者的门槛,提升了人们参与文学的热情,增添了网络文学的活跃程度,将对 21 世纪的文学创作产生长远影响。

6月18日,陶东风在博客上发表《中国文学已经进入装神弄鬼时代?》,内容直指当时走红的玄幻类文学,引发论争。张柠在其博客中撰文回应,当代文学批评的矛头应该指向商品生产背后的资本运作的秘密。萧鼎则在自己的博客上发表《究竟是谁在装神弄鬼?——回陶东风教授》,认为陶东风仅从三部玄幻小说和几部影视作品就得出结论,在逻辑上成问题。随后,陶东风在博客上贴出《中国文学已经进入装神弄鬼时代?》的修订版,依然坚持自己的观点,并且认为,80 后感受世界非常突出的特点是网络游戏化,他们是道德价值混乱、政治热情冷漠、公共关怀缺失的一代。所以可以把神出鬼没的魔幻世界描写得场面宏大、色彩绚烂,但最终呈现出来的却是一个缺血苍白的技术世界。

6月26日,武汉成立了全国第一个区域网络文学委员会。该委员会以《芳草》为平台,开展网络文学的研究与实践。

6月26日,红猪侠的虚构历史小说《庆熹纪事》发布。此次发布会由中信出版社举办,通过QQ群组的形式进行网络发布。发布会以"红猪侠谈《庆熹纪事》与网络文学创作"为主题,包括作者在内的30余名参会者畅所欲言。

6月30日,傅其林在《中国文学研究》上发表《网络文学的理论建构"三部曲"——从〈网络文学论纲〉到〈数字化语境中的文艺学〉》。文章从共时性和历时性维度评析欧阳友权教授网络文学研究的三部著作《网络文学论纲》《网络文学本体论》《数字化语境中的文艺学》,剖析其网络文学研究的逻辑思路,揭示其对网络文学的理论建构的基本维度及其价值。

6月30日,徐睿在《青年研究》上发表《网络对青少年角色社会化的影响——透析网络文学〈成都,今夜请将我遗忘〉的相关"跟帖"》。文章采用定量和定性相结合的方法,通过分析青少年借以表达其真切感受的网络"跟帖",初步证实网络在青少年角色社会化中的作用,如网络的超时空特性加速了青少年早熟,增强了其在角色社会化中的自主性;但由于网络的去权威化,青少年在自由、平等、广泛互动基础上的角色能动调适也伴随着认同的困惑。

6月,逐浪文学网被国宏集团大众书局收购,二者联合成立大众·逐浪网。在之后的两三个月中,与17K小说网并立。

6月,上海广典传媒集团收购西陆,西陆网转型为新媒体运营。

6月,新世界出版社出版步非烟的《剑侠情缘》。这是为金山公司写的游戏同名小说。同年,同名端游上线。

6月,民族出版社出版了桐华的《步步惊心》。之后,该作品在韩国、日本等国发行并被改编成影视剧。2011年,该小说在中国被改编成同名电视连续剧。2017年7月12日,《2017猫片·胡润原创文学IP价值榜》发布,《步步惊心》位列第20。

6月,网游开始采用实名制。

7月1日,国务院颁布实施《信息网络传播权保护条例》。

7月1日,由上海三九文化发展有限公司出品,改编自冷眼看客的《向天真的女孩投降》的同名电视剧开播。

7月1日,中华杂文网和红袖添香网联合举办"《杂文选刊》杯"首届幽默杂文大赛。

7月6日,血红正式宣布加盟17K,发布《逆龙道》,当天从中午12点开始以每小时更新1万字的速度狂发10万字。

7月10日,起点中文网推出"白金作家签约计划",以取代因血红、云天空等"职业作家"出走而被证明存在问题的"职业作家"制度。"白金作家"签约的基本要求有两个:至少有一本完结书,至少有一本书订阅数在1万以上。"白金作家"后来成为起点作家体系的最高档次。

7月10日,云天空结束了与玄霆公司的合约,携新书《混也是一种生活》正式加入17K。

7月11日,起点中文网将云天空的作品《邪神传说》100万字的VIP章节解禁公开,成为免费章节。9月,云天空以合法权益受到侵害为由,向上海市浦东新区人民法院提起诉讼。12月15日,上海市浦东新区人民法院做出了一审判决:被告上海玄霆娱乐信息科技有限公司(起点中文网)赔偿云天空人民币12万元。起点方面上诉,但二审维持了原判。2009年1月1日,云天空又回到起点中文网,并相继发表新书《大地武士》《X—龙时代》《写手风流》等。

7月11日,哑丫开始在晋江文学城连载《秦姝》。2007年2月11日完结。2007年2月,由大众文艺出版社出版。

7月13日,起点中文网与唐家三少签订"白金作家"协议。

7月13日,红袖添香与msn读书频道联合主办"2006红袖添香七周年优秀中文原创作家评选"活动。这是红袖首次旨在挖掘红袖优秀代表作家的评选活动,活动将评选出十大人气作家和十大言情作家。

7月15日,潭洪刚、梁长应、陈功在《电影评介》上共同发表《探讨网络文学美学特征》。文章认为,网络文学是数码技术与文学艺术的审美统一。在审美题材上,是自叙化与世俗化的统一;在创作目的上,统一了无功利性与展布欲望的审美;在审美心理上,注重虚拟体验;在创作中的游戏心态符合以简驭繁、以淡照腴的美学风格。

7月23日,《文艺争鸣》刊发一组网络文学研究论文:邓国军的《网络文学的定义及意境生成》,蒋玉斌的《网络翻新小说试论》,聂庆璞的《Web2.0时代的文学地图》,马季的《网络文学写作断想》,杨雨的《新世纪文学焦虑的纾解与网络媒介的力量》,柏定国、苏晓芳的《论新世纪的网络仿像文学》,白烨的《新世纪文学的新格局与新课题》。

7月23日,白烨在《文艺争鸣》上发表《新世纪文学的新格局与新课题》。文章指出,新世纪文学可能超出了人们以往的文学经验,是一个需要人们认真认知、努力把握的一个全新的文学存在。它体现了中国文坛深层次的变异,一方面是文化、文学现行体制的两元并立:体制内的管理以计划模式为主,体制外的操作以市场方式为主;另一方面是文化、文学生产机制的多元共存:公有的、集体的和个体的,既有各自的方式和各自的渠道,又在某些环节上相互借力,协同运作。在这样的情形下,文坛开始发生结构性的变化。比如,基本上以文学期刊为主导的传统文坛,已逐渐分泌和分离出以商业出版为依托的大众文学,以网络媒介为平台的网络写作。

7月25日,欧阳友权在《文艺理论研究》上发表《网络写作的主体间性》。文章认为,互联网的平等交互和自由共享使文学的主体性向主体间性延伸,网络写作是间性主体在赛博空间里的互文性释放,这是对传统主体性观念的媒介补救。在网络写作中,散点辐射与焦点互动并存构成了主体间性的技术基础,作者分延与主体悬置的共生形成间性主体的出场契机,而视窗递归的延异文本则成就了主体间性的文学表达。

7月27日,聚星中文网总经理路金波在接受20余家中外媒体采访时,把以往关于流水线写作和小说工业化模式的说法推到了一个新的"高度"。他说,所有的故事和人物都是由郭妮幕后团队集体创作,她只是进行润笔,这个年轻女孩甚至连自己的公众形象也受到公司严格指导。在火热的"韩流"文化侵蚀中国文化产业之时,郭妮被出版界塑造成本土青少年自己的偶像,让广大青少年从她的作品中感受汉语的美好。因此,出版市场给予了郭妮极大的支持,2006年上半年,总共推出郭妮的小说《麻雀要革命》(1、2)和《天使街23号》(1、2、3)以及《恶魔的法则》等6本书,几乎每本的发行量都在40万册左右,销量超过韩寒、安妮宝贝等人。

7月,许鹏的《新媒体艺术论》由高等教育出版社出版。许鹏认为:"场"可被界定为一个微观系统化的合力结构,作为文学写作的环境,它分为三种类型:小场、大场、中场。小场和大场是传统写作的一个系统化合力结构。中场是网络文学运动的一种情态,是一个由作者、读者及网络提供的虚拟场所——BBS所构成的一个形态结构。在这个结构里,BBS作为"场"的载体,提供一个各种元素相互作用的整合平台。

7月,"我和深圳"原创网络文学大赛由深圳市文联、市作协联合举办。从7月开始至12月,有4 000余篇作品参加了比赛。自本次大赛起,深圳网络文学大赛持续4年,并与中国作协、中共深圳市委共同发起的"改革开放三十周年"文艺活动相结合,每年都进行一次年度评选,评选出年度最佳网络文学大赛的优胜者,并在2009年进行全国大赛,最终决出冠军。

7月,南派三叔(原名"徐磊")《盗墓笔记》开始在起点中文网连载。2011年12月,《盗墓笔记捌:大结局(上、下)》的出版标志此书长达5年连载的完结,成为盗墓小说中影响力最强的作品之一。该作品由中国友谊出版社等于2007—2011年陆续出版发行。2015年起,《盗墓笔记》陆续被改编成网络剧、电影、游戏,使"盗墓笔记"成为一个超级IP。2016年11月,《盗墓笔记》荣登2016中国泛娱乐指数盛典中国IP价值榜——网络文学榜top10。《2017猫片·胡润原创文学IP价值榜》发布,《盗墓笔记》排名第二。

7月,流浪的军刀(原名"周健良")的《愤怒的子弹》开始在17K连载。2006年9月由陕西师范大学出版社出版。

7月,集体翻译博客译言成立。2006年底,创始人张雷、赵嘉敏、赵恺决定将其改版成网站。

8月3日,《文艺报》刊登了成都军区《西南军事文学》"下网捞文"的消息。报道称《西南军事文学》决定与军网榕树下共同举行首届"军网杯"网络征文大赛,短时间内收到来稿500多篇,刊物连续3期推出网络征文作品,影响力和知名度迅速上升,吸引了更多有实力的网络写手。之后《西南军事文学》也与全军政工网等大型军队网站合作,通过担任网站特约编辑的形式进行组稿,凝聚了军内大批网络文学作者,"捞"出了许多优秀作品。至此,在全军文学期刊中,《西南军事文学》率先实现了两个"第一":第一家利用网络组稿,第一家举办网络征文,初步探索出军事文学与军营网络结缘发展的新模式。

8月7日,首届东北三省网络出版节在长春开幕。本届网络出版节预计历时一个多月,预计举行的活动有东北三省网络出版宣传日、网络出版高层论坛、动漫FLASH设计大赛、网络原创音乐评选、网络文学征集评选、网络游戏大赛、博客网页评选、优秀互联网出版网站精品栏目评选等。

8月8日,西祠胡同的创刊号《恋恋西祠》电子杂志正式面市。

8月11日,波波(原名"黎珂")在起点中文网首发《绾青丝》。2007年10月2日完结。这是早期晋江文学中比较成熟的小说,在晋江文学网的点击量超过5800万次。2007年,花山文艺出版社出版纸质书。2011年,百花洲文艺出版社出版新版。2017年7月12日,《2017猫片·胡润原创文学IP价值榜》发布,《绾青丝》位列第86。

8月15日,吴卫华在《江汉论坛》上发表《文学的泛化与短信文学的勃兴》。文章指出,文学的泛化已然是当代社会一个重要的特征,短信文学的勃兴既与手机短信的技术优势相联系,也是时代的审美特点所使然。形制上的短小、内容上的平面、传播上的快捷,亦即"短""平""快"构成了时下短信文学最为显著的特征。短信文学赓续着传统文学的特征,又不乏某些新的质素,在某种程度上使文学获得了对时空限制的超越,带来了文学发展的新契机。

8月15日,欧阳友权、汤小红在《中南大学学报(社会科学版)》上发表《论网络小说的叙事情境》。文章指出,作为一种新兴的叙事文学,网络小说的叙事情境有三个特点:舍弃传统的第三人称叙事而主要采用第一人称;抛开现代小说叙事偏好的内聚焦和外聚焦模式而采用零聚焦;运用讲述的叙事方式。

8月24日,海飘雪开始在晋江原创网连载《木槿花西月锦绣》。2014年3月完结。这是晋江"宅斗文"的早期经典。同时,多一半在起点中文网发布的《唐朝好男人》开创了"生活流"的历史小说。

8月25日,张结海教授在博客上发表《网络追逐流氓老外大行动》一文,称他通过博客发现了一名自称在上海高校教英文的"流氓老外"。短短几天,帖子被天涯、猫扑、西祠等网络社区广泛转载。猫扑上甚至出现了"猫扑网络通缉令第3号",网络通缉"玩弄中国女性的流氓外教"。这个网名为China bounder(中国暴发户)的"老外",自称在上海某大学担任外语教师。他以"欲望上海"为题,用赤裸裸的语言描述了自己如何利用外国人的身份玩弄中国女学生,羞辱中国女性和男性,并散播分裂中国的言论。9月1日,据美联社发自上海的消息称:"欲望上海"的博主是五个"行为艺术家",包括两个中国小伙和三个外国人。目的就是测试中国网民的反应,他们想调查"现代中国到底改变了多少"。这场戏剧化的声讨,已成为博客文化传播中的一个经典案例。

8月26日,作家刘猛在SC论坛和自己的BLOG中怒告流浪的军刀大量抄袭《最后一颗子弹留给我》一书。当时,流浪的军刀新作《笑论兵戈》正在SC上连载,军刀联手众好友转战各论坛。这次事件使整个玄幻圈全部团结起来,一起反击刘猛,称相似的情节是军旅小说不可缺少的,就像写大学生活的作品,几乎都要写军训、逃课、学生会等,不能说这就算抄袭。后来,网易等著名网站也介入了。最终,刘猛公开道歉并关闭个人博客。这就是当时著名的"刘猛军刀论"。

8月30日,第13届北京国际图书博览会上发布了2005年全国国民阅读与购买倾向抽样调查结果。结果显示,论坛聊天、阅读新闻和玩网络游戏占据了网民网上活动内容的前三位,成为当时网上活动的主流。另外,我国国民网上阅读率正在迅速增长,1999年仅有3.7%,而到了2005年,则增长至27.8%。

8月,社会科学文献出版社出版张邦卫的《媒介诗学:传媒视野下的文学与文学理论》。该书着重考察在信息时代与媒介社会中的文学文本所面临的文化困境与发展前景,探讨文学在新形势下与新格局中的一种可能,从而为走向媒介诗学的必要性与可能性、推动媒介形态的文艺理论的重构,开拓了一条极具创意的思想路径。

8月,网络上出现了"恶搞"赵丽华的"赵丽华诗歌事件",网友以嘲笑的心态仿写了"梨花体"诗歌,网上出现了大量的口语诗歌。"梨花体"是"丽华体"的谐音。赵丽华,中国作协会员,国家一级作家,曾任诗选刊编辑部主任。她的有些作品形式相对另类,引发争议,又被网友戏称为"口水诗"。更有好事者取"赵丽华"名字谐音成立"梨花教",封其为"教主"。文坛也出现了"反赵派"和"挺赵派",引起诗坛纷争。从此,赵丽华的诗歌风格和模仿这一风格的诗歌,均被戏称为"梨花体"。

8月,起点中文网宣布该站"半年奖"奖金达150万元。流浪的蛤蟆签订白金作家协议。同年,经血酬提议,网编训练营成立,其目标为解决编辑人手不足的问题,向整个网络文学行业输送人才。这是中国第一家网编培训营,被誉为网编的"黄埔军校"。

8—10月,天津教育出版社推出安意如的《人生若只如初见》《当时只道是寻常》和《思无邪》。因其大量内容一字不改地复制他人作品引发媒体争议。

8—10月,第四届中国国际网络文化博览会的重要活动,即"2006首届网络文学经典盛会"系列活动推出。组委会征集优美朗诵、优秀原创网络文学作品等,由网友推荐和专家甄选,评出"百篇网络美文、百位网络美音、百部网络美片"。同时开办网络文学高峰论坛活动,邀请有关专家学者就网络文学的现状和发展,以及网络文学创作、推广等问题,进行专题讲座。

9月3日,晓月听风(原名"罗娇")在晋江文学网开始连载《末世朱颜》。它是腾讯读书、晋江原创网、红袖添香等网站100万读者评出的"2007四大穿越奇书"之一。另外三部分别是海飘雪的《木槿花西月锦绣》(晋江)、天夕的《鸾:我的前半生,我的后半生》(晋江,被誉为"最震撼人心的穿越小说,最温馨感人的言情炸弹")、夜安的《迷途》(晋江,被誉为"史上最清新的穿越文""不可不读的穿越《圣经》")。这四部穿越小说都被作家出版社以高价签约出版,一时间达到穿越小说出版热的最高峰。

9月8—11日,渤海大学、当代作家评论杂志社在辽宁锦州联合举办了"文学传媒与文学教育学术研讨会"。该会议就文学传媒与文学教育、文学的生存与发展的关系、文学与传媒的关系以及逐渐兴起的影视文学和网络文学等进行了探讨。

9月15日,赵丽华在博客上发表《我要说的话》一文,回应了"恶搞赵丽华诗歌事件"。赵丽华说,网上被恶搞的诗歌是她2002年刚刚触网时期的即兴之作,当时是想卸掉诗歌的众多承载、所指、教益,让她变成完全凭直感的、有弹性的、随意的、轻盈的东西,或者说是"尝试",而且她宁可走偏或走到岔路,也不会重复陈腐和八股的旧路。所以,当时只在网上随意贴了下就收起来,知道它们不成熟就没有发表出来,但是没有想到某网站专门挑出这几首出来做文章,有些诗还刻意丢掉几行,显得更不完整,因此遭网友批评在情理之中。她表态说:"如果把这次事件中对我个人尊严和声誉的损害忽略不计的话,对中国现代诗歌从小圈子写作走向大众视野可能算是一个契机。"

9月17日,匪我思存开始在晋江原创网连载《佳期如梦》。2007年1月完结。此后,围绕《佳期如梦》的架构,匪我思存创作了一系列关于"京城四少"的作品,引领了"高干文"这一子类型的形成。2010年6月4日,《佳期如梦》改编的电视剧正式播出。

9月25日,长沙的软件编程员猎户(网名)专门推出了"猎户星免费在线写诗软件",从此让诗歌在网上"批量生产"。软件的开发者猎户称,"就是觉得好玩,没有糟蹋诗歌的意思"。自己是把"诗歌生成器"当作一个好玩的"填词游戏"而已。"写诗软件"的出现,给传统的诗歌界带来了震动。文学界纷纷指责其"十分荒唐""胡言乱语""伤害艺术"等,认为"是把文学创作快餐化,是文化浮躁的表现"。而一位写诗软件的支持者则写道:"如果一个靠简单的文本替换技术起家的自动写诗软件能伤害这门所谓的艺术,这门艺术也没什么必要存在了,那就让我们伤害到底!"

9月25日,我吃西红柿开始在起点中文网连载《寸芒》。2007年5月16日完结。

9月28日,纷舞妖姬开始在起点中文网连载《弹痕》。2007年7月26日完结。该作品主要描写军旅生活。

9月30日,曾洪伟在《广西社会科学》上发表《短信文学与网络文学的比对与前瞻》,从泛众性、时空的自由性、民间性、诗学重建的重要性以及经济属性等多维度对两者进行比对,认为短信文学即将超越网络文学而成为新媒体文学主潮的发展前景。

9月,七尺居士开始在17K连载《数据侠客行》。

9月,天籁纸鸢开始在晋江原创网连载《天神右翼》。2008年完结。该小说是耽美文中较为少见且最为著名的西方奇幻类型。

9月,六道(原名"谢景龙")开始在逐浪文学网连载黑道小说《坏蛋是怎样炼成的》。作品从连载第一天起,就掀起了一股黑道旋风,成为名副其实的网络黑道第一巨著,连续14个月进入百度小说风云榜十强。六道被网友誉为"逐浪"写手中的大神级人物。在2007年逐浪网年会上,六道成为逐浪2007年度最受欢迎作家(金奖)。2009年改编的同名电视剧播出。

9月,人民网读书频道正式开通,属于人民网的子频道,发源于《人民日报》。该频道专注文学经典和高品质阅读,尤其以红色阅读为特征。该频道在文化频道原栏目的基础上进一步完善,并加强与行业的合作。

9月,逐浪网第一版的改良升级工作完成,加入更多贴近读者的阅读设置。

10月4日,以《佛本是道》在起点中文网崭露头角的梦入神机签订白金作家协议。起点已经拥有了足够大的作者群,"职业作家"离去后留下的空缺迅速被新兴的作者填补上。其后,起点更加注重对中低层写手的培养,随着新书榜等一系列措施的实行,起点建立起了雄厚有序的作者梯队,其霸主地位并未动摇。

10月10日,由北京鑫宝源影视投资有限公司出品,改编自胭脂小说《给我一支烟》的电视剧《夜雨》首次在上海东方电影频道上映。

10月11日,胡锦涛总书记发表《在中共十六届六中全会第二次全体会议上的讲话》,指出要加快网络文化队伍建设,形成与网络文化建设和管理相适应的管理队伍、舆论引导队伍、技术研发队伍,培养一批政治素质高、业务能力强的干部。

10月13日,中国互联网协会证实已成立博客研究组,由中国互联网协会政策与资源工作委员会主管,成员包括人民网、千龙网等12家博客服务商及互联网专家等个人成员,专门研究博客实名制的工作。研究组围绕6个议题讨论,认定开博要先登记身份信息,其中包括身份证。当时考虑实行的是后台实名,前台仍允许马甲存在,方案还停留在探讨阶段。此前,实名制2004年底正式写入高校校园网络管理意见,清华水木清华、北大未名等高校BBS在2005年开始实名,年底腾讯被强令要求实名登记QQ群创建者和管理员未果,2006年6月网游开始进行实名制。

10月13日,由新闻出版总署主办、中国出版科学研究所承办的"2006中国数字出版年会"在北京开幕。本次会议持续3天,来自全国出版界、报刊界、影视界、图书馆界、新闻界以及高新技术企业等各方面的代表300余人参加了此次年会。"2006中国数字出版年会"是首届中国数字出版博览会的延续。本届年会将继续弘扬创新精神,继续为出版与发行、技术与产业、科研与企业搭建沟通与合作的桥梁,从产业、技术、政策和国家规划等多角度全面分析我国数字出版产业发展的技术环境、产业环境和文化环境。从科技发展形势、出版产业预景、数字技术介绍、实务交流合作等层面深度探讨我国出版产业的战略重塑和未来发展之路。

10月15日,第二届腾讯网"作家杯"原创文学大赛开赛。由12位资深出版人组成评委团,他们有长江文艺出版社北京图书中心主编安波舜、春风文艺出版社副总编辑常晶、接力出版社副总编辑黄集伟、漓江出版社副总编辑庞俭克、博集天卷图书公司常务副总经理王勇、磨铁文化公司总策划沈浩波等。此次评选标准更注重评奖带来的市场效应。

10月15日,蓝爱国在《艺术广角》上发表《媒介发展与文学的形态变迁——网络文学的文化起源与书写立场》。文章认为,人们可以从物质技术的层面、从生存环境的角度、从麦克卢汉"媒介即讯息"的角度、从文化的角度理解传播媒介影响文学的方式。

10月17日,晋江附属论坛上开始先后出现关于《后宫·甄嬛传》涉嫌抄袭的投诉。《后宫·甄嬛传》终被晋江管理层判定先后抄袭《斛珠夫人》《寂寞空庭春欲晚》《和妃番外》《冷月如霜》《双成》《春衫薄》《枕中记之青城外传》《冷宫》《红楼隔雨相望冷》《凌妃》等网络小说,甚至包括《红楼梦》《金瓶梅》等文学作品。对此,吴雪岚表示:"这篇文将近40万字,绝大部分是我的原创,涉及情景描写雷同的,我也会做出相应修改,针对整篇文而言,我不认为我抄袭。"

10月23日,酷风网在加拿大创立。

10月24日,著名诗人、学者、文化批评家叶匡政在其博客"文本界"上贴出了《文学死了! 一个互动的文本时代来了!》。当天,就有跟帖和讨论的文章出现。5天后,新浪博客以"叶匡政投下2006中国文坛重磅炸弹:文学已死! 中国现代文学从2006年已不复存在"为题在首页头条隆重推出。一时间,普通网民、文学评论家、知名学者等各界人士均参与争议热潮。

10月24日,悦读网创立。它是一家以世界领先数字出版技术为核心竞争优势的发行网站,也是中国最具创新力的数字出版发行平台。网站自成立以来,多次荣获业内各类奖项,被行业及用户评价为"数字出版先锋网站"。悦读网拥有独立研发的自主知识产权的软件技术,与近千家期刊社、出版机构正规签约上线,对近千种大众流行刊物进行高清数字发行,涵盖财经、管理、时事、时尚、汽车、家居、体育、数码等30多种类型,且能百分之百完整呈现纸刊内容。2011年,悦读网推出云中书城。这是当时全球最大的中文正版文字书城,提供低价订阅,能随时随地地畅享阅读。2013年,悦读网被盛大文学收购,至此,初步形成中国网络文学寡头。

10月26日,天涯主版"一路同行"推出网刊《我们》创刊号。

10月26日,第四届"中国国际网络文化博览会"在北京展览馆开幕。本届博览会是由文化部、科技部、信息产业部、国务院新闻办、国家广播电影电视总局、北京市人民政府、共青团中央共同举办的。博览会主题为"网络连通世界,创新引领未来",宗旨为"引导网络文化产业的发展方向,引领数字内容产业的创新趋势"。李长春在参观展览时强调,要积极发展以数字化生产、网络化传播为主要特征的网络文化产业,鼓励扶持民族网络文化产品的创作和研发,拓展网络文化产业发展空间,为广大人民群众特别是青少年提供健康向上、喜闻乐见的网络文化产品。

10月27日,由《诗歌月刊·下半月》《乐趣园》《伯乐》联合主办的名为"颠覆！全球化语境下现代汉语诗歌建构专题研讨会"在中国现代文学馆召开。第三代诗人宋琳和青年批评家霍俊明主要针对诗歌语言本体和中西方诗歌翻译问题做了阐述。此外,赵丽华出席了她遭恶搞后的第一次诗会。叶匡政则在会上宣读了他的《文学死了！一个互动的文本时代来了！》一文,引起大家的争议。

10月,起点中文网宣称日最高浏览量突破1亿。

10月,北京十月文艺出版社出版沧月的《七夜雪》。2011年11月12日,该小说入选中国网络文学十年的十大作品之一。

10月,榕树下召开加盟批发商大会,在收取"加盟费"的同时,允许加盟商销售作品。加盟商的这一举措被称为"封闭中盘"。

10月,碧宇在乐趣园网站建立了中国首家以主张绿色写作为依托的关注时代、自然、人性、民生和草根的绿色诗歌主题论坛——大别山诗刊论坛。2010年乐趣园网站关闭,由广州心情文学网免费提供服务器,再次开通大别山诗刊论坛。

11月2—5日,由中国当代文学研究会、四川师范大学文学院主办的"中国当代文学研究会第十四届学术年会"在成都召开。年会研讨了新时期和21世纪文学的命名、当代各体文学、当代文学与文化、当代文学与性别、当代地域文学与底层文学等问题。就21世纪文学与大众传媒和网络化的关系,网络传播对当代文学创作的影响,新的文学批评模式在媒体时代的机制建立等问题,也有参会者发表了看法。

11月7日,电子杂志平台ZCOM正式宣布收购多来米中文网,交易价格为450万美元。这是ZCOM自2006年7月收购全球最大的桌面下载软件Flash Get之后的再度出手。多来米网站属于互联网Web1.0的形态,面对网民日益多样的需求,传统的互联网模式似乎难以满足这些要求,而借助于Web2.0模式的优势,ZCOM注册用户已经突破3 000万,多来米有望重新迎来海量用户浏览量和更高的关注度。

11月9日,月关(又名"李观鱼")开始在起点中文网连载《回到明朝当王爷》。2008年1月17日完结。这是穿越历史小说类型的代表作。2007年荣登起点年度月票榜榜首。在2009年"网络文学十年盘点"中被评为"十大人气作品"之一。2008年11月到2009年6月,在中国作协的指导下,中国作家出版集团、长篇小说选刊杂志社和中文在线共同举办了"网络文学十年盘点"活动,对近十年的网络文学进行了全面盘点,《回到明朝当王爷》脱颖而出,被评为"十佳人气作品"之一。2018年入选"中国网络文学20年20部优秀作品"。其后的《锦衣夜行》《步步生莲》等亦是火爆作品。

11月20日,《非常真人》点击量累计突破了1 000万,成为天涯首个点击量超千万的帖子。

11月21日,新浪第四届原创大赛·青春文学奖开赛,由新浪网的读书频道和淘酷网共同主办。大赛设置了中国第一个推理文学奖,目的在于提升中国推理文学在中国的地位。本次原创文学大赛·青春文学奖以"促进通俗文学发展,探索文学运作模式,引导文化产业发展,满足大众文化需求"为宗旨。

11月21日,"中国首届报纸阅读文化圆桌会议"在深圳平安学院开幕。为期3天的圆桌会议为读者推荐"2006十大好书书目",评选出"2006中国阅读文化十大热点":①易中天登央视《百家讲坛》品三国及新书出版引发热议,形成"易中天现象";②《80年代访谈录》引发对20世纪80年代的怀念;③《我的名字叫红》在中国出版两个月后,作者帕慕克获本年度诺贝尔文学奖;④"韩白"之争凸显文坛"代沟";⑤老作家木心成文坛"新人";⑥郭敬明"抄袭门"事件终审结果再次令80后作家成为话题焦点;⑦两大读书杂志《书城》《万象》陆续复刊;⑧《百家讲坛》等电视栏目热播带动相关书籍出版及图书热销;⑨赵丽华"梨花体"诗歌引发各界对某些诗歌流派的质疑;⑩博客出书成时尚,遇冷遇热说法不一。

11月27日,在第三届《今古传奇》武侠文学奖暨黄易武侠文学特别奖颁奖仪式上,新生代武侠女作家、北大硕士步非烟放言,"试图要超越金庸,革掉金庸们的武侠命,突破传统武侠小说堡垒,创作出新时代的武侠小说"。此语一出,引发网络上的一场论战。

11月30日,长沙市作协一次吸收了18名网络写手入会。这是我国首次将网络写手吸收到作协组织。一时间,网上网下议论纷纷。

11月30日,江冰在《文艺评论》上发表《网络与当代文学创作》。文章认为,网络扮演了文化价值多元的催生剂,它所提供的文化形态肯定要对传统形态形成冲击和影响,这从理论和现实上已成无法回避之现实,并分析了网络影响在文学上的表现形态。

11月,海宴开始在晋江论坛"连载文库"连载《琅琊榜》,后转到晋江原创网发表,引发网友争议后又转至起点女频。因与起点签约VIP,12月25日后于起点优先发布,2007年8月31日完结。《琅琊榜》是一部颇有影响的"女性向"大历史叙事小说。2007年12月,由朝华出版社出版纸质书。2015年,《琅琊榜》改编的同名电视剧播出。2015年11月2日,《琅琊榜》获第一届网络文学双年奖银奖。2016年12月5日,《琅琊榜》获2016年中国版权金奖作品奖。2017年7月,《琅琊榜》获得《2017猫片·胡润原创文学IP价值榜》第五名。截至2013年,《琅琊榜》在起点中文网点击量达232万人次,由新浪、腾讯等门户连载,2014年开始转向知识产权开发。

11月,小楼明月开始在起点中文网连载《迷失在康熙末年》。

11月,静官的《兽血沸腾》开始在起点中文网连载。该小说在中国台湾地区出版了数本纸质书,被称为"台湾书市的救市之作"。百游汇通公司将其改编成了一款2.5D写实风格的MMOPRG游戏,游戏定位为中国第一部兽人史诗,强调种族间的冲突和战争。

11月,郭敬明在杂志《最小说》上连载《悲伤逆流成河》。2007年5月由长江文艺出版社首次出版,上市10天平装版销量便突破100万册,进入当月中国图书销售量的前三名。2018年9月21日,根据该小说改编的电影《悲伤逆流成河》在中国内地上映。2019年7月1日,根据该小说改编的电视剧《流淌的美好时光》在湖南卫视播出。

11月,河南文艺出版社出版桐华"大汉情缘系列"的《大漠谣》。后来,在越南、韩国等地发行。该书在2014年被改编为古装电视剧《风中奇缘》。

11月,逐浪网开发新社区,加强读者与网站之间的互动性。

11月,慕容雪村在天涯舞文弄墨板块连载《原谅我红尘颠倒》。后来,该书于2008年10月出版。

11月,起点中文网推出漫画频道,主要刊载热门小说改编的同名漫画。

12月2—3日,龙源期刊网举办的"媒体变局中的期刊蓝海战略高峰论坛暨龙源期刊网络传播TOP100排行发布"在北京师范大学英东学术报告厅成功落下帷幕。中国期刊协会张伯海会长、清华大学新闻与传播学院崔保国教授以及100多家期刊的代表共同出席了本次论坛。"2006期刊网络传播TOP100排行"是龙源杂志网通过对1 600多个媒体的在线阅读量进行统计的结果。在"国内读者阅读榜"上,《当代》《收获》《北京文学》和《十月》进入了前10名;"国外读者阅读榜"上,《北京文学》《当代》《长江文艺》《十月》《收获》《人民文学》包揽了第一至第六名;而在"国内外双栖榜"上,《北京文学》《长江文艺》《当代》也进入了前10名。与会的200多名期刊社负责人以及相关领域人士都由衷地称道,这次大会组织得扎实细致,专家演讲内容丰富,大家收获颇丰。

12月8日,最高人民法院发布《最高人民法院关于审理涉及计算机网络著作权纠纷案件适用法律若干问题的解释》。

12月13日,由百度整理统计的2006年网络小说排名尘埃落定,起点中文网成为年终盘点最大的得益者,在前10部小说中包揽了8部,排名前3位的小说全是起点中文网的作品。这次统计,证明了以Web2.0为方向、以互动阅读为特征的新一代文学网站的崛起,以起点中文网为代表,确立了中国网络文学站点的领导地位。

12月15—17日,中国文艺理论学会第八届年会"大众传媒时代的文学生产"学术研讨会在华东师范大学举行。此次年会为期3天,由中国文艺理论学会、文学评论编辑部、华东师范大学中文系主办,首都师范大学文艺学学科、福建师范大学文学院、暨南大学中文系协办。来自北京大学、北京师范大学、中国人民大学、复旦大学、上海交通大学、华东师范大学、中国社会科学院、上海社会科学院、香港岭南大学等全国数十所高校和研究机构以及部分学术期刊、出版社的200余名专家学者齐聚丽娃河畔,讨论"大众传媒时代的文化状况和文学命运"问题,对文艺理论的建设、文化研究的发展、文学的命运给予了高度的关注,表现了当代知识分子对中国当代文化与文学的去向及人在现代性中的生存状态和可能性的深切关怀。

12月18日,第一届中国作家富豪榜公布,网络作家安妮宝贝上榜,列第11名,版税700万元。

12月18—19日,"传媒与文艺:2006北京文艺论坛"在北京举行。此次论坛由北京市文联和北京师范大学艺术与传媒学院联合主办。来自全国各地的近百位文艺专家学者和媒体资深人士就大众传媒空前壮大的时代背景下的文艺生存与发展问题进行了多角度和深层次的研讨。北京师范大学文学院教授张柠认为,人们面对的只是一种文学媒介(传播文学的载体)的变化,由印刷媒介变成了电子媒介。传播媒介形式的变化,可能会导致文学表达形式(语言风格、词语搭配方式和节奏等)的变化,但是"文学性"的最基本内核不会因此而发生变化。

12月21日,情感天地推出网刊创刊号《情缘》。

12月21日,爬书网上线。爬书网提供电子书下载,TXT、JAR等多种格式的小说下载,并且是国内最大的小说同步更新小说网,在第一时间更新热门小说的最新章节。2011年3月,爬书网转型为专业的单机游戏网站,更名为"怕输网"。该网站定位为国内最全面的单机游戏网站,提供单机游戏下载、单机游戏攻略等。

12月25日,连城书盟开通测试。其致力于传播全球华人原创文学,服务广大书迷和原创作者,为每位爱好文字的人提供关于青春幻想、玄幻奇幻、都市言情、恐怖灵异、武侠仙侠、历史军事、科幻推理、游戏体育、耽美、短文专栏、剧本同人、漫画等全方位的阅读。

12月,边城浪子的《CS——边城浪子》开始在17K连载。这部作品和无罪的《流氓高手》号称游戏小说"绝代双骄"。

12月,NB的《NB》开始在17K连载,作品分类为虚拟网游。

12月,17K正式推出收费阅读系统。起点中文网推出海外站。

12月,不老歌博客诞生,以其较强的私密性和较高的自由度,成为同人圈写手的一大重镇。

12月,诗网"界限"重组,西叶成为新的站长。修改后的网站,所有的网页都能动态地进行。网站采用分层管理的方式,使编辑能够快速地发布资讯。新的站点,除了传统的"边界"栏目外,还新增了专门为"边界诗人"设置的博客。

12月,逐浪网与新浪网合作举办新浪-逐浪奇幻武侠、都市言情文学大赛,其目的是挖掘新人。

12月,作为视频共享网站YouTube里年龄最大的博主之一,一位79岁的英国老人(网名"老人1927"),成为公众瞩目的焦点。他对着摄像镜头讲述他祖父母在英国维多利亚女王时代的生活经历,并将其上传到YouTube上。法国布列塔尼一家养老院的老人联手创建了"自由冲浪者"博客网站,"讲故事的老奶奶"洛朗斯·拉米亚布勒的个人博客也获得了成功。这说明越来越多的欧洲中老年人开始加入博客写作。

12月,17K女生网成立。该网站属于17K的分网站,前身是17K小说网的女生频道。

是年,无罪开始在起点中文网连载《流氓高手》。该小说曾以2 153万阅读、415万推荐、37万收藏的成绩,连续三年占据起点中文网电子竞技小说点击榜、订阅榜、推荐榜第一,是网游竞技小说的重要代表作。

是年,赵赶驴(原名"聂海洋")开始在猫扑上连载都市言情小说《赵赶驴电梯奇遇记》(网络原名《和美女同事一起被困在电梯一夜的故事》)。3个月内,小说仅在猫扑上的点击量就超过了2亿。据统计,该小说的网络点击量曾达到4亿,堪称2006年网络上最火爆的长篇爱情小说。尽管小说中的情色元素受到一些批评,但它所带来的精神愉悦使读者在网络上掀起了一股阅读狂欢,被誉为2006年"网络第一奇书"。2006年9月由中信出版社出版;2009年12月改编成网络电视剧。

是年,凤歌(原名"向麒钢")在《今古传奇·武侠版》开始连载《沧海》。第1版于2006年12月由重庆出版社出版,第2版于2012年10月由长江出版社出版。作者创建了一个完备的武学体系和全新的江湖格局,在传统武侠中融入悬疑、动漫和网游等时代新元素。此外,凤歌本人曾任《今古传奇·武侠版》杂志编辑,是《今古传奇》暨黄易武侠文学一等奖得主,也是继"金古黄梁温"后最重要的新武侠小说代表作家。

是年,获得新浪"原创奥斯卡"最佳恐怖小说提名奖的是《午夜娶新娘》。该书的作者是伊秋雨(原名"陈书焕")。该书在2006年由广西人民出版社出版,并入选了长江文艺出版社主编的《2006年中国悬疑文学精选》,被誉为中国首部本土风格的民俗惊悚佳作。

是年,作者"我心中的断背山"在百度鸠吧上连载《鸠》。这是韩国娱乐组合"东方神起"成员的同人创作代表作之一,CP(作品中的情侣)为"郑允浩&金在中"。这一CP是同人圈最早、影响最大、创作活跃度最持久的CP,是最早的真人CP之一。

是年,中国散文网建立。它是北方联合传媒有限公司推出的非公益性散文交流平台,以散文为主题的短文章阅读网站。

是年,TXT论坛建立。TXT论坛原有板块"群组领地"以奖励的方式,鼓励用户申办圈子活动,扩展圈子,提高群组人气,为会员构建了友好的用户圈子。

是年,万卷书屋正式创立。在数字内容版权运营及行业技术方面,一直保持业界领先地位。

是年,明晓溪的《烈火如歌》在泰国流行。

是年,天逸文学网(原名"天鹰文学")正式关站。

是年,伊甸文苑在美国创建。该网站是一个以文学为主的中文论坛,开设有诗歌、小说、散文、纪实、文史哲、艺术之声等专栏。其目标在于建立一个海外文学俱乐部,增进网络写手之间的交流,探索中文写作。

是年,书香门第论坛正式创立。该论坛属于一个提供TXT小说、移动电子书等下载和交流的活跃论坛。

是年,北京东方视角影视文化传媒有限公司成立。2011年,该公司建立国内最大的有声书版权发行平台酷听网,发展成为中国最大的有声内容提供商。

是年,《鬼吹灯》系列被翻译成越南语、韩语、英语等语种,开始在多国发售;萧鼎的《诛仙》也开始向越南开拓市场。

是年,天籁纸鸢创作《奥汀的祝福》,开辟了宗教式神话爱情小说新文风,登上全国新华书店畅销榜第7名。

是年,顾坚的《元红》被北京天星影视有限公司买断电视剧改编权。该书被评论界誉为"继《平凡的世界》之后的经典力作"。

是年,萧潜的玄幻小说《飘邈之旅》由南海出版公司推出7部。

是年,与起点合作连载的中国移动阅读基地(即后来的咪咕阅读)上的《斗破苍穹》超过300万均订(每一个收费章节的订阅总和÷收费章节总数)。该小说持续霸占总畅销榜、总点击榜达5年之久。这标志着依托于手机网页的新网文形态已经产生。

是年,全国诗歌站点超过400个,形成了网络文学中的诗歌群落。

2007 年

1月2日，由北京青年诗社、中国北社诗社等4家著名诗社和搜狐、天涯社区、中国青年诗歌网等23家网站共同发起的"不信东风唤不回"——首届迎春网络诗词大赛开赛。在6个星期内，达到了万人次的访问量，其中杜丽霞以一阕《临江仙·希望》参赛，在500余首参赛作品中脱颖而出，得分高居榜首。12月22日，颁奖仪式在北京中国现代文学馆举行，大赛提名作品汇编《风铎集》首发式同时举行。

1月6日，安徽"大象诗社"成立，发起人阿翔，出版同人刊物。其名为"大象"，意为"大音希声，大象无形"，体现了一种生存的艺术价值倾向。

1月9日，由新浪网读书频道主办的"新浪第四届原创文学大奖赛·推理文学奖"正式落下帷幕。此次大赛共评出金奖一名，获奖作品为《天眼》；其他银奖、铜奖各一名。除此之外还评出了最佳悬念奖、最具人气奖、最佳文笔奖以及影视改编奖。

1月10日，欧阳友权在《中国社会科学》上发表《数字媒介与中国文学的转型》。文章指出，21世纪的中国文学仍需秉持人文性的精神原点，自觉履行文学的价值承诺，通过调控引导和主体自律改善文学生态，使数字媒介对传统的挑战变成文学新生的契机，让新媒介成为21世纪中国文学发展的强大动力和有效资源。

1月12日，由中国出版科学研究所主办，幻剑书盟联合出版参考杂志社举办的首届"网络原创作品出版研讨会"在北京召开。这是全国研讨网络原创作品出版的第一次盛会，上百家大型出版机构的负责人出席该会议。参会代表就网络文学发展形势、网络原创作品产业前景、文学网站如何加强与出版机构交流合作等层面，探讨网络原创作品的发展之路。

1月15日，欧阳友权在《当代文坛》上发表《新世纪以来网络文学研究综述》，关注网络文学的概念之争、特征之辩、价值评估、缺陷认知、道德审视和研究局限。同时,陈莉在《当代文坛》上发表《网络文学批评中的精神维度遗失——以何学威、蓝爱国〈网络文学的民间视野〉为例》,分别比较了网络文学批评中的肉欲与巴赫金的物质肉体理论的异同、文学批评中民间与实际民间的异同,对网络文学研究未来的走向提出疑问和建议。

1月16日,"2006—2007中国网络文学节"在北京拉开帷幕。本届网络文学节的主题是"网络文学与青春校园"。其间,通过《中国校园文学》杂志、搜狐网、各联办文学网站和相关新闻媒体,对2006年度网络作家、原创作品、文学网站和出版策划人进行了宣传展示、评选表彰;约请知名作家、评论家和青春写手、文学社刊辅导老师,召开了文学论坛和专题研讨会,探讨了当前校园文学和网络写作的现实问题及发展方向;发布了《2006中国网络文学年度报告》,公布网络文学年度新闻事件和新闻人物;邀请重点文艺出版社、图书发行商,对当选作家、获奖作品进行宣传和市场推广,并就网络文学作品的版权合作和深度开发问题,进行了深入的交流。

1月17日,侗族风情网"侗乡文学"栏目发布第一期同题征文——《我的新农村》,共有7篇文章获奖。

1月18日,玄霆公司(起点中文网的运营公司)与天下霸唱签订协议书,约定天下霸唱将《鬼吹灯》除法律规定专属于作者权利以外的全部权利转让给玄霆公司(包括但不限于信息网络传播权及作品改编权等)。玄霆公司则向天下霸唱支付转让费人民币10万元。此协议引发后续《鬼吹灯》版权案。

1月22日,由李少红执导,陈坤、杨幂主演的电影《门》上映。该片改编自作家周德东的小说《三岔口》。该片于第14届大学生电影节入围最佳影片。

1月23日,微型小说和寓言作家马长山、程思良在天涯社区·短文故乡发起"超短小说征文"。每篇小说限制在180～210字,包括标题与标点符号在内,即三条手机短信的容量。后以"闪小说"命名此类小说。2008年1月,马长山和程思良主编的汉语第一部闪小说集《卧底:闪小说精选300篇》由百花文艺出版社推出,引起广泛关注与好评。

1月25日,欧阳友权在《文艺理论研究》上发表《网络文学的本体追问与意义体认》。文章指出,网络文学要使自身成为一个有价值的文学历史节点,需要经受"存在论""本原论"和"文学性"的三个追问,并达成对它的意义——解放话语权、艺术自由精神和改写文学惯例的三重体认。

1月,欧阳友权的《数字媒介与新世纪的文学转型》由中国社会科学出版社出版。该书认为,文学和文学研究的生存与死亡,取决于对文学与人永恒依存关系的深刻理解和一种与时俱进、顺势变通的开放性态度。这样才有可能使文学和研究获得新的生机,开辟新的前景。

1月,"2006年中国畅销书排行榜"(虚构类)显示,网络文学作品出版势力日益强大,占去了至少三分之一的文学图书市场份额。

1月,《读者》杂志开通了自己的网站,进入网络媒体领域。与此同时,读者出版集团又以旗下的3本《读者》系列杂志,与幻剑书盟合作推出了"2007原创短信文学总评榜"。这是一次传统媒体和网络媒体具有突破性意义的合作。

1月,步非烟的《华音流韶·紫诏天音》首版。7月,该系列的第二部《华音流韶·风月连城》出版。

1月,当代世界出版社开始推出饶雪漫的《沙漏》三部曲。

1月,charlesp的《星之海洋》由海洋出版社出版,分为《星之海洋:天行漫记1》《星之海洋:风云幻界2》《星之海洋:冰火英雄3》《星之海洋:暗黑创世4》四部。

2月3日,小佚在晋江文学网首发《潇然梦》。2007年11月完结。该书于2007年6月由朝华出版社出版,后陆续出版《少年丞相世外客》(上、中、下部)、《无游天下录》(上、下部)。

2月7日,杭州作家协会成立全国首个"类型文学创作委员会",并计划与浙江少年儿童出版社合作建立"Y世代青春类型小说文库",推出类型小说高峰论坛。此举意在吸纳网络文学,引导其规范有序地发展。

2月10日,首届"酷橙杯"博客大赛暨第二届"网通杯"网络摄影大赛颁奖仪式举行。该活动结合了摄影艺术、文学艺术和网络平台,使摄影和博客爱好者能够进行对等交流。

2月14日,油炸包子开始在起点连载《异界兽医》。2008年1月完结,风靡一时,助包子一举夺下2007年起点新人王的称号。截至2014年9月19日,累计在起点获得20万个收藏,后又发表《莲花宝鉴》《吞噬神徒》《图腾》《武碎虚空》等作品。

2月15日,雷达在《文艺争鸣》上发表《论"新世纪文学"——我为什么主张"新世纪文学"的提法》。该文认为网络文学是"新世纪文学"的重要构成部分之一。

2月,花山文艺出版社出版了流潋紫的《后宫·甄嬛传》。

2月,逐浪网第二次改版。

3月3日,为纪念著名诗人蔡其矫,福建省诗歌朗诵协会、原创中国网、新浪UC、福州博客网联合主办"蔡其矫作品网络朗诵晚会"。观众点击朗诵者上传至网络的视频进行观看,全新的形式吸引了众多网友。

3月7日,盛大网络正式宣布向旗下的起点中文网增加投资1亿元。起点作家群重新塑造了网络文学"作家—创作—作品—读者—阅读"的新关系模式,激发网络作家的创作热情。

3月9日,起点中文网宣布启动"千万亿计划"。这是国内网络文学最大规模的作者培养与激励计划。目的在于建立专项教育培训基金培训作者,并打造起点保障金制度和起点福利制度等各项作者保障制度。"千万亿"是"千人培训""万元保障""亿元基金"等活动的简称。"千人培训"即起点每年投入100多万元与上海社科院合办作家班,为起点优秀的作者提供培训。"万元保障"针对所有签约作者,网站为他们提供最低1万元的年薪保障。"亿元基金"是起点为写手团队设置各种奖项、基金、年终奖等,包括每年提供百万元奖金按月发放,年终还设立汽车大奖,采用类似于养老金的形式额外提供年金等,以免除作者的后顾之忧。2007年,在由中国社科院等共同举办的优秀文学网站推荐活动中,起点中文网荣获"最佳原创平台""十大最具影响力文学网站""网络文学杰出贡献网站"等称号。

3月15日,据光明网消息,我国第一个"网络作者文学创作高级研修班"已经完成招生工作,将于4月份开班。此次研修班只招40人,分4学期授课,共40天,前后历时2年,学费2.1万元。

3月15日,蓝爱国在《文艺争鸣》上发表《网络文学的概念观察》。文章根据人们对网络文学的不同态度,把界定活动分成"认同取向""质疑取向""技术取向",并分别对不同派别的观念进行了梳理和分析。

3月18日,禹岩开始在起点中文网连载《极品家丁》。2008年11月完结。纸质书由广西人民出版社出版。由小说改编的同名电视剧以及漫画均已发行。该书火爆后,加上烽火戏诸侯的《极品公子》,在网文界刮起一片极品风。

3月20日,《河北学刊》组织进行了以"数字媒介时代文艺学转型问题"为主题的学术研讨。欧阳友权、黄鸣奋、张晶、白寅、欧阳文风发表了各自不同的看法。欧阳友权从艺术活动主体审美动因的改变、电子化文本对书写语言诗性的解构、技术语境对艺术经典的消解等三个方面进行了深入阐述;黄鸣奋认为,由电脑和网络带来的文艺学转型冲动,带来了范式更迭、观念革命、界碑毁弃和传统批判,为文艺学推陈出新创造了不可多得的契机;张晶指出,媒介数字化使人进入前所未有的时空形态,产生了前所未有的审美关系,人们应该对虚拟与真实、主体与客体、创作与接受等重要审美理念进行重新考量;白寅认为,创作者身份隐匿消解了文学话语的公众性,而接受者身份的隐匿则阻断了正常的反馈路径,促使文学的传统构成形态出现变异;欧阳文风认为,与网络文学相比,短信文学进一步消解了传统文学惯例,进一步张扬了文学的自由本性,进一步推动了文学向民间的回归,并带来了文学观念的悄然转变。

3月21日,榕树下创办者朱威廉新创立的Mytupa网站正式上线,朱威廉称"公司名Mytupa分别包含'Myspace'和'YouTube'的字眼,说明将来主要业务将涵盖上述两家公司的成功服务模式",言下之意,Mytupa网站将结合社区模式网站和YouTube之类视频网站,探索文学网站的新道路。

3月,梦入神机开始在起点连载《黑山老妖》。

3月,六道在逐浪网上连载的《坏蛋是怎样炼成的2》单章订阅突破2万人次。

4月2日,由起点中文网和上海社会科学院举办的网络作家高级研修班开班。Absolut、唐家三少、断刃天涯、鹅考等39名网络作家参加此班,由叶辛、葛红兵等10位人文社科的专家学者为学员们讲解文学理论、历史神话、社会心理学等不同领域的课程。还进行实地采风、文化艺术作品赏析、与作家编辑互动等课外活动。此外,还请来一些导演,专讲剧本改编的实用技能。学员在结业后获得由上海社会科学院颁发的"网络作家文学创作高级研修班结业证书"。

4月3日,《光明日报》刊载对欧阳友权的专访《让网络成为建设核心价值体系的健康力量》。欧阳友权认为,利用网络来传播传统文化,对于传承和弘扬中国优秀的传统文化,利用古代文明资源建设社会主义和谐文化,建立社会主义核心价值体系,具有"承前"和"助推"的双重意义。

4月5日,由完美时空公司根据同名小说改编开发的网络游戏《诛仙》正式发行。这次成功的版权改编直接影响了完美时空对原创小说的关注,后来投资建立纵横中文网。

4月8日,红袖添香网站"新武侠小说大赛颁奖典礼暨新言情小说大赛启动仪式"在北京新闻大厦举行。仪式为获得红袖添香网站与MSN中国、中华书局共同主办的"2006新武侠大赛"七大奖项的14位获奖作者颁发了奖品。活动还拉开了由MSN中国、红袖添香和国内10家大型出版社联合主办的"2007首届华语言情小说大赛"序幕,大赛为期一年,提供高达5万元单项奖金及多种出版机会。这是首次在网络举办的专业性中文言情小说大赛,旨在联合网络平台、出版媒体和影视传媒机构三大渠道的力量,大力推动言情小说新秀的发掘,提高原创言情小说的创作水平。

4月14—15日,中国网络文学节在中国现代文学馆举行活动,文学评论家白烨做了《近期青春文学之我见》的演讲报告。鉴于当下青春文学创作群体尚不为主流文坛重视的势态,他建议中国作协应该成立一个青春文学工作委员会,以加强作协与作者的沟通与交流。另外,在此次网络文学节上,晴川的长篇小说《宋启珊》获得年度"原创作品特等奖",红袖添香、天涯社区等四家网站获得"最具成长性文学网站"称号,上海文艺出版社总编辑郏宗培与榕树下总编辑路金波等三人获得年度"最佳原创文学图书出版人"称号。

4月15日,李红秀在《文艺争鸣》上发表《新世纪文学与大众传媒》。文章提出,网络文学的虚拟性和不确定性正是新世纪文学的重要特征。此外,李静的《影视小说:"读图时代"的文学"宠儿"》、陶东风的《游戏机一代的架空世界——"玄幻文学"引发的思考》、田忠辉的《博客、"80后"与文学的出路》等也在同一期刊发。

4月16日,光明网推出"网友文学大赛"。该大赛为广大网友构建了一个施展文学才华的平台。大赛第一期主题为"第一次",网友可自拟标题,以第一人称描述发生在自己身上或身边的"第一次"的故事。第一期设"网友文学大奖"1名,奖金1万元;设"网友文学奖"9名,奖金各1 000元。光明网将为获奖者颁发奖牌,并在相关媒体中宣传推广。截至2007年6月2日,全部赛事结束。经过评选,大赛所有奖项均已产生。其中,四川作家刘靖安的作品获"网友文学大奖";孙洪波等9人的作品获"网友文学奖";马焕志、张丽华、戴宝罡等人的作品获得"百强作品奖"。

4月23日,新浪读书频道和贝塔斯曼书友会共同推出了"当代读者最喜爱的100位华语作家评选"活动,评选对象为2 500年以来的在诗歌、散文、剧作、小说等各种体裁的华语作者。活动截至2007年5月17日,最终结果显示,韩寒排名竟超过了老舍、张爱玲、苏轼、李清照等名家。

4月27—28日,全国"新世纪文学批评的建构"学术研讨会在浙江召开。在会上,有学者提出,网络实现了读者与作家、读者与读者之间的便捷交流,特别是网络文学传播的视频阅读,拒绝了精英复杂的文本写作,使专业、权威的批评家被还原到普通读者的位置,使其失去了存在的必要性。可以说,网络促使了专业文学批评家的衰微,使其被迫回归到学院的内循环中。

4月28日,慕容雪村发出《关于2006—2007中国网络文学节的几点声明》的文章,对该网络文学节擅自将其在自家博客和天涯社区等网站上连载的《请原谅我红尘颠倒》列为参赛作品表示不满。

4月,辛夷坞开始在晋江原创网连载《致我们终将腐朽的青春》,独创"暖伤青春"系列女性情感小说。2017年7月12日入选《2017猫片·胡润原创文学IP价值榜》。2018年入选"中国网络文学20年20部优秀作品"。2019年10月入选"庆祝新中国成立70周年"主题网络文学作品暨2019年优秀网络文学原创作品。2013年被改编为电影《致我们终将逝去的青春》。2016年被改编为电视剧《致青春》。辛夷坞作为青春文学领军人物,另有《原来你还在这里》《山月不知心底事》《晨昏》等作品。

4月,九夜茴开始在晋江原创网连载《匆匆那年——80后情感实录》。2009年2月完结,2015年被改编为电影《匆匆那年》。

4月,zhttty开始在起点中文网连载《无限恐怖》,开创了网络文学的重要流派"无限流"。

4月,黯然销魂在起点中文网连载《小亨传说》。此书是黯然销魂的封"神"之书。特别是书中预言网文作为剧本宝库是不可忽视的文学载体,随后便被中国网文IP热潮证实。

4月,安意如的散文随笔集《陌上花开缓缓归》出版。6月,言情小说《惜春纪》出版。

4月,新闻出版总署发布紧急通知,要求立即下架《共和国2049》《新中华战记》《共和国士兵》《中国特工》《共和国之怒》《重建帝国》等15部有严重政治问题的网络长篇小说。

5月1日,猫腻开始在起点中文网连载《庆余年》。2009年2月28日完结,该作是"历史穿越"小说的代表作之一,一度成为2008年度最受欢迎的网络小说。截至2017年10月28日,在起点中文网已获得50万收藏。2008年7月,《庆余年》由中国友谊出版公司出版,已经出版1~6部。2017年7月12日,《2017猫片·胡润原创文学IP价值榜》发布,《庆余年》位列第76。2020年8月,被国家图书馆永久典藏。2020年9月,入选"2019年度中国网络文学排行榜"之"中国网络文学IP影响排行榜"。2019年6月17日,同名广播剧播出。同年11月,由该书改编的电视剧开播。猫腻,曾用名"北洋鼠",另有《间客》《朱雀记》《择天记》等作品流传,并构建了自己的IP帝国。

5月2日,天涯杂谈板块上有一名叫"月黑砖飞高"的网友发布"俺见识过的不寻常女人"系列,一时间引起众多网友的关注。同时,月黑砖飞高也在晋江连载《俺见识过的极品女人》。2007年8月,这篇网络作品最终以《职场战争》为名出版。

5月10日,陈定家在《中国社会科学》上发表《"超文本"的兴起与网络时代的文学》。文章指出,在"数字化生存"的时代,"超文本"作为网络世界最为流行的表意媒介,它唤醒了文本的开放性、自主性和互动性。"超文本"以"去中心"和不确定的非线性"在线写读"方式解构传统、颠覆本质,改变了文学的生存环境和存在方式。而"超文本"的崛起,不仅是当代文学世纪大转折的根本性标志,而且是理解文学媒介化、图像化、游戏化、快餐化、肉身化和博客化等时代大势的核心内容与逻辑前提,"超文本"正在悄然地改写关于文学与审美的思维方式和价值标准。

5月16日,沐轶的《纳妾记》开始在起点中文网连载。2008年2月22日完结。该作品是法医专业穿越的佳作。2015年由原著改编的同名电视剧播出。

5月19日,我吃西红柿开始在起点中文网连载《星辰变》。2008年4月29日完结。网传"小说不读《星辰变》,就称书虫也枉然"。该小说是"小白文"的代表作之一,在此之后,"小白文"开始盛行。2008年由百花文艺出版社出版。2017年7月12日,《2017猫片·胡润原创文学IP价值榜》发布,《星辰变》位列第32。2020年9月14日,《星辰变》入围"2019年度中国网络文学排行榜"之"中国网络文学IP影响排行榜"。在有声小说、动漫、电影、游戏领域也有相应改编。

5月23日,起点中文网发布作家保障、支持、奖励计划。

5月23日,蓝爱国在《天津社会科学》上发表《网络文学的民间性》。文章认为,互联网文学的民间性是其与其他文学种属、立足文学领域的基础,也是其以后发展的一个文化维度,脱离了民间性,就失去了互联网所给予的宝贵的实践空间;网络文学的民间立场、姿态、话语与精神若不能得到充分的表达,则将沦为一种虚假的民间书写。"自我存在"的单纯表现,正是对民间文化传统的传承,使得网络文学在新民间文艺中具有重要地位。

5月24日,《窃明》开始在起点中文网连载。作者使用的笔名为"大爆炸",在百度网注册网名为"灰衣熊猫"(原名"谢栩文")。该作品入选2008年网络十大经典之作的历史穿越小说,"是一部弘扬民族正气,拨乱反正的愤怒之书"。中国大陆简体版的纸质书前2册由南海出版公司出版,后4册由长征出版社出版,共6册于2009年3月出版完毕。繁体版本的纸质书由中国台湾地区盖亚文化有限公司于2011年出版,共7册。2009年1月6日,《窃明》入选搜狐"读本好书"2008年度评选非文学类十佳图书,在同年的"网络文学十年盘点"中获得"十佳优秀作品"称号。《窃明》的出现与火爆,使"倒袁"争议再上一层,灰衣熊猫无形中成为众矢之的。

5月25日,欧阳友权在《江西社会科学》上发表《网络文学的虚拟真实与艺术本体》。文章指出,网络文学突破了传统的生命现实和艺术现实的逻辑前提,通过时空模拟和精神世界的交互,在虚拟现实中对虚拟现实进行了演绎,从而达到了对艺术本体的诗意创造。网络文学理论建构必须从符号与艺术本体、技术语境与诗意创作、数字生成与创作等层次上的变异与逻辑联系中,厘清艺术与现实的界限,并解决其艺术生存问题。

5月26日,笨太子开始在起点中文网连载《网游之模拟城市》。2009年6月29日完结,该作品开网游种田文一脉。

5月30日,在长沙举行了湖南作家网两周年庆典。中共湖南省委宣传部、省文联、省作协部分领导及省内文艺界知名人士和湖南网络文学界精英共100余人应邀参加了庆典。

5月,"黑蓝文丛·第一辑"由上海人民出版社出版,包括赵松的《空隙》、柴柴的《睡莲症》、顾湘的《为不高兴的欢乐》、马牛的《妻子嫉妒女佣的美貌》、洪洋的《抵制喜剧》5本中短篇小说集。

5月,中国移动在北京宣布"梦网书城"计划。这是一个由中国移动旗下卓望科技运作的项目,目标是在2007年底打造出一个万本以上图书的平台。卓望科技负责移动梦网的技术支持、计费系统等。5月底,中国移动梦网宣布与17K、TOM、空中网、美通、幻剑书盟、红袖添香等服务提供商和原创文学网站联合,共同打造"梦网书城"。

5月,新浪、搜狐、网易、千龙等10家首都主要新闻网站共同策划推出网上教育栏目"网上大讲堂"。该节目以在线视频讲座和实时网上交流方式为主,其中第一期的嘉宾是《读书》杂志原主编沈昌文,当期的话题为"网络时代我们该如何读书"。

5月,北京作协、东方少年杂志社、国际华文儿童作家网和杨鹏幻想网联合举办"我心中的奥运"的征文,目的是迎接第29届奥运会,展示新时代中国青少年的精神风貌。该活动的征稿时间截至2007年8月20日,并于9月25日举行2007年北京文学节颁奖大会。

6月1日,杨建兵在《文艺评论》上发表《"人人都可以成为作家"吗?》一文,对网络作家的身份提出疑问。他认为,网络文学是21世纪文学的裂变,是对传统文学的一种更新与重构、挑战与超越,但文学不是靠网络技术来实现的。如果网络文学只关注"网络"技术上的翻新,而不注重"文学"的审美机制和价值内涵,那么是很难在文坛上占据实力地位的。

6月1日,由移动梦网主办的第二届"原创文学手机PK大赛"启动。大赛将评选出原创文学网站十强、原创文学作品十强等奖项。许多知名的原创文学网站作为移动梦网服务提供商将其原创作品带入移动互联领域。

6月12日,陆志坚在光明网发布"别让网络文学垃圾污染公众心灵"的呼吁。他指出,当时的社会,光怪陆离,眼花缭乱,出错也出位,特别是网络的发展,将价值的多元演绎到了淋漓尽致、形形色色的地步。而网络文学的"异军突起",诸如"下半身写作""青春疼痛文学"等,更是将庸俗与高尚、低级与尊贵、审美与逐俗完全颠倒过来,冲击社会道德底线,污染公众眼球,如网络上许多名称低俗的小说《透过内衣抚摩你》《玩遍美女》《我的禽兽性爱生活》等。

6月16日,幻剑书盟第二届网络文学峰会在北京开幕。今何在、阿月、三十、李雪夜、雨魔、心梦无痕、狂笑的菠萝糖等50位网络当红作家参加,彰显了这一代网络写手的整体水平。另外,网易、华文天下、完美时空、金山软件、光线传媒、上海影球、北大星球、漫友等多家知名游戏、影视娱乐公司的主要负责人也参加了会议。

6月20日,贝塔斯曼集团举行新闻发布会,宣布与湖南魅丽优品文化发展有限公司、华文俪制国际传媒有限公司达成战略合作,共同推动国内优秀青春文学作品的海外出版计划。贝塔斯曼将通过其在24个国家的书友会、3 500多万会员及成熟的出版网络,逐渐向亚欧地区推广。"魅丽优品""华文俪制"是青年文学的主要内容供应商,他们在文学、动漫等领域有着丰富的创新人才和资源。

7月1日,起点中文网实行起点作家福利体系,对作者许诺较高福利,作者只用月更4万字即可拿到完本奖。红袖添香跟进实行VIP收费模式。同时推出"红袖作家成功计划",涵盖双倍稿酬、保底、买断、签约金、订阅奖励等措施。

7月14日,桩桩开始在晋江原创网连载《蔓蔓青萝》。2008年2月完结。该作品是晋江"宅斗文"代表作之一,后被改编成电视剧。

7月16—19日,第二届中国数字出版博览会在北京国际会议中心隆重开幕。本届博览会历时4天,由"2007数字出版高峰论坛""2007数字出版展览展示"和数字出版年度示范企业、推荐品牌、创新人物、优秀作品评选推介活动三部分组成。其中,数字出版展览全天对社会开放。在开幕式上,新闻出版总署副署长、国家版权局副局长阎晓宏作《我国数字出版产业的现状、问题及对策》主题报告。其间,人民网传媒频道作为特约网络媒体,对开幕式、主论坛进行网络直播。

7月17日,七十二编(原名"陈涛")开始在起点中文网连载机甲类科幻小说《冒牌大英雄》。2011年7月15日完结。七十二编也因此书被广大书友熟知。

7月18日,阿耐的《大江东去》在晋江文学城首发。2009年由长江文艺出版社出版纸质书。2009年,该书成为中国第一部获得中宣部"五个一工程"奖的网络小说,这是网络文学第一次在文坛获得国家最高荣誉。2018年,被改编为电视剧《大江大河》。2019年9月23日,该小说入选"新中国70年70部长篇小说典藏"。

7月19日,国际版权论坛举办。国家版权局音像电子和网络出版管理司副司长寇晓伟表示,2006年我国网络出版总销售收入已超过130亿元。

7月21日,"文学现状的文化解读——2007年上半年中国文学国情论坛"在中国社科院举行。该活动由中国社科院文学研究所主办。主持人白烨指出,网络文学处于"无监管、无批评、无引导"的"三无"状态,需要文学批评。

7月28日,酒徒的《家园》在17K小说网首发。2009年1月完结。该书于2009年2月由花山文艺出版社出版,更名为《隋乱》。在中国作协主办的1999—2008年"网络文学十年盘点"中,荣获"十大优秀作品"及"十大人气作品"两项殊荣。2018年入选"中国网络文学20年20部优秀作品"。

7月31日,欧阳友权在《中国文学研究》上发表《网络主体的感性修辞学解读》。文章认为,网络文学在线的快意而悦心、自娱以娱人,生成了行为主体的感性修辞学构成。其主要表现为三个方面:一是身体铭写中的感觉撒播;二是临场表达时的欲望消费;三是我说故我在的狂欢与对话。其作为一种新的文化组织原则,正改写着文学主体性的审美观念设定。

7月,无罪在起点中文网发布《国产零零发》。

7月,改编自六六的同名小说的电视剧《双面胶》首播,现实女性所面临的婚姻与工作问题引发社会广泛讨论。

7月,新浪-逐浪奇幻武侠、都市言情文学大赛圆满完成。7月5日,在北京中关村图书大厦举行隆重的颁奖仪式。

7月,中国友谊出版公司出版 Tinadannis(昵称"Tina")的《灵堂课室》。该书是 Tina"冤鬼路四部曲"的第三部。其他几部分别为第一部《冤鬼路》、第二部《樱花厉魂》、第四部《魂祭》。Tina 以"冤鬼路四部曲"奠定了校园恐怖第一人的地位。

7月,唐家三少的《冰火魔厨》出版。该小说在当年位列"2007年度百度搜索风云榜"子榜单"十大网络小说"第八名。

8月5日,第二届军旅网络文学大赛——"军旅如歌·我的军营故事"圆满结束。大赛共征集参赛作品9 000多篇,分为军营故事、小说、散文、诗词和文艺评论几种类别,在各类别中评出一等奖3名,二等奖5名,三等奖10名,优秀奖20名。

8月14日,小佚的《少年丞相世外客》开始在晋江文学城连载。2008年10月20日完结。

8月14日,新闻出版总署、全国"扫黄打非"工作小组办公室联合发出了《关于严厉查处网络淫秽色情小说的紧急通知》,查处了境内348家网站登载的40部网络淫秽色情小说,并严厉处罚相关网站。各地"扫黄打非"办按照属地管理和"谁主管、谁负责"的原则,对照上述通知公布的40部淫秽色情网络小说名单和登载淫秽色情小说的境内网站名单,责令辖区内有关网站立即删除名单中所列淫秽色情小说,禁止任何网站登载、链接、传播相关信息。

8月16日,骁骑校的《铁器时代》开始在17K连载。2009年3月19日完结。该作者之后还著有《武林帝国》《橙红年代》《国士无双》《匹夫的逆袭》《穿越者》《罪恶调查局》等作品。其中,《匹夫的逆袭》2015年11月2日获得第一届网络文学双年奖铜奖;《橙红年代》于2019年12月23日获得第三届茅盾文学新人奖暨第二届茅盾文学新人奖·网络文学新人奖"最佳人气作品"。骁骑校也在2019年获得第二届茅盾文学新人奖·网络文学新人奖。

8月24日至9月25日,"野草风骨"——当代大学生网络文学大赛开赛,为第三届鲁迅文化艺术节预热。该大赛由中共绍兴市委、市政府主办,绍兴文理学院承办,由国内著名作家、诗人、评论家等各界人士组成评审委员会,评选出的作品将于10月底举行表彰典礼。

8月27日,改编自慕容雪村的同名小说的电视剧《成都,今夜请将我遗忘》首播。2007年11月23日,同名电影上映。

8月28日,改编自蔡骏的小说《地狱的第19层》的电影《第十九层空间》上映。

8月28日,"2007北京国际出版论坛"在北京举行。本次论坛的主题为"阅读新趋势与出版业的发展"。论坛由新闻出版总署和国务院新闻办公室主办,中国图书进出口(集团)总公司承办。与会代表围绕"当代青年阅读新趋势与出版业的发展"这一主题,讨论当代阅读的四大趋势:一、从纸质到电子与纸质并存;二、从学习性阅读到休闲性阅读;三、从被动接受到主动参与;四、深阅读减少,浅阅读增加。

8月29日,由新浪读书频道主办的第四届新浪原创文学大赛落下帷幕。大赛从近4 000部参赛作品中选出了推理文学类金奖《天眼》、青春文学类金奖《情系契丹王》、奇幻武侠金奖《朱雀记》、都市言情类金奖《夏玄雪》。《契丹王妃》的作者薇络仅17岁。在颁奖仪式上,雷达说,网络具有开放、互动和草根三种特性,"如果评奖对象是有名的作家,无形中会影响我们的投票。但是网络不行,评委们不知道他是谁。所以某种意义上我认为是公平的"。主办方新浪读书频道宣布联合幻剑书盟、红袖添香、铁血读书等多家阅读网站及长江文艺出版社、人民出版社、作家出版社等共同组建"新浪阅读联盟"。这标志着新浪网在线阅读收费正式启动。

8月30日,盛大中文网于上海正式向华映影业转让了《鬼吹灯》改编权。华映影业宣布,将投入大量资金,把《鬼吹灯》打造成中国第一部惊悚片,并计划制作三部曲。

8月31日,旨在保护作家权利的"全线维权工程——百家专项援助计划"在北京启动。该计划以名家名作为核心,整合律师、行政执法部门和"中文在线"网站资源优势,以法律咨询、纠纷调解、诉讼援助等多种形式,为各地作协推选的百位作家提供维权服务,协调解决著作权纠纷,维护他们的权益。援助计划的具体内容包括:聘请专职律师,为作家提供著作权维权方面的法律咨询服务;接受著作权人的委托对其作品及时监控,开展侵权调查,提请行政保护、诉讼等法律方面的服务;结合作品维权方面的大案要案,借助于新闻媒体进行知识产权方面的宣传和推广等。据了解,为加强知识产权保护工作,中国版权协会反盗版委员会、中国作协作家权益保障委员会和中文在线反盗版联盟联合推出了"全线维权工程","百家专项援助计划"是其中之一。

8月31日,由北京市版权局、方正集团、北京版权保护协会、北京反盗版联盟主办,北京方正阿帕比技术有限公司、北京版权代理有限责任公司承办的"书赢天下——方正科技杯首届中外百家出版社寻找优秀中文作者"大型网络征文大赛启动。中国版权协会、北京市新闻出版局、方正集团相关领导,国内外众多出版社领导,资深作家及出版、文化界名人出席了启动仪式。在大赛启动仪式上,大赛官方网站爱读爱看网"书赢天下"大赛频道也同步开通。本次大赛所有参赛作品都将拥有被推荐、获得在国内外出版的机会,优秀的作品还将获得国内著名影视公司的影视改编机会。

8月,文化艺术出版社出版龙人(原名"蔡雷平")的《铸剑江湖》。自《乱世猎人》之后,龙人发表的《轩辕绝》《灭秦》等小说上市后,兴起了一股全球东方玄幻武侠小说的风暴,网络由此而刮起一股争相阅读玄幻武侠小说的热潮。

8月,逐浪网与奥地利最大的大众图书出版社卡尔·于波罗特出版社合作,成为奖金达5 000欧元的"霍尔拜恩幻想文学奖"的唯一征稿平台。最终获奖作品将从逐浪网征稿作品中产生。

8月,由中国国际经济科技法律人才学会筹备发起的中国第一家网络文学社会专门工作机构——中经会中国网络文学促进委员会成立。该委员会以增强成员凝聚力、健全行业机制、推动网络文学信用管理建设为目标,促进网络文学行业健康发展。

9月7日,改编自抗太阳的网络小说《我和一个日本女生》的电影《意乱情迷》上映。

9月9日,皇甫奇的《飞升之后》开始在起点连载。2009年10月15日完结。作为一部东方玄幻小说,其中的民族奋斗精神,场面宏伟大气,情节悬疑紧凑,是其突出的地方。2007年10月14日,该小说登上了三江推荐榜单,在21日登上了起点首页的强力推荐榜。

9月12日,起点中文网对外宣布,与MSN及网易建立战略合作关系,由起点提供内容和服务,MSN、网易提供平台,携手建立"MSN图书频道"和"网易读书频道"。

9月15日,罗义华在《当代文坛》上发表《"新世纪文学":历史节点、异质特征及其他》。文章认为,伴随着一批成熟的老中青作家开始将自己的作品嵌入网络,网络文学的写作与传播功能和意义开始泛化。互联网工具的日常化虽增强了网络的传播功能,但削弱了"异质"的写作功能。大量的文学"杂质"充斥在网络文学中,在一定程度上削弱了网络文学的"陌生化"意义。

9月22日,新浪第五届原创文学大赛举行开幕式。本次大赛的宗旨是"促进文学和影视的结合,探索文学产业链条的开发,引导文化产业发展,满足大众文化需求"。开设都市情感、悬疑推理、军事历史三大赛区,先在每个赛区中遴选50部作品进入初评,然后从每个类别中选出10部影片进入复评,角逐每个赛区的最终奖项。

9月23日,谭旭东在《学习时报》上发表《电子媒介时代文学的三个转变》。文章认为,中国当代文学的发展经历了三次变革:第一次是1949年中华人民共和国成立之初,顺应了新社会和新时期的需要,以"塑造社会主义新一代"为主线;第二次是20世纪80年代中国文学在思想解放的大潮中重返文学家园,同时也是文艺回归五四传统的时代;第三次是20世纪90年代以后,随着市场经济体制的建立,电视、网络等电子媒介的不断渗透,个人彻底地从集体中解脱,实现了创作主体的解放,文学开始整合、说出自己的语言,向多元的世界前进。

9月24日,2007年中国互联网大会举行。大会以"专业细分、内涵发展、创造价值、立体互动"为指导思想,以"和谐网络、品质服务"为主题,倡导互联网服务商提高服务质量,弘扬绿色网络文化,营造和谐、健康的网络环境。参会人员来自各界,包括政府相关部门、业界的专家学者、互联网相关企业代表、海外企业和国际组织代表在内的各方人士。为了共同寻求互联网的发展,与会各方在新技术的普及与应用、电信运营创新、网络广告与互动营销、产业链的健全与完善等方面进行了积极的探索和有效的交流。由此可见,中国互联网协会有效地发挥了桥梁作用,年度互联网大会成为一个促进各界交流的广阔平台。

9月25日,"第三届北京文学节"在北京成功落幕,颁奖典礼由北京作协主办,邀请了百余位北京著名作家、评论家、学者。其中,林斤澜和史铁生分获"终身成就奖""杰出贡献奖"。

9月,逐浪网上线女生频道。

9月,李可《杜拉拉升职记》由陕西师范大学出版社出版。该书先在网络发表,很快被北京博集天卷公司发现。同期,崔曼丽以"京都洛神"的ID在天涯社区连载《浮沉》第一部,引起较大反响,该书也被北京博集天卷公司发现,于2008年由陕西师范大学出版社出版。《杜拉拉升职记》和《浮沉》开启了"女性职场文"写作潮流。2010年4月16日,徐静蕾版电影《杜拉拉升职记》公映,在两周内票房过亿,而姚晨版话剧《杜拉拉升职记》、王珞丹版电视连续剧《杜拉拉升职记》也在全国掀起了"杜拉拉"风潮。2021年同名手游发行。"杜拉拉"风潮形成巨大规模的文化产业链,提供了一种以图书为起点,建立跨越多种媒体的文化产业链的本土范例。

9月,中国社会科学院文学研究所正式启动了国务院国情调研课题"全国文学网站年度调查报告"。该课题的宗旨是"对全国文学网站的内容、发布机制、作者队伍、读者群体、社会影响、与传统出版之关系等作出精确的统计与分析"。这说明网络文学已经改变了已有的文学构成,人们已经开始正视它的巨大影响。文学研究所表示,之后将面向社会发行《全国文学网站国情调研报告蓝皮书》。

9月,作家出版社出版桐华的《云中歌》。

10月20日,成秀萍在《江南大学学报(人文社会科学版)》上发表《网络文学的后现代文化解读》。文章认为,网络文学是伴随着西方"后现代化"的诞生而孕育、萌芽、成长和繁荣起来的,因而不可避免地带有后现代主义的特征,诸如认知上的媚俗主义、道德上的犬儒主义和感性上的快乐主义。

10月25日,欧阳友权的《数字化语境中的文艺学》获得第四届鲁迅文学奖"优秀文学理论评论奖"。《数字化语境中的文艺学》一书于2005年2月由中国社会科学出版社出版,全书分为"数字化时代的文艺语境""数字技术下的文艺转型"和"网络文学的学理解读"等3个板块。这是我国第一部探讨数字化技术背景下文艺学基础理论变迁的学术专著,它从历史逻辑和理论逻辑的双重背景,揭示了数字化技术对我国文艺学的深刻影响及其所涉猎的理论问题,是对数字化媒介时代文艺理论观念转型和学理变迁的一种原创性学术探索和理论构建。全书选题具有前沿性,也具有理论的创新性和系统性,还具有文学现实的针对性与引导性,是一部具有较高文化和文学价值的著作。

10月25—28日,"第五届中国国际网络博览会"在北京展览馆开幕,有来自20多个国家和地区的企业参展。主办方有文化部、信息产业部、国家广电总局、科技部、国家新闻出版总署、国务院新闻办公室、共青团中央和北京市人民政府。本届博览会提出了"新技术、新文化、新生活"的展会主题,倡导先进的、丰富的、健康的网络文化生活理念,力求展会内容更多样化、品牌更国际化、服务更人性化。本届博览会有数码产品展示、网吧专用设备展示及交易、网络新文化展示、数字新生活展示等。除了保留往年最具专业性和影响力的网络音乐赛事外,还新增了针对大学生群体的Cosplay Dv大赛,并举办以"网络文化建设与创新发展"为主题的网络文化发展高峰论坛、以"创建绿色网络、创意网络、和谐网络"为主题的中国青少年网络发展论坛、以"网吧增值及广告业务趋势分析"为主题的中国网吧产业与网吧文化发展论坛、以"列线娱乐无线沟通"为主题的3G—无线娱乐创新发展论坛和以"网吧整体内容提升"为主题的网吧产业大会等5个主论坛,以及由参展厂商自主举行的8个分论坛。

10月26日,新浪网联合晋江文学网、小说网等多家原创文学网站推出青春文学"四小花旦"评选活动。经两个多月的评选后,近25万网友和评委共同评出李歆、桐华、顾漫、薇络四位青春文学当家"四小花旦"。其中,李歆、桐华正是凭借"穿越小说"声名鹊起。而在此前的评选过程中,犬犬、金子等几位呼声最高的写手,也均为"穿越小说"作者。

10月26日,"媒介文化与网络文学研讨会"暨国情调研课题"全国文学网站年度调查报告"在北京举行。研讨会由中国社科院文学所数字信息室、中国文学网、文学评论编辑部、中国文学年鉴编辑部等部门联合举办。会议围绕"媒介文化冲击下的文学创作与批评""文学网站的私人空间""民间视野及公共领域""'博客写作'与媒介批评""网络社会的崛起与文学的身份危机""'虚拟文学博物馆'对网络学术资源的开发与应用""国情调研项目'全国文学网站年度调查报告'专家咨询与建议"等话题开展讨论,目的是总结文学网站发展的经验与教训,满足互联网时代网络文学数字化生存的需要。

10月30日,全国首例网络文学侵权案宣判,福建省莆田市涵江区人民法院判定云霄阁网站负责人未经许可非法转载,并通过在线阅读的方式非法获利,构成侵犯著作权罪,判处有期徒刑,各处罚金10万元。经调查发现,云霄阁网站创立于2004年1月,非法从起点中文网等文学网站转载众多文学作品,而在转载的作品中,有1 345部来自起点中文网的专有原创作品。云霄阁正是以此吸引众多网民浏览,曾经位列中文网站访问量排名榜的第二名。

10月,飞库网启动"网络原创文学发展计划",标志着飞库加入原创文学网站大军。同期,文章阅读网创立,致力于短篇的情感文章、美文故事及散文随笔等的发布与交流。

10月,17K小说网在文学网站中首先进行分频道运营。

11月1日,第二届"我和深圳"网络文学拉力赛启动。比赛邀请中国作协副主席陈建功担任组委会主任,知名作家莫言、苏童、韩东、刘醒龙等担任终审评委。与第一届不同的是,此次大赛主要征集深圳题材的长篇小说。

11月8日,天涯社区情感天地板块的网友"亚马逊人鱼"发表了一个《天啦,这个转正了的小三超级狂啊》的帖子,讲述她的朋友"L"与其前夫"77"以及前夫的情人"糖果儿"的故事。引发网友争议,很快形成论坛热点,大量媒体介入。此被称为"3377"事件。

11月14日,失落叶开始在17K连载《网游之盗版神话》。2009年3月4日完结。在该小说连载时,阅读人数达到500万人次,连续五周小说关注人气第一。

11月15日,乐小米开始在晋江原创网连载《凉生,我们可不可以不忧伤》。2014年12月第四部《凉生,我们可不可以不忧伤4:明月归》由新世纪出版社出版,至此《凉生》系列完结。2018年9月17日,改编的同名电视剧首播。

11月22日,"贵州E友社区""金秋豆棚"影视评论、音乐评论征文获奖颁奖活动举行。其中,赵炜玮的影评《一条通往自由的道路》获一等奖,吴勇的影评《愉悦的忧伤》获二等奖,赵沧的影评《别哭,我最爱的人》获三等奖。

11月22日,上海市知识产权局推出"创意信封"制度和登记备案制度,致力于有效保护原创者的创意设计成果,将于2008年1月1日全面实行。

11月25日,詹珊在《山西师大学报(社会科学版)》上发表《在线网络文学批评类型探析》。文章认为,批评文章首发于网页上是在线批评区别于非在线批评的一大标志。在线批评以俏皮、调侃、幽默的语言,聚集了网民,营造出旺盛的人气,其所具有的直觉性、特指性、明晰性、生活化、短小犀利、批评客体边缘化等特征,推动了网络写作的兴旺和网络原创文学的发展。

11月,晋江原创网接受盛大投资。

11月,愤怒的香蕉开始在起点中文网连载《隐杀》。

11月,2007年度作家富豪榜出炉,天下霸唱、当年明月分别以280万元和225万元的版税收入成功跻身富豪榜。网络出版的产业链已经越发成熟。盛大网络总裁陈天桥对此评论说,网络正在为中国文学提供一个前所未有的开放、宽阔且与国际接轨的创作平台。

11月,17K小说网推出全站订阅榜奖励计划和分成作品激励计划,进一步加强对新作者的帮扶。

12月1日,首届中国网络文学发展研讨峰会召开。该峰会由中国国际经济科技法律人才学会联合中国作协共同主办,中国版权协会、中国电子商务协会、中国音像协会、中国技术市场协会、北京大学中国信用研究中心和清华大学网络行为研究所协办。各方面人士在峰会演讲发言中,就网络文学行业现状以及发展趋势、专业化文学网站商业化运作模式和如何促进行业整体稳定发展等问题展开了研讨。研讨峰会向网络文学界和社会发出了倡议书。

12月1日,陕西省作家协会网络文学委员会第一次会议召开。参加会议的有来自陕西文学界、网络界、新闻界的委员。会议主要围绕网络文学未来的发展走向进行探讨。

12月3日,跳舞开始在起点中文网连载《恶魔法则》。2009年3月6日完结,获得连续7个月的月票冠军,是2007年、2008年起点玄幻奇幻当之无愧的标杆。2017年7月12日,《恶魔法则》在《2017猫片·胡润原创文学IP价值榜》中位列第69,并已被改编为网游。

12月5日,《中国新闻出版报》称,接力出版社将在2008年1月之前推出"镜花云影"四大系列,打造中国原创青春文学"e小说文库"。"镜系列"主要收录历史军事类小说,"花系列"主要收录都市校园言情类小说,"云系列"以奇幻武侠类小说为主,"影系列"则专门汇集悬疑类小说。其中,《英雄狩猎计划(第一卷)》和《仙魔经纪人(第一卷)》已于2007年10月出版,在网络文学与出版日益紧密相关的市场下,接力出版社密切关注网络文学的新热点和新动向,促进原创青春文学的发展。

12月15日,2007年红袖添香年度小说奖"盛世华文·红袖文学:2007年度小说奖"启动。

12月26日,孔二狗(原名"孔祥照")开始在天涯社区连载《黑道风云20年》,又名《东北往事:黑道风云20年》。2009年6月前四部连载完毕,并由重庆出版社出版。2012年播出网络剧《东北往事之黑道风云20年》。上市以来,《黑道风云20年》连续18周排名各大图书畅销榜。不到2个月,销量便突破20万册。

12月26日,卓越亚马逊网公布了2007年畅销图书排行榜。数据显示,网络图书的销售突飞猛进,尤其是近两年来盗墓和穿越小说流行。相对而言,严肃文学的作家作品则出版数量较少,销售量也较少。

12月30日,天衣有风开始在晋江原创网连载《凤囚凰》。2008年4月转到起点中文网。这是言情"历史穿越文"的经典之作。

12月31日,网络玄幻小说《佣兵天下》发表完结章。作者是说不得大师(原名"邢山虎"),小说以三个小佣兵的角度,描述了一场跨越多个大陆、十多个国家的旷世大战,战火甚至蔓延到神界。小说常被评价为"史诗般的巨作"。2018年5月,《佣兵天下》以8.2分的优异成绩入选第三届"橙瓜网络文学奖"百强作品。

12月,欧阳友权主编的"网络文学新视野丛书"由中国文史出版社出版发行。这套丛书共6本,包括杨雨的《网络诗歌论》,舒晓芳的《网络小说论》,李星辉的《网络文学语言论》,欧阳文风、王晓生的《博客文学论》,蓝爱国的《网络恶搞文化》,柏定国的《网络传播与文学》,作者皆为中南大学文学院网络文学研究基地团队成员。

12月,长江文艺出版社出版六六(原名"张辛")的《蜗居》。这是作者继《双面胶》之后又一部都市情感大作。2009年7月27日,改编的同名电视剧在上海电视台首播。2017年7月12日,《2017猫片·胡润原创文学IP价值榜》发布,《蜗居》位列第56。

12月,露西弗俱乐部旗下写手出现了严重的抄袭事件。由于版主处理不当,引起写手和粉丝们的反感,许多名ID纷纷撤离,露西弗的影响力大大减弱。

是年,潇湘书院全面转型为女性言情原创文学网站。

是年,TOHAN Website公司公布了自2006年到2007年11月日本最畅销文艺书籍销量调查结果。在当年最畅销的10部作品中,前3名均为网络小说,可见网络小说人气之高。第1位是累计200万部销售量的美嘉的《恋空》,这部作品已经被拍成电影;第2位是销售量达100万部的芽衣的《红线》;第3位是美嘉的《君空》。

是年,发生"不买书联盟"事件。由于很多小说面临实体出版,为保证销量,出版社要求暂停网络更新。许多作者宣布停更后,书友愤而成立"不买书联盟"。这事件反映了网络文学的一个重大问题,商业开发不足。这个问题直到2013年后才开始缓解。

是年,跳舞开始在起点中文网连载都市题材类小说《邪气凛然》。该小说曾列起点中文网排名榜首、百度图书搜索排名"第一阵容",获6 000万次的网络点击量,并得到多家文学网站以及唐家三少、月关、龙人等网络知名作家的联袂推荐,被业内专家誉为都市异能小说的"扛鼎之作"。其纸质书已在2008年9月由珠海出版社出版,并有同名漫画推出。《邪气凛然》的大红使得跳舞一跃成为网络写手中的"大神",但成"神"之后的跳舞没有继续这一题材的创作,而是转入了玄幻小说创作,《恶魔法则》等玄幻小说获得了众多读者的热捧。

是年,雪夜冰河开始在起点中文网连载《无家》。该小说被起点中文网列入了第一届天榜作品,享有"起点第一小说"的称号。在2007年,该小说由陕西师范大学出版社发行纸质书,一经发行,备受欢迎,被公认为迄今唯一可与《亮剑》并驾齐驱的优秀长篇军事文学作品。该小说在"网络文学十年盘点"活动中脱颖而出,荣获"十佳优秀作品"称号。

是年,舍人(原名"易畅")在起点中文网发布《宦海沉浮》,广受读者青睐。舍人也因此声名鹊起。2009年10月,该小说由江苏文艺出版社出版发行。

是年,柳下挥用"坐怀不乱"的笔名在幻剑书盟创作了处女作《市长千金爱上我》,历时两个月完结。不久,该作品纸质书出版,被视为继《和空姐同居的日子》之后再现的纯爱经典之作。另有《邻家有女初长成》因为章节名问题,书被屏蔽。2007年,他在幻剑书盟还发布了《爱你我就骚扰你》,在出版纸质书时,改名《求爱大作战》。

是年,文雨开始在晋江连载《请你原谅我》。这是文雨"黑色路线"的代表作,对刻意炒作等行为进行了批判。这部书入围第五届鲁迅文学奖,2011年11月,被导演陈凯歌改编翻拍成电影《搜索》,于2012年7月6日上映。

是年,改编自明晓溪《会有天使替我爱你》的同名电视剧播出。这是山东电视台2007年主打的青春偶像剧。

是年,根据金奖小说《天眼》改编的27集悬疑电视剧《国家宝藏之觐天宝匣》播出。原著小说于2007年2月出版,曾获得新浪第四届原创文学大奖赛金奖、最佳悬念奖、影视改编大奖。

是年,根据饶雪漫小说《左耳》改编的微电影《左耳听见》播出。原著于2006年由当代世界出版社出版。原著在2013年获"第八届中国作家富豪榜·最佳青春小说"称号;2017年7月12日,《2017猫片·胡润原创文学IP价值榜》发布,《左耳》位列第26。

是年,《文艺争鸣》杂志率先开辟了《新世纪文学研究》专栏,对包括网络文学在内的新文学形式予以高度重视。雷达、陈思和、白烨、张颐武、张未民、宗仁发、张清华、王干、李静等一批专家学者分别在文论中阐述了对网络写作的理论观点。

是年,天涯社区发布了基于用户阅读习惯的ADTOP广告系统和类似于百度专区的企业板块,开始转向盈利模式。

是年,宝妻的《落尘埃的天使》等4部网络小说在越南畅销。

是年,满族作家金子的《梦回大清》完结。该作品出版以来,十分火热,是清穿小说的鼻祖,是"清穿三座大山"之一。其同名的网页游戏也受到青睐。

是年,在第二届作家富豪榜上,网络作家天下霸唱和当年明月各获第19名和第22名。

2008 年

1月1日,辽宁作家网正式开通运行。

1月8日,晋江原创网的VIP阅读收费系统正式上线,晋江进入商业化的VIP付费阅读时期。在此之前,晋江主要依靠广告收入维持网站运行,此举标志着读者付费正式成为其盈利模式,在很短的时间内,凭借着数目众多的版权作品和大量的读者,晋江文学城获得了不小的收益。

1月,欧阳友权主编的《网络文学概论》由北京大学出版社出版。该书为我国第一部网络文学原创教材,对网络文学领域进行了系统扎实的理论探索,阐明了网络文学的学科性质,表明网络文学成为一门新的学科的现实性和可能性。该书就什么是网络文学,网络文学的产生与发展,网络文学的媒介与载体,网络文学的形态与特征,网络文学的创作、传播、欣赏和批评,以及网络文学的功能、价值、局限等问题进行了深入的阐释,以丰富的知识理论和生动的网文案例为高校学者与网络文学爱好者开辟了一片新的天地。

1月,张小花的《史上第一混乱》首发于起点中文网。该作品于2009年完结。这是一部很有影响力的集体"反穿越"小说。

1月,网络写手鲁班尺创作的《青囊尸衣》由河南文艺出版社出版。小说被誉为天涯史上最强帖。小说讲述了一个赤脚医生的儿子,得到《倾囊经》《尸衣经》,成为精通阴阳与医道的大师的故事。

1月,小桥老树的《官路风流》在起点中文网发布。纸质书改名为《侯卫东官场笔记》,于2010年由凤凰出版社出版。该书在纸质书市场大获成功,销量达到500多万册。

1月,马季在中国工人出版社出版《读屏时代的写作:网络文学十年史》。该书现场感十足,作者从网络文学初现端倪时就开始了网络文学的史料记录工作,视野广阔、材料翔实。马季先生身处主流文坛并长期关注网络文学,潜心研究,根据多年来对于网络文学的观察与追踪,从主流文学与网络文学相衔接的视角,撰写了这部记录中国网络文学十年历程的书,向人们报告了网络文学的生成和发展、现状与前景、矛盾与问题,把网络文学作为当代文坛新生板块的必要性与重要性十分清晰地显现了出来。该书文笔活泼细腻、自然生动,重感性,具有较强的现实性和参考价值。

2月,冠华居小说网正式注册。它是国内文学网站大军迅速扩充过程中的一员,在几年的发展历程中扩大经营范围,逐渐成为以提供热门小说阅读服务为主的文学网站。

2月,血红的玄幻类小说《巫颂》开始在17K小说网连载。这是一部杂糅玄幻、穿越和神话色彩的历史玄幻小说。以往的历史玄幻小说,多数以政治、军事等国家重大事件的发展变迁为叙事主体,小说人物只是其中必要的陪衬角色,人物的成长脉络和生命历程容易被历史事件笼罩。《巫颂》则以个人成长史为主线,这是血红作品不同于一般历史题材玄幻小说的独到之处,也是其能吸引以年轻人为主体的广大网民的原因之一。贯穿全书的大夏与亚特兰蒂斯的战争,实际上是中西方文明的对立与冲突。作者的立意没有跳出近代以来"中体西用"、民粹主义、义和团运动等的局限和窠臼。2009年1月,该小说出版了纸质书;2月,该小说结束网络连载。

3月1日,楚云暮在晋江原创网上开始连载《一世为臣》。2008年9月完结。作为清代历史的衍生同人作品,这部小说在"历史同人文"中比较有代表性。

3月20日,由中国社科院文学所、中国文学网等共同主办的"2008年网络文学发展高峰论坛暨2007年国情调研项目《全国文学网站年度调查报告》合作网站遴选及签约活动"在北京举行。论坛主题为"推广优秀文学网站,共建和谐网络环境"。活动的目的是想架设一座桥梁,让传统文学的人了解网络文学,让网络文学的人发出自己的声音,让传统文学的人了解文学网站在做什么。参加会议的学者从各自的角度肯定了网络文学健康发展的重要意义。这一活动能够向我们展示官方文化机构、权威学术机构和主流媒体对网络文学、网络文学网站现状的关心以及对网络文学将来如何健康发展等问题的深入思考。

3月,天下霸唱以年收入385万元入选"福布斯2008中国名人榜",成为网络作家入选该榜第一人。当年明月则以225万元的年收入也跻身榜内,位列刘心武、石钟山等传统作家之前。在起点中文网的签约作家里,已有六七位网络签约作家年收入超过百万元。他们之前大多是业余的网络写作者,已成为在网上奋笔疾书就能日进斗金的大咖,拥有众多粉丝。

3月,盛大网络收购了红袖添香。从2008年开始,红袖添香逐渐开展与移动梦网、知名厂商、手持设备厂商的合作,开始寻找网络文学盈利的新模式。

3月,欧阳友权在《社会科学战线》上发表《数字媒介的人文性思考》。文章认为,以互联网为代表的数字媒介是造福社会的技术和工具,也是人类掌握世界的一种方式。当数字化技术改变我们生存方式的时候,需要从人性、人文、人伦、人生、人类的角度,以一种道义襟抱的人文关怀来审视数字技术的意义和功能,追索其人文大化的目的和价值,以实现科技进步的人文化、科学效果的人性化、技术媒介的人道化,这样才不会使技术的创新成为悬浮于人类头顶的利剑,以实现科技文明和人文价值的和谐与统一。

4月1日,半壁江中文网正式上线。它是国内热销杂志《故事会》官网"故事中文网"的合作网站。

4月10日,以"打造热点特色领域的经典之作,推动网络文学健康发展"为目标的搜狐首届原创文学大赛正式启动。本次大赛将着力开发同种题材的原创小说。首期以"职场生涯"为主题,第二期以"婚姻家庭"为主题。大赛力求克服网络文学轻浮、概念化、模式化等缺陷,将思想与可读性、趣味性、有用性结合起来。本次活动由搜狐网主办,北京时代华语图书股份有限公司协办,是一次文学和出版、影视相结合的综合性文学大赛,将探索文学、出版、影视的有效整合。搜狐网分别在读书频道、文化频道、搜狐社区推广本次大赛。开赛仅一个多月就收到参赛作品700余部,其中已正式签约和确定签约意向的达12部,出版签约率创下新高。

4月26日,在第十八届全国图书交易博览会期间,国内首个针对畅销书作家和网络原创作家的"中国畅销书作家实力榜""中国网络原创作家风云榜"隆重揭榜。在揭榜活动现场,进入榜单的作家、专家评委以及各出版社代表汇聚一堂,对"中国阅读市场"和"中国网络文学成长、问题及未来"进行了专题研讨,并提出了许多建设性意见。

4月,中国出版科学研究所开展的第五次国民阅读调查结果公布。在文字媒体中,报纸以74.5%的阅读率位于首位;杂志阅读率为50.0%,排第2位;互联网阅读率为36.5%,排第3位,比2005年的27.8%提高了8.7%。图书阅读率为34.7%,比2005年的48.7%降低了14%。网络阅读首次超过图书阅读。

4月,欧阳友权在《文学评论》上发表《网络审美资源的技术美学批判》。文章认为,网络作为当时最具影响力的数字化新媒体,正以创生性文化空间打造新的审美载体和审美方式,影响时代的审美格局和美学形态,因而文艺美学建设不能不关注网络审美资源。网络审美的逻辑原点应该是人文审美,需要确立起一种人文本位、价值立场和审美维度,消除技术崇拜和工具理性,避免艺术生产对数字技术的过度依赖,让网络技术的文化命意成为与人的精神向度同构的意义本体,达成高技术与高人文的协调与统一。

5月9日,唐七公子开始在晋江原创网连载《三生三世十里桃花》。这是经典的"古风言情文"。

5月21日,我吃西红柿的《盘龙》上线。该小说于2009年6月12日完结。经网友自发翻译,读者分布全球100多个国家和地区,在英语世界中受到读者喜爱追捧,成为"网络文学走出去"的标志性作品。

5月28日,起点中文网实施"365"高V免费升级计划,即把高级VIP获得资格提高到年消费365元。

5月,腾讯开始发展手机阅读。用户可以使用手机通过无线网络访问QQ书城。QQ书城所有非VIP书免费,VIP书籍可开通10元包月的快乐旅行读书服务,开通服务后可同时享受QQ书城与腾讯读书频道上的VIP服务。

5月,《唐朝好男人》出版纸质书,共出版6册,未完结。该书讲述了主人公王子豪从现代普通小职员变为古代"高富帅好男人"的华丽转身。

5月,诗集《瓦砾上的诗》出版。该诗集的三分之二作品来自民间诗人和网民,他们以饱含热泪的笔触,讴歌地震灾难降临之际的爱心、救援、奋进、团结……孩子和母亲成为反复出现的主题。在民族的巨大灾难面前,诗歌以其语言精练、节奏明快和长于抒情的特点,记录和表现了人性大爱的光芒,承载和寄托了全国民众汹涌激荡的强烈情感,形成了一次巨大的"岩浆"喷发。

5月,灰熊猫创作的历史架空小说《窃明》纸质版由南海出版公司出版。《窃明》以主人公黄石的个人经历,串起了明末的政治、经济、军事、农业、气候等各方面的史料。黄石是由现代穿越进入明末的,是作者看待历史的一双眼睛。由于现代人物的介入,历史的进程得以改变。大篇幅对历史事件的描述体现了作者独立的史学思想。

6月6日,"新浪第五届原创文学大赛·军事历史、悬疑推理、都市情感文学奖"在北京揭晓并颁奖,三个类别的文学奖各评出金、银、铜奖各1名。这届大赛的参赛作品达到5 900多部。从奖项类别的设立上来看,类型化创作仍是网络文学创作的主流。

6月8日,儿童文学大本营网站创立。它隶属于湖南永竞文化发展有限公司。该网站直接和儿童文学创作者接触,大批著名儿童文学作家授权此网站发表最新儿童文学作品,借此提高知名度。

6月21日,起点中文网在上海举办了"2008年起点作家峰会"。会上亮相的起点签约作者,不乏身价过百万者。此次会议引来不少媒体关注,有报道称这次峰会意味着"网络文学渐入主流"。本次峰会以"启航·文学新梦想"为主题,会议期间将进行中国文学奥斯卡——百万年薪作家颁奖典礼,并邀请众多业界知名人士参加以"论网络文学的生命力"为主题的网络文学高峰论坛等活动。中国作协副主席张抗抗表示,历经多年的对立与融合,网络文学近年来已得到主流文坛的关注。

6月,国内领先的网游企业北京完美时空推出了纵横中文网。

6月,禹建湘在《理论与创作》上发表《网络文学,一个新学科的建构预想》。文章认为,近年来,网络文学不断地从边缘向学术中心位移,并逐渐成为学术的研究热点之一。但在传统的文学观念中,网络文学只是一个另类,不可能单独构成一门独立的学科。过去有许多人都认为,网络文学与传统经典文学的区别只是传播媒介的不同而已,网络文学多属"灌水",并没有多少文学意味和文学价值。

7月4日,上海盛大网络发展有限公司在北京宣布成立盛大文学有限公司。新浪原副总编侯小强出任盛大文学CEO,起点中文网创始人吴文辉出任盛大文学总裁。盛大新业务板块"盛大文学"至此正式揭幕,标志着盛大正式进入集团化发展的轨道,致力于成为中国网络文学领域的领跑者。三家著名原创文学网站——起点中文网、晋江原创网、红袖添香网已成为其下属的全资公司和投资公司。业内专家认为,整合了网络文学优秀力量的盛大文学有限公司的成立,是国内原创文学界的标志性事件,将使文学更为普及、走向大众。

7月21日,由"一起写"网站主办,近百家文学网站、知名文化公司及出版社联办的"2008一起写首届网络文学大赛"启动。此次活动不仅有对2007年度网络作家、原创作品、文学网站和出版策划人的展示和评选,还组织了知名作家、编剧、评论家和知名写手、文学教授,召开文学论坛和专题研讨会,探讨当前网络文学的现实问题及发展方向;邀请重点文艺出版社、图书发行商、影视投资商,对当选作家、获奖作品进行宣传和市场推广,就网络文学作品的版权及影视改编权、漫画改编权等合作和深度开发,进行了交流和合作。本次大赛的征稿主题类型多样,除了文学原创类外,还包括社科、经济管理、教育、生活文化,以及影视剧本、动漫卡通类作品等类型。

7月27日,"2008全球华文武侠小说大赛颁奖礼暨武侠小说创作名家谈"活动在香港会展中心举行。本届大赛共颁出冠、亚军及最佳创意奖、最佳影视改编价值奖等多个重要奖项。大赛以中国和东南亚地区、北美地区为主,面向全球华人征稿。

7月,在"传统作家与网络作家峰会"上,作家刘震云、张抗抗、王海鸰、海岩、郭敬明、当年明月等齐聚一堂对话。刘震云在发言时给网络文学挑刺:"我也经常看发表在网络上的作品,有的不仅文学性不强,错别字也很多,一个首页要没有10多个错字就不是首页,有的文章竟然连句法都不通。现在网络作品有很多,但真正有独特表达的作品并不多,从文字到文学,我觉得还差'23公里'。"

8月30日,顾漫开始在晋江原创网连载《微微一笑很倾城》。2009年11月完结。该作品开启言情"网游文"的先河。2016年分别被改编为同名电影、电视剧。

8月30日,作家样样稀松的《一个人的抗日》首发于起点中文网,引发了"抗战小说"潮流。

8月,陌上香坊正式上线。陌上香坊由咪咪文学网改版升级而来。

9月10日,由全国最大的原创文学网站——中国盛大文学起点小说网举办的全国各省作协主席小说竞赛征文活动正式启动。参与本次活动的作家都是各省区作协主席或副主席,多为中国文学创造力量和骨干。这些在中国文坛颇有创作实力和影响力的中坚作家,从9月份开始在起点中文网上连载自己的长篇小说作品,提供给网民付费阅读,同时主办方将根据网民点击量和网络评委的评审进行评奖。此次活动主办方盛大文学CEO侯小强说:"我们希望作家们的作品内容越宽广越好,因为网络的优势就在于它的包容性。"30位知名作家共同参与这一网络小说活动,无疑是传统作家对网络文学、网络阅读的一次集体"试水"。

9月22日,完美时空公司投资成立的纵横中文网宣布开站。但初次上线效果不佳。纵横中文网致力于本土优秀文化的传承、鼎革、激扬与全球化扩展,扶助并引导大师级作者与史诗级作品的产生,力求打造最具主流影响力与商业价值的综合文化平台。纵横中文网用了仅仅一年半的时间,就进入中国网络文学网站前五强,成为网络文学领域具有强大号召力的网站之一。网站拥有男生版与女生版两大分站。

9月22日,网络写手爱喝可乐创作的《超级骷髅兵》累计获得80万点击,并由起点网首页强力推荐。作品讲述了一个骷髅兵在死亡阴影的大地上的历险故事。

9月,中国台湾地区鲜网推出了VIP收费阅读制度。该网是一家隶属于台湾鲜鲜文化事业有限公司的大型文学网站,也被网友称为"鲜鲜"。VIP收费阅读制度是鼓励作家加入VIP行列的手段。该网对读者的收费标准是每千字0.2元台币。加入VIP作家行列后,作者仍可按照读者投票数量获得作家奖励金。为鼓励作家创作,鲜网推出政策,声称其将主要从鲜网的VIP作品中选择书籍出版。

9月,散文在线成立。散文在线是杭州众书文化创意有限公司下属的文学网站,是以原创散文为主的散文精选阅读平台。

9月,起点中文网被上海市第四届优秀网站评选活动组委会推荐为2008年上海市第四届优秀网站评选入围网站。

9月,掌阅科技股份有限公司成立。掌阅科技股份有限公司是数字阅读行业的领头羊,是我国领先的移动阅读分发平台。该公司旗下的掌阅iReader是掌阅科技的主打产品,该阅读软件包含中国最大的移动互联网络书城,拥有海量原创网络小说和出版的图书。

10月19—20日,由新闻出版总署作为支持单位、中国出版科学研究所主办的"2008中国数字出版年会"在北京开幕。本届年会以"从规划到方案,从认识到落实"为主题,举办15场主题演讲和2场分论坛,集中围绕当时广为关注的数字出版产业的发展方向问题、传统出版向数字出版领域的转型问题、数字出版技术发展现状和研究方向问题以及图书馆的数字化建设与服务等问题展开研讨。来自全国出版界、报刊界、影视界、图书馆界、新闻界以及高新技术企业等各方面的代表400余人参加了此次年会。

10月20日,桔子树开始在晋江原创网连载《麒麟》。由于此文衍生于电视剧《士兵突击》的同人创作,作者"同人转原创"的尝试在同人圈遭到抨击。同时,"军旅文"成为一个独立的耽美子类型。

10月22日,起点中文网签约了18位作家的作品首发权,其中包括海岩、都梁、周梅森、赵玫、虹影、严歌苓等传统作家。

10月27日,由国家版权局和北京市人民政府共同主办的"2008原创网络文学评选"活动揭晓。《我们的师政委》等作品荣获优秀网络文学作品奖,知名网络写手唐家三少等人获选"十大杰出人物"。组委会还评选出了"2008原创文学网站优秀奖""2008原创网络文学传媒奖""2008原创网络文学维权奖"和"2008年度文学网站"等奖项。

10月27—29日,"2008中国国际版权博览会"在北京举行。这是我国首次举办国际版权博览会。博览会的主题是"交流、合作、创新、发展",内容包括国际版权论坛、主题展览、主题活动三大板块。

10月28日,在中国作协的指导下,中文在线旗下的17K网站与《长篇小说选刊》联手承办"网络文学十年盘点"活动。活动时间从2008年10月开始,一直持续到2009年6月。最终,专家组委会评选出了网络文学"十佳优秀作品",网络读者推举出了网络文学"十佳人气作品"。这次活动被认为是中国网络文学发展过程中的一个带有里程碑意义的事件,给予了传统文学和网络文学一次正面交流、融合的机会,也代表了传统文学界首次对网络文学给予的正面肯定。参与或被提名评选的网络作品(主要是小说)有1 700多本。网络原创主力与主流文学媒体集中碰撞,成为中国文学界2008—2009年最大的文学盛事。盘点的结果显示,网络文学的发展大致可分为三个阶段。第一个阶段:1998—2002年,写作者与网络的平行、交叉。第二个阶段:2003—2007年,写作者在网络中成长。第三个阶段:2008年以后,写作者与网络共生。网络文学十年盘点之"2008年最佳网络小说":何马《藏地密码》、崔曼莉《浮沉》、酒徒《家园》、晴川《韦帅望的江湖》、无罪《流氓高手二》、血红《巫颂》等。

10月30日,福建省莆田市中级人民法院对云霄阁侵权案做出终审判决,维持涵江区法院一审判决,被告人姚国祥、刘开山以营利为目的,未经著作权人许可,复制并通过在互联网传播方式牟利,情节严重,其行为均已构成侵犯著作权罪,分别被判处有期徒刑1年6个月,并处罚金10万元。此案系全国首例网络文学侵权案。

10月,MSN中文网联合红袖添香,共同打造"原创白领图书馆"。红袖添香为图书频道提供贴近白领用户需求的职场小说、都市情感等原创精品小说。MSN中文网也发挥自身的平台优势,为广大白领用户提供更为丰富的内容咨询服务。

10月,中国画报出版社出版慕容湮儿在起点中文网创作的古代言情小说《倾世皇妃》。小说描写女主人公夏国的亡国公主馥雅在宫廷血腥之斗中的起伏。

11月,中国博客空间达到1亿个,博客作者规模已达到5 000万。其中,活跃博客作者数量占博客作者总数的40%,近2 000万人;活跃博客用户的有效博客空间数为3 000余万个。

11月,云轩阁小说网正式上线,在其发展的鼎盛时期,用户的点击量超过1万人次,且实现了10万以上的网页访问量,一度挤进国内网络小说网站的前列。云轩阁小说网在2008年遭遇了关闭处理。更改域名后重新上线的云轩阁小说网,主要采取绕开版权追溯问题等的运营策略,继续为广大用户提供小说阅读及txt下载等服务。

12月4日,中国社会科学院举办了第二届"媒介文化与网络文学高层论坛"。来自中国社科院、中国作协、中国人民大学、中国传媒大学、解放军艺术学院、北京语言大学等单位的专家学者和红袖添香、晋江原创网、17K等著名文学网站的主编参加了会议。与会者就"媒介文化语境下文学研究面临的挑战与策略""跨文化视界中的网络文学与媒介批评""网络社会的崛起与文学的身份危机""网络学术资源的开发与应用""'博客写作'与媒介批评""网络时代的文学生产与消费""文学网站的私人空间、民间视野及公共领域""媒介文化冲击下的文学创作与批评""文学网站在2008年度的发展趋势和影响"等作了重要阐述。与会者大多认为:文学网站在2008年的发展势头迅猛,文学类网站及其发布的各类文学作品正成为广大网民尤其是青年阅读群体的重要关注对象。网民群体规模、网络文化影响、网络文学质量均有新的变化和发展趋势,网络文学与传统文学的关系正发生实质性变化,网络文学在未来的发展及其广泛影响值得全社会予以高度关注。

12月14日,唐家三少开始在起点中文网连载《斗罗大陆》。2009年12月13日完结。该小说主要讲述男主人公唐三偷学绝学,被驱逐出唐门而被迫跳崖穿越到另一个世界的故事。该作获2009年起点中文网"月票总冠军"。其漫画作品也成功改编,是早期网文漫画改编的代表作之一。

12月15—17日,"传统与文艺:2008北京文艺论坛"在北京举行。论坛分为文学、戏剧、影视、音乐、民间文艺、美术书法等几大单元,近80位作家、评论家、学者在讲坛上深度讨论当时我国文艺事业各个门类与传统文化的碰撞和摩擦、继承和颠覆。北京市文联副秘书长张恬表示,这些对于"传统"的讨论,在中国文化价值体系面临剧烈变动和重新建构时,是具有特殊意义的一项工作。

12月26—28日,中国文艺理论学会第九届年会暨"批评理论与当代文学生产"学术研讨会在暨南大学召开。会议由中国文艺理论学会、文学评论编辑部主办,暨南大学中文系"海外华文文学与华语传媒研究中心"承办。精英文学与通俗文学之争、大众批评与学院批评之争、传统批评与新媒介批评之争,引起了人们对文学经典标准、文学生态问题的反思。这些成了此次会议最热烈和最具争议的主题。

12月,欧阳友权主编的《网络文学发展史——汉语网络文学调查纪实》由中国广播电视出版社出版。该书以调查纪实的方式,对汉语网络文学的发展作了一次全面的梳理,以丰富而翔实的资料和数据全面记述了网络文学的发展现状和走向。这部原创性的网络文学史,开拓了网络文学的史学新范式,不仅确证了网络文学在文学史中应有的地位,也为文学史开创了新的疆界。该书共分14章,分别对汉语网络文学发展十多年来的文学网站、网络写手、网络原创文学、网络文学语言、网络文学点击率、网络多媒体作品、网络超文本文学、网络博客、网络恶搞、网络文学产业、网络文学研究、网络文学出版、海外港台大陆网络文学比较及网络文学大事记等,进行广泛调查和系统梳理,以丰富的第一手资料描述了我国汉语网络文学的发展现状、文学经验和存在问题,让人们了解我国网络文学的发展现状和走向,客观地记录了汉语网络文学早期发展历史。

12月,连城书盟正式实行VIP制度,从而开启了网站全新的发展模式。

是年,由网友推荐入选"2008年网络十大经典"之作的历史穿越小说《窃明》、商战小说《浮沉》等原创网络文学不到一个月就成功"落地",连续在图书市场热销。

是年,八月居小说网创立。据说因成立时正值农历八月而得名,其中也包含了对书友们在八月丰收之际有所收获的寄寓。

是年,小说阅读网获中国出版年会小说类综合排名第一的优异成绩。

是年,张江国家数字出版基地在浦东正式成立。这是国内第一个数字出版基地,吸引了盛大集团、九城网络、中文在线等数字出版龙头企业落户于此。

是年,天涯启动开放平台战略,并开始构建天涯生态营销体系,研发成功了新一代网络广告产品,是中国社区营销的领航者。

是年,成立于1998年的西祠胡同已发展为一个大型综合性的社区网站,同时也是我国当时领先的几家大型网络社区门户之一。西祠胡同做出"城市社区门户"的发展战略定位,期望基于自身所拥有的庞大用户群和良好网络社区平台,盯住目标城市生活,以开发出体现本地性、生活化的相关产品,致力于打造全国范围内城市居民生活的完美家园。

是年,凤凰读书正式上线。它是凤凰新媒体公司下凤凰网的子频道。作为在世界范围内已具有较高知名度的跨平台网络新媒体,凤凰网坚持"中华情怀,全球视野,包容开放,进步力量"等发展理念,已建成了综合性的门户网站、手机凤凰网以及凤凰视频等三个主要平台,所提供的内容服务具体涉及新闻资讯、深度报道、观点评论、互动应用、财经产品、分享社区、网页游戏等多个领域,基本能实现服务的即时性和多样性。凤凰读书定位于"以高尚的人文阅读品位引领全球精品阅读",下设图书库、书讯、书评、凤凰副刊、专题、行业新闻、作文、影视文学、剧本库、开卷八分钟等子栏目,另有畅销书单、热门文章、凤凰好书榜等榜单。

是年,起点中文网荣获中国版权协会所授予的"中国版权产业最具影响力企业"荣誉称号。

是年,网络文学影视改编进入发展高潮,大量优秀的网络文学作品遭到抢购。

是年,中文在线成为中国移动手机阅读业务的战略及运营合作伙伴。

是年,逐浪文学网发展成为第二大网络数字出版平台,网络文学的付费阅读收入增长了近50倍,同时逐浪女生出版的纸质作品也超过100部。

是年,我吃西红柿的《星辰变》被改编为网络游戏。该游戏在2009年被评为"上海市重大文艺创作项目"。

是年,盛大文学成立后,开始大规模投资网络文学领域,类型化作品因此高度繁荣,女性创作也随之进入第四个阶段。在这一时期,女性写手的数量继续呈井喷之势增长。第四代女性写手大多沿袭第三代的创作类型,涌现出许多年轻的新面孔。自2008年,女性网络写手在作品数量和影响力上都颇有建树,显示出迭代完成的趋势,早期成名的女性写手已较少有新鲜作品面世,新晋女性写手如柳晨枫、吱吱、叶非夜等则开始展现不凡的实力,为网文行业持续注入新的活力。

是年,TOM在线增加投资到500万,收购幻剑书盟剩下的股份。幻剑书盟2008版借此机会正式上线,成为首家实现作者自主签约与上架的原创阅读网站。

2009 年

1月1日，起点中文网推出粉丝值系统，通过提高区分读者荣誉度来刺激读者的参与积极性和消费意愿。

1月7日，工业和信息化部发放第三代移动通信牌照给中国移动、中国电信和中国联通三家运营商。我国正式进入第三代移动通信时代。网络文学开始进入手机阅读时代。

1月8日，首届青春文学大赛颁奖典礼在中国国际展览中心举行。大赛颁出特别大奖、金银、银奖等五个重量级奖项。程婧波以短篇小说《赶在陷落之前》获得大赛特别大奖，马小淘以长篇小说《朱颜改》获得长篇作品金奖。

1月9日，由盛大文学举办的"一字千金——首届全球华语手机小说原创大展"决出结果，4位手机小说作者以70字的小说创意，从8000余名参展者中间脱颖而出，分别获得了7万元的版权交易金，让历史典故中的"一字千金"故事变成现实。

1月10日，盛大文学旗下的起点中文网在北京宣布：以100万元售出签约作品《星辰变》的游戏改编版权。我吃西红柿的《星辰变》在起点中文网上的点击量已逾3 600万，并登上2007—2008年各大搜索引擎小说搜索排行榜的第一名。

1月26日，妖舟开始在晋江原创网连载《不死》。2009年5月完结。这是日本动漫《全职猎人》的同人代表作之一，在晋江同人榜单上长期高居前列。

2月1日，蝶之灵开始在晋江原创网连载《给我一碗小米粥》。2009年4月完结。该小说与后来非天夜翔的《飘洋过海中国船》、蝶之灵的《最强男神》共同成为耽美"网游文"的代表作。

2月18日，《成都商报》独家报道网络女作家vivibear(张薇薇)涉嫌大规模抄袭他人作品，在圈内引起巨大反响。19日，曾连载vivibear作品的晋江原创网已经将其作品删除。2009年春节期间，一位网友在天涯发帖《网络原创作家风云榜首青春畅销书教主vivibear竟是极品抄袭狂!》。这位网友调侃地写道:"在她的文字中,你可以忽而看到简体,忽而又看到繁体,充满了让人心脏怦怦直跳的审美体验!(因为直接从繁体网站上拷贝下来的片段)。"随后,越来越多的人加入这场搜寻抄袭证据的队伍中来。经查,vivibear的作品涉嫌抄袭173位作者的203篇作品,无怪乎有人称vivibear为"用鼠标写作的抄袭女神"。而vivibear在博客中对此一直保持沉默。网友们在搜索vivibear的抄袭证据时,无意中发现一篇中学生的作文里,错将"笑盈盈地竞相怒放"打成了"笔盈盈地竞相怒放",这么一个错别字随后有无数的人照抄了。网友查证发现,在《女娲神石》《琴怡馆》等至少8部作品均有"笔盈盈地竞相怒放"这样的字句。至此,"笔盈盈"迅速成为形容抄袭的网络热门词。

2月26日,"中国原创网络文学版权保护"研讨会在北京举行。在京版权保护组织、业界知名学者、律师、媒体人士近百人参加了研讨会。大家一致认为,网络文学盗版已经形成产业化趋势,初步估算,每年盗版市场规模高达50亿元,而同期正版市场的规模为1亿多元。这一现状严重阻碍了网络文学产业的发展。维权成本高也是难点之一,中文在线"反盗版联盟"负责人说,"联盟"对专业的维权人员取证、诉讼等方面的投入很多,但最后获得的赔偿金额入不敷出,根本不足以支撑整个维权成本。所以解决这个问题就一定要引进惩罚性赔偿制度,盗一罚十甚至罚百,不然盗版很难消失。在这场研讨会中,盛大文学有限公司首席执行官侯小强称,起点中文网是遭受盗版危害程度最深的新媒体之一,以人气非常高的网络小说《星辰变》为例,这部小说的搜索结果在Google上是272万项,在百度上是987万项。每年盗版行为给起点中文网带来的潜在损失无法估量。

3月10日,湖北省作协决定,"在各大文学网站发表的文学作品中,获奖(网络奖)作品、精华帖或转载帖达30万字,开个人文学博客3年以上,写博字数在50万字以上,或连续担任文学版主3年以上"的网络作者可吸纳到作协中来。湖北省作协公布了新加入的123名作家名单,猫郎成为以网络作家身份加入省级作协的国内第一人。按照惯例,要想成为省级作协的会员,必须在省级以上文学刊物上发表超过20万字的作品,或者出版两部以上的图书,还得通过作协评委会的投票。湖北作协的这个标准,使传统的纸质作品不再是入会的唯一条件。

3月13日,长着翅膀的大灰狼开始在晋江原创网连载《盛开》。此后,长着翅膀的大灰狼逐渐形成了在都市言情类型中以亲密描写见长的个人特色。

3月17日,《福布斯》中文版发布"2009中国名人榜",郭敬明是上榜的两位作家之一,也是连续6年上榜的25位明星中唯一的作家。得知自己再次登上"中国名人榜",郭敬明表示,"我想我的出现改变了大家对作家的一些看法,之前作家只是文化圈小范围的一个概念,但是现在作家得到了更大范围的关注"。

3月25日,由人民文学出版社和商小说出版策划工作室主办的"2009首届'商小说'原创文学大赛"在天涯社区、新浪博客启动。这是国内首个由线下出版社主办的网络原创文学大赛,也是第一个以职场小说、商场小说为主题的类型小说征稿大赛。

3月26日,由起点中文网站主办的"首届全球华语原创文学大赛"在北京大学百年讲堂拉开帷幕。本次大赛全面开放,全球任何华语文学写作者和爱好者均可以参加比赛。主办方称,该活动"旨在打造一个中国文学与文化产业界结合的重要赛事,成为改善中国文学原创面貌的文化事件"。为将本次大赛涌现出的优秀作家和作品成功推向市场,盛大集团号称斥资1 000万元人民币奖励各类创作,并以"一字千元"的高价征集手机小说,打造中国首批"手机小说家"。与此同时,还将推出首批"十大金牌作家经纪人",打造中国版权业完整的产业链,创造版权运营的新模式和新典范。在启动仪式上,刘震云对传统文学和网络文学的区别提出了自己的看法。他认为,网络文学符合现代读者的需求,深受广大读者的喜爱。当时传统文学作者和网络文学作者在认识上还存在一定的区别,但相信随着双方沟通交流的不断深入,网络文学必将和传统文学融为一体。

3月,17K小说网经历巨大震荡后开始"二次创业",血酬任总编辑。通过实施"新人成神"计划、开设青训营、举办网络文学联赛、重设网编训练营等措施带动网站复兴。

3月,以网络文学阅读付费制化解了文学网站生存危机后,起点中文网又引入平台上的虚拟打赏功能,允许读者在购买到作品阅读权限之后自愿付出额外金钱激励自己喜欢的作者。

3月,盛大文学斥资千万元,启动了"全球写作大展(SO大展)"。至2009年11月截稿时,收到了7万余件作品。大展评委代表兴安评论说,很多作品已经达到令人惊喜振奋的程度。

4月9日,新浪网读书频道携手中共河南省委宣传部、河南省作协、河南省文学院在郑州文学院举办"文学豫军签约新浪"仪式。郑彦英、杨东明、孙方友、墨白、焦述、乔叶等33位河南籍作家集体签约新浪,近60部作品将通过网络连载、出版和影视推荐等多种方式与3亿新浪网友见面。

4月14日,血红回归起点,发布新书《逍行纪》。

4月24日,天蚕土豆新作《斗破苍穹》发布第一章。其一经发布即席卷各大榜单,土豆也因此奠定了在网络原创界难以动摇的顶级作家地位。因经常"拖更",所以被网友戏称为"拖豆",但它在起点的点击量仍持续攀升。《斗破苍穹》除了网上连载获得惊人成绩之外,后续纸质出版也在火热持续中,累计销量突破300万册。

4月27日,猫腻开始在起点中文网连载《间客》。2011年5月27日完结。自《朱雀记》《庆余年》以来,猫腻逐渐在网文圈中赢得"最文青作家"口碑。

4月,小说阅读网推出了VIP阅读计划,其后又推出了红包榜、催更榜、鲜花榜等。VIP系统开通后不久,就迅速缔造出月薪过万的作家150多人,也给网站带来了可观的收入。

4月,广东省作协在全国各省市作协中率先成立了网络文学创作委员会,吸收了十余位网络作家进入作协。广东省作协专门召开了网络作家座谈会。2009年5月,广东省作协又召开了第四次青年创作座谈会。会上指出,扶持和引导网络作家是广东省作协以后工作的一个重点,那些只要在文学界有影响的,或者关心文学的,即使只是某个文学机构的管理者,都可加入广东作协。这大大降低了网络作家进入广东省作协的门槛,甚至在全国范围内都引起了广泛的关注,但无疑有助于激发网络文学作者的积极性,为广东省网络文学的发展营造了一个优良的环境。

4月,小说阅读网新版上线,推出了全新的阅读平台与写作平台后,网站的订阅成绩明显上升。

4月,金子推出军营穿越力作——《绿红妆之军营穿越》。这是晋江文学城上少见的军旅题材。

5月11—13日,由江苏省作协、无锡市作协主办,新浪网、搜狐网、天涯社区协办的中国网络文学研讨会在江苏无锡举行。来自14个省市的60多名代表以中国网络文学为主题进行交流和研讨。与会者认为,网络最大的贡献是对舆论空间的开拓,对民意的疏通,对社会变革具有积极的作用,但同时不应将这个新媒体的作用无限夸大。对网络文学当时的情况,需要保持清醒的认识,希望网络文学和网络作家不要成为没有根基的漂浮物,要永远保持鲜活的生命力,并呼吁文学界、理论界重视对网络文学理论和学术体系的构建与完善。

5月,玄幻类小说《斗罗大陆》首次出版。这部小说是起点中文网白金写手唐家三少的长篇玄幻小说。故事讲述了唐门外门弟子唐三,因偷学内门绝学而为唐门所不容,于是只身跳崖明志,却来到了另一个世界,一个属于武魂的世界——斗罗大陆。这里没有魔法,没有斗气,没有武术,却有神奇的武魂。这里的每一个人,在自己六岁的时候,都会在武魂殿中令武魂觉醒。武魂有动物,有植物,有器物,它们可以辅助人们的正常生活。而其中一些特别出色的武魂却可以用来修炼,这个职业是斗罗大陆上最为强大也是最重要的职业——魂师。《斗罗大陆》作者唐家三少以虚拟手法表达了他所理解的人及其在某个特定环境下的成长历程。

6月11—12日,由中南大学文学院、吉首大学文学院、首都师范大学文学院和中国社科院中国文学网联合主办的"网络·网络文学·公共空间"全国学术研讨会在湖南凤凰举行。张炯、陆贵山、欧阳友权、简德彬、田茂军、刘中树、陶东风、肖鹰等来自全国文学界以及网络研究领域的100多位知名专家学者参加了会议。与会专家学者就网络文学的发展趋势、当下网络文学的定位及社会功能进行了广泛的讨论。此外,对网络作为公共空间的现代特性及社会影响力也进行了较为深入的争鸣。

6月12日,我吃西红柿的玄幻类小说《盘龙》完结。《盘龙》是一个励志故事,主要讲述龙血战士后代林雷·巴鲁克的成长历程。他从一个平凡的人,成长为恩斯特魔法学院的学生,超越学校的天才少年迪克西,修炼成为圣域强者,最后突破成为神级强者。地狱是他通往巅峰的路,从下位神一直修炼到中位神,后来终于成为上位神,最后灵魂变异、炼化四枚主神格,成为突破宇宙限制、跳跃到鸿蒙空间的第一人。

6月15日,由《文艺报》和盛大文学共同主办的"起点四作家作品研讨会"在北京举行。十余位著名评论家对我吃西红柿、跳舞、唐家三少和血红四位作家的作品予以专题研讨。与会专家对中国网络文学的发展进行了总结和梳理。会议形成基本共识:随着网络文学和传统文学的不断融合,两者之间的界限在逐渐模糊,主流文学评论家对网络文学不应持失语状态,应当为网络文学输入来自传统写作和评价体系积累所形成的价值观念和审美要素,使网络文学得以健康发展。同时也呼吁年轻一代评论家更多关注网络创作。

6月25日,由中国作协《长篇小说选刊》与中文在线17K小说网主办的"网络文学十年盘点"经过7个月的推举和评选,在中国作协会议室举行闭幕式和揭榜仪式。这次盘点活动规模宏大,参与作品审读和点评的专家、文学期刊资深编辑有50余人,共撰写了110篇评论文章。网络读者推荐作品约1 700部,基本囊括了10年来网络创作的活跃人群。参与投票海选的读者高达50万人,其中大部分是有多年阅读体验的资深读者。这是当时传统文学界与网络文学界最大规模的一次交流,对推动网络文学的繁荣和发展具有深远意义。

6月25日,中国作协公布当年作协新会员名单,金庸等7名港澳作家,当年明月、千里烟等网络写手,都在名单之内。

6月,莫茜的《大众文化与网络文化》由北京邮电大学出版社出版。大众文化与网络文化既相互联系又相互区别,在文化的分层中是两个不容忽视的领域。现代工业化的发展造就了大众文化的繁荣,信息化的浪潮促进了网络文化的兴起。该书试图对这两种文化现象进行历史的梳理、现象的考察和理论的阐释,揭示其对社会的影响、本质意义及给人们的启迪。

6月，起点中文网推出"打赏"功能。

6月，网络写手求无欲创作的《诡案组》首次出版。小说讲述了诡案组在调查一宗宗恐怖、悬疑案件时的经历。

6月，马季的论文《十年网络文学：集体经验与民间智慧》在《南方文坛》上发表。文章提出，网络文学在当代文学中的地位，虽然当时仍未有明确的界定，但有一个基本事实不容置疑，由于它的生产方式具有全民参与的特征，在短短10年时间里，无论是按字数还是按篇数计算，网络原创文学作品已经远远超过当代文学60年在纸质媒体上发表作品的总和。

6月，欧阳友权的论文《网络文学：前行路上三道坎》在《南方文坛》上发表。文章提出，互联网诞生于1969年，中国接入国际互联网是在1994年，而汉语网络文学在我国进入公共视域是在1997年以后。这样来说，世界网络媒体发展只有40年，其触角联通中国大陆不过15年，网络文学现身我国文坛也只有10余年的时间。这些简单的数字对于媒介传播史和文学发展史来说，都不过是弹指一瞬，但互联网所引发的文学转型和文明巨变，却产生了难以估量的历史性影响。

6月，全国各省作协主席小说大赛征文活动举办颁奖典礼。

7月15日，鲁迅文学院与盛大文学携手举办的为期10天的"网络文学作家培训班"第一期开班，至24日结束。经中国作协党组审批，鲁迅文学院与盛大文学重重遴选、审核，最终确定唐家三少、任怨、秋远航、张小花等29名知名网络作家为鲁迅文学院"网络文学作家培训班"首批学员。该班在具体的教学设置上体现出了很强的现实针对性，开设了"当前文化建设所面临的问题""迁徙文化与城市文学""小说创作谈""现代社会与文学的抒情和叙事"等一系列专题讲座。授课教师包括周熙明、陈建功、蒋子龙、马季、胡平等多名作家、评论家。

7月23日，由北京网络媒体协会、北京文联共同启动"首届网络文学艺术大赛"率先推出"网络小说创作大赛"。起点中文、新浪原创、红袖添香等15家网站共同出任承办网站。

7月29日，张鼎鼎开始在晋江原创网连载《三步上篮》。2010年4月完结。

该小说成为耽美中体育题材的代表作品。

7月,中国作协"全国网络文学重点园地联席会议"工作机构成立。该机构定期召开由中国作家网、盛大文学、中文在线、新浪读书频道、搜狐读书频道等重点文学网站参加的联席会议,关注和引导网络文学创作。

7月,言情小说吧开始采取付费阅读的方式来维持网站运营。网站的发展被注入新的活力。言情小说吧原创作品日更新字数已超过300万。

7月,盛大文学以4 000万元收购华文天下51%的股份。

7月,忽然之间(韦小丽)的代表作《暧昧》由国际文化出版公司出版。该作品被网友评价为"2009年最不能言说的怦然心动",连续49周居于当当图书畅销榜前列,加印数次。

8月1日,起点中文网开始执行"3650升高V计划",读者12个月内消费3 650元,才可成为高级VIP会员。起点提高高级VIP会员的门槛,向大部分读者按初级VIP(每千字3分钱)的标准收费。

8月29日,中国作协创研部与广东省作协共同在北京举办谢望新"手机短信长篇小说"《中国式燃烧》研讨会。《中国式燃烧》因被称为"中国乃至世界第一部日记体手机短信长篇小说",而引起评论界的广泛关注。广东省作协主席、党组书记廖红球把《中国式燃烧》的问世看作改革开放30年广东文学创新的一个典型,他赞赏作家以手机短信充当文学载体的勇气和贡献,并支持以此为代表的多种形式的文学载体。评论家贺绍俊说,虽然手机短信体小说早就存在了,但那不过是借用手机短信作为载体,适应手机短信容量小的特点而创作的极短的小说。虽以短信方式出现,但其叙述方式和构思与传统小说没有太多差别。

8月31日,历时一年的各省作协主席小说巡展活动落下帷幕。活动由起点中文网主办,参赛者均是全国各省的作协主席或副主席。

8月,方想的幻想小说《卡徒(第一季)》由广西人民出版社出版。小说建构了一个全新另类的幻想世界——一个由卡片构成的后现代社会。在这里,人类用卡片的技术解决了新能源问题,一切都离不开卡。卡片级别的高低和力量的大小象征着一个人的地位、财富和荣誉,所有人都以拥有一张高级别卡片或力量强大的卡片为荣。男主角陈暮是一个孤儿,依靠制作大量的低级别卡片挣回微薄利润,勉强度日。他渴望接受正规的教育,渴望学习,然而,现实却没有给他这个机会。在机缘巧合下,他得到了一张古怪的卡片,从此开启了他不一样的人生之路。

8月,网络作者初亮(笔名"寅公")发表在红袖添香网站的作品《阳关古道苍凉美》被收录进牛津大学出版社(香港)的中学语文教材。《阳关古道苍凉美》是初亮2006年发表在红袖添香网站的文章,后被收录为"2008年全国高考语文试卷(卷一)"的阅读考题材料。

8月,《微微一笑很倾城》由江苏文艺出版社出版。这部小说是顾漫创作的现代青春言情小说,小说讲述了女主人公贝微微与同为网游高手的男主人公在游戏中认识,走进现实从而相恋的故事。

9月1日,网易读书频道在北京宣布正式上线,由其发起的"公民阅读"活动也宣布启动并发布了"公民阅读"首期推荐书单,《真话:1978—2008中国壮语》《七十年代》《金融的逻辑》《可爱的洪水猛兽》位列其中。对网络阅读现状的回顾与反思是此次活动的一大主题,网易读书频道邀请了多位文学界、出版界人士就此话题展开讨论。

9月21日,阿耐的长篇网络小说《大江东去》获中宣部第十一届"五个一工程"奖。这是网络小说首次跻身于国家级文艺奖项。《大江东去》是一部全景式表现改革开放30年来中国社会、经济、生活变迁历史的长篇小说,小说以经济改革为主线,全面、细致、深入地表现了1978年以来中国改革开放30年的伟大历史进程。《大江东去》不仅为网络文学的发展、繁荣提供了参照,更为网络文学如何提升自身社会、历史、文学的深度和广度指明了途径。该书被称为"中国改革开放30年记忆之书"。

9月27日,郭敬明开始在起点中文网连载《小时代》。他成为中国第一个试水网络收费阅读的畅销书作家。

9月,在逐浪女生网创立2周年时,其出版的纸质作品的数量实现了成倍增长,多达200部。截至2009年9月,逐浪网拥有500多万注册会员,每天独立访问用户超过百万,拥有十几万部长篇原创作品。2009年11月,逐浪文学网正式成为空中网的全资子公司。但逐浪网在空中网的经营之下各种负面消息充斥网文界,逐浪网的创始人团队也因此悲愤出走,建立红薯网。

9月,网易读书正式成立,是国内领先的门户网站——网易下设的一个频道,在互联网应用、服务以及相关技术方面有很大优势。

9月,第16届北京国际图书博览会在北京中国国际展览中心隆重举行。在博览会上,盛大文学、起点中文网与中国最具影响力的奇幻文学品牌"九州"举行了"起点九州志青年作者原创公益基金"成立发布会。

9月,龙若中文网成立。该网是福建键桥网络科技有限公司自主开发的网络阅读门户网站。该公司成立于2009年,为福建省最大的原创内容提供商,是一家集小说阅读与写作服务、App开发、无线内容提供、原创漫画策划与制作、手机漫画加工、版权运营等业务为一体的高新技术综合性企业。

10月20日,新闻出版总署、全国"扫黄打非"工作小组办公室宣布,2009年以来,两部门对互联网出版的低俗内容进行全面清理。包括网络小说、手机小说在内的1 414种淫秽色情和低俗网络文学作品被查处,20家传播淫秽色情文学的网站被关闭,累计删除各类淫秽色情文学网页链接3万余个。网络文学低俗内容整治工作取得显著成效。新闻出版总署有关负责人表示,在整治网络文学低俗内容的工作方面,总署将与工信部一起尽快出台《互联网出版服务管理规定》,并会同国新办、广电总局、工信部等部门共同发布《手机媒体服务管理办法》。此外,总署还将进一步扩大网络出版专家审查委员会,尽快组建"新闻出版总署网络出版监测中心",加快制定网络文学、手机出版等相关管理办法,以便于规范网络文学出版行为,形成分类管理、有效监督、依法行政的管理体制。

10月22日,起点中文网签约第7届茅盾文学奖21部入围作品的网络传播授权,同时与海岩、都梁、周梅森、兰晓龙、郭敬明、天下霸唱、宁财神、饶雪漫、慕容雪村、当年明月、沧月、陈彤、赵玫、艾米、虹影、春树、陈凯歌等17位作家签订网络版权,实现网络文学传播的越界融合。

10月26日,盛大文学及旗下各网站、中文在线、搜狐读书等13家主流阅读网站联合发出倡议:将每年的10月26日设立为"数字阅读日",倡导在线"健康阅读""主题阅读""深度阅读""互动阅读"及"正版阅读"。相关资料显示，2006年数字出版行业总产值200亿元，2007年为360亿元，2008年达到530亿元，2009年预计为750亿元。中国数字出版产业正成为新闻出版业强势增长的重要动力和新的经济增长点。

10月26日，在"第12届庄重文文学奖"颁奖典礼上，评委会透露曾考虑在2009年的"庄重文文学奖"评奖时评出几位网络文学作家。为此，还请中国作家网、盛大文学、中文在线、新浪读书和搜狐读书推荐申报参评"庄重文文学奖"的作家及其作品。但专家评委阅读并讨论后认为，这届推出网络作家尚不够成熟，只好暂付阙如。

10月，榕树下被盛大文学收购，成为其旗下的一个子品牌。此后，榕树下开始其复苏过程。凭借其已有的品牌影响力以及一系列整改措施，榕树下在短时间内吸引了大量用户。

10月，中国以主宾国身份参加法兰克福国际书展。这也是中国首次成为这个具有出版业"奥运会"之称的书展主宾国。在法兰克福书展主宾国活动上，盛大文学和中文在线作为国内数字出版业的代表参展，向世界集中展示中国网络文学的发展成果。盛大文学的盈利模式在法兰克福书展上引起广泛关注，被业界权威评为"世界数字出版三大主流模式"之一。在此次书展中，中文在线展出的《非诚勿扰》《贫民窟的百万富翁》《见证奇迹的人生》《我的兄弟叫顺溜》《也该穷人发财了》《爱·盛开》等全媒体出版图书让人甚为惊叹。

10月，周志雄的论文《论网络文学的创作群体》在《北方论丛》发表。文章提出，网络文学的创作群体丰富了中国的文学创作，为中国读者提供了新鲜的阅读体验。他们大多是理工科出身的，没有受到正规的文学训练，但他们发自内心地热爱文学。网络激发了他们的文学潜能。他们作为一个创作群体的出现冲击了现有的文学体制。对于他们来说，超越商业化，不断地更新自我，让创作有所创新和突破，是他们面临的挑战。

10月，欧阳友权的《比特世界的诗学：网络文学论稿》由岳麓书社出版。该书提出，随着互联网的迅速普及和手机等数字通信工具的广泛使用，网络文学、手机小说、博客书写、电脑程序创作、赛博朋客小说、多媒体和超文本文学实验等纷纷在文坛浮现。面对数字媒介下的文学转型,人们正确利用新媒介的技术特性来提升文学性,进而在数字化语境中开辟文学的新境界,丰富文学的魅力,而不是让技术牵着走,使受人热捧的技术手段成为遏制文学生命力的借口,更不是让文学传统在数字技术的狂飙突进中花果飘零。

10月,石磊的《新媒体概论》由中国传媒大学出版社出版。全书分为概论、技术论、影响论、产业论、融合论、控制论等相关内容,对新媒体的概念、特征、产生背景、社会影响、产业发展、新媒体带来的媒介融合、新媒体管理规范等问题进行了系统深入阐述。

11月12日,无线互联网公司空中网正式宣布,以总价234万美元及空中网普通股100万股,全资收购国内原创文学网站逐浪网,同时购入囊中的还有专事海外中文小说版权管理的Success Blueprint公司。由此,空中网将渐渐转变以往较单一的无线增值服务提供商的角色,成为拥有更多原创和版权的"主人翁",打造手机文学、手机游戏等共通的娱乐产业链。

11月18日,起点女生网成立。其前身是起点女生频道,致力于对女性网络原创文学及作者的培养和挖掘。起点女生网首创阶梯形写作全勤制度,在针对知名作者进行全方位宣传和包装的同时,兼顾对新进作者的培养。无论是知名作者还是新人写手,均享有签约作者的专属人身保险计划、VIP作品基本福利计划、分类优秀作品奖励计划、小众类型作品的扶持计划等。在起点女生网丰富多样的福利设置吸引下,其培养激励了众多优秀作者,使得网站内容呈现出个性鲜明、百花齐放的良好发展趋势。

11月下旬,工信部联合中央外宣办、公安部等部门开展整治手机淫秽色情专项行动,媒体陆续曝光手机涉黄情况,扫黄风暴席卷整个移动互联网甚至PC互联网。

11月,盛大文学与读吧网之间的互讼,以盛大文学全面胜诉画上了一审判决的句号。读吧网状告盛大文学垄断案的所有诉求,均被上海市第一中级人民法院驳回;盛大文学起诉读吧网侵犯名誉权的纠纷,由法院判令北京书生公司(读吧网)停止侵权行为。

11月,淘宝网正式推出了数字娱乐内容,其后不久,淘宝文学开始上线。

11月,凌语嫣的职场小说《争锋——世界顶级外企沉浮录》由人民文学出版社出版。该小说女主角衣云,既无家世背景,又孤身在大都市奋斗,从单纯懵懂的女大学生,迅速成长为全球顶级公司的TOP SALES(顶级销售员)。自投身于职场的那一天起,她就身不由己地卷入了一场场明争暗斗。读者能够从女主角一路飞速上扬的故事中看到化解职业危机、规划个人发展的智慧和教训,获取处理商业道德问题的方案。

12月1日,青罗扇子开始在晋江原创网连载《重生之名流巨星》。

12月8日,百度知道文档分享平台更名为"百度文库"。百度文库并不是专业的网络文学网站,但却吸引了相当多的网络文学用户。

12月13日,唐家三少的《斗罗大陆》连载完结。

12月17日,由中国文字著作权协会、盛大文学主办的"网络文学版权研讨会"在北京召开。在会上,盛大文学合作律师事务所代表宣布将对百度提起诉讼,并陈列七条起诉理由。会议就网络文学版权问题进行了一系列讨论,近百名政府部门、行业协会的负责人以及著名作家、评论家、高校教授、媒体人出席了会议。涉案理由一针见血,使该案成为中国创意产业维权第一案。

12月24日,榕树下被盛大文学收购后,在北京举行新版上线仪式。盛大文学和欢乐传媒为新榕树下的正式上线在北京举办了隆重的改版上线启动仪式。榕树下成为盛大文学战略规划重要一环。新上线的榕树下定位于集中展示现实题材类的文学作品,所开设的频道有"长篇、短篇、读书、生活、论坛、社团"六类,其中以聚合形式体现的论坛,将会有郭敬明、饶雪漫等大批具有影响力的作家进驻。新榕树下在延续其先前所具有的友好性、互动性等特色外,还会着力提高用户体验,使榕树下成为文学创作者和爱好者新的精神家园。盛大文学CEO侯小强说,榕树下已经和起点中文网、红袖添香网、晋江原创网等优秀中文网站一起,构成了中国文学新的景观。

12月25日,知名作家阎连科为扫花网的前身"间巷扫花"题词,间巷扫花也由此正式更名为"扫花网"。

12月29日,郭敬明做客当当网,举办《小时代2.0》预售图书签售仪式。这是在全国范围内第一次实现大规模的网络书店签售,郭敬明也成为在网络书店签售的全国第一人。《小时代2.0》是郭敬明的"青春五部曲"之一，是一部反映80后和90后心灵成长史的作品，起名为"虚铜时代"。

12月，网络作家无罪（本名"王辉"）创作的小说《罗浮》在纵横中文网上首次发表后，受到了读者的普遍好评。

12月，红薯网正式创建。它是一家集创作、付费阅读、作品加工、版权贸易于一身的中文小说阅读网站。

12月，明月阁小说网注册成立。立足公益的明月阁小说网以"经典儿童小说阅读网、好看的网络爱情、校园小说"为网站的个性签名，在发展过程中形成了包括明月阁原创小说、作家小说、网络小说和明月阁社区四大板块在内的整体框架。

年末，起点中文网成为实现互联网首次打赏道具全面商用的网站之一。起点中文网率先推出粉丝制度，成为网络文学粉丝经济及其运作的范例，网络文学粉丝经济已经初步形成。起点中文网同时也率先推出"大神"制度。"白金作家""大神作家"已经分别成为行业顶级作家和一线作家的标志。还创新推出"打赏"功能。该功能作为粉丝互动的核心功能大获成功，实现了粉丝对偶像作家作品的肯定和追捧。这一基本功能也成为互联网的通行操作，被广泛使用。

年末，现在网创立。这是由湖北省长江出版传媒股份有限公司投资打造的一家数字阅读新媒体平台，拥有长江出版传媒旗下8家出版社、20多种报刊的数字内容，并与崇文书局等多家出版社合作，拥有人文、职场、生活、社科、文艺、经营、名著等各类电子图书万余种，满足了不同类型读者的需求。

是年，东莞市作协公布作家清单，共有44个作者被邀请加入该市作协，其中包括4名网络作家，如广受欢迎的新浪VIP签约作家李云龙、禾丰浪。

是年，缦彩笺进入四川省作协。这是四川省作协首次接纳网络作家。在缦彩笺的网络作品中，有《樱花逝》等10部作品已经被出版为纸质书。

是年，付费阅读催生了网络类型小说的大幅度繁荣，由此带动了网络文学IP概念的出现，形成了以网络文学内容为源头的产业链。"网络文学+"促使网络原创小说向影视、游戏、动漫、演艺、出版、周边等泛娱乐文化领域渗透与融合,"跨界"成为网站经营的利器。阿里、搜狐、腾讯、网易等大型门户网站开始涉足网络文学领域,纷纷开启了文学频道。

是年,人民网开展了十大优秀博客评选活动,共有50位博主入选,最后评选出云中岳(文艺学博士)等人。

是年,盛大文学开始实施网络文学"全版权"经营策略。虽然"全版权"并没有一个准确的概念来界定,但无疑版权资源已经成为网络文学发展的核心资源,"全版权运营"一词道出了网络文学产业经营的本质与核心,更深刻地反映出网络文学经营的运行规律。

是年,盛大文学在线收费业务营收为5 415万元,2008年为3 726万元。

是年,红袖添香推出国内首个无线版权结算平台红袖"移动设备版权自主结算平台",作者可以实时登录,实时结算。

是年,潇湘书院新加入玄幻类型,旨在打破玄幻作品由男性文学"一统天下"的格局。

是年,幻剑书盟开始全力出击新兴的无限阅读市场,成为中国移动阅读基地第一批内容提供商。

是年,根据凤凰网公布的全球最具影响力中文论坛100强评选活动相关信息,天涯社区在所有参选论坛中排名首位。

是年,中国作协将中国作家网、盛大文学、中文在线、新浪读书频道、搜狐读书频道等网站确立为网络文学重点园地,并与五家网站建立了工作联席会议制度。五家网站召开联席会议,就网络文学状况等不同议题进行研究。

是年,中国作家网进行了一次重要改版,并与新浪网达成战略性合作意向。新浪网承担了中国作家网的此次改版工作,新浪读书的优秀作品也可放在中国作家网上进行收费阅读。中国作协以此为契机,力图将中国作家网打造成一个在网络世界具有重要影响的主流文学网站。

是年,中国文学网进行了第二次改版。

是年,湖北作家网创办。湖北作家网由湖北省作协主办,为其官方网站。湖北作家网主要负责发布湖北省作协动态报告,刊登国内外文学消息以及文艺批评家文章,同时发布湖北省作家及其作品等信息。

是年,首届"咖啡馆短篇小说奖"评选赛事正式推出。浙江籍作家陈河凭借其刊登于《人民文学》的短篇作品《夜巡》荣登榜首。

是年,江苏省作协举办了"中国网络文学研讨会"。此次研讨会由江苏省作协和无锡市作协共同举办,目的是增强江苏网络文学的影响力,提升江苏网络文学的理论水平。新浪、搜狐、天涯社区等知名门户网站参与协办,有20多位网络文学作家、评论家出席。

是年,诗生活网开始改版,一年发布五期网刊,每一期有一个主题,比如儿童诗、女人诗、诗人与投资、读诗会、翻译等,供有兴趣的读者查看。

是年,新浪读书频道开始联合各大书城、网上书店,结合开卷销售数据、专家意见和新浪编辑部意见,综合制订了"新浪好书榜"文学作品评优活动方案,每个月生成一次月榜;再结合数据,定期生成好书半年榜单及年度榜单,为读者提供了一份读书清单,将更多高品质内容推荐给用户。

是年,在艾瑞峰会中,起点中文网获得"2008—2009中国最佳成长互联网企业奖—文学网站"。

是年,天涯社区被《互联网周刊》认定为"中国互联网经济领袖论坛——最具影响力网络社区"。

是年,网络作家三十的《和空姐同居的日子》被改编成电影《恋爱前规则》。

是年,盛大文学、中文在线和新浪读书频道等正统网络文学媒体,加大了网络作家和网络作品的推广力度,无论在完善作家签约制度、在线阅读收费模式、网络作品出版代理机制方面,还是在开辟手机阅读、反盗版等新领域方面,均同相关机构、传统媒体进行了广泛深入合作。

是年,晋江文学城改革了VIP阅读制度,将原来的每千字收费3分钱的单一付费制改为灵活浮动制,VIP作者可以自行定价,给读者折扣等。

是年,天下书盟成功策划出版"天下奇幻书系",里面包括《龙人作品集》《无极作品集》《中国人的炼金术》等多部国内优秀奇幻作品。

是年,网络创作引发"第三次诗歌浪潮"。在国学热的推动下,网络古体诗词写作出现全新局面。各地古体诗词协会活动频繁,中华诗词协会成立之初会员只有1.6万人,在2009年会员已达200万人。诗歌网站、论坛、专栏和博客超过1万家。诗人于坚认为,互联网的出现,使得传统的诗坛日益被抛弃,当代诗歌最有活力的核心已经转移到网上。网络时代的到来,使编辑们的发表权受到严重威胁,也使被编辑制度保护着的平庸作品的命运受到了威胁。

是年,博客写作进入新阶段。博客按写作者的身份,可分为名人博客、草根博客和官员博客三类;按内容与影响力,可分为黑马博客、精英博客、优秀博客三类。博客文学中占主流的是草根博客,草根博客因其不具有功利性,最能体现博客草根文化的精神内涵。文学名博的数量也有了较大增长,与草根博客相映成趣,中国作家网、中国当代文学网等著名文学网站链接了众多文学名家的博客,并且特设了博文热议专栏。

是年,当年明月以1000万元的收入排到"中国作家富豪榜"第三位,同时痞子蔡、孔二狗等网络作家也登上榜单。

是年,蒋胜男在晋江文学城连载其第三部历史长篇小说《芈月传》,获得了读者的大力追捧。

是年,起点中文网改版之后,多层机制再度扩充,变为"分类小推—分类大推—首页推—三江推—封推"。当无线App时代到来时,这种多层筛选机制与App的"小屏幕、少推荐位"便形成冲突。

是年,烟雨江南创作的科幻励志小说《狩魔手记》首发于17K小说网。故事发生在核战之后的地球,讲述一个少年"苏"在魔兽丛生、人心崩坏的环境里自力更生,通过个人的奋斗来争夺生存空间的故事。《狩魔手记》具有积极向上的价值取向,是一部情节曲折震撼,富有超群想象力的励志类科幻小说。烟雨江南在谈及《狩魔手记》时没有做更多解释,只是形象地说:"当欲望失去了枷锁,就没有了向前的路,只能转左,或者向右。左边是地狱,右边也是地狱。"

是年,孔二狗的黑道小说《东北往事:黑道风云20年》由重庆出版社出版。小说以毫无修饰、平铺直叙的方式,讲述了1986年后20余年里东北某市黑道组织触目惊心的发展历程。尽管不乏惨烈,却是一部让人温暖,甚至让人会心一笑的小说,其人物塑造十分饱满。该书基本上保持了文学作品的严肃性,避免了庸俗化,同时又有很强的可读性,得到了余华、刘震云、阿来等作家的高度评价。

2010年

1月1日,中国移动手机阅读开始收费,发力无线阅读业务。中国移动手机阅读基地的发展态势在三大运营商中最佳,业务分成模式为:内容提供商(网站)、作者各两成,两成归中国移动阅读基地,四成归各省移动。

1月1日,新闻出版总署出台《关于进一步推动新闻出版产业发展的指导意见》,首次对我国新闻出版产业所包含的内容进行了定义,包括图书、报刊等纸介质传统出版产业,数字出版等非纸介质战略性新兴出版产业,动漫、游戏出版产业,印刷复制产业,新闻出版流通、物流产业等五方面内容。

1月4日,停办9年的榕树下原创文学大展重新启动。这是榕树下由盛大文学控股重新上线后的第一个大动作。本次大展分长篇组和短篇组进行评选,自1月4日开始接收投稿,6月30日截止收稿。评奖分海选、初评、终评三个阶段,网站编辑、社团编辑与出版编辑共同完成海选,通过网络投票完成初评,最后由评论家、专家和著名作家组成的评委等进行终评,得出各个类别的获奖作品。

1月17—26日,中文在线与中国作协鲁迅文学院联合举办网络作家培训班(第二届),失落叶、骁骑校、林静等20名网络作家被选送进行专业培训。本届培训班以网络文学作家的创作实际需要为出发点,围绕当时文学创作所面临的基本问题,采取授课、辅导、研讨、交流相结合的方式设置课程。其间,网络作家接受了代表中国文学界最高理论水平和创作水平老师的辅导,学习内容既保留了鲁迅文学院经典课程,又加入了更贴近网络作家实际创作生活的针对性课程,尤其加强了实质性的创作辅导。

1月29日,中国首部微博小说《围脖时期的爱情》开始在新浪微博连载,正式宣告微博体小说诞生。该作品由闻华舰创作,实时在线写作,随时接受网友的互动参与。

2月10日,晋江原创网更名为"晋江文学城",分为"原创言情""耽美同人"

"台湾言情"(原来的"晋江文学城")和"晋江商城""晋江论坛"几个板块。

2月10日,淘宝网推出文学频道。这是阿里巴巴集团首次进入网络文学领域。如果淘宝网能够成功搭建区域性B2B或C2C平台,获取网络文学市场份额,这将是网络文学产业化迈出的第三步。

2月22日,小说阅读网被盛大文学收购。

3月1日,中国作家网刊登中国作协出台的最新修订版《鲁迅文学奖评奖条例》。鲁迅文学奖由中国作协主办,包括7种文学体裁和门类:中篇小说、短篇小说、报告文学、诗歌、散文杂文、文学理论评论、文学翻译。凡评奖年限内由国家批准出版发行的报纸、刊物、出版社发表和出版的上述文学体裁、门类的中文作品,由国家批准拥有互联网出版许可证的网站发表的上述文学体裁、门类的中文作品,均可参加评选(单篇作品以首次发表的时间为准,书籍以版权页标明的第一次出版时间为准)。网络文学作品首次被明确纳入评选范围。

3月4日,由于北京世纪幻想文化发展有限公司在2009年12月15日审理的"海洋出版社与北京世纪幻想文化发展有限公司、李利新行纪合同纠纷案"中败诉,龙空论坛受此案牵连,服务器被封。3月8日,龙空新网址启动,当夜激增注册用户8 000多人,标志着龙空发展进程中"第三纪元"的开始。

3月6日,新浪第六届原创文学大赛在北京中国现代文学馆揭晓并颁奖。与往届相比,本届比赛最大亮点在于邀请影视制作公司资深编剧全程参与评选,挖掘参赛作品中的文学和影视双重潜力。此次比赛历时6个月,共收到各类投稿3 655部,《一个人的战斗》《秘藏1937》《胜负》分别获得军事类、推理类、情感类金奖;《秘藏1937》获得最佳影视改编奖。

3月15日,欧阳友权在《学习与探索》上发表《网络文学:从"草根庶出"到主流认可》。文章认为,网络文学从"草根庶出"身份进入主流文学的视野不仅得益于宽松的社会文化氛围和这一文学本身的形态载体特色及技术传播优势,更在于网络文学的发展规模和影响力使人们不得不认真掂量它的文化分量并对之高看一眼。尽管网络文学已经出现"主流化"趋势,但要真正地融入主流或成为主流的文学还有很长的一段路要走。

3月15日,中国互联网络信息中心在第25次网络调查中增加了网络文学应用的研究。调查结果显示,网络文学用户规模达到1.62亿人,使用率为42.3%,用户之中女性偏多。红袖添香、晋江原创、潇湘书院、小说阅读网四家文学网站都是以女性为主导的。以红袖添香为例,其注册用户的97.3%都是女性用户。

3月15日,改编自瞬间倾城的小说《未央·沉浮》的电视剧《美人心计》在上海电视台首播。《美人心计》是由紫骏影视传媒集团、东阳欢娱影视文化有限公司、于正工作室出品的古装爱情剧,叙述汉室后宫中美人尔虞我诈、斗智斗勇的故事。该剧由于正编剧,吴锦源执导,林心如、杨幂、王丽坤、何晟铭、陈键锋、罗晋等主演。

3月22日,唐欣恬以"小鬼儿儿儿"为笔名开始在红袖添香连载《裸婚》。2010年5月28日完结。小说讲述童佳倩在没车没房没存款的情况下与相恋6年的刘易阳结婚后所经历的种种生活波折。该小说获得"红袖添香2010华语言情大赛"冠军,并在2010年4月由华文出版社改名为《裸婚——80后的新结婚时代》出版,2011年被改编为电视剧《裸婚时代》。

3月25日,由陕西作家网与中国散文网承办的陕西省网络文学征文评奖正式启动。活动规定,凡2010年1月1日至2010年8月30日,陕西省作者在全国各类网站上发布的网络文学作品以及外省作者在陕西网站上发布的网络文学作品均在评选之列。

3月26日,改编自三十(许悦)的网络小说《和空姐同居的日子》的同名爱情喜剧在央视八套和网络同步播出。该剧由何念执导,凌潇肃、姚晨领衔主演,讲述上海白领陆飞与空姐冉静的纯爱生活。

3月29日至4月4日,中国作协第七届九次主席团会暨七届五次全委会在重庆召开,铁凝、张抗抗、苏童、韩少功、莫言、池莉等200多位当代著名作家参加。与会作家围绕影响当时文学发展的10个专题开展讨论,分别是21世纪文学10年的走势,当时小说创作的影视化倾向,小说创作现状及其突破方向,诗歌创作现状及其突破,散文、杂文的创作及其可以设想的突破方向,大众文化时代文学存在的价值、意义和方式,大众文学与高雅文学的区别、特点以及借鉴与融合,影视剧创作的时代性与文学性,网络文学给文学期刊带来的影响,纯文学的价值与市场关系等。

3月30日,中国作协第七届主席团第九次会议在重庆召开。主持会议的中国作协主席铁凝在会后接受记者采访时表示,中国作协将加大维权的力度,并力赞网络文学。对于网络小说,铁凝表示:"它的最好一点是颠覆了传统写作的话语霸权。但今天的文学生态是多元的,我个人并不觉得它对传统的写作方式已经带来了巨大的威胁和一种不得不面对的巨大的抗衡。"

3月31日,盛大文学成功收购了潇湘书院和言情小说吧。至此,盛大旗下已经拥有7家大型文学网站,在网络文学产业中居于绝对领先的位置。

3月,蒋述卓、李凤亮主编的《传媒时代的文学存在方式》由广西师范大学出版社出版。该书主要讲述了文学的存在方式,即文学与图像、影视、广告、网络、博客、媒体之间的联系,共分为8章,主要内容包括:《瞳孔中的诗意:图像与文学》《有形与无形之间:影视与文学》《真实的谎言:广告与文学》《公共性的私语:博客与文学》《无线你的无限:短信与文学》《规范之外的感性狐步:流行歌词与文学》《第三只眼看世界:媒体批评与文学》等。该书揭示出当代文学得以发展的媒介语境,以及这一语境下文学价值取向与表意方式的历史性变化。

4月7日,第八届华语文学传媒大奖颁奖典礼在四川简阳三岔湖举行。还组织了"网络时代下的文学处境"文学沙龙。麦家、阿来、苏童、谢有顺、周立民、慕容雪村等作家与评论家一起热议"网络时代下的文学处境"。网络对传统文学产生的冲击究竟是推动还是抑制?众作家和评论家就此展开了论战。

4月8日,由中国文联、中共北京市委宣传部指导,北京网络媒体协会携手北京市文学艺术界联合会共同举办的"首届网络小说创作大赛"在北京电视台举行了隆重的颁奖盛典。本次大赛的作品征集期从2009年7月23日开始,至2010年1月23日结束,历时半年,共收到4万余部参赛小说,其中符合参赛条件的作品1万余部。经过网站推荐、网民投票和专家评审等层层筛选,最终有19部佳作出炉。

4月8日,出版传媒发布公告称,公司与盛大文学(上海盛大网络科技有限公司)以资源互补、合作双赢为宗旨,于2010年4月7日在沈阳签署了战略合作协议。合作双方将借助于对方的优势和资源,进一步促进打通各自的产业链条。这也是我国传统出版旗舰和网络出版巨擘在资源互补、合作双赢的轨道上首次实现资本方式的成功"联姻"。

4月9日,上海市作协举行"上海网络文学青年论坛"。论坛由上海作协副主席陈村主持,涅槃灰、雪篱笆、三月暮雪、安知晓、叶紫、安宁、楚惜刀、君天、格子、骷髅精灵、路金波、蔡骏等众多网络作家参加了会议。

4月18日,盛大文学联合多位专家根据调查数据撰写的《2010中国网络文学蓝皮书》正式发布。该项调查以多家网站为基础,还结合相关专家的调研结果。该报告显示网络文学成为继网络音乐、视频、游戏之后的第四大网络娱乐类应用方式。有75.6%的文学网站用户认为"网络文学会造就罗琳式的伟大作家",而有超过半数的网友认为网络文学将诞生类似四大名著的文学经典。

4月18日,盛大文学首届全球写作大展(SO)盛典在西安举行。整个活动由"风""水""云"三个篇章组成,分别揭晓了都市言情、游戏科幻、官场职场、武侠仙侠、悬疑灵异、历史纪实、玄幻奇幻、剧本、军事文学等各类题材最高版权交易金作品名单。盛大文学全球写作大展的百万版权交易金,最终由王雁的《大悬疑》获得,该作品被评论家张颐武誉为"中国版《达·芬奇密码》"。同时也开展SO盛典高端论坛,这是中国首次以网络文学产业化为中心的高端论坛。盛大文学旗下的七大文学网站掌门人共同就"文学网站的迪士尼时代"这个话题进行了探讨。

4月22日,盛大文学联合《文艺报》在北京国际版权交易中心主办"中国网络文学女作家研讨会"。来自起点中文网的云之锦、雁九,晋江文学城的吴小雾、余姗姗,红袖添香网的唐欣恬、携爱再漂流,小说阅读网的三月暮雪、魔女恩恩,潇湘书院的风行烈、苹果儿以及榕树下的刘小备、米米七月,共12位女作家应邀参会,与众多文学评论家对话。研讨会不止于针对作家作品的研讨,同时着重于探讨网络时代的女性写作,以及女性写作与社会、城市生活等多方面的联系。

4月23日,新华网推出副刊频道(新华副刊),关注网络写作发展。新华副刊创办后,相继有160余位作者开通了博客,在短时间内已形成一支稳定的作家队伍和读者群。新华副刊的原创文学作品质量较高，山西作家哲夫、深圳作家张夏、宁夏作家董永红、辽宁作家孙守仁等，纷纷选择在新华副刊首发自己的长篇新作。

4月24日，长江出版传媒集团在成都举行了"长江杯"网络小说大赛新闻发布会。"长江杯"网络小说大赛是湖北省第二届网络文化节中的一项重要赛事，大赛的优秀作品将由长江文艺出版社等知名出版社出版。大赛评审委员会阵容十分强大，包括众多知名作家、评论家、出版人、网络写手，如方方、二月河、熊召正、郭敬明、解玺璋等。大赛首次设立由高校文学社团成员组成的大学生评审团，他们将与长江出版传媒集团编辑一起参与初评。

4月28日，小说阅读网携手悦读纪、磨铁等16家国内知名出版公司共同打造的"2009网络文学原创大赛"落幕。大赛以"分享原创，优阅生活"为主题，三月暮雪《春情只道梨花薄》和长耳朵的兔子《搜异笔记》分获"窈窕书女"和"玉书临风"两个专区冠军，各自获得冠军奖金2万元。

4月，盛大文学以7 010万元收购中智博文图书发行公司51%的股份。

5月5日，《光明日报》和光明网同时推出《光明聚焦·网络文化系列报道》。该系列共发表新闻报道、文章14组，对网络文化现状、建设与管理中存在的问题和解决办法进行了深入探讨，中宣部副部长，中央外宣办、国务院新闻办公室主任王晨发表了重要文章，就建设中国特色网络文化发表了重要见解；中央党校中国特色社会主义理论体系研究中心也撰写了重点文章，展开了一场规模空前的网络文化专题讨论。

5月17日，盛大文学宣布启动"CHINA创意"暨中国短小说（创意剧本）基地首批作品征集令活动，以1 500字为限，万元招募国内第一个"短小说之王"。获奖作品除获得高额奖金外，还将接入盛大文学"云中图书馆"，成为"一人一书（OPOB）"计划的有机组成部分，并有望成为影视"大片"的创意脚本。

5月17日，北京市高级人民法院审判委员会第七次会议讨论通过《审理涉及网络环境下著作权纠纷案件若干问题的指导意见》。该意见认定，允许用户大量上传他人作品造成侵权后果的，网站负有共同侵权责任。

5月18日，小说阅读网联合吉林大学启动"首届青春励志网络文学大赛"。

在本次活动获奖的学生、学校及社团将会得到一定资金奖励,获奖作品将被收录到"全国高校青春励志文学图书馆"。

5月20日,中国作协联合广东省作协在北京首次举办"网络文学研讨会",应邀出席会议的60余人中包括传统作家、评论家、网络作家、文学网站编辑等各方人士。中国作协党组书记、副主席李冰在会上简要地分析了网络文学现状,论述了传统文学与网络文学的关系。对于网络文学以后的发展,他认为应从以下几个方面开展工作:一是大力倡导行业自律;二是加强网络文学作者、编辑队伍的培训,提高网络文学作家、编辑和其他从业人员的综合素质;三是开展网络文学的评论和评奖;四是旗帜鲜明地反对网络盗版侵权行为。

5月,暨南大学蒙星宇完成博士论文《北美华文网络文学二十年研究(1988—2008)》。研究主要包括四个方面的内容:第一,梳理北美华文网络文学二十年发展历程,论述北美华文网络文学两个总体特征——精英情结的大众写作、终极关怀的自由涂鸦;第二,从文学与网络互动的角度,归纳与论述北美华文网络文学三种典型写作模式——"自足写作""开放写作""网纸两栖写作"及各写作模式的主要特点;第三,从文学精神层面,论述北美华文网络文学带来的三种新精神——"技术精神""游戏精神""个体精神"的表现及内涵;第四,从文学脉络、文学内容、文学形式、文学精神等方面论证北美华文网络文学源自海外、反哺中国的总体特点,并从"游戏与使命""拿来与拿出""创作与批评"等方面对网络时代的北美华文网络文学进行了总结和反思。

5月,方想、无罪、更俗、烽火戏诸侯四位原起点"大神"同时转到纵横中文网。纵横中文网的流量当月涨了200%。

6月1日,由深圳读书月组委会、深圳市教育局、深圳市文联主办,深圳蛇口育才教育集团春韵网站及深圳市中学生文联承办的第二届全球华语校园网络文学大赛正式启动。本次大赛旨在通过网络为全球华语校园文学的爱好者搭建一个平台,海内外只要使用汉语写作的在校小学生、中学生、大学生、留学生以及年龄在23岁以下的青少年自由撰稿人都可以参与。大赛将挑选获奖作者中的一部分作为春韵网和99读书人俱乐部合作的"签约作家",负责其作品的培育、出版和推广,系列推出华语圈90后新生代名作家。11月9日,第二届华语校园网络文学大赛获奖名单揭晓,共有78篇作品在近万篇投稿中脱颖而出,诗歌、小说、散文类作品各有2篇获得金奖,4篇获得银奖,20篇获得铜奖;而童话类作品的金奖空缺,仅有2篇获得银奖,11篇获得铜奖。

6月1日,为期一个多月的光明网第二届网友文学大赛开幕。本届大赛以"倡导积极向上的网络文化,抗击网络庸俗之风,繁荣网络文学创作,为广大网友构建施展文学才华的平台"为宗旨。大赛吸引了国内外众多网友参与,共收到投稿600余篇,日发帖量创下9 767帖的新纪录。最终决出了"网友文学大奖"1名、"网友文学一等奖"9名、"网友文学二等奖"20名、"文学大赛入围奖"120名。其中,白岩居士《白水之戒》获"网友文学大奖",金帆《马蹄》等获"网友文学一等奖"。

6月10日,"上海高校原创小说大赛"在复旦大学校园内正式启动。评论家夏烈、小说家那多、曾炜以及起点中文网十大书探与复旦学子一同分享写作经验,并对参赛选手的作品进行现场指导。大赛计划在上海地区30多家高校举行,赛事分设为上海各大高校启动仪式、"手机阅读"读书沙龙等环节,还将举办名家讲坛、作家签售会等活动。活动与中国移动手机阅读平台亲密互动,产生良好的黏性,有望挖掘和培养一批手机小说作者,提升手机阅读的影响力。

6月18日,贵州省网络文学学会成立大会在贵阳举行。贵州省人大常委会副主任顾久出席并讲话。李嘉琥当选学会会长,井绪东、张兴、赵崇南、冯祖贻、杨胜利、潘年英、龙文成、龚国强、涂万作、田原、殷平、陈炜当选副会长。

6月20日至12月20日,共青团贵州省委、贵州省作协、贵州省青年文化学会联合举办"2010年中国贵州首届网络文学作品大赛暨网络文学作家评选活动"。活动以"讴歌当代贵州精神、发掘网络文学精品、繁荣贵州网络文学、促进多彩贵州发展"为主题,旨在发现和培养文学新人,推动贵州原创实力网络文学新流派,同时发掘与倡导流行文学的精品元素,竭力捕捉当代生活中的新思想、新观念、新方式、新走向,让文学走出象牙塔。

6月22日,盛大文学新加坡站点上线运行。这是中国文学网站第一个海外站点。新加坡分公司开始正式运营。站点上线立即承办了榕树下文学网主办的"《英语世界》杯"征文及翻译大赛。

6月27日,吱吱开始在起点女生网连载《庶女攻略》。2011年11月完结。该小说讲述了一个地位卑微的庶女,嫁给了侯爷为继妻,以自己的才智生存下去的故事,开"庶女文"风气之先。此后,以庶女为主人公的"庶女文"成为这一时期最为重要的"宅斗文"类型,篇幅也随之大大增长。

6月,中国作家网等多家文学网站组成联合调研组,就网络文学版权现状、网络文学盗版形式和手段、网络文学维权的措施和方法等展开调研,最终形成了《网络文学维权问题专题调研报告》。

6月,周志雄著《网络空间的文学风景》由人民文学出版社出版。作者认为,网络文学的繁荣是由千千万万作者的辛勤写作共同营造的,对优秀的网络作家、作品进行细读、分析,呈现其文学价值,使之经典化,与众多的平庸之作区分开来,是当前网络文学研究急需面对的问题。该书尝试以文学史的眼光关注网络文学,分为上、下两编,上编为现象论,考察网络文学发展中的独特文学现象;下编是作家作品论,详细解读颇具影响力的优秀网文作家作品。全书既有纵向的网文发展脉络的广度,又有横向的作家作品剖析的深度,将网文研究由理论现象层面推向内部审美分析。

7月1日,《中华人民共和国侵权责任法》施行,其中,第三十六条被业界称为"互联网专条",首次明确了网络用户和网络服务提供商的法律责任。它在两个方面做出了明确规定:网络用户或者网络服务提供者利用网络实施侵权行为担负的责任、网络用户利用网络实施侵权行为网络服务提供者承担的连带责任。很多网站提供的服务具有多样性,既提供技术服务,又提供内容服务。避免侵权行为的发生,特别是在"知道"的情况下,能够及时采取删除、屏蔽、断开链接等必要措施,是网站运作必须做到的,也是网站编辑应具备的法律意识。同时,在网络环境下,如何在保护权利人的合法权益与促进网络产业正常发展之间取得平衡,网络服务提供者如何运用"责任避风港"原则,也是业界面临的重要课题。

7月3日,以《阳神》在起点中文网创下月票八连冠的梦入神机在《阳神》完结时高调入驻纵横中文网。一周内纵横中文网的流量涨了100%。全年流量上涨3 600%。

7月8日,由江苏省作协主办,中国江苏网、凤鸣轩小说网承办的"2010网络小说大赛"拉开帷幕。本次大赛以"健康创作,绿色阅读"为主题,本着"推动原创文学事业健康发展,打造网文爱好者梦想家园"的宗旨,目的是达到更有效地引导网络文学健康发展,增强主流价值观在网络文化建设与管理方面的影响力,提升网络文化价值,示范正当、规范的网络写作模式,调动网络写手的积极性,从大量青年作者中发现有潜力的文学新人。

7月8日,2010年"两岸文学PK大赛"由原创文学网站起点中文网与台湾城邦原创在台北联合拉开帷幕。两岸主流文学交流虽已有多年,但两岸同步征文尚属首次,尤其是在网络文学创作方面。经过两岸评审三个阶段的评选,11月20日在台北举行颁奖典礼。最终台湾作品《新企业神话》获得首奖,台湾作品《过度正义》获得第二名,大陆作品《捡到我的日本老婆》获得第三名。《我的暴力女友》获得大陆人气奖,《破军劫》获得台湾人气奖。

7月10日,由《文艺报》与哈尔滨师范大学文学院联合主办的"文学类型化及类型文学研讨会"在大庆市举行。吴秉杰、张陵、孟繁华、贺绍俊、白烨、陈福民、王干、徐坤、王松、李美皆、崔曼莉、韩云波、夏烈等来自全国各地的作家、评论家,与于莤等哈尔滨师范大学文学院的教师们聚集一堂,就文学类型化倾向及类型文学的发生发展、类型文学的内质特性、类型文学的经典可能性等问题展开深入研讨。与会专家认为,经典意识在类型文学中依然存在,类型文学与传统的精英文学创作是并行不悖的两种文学形态。类型文学应该有自己的评价标准,重视类型文学并不是要把精英文学的种种标准加到它身上,也不必用精英文学的标准去改造它,要防止以教伤乐的倾向,因为娱乐性是类型文学的主要价值。

7月12日,知名网络文学作者王辉,笔名"无罪",在北京召开新闻发布会,称其原创玄幻小说《罗浮》被起点中文网"山寨",他将以起点中文网用不正当竞争手段侵害自身合法权益为理由,起诉起点中文网的经营者——上海玄霆娱乐信息科技有限公司。因诉讼双方分别是当年最受瞩目的网络作家和中国最大的文学网站,这一事件立刻引起普遍关注,而被称为"中国网络文学第一案"。

7月12日,塔读文学正式上线。塔读文学是手机无线互联网原创文学先锋,精选海量精品小说,汇集各种经典读物,其中都市、穿越、玄幻、历史、武侠、灵异、军事题材等小说深受读者喜爱。塔读文学已展开全平台运营,电脑读书、手机读书、客户端应用,服务已覆盖7 000多款终端,是国内最受手机阅读用户喜爱的无线阅读服务商之一。

7月14日,第七届新浪原创文学大赛在上海复旦大学正式启动。本届大赛由新浪网、上海文艺出版社及新华传媒集团公司联合主办,共设立都市情感、军事历史、悬疑推理、青春言情等四个赛区,奖金总额超过100万元。大赛所请评委如莫言、余华、苏童、张抗抗等人均为清一色传统作家,评委中仅有的两位评论家李敬泽和白烨,也被认为代表着主流文坛的态度。

7月15日,《南方文坛》刊出欧阳友权的文章《当传统批评家遭遇网络》。文章指出,批评的缺席和理论研究不足已成为网络文学发展的一大短板,传统批评家虽不至于"集体失语",但也未能给予网络文学创作现象以充分的批评回应和理论解答。作者分析隔阂出现的原因并给出应对措施,认为传统的文学批评家只要放下身段,切入网络现场,调适主体立场和文学心态,必将在网络文学批评领域大有作为。

7月15日,马季在《南方文坛》上发表《网络文学:直逼文学价值认同断裂的现实》。在商业大规模介入写作,原有的成规被打破之后,如何重建理论批评的经纬?马季认为,文学价值认同的断裂是文学发展的必经之路,理论批评直面网络文学的时机早已成熟,不应再逃避。在建立网络文学理论批评体系的过程中,首先应当弄清楚以下几个问题:其一,深刻认识网络文学产生的历史意义;其二,需要加强新媒体的知识储备和网络文学文本阅读;其三,需要否认自我的责任感和勇气。

7月15日,王颖在《南方文坛》上发表《从主动"缺席"到被动"失语"?——传统批评如何应对网络时代的文学》。文章认为,传统批评最初的缺席是出于对新生事物的不了解而采取的谨慎和观望的态度,而现在的失语则是出于对网络文学现状与困境的认识和担忧。虽然传统批评对网络文学的研究尚存在着许多困难,但并不是没有"发言"的可能性。而只有通过传统批评的介入和引导,网络文学的发展才不会一味地被商业化牵着鼻子走,坚守住文学的独立性和艺术性,实现其存在的价值。

7月17—30日,鲁迅文学院首开网络文学编辑培训班。来自新浪、网易、盛大文学、中文在线和部分省作协等33个网站的41位网络文学编辑,在鲁迅文学院度过为期半个月的学习生活。培训班达成共识,一个优秀的网络文学编辑应当是复合型的文学人才:既要懂文学,又要懂编辑;既要熟悉网络,又要熟悉网民;既要懂写手,又要懂读者;既能把握文本,又能把握市场。网络文学编辑的素质和水平直接关乎整个网络文学的发展、兴盛和繁荣。培养政治合格、业务优良的网络文学编辑,加强网络文学编辑队伍建设,对于保证网络文学健康发展将会起到积极的作用。

7月20—21日,"2010中国数字出版年会"在北京开幕。本届年会以"推进数字出版跨越式发展"为主题,来自全国出版界、报刊界、影视界、图书馆界、新闻界以及高新技术企业等各方面的代表800余人参加了此次年会。

7月21日,新闻出版总署副署长孙寿山表示,新闻出版总署将制定、发布《互联网游戏审批管理细则》及《互联网文学出版服务管理办法》等部门规章。

7月21日,2010年打击网络侵权盗版专项治理的"剑网行动"在全国正式启动。这是继2005年开展以来的第六次网络专项行动。剑网行动将加大对音频视频及文学网站、网游动漫网站以及网络电子商务平台的监控力度,重点围绕热播影视剧、新近出版的图书、网游动漫、音乐作品、软件等,严厉打击未经许可非法上载、传播他人作品以及通过电子商务平台兜售盗版音像、软件制品等的违法犯罪活动;严厉打击非法传播上海世博会、广州亚运会相关音乐、电影、软件、图书等作品的网络侵权盗版活动。开展"剑网行动"的目的是进一步维护网络版权,打击违法行为。

7月22日,《杜拉拉升职记》在北京卫视、上海东方卫视、深圳卫视播出,搜狐视频同步网络播出。这是一部由上海电视传媒公司、上海展杰文化有限公司共同出品的励志电视剧,改编自李可的同名网络小说,由陈铭章执导,王珞丹、李光洁等主演。该剧讲述了杜拉拉通过努力从一名普通员工成长为管理层的故事。

8月7日，由广东省作协文学讲习所举办的首期专门面向网络作家的"广东网络作家培训班"和"青年作家培训班"正式开班。培训班将于8月15日结束，广东省内48名作家和内蒙古作协推荐的5名学员参加学习。

8月11日，阅文集团第一部百盟书诞生。《凡人修仙传》成为首部盟主过百人的网络小说。《凡人修仙传》是忘语连载于起点中文网的一部仙侠修真小说，讲述了一个普通的山村穷小子韩立，偶然之下跨入一个江湖小门派，虽然资质平庸，但依靠自身努力和合理算计最后修炼成仙的故事。

8月12日，盛大文学在上海书展上发布了"双城记——京沪小说接龙"暨"寻找中国100座文学之城"十城揭榜活动。这也是第一个以"城市文化"为中心的文学策划展。已历时大半个月的"寻找中国100座文学之城"活动至此也将进入下一个阶段，最终晋级的十座城市，分别是北京、上海、广东、深圳、杭州、武汉、成都、重庆、天津、南京。"寻找中国100座文学之城"于7月20日在盛大文学旗下网站正式上线，盛大文学旗下110万作者涵盖了中国3 000多个城市，根据作者IP地址的分布，得出了网络文学作者聚集最多的385座城市名单，网友在这385座城市中评选出中国百座文学之城，此后盛大文学根据网友投票占50%，专家、媒体评审团占50%的比例再评出了10座文学之城。

8月20日，红袖添香11周年庆典在北京紫玉山庄隆重召开，包括涅槃灰、唐欣恬、寂月皎皎、携爱再漂流、狐小妹、青鋆、白槿湖、天琴等30多位人气火爆的一线女性网络文学作家成为当晚活动主角。会上颁出了12项年度作者大奖，"大神"涅槃灰一年出版9部作品，获得年度传媒关注奖、年度出版大奖两大重要奖项。年度版权大奖则由大受欢迎的《裸婚》作者唐欣恬夺得。网络女性文学以其即时性、写实性、娱乐性、前瞻性迅速占领了网络文学市场的半壁江山，红袖添香作为中文女性阅读第一品牌，旗下聚集了近百万名优秀网络作家，其中女性作家超过80%，在言情小说、职场小说等女性文学写作及出版领域独占高地。

8月25日，盛大文学首次涉足有声读物市场，宣布收购天方听书网。天方听书网专注于有声读物的研发和市场运作，为广大听友提供最时尚、最前沿的听书资讯和听书内容。网站内容涉及经济管理、中外文学、古典文学、现代文学、儿童文学、探案悬疑、科幻文学、百科知识等。

8月30日,新闻出版总署正式下发《关于促进出版物网络发行健康发展的通知(征求意见稿)》,拟对网络出版发行领域进行规范管理。

9月7日,由中共湖北省委宣传部、省文化厅等部门联合主办的湖北首届网络文化展览会开幕。本次展览以"绿色网络,品质生活"为主题,以"推动网络文化教育产业深入发展,促进华中地区数字内容领域广泛合作"为宗旨,整合了华中地区的网络数字技术,全方位多角度展示网络音乐、网络游戏、网络动漫、网络文学、网络视频、网络媒体等内容,参展商家近百家,涉及网络游戏、IT数码、动漫及周边等,还有国内外知名IT企业参展。

9月9日,中国作协举行新闻发布会,来自全国各地的评委从1 008篇(部)参评作品中确定了第五届鲁迅文学奖130篇(部)备选作品。其中,文雨(张雯轩)发表在晋江文学城的网络中篇小说《网逝》,首次代表网络作家作品角逐鲁迅文学奖,尤为引人关注。鲁迅文学奖第一次吸纳网络文学作品参评并有一部作品入围终评,被称为"破冰之旅"。

9月9日,盛大文学以1 284万元收购悦读网53.50%的股份。该网是专业的数字期刊阅读网站,与超过800家期刊社、出版机构正规签约上线,在富媒体(影音文字结合的媒体载体)方面具有自主知识产权,涵盖财经、管理、时事、时尚、汽车、家居、体育、数码等领域。

9月16日,张艺谋执导,周冬雨、窦骁等主演的爱情片《山楂树之恋》在中国内地上映。该片根据艾米的同名网络小说改编,小说最先发表在海外华人圈最热的文学网站"文学城",讲述了静秋、老三之间相识、相恋,最后天人永隔的故事。该片入围柏林国际电影节水晶熊和香港金像奖最佳亚洲电影,并获得华表奖优秀故事片奖。

9月28日,盛大文学云中书城测试版上线。

9月,仓土在天涯论坛上发表《李逵日记:梁山水深火热那些年》,一日之内有20万点击量。该作品以短短的3万字在天涯2个月内创下200万的点击量,以幽默段子的形式书写梁山时代的官场现形记,颇具讽刺意味,在各大网站飞快传播。

10月9日,国家新闻出版总署出台《新闻出版总署关于发展电子书产业的意见》,就发展电子书产业提出了具体要求和新的目标,提出要依法依规建立电子书行业准入制度,依法对从事电子书相关业务的企业实施分类审批和管理。该意见对电子书产业发展的重点任务进行了详细阐述,主要包括丰富电子书内容资源,优化传统出版资源数字化转换质量,搭建电子书内容资源投送平台,提高电子书生产技术水平,实施电子书产业重大项目,落实电子书品牌战略,培育电子书消费市场,加快电子书标准制定,依法依规建立电子书行业准入制度等。此外,该意见还明确提出电子书产业发展的保障措施:制订电子书产业发展规划,将电子书产业纳入新闻出版产业发展总体规划之中,分阶段、有步骤地组织实施;加快电子书行业法规体系建设,为电子书产业发展提供法治保障;优化电子书产业发展环境,加大版权保护力度,加强出版物市场监管,加强行业诚信体系建设;加强电子书行业自律,引导电子书产业健康有序发展;深入开展电子书相关理论研究,为电子书产业健康快速发展提供智力支持;加强电子书专业人才队伍建设,造就一批电子书产业领域的经营专家、技术专家和企业家。

10月15日,刘东方在《文艺争鸣》上发表《网络文学与"文学大众化"》一文。文章首先梳理了20世纪中国文学发展史上持续半个多世纪的"文学的大众化"运动,对"大众创作的文学"这一理念展开了论述,然后指出网络文学推进文学大众化进程中的巨大作用。作者表示,在看到网络文学在推进文学大众化进程的同时,也要关注它给文学带来的多重回响和负面效应。

10月17日,关心则乱开始在晋江文学城连载《知否?知否?应是绿肥红瘦》,又名《庶女明兰传》。2012年12月完结。该作品是晋江"庶女文"的经典代表作。小说讲述了一名现代民事法庭小书记员姚依依,因一场泥石流死亡后穿越成为盛府庶出的六姑娘盛明兰的传奇故事。

10月22—25日,中国文艺理论学会第十届年会暨"文学与形式"国际学术研讨会在南京大学隆重召开。与会学者共提交了150多万字的论文,围绕"文学与形式"这一中心,共分"文学与形式的基本理论""文学与图像、文学与传媒""西方视野中的形式问题""中国文学与汉语言的形式问题"等四个专题进行讨论。文学形式研究是20世纪西方文艺理论的核心、主流,但国内文学理论界由于受到文以载道传统的影响,长期以来强调文艺为政治服务,对形式问题的研究不重视、不充分。这次会议是中华人民共和国成立以来第一次把"形式"作为主题的全国性会议,有利于凸显文学理论的特性,推进中西方文学理论的深入对话。

10月23日,"第三届深圳原创网络文学拉力赛"颁奖典礼在深圳市文艺会堂举行。28部作品获得了本次大赛的奖项。本届大赛在中国作协的指导下,由深圳市文联、改革开放30周年文学创作工程组委会办公室等单位共同策划并组织实施,共征集作品139部,多以描写深圳现实生活为主,关注社会生活变迁和世道人心变化,体现人文精神和道德关怀。大赛聘请国内著名作家陈建功、苏童、阿来、李敬泽等组成终评委,经两轮记名打分表决,评出最终获奖作品。宋唯唯的《一城歌哭》、戴斌的《深圳胎记》(原名《打工词典》)与弋铧的《琥珀》分别获得长篇小说类的金奖、银奖和铜奖,萧相风的《词典:南方工业生活》(原名《南方词典》)、秦锦屏的《水项链》与王顺健的《驻所调解员日记》分别获得非虚构文学类的金奖、银奖和铜奖。

10月26日,"云中竹宴——Bambook上市发布会暨首届中国写作者大会"在北京召开。除了"网络文学与传统出版"论坛外,大会还设立了"网络小说与影视、游戏的关系"论坛。来自全国各地的写作者近1 000人参会,成为网络文学十多年来参与人数最多的一次文学会议。

10月27日,"2010华语言情小说大赛"在北京正式落下帷幕。唐欣恬凭借作品《裸婚——80后的新结婚时代》夺得大赛冠军。当人们还在质疑网络文学大赛究竟能不能够产生文学力作,《裸婚——80后的新结婚时代》在书市销量一路狂奔,迅速占领2010年女性文学畅销书榜;电视剧版权也遭八方机构争抢后尘埃落定,迅速投拍。这个由红袖添香运作的文学大赛也被视为"最具商业价值"的女性文学赛事。

10月27日,新浪微博联合榕树下、天涯社区推出中国首届微小说大赛。无论是幽默、恐怖、科幻、爱情、悬疑等类型,都可浓缩成140字以内的微小说,分享到微博。

10月,恋月儿的《九岁小妖后》由珠海出版社出版。瑰丽的场景、天马行空的想象力、宏大的架构、鲜明的人物性格使该作品在网络上发表时曾掀起了"稚嫩女王"风潮,成为网络文学的创作新类型"幻情小说"的扛鼎之作,并使作者荣登第二届华语网络言情大赛第三季冠军的宝座。

11月4日,新闻出版总署公布了首批电子书牌照,共30家企业获得了电子书产业四大领域的从业资质,包括:电子书出版资质、电子书复制资质、电子书总发行资质、电子书进口资质。其中,获得电子书出版资质的仍为4家传统出版社;而获得电子书复制资质的为汉王科技、盛大文学等13家在电子书领域打拼多年的新兴企业;另有8家企业获得电子书发行资质;中国图书进出口集团等5家企业获得电子书进出口资质。

11月10日,浙江省作协抓住第五届鲁迅文学奖落幕的尾声,在绍兴举办"鲁迅精神与网络文学"中国网络类型文学高峰论坛。在论坛上,评论家、网络作家和出版人就"对目前网络类型文学的存在应持怎样一种态度""如何引导网络类型文学走向主流化、文学化""是否应该在鲁迅文学奖内设立网络类型文学奖"等问题展开了讨论。论坛在网络文学被首次纳入鲁迅文学奖的评选范围,却又最终失之交臂的情况下举行,引起了网络作家、文学评论家、出版人等的强烈讨论。

11月12日,盛大文学起点中文网举办了一场名为"倾听用户心声·让我们做得更好"的网络文学线下见面会。起点中文网总编林庭锋、副总经理罗立以及相关部门的资深编辑、用户经理等与包括起点白金作家骷髅精灵在内的10余名作家、读者代表面对面,以直接交流的方式倾听作者及读者的心声,希望能进一步提高与完善起点的服务质量。

11月15日,黄鸣奋的文章《网络传媒革命与电子文学批评的嬗变》发表于《探索与争鸣》。文章辨析自网络传媒问世以来三个时期内电子文学批评的特点,认为第一波电子文学批评主要关注并推动电脑技术在文学领域的应用,热衷此道的批评家数量虽不多,但其中不乏编程高手,他们往往同时就是电子文学的创作者;第二波电子文学批评主要关注通过新的传播手段建构数据自我,展示自己的个人魅力与见解,在线文学社区成为他们与创作者交流的公共空间;第三波电子文学批评更多关注在线文学社区的相互协作、基于不同媒体的文学相互转变与流动,具备更恢宏的眼光。

11月15日,禹建湘的文章《空间转向:建构网络文学批评新范式》发表于《探索与争鸣》。文章认为,网络文学批评对于网络文学和文学批评自身具有双重的重要意义。当时,网络文学批评以跟帖、点击率、专家榜单、个人博客等方式存在,具有批评主体泛化和批评话语通俗化的特征。网络文学批评范式是迥异于传统文学批评的新范式,建构网络文学批评新范式,就是建构"个人化大众批评""跨语境文化批评""开放性多元批评"的价值观。

11月18日,全国电子书标准工作组交互平台专题组标准制定讨论会在盛大网络召开。本次活动由上海电子书产业联盟主办,盛大文学、果壳电子协办。会议旨在讨论如何发挥产业链上下游的协作机制,避免产业涉及企业的恶性竞争,从标准规范的角度将中国电子书阅读器的发展引向正确道路。

11月19日,中国网络文学节在北京举行。本届文学节由中国国际版权博览会组委会、中国作协、中国出版集团联合主办,中国文字著作权协会、中国出版科学研究所、中国出版工作者协会协办,北京国际版权交易中心承办,旨在整合网络文学创作资源,充分挖掘原创网络文学作品市场潜力,推动中国原创网络文学的繁荣和发展。本届文学节还颁发了多个网络文学方面的奖项,其中晋江文学网被评为年度最佳文学网站,《微微一笑很倾城》作者顾漫被评为年度最佳作者,那川《上班族》获年度最佳作品改编奖,Bambook被评为年度互联网终端,汉王电纸书获年度最佳电子出版物推荐奖,木子喵喵《一起写我们的结局》获年度最佳作品推荐奖等。

11月24日,唐家三少与余华、刘震云、陈忠实、贾平凹、莫言、二月河等100余名作家一起当选中国作协全国委员会委员。

11月,盛大文学首席执行官侯小强在网络上发文,对百度文库未经作者同意提供大量文学作品的存储与下载服务表示极大愤慨,甚至发出了"百度文库不死,中国原创文学必亡"的呐喊。

12月1日,一起写网"鹊桥杯华语网络文学大赛"圆满落幕。众评委在几百部图书中精心筛选出不同类别获奖作品,三峡刘星的《三峡吹奏的单簧管》

获精英奖,踪影的《摇曳的罂粟花》、宋小铭的《雪洒长城》获英才奖。

12月4日,作为湖北省第二届网络文化节重要赛事之一的"长江杯"网络小说大赛,在武汉洪山礼堂举办盛大颁奖典礼。大赛共收到长篇、中篇、短篇数千部。青年作家孙睿以《跟谁较劲》获大赛特别金奖。

12月10日,新闻出版总署下发《关于促进出版物网络发行健康发展的通知》,要求本通知发布前已经在国内正式运营且当时仍从事网络发行的,应于2011年1月31日前,到所在地新闻出版行政部门办理出版物经营许可证,规范经营活动。逾期未办理出版物经营许可证而仍从事网络发行的,新闻出版行政部门将依法取缔。

12月17日,榕树下与聚石文华图书公司共同举办的"第五届网络原创文学大赛"在北京正式启动。本次大赛由宁财神、邱华栋、李敬泽等担任评委,分为"长篇小说"和"短篇作品"两大赛区,长篇区分列都市情感、青春言情、军事历史、悬疑其他四个类别,短篇区分列散文、短篇小说、生活随笔、书评四个类别,而且引入影视改编、词曲民谣改编、戏剧改编、杂志合作等多项新模式,奖金累计高达百万元。

12月17—18日,由一起看小说网主办的题为"创作改变人生"的第四届作者年会在北京召开。原创繁体书销量第一人萧潜、免费互联网时代第一人玄雨、网游小说第一人失落叶、17K点击量最高作者骁骑校等来自全国各地的顶尖原创作者齐聚一堂,交流创作心得。

12月28日,"首届海峡两岸文学创作网络大赛启动仪式暨网络时代文学创作与发展研讨会"在福州举行。福建省政协副主席、文联主席张帆,著名教授和评论家谢冕、孙绍振、王光明、谢有顺,台湾诗人古月以及福建省知名网络作家等共100余人参会。本次大赛由福建省作协、福建师范大学文学院、海峡文艺出版社等主办,由中国台湾地区《幼狮文艺》杂志、榕城高校文学联盟联办,旨在促进海峡两岸乃至世界华文文学的创作与繁荣。据大赛组委会介绍,大赛将历时9个月,分3个赛季。大赛特别关注表现中华民族伟大品格的辛亥革命题材,表现残疾人自强不息、奋发图强的精神风貌,表现中国农村新面貌,反映艰苦创业的进城务工者等相关题材。

12月30日,中国互联网络信息中心分析师王京婕在《2010年年终盘点之网络文学阅读》一文中指出,2010年,网络文学阅读在网民中的渗透率逐步扩大,到上半年,网络文学已经成为所有网络应用中用户增幅最大的一项。回顾2010年网络文学用户阅读行为,呈现出以下特征及趋势:一是阅读设备多元化;二是碎片化阅读渐成趋势;三是用户偏爱在线阅读;四是用户对阅读内容的"免费观"难以改变;五是阅读需求走向差异化。

12月,国内第一部系统研究网络编辑职业的专著《解密网编——网络编辑职业调查与解析》由山东大学出版社出版。该书是北京市一项关于网络编辑职业调查的研究成果,课题组将处于中国社会转型期的网络编辑从业人员作为研究全体,对人民网、央视网、中国网、赛迪网、千龙网、龙源期刊网等22家网站的编辑进行了问卷调查,同时还专访了20多位网站总裁、副总裁、总编辑或内容总监。

12月,马季的《网络文学透视与备忘》由中国社会科学出版社出版。该书立足于网络创作现实,对网络文学的表现形式、审美特征及其与时代的关系进行了全面系统的分析、研究,对少数民族网络写作、网络类型小说的文本价值,网络文学与传统文学的区别和差异等也有细致、独到的论述。书中的许多前瞻性观点,如"网络文学或将是当代中国文学的拐点""网络文学可能重组中国文学""网络写作,中国当代文学第二次起航""网络文学10年3代"等被大众传媒广泛采用。

是年,盛大文学完成了6起收购,涉及榕树下、潇湘书院、小说阅读、天方听书、悦读网和北京中智博文图书发行有限公司。

是年,长佩文学论坛成立。管理者脱离于晋江论坛。长佩延续了晋江论坛"同人文库"的同人创作氛围,成为同人创作的一个更为小众的平台,随后也逐渐有原创作品发布。

2011年

年初,天津市写作学会新媒体写作分会注册成立。这是国内第一家正式成立的以新媒体写作为研究对象的学术组织,藏策任会长。该学会于2011年6月举行首次学术研讨活动,来自北京、山西以及天津本地的著名学者、作家、编剧参加了研讨。

1月3日,新浪微博主办的"中国首届微小说大赛"公布评选结果,一等奖空缺,二等奖6名,三等奖10名,得主分获2万元和8000元奖金。在6篇二等奖作品中,组委会还重点推荐3篇作品,分别为"最具人气作品"(网友"信天云"创作)、"最佳催泪作品"(网友"夏正正"创作)和"评委会特别推荐作品"(网友"甲斐文"创作)。

1月6日,社会科学文献出版社举办的"数字环境下传统书业的营销论坛"在北京举行。该社社长谢寿光认为,网络书店具有购书便捷、品种齐全、价格优惠等优势,对传统图书发行渠道构成了威胁。他建议实体书店通过与网络销售的差异化、多元关联销售、定制服务、提升卖场环境等策略来与网络书店抗衡。

1月9日,全球最大的中文电子阅读网站——番薯网"源创"平台正式启动。此次番薯网推出的"源创",旨在通过与出版机构合作,从源头对优质的图书进行数字化包装、推广,将优秀的纸质书作品在出版前进行数字首发,共同为读者提供提前预订、抢先预读、按需购买等服务,挖掘数字图书市场的巨大价值。安妮宝贝、沧月、蔡智恒、张宝瑞、卢文龙、饶雪漫六位知名作家的最新作品在"源创"首发。

1月10日,《最高人民法院、最高人民检察院、公安部关于办理侵犯知识产权刑事案件适用法律若干问题的意见》公布。该意见规定,以营利为目的,未经著作权人许可,通过信息网络向公众传播他人文字作品、音乐、电影、电视、美术、摄影、录像作品、录音录像制品、计算机软件及其他作品,具有下列情形之一的，属于《刑法》第二百一十七条规定的"其他严重情节"：非法经营数额在五万元以上的；传播他人作品的数量合计在五百件（部）以上的；传播他人作品的实际被点击数达到五万次以上的；以会员制方式传播他人作品，注册会员达到一千人以上的；数额或者数量虽未达到前项规定标准，但分别达到其中两项以上标准一半以上的。根据《刑法》第二百一十七条规定，以营利为目的侵犯著作权，属于"严重情节"的，处三年以下有期徒刑或者拘役，并处或者单处罚金。该意见对侵犯著作权犯罪案件"以营利为目的"的认定进行了详细解读。除销售外，具有下列情形之一的，可以认定为"以营利为目的"：以在他人作品中刊登收费广告、捆绑第三方作品等方式直接或者间接收取费用的；通过信息网络传播他人作品，或者利用他人上传的侵权作品，在网站或者网页上提供刊登收费广告服务，直接或者间接收取费用的；以会员制方式通过信息网络传播他人作品，收取会员注册费或者其他费用的；其他利用他人作品牟利的情形。

1月15日，历时半年多的贵州省首届"生命动力杯"网络文学作品大赛评选结果揭晓。潘年英、陈炜、向笔群、徐必常的作品分别获得中篇小说、短篇小说、散文、诗歌作品一等奖，乐坪、昕晨等的作品获得小说、散文、诗歌作品二等奖，邹璐等10位作者的作品获三等奖，吴子勇等22位作者的作品获优秀奖，两位作者的作品获鼓励奖。本届网络文学作品大赛得到了北京、上海、海南、广东、湖南、浙江、江苏、新疆等地的作者踊跃参与。大赛组委会共收到参赛作品2 556篇，其中散文1 820篇，诗歌594篇，小说142篇。作品题材多样、风格各异，从一个侧面反映了新时期文学创作的多元化。

1月19日，由湖南省文化厅、湖南省作协联合主办，湖南作家网和湖南图书馆共同承办的湖南省网络文学作品联展暨湖南作家网2010年度总结表彰会在湖南图书馆举行。湖南作家网向湖南图书馆赠送了近5年来湖南作家网作家和文友出版的书籍，评选出"2010年度湖南作家网分站目标管理奖""2010年度湖南作家网分站最佳人气奖""2010年度湖南作家网优秀编辑奖""2010年度湖南作家网优秀版主奖"等14个奖项。

2月11日，非天夜翔开始在晋江文学城连载《灵魂深处闹革命》。2011年4月完结。这是在天下霸唱《鬼吹灯》、南派三叔《盗墓笔记》等"男性向"作品的影响下,出现的耽美"盗墓文"。

2月14日,盛大文学在上海宣布,其运营平台"云中书城"正式从盛大电子书官方网站中独立出来。云中书城全新亮相,标志着盛大文学全力打造的全球最大的中文正版数字书城正式独立运营,也预示着数字出版产业链的整合将进一步加剧。

2月14日,由北京搜狐公司独家出品的首部网络门户剧《钱多多嫁人记》开播。该剧根据人海中的同名小说改编,讲述了年近三十的钱多多,在升任总监的最后关头被读书时期追过她的师弟许飞抢走这一职位,事业上遭遇瓶颈,而在婚姻市场上挑战"钻石败犬",最终成功出嫁的故事。电视剧由邓晔、尚娜监制,郭淼晶执导,刘涛、陈楚河、张馨予、苏俊杰、孙艺洲、冯鹏等主演。

2月15日,《中国社会科学(英文版)》发表陈定家、欧阳友权、马季、张永清的一组文章。陈定家的《网络文学文本的持守与创新》认为,网络文学文本主要由传统文本和超文本组成。超文本以去中心和不确定的非线性"在线写读"方式解构传统、颠覆本质,在与后现代主义的相互唱和中,改变了文学的生存环境和存在方式。日益走向超文本的网络文学文本正在悄然改写人们关于文学与审美的思维方式和价值标准。欧阳友权的《中国文学的世纪转型与数字化生存》认为,数字化传媒的革故鼎新已成为推动中国文学世纪转型的强大引擎。这需要人们厘清数字化媒体在文学转型中"消解"与"建构"的双重功能,以便从不同的学理维度上建构数字化生存时代的文学观念,使数字媒介对传统的挑战变成未来文学别创新声的契机。马季的《话语方式转变过程中的网络写作——兼评网络小说十年十部佳作》认为,中国当代文学阅读层面上的价值认同正在经受前所未有的挑战。10多年来,网络上产生了海量的小说文本,逐渐形成了20多种类型;本文兼顾时间跨度和创作类型,遴选了10年中不同类型的10部佳作,并针对它们区别于纸质媒体的艺术审美和创作特点进行了述评。张永清的《反思网络文学》指出,网络文学在10余年的发展过程中,其文学实践与理论研究存在四个方面的突出问题:把互联网自身的技术特性简单等同于网络文学的特征;对网络文学的理解依然存在认识误区;未能真正区分网络写作与传统写作的基本特征;未能从理论上真正厘清网络文学文本与传统文学的根本性差异。

2月16日,红袖添香进行了网络文学年终盘点,公布了2010年度十大现代小说、后宫小说、穿越小说等50部颇具网络特色的年度优秀作品,2010年度网络最佳原创作者、最佳作品也同时揭晓。"十大后宫小说"有《宫心计:冷宫皇后》《宫杀:凤帷春醉》《碧霄九重春意妩》等;"十大穿越小说"包括《再生缘:我的温柔暴君》《替身哑妻》等。《裸婚》《蜗婚》《一起写我们的结局》具有较强的社会影响力。寂月皎皎、Abbyahy、顾盼琼依、红了容颜、携爱再漂流、涅槃灰等知名网络作家受到广泛认可。获奖结果显示,类型化写作仍是网络文学的主流。

2月20日,流浪的蛤蟆携新作《焚天》入驻纵横中文网。作品设定复杂、结构严谨,用中国传统文化融合作者独特的创意。

2月21日,搜狐正式开展网络付费阅读业务。搜狐原创频道也在同期正式改版上线。重新改版上线的搜狐原创频道,不仅为网络文学创作者提供极具吸引力的版权保护和稿酬激励机制,还将依托搜狐矩阵资源,积极拓展如阅读收费、无线阅读、影视剧本、游戏改编、线下出版等衍生版权的开发,与搜狐读书、搜狐听书等频道共筑门户新型网络文学产业链。

3月1日,中国作协官网公布了修订版《茅盾文学奖评奖条例》。启动评奖工作的第八届茅盾文学奖与往届相比,最醒目的变化是向"持有互联网出版许可证的重点文学网站征集参评作品"。这意味着继鲁迅文学奖后,茅盾文学奖扩大评选范围,正式向网络小说敞开了大门。骁骑校的《橙红年代》是中国作协宣布茅奖向网络文学开放后参评的第一部网络小说。在180部入围的参评作品中,由新浪、起点中文、中文在线等文学网站推荐的入围参评作品一共有8部,包括《遍地狼烟》《青果》等。入围的网络作品中其实很多是由传统作家所写的,最终只有《遍地狼烟》成为备选作品。

3月2日,全国政协委员、中国作协副主席张抗抗提案修改著作权法,建议加强"延伸集体管理"的权利,细化信息网络传播权,明确规定付酬标准。

3月4日,盛大文学CEO侯小强在微博公开叫卖30部网络文学作品版权。这些作品包括长期占据百度风云榜小说搜索排行榜前列、总网页请求数超过1 700万的《步步生莲》，百度总网页请求数超过1 100万、起点贴吧和百度贴吧帖子数超过200万条的《间客》，上线以来一直在百度风云榜小说榜前10位之内、日搜索量均在10万左右的《天珠变》等，引发网友大规模跟风转发。有分析人士指出，网络文学的"荧屏元年"或即将开始。

3月9日，由《山东文学》《齐鲁晚报》和网易共同主办的"中国首届网络文学大奖赛"全面启动，活动将持续到12月底。此次大赛意在强力推动社会文化团体尤其是文学研究领域对网络文学的关注与研究。参赛作品由以上三家媒体联合刊发，由知名文学批评家和作家担任评委，共设小说、诗歌和散文三类32个奖项。

3月15日，贾平凹、刘心武、韩寒、郭敬明、麦家等近50位作家联名发表《三一五中国作家讨百度书》，指责百度已经彻底堕落成一个窃贼公司，抗议百度文库的侵权行为。

3月17日，第二届中国出版政府奖评选结果揭晓，在新浪网读书频道首发的网络长篇小说《遍地狼烟》获得中国出版政府奖网络出版物奖。中国出版政府奖是中国最高荣誉的图书大奖。该奖是国家图书奖的延续，网络文学作品首次列入评奖范围，是顺应出版事业发展新形势、新要求的体现。

3月26日起，武汉市作协聘请专家通过上网查看博客、文学论坛等，审核网络作家的入会资格，致力于打造中国最大网络文学社区。2011年，他们从近60名申请者中，审核批准了51名网络作家入会。

3月，中国首部微博长篇小说《围脖时期的爱情》在沈阳出版社出版。《围脖时期的爱情》是中国第一部微博小说，由闻华舰创作。这篇小说是实时在线写作，随时接受网友的互动参与，网友的故事随时有可能被作者写进小说里，因此受到网友的热捧。但人们追捧这部小说，不仅仅因为它是中国文化圈第一部微博体小说，更因为这部小说道出了现代人心中对现实生活、对各类情感的困惑与迷惘。

4月7日，鲁迅文学院举办第四期网络作家培训班。培训班为期15天，共有来自盛大文学、中文在线、新浪、搜狐、TOM网等单位的41位网络文学作家参加培训，学员包括金子、菜刀姓李、何常在、卫风、笑起看云、聂煜冰、孙丽萍、大碗面皮、白槿湖、拓拔瑞瑞、余姗姗、三月暮雪、紫月君等多名在网络上十分活跃的作家。本期培训班尽可能考虑网络文学创作的特性,围绕当时文学创作面临的基本问题设置课程和研讨课题,力图更加贴近大家的共性需求。

4月9日,老草吃嫩牛开始在晋江文学城连载《重生夜话》。2011年6月完结。该作品进一步发展了"重生"元素。此后,"重生"元素遍布现代言情、古代言情和耽美、同人各个类型,取代"穿越"成为一个更为重要的女频情节元素。

4月18日,盛大文学以非公开的方式向美国证券交易委员会提交了首次公开发行股票的登记草案。

4月27日,第七届新浪原创文学大赛评选结果在北京揭晓,网络写手裴新艳(网名"无非由")凭武侠小说《引魂之庄》获特等奖,另有《纪委书记》《别了北京》等15部网络文学作品分获金、银、铜奖等奖项。此届大赛采用"全媒体发布"的全新作品营销模式,着重挖掘原创文学在出版和影视方面的多层次潜力,已有10部被上海文艺出版社签下并将陆续出版。

4月,由中南大学欧阳友权教授主编的"新媒体文学丛书"将由中国社会科学出版社出版发行。该套丛书共有6本,分别是欧阳友权的《数字媒介下的文艺转型》、曾繁亭的《网络写手论》、欧阳文风的《短信文学论》、禹建湘的《网络文学产业论》、聂庆璞的《网络小说名篇解读》和苏晓芳的《网络与新世纪文学》等。这是国内文艺界第一套专题研究网络、手机等新媒体文学的理论丛书。欧阳友权的《数字媒介下的文艺转型》共分为9章:数字媒介与文艺语境的变迁、数字技术与文艺存在方式、数字化文艺的文本形态、数字媒介下的艺术主体、传媒技术下的艺术生产、数字化文艺的价值重构、数字化时代的文艺消费、数字媒介下的文艺学边界、新媒体文艺反思与建设。这本书试图从学理上探讨以互联网为代表的数字媒介对我国当代文艺转型的巨大影响,并在揭示文艺转型的历史必然性与现实可能性的同时,表达出建构数字化文艺基本理论的愿景。

4月,中国互联网络信息中心发布《中国青少年上网行为调查报告》。报告显示,截至2010年底,中国青少年网民规模达2.12亿人,占网民总体的46.3%,同比增长8.7%,中国青少年互联网使用普及率达到60.1%。中国未成年网民规模达到9 858万,占青少年网民的46.5%。我国青少年网民中,观看视频者占66.6%,用手机浏览网络视频者占22%,从事网络文学活动者占48.1%,玩网络游戏者高达74.8%。

5月10日,上海市卢湾区人民法院做出一审宣判,认为百度公司侵犯了盛大文学《斗破苍穹》《凡人修仙传》等作品的著作权,判令百度公司立即停止对涉案作品的信息网络传播权的侵权行为,并赔偿盛大文学经济损失人民币50万元以及合理费用人民币4.45万元。2011年8月,上海市第一中级人民法院对该案做出终审裁定,准许百度公司撤回上诉,双方当事人按原审判决执行。

5月19日,中国出版集团开始运营数字平台大佳网。这是为出版机构量身定制的在线服务平台,可供内容商免费推广宣传自有电子产品且可以自主经营、透明结算,相当于不花钱就可以完成网上B2B2C的商业沟通,并可提供融个人电脑、手机、电子阅读器、平板电脑、数字电视等为一体的多终端发布、推广、营销服务,帮助出版社实现电子书内容增值。

5月25日,盛大文学向美国证监会提交初步募股书,申请在纽交所首次公开募股(IPO),最高融资2亿美元。盛大文学提交IPO申请,但因美国资本市场环境惨淡被迫推迟上市。7月21日,盛大文学在海外称,已决定暂停在纽约证交所融资2亿美元的IPO,直到市场状况改善为止。

5月,由白烨主编的《文学蓝皮书:中国文情报告》由社会科学文献出版社出版。继经济学、社会学、国际问题等领域的"蓝皮书"之后,从本年度(2010—2011)开始,《中国文情报告》正式纳入"蓝皮书"系列。课题组由中国社会科学院文学研究所当代文学研究室部分研究人员、中国作协部分专业人员联合组成。本年度《中国文情报告》透露的主要信息是"中国文坛:对市场文学和新媒体文学的批评'严重缺席'"。

6月2日,防范网络侵权事件的行政法规《信息网络传播权保护指导意见》公布,将于2011年8月1日正式实施。

6月3日,改编自80后网络作家唐欣恬的小说《裸婚——80后的新结婚时代》的电视剧《裸婚时代》开播。电视剧由北京光彩世纪文化艺术有限公司出品,滕华涛执导,文章首次担当编剧,文章、姚笛、张凯丽、丁嘉丽、韩童生、万茜等主演。该剧讲述了刘易阳和童佳倩在没有房子、车子的情况下,冲破双方父母的重重阻拦,成功"裸婚",但一个又一个的麻烦接踵而至。

6月16日,新浪微博推出微剧本大赛。为配合这一赛事,新浪启用微视频官方微博,其选登的作品有以蒙太奇形式呈现的生活感悟、时空跳跃的古代故事、曲终奏雅的寓言性片段等。最后,《远方的鼓声》力压群雄,获得第一届新浪微剧本大赛一等奖。

6月20日,"回顾90年岁月,记录点滴真情——庆祝中国共产党成立90周年网络作品征集活动"举行获奖作品揭晓仪式。活动自5月11日正式启动,7家承办网站共收到参赛作品10 642件,其中,文字类、图片类作品均超过5 000件,视频类作品也达到456段,网民投票总数超过103万,专题总浏览量突破1 000万人次。经过网民投票、初评组筛选和专家评审等层层把关,《七月的阳光》《爸爸的诊所》等6篇文章获得文字类一等奖,《看旗》《军人神圣的名字》等6幅照片获得图片类一等奖,《快乐的老年生活》《恒山脚下最美女交警》等6段视频获得视频类一等奖。另有60件作品获二等奖,90件作品获三等奖,150件作品获得优秀奖。

6月20日,中国中外文艺理论学会第八届年会暨"国外马克思主义文论与中国当代文论建构"国际学术会议召开。会议以"国外马克思主义文论与中国当代文论建构"为主题,就国外马克思主义文论及其他文艺流派、中国当代文论建构、中西文论比较研究、现代传媒、网络文学与当代文艺理论建构等论题进行深入讨论与对话,对当前我国文艺理论建设将起到推动作用。

6月27日,江苏省徐州市中级人民法院下发了对从事网络文学盗版侵权行为的万松中文网及其主要责任人的刑事判决书。判决书认定万松中文网及其两名主要负责人犯有"侵犯著作权罪",分别判处该网站两名主要负责人三年及以上不等的有期徒刑,并分别处罚金15万元,责令关闭万松中文网。

6月,崔宰溶(韩国)在北京大学完成《中国网络文学研究的困境与突破——网络文学的土著理论与网络性》的博士论文。论文分五章:第一章,提出中国网络文学研究的主要局限。第二章,进一步考察并阐述一些对网络文学的"常识"性研究成果及其结论,并指出其局限性。第三章,提出了两个主要概念:"土著理论"和"网络性"。第四章,在对"土著理论"和"网络性"进行理论阐述的基础上,对中国网络文学的现实展开具体研究和分析,并提出自己的评价和意见。第五章,结论。作者指出,所有的网络文学行为都是通过"时间"和"实践"发生的意义的生成过程。网络文学是只有在使用者的实际"经验"当中才能够存在的"事件"。

7月15日,由中国作家出版集团主管的权威文学网站作家在线启动仪式在北京举行。中国作协主席铁凝等出席。作家在线拥有作家出版社、《人民文学》等在内的十几家国家级出版单位的作家作品资源,已有近200位文坛主力作家、评论家加盟签约,是读者了解文学动态、欣赏文学佳作和参与文学讨论的优质网络互动平台。

7月18日,由光明日报出版社联手侬家书院共同举办,以"寻找原创文坛最具潜力新人,打造原创文坛最耀眼新星"为主题的第二届网络文学原创大赛隆重启动。本次大赛设立五个"月冠军",十个优胜奖,届时由侬家书院编委会选出优秀作品,由光明日报出版社独家冠名出版,并推出"红颜悦"系列图书。

7月19日,中国互联网络信息中心发布《第28次中国互联网络发展状况统计报告》。报告显示,截至2011年6月30日,我国网民总人数达到4.85亿。根据调查结果,现有文学网民人数达2.27亿,约占网民总人数的47%;以不同形式在网络上发表过作品的人数高达2 000万人,注册网络写手达200万人,通过网络写作获得经济收入的人数已达10万人,职业或半职业写作人群超过3万人。

7月29—31日,在新疆作协的大力支持下,新疆作家网、胡杨树文学艺术创作中心在位于乌鲁木齐县水西沟镇的新疆作协创作基地举办了首届网络文学编辑班。新疆本土作家15人参加了为期3天的培训学习。

8月1日,非天夜翔开始在晋江文学城连载《二零一三》。2011年9月完结。该作品成为女频"末世文"的开山之作。

8月4日,中国作协组织"网络作家与传统作家结对交友"活动。36位作家、评论家相聚中国作协,10位盛大文学签约作家与10位茅盾文学奖评委"结对子",举行了一次别开生面的"结对交友"座谈会。中国作协党组书记、副主席李冰主持会议,中国作协副主席、国务院参事张抗抗,中国作协党组成员、书记处书记陈崎嵘,盛大文学CEO侯小强以及全国网络文学重点园地联席会议代表等60人出席会议。侯小强表示,作为中国网络文学的生力军,网络作家群体已经营建出一个想象力王国,传统文学和网络文学的融合将是中国文学史上最重要的事件之一。此次活动表明中国作协支持并期望网络文学健康发展的态度,希望网络作家与传统作家"结对交友",互相学习,互相帮助,共同繁荣我国文坛。

8月15日,猫腻开始在起点中文网连载《将夜》。2014年4月30日完结。《将夜》是起点白金作家猫腻继《间客》后又一全新力作。在开通的短短几个小时内,点击量达到1 300+,零章节、零更新的情况下1 000+推荐票,10分的评价。《将夜》为猫腻拿下起点中文网三项最重要奖项:2011年"年度作家"、2012年"年度作品"和"月票总冠军"。在精英批评体系内,该书也获得极高评价,2015年6月7日,猫腻凭借《将夜》获得"2015腾讯书院文学奖"类型小说年度作家;2015年11月2日,获得由浙江省作协等单位主办的"首届网络文学双年奖"金奖。

8月16日,由广东作协、羊城晚报社、网易联合主办的"网络文学与传统文学的对接"在广东文学艺术中心举行。人气网络作家匪我思存和网络文学评论家邵燕君现身广州,跟电影《我的父亲母亲》小说原著作者鲍十、打工作家领军人物王十月、网络悬疑小说作家上官午夜围绕"网络文学与传统文学的对接"主题展开热烈讨论。在会上,王十月语出惊人,提出传统文学被主流意识形态"改写"、网络文学被商业"招安"。对此,匪我思存提出异议:"坚决不认为是被商业'招安',而是被市场承认!"

8月29日,国内最大数字出版云计算中心——天津国家数字出版基地云计算中心正式投入运营,并向用户提供服务。该中心的定位是专业的云服务提供商,通过云计算的方式,采用虚拟化技术为政府、企业提供低成本高性能的"一站式"信息化服务。

8月30日,在广东省作协大楼举办了"广东网络文学十年精品回顾"系列活动第二场——"网络文学的产业空间"座谈会。网络文学产业近年发展迅猛,即将上市的盛大文学是业内"航母"级别,盛大文学副总裁林华与李凤亮、谢名家等本地学者就网络文化产业发展现况及衍生的保护知识产权等问题进行了对话。在会上,打击网络盗版、广东网络文化产业该如何发展等话题尤其受到关注,引发热议。

8月30日,"2011北京国际出版论坛"举行。本届论坛的主题是"数字时代的国际出版业走向",与会嘉宾就如何把握数字时代的出版发展动态、"技术的变革与革命""数字时代的创新业态与盈利模式"等话题作了精彩演讲,并与现场观众一起进行了互动,气氛十分热烈。

8月,网易推出轻博客LOFTER(记录生活,发现同好),并首次采用独立域名,口号为"专注兴趣,分享创作"。12月1日开放公开注册。此后,LOFTER成为同人作品发布的又一重要平台。

8月,江苏省镇江市文联《金山》杂志与中国当代文学研究会新媒体文学委员会合作,力争为网络文学打造一个专业化、杂志化的平台。《金山》杂志已与盛大文学、中文在线、纵横中文、天涯社区等重点文学网站,以及新浪、搜狐、腾讯读书频道取得合作共识,逐步推动网络文学建立自己的审美标准和创作规范,旨在创建一个健康的网络文学创作环境。该刊将推介优秀网络文学作品作为办刊重点,同时以"网络文学蓝皮书""网络文学专题调研""创意产业商业模式"等为重点研究课题,从文本演变、作家成长、网站现状、社会反应、读者需求等方面积极开展网络文学理论研究,以期创建一个全景式的网络文学阵地。

8—9月,广东省作协"广东网络文学十年精品回顾"连续举办四场主题座谈。主题座谈涉及"网络文学和传统文学的对接""网络文学的产业空间""网络写作现象和发展趋势""网络文学的全版权运营时代""网络自由与文学担当""文学商业化与网编功效"等话题。座谈嘉宾和现场观众的互动,把网络文学创作者和阅读者带入了深广的思维空间和视野。第一场"网络文学和传统文学的对接"拉开帷幕,讨论了网络文学能否得到专家肯定、网络文学作者是否被"招安"、网络文学夺得官方奖项的可能性等。第二场、第三场的主题,转入更宽广、更务实的网络文学产业发展空间与前景和"全版权运营"与版权保护等议题。第四场则深入探究网络作家和一线编辑的精神世界,敲打其灵魂铁砧。四场活动首尾相贯，引起了业界、文坛和媒体的高度关注。

9月8日，盛大文学旗下白金作家跳舞正式加入中国作协。这是继推荐唐家三少成功加入作协之后，盛大文学推荐的第二位旗下网络作家加入中国作协。跳舞原名"陈彬"，江苏南京人，是起点中文网白金作家和最具号召力的网络作家之一，也是最为成功的网络职业作家之一。自2004年创作《嬉皮笑脸》以来，已完成了《恶魔法则》等6部作品，作品网络总点击量超过1亿，相关网络搜索量高居各大排行榜前列。

9月10日，由桐华《步步惊心》改编的同名电视剧在湖南卫视开播。电视剧由上海唐人电影制作有限公司和湖南卫视联合出品，李国立执导，刘诗诗、吴奇隆、郑嘉颖、袁弘、林更新等人主演，讲述熟知清史的白领张晓穿越为16岁的清朝少女马尔泰·若曦，卷入风云诡变的宫廷之中的故事。

9月15日，王晓明在《文学评论》上发表《六分天下：今天的中国文学》。文章指出，最近15年，中国大陆的文学地图明显改变。不但"网络文学"迅猛膨胀、急剧分化，纸面文学内部也快速重划领地：以《收获》《人民文学》为首的"严肃文学"的影响范围明显缩小，《最小说》一类"新资本主义文学"急剧扩张，《独唱团》更是异军突起，竖起"第三方向"的路标。文学地图的巨变背后，是社会结构、科技条件、政治、经济、文化机制及其相互关系的深刻变化。面对新的文学格局，评论和研究者必须扩大视野、转换思路、发展新的分析工具。

9月30日，改编自慕容湮儿的同名网络小说的电视剧《倾世皇妃》在湖南卫视首播。由梁辛全、林峰联合执导，林心如、严屹宽领衔主演，霍建华特别出演，讲述了五代十国时期，楚国、蜀国、北汉三大王朝间储君与公主之间爱恨情仇、恩怨纠葛的悲情故事。

9月，陈定家的《比特之境：网络时代的文学生产研究》由中国社会科学出版社出版。该书重点讨论了以下几个方面的问题：网络时代文学生产与消费的技术文化背景，文学生产的网络化问题，以博客写作与文学关系为研究个案考察网络时代文学生产的重要变化，文学消费方式的革命，数字化语境中的文学经典。还具体讨论了网络"恶搞""百家讲坛""虚拟图书馆"等大众广泛关注的文化现象对文学的意义及其对文学生产与消费的影响。全书站在学术的前沿和时代精神的巅峰,准确地把握了当下学术研究最新的脉搏,探析了电子媒介语境中文学的生产与消费方式。

10月1日,有着"职场小说第一书"之称的经典系列作品《杜拉拉升职记》,历经4年终于推出收官之作——《杜拉拉大结局:与理想有关》。至此,杜拉拉事业与爱情的最终归宿都将水落石出,而作者李可则表示,她不会再续写杜拉拉,甚至不会再写职场小说。

10月22日,根据匪我思存的同名小说改编而成的电视剧《千山暮雪》在湖南卫视金鹰独播剧场首播。该剧由浙江梦幻星生园影视文化有限公司出品,刘恺威、颖儿、赵楚仑、温峥嵘、张晨光、刘雪华、李智楠等主演,讲述了商场精英莫绍谦和大学生童雪因世仇而彼此折磨又心生爱慕的感情纠葛的故事。

10月28—31日,第九届中国国际网络文化博览会在北京展览馆举行。该博览会由中国文化部主办,是当时国内最高规格的网络文化产业盛会。会议通过高峰论坛、严肃论坛、客户端游戏、网页游戏、SNS与social game、第三方产业、网络动漫、网络营销、网络音乐等九大论坛,全面地展示了网络文化的各方成果,促进了学术交流,推动了网络文化健康发展。

10月,陈凯歌执导的《搜索》在宁波开机。这部电影根据文雨所著网络小说《网逝》改编,探讨"人肉搜索""网络暴力"等话题。电影汇集了赵又廷、高圆圆、姚晨、王珞丹等当红影星,堪称网络小说改编电影截至当时的最大手笔。

10月,由广东省作协主办的《网络文学评论》宣布创刊,杨克任主编,欧阳友权、邵燕君任特邀副主编。这是中国首个创刊的网络文学研究杂志。作为全国首家网络文学评论刊物,《网络文学评论》设有以下主要内容板块:特约·网事(网络文学历史和发展的深度概述)、聚焦前沿(最新网络文学作品评介)、在线类型(针对类型作品的新锐评论)、热点现象(网络文学热点现象分析)、高端研究(网络文学发展趋势把握)、文本欣赏(优秀网络文学作品选载,限于网络版)、全球对话(世界视野中的网络文学)、专题·研讨(网络文学主题会、作品研讨)、今日论坛(短评、言论、热帖)、网文言说(网络文化评论,涵盖影视、动漫、音乐、游戏等)。

10月,李玉萍所著《网络穿越小说概论》由南开大学出版社出版。该书从研究网络穿越小说的内容和类型的界定开始,对网络穿越小说进行了发展史的文本梳理,并基于穿越小说的文学母题和网络文本形态特性,从多学科的视角,主要分析了它的网络小说文本特质、语言和风格、虚拟性特质等,从而初步揭示了网络穿越小说的审美特性及文化特质。

11月2日,犹大的烟开始在晋江文学城连载《机甲契约奴隶》。2014年8月完结。这是耽美"机甲文"的代表作。小说讲述罗小楼重生到4 000年之后机甲横行的时代,被迫签订一个奴隶契约后开始了艰难的机甲战士之路的故事。

11月4日,由磨铁图书、磨铁中文网和超好看杂志联合举办的"沧月十年巡回庆典闭幕式暨中国网络文学经典十年高峰论坛"在北京大学校内举行。南派三叔、萧鼎、蔡骏、江南等知名网络作家也来到现场。论坛评选出当代网络文学的十大作家和十大经典作品,十大作家包括南派三叔、安妮宝贝、沧月、匪我思存、蔡骏、萧鼎、江南、明晓溪、桐华、辛夷坞;十大作品包括《诛仙》《悟空传》《此间的少年》《盗墓笔记》《致我们终将逝去的青春》《成都,今夜请将我遗忘》《七夜雪》《步步惊心》《地狱的第十九层》《千山暮雪》。

11月8日,改编自鲍鲸鲸的同名网络小说的电影《失恋33天》全国上映。故事用亲切又不失幽默的方式讲述女主角黄小仙从遭遇失恋到走出心理阴霾的33天。电影由滕华涛执导,文章、白百何主演,是中国内地首部为光棍节定制的"治愈系"爱情电影,上映4天票房成功突破亿元大关,首周票房达到1.89亿元,夺得当周票房冠军。该片年度总票房为3.5亿元人民币,成为年度票房市场的最大"黑马",也是2011年中小成本最卖座的国产电影。

11月15日,《南方文坛》刊出邵燕君的《面对网络文学:学院派的态度和方法》。文章预言,10年之后,中国当代文学的主流很可能是网络文学,也正因为如此,人们必须要正视主流文学对网络文学的失控与断裂,提出要"反思精英标准,理解网络文学",从一个更具开放性的文学史视野研究网络文学,甚至可以为网络文学分级定位。只有在这样的基础之上才有可能从"文化研究"进入"文学研究",创建网络批评独立话语。

11月17日,北京电视艺术中心出品的清装宫斗剧《甄嬛传》开播。该剧由郑晓龙执导,吴雪岚(流潋紫)、王小平编剧,孙俪、陈建斌、蔡少芬、刘雪华、李天柱、蒋欣、李东学、陶昕然等主演。电视剧改编自吴雪岚所著小说《后宫·甄嬛传》,讲述女主角甄嬛从一个不谙世事的少女成长为一代善于谋权的太后的故事。

11月25日,唐家三少、当年明月当选中国作协全国委员会委员,成为中国作协最高权力机构的两位网络作家。

12月3日,江苏省全国性优秀文学嘉奖与第四届紫金山文学奖颁奖典礼在宁举行。本届紫金山文学奖在原有11个奖项的基础上,又增设了影视文学和网络文学两项,由邓海南的《上海上海》和丁捷的《亢奋》分别摘得。

12月13日,"广东网络文学十年精品回顾"峰会暨广东网络文学院授牌和《网络文学评论》首发仪式在广州举行。各大网站负责人、编辑、文学评论家、网络作家、广东作协作家代表等近200人与会。作为全国第一本网络文学专业评论刊物,《网络文学评论》联合评论家、作家、学者、媒体和网络作者,针对国内网络文学和通俗文化的动态、热点进行多方位、多角度的艺术鉴赏和理论研讨。

12月20日,榕树下第五届网络原创文学大展在北京举行颁奖典礼。《大赢家》和《全城裸恋》荣膺特等奖,著名评论家白烨,著名作家邱华栋、九夜茴,磨铁创新空间总经理王小山,红袖添香CEO孙鹏等作为颁奖嘉宾出席。榕树下网站同时宣布第六届大展将于12月25日正式启动。

12月29日,由菜刀姓李(原名"李晓敏")的军事小说《遍地狼烟》改编的同名电视剧在山东齐鲁频道首播。该剧是浙江横店影视制作有限公司出品,由虎子执导,李昌民编剧,杨烁、周扬、朱琳、李桓、王子睿主演的抗日剧,讲述了在炮火硝烟的洗礼下,一位青涩少年从深山猎户成长为一名神枪狙击手,在面临使命、挫折、爱情等抉择后的成长历程。

2012 年

1月1日,旗峰天下中文网成立。该网站是广东永正图书旗下的大型中文原创阅读平台,集创作、阅读、下载、版权输出为一体,网站的宣传语为"登旗峰,读天下,旗峰天下,原创之家"。

1月1日,由九把刀的网络小说《那些年,我们一起追的女孩》改编的同名电影在中国大陆正式上映。

1月2日,根据小号鲨鱼的小说《卜案大唐李淳风传奇》改编的电视剧《卜案》在上海电视剧频道首播。

1月3日,由《山东文学》《齐鲁晚报》和网易共同主办的"中国首届网络文学大奖赛"的网络人气奖揭晓。网络人气奖的评选标准是投稿作品的网络点击率,反映了作品在网络上的受欢迎程度。乌以强的《乡党委书记》、疯癫和尚的《庄子的 ABCDEFG》、踏雪无痕的《祖国啊,我永远为你歌唱》、郝久增的《生活感悟》等作品分别获得不同体裁网络文学作品的人气奖。

1月8日,由《山东文学》《齐鲁晚报》和网易共同主办,滨州市油区工作办公室协办的中国首届网络文学大奖赛颁奖典礼在济南隆重举行,《乡党委书记》《癌症日记》等作品获奖。

1月12日,"2011国家产业服务平台"年终评选结果揭晓,红袖添香被选为"2011年度最佳女性文学网站"。

1月15日,知名IT博主麦田发表博文《人造韩寒,一场关于"公民"的闹剧》,在网络上引起了轩然大波。该博文称,韩寒"公共知识分子"的形象是伪造的,其文章主要是他人代笔。16日,韩寒发文回应质疑,称"我的每一个字都是我亲手写下的"。不久,方舟子加入论战中,成为质疑韩寒代笔的主力军。这一"打假"事件愈演愈烈,是2012年春节最热门的话题之一。

1月15日,叔翼健在《文艺评论》上发表《网络艺术中的无厘头》。文章认为,网络艺术因其媒介的特质而呈现出明显的无厘头倾向,表达出一种荒诞、随意、无中心、无目的的无厘头特征。

1月15日,徐熙在《徐州师范大学学报(哲学社会科学版)》上发表《形象研究:考察网络文学的一个新视角》。文章从形象研究入手考察网络文学发展。该文具体分析了《宋时归》和《仙逆》的主角形象,并指出网络小说人物形象塑造具有英雄化倾向。

1月15日,黎杨全在《文艺争鸣》上发表《后现代地理学:数字时代文学批评的困境与策略》。文章分析了在赛博空间中的批评家遇到的困境与危机,提出"寓言式批评"的应对策略以及整体性视野的网络文学研究方法。

1月30日,蔡爱国在《求索》上发表《论网络文学中被消解的作者》。文章认为,作者的"自由"在网络文学的世界中逐渐趋于表象化,作为一种主体而存在的作者正在逐步被消解。资本的介入、类型化写作、文学标准的降低都使得网络时代的文学大众化写作受到质疑。

1月,流潋紫的《后宫·甄嬛传》经修订后由浙江文艺出版社再版。

1月,纷舞妖姬的《弹痕》典藏版由江苏文艺出版社出版。

1月,耳根的《仙逆》由云南教育出版社出版。

2月10日,黄大军在《湖北社会科学》上发表《网络文学的祛魅与救赎》。文章认为,2013年之前的网络文学精品难以企及精英文学那种崇高醇厚的艺术品格,并强调文学的媒介特性与媒介环境并不是影响文学品格的唯一条件,而是取决于作家的文学素养与创作态度。所以,立足网络文学的创作主体来谈网络文学的质量问题,才是网络文学真正走向文质兼美的精品之路。

2月10日,周保欣在《文艺研究》上发表《网络写作:文学"常变"的道德与美学问题》。文章认为在网络文学时代,文学重现了它的民间起源,而网络文学与传统文学的互动会构造出一种新的文学社会。同时,网络文学解放了长期被压抑的诸多非经典文学伦理。对于网络文学来说,必须解决好自由与创造的关系,才能创造出属于网络文学的经典。

2月15日,根据仇若涵的小说《婆媳拼图》改编的电视剧《瞧这两家子》,在浙江钱江频道播出。

2月15日,由中国当代文学研究会、沈阳师范大学中国文化与文学研究所主办,芒种杂志社承办的"2011文学创作及2012展望高峰论坛"在中国现代文学馆举行。孟繁华、白烨、李敬泽、吴义勤等评论家齐聚一堂,回望2011年文学创作并展望2012年。评论家白烨指出,2011年文学领域发生了诸多变化,其中,网络文学与主流文坛有许多互动,诸如各种结对活动,另外很多网络小说被改编成影视作品后产生了很大影响。

2月16日,中国作协举办第二次网络作家与传统作家"结对交友"活动。来自盛大文学、TOM在线幻剑书盟、新浪读书、搜狐原创、腾讯原创、铁血军事网、纵横中文网等网站的15位网络作家与15位国内知名作家、评论家一一结成"对子"。

3月7日,山东省首届网络小说大赛在济南举办专家定评会。众多专家评委出席了定评会,并投票选出了山东省首届网络小说大赛获奖作品。轶愚的《暴弑魔影》、岚山的《落红》分别获得长篇小说一、二等奖,陈章华的《吴有福的世俗生活》、《绯红的红叶》(作者未知)、曾昊清的《穿过桃花溪》、郗德文的《柳树营》分别获得中篇小说一、二、三等奖,孟海洋的《暖被窝》获得短篇小说一等奖,张建锋的《恭顺的驴》、杨小康的《你为什么要有后代》获得短篇小说二等奖,郗德文的《屋檐、白花与红月亮》、高粱的《晕河》、徐树建的《血性》、赵晓的《少年》、高薇的《天上下雨地下流》、北方晓歌的《永远的红高粱》等作品获得短篇小说三等奖。

3月11日,著名作家蒋子丹携其新作《囚界无边》在深圳中心书城举行读者见面会。《囚界无边》源于两年前蒋子丹首次在网上的"临屏写作"。她穿着名为"老猫如是说"的"马甲",经过连续7个月在天涯社区舞文弄墨板块的"现写现贴",先后写下了几十万字,她开辟的帖子也收获了47万点击量,成为"当红热帖"之一。在这次读者见面会上,蒋子丹分享了自己作为传统作家进行网络写作的独特感受。

3月21日,腾讯IEG(互动娱乐事业群)的年度发布会在北京举行。腾讯正式宣布推出"泛娱乐"战略,并将"泛娱乐"战略定义为以IP授权为轴心、以游戏运营和网络平台为基础的跨领域、多平台的商业拓展模式。网络小说在该战略中处于关键位置。

3月21日,幻剑书盟举办首届精小说大赛,口号是"精彩、精品、精心"。

3月26日,改编自吴雪岚的小说《后宫·甄嬛传》的同名电视剧,在安徽卫视、东方卫视首播。

3月31日,"娇子·未来大家top20"评选活动举行颁奖典礼。该活动由人民文学杂志社和盛大文学共同主办,主要通过专家评选和网络投票,推举出了具有创作前景与实力的20位新锐小说家。冯唐、张悦然、葛亮、唐家三少、笛安、蔡骏、阿乙等作家上榜。

3月,风凌天下的《傲世九重天》由安徽少年儿童出版社出版。

4月2日,网文写手青鋆去世。据称,这个女孩每天只睡三四个小时,半个月才出门一次,没晒过几天太阳,这样的一年多里,她写了300多万字的网络小说,最后被诊断得了绝症。

4月2日,根据张无花的小说《AA制婚姻》改编的电视剧《AA制生活》,在湖南卫视播出。

4月13日,鲁迅文学院第五期网络文学作家培训班开班仪式在北京举行。本期培训班为期半个月,共有来自不同网站、不同地域的45位网络文学作家参加培训。

4月23日,盛大文学为旗下作者唐家三少申请吉尼斯世界纪录。据称,唐家三少已持续100个月不断更,在起点中文网上连载86个月,读者人次超过2.6亿。

4月24日,第四届"长江杯"网络文学大赛正式启动。该赛事由中共湖北省委宣传部、长江出版传媒集团等主办,由长江出版传媒集团旗下阅读门户网站"现在网"与长江文艺出版社、湖北人民出版社合办,众多知名出版社、杂志社及报纸参与协办。评委包括方方、熊召正、郭敬明、黎波、钱鹏喜等众多知名作家、出版人。

4月27日,鲁迅文学院第五期网络文学作家培训班结业仪式在北京举行。

4月28日,"金魔方杯"原创故事大赛颁奖典礼在北京举行。该赛事由中文在线主办,在中文在线旗下的17K小说网公开征稿,共征集到500篇稿件。骁骑校的作品《原始都市》脱颖而出,获得一等奖。

4月,猫腻的《将夜之花开彼岸天》由武汉出版社出版。

4月,唐家三少的《琴帝》由太白文艺出版社出版。

5月4日,路春艳、王占利在《艺术评论》上发表《互联网时代的跨媒介互动——谈网络文学的影视改编》。文章指出,影视产业快速发展、小说类型化资源丰富、故事内容贴近现实是网络文学影视改编如此火热的原因;网络文学影视改编的发展空间在于多样化尝试与大成本制作。

5月10日,根据盛大文学最新F-1财报显示,盛大文学2012年第一季度首次实现扭亏为盈。盛大文学的扭亏为盈意味着盛大文学的全版权运营取得了成效,文学内容之于整个文化产业链的源头作用得到进一步的凸显。最新F-1财报:盛大文学Q1主营业务收入为1.92亿元,相较2011年Q1同比增长38.2%。毛利6 693万元,相较2011年Q1同比增长65.4%,毛利率34.9%。盛大文学在2012年Q1实现净盈利逾300万元。盛大文学自2008年7月宣布成立以来,经过多年的积累和发展,盛大文学在线文学产业已经形成了一套创收模式,包括在线付费阅读、无线订阅、针对性广告、版权授权以及多种娱乐产业等。

5月10日,丁筑兰在《学术论坛》上发表《去中心化与双向交流:网络科技对审美文化的重构》。文章强调了现代科技对审美文化的深远影响,认为网络的强交互性和弱可控性,使得网络文学呈现出去中心化与双向交流的特征。与此同时,网络文学也出现了本体缺失和主体混乱的趋势。

5月15日,邵燕君在《探索与争鸣》上发表《网络时代,精英何为?》。文章指出以学院批评为代表的精英力量在网络文学的文学场域内缺席的现象和原因,认为学者精英应该在理解网络文学的基础上重建一套有效的精英批评标准和批评话语体系,才能真正地介入网络文学的发展。

5月23日,盛大文学云中书城召开发布会。盛大文学副总裁柳强宣布,将公开招募书评人,投入百万元创建一个最终人数达百人的白金书评人群体。此外,云中书城还将投入百万元搭建中国网络评价体系等大型系列活动。

5月28日,盛大文学云中书城与上海图书馆共同宣布:市民数字阅读网正式开通。这标志着原生数字资源内容正式进入图书馆馆藏流通领域。以后,读者可以方便快捷地浏览上海图书馆馆藏的各种报纸刊物和图书的数字资源,盛大文学云中书城的网络文学资源也将免费开放。

6月6日,果麦文化传媒股份有限公司成立,法定代表人是路金波。公司业务主要分为图书策划与发行,数字内容与广告,IP衍生和运营三大块。

6月11日,网易阅读正式更名为"网易云阅读",网易公司创始人、CEO丁磊与武侠小说大师温瑞安聚首杭州并启动网易首届原创文学大奖赛,征集天下优秀原创文学作品。温瑞安担任此次大赛的总顾问,今何在、楚惜刀等知名网络作家应邀担任大赛评委。大赛共设悬疑、男性、女性三个主题征集赛区,奖金总额超过50万元。

6月13日,根据人海中的小说《我和我的经济适用男》改编的电视剧《我的经济适用男》,在浙江绍兴新闻综合频道首播。

6月22日,由中国作协牵头,组织中国作家网、盛大文学、中文在线、新浪读书频道、搜狐原创频道、TOM网读书频道、腾讯原创频道、大佳网和作家在线等网站,对全国主要文学网站编辑人员现状进行的调研活动结束。调研组先后走访了起点中文网、17K小说网、铁血网、TOM网读书频道、腾讯原创频道、上海市作协云文学网、湖南作家网、广东作家网和天涯社区文学频道等20余家文学网站,采用会议座谈、随意交谈、问卷调查等方式进行调研。据统计,全国主要文学网站从事文学编辑工作的专(兼)职人数有2万余人,约占全国网络文学从业人员总数的70%。

6月26日,湖南省网络文学研究会成立大会在中南大学隆重召开,欧阳友权当选研究会首任会长。这是国内首家专门进行网络文学研究的学术机构。

6月27日,上海市作协云文学网、上海大学文学与创意写作研究中心、萌芽杂志社和公益电子文学《零杂志》联合主办了"会师上海·90后创意小说大赛"。

6月28日,中国作协举办了首次网络文学作品研讨会。白烨、欧阳友权、陈福民、王祥、马季、邵燕君等10位学者对李晓敏的《遍地狼烟》、天下归元的《扶摇皇后》、酒徒的《隋乱》、阿越的《新宋》、杨蛰莹的《凝暮颜》进行了重点研讨。中国作协党组成员、书记处书记陈崎嵘表示,举办网络文学作品研讨会是基于以下三点认识:一是网络文学异军突起,方兴未艾,三分天下有其一,并且逐渐呈现出"半边天"的趋势,影响着越来越多的网络受众。若重视文学,必须重视网络文学;若关心文学的未来,必须关注网络文学的发展。二是网络文学作品良莠不齐,泥沙俱下,亟须大浪淘沙,亟须高人指点,逐步建立符合文学本质、具有网络文学特点的审美评价体系,促使其蓬勃发展,健康成长。三是通过研讨评论,推出一批优秀的网络文学作品、网络作家和网络文学评论家。

6月30日,由崔曼莉的网络小说《浮沉》改编的同名电视剧,在东方卫视、北京卫视、浙江卫视、深圳卫视播出。

6月,唐七公子的《三生三世枕上书》由湖南文艺出版社出版。

7月3日,《光明日报》刊发《网络文学亟待确立批评"指标体系"》(该报记者王国平)。该文正式提出要建构网络文学评价体系。

7月4日,2012年打击网络侵权盗版专项治理"剑网行动"正式启动。这次"剑网行动"为期4个月,旨在通过严打网络侵权盗版,建立网络环境下版权保护长效工作机制。其主要工作内容包括大力整治网络视频、网络音乐、网络文学、网游动漫、软件的侵权盗版行为,进一步做好视频网站监管等。

7月6日,由文雨的网络小说《请你原谅我》改编、由陈凯歌导演的电影《搜索》在内地上映。该电影斩获众多奖项,票房、口碑双赢,位列2012年国产票房前十名。

7月7日,温瑞安的"四大名捕"系列最新作品《少年无情正传》在网易云阅读上开始独家连载。温瑞安认为,武侠小说可以通过网络平台获得新生。

7月10日,北京市海淀区人民法院对作家维权联盟起诉百度文库侵害韩寒、慕容雪村、何马等作家著作权一案进行了开庭审理。作家联盟以百度文库涉嫌侵犯部分作品著作权为由,要求法院判令百度关闭文库、连续七天在首页致歉,并赔偿相应经济损失。

7月17日,"广东网络作家与外国学者对话"活动举行。这是由广东网络文学院组织的学术交流活动,目的是让网络文学成为中国文化与西方汉学家之间进行沟通的桥梁。参加活动的成员有旅美英国使者殷海洁与广东知名网络作家红娘子、猗兰霓裳、无意归、媚媚猫、李伊等人。这是广东网络文学院继2011年"广东网络文学十年精品回顾"四场主题座谈和"峰会"后的又一探索性活动。与会网络作家在亲切、轻松的对话氛围中,详尽地讲述各自的实际情况和业内见闻,从每个人的独特经验和角度表达了对网络文学的作者、读者、编辑,各种类型小说的特点与发展状况等的看法。与会各方都憧憬在全球一体化时代中,网络文学在中国文化和西方汉学家之间充当双向文化交流的桥梁。广东作协还举办了广东网络作家高级研修班,打造广东网络作家精英队伍,50位广东网络作家参加学习,邀请国内著名专家学者、作家授课。

7月19日,经过一年半的推荐和初评工作,首届"西湖·类型文学双年奖"进入终评。双年奖是国内首个面向华语网络文学和类型小说的文学大奖,由浙江省作协、中共杭州市委宣传部、中国作协《文艺报》、杭州师范大学等主办。小桥老树《侯卫东官场笔记》、唐浚《男人帮》、流潋紫《后宫·甄嬛传》、六六《苏小姐的婚事》、桐华《步步惊心》、龙一《借枪》等20部作品进入终评。

7月19日,中国互联网络信息中心在北京发布《第30次中国互联网络发展状况统计报告》。报告显示,截至2012年6月底,中国网民数量达到5.38亿,增长速度更加趋于平稳;手机网民规模达到3.88亿,手机首次超越台式电脑成为第一大上网终端。

7月19日,"2012中国数字出版年会"在北京国际会议中心召开。这是由新闻出版总署作为支持单位、中国新闻出版研究院主办、中文在线和北京希普思文化咨询公司承办的年会,主题是"数字出版:新发展、新举措、新期待"。

7月24日,孙佳山在《文艺理论与批评》上发表《多重视野下的〈甄嬛传〉》。文章呈现了中国艺术研究院马克思主义文艺理论研究所当代文艺批评中心主办的第12期"青年文艺论坛"的主要内容,集中讨论了以《甄嬛传》为代表的"宫斗剧"以及启蒙、价值观、当代社会等相关问题。

7月27日,盛大文学在上海第十届ChinaJoy上举办"从网文到网游——网络娱乐时代巅峰对话"活动。游戏公司代表、文学网站负责人以及网络作家齐聚一堂,就"网文改网游"现象进行了讨论。

7月,今何在的《西游日记》由湖南文艺出版社出版。

7月,天籁纸鸢的《夏梦狂想曲》由时代文艺出版社出版。

8月15日,为期一周的"2012上海书展暨书香中国"上海周隆重开幕。国内最大的社区驱动型在线文学平台盛大文学参与了此次书展,并携旗下各大品牌共同为书迷打造了一场文化盛宴。盛大文学在本次上海书展中,举办了一系列活动。其中,起点中文网在上海书展期间,为全球色彩心灵大师上官昭仪的新作"色彩心灵三部曲"——《天使幸运色》《寻找灵魂光线》《色彩与冥想》及著名音乐人姚谦的《脚趾上的星光》分别举办了新书发布仪式。红袖添香携旗下知名网络作家参加书展,并举办了"红袖添香出版影视网络小说推介会"。在推介会上,红袖添香带来《大姑子北北小姑子南》《盛夏晚晴天》《空姐小花》《豪门长媳18岁》《大寰好:许我倾室江山》《美人谋》等多部超人气作品。盛大文学华文天下则将重点活动放在儿童文学方面。在此次书展中,华文天下邀请上海作协专业作家、儿童文学作家叶永烈,儿童文学作家、儿童阅读推广人滕婧等知名人士,分别举办主题为"写作的秘密""好书胜过好老师"的讲座活动,与读者朋友面对面互动交流。

8月30日,盛大文学云中书城白金书评人招募活动截止。活动吸引了近9 000名作者参与,收集了近17 000篇书评作品,最终选出了30位白金书评人,其中,《武动乾坤》《天才相师》《神印王座》等热门小说得到的评价最多。

8月,唐七公子的《华胥引》(2012年新版)由湖南文艺出版社出版。

9月6日,盛大文学旗下天蚕土豆、我吃西红柿、唐家三少等百位作者发表联合声明,呼吁百度、360等搜索引擎应积极保护著作权人合法权益。声明中列出了数条诉求:降低搜索引擎中盗版网站的权重;希望文学分享类频道设立前置审核机制;切实履行通知删除的法律责任。

9月7日,由中国少年儿童新闻出版总社出版发行,著名作家高洪波、金波等参与创作的《植物大战僵尸》系列图书发行突破500万册。同一天,以探究"网游图书热销现象背后的秘密"为主题的研讨会在中少总社举行,多位著名儿童文学作家、教育专家聚集一堂,共同探讨如何让孩子从热爱游戏变成爱上阅读。

9月21日,2011—2012年国家文化出口重点企业和重点项目名单揭晓。网络文学以数字出版的形式首次进入国家订单集中出口,成为中国文化对外输出的重要产品。

9月,由欧阳友权主编、中南大学网络文学研究团队编撰的中国第一部《网络文学词典》正式出版发行。该书力求把网络文学研究从草根的、海量的、碎片化的、微文本化的、个体化的批评状态,修正到专业的、系统的、学理的研究体系中来,以其权威性建构起网络文学研究与批评的框架、术语,整合成一种"网络文学批评范式"。该书按照词条主题性质,分为网络术语、网络文学概念、网络文学站点、网络写手与群体、网络写作软件、网络文学作品与文类、网络文学语言、网络文学产业、网络文学研究、网络文学事件、网络流行语等11个大类,共收词条1 081条,对当时涉及的网络文学相关概念尽量收录,力求词典客观反映网络文学发展实际,全面涵盖网络文学各种现象与问题,以构建网络文学整体的概念和知识体系。同时,该书对含义相近的相关概念进行了科学取舍。

9月,寂月皎皎的《云鬟花颜之风华医女》由青岛出版社出版。

10月10日,采薇言情网成立。该网站是常州翰墨飘香网络科技有限公司旗下的一家原创言情小说网站,凭借丰富的小说内容和清新的网站设计风格,吸引了很多女性读者。

10月22日,中国作协通过了2012年度重点作品扶持项目,其中刘晔(骁骑校)的《春秋故宅》、张院萍(院萍)的《风吹草动》、沙爽的《深的蓝,浅的蓝》、叶春萱(红茶叶)的《官场风云30年》、胡冰玉(白槿湖)的《新式8090婚约》、陈锦文(神七)的《晋升》共6部网络文学作品得到中国作协扶持。《命门》(作者:年志勇)、《双城生活》(作者:三十三)、《挽婚》(作者:毕蓬勃)、《王南瓜的打工生活》(作者:侯平章)、《我本多情》(作者:梅静)、《香之城》(作者:米问问)、《不易居》(作者:月斜影清)、《碑痕》(作者:童行倩)、《浮华都市》(作者:万万)、《弹如流星》(作者:拔剑东门)、《河东旧梦》(作者:冷羽轻寒)等11个项目获得全国网络文学重点园地联席会议扶持。

10月25日,盛大文学与百度、搜狗、奇虎360、腾讯搜搜四家搜索引擎公司签署《维护著作权人合法权益联合备忘录》。

10月25日,以"文学改编影视第二次浪潮"为主题的论坛在北京召开。盛大文学CEO侯小强、知名导演李少红、编剧王宛平以及电影《搜索》原作小说作者文雨出席,就"网络文学改编影视"展开了讨论,并对当下网络小说多次被影视化的现象定义为"第二次浪潮"。

10月,风君的《网络新新词典》由新世界出版社出版。本书对中国互联网时代出现的各种新词进行分门别类,解释了打酱油、吐槽、萝莉等多个热词的词义、来源等。全书眉目清晰,方便检索和查找,生动地呈现了当时网络世界的现状。各种流行词汇、五花八门的人物事件,展示了人们生活的方方面面,是网络社会的缩影。

10月,唐七公子的《三生三世十里桃花》由湖南文艺出版社出版。

11月15日,第六届老舍散文奖在北京揭晓。获奖作品分别为:阎纲的《孤魂无主》、陈奕纯的《月下狗声》、凸凹的《山石殇》、马语的《一言难尽陪读路》、王十月的《父与子的战争》、耿立的《谁的故乡不沉沦》、毕淑敏的《马萨达永不再陷落》、凌仕江的《西藏的石头》、韩小蕙的《面对庐山》、雪小禅的《风中的鸟巢》。此次颁奖采取网络"微直播"方式,革新了国内文学奖的传统颁奖形式。在颁奖过程中,嘉宾还与网友就文学欣赏和创作等问题互动交流,气氛热烈。

11月15日,欧阳友权在《湘潭大学学报(哲学社会科学版)》上发表《新媒体文学:现状、问题与动向》。文章认为,新媒体文学的"海量神话"创造了当时中国巨大的文化关注,导致文学格局的重新洗牌,新媒体文学面临着"海量"与"质量"的落差、自由写作中承担感的缺失、类型化文学生产的过度膨胀,以及"艺术正向"与"市场焦虑"的矛盾等难题。而传统文学与新媒体文学相互交流、抱团取暖,文学产业链的日渐成型,市场竞争、寡头垄断引发的"去草根化"趋势加剧,让新媒体文学呈现出新的发展动向。

11月15日,禹建湘在《湘潭大学学报(哲学社会科学版)》上发表《网络文学产业化的文学征候》。文章认为,网络文学产业化推动了文学征候的变化,导致网络文学的商业写作成为主流,网络写作更新速度加快,主体间性更加凸显,读者的付费阅读成为新的时尚,而这些变化将引领文学观念的重组。

11月15日,吴华、段慧如在《湘潭大学学报(哲学社会科学版)》上发表了《文学网站的现状和走势——基于五家著名文学网站的实证考察》。作者从网站内容、栏目设计、排行统计等方面对起点中文、榕树下、红袖添香、晋江文学城、幻剑书盟等中国大陆著名文学网站进行调查,分析出文学网站的商业嬗变使得文学呈快餐化倾向。

11月15日,宋玉书在《文艺争鸣》上发表《网络文学:商业写作中的自由折翼》。文章认为,商业化写作损害了网络文学的自由精神,让网络文学成为商业资本逐获的猎物、写作者赚钱谋生的方式。这种商业化的网络文学不仅迎合流行时尚的文学想象,还会影响公共阅读和社会审美。

11月19日,唐家三少的玄幻类异界大陆小说《神印王座》在起点中文网上连载完结。小说内容为在一个道魔林立的时代,少年龙皓晨为救母加入骑士圣殿,奇迹、诡计不断在他身上上演。他凭借自己的努力,终于登上象征着骑士最高荣耀的神印王座。

11月26日,《华西都市报》独家发布了由媒体人吴怀尧团队制作的"2012第七届中国作家富豪榜"全新子榜单——"网络作家富豪榜"。这是中国作家富豪榜首次列出"网络作家富豪榜",唐家三少凭借版税3 300万元登上榜首,我吃西红柿与天蚕土豆分别以版税2 100万元、1 800万元位居第二、第三。骷髅精灵、血红、梦入神机、辰东、耳根、柳下挥、风凌天下、跳舞、鱼人二代、苍天白鹤、高楼大厦、无罪、月关、天使奥斯卡、忘语、猫腻和打眼等人分列榜单第4~20位。收入总金额高达1.7亿元人民币。"网络作家富豪榜"记录了中国网络作家从2007年到2012年,其作品产生的版税及相关授权所得的总和。网络作家的收入除了在线和无线,通过读者点击阅读其作品获得收益以外,还会产生相关收益,如授权简体繁体纸质出版、影视和网游改编等。在此次"中国网络作家富豪榜"20人榜单中,80后构成了网络作家富豪的主体。没有一人在40岁以上,35岁以上的只有月关、苍天白鹤、天使奥斯卡和忘语4人,其余16人年龄均在33岁以下,1980年以后出生者14人,最年轻的天蚕土豆1989年出生,90后的身影尚未出现。在2011年发布的"第六届中国作家富豪榜"上,网络作家并未单列,而是和传统作家混合在一起,其中包括位列第二的南派三叔(1 580万元)、位列第五的安妮宝贝(940万元)、位列第八的当年明月(575万元)和位列第十四的桐华(290万元),以及何马、小树老桥、李可等8位网络作家。

11月,黑色火种的《地狱公寓》由中国戏剧出版社出版。

12月4日,湖南省网络信息办公室联合湖南省原创文学艺术界联合会和湖南省作协主办的"潇湘杯"网络原创文学创作大赛正式启动。比赛旨在挖掘优秀原创文学作品及写作人才,营造健康向上的网络文化氛围,满足大众文化需求。

12月8日,起点中文网获得了出版业"最具商业价值网站"奖,其在出版业界的价值获得肯定。

12月11日,中国香港地区著名玄幻武侠宗师黄易入驻起点中文网。这成为传统文学和网络文学接轨的标志。传统文学大师黄易非常认可网络文学门户这一平台,并且选择了在起点中文网上发布自己的最新作品。黄易和所有起点中文网作者一样,需要每日更新新书章节、享受同样的"微支付"分成模式、参与起点中文网的各种榜单评选以及接受读者粉丝的评论和打赏。

12月15日,白烨在《戏剧文学》上发表《混合形态的新型文学——浅析新世纪文学的三大特点》。文章认为,当时的文学创作已经形成了以文学期刊为主导的传统型文学、以商业出版为依托的市场化文学(或大众文学)、以网络媒介为平台的新媒体文学(或网络文学)的新格局。文学的环境与氛围的变异,文学的生产与传播的转型,使得21世纪文学正成长或变异为一种混合形态的新型文学,其基本特点为繁盛性、新异性与延展性。

12月25日,榕树下在北京举办了15周年的庆典活动,公布了"2013年榕树下千万福利计划",同时也正式发布了榕树下首款手机客户端软件——"榕树下故事会"。这意味着榕树下正式进军无线阅读市场。榕树下还宣布开始实施收费阅读计划。这标志着榕树下实行十余年的免费阅读制度正式停止。

12月,天籁纸鸢的《奈何》由中国华侨出版社出版。

12月,我吃西红柿的《盘龙》由太白文艺出版社出版。

12月,辛夷坞的《蚀心者》由江苏文艺出版社出版。

2013 年

1月5日,国庆祝在《学术交流》上发表《西方网络文学的起源、发展与基本类型》。文章从西方网络小说的起源、发展历程以及基本的文本范式等多个方面进行分析,为国内外网络文学研究提供新的视角。

1月9日,起点中文网副总经理罗立宣布离职。

1月9日,盛大文学授权的经典网络文学作品《鬼吹灯》电影版正式宣布启动,由万达影视投资制作,陈国富监制、乌尔善执导,2013年下半年开拍。

1月10日,国务院公布了新修改的《中华人民共和国著作权法实施条例》,自2013年3月1日起施行。

1月11日,新华悦读正式上线。这是新华网联合中文在线共同开发的数字阅读平台。

1月14日,由新华网与中国图书商报社跨媒联合主办的"2012年度中国影响力图书"评选活动在北京举行。在新华网为期一个月的投票过程中,先后有725万人次参加网络投票,最后产生"2012年度中国影响力图书"。由浙江文艺出版社出版的网络小说《后宫·甄嬛传》名列"2012年度中国影响力图书·小说类"(10种)榜单中。

1月15日,第六届网络文学作家培训班开班仪式在北京举行。各文学网站推荐的44位作家接受了系统培训。

1月22日,由宗昊的网络小说《小儿难养》改编的同名电视剧,在湖南卫视金鹰独播剧场首播,收视率居全国同时段第一。在网络上由搜狐视频独播,播出11天后点击量成功破亿,打破了此前《裸婚时代》创下的12天破亿纪录。

1月28日,根据雪灵之的小说《殇璃》改编的电视剧《倾城绝恋》,在江苏卫视和陕西卫视首播。

1月,天下霸唱的《河神1·鬼水怪谈》由安徽人民出版社出版。

1月,天下霸唱的《鬼不语1·仙墩鬼泣》由湖南人民出版社出版。

2月3日,由中文在线旗下17K小说网发起的首届网络文学联赛成绩揭晓。此次比赛首次把"导师机制"引入网络文学中,邀请了包括酒徒、烟雨江南、骁骑校、失落叶、求无欲、鱼歌、纯银耳坠、过路人与稻草人、黑夜de白羊、sky威天下等10名超人气"网文大神"作为首届联赛的导师,采取导师带学员的形式进行比赛。该活动被媒体誉为和《中国好声音》相提并论的"中国好小说"。经过多重赛制的角逐,17K小说网新人"江山与美人""三王柳""那边般若"分别凭借作品《网游之江山美人》《霸宋西门庆》《绝品全才》荣获比赛的前三名。

2月7日,欧阳友权在《学习与探索》上发表《网络类型小说:机缘与困局》。文章分析了网络类型小说的特点与繁盛的原因,指出网络类型化长篇小说存在的三个"短板":一是商业利益的驱动以及资本最大化对文学品质的遮蔽和文学责任的回避,形成了类型小说数量与质量的落差;二是签约写手的功利心态和期待"招安"的焦虑感,造成"阅读拜物教"式的点击率崇拜;三是众多类型小说表现出"注水写作"越拉越长的倾向。

2月7日,聂庆璞在《学习与探索》上发表《网络超长篇:商业化催生的注水写作》。文章指出,网络小说写作的注水现象一部分是商业原因,另一部分是网络小说类型写作本身所导致的。文章同时分析了精品化模式对于改善这种注水现象的局限性与可能性。

2月15日,禹建湘在《中州学刊》上发表《新媒体冲击下文学的悖反式存在》。文章指出,在新媒体语境中,文学的存在方式发生了显著变化,呈现出五种悖反式的征候:主体彰显与主体间性共存,超级长篇与文学零食齐飞,网络写手与传统作家互渗,线上收费与实体出版共享,小说改编与先影后文互动。而这充分表明,新媒体的作用不仅仅表现在对文学生产与消费的释放,更重要的是重新建构了文学的存在方式。

2月15日,周志雄在《浙江社会科学》上发表《关于网络文学入史的问题》。文章指出,网络文学入文学史虽有其必要性与必然性,但同时也面临着诸多问题,譬如网络文学领域缺少作家论、作品论的支撑;网络文学写作不是朝着经典化方向走的;网络文学自身的合法化问题;等等。

2月16日,小说网站潇湘书院知名作者秦简的《锦绣未央》被网友爆出涉嫌抄袭。7月31日,网友在微博大量贴出《锦绣未央》抄袭的证据,并引起广泛传播,但秦简对此否认。8月,网友制作了调色盘进行抄袭对比。秦简回应称自己只是借鉴模仿了一些描写,拒不承认抄袭。同月,《锦绣未央》已签约改编影视。

2月,南派三叔的《沙海:荒沙诡影》由新世界出版社出版。

2月,桐华的《长相思》由湖南文艺出版社出版。

3月1日,"云中上图"阅读应用触屏版上线内测。这是由盛大文学与上海图书馆共同开发、为读者提供借阅服务的移动端借阅平台。读者可以使用上海图书馆读者证登录"市民数字阅读门户",选择"网络文学"板块,即可与盛大文学通行证绑定,选择喜爱的网络文学作品,进行免费借阅。

3月5日,全国"扫黄打非"工作小组办公室发出通知,部署从3月上旬至5月底在全国范围内开展网络淫秽色情信息专项治理"净网"行动,以整治网络文学、网络游戏、视听节目网站等为重点,抓源头、打基础、切断利益链,网上与网下治理相结合。

3月6日,起点中文网核心团队集体提出辞职,创始人吴文辉和20多名核心中层出走,在业界引起震动。

3月22日,唐家三少、我吃西红柿、天蚕土豆、骷髅精灵四位作家参加了湖南卫视的《天天向上》节目。这是网络作家第一次露面知名综艺节目。

3月30日,由浙江省作协、文艺报社、中共杭州市委宣传部、杭州师范大学共同主办的首届"西湖·类型文学双年奖"颁奖仪式在杭州举行。首届"西湖·类型文学双年奖"共颁出金奖1名、银奖4名、铜奖10名。刘慈欣凭借科幻小说《三体》摘得金奖。获得银奖的作品为张大春的《城邦暴力团》、流潋紫的《后宫·甄嬛传》、猫腻的《间客》、龙一的《借枪》。获得铜奖的作品为桐华的《步步惊心》、李可的《杜拉拉升职记》、赵瑜的《海瑞官场笔记》、孔二狗的《黑道悲情》、小桥老树的《侯卫东官场笔记》、唐七公子的《华胥引》、杨少衡的《两代官》、蔡骏的《谋杀似水年华》、阿越的《新宋》、李西闽的《腥》。

3月,打眼的《天才相师》由北方文艺出版社出版。

4月1日,全国"扫黄打非"工作小组办公室、国家版权局在北京共同启动"绿书签行动2013",揭开迎接"4·26"世界知识产权日系列公益宣传活动的序幕。著名青年钢琴家郎朗受邀担任绿书签形象大使,发出"拒绝盗版,拥抱梦想"的倡议。绿书签活动主办方以"拒绝盗版,拥抱梦想"为主题,希望通过发放绿书签、签名加入"绿书签行动"、集中销毁侵权盗版出版物、在网络上传递绿书签等形式,让公众深刻认识到拒绝盗版、保护知识产权对于营造绿色健康的文化环境,对于保护民族创新力,实现文化强国的重要性,并为此做出自己的贡献。越来越多的网站加入"绿书签行动"的队伍中来,包括盛大旗下的各个文学、游戏、视频等网站也积极参与绿色行动。

4月11日,盛大文学成立编剧公司。这是国内首家编剧培训公司,初衷在于推动网络小说作家转型成为编剧,助力盛大旗下文学作品的影视改编。

4月20日,"第二届塔读文学原创作家年会"在北京举行。此次年会的主题为"创新,个性,品位",有近百位网络文学作家参加,塔读文学总经理郭佩琳、总编栗洋与星辉、青狐妖、心在流浪、淡墨青衫、百世经纶、楚惜刀等众多知名新老作家齐聚一堂。会议还宣告"首届新人王原创小说大赛"正式启动,此次活动将重点扶植新人新作,包括热门分类下的新风格创作,同时也积极探索在科幻、短篇、军事、人文等小众分类下的创新。

4月25日,根据柳晨枫的小说《盛夏晚晴天》改编的同名电视剧,在江苏卫视播出。

4月26日,由辛夷坞的网络小说《致我们终将腐朽的青春》改编的电影《致我们终将逝去的青春》在中国内地上映。影片先后获得第33届香港电影金像奖最佳两岸华语电影、第29届中国电影金鸡奖最佳导演处女作等奖项。

5月6日,起点中文、红袖添香、小说阅读、榕树下、潇湘书院、晋江文学城、幻剑书盟、铁血、千龙社区、新浪读书等多家知名文学网站共同承办了由北京市互联网宣传管理办公室、首都互联网协会主办的"2013互联网文化季"活动。该活动以"创意网络,美好生活"为主题,同步征集网络长篇小说大赛作品和网络短篇小说大赛作品。

5月7日,《山东文学》《齐鲁晚报》以及搜狐、腾讯共同主办的"中国第二届网络文学大奖赛"正式启动。大赛邀请莫言担任大赛评委会荣誉主席,评委包括全国知名评论家雷达、陈晓明、吴义勤、周星、张清华等人,知名网络作家唐家三少也在评委之列。

5月8日,第四届"信风杯"全国高校文学大赛颁奖典礼在中国信息大学举办。此项大赛是中国信息大学信风文学社在2009年开始策划实行,以征文形式举办的大型比赛。2012年10月,本届大赛开始筹备,以"爱"为主题,邀请广大高校学子以小说、散文、杂文或诗歌的形式,对世间真情、爱的内涵进行诠释、抒发、赞美和思考。

5月9日,河北省网络文学创作座谈会在石家庄召开。应邀参加会议的北京有关专家、网络作家和文学网站负责人与河北的20余位网络作家进行了座谈交流。与会者分析了网络文学的发展态势,并对网络文学创作和传播中存在的问题提出了各自的看法。

5月14日,盛大文学CEO侯小强带领起点中文网新管理层首次公开亮相,称起点已经在三周时间内完成了空编补充,并对新成员进行了强化培训和晋升。作为新管理层上岗后的首次举措,起点同时宣布斥资亿元人民币全面升级作者福利,包括基本收入保障、医疗保障、奖励制度、收益分成等方面都有所提升,覆盖起点中文网70万作者群。

5月15日,欧阳友权在《求是学刊》上发表《当下网络文学的十个关键词》。文章总结了作品海量、类型写作、影视改编、互动交流、全版权、反盗版、去草根化、网络批评、排行榜及网络语文等网络文学关键词,展示了当时网络文学发展的基本面貌。

5月17日,中文在线旗下17K小说网举办七周年庆典暨第六届作者年会。本届年会的主题是"网络文学中国梦",骁骑校、鱼歌、纯银耳坠等多位知名作家出席。在会上,17K小说网正式发布"数据盒子",对全站作者公开其作品的全部后台数据,如最近一段时间内全本及各章节的订阅情况,贵宾票、鲜花、点击、收藏数量等。这也是业内第一家对作者公开后台数据的网络文学原创网站。

5月18日,由中国作协和广东作协联合主办的广东网络文学研讨会在北京召开。白烨等12位评论家与来自广东的6位网络作家现场对话交流,对网络文学作品进行了深入研讨。

5月22日,根据多一半的小说《唐朝好男人》改编的同名电视剧,在乐视视频独家首播。

5月29日,起点中文网创始人罗立被刑拘,原因是盛大文学举报罗立涉嫌违规经济行为。据说,罗立被捕是涉嫌在版权交易中受贿20万元。

5月30日,由起点中文网原创团队创立的创世中文网正式上线。这一原创文学门户网站与腾讯联手,以网络小说为主要经营内容,提出了"创造(网络文学)新世界"的口号。

5月,意千重的《世婚之再嫁公子》由北方文艺出版社出版。

5月,辛夷坞的《晨昏》由江苏文艺出版社出版。

5月,唐家三少的《狂神》由湖南少年儿童出版社出版。

6月1日,凤凰读书频道推出了以"追寻文字之美,雕琢阅读时光"为主题的凤凰网首届原创文学大赛。本次大赛邀请李敬泽、葛红兵、邱华栋、阿乙、李西闽、十年砍柴、盛可以、唐朝晖、马铃薯兄弟等知名作家和评论家,天下霸唱、猫腻、新垣平、潇湘冬儿、林千羽、翔尘、寂月皎皎、却却等知名网络作家,以及出版方总编辑、主编、资深编辑等,作为大赛评委。大赛分为五个赛区,分别是"互联网文化季""非虚构作品""男性作品""女性作品""故事"赛区,征集作品涵盖多种体裁、多个类型。

6月8日,起点中文网推出《网络原创文学写作指南》。开篇称这份"指南"是网络文学界的"武学总纲",旨在帮助更多身怀写作梦想的人少走弯路,并期待迎来网络原创文学的大航海时代。该文的内容主要是翔实细致的基础写作常识,具有教材性质。

6月8日,百度多酷文学网上线。这意味着互联网巨头百度正式涉足网络文学市场。

6月18日,由上海作协、萌芽杂志社等单位主办的第二届"会师上海·90后创意小说战"正式启动。

6月19日,中国作协公示了2013年拟发展会员名单。作家李娟、苏小懒、网络写手流潋紫、桐华,学者梁鸿、张清华、陆建德等人都名列其中。中国作协新闻发言人陈崎嵘表示,网络人气作家共申报52人,通过了16人。杨慎东(笔名"辰东")、王小磊(笔名"骷髅精灵")、林俊敏(笔名"阿菩")等网络作家入选。

6月,大力金刚掌的《茅山后裔》由太白文艺出版社出版。

7月1日,新浪将读书频道进行拆分,并与新浪微读书和微漫画频道进行整合,成立新浪文学公司。

7月1日,根据美良的小说《新剩女时代》改编的电视剧《非缘勿扰》,在CCTV-1第一情感剧场首播。

7月1日,欧造杰在《当代文坛》上发表《论网络穿越小说的穿越性特征》。文章从穿越的原则、穿越的类型、穿越的方法、穿越的时空、穿越的结局五个方面分析论述了穿越类型小说的特征。

7月5日,由中国作协创研部、全国网络文学重点园地工作联席会议共同主办的"青年创作系列研讨·类型文学的现状与前景研讨会"在北京召开。来自高校、科研机构的文学评论家、研究类型文学方面的专家、学者近30人参加了研讨。欧阳友权、吴岩、陈福民、叶军、何弘等评论家就网络类型小说的源流、发展以及特点等问题展开了深入的探讨。

7月8日,第五届中国数字出版博览会在北京举行。本届数博会以"科技融合出版、技术提升业态"为主题,综合反映了我国数字出版行业总体面貌和总体概况,全面展示了我国数字出版领域最新技术、成果、产品和服务。

7月9日,盛大文学的"新机遇,新战略"发布会在北京召开。盛大文学在发布会上宣布,已融资1.1亿美元开启新的开放战略与移动战略。开放战略的一个举措是开放平台,给作者自主上架销售的权利,另一举措是完善起点作者的收益模式。新移动战略则是对旗下各移动端产品进行战略重组,提升阅读体验、提升付费便捷性,同时将通过内容发现与推荐引擎为用户找到图书,为图书找到用户,将移动渠道打造成绝对领先的移动互联网阅读军团。

7月19日,中国作协副主席、书记处书记陈崎嵘在《人民日报》上发表《呼吁建立网络文学评价体系》。他呼吁更多有识之士,关注网络文学现状,建构网络文学评价体系。

7月26日,由中南大学文学院牵头的"中国文艺理论学会网络文学研究会"在拉萨成立。该研究会是挂靠于国家一级学会中国文艺理论学会之下的二级分会,是国内首家关于网络文学研究的全国性学术组织。会议选取全国著名网络文学研究专家、中南大学欧阳友权教授为会长,禹建湘教授等为副会长,欧阳文风教授为秘书长。

7月27日,根据兰若小倩的小说《棋逢对手》改编的同名电视剧,在河北卫视、厦门卫视播出。

7月,梦入神机的《阳神1·侯府风云》由同心出版社出版。

8月8日,第二届"会师上海·90后创意小说上海战"落幕。著名作家苏童现身颁奖礼,与《收获》执行主编程永新共同宣布本届大赛的一等奖得主。来自长沙的90后学生谭帅从60位参赛者中脱颖而出,一举夺魁。

8月12日,因梦入神机和烽火戏诸侯之间的月票榜之争,纵横中文网的网友人品贱格为梦入神机的《星河大帝》打赏了1亿纵横币(价值100万元人民币),直接由百万盟主成为亿万盟主,创造了网文界打赏金额新纪录。不久,烽火戏诸侯作品《雪中悍刀行》也获得了粉丝集资打赏的文学界第二个"亿盟"。

8月14日,百度与网龙公司签署最终协议,收购网龙公司旗下的91无线全部股权,91熊猫看书归入百度旗下。

8月19日,创世中文网开启VIP付费系统。该VIP系统上线仅两周,创世中文网的日收入即超过10万元人民币,成绩惊人。

8月23日,盛大文学与七星电影战略合作发布会暨中西电影制片人论坛在北京举行。在发布会上,盛大文学首席执行官侯小强代表盛大文学与欧美两大顶级制片人——好莱坞传奇式制片人阿维·阿拉德、欧洲第一金牌独立动作制作人皮埃尔·安·勒·伯盖姆以及七星电影,共同宣布建立深度战略合作伙伴关系。据了解,盛大文学将启动小说选秀项目,为此次达成战略合作的两位顶级金牌制作人提供适合影视改编的文学作品,并共同出资拍成电影发行于国内及海外市场。按照协议,盛大文学首期提供了《大主宰》《星辰变》《斗罗大陆》《全职高手》等20部优秀网络小说。

8月25日,黎杨全在《文艺争鸣》上发表《"女扮男装":网络文学中的女权意识及其悖论》。文章认为,网络文学中盛行的女强文、女尊文以及耽美文,都呈现出"女扮男装"的丰富意味,表现出一定的女权意识,同时在追求女性的强大、权力与自主性的过程中,却仍然遵循的是男权社会的文化逻辑,未能超越男女对立的二元思维模式。

8月,半壁江中文网和明月阁小说网被北京精典博维文化传媒全资收购,开始全力向数字出版领域进军。以半壁江中文网和明月阁小说网为主的精典博维互联网事业部,拥有包括莫言、麦家、安妮宝贝、阎连科等中国一线作家资源。

8月,意千重的《良婿1·盛世浮华》由重庆出版社出版。

9月1日,周冰在《当代文坛》上发表《网络文学写作:商业化诉求中的财富梦想与现实》。文章关注网络作家的生存现状,认为网络文学虽然创造了小部分写作者的财富神话,但实际上摧毁了更多写作者的掘金之梦。少数网络作家富豪的风光,无法掩盖多数写作者的"汗和泪"。

9月10日,腾讯在北京召开"文学新生态,成长大未来"腾讯文学战略发布会,正式推出腾讯文学。腾讯文学是腾讯公司为广大用户打造的一站式文学阅读平台,是腾讯互娱旗下重要的"泛娱乐"业务之一。该平台拥有以男性阅读为主的创世中文网和主打女性市场的云起书院,移动端应用QQ阅读和触屏网站QQ书城两大移动阅读产品,以及以手机QQ阅读中心为代表的综合内容拓展渠道。腾讯文学还成立了由诺贝尔文学奖得主莫言以及著名作家阿来、苏童和刘震云组成的"腾讯文学大师顾问团",与四位大师达成数字版权引进等多项合作。

9月13日,由小说阅读网协办的杂志——"中文网络原创文学第一刊"《起点》正式亮相。《起点》是国内第一本以原创网络小说为核心主打内容的青春文学杂志,包含盛大文学旗下起点中文网、小说阅读网、榕树下等文学网站的优质作品资源。

9月,寂月皎皎的《莲上仙》由北京联合出版社出版。

10月1日,创世中文网与网易云阅读达成战略合作。网易云阅读将开通创世中文网作品专区,第一批将入选《魔装》《终极战争》《机甲天王》《天才收藏家》《妙医圣手》等多部作品。

10月8日,根据朱朱的小说《到爱的距离》改编的同名电视剧,在山东卫视影视频道首播。

10月10日,人民网完成对成都古羌科技有限公司69.25%股权的收购,全面向网络文学领域进军。

10月11日,由文化部主办,中国动漫集团承办的第十一届中国国际网络文化博览会在北京展览馆开幕。本届网博会推出的中国网络文化高峰论坛和首届国际移动游戏大会,围绕着当时网络文化产业的前沿话题和新政方针展开讨论,并发布网络文化相关行业权威数据。同时,中国网络文化盛典和"宝鼎奖"网络文化产品评选活动也在同期举行。此次"宝鼎奖"参评作品的范围,涵盖网络游戏、网络动漫、网络音乐、网络阅读等主要网络文化领域。

10月14日,由业界资深网络文学团队精心打造的创世中文网,与DNF游戏合作推出了首届全球DNF文学大赏活动。此次合作是创世中文网首次推出的泛娱乐全产业征文活动,旨在发掘并运作出一批卓越网络作家,并尝试作品在出版和影视改编的全方位拓展。活动评委阵容颇为豪华,包括知名游戏制作人、文学内容专家、影视制作人、出版人及知名畅销作家。杨晨、党勇、侯淼、李兵、马中骏、江南、丰盛、三戒大师、录事参军等名列其中。参赛作者要求围绕DNF游戏的故事设定进行创作,优胜作品将被出版。

10月23日,起点中文网白金作者鱼人二代在上海松江大学城举办了首场大型官方书友会。鱼人二代在活动现场讲述了自己的创作历程。同时,起点中文网还邀请了来自校园的明星剧团"梦工厂"出演了根据鱼人二代作品改编的话剧《校花的贴身高手》。鱼人二代还走上程曦讲坛,与粉丝分享了"文学与梦想",成为继著名编剧于正、西门子总经理沈扬等之后,登上程曦讲坛的网络文学作家。

10月26日,根据蓝小汐的小说《成全了自己的碧海蓝天》改编的电视剧《未婚妻》,在湖南卫视第一周播剧场首播。

10月30日,据十三春的小说《重生豪门千金》改编的电视剧《千金归来》,在东方卫视梦想剧场首播。

10月30日,网络文学大学在北京宣告成立。这是在中国作协的指导下,由中文在线发起成立,并联合17K小说网、纵横中文网、创世中文网、逐浪小说网、塔读文学网、熊猫看书、百度多酷文学网、3G书城、铁血读书、17K女生网、四月天小说网等知名原创文学网站共建,为全国网络文学作者提供免费培训的中国首家公益性大学,由莫言担任名誉校长。

10月31日,小米公司推出一项新的网络服务——小米网络文学平台,由多看科技运营。第一批接入小米文学平台的版权文学网站包括新浪读书、永正图书、百度多酷、晋江文学、红袖添香、岳麓小说、幻剑书盟等。

10月,意千重的《再嫁豪门》由北方文艺出版社出版。

10月,寂月皎皎的《君临天下》由青岛出版社出版。

10月,打眼的《宝鉴》由文心出版社出版。

11月1日,由沈阳市作协主办的盛京文学网正式开通。

11月4日,北京作家协会成立了网络文学创作委员会,成员有唐家三少、辰东、唐欣恬、宋丽晅、毕建伟、蝴蝶蓝、百世经纶、雁九、谢思鹏等作家、评论家20余人。

11月6日,黑龙江作家网正式成立。这是由中共黑龙江省委宣传部、黑龙江省作协主办的黑龙江省作协官方网站。

11月20日,根据桐华的小说《被时光掩埋的秘密》改编的电视剧《最美的时光》,在湖南卫视播出。

11月29日,由全国网络文学重点园地联席会议组织召开的"起点中文网作品研讨会"在北京召开。大会邀请了白烨、欧阳友权、张柠、马季、郭艳、于爱成、庄庸、吴长青、桫椤、廖俊华10位专家参与作品评审,对月关的《醉枕江山》、鱼人二代的《很纯很暧昧》、打眼的《黄金瞳》、徐公子胜治的《地师》及柳暗花溟的《涩女日记》5部作品进行了点评。中国作协强调建立网络文学评价体系的重要性,在《光明日报》上发表6篇文章跟进讨论,目的是建立评判标准,让优秀的网络文学作品凸显出来,发挥引导和示范作用。

11月30日,根据九夜茴的小说《花开半夏》改编的同名电视剧,在湖南卫视播出。

11月,打眼的《秘藏》由四川文艺出版社出版。

12月3日,第八届中国作家富豪榜品牌子榜单——"网络作家富豪榜"发布。唐家三少以2650万元版税,登上状元宝座,天蚕土豆以2000万元版税位列榜单第二。另一位网络大咖血红,则以1450万元的版税,从2012年的第五位"杀"进榜单前三。

12月5日,《华西都市报》独家发布了"2013第八届中国作家富豪榜主榜"。幻想小说家江南以2550万元的年度版税收入成为万众瞩目的中国作家新首富,莫言和郑渊洁分别以2400万元、1800万元的全年版税收入位居第二、第三。

12月9日,由劳动报社与上海市作协联合主办的"2013·中国网络文学年度好作品"评选活动结果揭晓。《末日那年我二十一》《离魂记》和《诛秦——揭秘中国第一宦官赵高》获得优秀奖,《烽烟尽处》《股神来了》《神医世子妃》《混到中年》《凤月无边》《大官人》《云胡不喜》和《宰执天下》等8部作品获得佳作奖。本次活动组委会名誉主任、中国作协副主席叶辛指出,网络文学毫无疑问是一大潮流,但潮流之中有好东西也有泥沙,也希望这次活动能稍许缩小传统文学与网络文学的代沟。

12月12日,盛大文学发布公告,侯小强因身体原因,需要较长时间的专心治疗和休养,提出辞职申请。董事会批准侯小强辞去盛大文学CEO的申请,特聘其担任盛大文学高级顾问。

12月13日,由北京市文联主办、中国人民大学文学院协办、北京市文联研究部承办的"2013北京文艺论坛:网络与文艺"在北京召开。

12月14日,根据瞬间倾城的小说《烟火阑珊》改编的电视剧《烽火佳人》,在安徽卫视、深圳卫视、河北卫视首播。

12月17日,17K小说网与创世中文网签订战略合作协议,分别在版权、作者、培养和衍生等方面形成合作体系。战略协议共包括四项内容:①双方共同开展优质网络文学作品的优质版权合作,推动整个网络文学向精品化发展。②利用各自的优势,整合资源,共同挖掘优秀作品,投资开发游戏等衍生品,提升品牌知名度。③充分发挥各自版权保护优势,联合打击网络文学的盗版。

④共同推动网络文学作者和编辑的培训体系,为网络文学提供公平和开放的机会,提升网络文学的文学价值,进而推动整个行业的繁荣。

12月25日,我国第一个网络文学本科专业"文学策划与创作专业"在上海开设。该专业由盛大文学和上海视觉艺术学院联合创办,属于本科全日制艺术教育网络文学专业。该专业除了学习高校必修课程外,还开设了"小说与故事创作""网络文学史""网络文学策划""微电影剧作"等课程,课程教材将由业内专家及网络文学知名作家、盛大文学一线精英共同编撰,采取学分制教学模式,由王安忆、叶辛、唐家三少、我吃西红柿、天蚕土豆等担任授课老师。

12月27日,完美世界宣布签署一项协议,将完美世界经营的中文在线阅读业务的实体——北京幻想纵横网络技术有限公司(下称"完美文学")出售给百度。这一交易涉及总金额约1.915亿元人民币,用于完美文学的股权收购,以及偿还完美文学的借款。至此,百度在网络文学业务的布局逐渐显现——通过纵横中文网、91熊猫读书、多酷文学网、百度文库等产品的多点开花,覆盖PC、平板和手机终端,并将网络文学与视频、游戏、影视、社交等业务结合,在未来打造一条覆盖上下游的生态链。

12月30日,盛大文学为旗下作家唐家三少专门成立的网络作家工作室正式启动。盛大文学与旗下网络作家的此次深度合作,除了代表着盛大文学在整体作家服务及支持体系走向精耕细作,也标志着盛大文学一直标榜的全版权运营模式的全面升级。这个工作室将围绕唐家三少所有作品及其所有衍生版权,做一个清晰的梳理和整合战略规划。

12月30日,由新浪阅读、小说阅读网、起点中文网、榕树下、潇湘书院、晋江文学、红袖添香、铁血网、17K小说网、纵横中文网、创世中文网、中国网络文学联盟、幻剑书盟、腾讯文学、搜狐原创、塔读文学、百度多酷、大佳网、乐学轩等19家文学网站及门户网站阅读频道推荐了101部青少年喜爱的积极向上、充满正能量的网络小说,组成首都青少年喜爱的网络文学作品库。

12月30日,北京青少年网络文化发展中心在奥运大厦召开2013年首都青少年最喜爱的网络小说评选活动专家评审会。请专家评审委员会对各位专家推荐的作品实行票选,最终评选出了10部2013年首都青少年最喜爱的网络小说。它们分别是菜刀姓李的《遍地狼烟》、唐家三少的《光之子》、酒徒的《家园》、梦入神机的《星河大帝》、业余狙击手的《特战先驱》、空青的《南方的雨季：空青童话故事集》、雨魔的《兽王》、吴依薇的《请你看着我如何开始》、天下尘埃的《浣紫袂》、朱克恒的《返回地球的前身》。

12月，耳根的《求魔1·火蛮传说》由湖北少年儿童出版社出版。

2014 年

1月1日，创别书城上线，天蟾子出任总编。该平台确立了"内容＋平台＋终端＋应用＋渠道"的五环战略，是全国领先的网络文学原创和云阅读平台。该平台以想象力为主导，给予用户社交化云阅读平台服务，同步阅读的社交化阅读模式。

1月2日，纵横中文网 zongheng.com 域名易主百度。之前传闻收购价格在3亿~4亿元，百度公司最终以1.91亿元人民币的价格收购了原完美世界旗下的北京幻想纵横网络技术有限公司的纵横中文网。纵横中文网从成立开始，一年多的时间就进入中国网络文学网站前五强。

1月7日，全国首家省级网络作协"浙江省网络作家协会"宣告成立。主席曹启文，名誉主席麦家，副主席是夏烈、流潋紫、沧月、曹三公子、烽火戏诸侯、天蚕土豆、蒋胜男等学者和网络文学作家。

1月7日，唐家三少凭借《斗罗大陆》系列获得粉丝无数，迎来10年网文生涯的巅峰，诞生人生首个亿盟粉丝。

1月7日，国家新闻出版广电总局发布了《总局将加强网络文学出版引导和管理》的新闻，指出对网络文学的监督管理还存在薄弱之处，国家相关机构将积极付诸行动，加大对网络文学的监管，规范网络文学的出版秩序。

1月10日，"悦读中国梦——2014中国数字传媒和阅读产业创新大会"在北京举行。中国移动公司推出"和阅读"品牌，迅速引起关注，推出了"和阅读榜中榜"，其中月关的《醉枕江山》获年度最佳网络文学新作奖、若雪三千的《天才召唤师》获年度最佳女生原创奖、天蚕土豆的《大主宰》获年度最佳网络文学奖。国家新闻出版广电总局、中国作协、国信办、中国移动共同推出"2014悦读中国年"，推动数字阅读迈上新台阶，为读者提供更丰富的数字阅读体验。

1月25日，黄鸣奋在《文艺理论研究》上发表《从电子文学、网络文学到数码诗学：理论创新的呼唤》。文章认为，数码诗学涵盖了西方电子文学理论和我国网络文学理论等分支,它面临着计算主义崛起、Web升级和文化产业发展所带来的新挑战、新机遇。可以借鉴作为世界观的计算主义,对艺术本原、艺术分类等问题进行新的阐述;随着数码媒体的发展而更新网络文学的研究视野,将Web 3.0所体现的各种新趋势列入议事日程;关注后产业社会艺术生产呈现出大批量、个性化生产等特点,开拓数码诗学的创新思路。

1月25日,欧阳婷、欧阳友权在《文艺理论研究》上发表《网络文学的体制谱系学反思》。文章指出,网络文学对中国文论发展最为深刻的影响,在于让文学体制谱系出现技术改写或悄然置换。其突出表现为:从主体身份看,网络文学生产用普罗"草根"僭越了知识精英的文学话语权,创作范式上用自由写作颠覆既有的文学秩序,文学格局上以恒河沙数般作品存量遮蔽文学经典,价值认同上用传媒市场的商业导向对抗文学高度,而在观念传承上,则以"技术至要"搁置了传统文学的逻辑原点。

1月27日,盛大文学原CEO侯小强与释永信投缘,拜其为师,出家皈依佛门,法名"延舍"。他表示"我不管他人,只追随自己的内心"。

2月11日,我想吃肉的穿越小说《诗酒趁年华》开始在晋江文学城连载。该作品是具有代表性的女性成长类爽文,后来也登录中国移动和阅读进行连载,是有一定影响力的作品,居古言穿越类年度盘点排行榜第二位。

2月28日,17K小说网的著名作家烟雨江南跳槽,并携新玄幻题材小说《永夜君王》登录纵横中文网。该小说于3月1日在纵横中文网首发。

3月1日,作客文学网上线。打造全网首家基于以诚信、透明、公正为原则设立的完整经纪人运营体系,通过版权经纪人服务、自助式版权服务,可以做到高效发行,资深辅助。作家可通过该网站实现版权发行和挖掘。

3月1日,耳根的仙侠小说《我欲封天》在武侠世界上被译介,小说开始连载。完结于2016年2月8日,共1 614章,点击量2 158万,推荐数447万,获2015年起点月票总冠军。2014年5月,小说的游戏版权已售出,在游戏领域的版权价值近1 000万。2015年5月18日,Deatlibalde在Wuxiaworld刊载译文,一天更新2~3章,读者评论11万条。翻译到600章后,粉丝自发举办了以"Put you dao to the text"为主题的有奖征文活动,可见小说颇受海外读者的追捧。

3月1日,烟雨江南的《永夜君王》首发于纵横中文网。该作品是奇幻玄幻类网络小说,集谋权、人族与黑暗种族战争、宏大的世界观为一体。

3月1日,黄鸣奋在《东南学术》上发表《网络时代的五缘文化》。文章认为,五缘文化已经在网络上找到了自己的发展空间,网络文化也渗透到了五缘文化之中。二者的融合目标是法理和人情的统一,华族文化与友族文化的交汇,数码土著和数码移民的和谐。文章揭示了五缘文化在网络时代面临新的挑战和机遇。

3月15日,周志雄在《南京社会科学》上发表《网络小说的类型化问题研究》。文章指出,网络类型化小说接续了通俗类型化小说的传统,又有新的发展。网络类型化小说的兴起,是广大民众自身创造力解放的结果。网络小说作者来自生活的底层,在表现生活的广度和呈现生活的鲜活性上,超越了纯文学作家。借助于网络资源和网络传播平台,综合借用已有的文学传统资源,发展网络类型化小说是摆在网络写作者面前的任务。

3月17日,全国首家地市级网络作协"宁波市网络作家协会"成立。在会上,中共宁波市委常委、宣传部部长余红艺表示,网络文学对读者尤其是青少年具有重要的影响,网络作家应当增强使命感,树立正确的价值观,创作更多鲜活、富有朝气的作品,与读者共鸣。

3月20日,柳下挥的都市小说《终极教师》在纵横中文网首发。该作品讲述了太极世家传人方炎弃武从文并成为传奇教师的故事。柳下挥的语言幽默,女性角色各有灵性。

3月,陈定家的《文之舞:网络文学与互文性研究》由社会科学文献出版社出版。该书对网络时代的文学、超文本等相关论题进行梳理,带有鲜明的前沿意识和创新精神。该书展现了当代网络文学研究的基本面貌,将网络文学时代特性与传统文学发展相融合,解读了超文本、网络时代对当代文学的写作、文学审美的突出影响及价值所在。

3月,创作辅助工具"稻香居诗词专用编辑器"发布。稻香老农(本名"林鸿程")自2001年首创"稻香居电脑作诗机",一直不间断地升级和完善。

4月4日,人民日报文艺部与中国作协创研部联合开辟"网络文学再认识"

专栏,展示网络文学业内学者如邵燕君、黄鸣奋等人的评论文章,邀约专家学者,共同研究和探讨网络文学现状及其走向。

4月8日,看书网公布,给合作平台的稿费可按预支付的方式进行,同时发放了第三方合作平台稿费。

4月10日,由梅州市文联筹办的梅州市网络文学院在市文学艺术中心正式授牌成立。它是全国首家地市级网络文学院。梅州市网络文学院受广东网络文学院和中国客家文学院管理,为网络写手和编辑提供针对性的培训帮助,为网络作家和传统作家、作者和传播者提供交流和合作的机会,为网络作家提高写作水平、作品宣传推广和评奖研讨提供平台。

4月11日,新浪读书频道的《极品小村医》《山村美娇娘》等20部在线阅读作品因含淫秽色情内容被举报。经鉴定,这些作品为宣扬淫秽的作品,新浪原创文学网部分高管被拘留。24日,全国"扫黄打非"工作小组办公室通报拟吊销新浪公司的互联网出版许可证和信息网络传播视听节目许可证。24日下午5时,新浪公司通过官方微博"新浪科技"发布《就涉嫌传播色情淫秽信息致歉声明》。

4月11日,起点中文网的白金作家、"玄幻人气王"血红在湖南大学北校区图书馆报告厅举办专场书友会。作家血红分享了自己的文学创作经历,并与广大师生共同探讨"文学与梦想"。

4月12日,国家五部委开展"净网行动",打击网络上的涉黄涉暴等突出不良现象。国家新闻出版广电总局着手制定网络文学相关管理条例,加强网络文学的管理和引导。此次"净网行动"意义重大,是网络文学发展十几年来最严厉的一次政治介入,引发网文界巨大震动。各大网站都采取了一系列相关的"自净"措施,编辑都在加班自查、自审、删文、锁文、下架等。晋江文学城以其"女性向"定位而具有的"亚文化"性质,成为敏感区。看书网、凤凰网原创频道、百度多酷文学网、移动都市频道、新浪读书、烟雨红尘小说网等都纷纷闭网。

4月13日,17K小说网由原塔读文学编辑部创始人猪王接手负责,原负责人血酬转战汤圆创作平台,推出"作者之家"。血酬力求为作者创造安静而志同道合的环境,进一步完善作者服务体系,推进汤圆创作成为作者线上交流平台,还定期举行座谈会拓宽版权衍生空间,输出优质作品,提供全方位商业运营尝试。

4月15日,纵横中文网和起点中文网达成合作,纵横中文网的书籍将逐步进入起点网。

4月15日,国家广电总局召开了2014年全国电视播出工作会议,正式传达电视剧播出新政:2015年1月起,实行"一剧两星",即一部电视剧最多只能同时在两家上星频道播出的政策,改变了原先可同时在4家省级卫视晚上黄金档时段联合播出的模式。其意在平衡节目结构,强化综合定位并优化频道资源,增强电视节目的丰富性;让影视公司在选择网络小说IP改编时,制作更加谨慎,从社会、文化、经济效益出发,关注作品本身的质量,综合考虑作品的人气、粉丝效益和大数据的情况。

4月15日,周志雄在《文学评论》上发表《网络叙事与文化建构》。文章指出,网络文学独特的网络场域和叙事主体带来了网络叙事与传统叙事的不同,从叙事的语言层面到叙事的话语风格、话语立场、叙述文体,网络叙事都有新变。网络叙事主体有着当时最大众化的写作。中国当代网络叙事变革悄然进行,网络叙事所复活的是古老的讲故事的传统,是对当代文学感性解放内在脉络的赓续,其主要功绩不在于奉献经典作家、作品,而在于促进文学阅读、写作活动的大众化,增强文学形态的丰富性,可为当代文化建设提供新的契机。

4月16日,腾讯文学以子公司形式独立运行。在"泛娱乐"年度大会上,吴文辉出任腾讯文学CEO,负责公司的管理运营。腾讯文学融合了腾讯文学网、腾讯读书频道、QQ阅读以及创世中文网等相关资源,开启了全新的发展道路。

4月16日,《盗墓笔记》作者南派三叔(原名"徐磊")认为根据自己小说改编的移动端网络游戏被侵权,将北京千橡网景公司和三星移动终端设备三星App的运营服务商新浪互联公司告上法庭。被告超越了授权范围,其所推广的WAP游戏和App游戏即《盗墓笔记HD》《万奴王的复苏》都没有经过授权。南派三叔要求移动端网游立即停止服务,并索赔经济损失100万元,维权费6万元。最后,法院判令千橡网景公司停止提供游戏端游戏的开发,并赔偿徐磊约12.4万元。

4月17日,看书网女频针对实力作家重磅推出"红梅"计划,意在吸纳各网站大咖及各网站实力写手。

4月25日,非天夜翔开始在晋江文学城连载女性向纯爱小说《金牌助理》。该小说在晋江纯爱年度榜排行首位。

4月26日,创世中文网系列征文活动正式启动。星创奖征文活动开展了一周多的时间,是创世中文网创建以来最大规模的新人作家征文活动,点燃了众多网文原创作者的热情。星创奖采用了新人发掘、明星打造和全平台运作为一体的与传统大有不同的征文方式,为网络文学产业提供了一个全新的以培养作家为核心的网络征文模式,给予了参赛者更多的创作空间。

4月,万达影业公布将天蚕土豆的同名奇幻网络小说《斗破苍穹》打造成电影。这部小说从2009年4月24日首发于起点中文网,累计超20亿次点击阅读,长期居于奇幻网络小说排行榜前列。2014年9月,万达影业正式宣布携手韩国著名导演姜帝圭执导,投资过亿元打造《斗破苍穹》电影版,在资源、技术和制作上力求还原原著中"斗气大陆"的壮大场面。

5月1日,起点中文网主办的"梦想杯"计划开启,总预算从"千万"升级到了"百人,千部,亿元",意在打造中国网络文学史上最豪华的文学盛典。

5月4日,《福布斯》发布"2014年中国名人榜"。盛大文学白金作家唐家三少(张威)成功上榜,列于第87位,收入1830万元,是唯一入选的中国网络小说家。给他的评语是:"80后网络作家,电脑前码字的佼佼者。"

5月12日,永恒之火的东方玄幻小说《儒道至圣》在起点中文网正式上传。该小说于2014年7月1日上架。

5月13日,马季在《人民日报》上发表《文学性与商业性的双重身份》。文章指出,网络文学产生与发展过程中的外在表现形式、内在驱动力和深层次文化需求分别建立在传播方式基础上的大众性、文化消费基础上的娱乐性和文化产业基础上的跨界性。网络文学已经进入内容细分时代,突出趋势是作品类型化、读者分众化(男频与女频)、运营区间化(在线与无线)、平台共享化、版权集约化和产业规模化。以互联网为传播媒介的信息革命,是信息革命引发的文化价值系统的转型和重组。

5月15日,李文浩、姜太军在《江西社会科学》上发表《产业化背景下网络文学改编剧的契机与挑战——以〈失恋33天〉和〈等风来〉为例》。文章指出,这两部由网文改编的影视作品充分展现了媒介融合为网络文学改编剧的发展创造了良好的契机,为此网络文学改编剧的良性发展更需要创作者平衡商业性与文学性之间的矛盾。网络文学的产业化进程也日渐刺激了文学活动的开展。

5月15日,萧鼎的古典仙侠类小说《戮仙》首发于纵横中文网。该小说因天马行空的想象、雄健恢宏的叙事迅速成为华语幻想文学扛鼎之作。

5月15日,中国网络文学南北对话论坛在江苏无锡举行。江苏省作协党组书记、主席范小青与盛大文学、中文在线17K小说网、逐浪小说网签订《战略合作框架协议》。范小青在致辞中表示,网络文学依托现代科技和网络空间,迅速流传并与读者互动,打破完全独立的创作形式,是文化产业链中富有活力的生力军,但网络文学同样充满了机遇和挑战。在此次论坛中,江苏省作协网络文学工作委员会成立。

5月15日,周志雄在《中州学刊》上发表《论网络文学的商业化问题》。文章认为,表明商业化机制对网络文学写作带来多方面的影响,网络写作者在跨过"谋生的焦虑"之后,需要在商业化和艺术追求之间找到平衡。网络文学的商业化运作机制为文学发展带来了新机遇,蕴含着新的活力。我们不应简单地批评网络文学的商业化,而应反思网络文学商业化的水平,正视网络文学在商业化过程中出现的问题,警惕商业化对网络文学的不利影响。

5月16日,在北京召开17K小说网八周年庆典暨第七届作者年会。17K小说网专注于提高作者服务,成立了第一家专业的网文编辑训练营及第一家专业的"商业写作青训营"。

5月20日,国内首部纯格斗网络系列剧《谢文东》在优酷和迅雷平台上线。该剧由逐浪网总编孔令旗担任监制和策划,取材自六道的小说《坏蛋是怎样炼成的》,是首部改编自网络小说的网络剧。

5月23日,看书网举办的"天府看风云,青城论文笔·2014作者年会"在成都召开。中国移动阅读基地、四川省作协等相关领导到场祝贺。

5月28日,起点著名作家猫腻携带新书《择天记》入驻创世中文网。创世中文网为猫腻量身打造了一条龙IP计划。

5月29日,猫腻《择天记》发布会在上海举行。小说于2014年5月28日开始连载于腾讯文学旗下的创世中文网。此次发布会是网络文学史上第一场新书发布会。腾讯文学CEO吴文辉表示,会为作家猫腻启动"作品制作人"制度,在新书上线时,还启动了动漫、影视、游戏等周边的衍生开发制作,最大化IP开发。

5月,欧阳友权主编的《网络与文学变局》由中国文史出版社出版。本书是全国网络文学研讨会的学术论文集。该书认为,网络文学对中国文论发展最为深刻的影响,在于让千百年来积淀起来的文学体制谱系出现技术改写或悄然置换。当时的文学因为网络的出现开始改变原有的轨迹和发展格局,网络却因为文学的加盟而赢得了自己更多的关注群体,增加了文化含量。

5月,《大官人》冲入百度搜索风云榜总榜前34位和历史军事类分榜前3位。该作品是三戒大师在2013年6月17日首发于创世中文网的历史网络小说。

5月,人民文学杂志社开发了"醒客"阅读App,进一步拓宽了网络文学的商业化发展道路。还首次推出了网络文学作品专号,从海量稿件中选出5篇短篇小说,分属科幻、武侠、军事、情感等类型。

5月,北京大学中文系创办了微信"媒后台"公众号,力求通过对网络文学的生态观察和亲笔写作,用亲身试验来展现网络时代,表达"我们"如何思、为何想,以不断发现和认识这个世界为出发点。5月14日,在公众号平台推出《北京大学网络文学研究论坛报》,由《男频周报》《女频周报》《原创周报》三个板块组成,论坛坚守文学立场,站在网文原生力的一边。

6月4日,校园励志网剧《超级教师》在乐视网进行首播,由网络小说家张君宝的作品改编。

6月6日,《谢文东》上线点击量破2亿。该作品一个月内点击量破4亿。网络文学改编网络剧成为一时的热潮,成功开创了网文版权的新形式,开拓了网文版权的新渠道。

6月10日,网剧《暗黑者》在腾讯视频播出。该剧改编自周浩晖的畅销小说《死亡通知单》,延续了原著的"暗黑哥特风",采用了美剧形式拍摄,以季播的形式上线。该剧获得2014年网络剧杰出贡献奖。

6月11日,马云收购UC阅览器。阿里巴巴集团与UC联合宣布,UC全面融入阿里巴巴集团,将用于阅读。

6月12日,起点中文网与37游戏跨界联姻,37游戏斥300万元巨资倾力推出2014年起点仙侠主题写作征文大赛"我为仙狂"。活动邀请了顶级白金作家血红为征文拉开序幕,鼓励网文作者创作更精彩的仙侠小说,并力求打造出更多的仙侠小说转化为游戏IP,推进网络小说生态多元化。

6月13日,《盗墓笔记》的作者南派三叔出席第20届上海电视节,在发布会上介绍将实施荧屏"盗墓笔记大计划",并担任监制,全程参与其中。"盗墓笔记大计划"主要包括季播剧、游戏、电影三个方面的开发以及各类衍生项目。预计项目周期长达10年,市场价值超过200亿元。

6月16日,17K小说网开设古龙残稿续笔百万征文专区,征文大赛开启。以"集结全球华语精英,执笔古龙残本续写"为主题,集结北京、武汉、西安、厦门等多个城市的多所高校,鼓励高校学生参与活动,推动高校文学创作发展。

6月23日,根据蓝白色的网络小说《无爱承欢》改编的都市情感虐心励志剧《恋恋不忘》,在浙江卫视中国蓝剧场播出。该剧讲述了单亲妈妈吴桐带着儿子吴童童在大都市里虽然日子过得清贫,但生活中充满了希望和快乐的故事。

6月24日,夏烈在《人民日报》上发表《影响网络文学的力量:受众与资本、知识精英与国家政策》。文章指出,网站平台虽给予了网络小说灵活的发展优势,但网络文学如果过度产业化,有可能失去其内在的文学理想,作品的初衷也可能被商业欲望瓦解,烂尾、注水、雷同化现象频发。

6月25日,起点中文网作者贱宗首席弟子发表声明,强烈谴责《羊城晚报》及其旗下新闻记者余晓玲,未经查实刊登报讯。该虚假报道经过多方媒体大量转载,对作者造成了极大的负面影响。作者要求撤销报道并道歉。最终,记者只表示可以撤销,但拒绝刊登致歉信。

6月26日,电视剧《绝爱》在江苏卫视幸福剧场首播。该剧由自由行走的网络小说《第三种爱情》改编,讲述了邹雨在恋人浩然去世后遇到了林启正,邹雨被卷进林启正的情感风暴中,而在这时左辉出现在邹雨的身边,左辉的"纯爱"打动了观众的心。

6月,欧阳友权主编的"网络文学100丛书",由中央编译出版社出版,内含欧阳友权《网络文学评论100》、禹建湘《网络文学关键词100》、欧阳文风《网络文学大事件100》、聂庆璞《网络写手名家100》、曾繁亭《网络小说名篇100》、纪海龙《网络文学网站100》和聂茂《名作家博客100》。丛书注重普及性、知识性,力求反映十几年来中国网络文学研究概貌。

6—11月,国家网信办等四部门联合开展第十次打击网络侵权盗版专项治理"剑网"行动。加大网络版权执法监管力度,强化网络平台治理,维护网络平台安全,为保护网络小说版权助力。

7月2日,晋江文学城作者长着翅膀的大灰狼在定制作品中掺杂大量露骨描写,以涉嫌贩卖淫秽物品牟利罪被依法刑事拘留。10月和11月,作者在取保候审期间,通过百花洲文艺出版社出版了《我怀念的》《谁的等待恰逢花开》两本新书。

7月3日,上海网络作家协会成立。作家陈村当选会长,孙甘露、血红、骷髅精灵、蔡骏和洛水当选副会长。

7月4日,晋江小粉红论坛的"完结文库""连载文库""同人文库""边缘文库"等分区紧急关闭。其间,随缘居、长佩等论坛成为同人创作更为集中的平台。7月17日,随缘居平台日访客数达8 900余人,成为建站为止的最高峰值。

7月8日,在江苏卫视晚间档幸福剧场首播的《杉杉来了》是由作家顾漫的小说《杉杉来吃》改编的影视作品。影视剧中"这个鱼塘,被你承包了"的台词风靡起来,让"霸道总裁爱上我"的甜宠模式渗透到大众文化中。2015年2月5日,电视剧《杉杉来了》登陆日本home drama频道,剧名译为《中午12点的灰姑娘》。

7月10日,17K小说网超过20名作者同时获得游戏衍生权稿酬。

7月10日,红袖添香签约作者三月暮雪因为涉嫌抄袭作品《年年槐花香》被作家李眉起诉,案件正式开庭。这是对网文界影响巨大的一起抄袭诉讼案。作家李眉向三月暮雪提出诉讼后,网友发起了对三月暮雪作品抄袭的取证,通过技术手段对比三月暮雪的作品和被抄袭作家的作品,发现三月暮雪抄袭了众多作家的作品。10月27日,抄袭案终审宣判,三月暮雪向李眉道歉并赔偿李眉一部分经济损失。三月暮雪抄袭一案,标志着网络文学界整体上版权意识有所加强,打开了用法律手段处理网络文学抄袭事件的通道。

7月11—12日,中国作协创作研究部联合全国网络文学重点园地工作联席会议、人民日报社文艺部、光明日报社文艺部共同举办的"全国网络文学理论研讨会"分别在北戴河和杭州召开。中国作协、人民日报社文艺部、光明日报社文艺部、中宣部文艺局理论文学处、国家新闻出版广电总局网络监管处、有关省市作协负责人、网络文学专家学者、全国重点文学网站高层管理人员等70余人参加会议。会议围绕创作特点与艺术特征、网络文学的评价体系与批评标准、网络文学的传播与市场机制的关系等专题进行研讨,与会者发言热烈、新意迭出。大家反映,这是一场多维度、高质量的理论研讨会,在网络文学发展史上具有开创性和标杆性意义。

7月15日,更俗的奇幻玄幻小说《大荒蛮神》在纵横中文网首发。

7月15日,3G书城开展了"全民读书、读万卷书"活动,国家新闻出版广电总局将万段读书录音征集活动确定为"2014年全民数字阅读重点专题活动"。

7月24日,重庆出版集团在世界读书日启动"掌中万卷,阅享人生"全民手机阅读活动。该活动入选2014年全民数字阅读重点活动。"掌中万卷,阅享人生"阅读活动以手机阅读为平台,推出了政企书屋、点阅生活、巴渝书香3个手机阅读App,积极开放海量图书资源,致力于搭建良好文化平台,满足不同的阅读需求。

7月25日,李敬泽在《人民日报》上发表《网络文学:文学自觉和文化自觉》。文章指出,网络文学是通俗文学,传统文学和网络文学都要放下傲慢与偏见,从对方那里获取支持和营养。在任何时代包括通俗文学在内的大众文化,整体上都是有文化志向的,网络文学的价值观问题是更突出的。从历史脉络理解网络文学本质,从新经验出发建立文学整体观,要从传统中、网络性、读者观点和价值观四方面建立评价体系。

7月,由南派三叔的小说《盗墓笔记》改编的话剧《盗墓笔记Ⅱ:怒海潜沙》再次开演,成功取得佳绩并收获2 000万元的票房。

7月,作家血红担任上海网络作协副会长。2014年2月,血红的仙侠小说《光明纪元》首发于起点中文网,大获好评。2015年9月首发于起点中文网和创世中文网的《巫神纪》,从2015年12月开始,连续6个月获得月票榜前十。

7月,周志雄编《网络文学的兴起:中国网络文学发展文献史料辑》由人民出版社出版。该书从理论探讨、创作经验、发展历程、文化影响等方面呈现网络小说兴起的文学价值和意义,以期推动网络小说研究的深入。

8月1日,盛大文学举办网络文学游戏版权拍卖会。成功拍卖的网络小说经典作品有唐家三少的《惟我独仙》、蝴蝶蓝的《天醒之路》、耳根的《我欲封天》、淡定从容的某人的《雄霸蛮荒》、说梦者的《大圣传》和方想的《不败王座》6部作品,《不败王座》以810万元的最高成交价脱颖而出,6部作品的手游改编权的拍卖价格总计2 800万元。

8月3日,作家月下桑连载于晋江文学城的穿越小说《原始再来》,将穿越的时间点设定在原始侏罗纪时期。该作品成为晋江耽美小说"原始穿越"的突出代表作。

8月4日,搜狐视频自制的网剧《匆匆那年》开播。该剧改编自九夜茴的同名畅销网络小说,在网络上获得了较高点击量,并获得"横店影视节最佳网络剧"奖。

8月15日,夏烈在《光明日报》上发表《网络文学发展大趋势》。文章以网络文学的创作主体、文本接受和传播机制为研究主体,指出文学该有一种"理论物理学家",文学观需要哲学式的调整。网络文学就是未来的主流文学,未来网络文学会因为各种力量的萌动,更多年龄层、文化层的介入,出现"多极化"的格局。

8月,百度文学副总经理、熊猫看书总编千幻冰云的《别说你懂写网文》由黑龙江教育出版社出版。该书就如何写网络小说大纲,如何写开头,如何引人入胜等问题给予读者启发,对网文的升级系统、连环伏笔等进行解说和探究。

9月1日,作家缘何故开始在晋江文学城连载耽美小说《御膳人家》。该作品列晋江纯爱类年度盘点榜单第二位,将美食与纯爱融合,开启了"耽美+美食"的新热潮。

9月1日,无罪的仙侠小说《剑王朝》在百度文学旗下纵横中文网首发。短短几日就冲上了纵横网全站含金量最高的月票榜榜首,也登上周用户点击榜第一的宝座,成为纵横的"双榜"冠军。同时,小说被书迷誉为"2014年下半年最为期待的仙侠小说"。

9月1日,欧阳友权、曾照智在《东岳论丛》上发表《论网络写手的"文学打工仔"身份》。文章表明,网络小说作者处于整条产业链底端,靠常人难以想象的"体力劳动"才能打拼出一条发财致富的"血路"。网络写手都堪称文学界名副其实的底层"打工仔"。网络写手如何体认到"自由写作"的真谛,早日摘掉"文学打工仔"的帽子;社会各界如何更好地维护他们的合法权益,为他们提供更安全、更广阔、更开放的发展平台:这些已经成为亟待解决的严峻命题。

9月2日,由完美世界影视、希世纪影视和蓝色火焰联合出品的《格子间女人》电视剧在南宁都市生活频道首播。该剧由作家舒仪的同名网络小说改编,讲述了职场精英谭斌在经历事业和情感的多重考验后,最终觅得真爱的故事。该剧观照职场群像并探讨都市人的生活与情感问题。

9月10日,许苗苗在《文艺研究》上发表《网络文学研究:跨界与沟通——贺麦晓教授访谈录》。该访谈由北京市社科院文化研究所副研究员许苗苗博士发起,访谈对象是英国伦敦大学亚非学院中文系教授贺麦晓。谈及三个方面:一、网络:新媒介与新空间;二、比较与交流中的网络文学研究;三、文学研究的视野与边界。

9月15日,单小曦在《文学评论》上发表《网络文学的美学追求》。文章指出,网络文学的健康发展及其理论建设需要澄清网络文学的美学追求。网络文学的严格学理定位应是"网络生成文学"。网络生成文学即计算机网络启动传播性生成、创作性生成和存在性生成等全面审美生成活动的产物。网络生成造就出的数字虚拟创作模式、复合符号性赛博文本、"融入"性审美体验,构成了网络文学的审美特质亦即美学追求。

9月19日,黑岩网的第一届年度作者大会在北京举行。北京黑岩信息技术有限公司旗下的原创文学网站重视高质量的作品服务,旨在为喜爱文学的人提供最新锐、便捷的网络阅读与写作平台。简洁的页面设计和无广告的阅读模式,给予了读者极佳的阅读体验。

9月24日,蝴蝶蓝连载于起点中文网的小说《全职高手》成为网络文学史上第一部千盟书,即首部盟主数量超过千人的网络小说。盟主指起点中文网粉丝排行榜的等级,10万积分,相当于花费人民币1000元即可成为盟主。

9月25日,欧阳友权在《当代作家评论》上发表《网络写作的困局与成因》。文章指出,网络上的文学写作苦乐共生,进入作家富豪榜,作品被出版、改编或被主流文学认可,都是网络文学成功的一面,对"扑街写手"来说却步履维艰。如何战胜"苦役"获得"甜蜜"是值得网络文学界的写手关注的话题。

9月,欧阳友权主编的《网络文学五年普查(2009—2013)》由中央编译出版社出版。这是欧阳友权主持的国家社科基金重点项目"网络文学文献数据库建设"的阶段性成果。该书全面梳理2009年至2013年网络文学发展状况,设有网站、写手、作品等16个专题,记录了我国网络文学的阶段性发展历程。

10月1日,湖南卫视钻石独播剧场全国首播《风中奇缘》。该剧根据桐华长篇小说《大漠谣》改编,经历了一次补拍、一次更换播出平台、两次送审、三次更名的坎坷,最终得以播出。开播第一天、第二天,在全国网的收视率分别为1.34%和1.22%,占据全国9.68%和8.79%的份额,稳居同时段收视率第一位。

10月2日,新华阅读网关闭。

10月4日,创世中文网签约作者北青萝因长期熬夜写作,心脏病突发离世,年仅24岁。其最后更新的《仙本无双》停留在第376章。此次事件,再次引发人们对于网络作家身体健康问题的广泛热议。

10月6日,创世女频并入腾讯文学旗下平台"云起书院",田志国全权负责云起书院。11月27日,云起书院和创世女频整合完毕,主打女性向网络小说,创世中文网主打男性向小说。12月以后,创世中文网的月票榜单中不再包括创世女频的作品。

10月7日,起点中文网的网络小说家血红的粉丝公会成立。这是第一个大咖级作者的粉丝公会。

10月10日,根据起点白金作家唐家三少的作品改编的同名网页角色扮演游戏《绝世唐门》发行,由毅强网络开发,游族网络独家代理。

10月10日,墨舞红尘小说网主办的"红尘新人王"小说大赛开启,征集的小说类型有言情、乡村、校园、穿越等,小说类型丰富,重视对新人的培养。

10月10日,由多家网站联合举办的首届"磨铁杯"原创文学"黄金联赛"启动,推出千万签约奖励计划。本届黄金联赛准备了10斤实物黄金奖励,收到来自内地(大陆)、港、澳、台在内的华语地区共计1 000余件作品,涵盖历史、言情、科幻、悬疑等多个类型。获奖者被授予"磨铁中文网金牌作家"称号。联赛截止到2015年12月31日,经过四个赛季,产生40部季度金牌签约作品,12位季度黄金作家。

10月15日,习近平总书记主持召开文艺工作座谈会并发表重要讲话。有72名文艺人员参与,其中网络文学作家代表有周小平、花千芳。会议为文艺发展提供基本遵循,指明前进方向,强调文艺是时代前进的号角,最能代表一个时代的风貌,最能引领一个时代的风气。力求文学要心系人民,书写时代,向文艺高峰不断迈进。广大文艺工作者要高度认识文艺的地位和作用,认识自身应肩负的历史使命和责任,坚持以人民为中心的创作导向,努力创作出无愧于时代的优秀作品。

10月23日,山西网络文学院在太原成立。山西网络文学院首批在线作家由孟超(笔名"陈风笑")、谢荣鹏(网名"银河九天")、董群(网名"纷舞妖姬")等18位网络作家组成,著名诗人潞潞兼任山西网络文学院首任院长,网络作家孟超为副院长。山西网络文学院的成立意味着网络文学作家身份的转变以及作品的人文意义,表现了山西本土对网络文学价值的肯定。

10月23日,原逐浪网总编孔令旗出任3G书城负责人,进一步致力于打造优质的原创作品。孔令旗的网络文学从业的道路,从作者到编辑,再到主编,也是一路打怪升级,在生活中演绎出小主角升级的故事。

10月24日,移动女频主办的"十二星座名家"评选活动顺利落下帷幕。阿彩、桃桃凶猛、西子情、醉疯魔、叶非夜、鱼歌、齐成琨、东方古雪、我是木木、末果、晓云、林依雷12位女作家成功当选。

10月29日,《今古传奇》旗下传奇中文网成立。《今古传奇》被誉为中国的"传奇文学IP资源库",是国内极具影响力的通俗文学基地。旗下建设传奇中文网,专注对原创生力军的发掘,积极传承《今古传奇》的丰厚底蕴,立足打通传统文学与网络文学的界限。

10月,李盛涛的《网络小说的生态性文学图景》由中国社会科学出版社出版。该书主要探讨了网络穿越小说、网络玄幻小说、网络武侠小说、网络生存小说和网络爱情小说在小说文类方面的叙事特征以及网络小说在叙事的日常性、先锋性、故事性、反经典性、青春性等方面突出的叙事表征。

10月,中国移动整合旗下文学、音乐等五大基地,拟成立咪咕文化科技集团公司。

11月7日,巨人网络正式对旗下首款IP新游戏《择天记OL》启动内测。该游戏是根据猫腻的同名小说所打造的2.5D东方玄幻MMORPG,画面、人物、情节与原著高度匹配,打造了修炼系统、副本探索、跨服PK三大核心玩法,打破传统升级模式,自由搭配职业,实现多轨道成长模式。

11月10日,17K举办的网络文学联赛2014—2015赛季开幕。活动分为百舸争流(海选)、名师高徒(常规赛)和一鸣惊人(季后赛)三阶段,比赛中成绩优异的作者将得到业内优秀作家指导,意在培养出新生代网络文学大家。

11月18日,中国移动面向移动互联网领域建设咪咕文化科技有限公司,简称"咪咕文化",设有咪咕音乐、咪咕视讯、咪咕互娱、咪咕动漫、咪咕数媒五个子公司。其集产品、服务、运营一体化,是对中国移动旗下的视频、音乐、阅读、游戏、动漫等数字内容业务集中运营的唯一实体。

11月25日,血红、蝴蝶蓝、无罪、林海听涛、庚新、唐欣恬、流浪的蛤蟆等52位全国知名网络作家,通过文学网站和各省作协推荐,开始参加鲁迅文学院首届网络作家高研班的学习。

11月27日,百度文学成立发布会在北京召开,筹备数月的百度文学正式宣告诞生。大会以"跨界破局"为主题，探讨网络文学多元发展的可能，探寻立体化发展道路。在会上，百度商业分析部代表百度数据研究中心发布了《网络文学行业白皮书》，其中的数据涵盖了个人、行业、作品、用户等大量数据，直观地分析了网络文学的行业发展形势。数据分析分为市场大盘、搜索大盘、搜索行为、用户画像和 IP 后续衍生几大板块，数据分析对网络文学作者、运营商都有巨大的帮助。现场签约影视、游戏等多家合作伙伴，百度相关业务部门纷纷登台，表示将为百度文学提供优质入口。展示了 91 熊猫看书、百度书城等子品牌，融合了百度贴吧、百度音乐、百度视频、百度游戏、91 无线等百度系资源，发力粉丝经济，力求打造完整的产业链。百度文学旗下纵横女生网改为独立品牌花语女生网上线。

11 月 27—30 日，由国家新闻出版广电总局推出的 2014 年重点民营网络文学网站骨干编辑人员培训班在北京举办，对重点网站骨干编辑人员分批次培训。引导网络文学出版企业以习近平新时代中国特色社会主义思想为指引，坚持以人民为中心的创作出版导向，建立健全作品审读流程及管理办法，完善内容质量长效机制，不断推出思想精深、艺术精湛、制作精良、深受群众喜爱的网络文学精品，更好地满足人民对美好生活的精神文化需求。

11 月，在百度文学成立之时，便发布了正版版权倡议宣言，掌阅科技、中文在线等网络文学运营商也加入此倡议。

11 月，天拓游戏获得了"盗墓笔记"卡牌类游戏的改编权，推出国内首款盗墓题材悬疑探险卡牌手游。

11 月，热血 PK 3D 玄幻 ARPG 动作手游《不败战神》进行公测。该手游由方想同名小说改编。2015 年 4 月 24 日开服。

11 月，起点读书获得年度最佳工具应用奖和全球移动互联网卓越成就奖，起点读书在安卓全球开发者大会上获得了年度最佳移动阅读体验大奖。

11 月，掌上纵横取得《琅琊榜》小说和影视的双 IP 授权，打算完成网络文学 IP 在影视和游戏的跨界联动，其游戏项目和电视剧项目基本同期进行。在电视剧拍摄期间，游戏项目团队便积极地与主创成员沟通，对取景和场景制作达成共识，游戏情节也高度还原小说中的经典桥段，欲将最大化地开发《琅琊榜》的IP价值。

12月1日,欧阳友权、高式英在《社会科学战线》上发表《网络文学发展中的悖论选择》。文章指出,网络文学正面临"数量与质量""技术与艺术""市场与审美""解构与建构"等一系列悖论性选择。要化解发展中的矛盾,调适这些选择性悖论,一要有网络文学创作和经营主体的观念自觉,二要建立网络文学的评价体系,三要培育良好的社会文化生态,真正构建起网络时代的文学观。在积极引导网络文学正确选择与矫治的同时,人们应该允许其有一个自我调适的过程。

12月4日,在腾讯文学给盛大文学旗下作者发出的邮件显示,腾讯文学旗下的创世中文网、云起书院更新作品,分批逐步进入盛大文学的起点中文网,起点中文网正式以第三方渠道的身份接入腾讯文学。起点和创世同时发布公告,稿酬在扣除渠道费之后结余部分网站与作者再五五分成,证实了互为第三方渠道的合作方式。

12月4日,邵燕君在《艺术评论》上发表《网络文学时代中国"主流文学"的重建》。文章指出,网络文学形成的自成一统的生产—分享—评论机制、建立在"粉丝经济"上的"快感机制"(如"爽"、YY等)以及完全有别于"五四""新文学"精英传统的网络大众文学传统,对传统精英文学主流地位有着别样的挑战。正统的"体制内文学"的地位如何?网络文学与传统纸质文学的关系,是通俗文学与精英文学的关系,还是新旧媒介文学之间的关系?网络文学是否能被"主流化"?面对媒介革命,"主流文学"是否需要重新建构?它将具有怎样的"中国特色"?这些都是需要关注的话题。进入移动互联网时代的网络文学,发展迅猛,随着大量的网外之民的"被网络化",网络不再是"网络一代"自娱自乐的亚文化领地,而正在成为重新汇集所有文学力量的主流媒介。

12月5日,由九夜茴同名小说改编的电影《匆匆那年》上映。2015年5月18日,该片获得第三届伦敦国际华语电影节最佳影片奖。

12月5日,由云文(北京)影业投资有限责任公司制作的3D盗墓题材电影《密道追踪之阴兵虎符》上映。该电影改编自蛇从革的网络小说《密道追踪》,内容为古镇钢厂的地下千年古墓被意外打开,各路人马纷纷前来争夺传说中神秘的"阴兵虎符"。

12月6日,著名网络作家风凌天下携带新书《天域苍穹》跳槽,正式入驻腾讯创世中文网。

12月6日,首届湖南网络文学创作研讨会在中南大学文学院召开。与会专家学者以"网络创作与网络文学湘军建设"为题,对菜刀姓李、梦入神机、罗霸道、天下尘埃等作家作品进行研讨,分析湖南网络文学创作的现状与问题,提出打造"网络文学湘军"的发展策略,对新媒体技术、网络出版、网络文学质量、网络文学电影改编等相关问题展开探讨,表示网络文学创作需要具备主体担当意识,树立正确的价值取向,建构立体传播模式,不断探寻新批评范式,追求网络文学的经典化。

12月8日,腾讯文学作者风凌天下《天域苍穹》发布会在深圳举行。《天域苍穹》作为腾讯文学星计划的跨年大项目,成为腾讯文学新服务体系和新运营平台上的首部应用作品,充分利用腾讯文学平台的资源与优势,将作品的最新动态和周边以更具体的方式送达粉丝,通过粉丝网络辐射,达到全方位"立体化"的品牌效应。

12月8日,腾讯文学以"星动未来"为主题的"2014网络文学行业峰会"在深圳举行。唐家三少、天蚕土豆、我吃西红柿、猫腻、风凌天下、辰东、南派三叔等作家参与此次峰会。腾讯公司首席运营官任宇昕表示,腾讯与作家一直保持着亲密互动,数字内容发展的未来在于得到数字内容原创作者和作家的大力支持。腾讯文学董事长程武表示,"泛娱乐"战略要基于互联网与移动互联网的多领域共生,打造粉丝经济。腾讯文学CEO吴文辉全面阐述了腾讯文学"全阅读生态"战略,表示要迎接产业新机遇,打造网络文学"泛娱乐"的新生态,力求携手作者迎接网络文学下一个高峰。这是网络文学产业有史以来规模最大、覆盖最广、与会作者含金量最高的一次行业会议,也是一次打破门户之见的网络作家大聚会。

12月8日,塔读文学总编辑谢思鹏入职凤凰读书频道,负责凤凰原创网络文学作品的发展。

12月12日,唐家三少的《天火大道》开始在起点中文网连载。

12月17日,《华西都市报》发布了2014年第九届中国作家富豪榜品牌子榜单——"网络作家富豪榜",依据版税由高到低排列前20位作家。有着"中国网络作家之王"称号的唐家三少以5 000万元的版税再次获得榜首之位;辰东以2 800万元版税"杀"入榜单,位居第二;天蚕土豆则以版税2 550万元位列第三。榜单所列的20位网络作家,最低的版税收入为600万元。起点订阅第一人我吃西红柿未进入榜单,创世中文网的新晋大咖作家乱"杀"入榜单,位居第八。

12月17日,浙江日报报业集团、浙江在线新闻网站联合浙江省作协共同打造的原创内容数字平台,即浙江在线旗下的云端·魔方书城网站在杭州举办上线仪式。有知名网络作家曹三公子、烽火戏诸侯等和全省10多所高校的200多名爱好文学创作的学生参与此次活动。书城融合了资讯、小说、漫画等网络文学元素,板块分类细致,是全国首家由地方党媒和作协联合主办的原创文学阅读平台。上线日当天还有首届"魔方杯"网络文学新人王大赛活动,参加新人王大赛的所有作品也同时参加由中国移动手机阅读基地举办的"和你圆梦——下一个大神就是你"原创征文大赛,积极引导网络文化健康向上发展。

12月18日,中国音像与数字出版协会举办的首届"中国网络游戏与文学IP合作大会"在海南省海口市召开。这是第十一届"中国游戏产业年会"系列会议之一。近20名网络文学高层、行业专家及网络文学名家,数十名企业代表共聚一堂,结合自身实践经验与特点,发表对IP运作的心得与经验。以"让妙笔成就好游戏"为主题,旨在全面关注和剖析网络文学这一游戏IP富金矿和优良基因,推动网络游戏和文学两大产业的融合共赢。

12月18日,腾讯文学Next Idea原创文学大赏创意之星在深圳颁布。男生组:第一名张牧之,第二名赤色星尘,第三名江南月分;女生组第一名听禅,第二名花三朵,第三名言简。该活动力求为年轻作者提供展示创意的舞台,打造一批文学创意新星。

12月18日,国家新闻出版广电总局印发《关于推动网络文学健康发展的指导意见》,提出了网络文学健康发展的指导思想,对现阶段发展网络文学重点任务进行部署,提出多项推动网络文学健康发展的保障措施。该意见提出,我国网络文学发展的基本原则及发展目标是用3~5年时间,以更加健康的创作导向,使作品质量有明显提升,运营和服务的模式更加成熟,打造具有市场竞争力的品牌。该意见关注网络文学的"现实"导向,引导网络文学创作植根于现实生活,为人民抒写、抒情、抒怀,塑造美好心灵,引领积极向上的社会风尚;鼓励网文走向国际,努力讲好中国故事,传递中国声音;对网络文学作为国家软实力的新生力量,在建设中的重要地位做了详细阐述,也对网络文学的发展提出了要求和国家层面上的保障,营造有利于网络文学持续、健康发展的良好环境。

12月19日,中国移动全球合作伙伴大会在广州举行。中国移动的咪咕音乐、咪咕视讯、咪咕互娱、咪咕动漫和咪咕数媒五大内容基地整合为咪咕文化科技集团,中国移动手机阅读基地(和阅读)将以全资子公司的身份在2015年开始独立的公司化运营。

12月21日,改编自桐华的同名小说的电视剧《武媚娘传奇》在湖南卫视首播,爱奇艺、优酷网、乐视视频同步播出。2015年1月14日,该剧在浙江卫视播出;3月31日,该剧未剪辑版在台湾地区播出;4月26日,该剧粤语剪辑版在香港翡翠台、高清翡翠台播出。2015年,该剧获得第17届华鼎奖全国观众最喜爱的电视剧作品。

12月22日,武侠世界正式上线。美籍华人RWX(取自《笑傲江湖》角色"任我行"之名的拼音缩写,原名"赖静平",美籍华人)创建武侠世界(Wuxiaworld),产生了轰动效应。该网站是一个中国玄幻网络小说翻译网站,后来打造成以线上互动阅读为核心,集版权授权、开放平台等举措于一体。网站获得了大量海外粉丝的支持和捐款,在粉丝经济效益显现后,武侠世界最初以情怀为主的"捐助体系"运营模式出现,靠粉丝打赏获得收益。随着读者的积极性越来越高,网站开始采取"连载+众筹"的模式,也取得了比较好的效果。2019年武侠世界还开通了VIP功能,推出作品VIP专属阅读模式。

12月31日,藏族作家旺秀在个人博客发表长诗《互助:十二盘》。随后,藏人文化网文学栏目"名家力作"板块对其进行了转载发表。

12月,腾讯QQ阅读接入盛大文学内容,拉开整合盛大文学第一步。

12月,金鑫的《文学与影视、网络传播研究综论》由辽宁人民出版社出版。该书以对比的方式探究影视和网络在对文学进行推介的过程中对当下文学的走向产生的影响,以及这种现代传播形式给文学带来的意义。

12月,叶非夜被评选为腾讯文学金键盘奖中最受欢迎的女作者冠军,作品《高冷男神住隔壁:错吻55次》获金键盘奖女性小说冠军。2015年,叶非夜在"《福布斯》中国原创文学风云榜"位居年度人气作者榜首。

12月,赖静平在武侠世界网站英译连载《盘龙》。这也是该网站翻译的第一部作品,成为中国网文走红美洲的重要里程碑。小说更新网发布的数据统计,在1 145位读者的投票中,《盘龙》的综合分高达4.5分(满分5分)。《盘龙》因此也提升了武侠世界网站的知名度。

是年,起点中文网被评为上海市优秀网站。

是年,晋江通过日本电子书公司(SmartEbook),将网站上1 000多部作品的版权输出到印度、菲律宾、澳大利亚、南非、墨西哥等国。

是年,爆侃网文成立。这是国内首家最大的网络文学及数字阅读行业资讯媒体。该平台关注最新网络文学行业动态,聚焦网文圈中第一手重要资讯,用户可以在手机上获得资料,网文界从业人员和网络文学爱好者甚至是行业外的人们可以及时、高效、便捷地了解资讯。

是年,由盛大文学领头,中文在线、新浪网、大佳网等多家平台共同发起筹建"中国网络作家协会",多省市成立网络作协等组织。成立网络作协的省(市)有浙江省、江苏省、四川省、广东省、安徽省、湖南省、河北省、山东省、北京市、上海市、重庆市等。成立的地方性网络作协有杭州市、宁波市、绍兴市、台州市、温州市、镇江市、常州市、佛山市、盐城市、衡阳市等。

是年,网文进入英语国家后,开辟了新天地,欧美地区建立了多家翻译网站,海外市场进一步拓展延伸。2013—2014年,中国网络小说火爆东南亚地区,市场规模持续扩大,并借助于海外翻译网站以更加迅速、便捷的方式向欧美国家传播中国网文。2014年之后,各个海外网络小说网站纷纷崛起,网文出海势头迅猛,给予资本开拓网文盈利的新方式。

2015 年

1月3日,百度发布了一份由中国6亿多网民历时一年完成的"投票"结果——2014年度热词搜索榜单。在"十大热搜词语"中,4部网络小说书名位列其中。其中,"大主宰""完美世界"取代了"天气""淘宝",分别排在第一、第二位。

1月4日,上海玄霆娱乐信息科技有限公司法人变更为腾讯文学CEO吴文辉。盛大文学旗下的多个平台也转到腾讯文学旗下,证实了此前腾讯文学对盛大的收购计划。

1月9日,全国"扫黄打非"工作小组办公室专职副主任周慧琳对2014年"扫黄打非"行动进行回顾和评价,并指出2015年将互联网作为主战场,将深入贯彻落实党的十八大和十八届三中、四中全会精神,深入贯彻落实习近平总书记系列重要讲话精神,全国"扫黄打非"工作小组办公室将继续开展好"清源2015""固边2015""净网2015""秋风2015"四个专项行动。"净网2015"对非法出版物印制、"藏独"反动出版物及宣传品、顶风作案等行为,传播淫秽色情信息的互联网企业和"微领域"坚决打击。还将开展"护苗2015"专项行动,打击非法、有害的少儿读物。

1月9日,百度文学P·L·A·Y 2015百度移动游戏狂欢节在广州举办。百度文学携旗下的纵横中文网、91熊猫看书、百度书城等子品牌和海量原创IP高调亮相狂欢节,百度文学一手打造的"封女神"娄娄也和粉丝互动。

1月10日,电视剧《何以笙箫默》在江苏卫视、东方卫视首播,安徽卫视跟播。该剧由顾漫、墨宝非宝联合编剧,根据作家顾漫于2003年在晋江文学城创作的同名长篇网络小说改编。开播后,江苏卫视的收视率1.482%,市场份额3.788%,成为江苏卫视2015年度收视冠军,是首部单日网络播放量突破3亿的电视剧,百度指数最高达320万,并登上韩国三大电视台之一的MBC,入选国家广播电视总局《2015中国电视剧选集》。2015年4月18日,该剧获第

36届加拿大班夫国际电视节的最佳剧情类电视剧奖;2015年11月7日,获第13届四川电视节金熊猫奖,评委会特别奖。

1月10日,欧阳友权在《江海学刊》上发表《微信文学的存在方式与功能取向》。文章指出,微信文学的存在方式源于它的技术构成及其与主体关系的设定,其三种形态包括基于微信平台创作并发布的原创文学、利用微信推送的传统文学作品和以微信为题材创作的小说。微信文学的功能取向是多媒介审美功能、文化传承功能和交友圈关系资源的商业驱动功能。

1月15日,中国咪咕文化正式在北京挂牌。咪咕文化是中国面向音乐、视频、阅读、游戏和动漫的唯一运营实体,负责数字内容领域产品运营和服务的子公司。同时,咪咕视讯科技有限公司在上海挂牌成立,法定代表人为何嵩。

1月20日,邵燕君在《北京大学学报(哲学社会科学版)》上发表《网络文学的"网络性"与"经典性"》。文章认为,对于网络文学的"经典性"的讨论需要从"网络性"的角度展开。要跳出印刷文明的局限,关注"网络性"印刷时代确立起来的"雅俗对立"二元结构的瓦解。对于拥有最大读者群体的网络类型小说的文学地位需要重新评估,对其"经典性"的讨论需要排除一些观念误区。在确认网络类型小说同样具有文学性、独创性和思想严肃性的基础上,文章对"网络类型经典"做出定义,并倡导一种"介入式"的研究方法。

1月21日,中文在线在深交所创业板上市,成为网络文学领域中首家上市企业,是中国"数字出版第一股",旗下有17K小说网、汤圆创作、四月天、中文书城等多家文学网站。9月,中文在线集团正式成立,成为中国首家数字出版集团,是国内最大的正版数字内容提供商之一。

1月23日,咪咕互动娱乐有限公司在南京挂牌成立,法定代表人王刚。公司经营范围包括游戏、动漫及周边产品的开发和运营,音乐、电子图书、视频等开发和制作。

1月26日,首次举办的鲁迅文学院网络作家高级研修班结业,有52位网络作家参加了高研班的学习。

1月26日,腾讯首席运营官任宇昕、副总裁程武宣布正式成立阅文集团。

1月27日,苏宁阅读宣布与百度文学在网络文学内容分销、品牌联合推广、用户维系、校园推进、全版权运营等方面全面合作。苏宁阅读是苏宁云商集团旗下的数字阅读品牌,是首家与百度文学旗下首款移动看书软件熊猫看书达成战略合作的电商平台。其主要打造基于网络文学原生内容的音视频等、关注多媒体互动差异化形态的泛阅读生态型产品,一同共建泛阅读生态。此次合作将百度文学旗下精品文学作品内容与苏宁阅读相连接,有利于用苏宁的平台资源,推送出质量更好的正版网络文学作品,将精品的网络文学内容转化为音频、视频和多媒体互动书等不同形式的内容资源,给予用户更广泛的选择和期待。

1月,美籍华人Good guy person(GGP,中文名"孔雪森")建立重力故事(引力传说Giavity Tales)网站平台,语种以英语为主,规模仅次于武侠世界,是美国的第二大中国小说翻译网站。网站最高单日点击量超250万,最高日访问用户超15万,最高月来访用户近120万。

1月,实行网络严打,百度贴吧的高干文吧被封。

1月,李修元的《网络文学艺术价值的理性审视》由合肥工业大学出版社出版。该书从网络媒介文化形态的生成空间、网络文学发展现状的视点链接、网络文学审美艺术的后现代性、网络文学艺术形态的语境特征、网络写作审美主体的超位思维、网络文学文化抉择的理性思考、网络文学价值形态的艺术追求和网络文学健康发展的文化导向等方面,系统阐述了网络文学艺术价值的多元视角,构建了网络文学发展的现实路径,从美学的角度理性审视网络文学的艺术价值。

1月,中国文联理论研究室、中国文艺评论家协会编著的《网络化背景下的文学艺术》由中国文联出版社出版。该书主要探讨网络化背景下传统文学艺术会如何发展,新兴的文学艺术又有怎样的可能等问题。该书关注网络化背景下整个文学艺术的总体状况,包括但不限于网络文学和网络艺术。

2月5日,黄鸣奋在《福建论坛(人文社会科学版)》上发表《后信息爆炸时代的数码阅读》。文章指出,后信息爆炸时代数码阅读的特点是:在社会层面,将数码土著当成标领风骚的阅读主体,将参与者视为数码产品预设阅读对象,认为机器识别技术及其开发商是日渐重要的阅读中介;在产品层面,主要诉诸超文本、多媒体与超媒体等阅读手段,将多层代码作为阅读内容,从比特流的角度把握阅读本体;在运作层面,推重作为阅读方式的人机交互、作为阅读环境的虚拟社区、作为阅读机制的经典重组。

2月15日,中国移动和阅读主办,浙江省网络作协、龙的天空协会和《青年时报》协办首届"网文之王"评选活动。网络作家唐家三少成为首届"网文之王"获得者。"五大至尊"分别是辰东、猫腻、梦入神机、唐家三少和我吃西红柿五位作家,"十二主神"是辰东、烽火戏诸侯、风凌天下、方想、酒徒、柳下挥、猫腻、梦入神机、天蚕土豆、唐家三少、我吃西红柿和月关。在2015年1月26日,微博话题"网文之王"建立,许多网络作家纷纷转发参与互动,南派三叔、唐家三少、猫腻、梦入神机、蝴蝶蓝、血红、耳根、我吃西红柿、月关、烽火戏诸侯、酒徒、风青阳等作家全都加入话题,短短两日,话题阅读量便突破2 000万,进入微博热门话题榜前四,并成为读书类第一话题。

2月17日,西安曲江影视投资有限公司出品的古装剧《失宠王妃之结缘》在阳江公共频道播出。该剧改编自雪灵之的网络小说《结缘》,讲述了原学士之女原月筝与翥凤王朝宗政凤璘之间的爱情故事。

2月23日,马季在《中国出版》上发表《网络文学三面观:故事行云流水 生存依赖写作》。文章关注网络文学中文化选择决定市场选择、传播方式决定文本形态和社会变革决定阅读趣味等三个方面。作为互联网文化产业的源头性产品,网络文学的开放性、创新性和芜杂性可谓空前,文化消费范式具有鲜明的时代特征。对网络文学进行评论引导,辨析其中的优劣,判断其中的真伪,是推动网络文学积极健康发展的重要手段。

2月23日,庄庸在《中国出版》上发表《网络文学"中国名编辑"如何诞生——〈意见〉对网络文学编辑再造和重塑思路》。文章针对行业技术和数据崇拜中网络文学编辑弱势化的现状,将编辑持证上岗、责任编辑制、骨干编辑培训作为推动网络文学健康发展的重要任务。

2月25日,吉喆在《文艺争鸣》上发表《新媒体视野下网络文学影视改编的对策探析》。文章认为,网络文学应当是以互联网为发表平台和传播媒介,借助于超文本链接和多媒体演绎等手段来体现的文学作品、类文学文本及含有一部分文学成分的网络艺术品。"网络文学"以"网络为父",以"传统文学为母",影视改编有其强大的优势,主要在于:一、强大的互动交流读者群;二、网络文学改编更注重现代化的审美元素;三、网络文学影视改编的性价比更容易被接纳;四、网络文学改编的作品可以利用新媒体带动相关产业的蓬勃发展。对改编的应对措施和策略:一、尽量遵循原著的精神核心;二、与读者沟通,多方合力优化网改作品;三、始终保持人文关怀是网络文学影视化改编必须呈现的人文景观;四、网络文学影视改编的"文学性"策略;五、网络写手亲自操刀,提高其参与度,多方合力打造作品;六、设立专门机构,搭建对话平台,建立健全机制。

2月,由巨人移动开发,根据作家天蚕土豆的玄幻小说《大主宰》改编的同名手机网游不删档测试。人物均采用Q版形式,游戏采用3D引擎制作,给玩家呈现经典的中国仙侠风画面。游戏在上线短短几天内就强势登上App Store付费排行榜的冠军宝座。

3月3日,湖南卫视金鹰独播剧场首播《锦绣缘华丽冒险》。该剧改编自念一的小说《风雪夜归人》。

3月13日,马季在《人民日报》上发表《网络文学的三个变量》。文章指出,网络文学的优秀作者会摸索出符合文学规律和市场规律的道路,解决好市场与文学之间的矛盾。三个变量分别是:审美层面的变量、表现方式的变量和受众层面的变量。

3月16日,由同名小说改编的网剧《执念师》在PPTV首播。这是中国首部科幻网络周播剧。

3月16日,在整合了盛大文学和腾讯文学的基础上,阅文集团正式挂牌,成为国内最大的网络文学集团。阅文是国内引领行业的正版数字阅读平台和文学IP培育平台,改变了网络文学的市场格局,IP开发也迎来爆发期。阅文集团旗下有起点中文网、起点女生网、创世中文网、云起书院、潇湘书院、红袖添香、小说阅读网、言情小说吧等原创网站和阅读品牌;内含华文天下、聚石文华、中智博文、榕树下等图书出版和数字发行品牌;另有懒人听书、天方听书网等音频听书品牌。一系列网站品牌都进行统一管理运营。阅文集团的成立标志着中国网络文学形成了"一超多强"的格局。

3月20日，夏烈在《文艺报》上发表《网络文学的综合治理与时代使命》。文章指出，网络文学到了需要综合治理的节点，网络文学质量参差不齐，抄袭问题严重，不能很好地彰显主流价值。主流价值应满足人民群众的精神文化需求，并竭尽所能地在主流价值观和市场之间找到一种更为优化的平衡。网络文学应肩负起自身的时代使命。

3月20日，作家言晓川发微博指出演员石天琦的作品《东宫·繁华沉梦》抄袭自己在新华阅读网上的小说《绝色惑妃：太子别嚣张》，且事后网站修改其首发时间造成后发表的假象。随后，爆料出石天琦的《最好的时光》抄袭了寐语者在晋江发表的《苏婧》，散文集《水风空落眼前花》涉嫌抄袭网络作家冥灵、暗、goodnight小青、秦淮旧梦等多位作家的原创作品，并停止发行出版。而石天琦的第三部作品《流光不负，岁月静好：三毛的美丽与哀愁》涉嫌抄袭作者刘兰芳的《被拒绝的爱情：三毛与舒凡》。这在网文界引起争议和讨论，石天琦表示作为订制书籍的《东宫·繁华沉梦》不是只由一人完成。寐语者于3月22日在新浪微博公布了抄袭案胜诉结果，其余作者并未公开维权结果。

3月25日，在全国"扫黄打非"工作小组办公室通报"净网2015"专项行动中，调查后发现，网易云阅读的《蜜蜂妖纪》等17部小说涉嫌含有淫秽色情内容，经鉴定，10部小说为淫秽互联网出版信息，7部小说为色情互联网出版信息；百度手机客户端有21种小说内容属淫秽、色情互联网出版信息，且未取得出版许可。4月9日，网易云阅读涉黄拟被罚85万元，停业整顿1个月。

3月25日，唐家三少的《斗罗大陆外传神界传说》出版，并在《神漫》上连载。该作是小说《斗罗大陆》系列的衍生作品。故事里神界被时空乱流卷走，因为和刚刚出生不久的儿子分离，小舞痛不欲生，唐三一边安慰着妻子，一边守护神界，巩固重新加固后的神界。斗罗众神齐心协力，等待脱离时空乱流的机会。

3月26日，凯撒股份发布公告称，将以不高于5.4亿元现金收购网络文学公司杭州幻文科技。幻文科技以优质版权为基础，全面布局"泛娱乐"战略，打造"幻文互动娱乐"品牌，覆盖文学、游戏、影视、动漫等多个领域。

3月28日,许苗苗在《厦门大学学报(哲学社会科学版)》上发表《网络文学:驱动力量及其博弈制衡》。文章认为,媒介、资本和制度是驱动网络文学变化的三个主要力量。媒介技术带来新的发布渠道和传播方式,推动网络文学形式上的一次次突破。资本在很大程度上主导着网络文学的趣味,使其从早期迎合编辑审读、模仿印刷文学,走向追随市场、面向网民的通俗化道路。在管理和制度层面,出版监管的宽容、各级作协的接纳等助力了网络文学的壮大。管理制度通过主张知识产权间接调控技术的泛滥,又以净网行动对逐利资本的庸俗化导向予以警示。三者在相互博弈和制衡中形成合力,共同驱动网络文学健康发展。

3月30日,腾讯互娱UP 2015发布会在北京召开,阅文集团首次对外亮相,吴文辉发表演讲。这开启了中国网络阅读与数字出版史上"全民阅读"新篇章。

3月31日,北京大学中文系副教授邵燕君创立"北京大学网络文学研究论坛"。该论坛致力于"引渡文学传统,守望文学精灵",以北京大学中文系网络文学研究课程为依托,开展了对网络文学作品评论、网络文学年度男频与女频作品榜发布和网络文学词典编写等一系列工作。以文学性为宗旨,立足民间性与专业性,对男频、女频各选择10部优秀作品编成并出版《中国年度网络文学》系列图书。在微信、微博、知乎、博客、澎湃等平台定期发表文章。已出版多部网络文学研究相关著作,如《网络时代的文学引渡》《新世纪第一个十年小说研究》《网络文学经典解读》《2015中国年度网络文学》等。

3月,王祥的《网络文学创作原理》由中国人民大学出版社出版。该书对网络文学创作的规律、原理、东西方文化源头进行探索,在理论与写作实践层面为网络文学写作者和研究者提供帮助。

4月3日,网络小说《芈月传》原著作者蒋胜男与电视剧《芈月传》编剧王小平二人在"总编剧"的署名权上发生了分歧,原著作者蒋胜男向法院提起诉讼,维护自己的署名权。

4月7日,上海市作协、劳动报社联合发布"2014·中国网络文学年度好作品"评选结果。优秀奖10部:青青的悠然《宦妃天下》,严啸建、熊尚志、陈志斌

《首席星探》、鲁一凡《住在手机里的小莉泽》、忘语《魔天记》、长白山的雪《长白山下好种田》、昭《失业33天》、常书欣《余罪》、烟雨江南《永夜君王》、伍家格格《君子vs佳人四部曲》、易人北《牧九歌》。佳作奖11部：陈词懒调《回到过去变成猫》、蓝色狮《锦衣之下》、春温一笑《青雀歌》、高月《三国之兵临天下》、月初明《医手遮香》、仲要《继续当个柴火妞》、辰东《完美世界》、心碎梦思迁《灵鼎》、柳下挥《终极教师》、满树红叶《小城24小时》、墨舞碧歌《传奇》。入围奖19部：天下归元《凰权》、毕东坡《保定府的那些事》、千重草《抗战侦察兵》、丁墨《美人为馅》、梦溪石《人生赢家进化论》、月关《夜天子》、妽锦《步步惊婚》、木子喵喵《竹马钢琴师》、楚白《天书奇谭》、缦彩笺《樱花恋人交响曲》、徐强《王的刺客》、夜十三《特种兵在都市》、烽火戏诸侯《雪中悍刀行》、轩辕唐唐《古墓迷津》、季末更寂寞《灭世》、墨雨《玄魔至尊》、古剑锋《机甲天王》、迷路的龙《重生之美食帝国》、失落叶《斩龙》。

4月17日，国家版权局办公厅发布《关于规范网络转载版权秩序的通知》，明确规定了网络转载版权的条例，对网络小说的版权保护起到一定的作用。

4月20日，咪咕数字传媒有限公司在杭州挂牌成立，正式启动运营，前身是中国移动手机阅读基地。旗下有咪咕云书店、咪咕阅读、5G融媒手机报等平台，并不断挖掘优质的内容。

4月21日，首届中国数字阅读大会在杭州举行。参会的有国家新闻出版广电总局党组成员、中共浙江省委常委、国家新闻出版广电总局数字出版司、浙江省新闻出版广电局等领导，来自数字出版、文化产业和互联网相关企业的近700多位精英。本次大会以"融合·创新·梦想"为主题，是国内首次在数字阅读领域的高层次交流盛会。咪咕数字传媒有限公司重磅发布了《2015年度数字阅读白皮书》，启动了"2015数字阅读＋"计划，并重磅推出"悦读中国"榜中榜。与会人员从行业纵深、转型发展、跨界合作等方面展现了数字阅读的行业潜能。

4月22日，国家版权局发布《关于规范网络转载版权秩序的通知》。该通知指出，互联网转载他人作品需经过著作人同意并支付报酬，须指明作者、作品名称和来源，且不得对作品进行实质性修改。报刊单位和互联网媒体应建立健全本单位版权管理制度,明确网络转载过程中转载人和机构单位应当履行的责任与义务。

4月23日,阿里巴巴移动事业群宣布推出阿里巴巴文学(简称"阿里文学")。阿里文学在世界读书日宣告成立,并与新浪阅读、塔读文学和长江传媒达成合作,进军网文市场,成为阿里巴巴旗下的网络文化娱乐消费品品牌。旗下拥有书旗小说、优酷书城、PP书城、淘宝阅读、UC小说等相关平台。

4月24日,咪咕动漫有限公司在厦门挂牌成立。它是中国移动在动漫领域的运营实体,以移动互联网ACGN(动画、漫画、游戏、轻小说、原创视频)为核心内容进行运营,聚焦内容制作发行和衍生周边发售,建设新型互联网文化产业生态。

4月26日,电视剧《芙蓉锦》在浙江台州影视文化频道首播。该剧改编自灵希的同名网络小说,讲述了身怀国仇家恨、隐瞒身份委身于邯平督军府当参谋长的高仲祺与意外相遇的佳人贺兰之间上演的一出痛彻心扉的悲伤爱情故事。

4月28日,掌阅科技宣布投入10亿元人民币,发展原创网络文学领域,成立了掌阅文学,旗下拥有红薯网、掌阅小说网、趣阅网等八家原创网站。签约了大批顶级网文大咖,影响非凡。掌阅文学以打造精品IP为宗旨,在出版、影视、游戏、动漫、有声书等领域进行布局,通过挖掘、签约、培养、推荐、衍生增值等手段向内容市场输出原创精品IP内容。

4月30日,电影版《何以笙箫默》上映,首日票房6 300万元。但观影反馈较差,影片质量饱受诟病。言情类网文影视化的质量把关引起人们反思。

5月6日,《魔天记》手游登录App Store。5月13日,安卓公测手游《魔天记》。该手游由忘语所著的同名奇幻修真小说改编而成,并由忘语授权监制,上海方寸信息科技有限公司研发,网易运营。手游版权授权500万元。该手游获得DEF 2015天府奖"2015年度移动游戏剧情奖TOP5"。

5月8日,《心理罪第一季》在爱奇艺线上播出。该剧由作家雷米所著的同名系列小说《心理罪第一季》改编,是犯罪悬疑主题网络季播剧。该剧于2014年11月9日在江苏无锡开机,2015年2月杀青。

5月10日,广东省网络作家协会成立大会在广州举行。会议选举产生了广东网络作协第一届领导机构,主席团主席为杨克,副主席由谢石南、林庭锋(宝剑锋)、周西篱(女)、贾志刚、林俊敏(阿菩)等人担任。

5月14日,公测页游《莽荒纪》。6月,该页游流水破3 000万元。

5月15日,南京三江学院的文学与新闻传播学院和中国当代文学研究会新媒体文学委员会合作,共建"网络文学编辑与写作"本科专业。这是全国高校首个网络文学编辑本科专业。该专业立足于数字出版和网络文学编辑与写作技能,着力培养数字出版、移动阅读以及网络文学编辑、创意写作方面的人才。

5月15—17日,中文在线旗下17K小说网九周年庆典暨第八届作者年会在杭州召开。

5月17日,新华网发布"净网2015"专项行动综述,行动聚焦大网站和非法网站,锁定微领域,对传播的非法内容进行严厉打击。山东省、浙江省、内蒙古自治区等地有关部门都认真研究、精确部署,集中整治微博、微信、微视、微电影等控评和监管,让网络空间更明朗,让网络成为人们健康明媚的精神家园。

5月19日,苗族网络作家尘香如故在三苗网文学论坛发布散文《蚩尤的女人》,表达对苗族女性的赞美。

5月21日,天象互动与爱奇艺共同举办的《花千骨》正版授权游戏产品发布会在北京举行,手游《花千骨》亮相。该手游首月流水近2亿元。

5月22日,由红袖添香、言情小说吧联合举办的国内最大的网络文学赛事"2015华语言情小说大赛"顺利落下帷幕,收到20余万部参赛作品。作品总点击量超过200亿次。200部人气网络小说入围总决赛。红袖添香人气网络作家云檀的《挽不回的旧时光》夺得红袖添香赛区总冠军,九月如歌凭借作品《一念情起》摘得言情小说吧赛区桂冠。

5月26日,阿里文学召开战略会,主推移动阅读和IP开发。以移动阅读为突破口,布局网络文学市场;打造开放的版权战略,与合作方共享版权。与新浪阅读、塔读文学、长江传媒推进合作协议达成。阿里文学力求与作家、内容生产商、内容传播平台合作,实现网络文学IP产业链的共同繁荣。

5月26日,阿里文学在其战略发布会上与新浪阅读正式签约,并公布了合作方案,达成深度合作协议。这是继2013年阿里、新浪合作后又一影响网络文学行业格局的重要事件。阿里文学将与新浪阅读开展一系列实质性的合作。

5月28日,阅文集团知名作家、新生代网文大咖乱的新作《全职法师》发布会召开。这是阅文集团成立后举办的首场新书发布会,与阅文集团"星计划"相呼应。

5月29日,QQ阅读5.0上线。这是移动阅读产业升级的标志性动作,主推智能推荐,实现从"人找书"到"书找人"的跨越。

6月1日,晋江文学城作者长着翅膀的大灰狼(原名"丁一"),因贩卖淫秽作品牟利被判刑。她的3本小说《盛开》《应该》《谁的等待恰逢花开》,被执法机关认定为淫秽色情小说,3本小说获利5万多元。7月1日,丁一被判刑1个月后,中国文联出版社出版其《最好的爱情》,笔名"君好",中国文联出版社总编办相关人士表示对丁一被判刑一事并不知情。

6月1日,水千澈的异能题材小说《重生之国民男神》开始在潇湘书院连载。该作品把主角集中到了舞台下的粉丝群体,展现了"饭圈"的生活状态,将在青少年群体中流行的爱豆(idol)文化融入网络小说,是粉丝追星小说成功的开始。

6月9日,由同名小说改编的电视剧《花千骨》登陆湖南卫视钻石独播剧场。该剧收视率一路攀升,单日点击量突破4亿。该剧被评为2015年国剧盛典"年度十大影响力电视剧"之一、荣获第十一届电视制片业"电视剧优秀作品"奖,是2015年度收视亚军。2015年《花千骨》热可谓是IP转化成功输出的经典佳话。《花千骨》在泰国热播后,泰国《星暹日报》报道青年男女用"makeup"肖像处理软件的"妖神妆"处理自己的照片。作品也在越南等东南亚国家市场上取得了不俗的收视成绩,并在韩国、新加坡等国的电视黄金档播出。作品还登上了《纽约时报》版面,赢得了不少好评。

6月10日,四川省网络作家协会第一次常务理事会举行,四川省网络作家协会成立。周小平当选主席,阿来是名誉主席。协会汇聚了四川网络文学最有影响力的作家以及网络文学平台运营人。

6月11日,第四届"世界知识产权组织版权金奖"颁奖典礼在厦门举行,掌阅获世界知识产权组织版权金奖。掌阅是此次获奖的唯一数字阅读企业,获奖将给其海外业务拓展带来极大的便利。

6月12日,季播网剧《盗墓笔记》登录爱奇艺,开启了《盗墓笔记》的IP改编之旅,在上线2分钟后点击量达到2 400万,22小时后点击量破亿。年底,《盗墓笔记》网络剧在爱奇艺播放量超28亿,夺得2015年网剧收视率冠军。同时上线的还有由欢瑞游戏研发的《盗墓笔记S》手游,这是首款融合性3D动作手游。《盗墓笔记》是2006年南派三叔创作的盗墓题材小说,2007年1月出版,是《鬼吹灯》的同人文。共出版纸质书9本,单本销量平均过百万册,9部总销量超过1 200万册。

6月12日,电视剧《两生花》在浙江卫视中国蓝剧场和江苏卫视幸福剧场晚间联合播出。该剧改编自唐七公子的都市题材网络小说《岁月是朵两生花》,主要讲述了与独子相依为命的单亲妈妈颜宋与刚从沉睡中醒来的失忆男子秦漠相遇相守的爱情故事。

6月17日,针对高端人群的严肃阅读平台拇指阅读被京东收购,京东由此完善了电子书全消费链条。拇指阅读集找书、看书、交友于一体,是阅读与社交融合的优质应用,在阅读社区中,强调以书会友,可评论好友动态,借阅书籍,拥有品种最多的精品书,在"京东专区"分销京东30万电子书,平台设有"编辑推荐""新书速递""排行榜"等板块,推荐优质电子书,另外分享大量免费书籍。

6月17日,"2015腾讯书院文学奖"颁布。在网络小说火爆后,类型化小说再度复兴,不断打破纯文学的界限。小说类评委由李敬泽、白烨、韩松、夏烈、邵燕君担任。在类型小说奖中,"致敬小说家"称号由科幻小说家刘欣慈获得,"年度小说家"称号由猫腻获得。

6月19日,阅文集团Next idea原创文学大赏暨"2015星创奖"征文活动开启。该活动是"2015腾讯青年创新大赏"的重要组成部分,由阅文集团旗下起点中文网、创世中文网、云起书院、起点女生网联合启动,共青团中央大力支持。

6月23日，小说更新网成立。它是提供全亚洲翻译小说连载指南的导航网站，是一个主要的转载平台，有强大的搜索引擎，是最大的亚洲文学译作索引平台。网站上自发注册的翻译组达700多家。

6月25日，黄鸣奋、胡显斌在《华南师范大学学报（社会科学版）》上发表《跨媒介写作三重解》。文章指出，对于跨媒介写作，可以从三个角度加以考察：第一，信息处理技术。跨媒介写作所不可或缺的技术条件，是由历次信息革命创造的。它相对于多媒介写作、超媒介写作而存在，因全球化、知识经济和可持续发展等方面的巨大需求而得以繁荣。第二，艺术创造行为。跨媒介写作超越了各种艺术分类，从不同样态之间的相互渗透寻找灵感，将超教养作为艺术家的要求。第三，文化产业环节。跨媒介写作从社会分工、组织使命、市场风云等视野看待自身的价值，从平台建设把握写作发展的趋势，从多种取向把握当前文化产业的机遇。"跨媒介性""超居间性"是体现跨媒介写作特点的学术范畴。

6月26日，"扫黄打非·固边2015"专项行动座谈会在北京召开。北京、广东、吉林、云南等18个省（区、市）及新疆生产建设兵团"扫黄打非"办公室负责人参加会议。从3月份开展行动以来，各地都有显著的成果。强化区域出版物市场治理，以打固边，依法坚决打击非法出版物。强化网上固边，严格落实网站主体责任，督促落实相关法规制度，对问题网站严厉追究责任。

6月27日，新网络文学小说网站偶家中文网正式上线，致力于经营粉丝经济。由偶家中文网官方推出的手机客户端偶家App上线。这是一款免费正版小说阅读软件，立足粉丝经济和新盈利模式的探索，为广大热爱阅读的手机党提供阅读福利，力图打破网络小说付费阅读模式，尝试开启新的网络小说阅读时代。

6月30日，中国音像与数字出版协会、中国作协、浙江网络作协联合举办的首届中国互联网文学联赛启动。该联赛由阅文集团、中文在线、百度文学、浙江出版集团、华策影视等20余家产业伙伴共同协办。本届文学联赛的导师由唐家三少、辰东、麦家、叶非夜、辛夷坞等10位名家担任。目的是提升中国网络文学的创作质量和水平，挖掘更多创作人才。

6月，国家互联网信息办公室在全国部署开展"护苗2015·网上行动"，重点打击网络上危害少年儿童健康成长的违法和有害信息的传播，集中清理整治淫秽色情低俗、血腥暴力恐怖等不良内容。此举让广大网络文学从业者和网络作家看到了政府对互联网信息传播的高度重视，政府规范互联网行业行为和打击劣质作品、网站的决心，有利于推动网络文学的良性发展和竞争。

7月1日，阅文集团正式将月票榜升级改名为"福布斯·中国原创文学风云榜"。新版榜单中囊括对起点中文网、创世中文网、起点女生网、云起书院等网站的所有上架销售的非出版作品进行排行，并陆续开放对第三方授权作品的排行。

7月1日，欧阳友权在《河北学刊》上发表《中国网络文学研究基点及其语境选择》。文章认为，"从上网开始，从阅读出发"，切入现场、贴近实际的学理分析，应成为网络文学研究的基点和路径。面对不可逆的文学传媒化语境，网络文学理论批评也将经历一次难以逆转的理论转向和有效言说的方法论选择。这种转向和选择不仅关涉主体回应现实、顺时应变的学术立场，还将影响中国网络文学理论建设的观念导向及其发展路向。

7月4日，欢乐书客App上线，包括全新原创文、同人小说和经典读物等多个类型，主推男频文同人作品和二次元轻小说。该应用打破次元界限，用户可以轻松畅读漫画与小说。该应用还对平台上的同人作者发放补贴。因起点网对同人区实行的是不上榜、少签约的政策，许多在起点网站的同人文作家纷纷进入该平台发文。

7月6日，在搜狐视频平台播出民国奇幻剧《无心法师》。该剧改编自尼罗的同名小说。2015年10月31日，该剧获得第2届文荣奖最佳网络剧。

7月7日，湖南卫视青春进行时剧场播出《旋风少女》。该剧根据明晓溪小说《旋风百草》改编。第一季只拍摄了4本原著中部分内容，原著作者明晓溪在该剧组首次担任剧本统筹。

7月9日，PPTV视频平台播出《纳妾记》。该剧由沐轶的同名小说改编，是上海聚力传媒技术有限公司、东阳华海时代影业传媒有限公司2015年联合出品的网剧。《纳妾记》第二、三季的总播放量已突破10亿,创下良好的口碑。

7月9日,根据唐七公子的小说《华胥引》改编的《华胥引之绝爱之城》,在江西卫视、四川卫视首播。CMS50城当日数据统计显示,《华胥引之绝爱之城》收视率为0.393,收视份额为1.16,居排行榜第12位。

7月28日,由爱奇艺投资出品的网剧《涩世纪传说》,在爱奇艺平台播出,每周一至周五20:00连播两集。该剧改编自于佳的同名网络畅销小说《涩世纪传说》,内容为罗兰德学院303宿舍三位具有传奇色彩的风云学员当中发生的各种匪夷所思的故事。该剧集合年轻人喜欢的魔幻、爱情、青春、热血等元素为一体,新颖奇特。

7月31日,中国网络小说排行榜第一季度和第二季度榜单合并揭晓,第三季度评选更强调避免"粉丝心态",注重网络性、客观性等。2015年的年榜中《奥术神座》《回到过去变成猫》《木兰无长兄》《匹夫的逆袭》《从前有座灵剑山》《烽烟尽处》《凤倾天阑》《唐砖》《紫阳》《女户》等10部作品入选精品榜。《原始战记》《诛砂》《修真四万年》《穿越者》《碎星物语》《厨娘当自强》《巫神纪》《万古仙穹》《他知道风从哪个方向来》《灭世之门》等10部作品入选新书榜。从2016年开始,每年发布半年榜和年榜。每次榜单分为新书榜10部、精品阅读榜10部。每次评选分为作品征集、网上投票、初审、专家终审、公布榜单5个环节。中国网络小说排行榜以引导创作、引导作家、引导读者为目的,秉持以"作协定位、全局视野、大众审美、网络特质"为原则,注重网络文学作品内涵的正能量,力求反映网络文学发展全貌,打造良好的网络文学环境,建立具有特色的评价体系。

7月,话剧《盗墓笔记Ⅲ:云顶天宫》由南派三叔的《盗墓笔记》改编而成,与前两部联合演出,取得了较大的反响。

7月,何志钧、秦凤珍的《数字化语境中新世纪文艺审美现象解析》由人民日报出版社出版。该书系国家社会科学基金一般项目"数字化语境中新世纪以来的文艺审美实践研究"和教育部人文社会科学重点研究基地重大项目"文学艺术与现代传媒的关系研究"的阶段性成果,汇集了课题组成员和学术界同人对数字化语境中新世纪以来的文艺审美现象进行专题研究和个案研究的几十篇论文,涵盖从网络玄幻小说、网络论坛、微电影、肖像照片、网络游戏到微博、手机审美、数字拍摄、数字屏幕等众多方面,注重现象透视和个案解析。

8月1日,百度小说人气榜上线,依托百度贴吧平台,由百度贴吧和百度文学联合推出,共同开创粉丝经济新纪元,打造中国网络文学极具影响力的榜单。粉丝拥有捧场、身份积分、身份展示、粉丝榜等相应的粉丝福利。榜单向所有平台作品开放,接入百度贴吧、纵横中文网等多平台投票入口,实现了百度贴吧和百度文学实时同步更新。

8月3日,腾讯视频开播《暗黑者2》。这是由周浩晖的《死亡通知单Ⅱ:宿命》改编的悬疑网络剧。

8月10日,《校花的贴身高手》在爱奇艺平台上线。该剧根据鱼人二代的同名小说改编,由终极一班幕后团队制作。

8月16日,第九届茅盾文学奖在北京揭晓。经过6轮投票,金澄宇的《繁花》获奖。2012年,《繁花》发表在《收获》上。

8月17日,张起灵与吴邪按约定从长白山青铜门出来,粉丝为了兑现"十年之约",当天从全国各地赶去长白山参加活动的"稻米"超过了7 000人。为了迎合小说中吴邪与张起灵守护长白山青铜门的"十年之约",锦辉推出了话剧《盗墓笔记:长白特别版》,话剧门票、限量明信片、钥匙扣等也被抢购一空。

8月20日,邵燕君在《探索与争鸣》上发表《网络时代:如何引渡文学传统》。文章关注对网络文学的定义、网络时代的"文学移民"和精英的走向,从媒介革命的视野出发,网络文学并不是通俗文学的"网络版",而是一种新媒介文学形态。它颠覆的不是印刷文明下的雅俗秩序,而是建构这一秩序的印刷文明本身。在媒介革命来临之际,要使人类文明得到良性继承,需要深通旧媒介"语法"的文化精英以艺术家的警觉去了解新媒介的"语法",从而获得引渡文明的能力——这正是时代对文化精英提出的挑战和要求。

8月30日,乐视网午间自制剧场播出《调皮王妃》网络剧。该剧由有熊氏的同名小说改编。2015年10月16日收官,《调皮王妃》播放量超过3亿。

8月,由曹启文任主编、夏烈任执行主编的《华语网络文学研究》创刊。该刊由浙江省作协、浙江省网络作协主办,由浙江文艺出版社出版。

8月,阅文集团与腾讯联合推出了"微信读书"的应用程序。该应用程序与其他类似阅读程序相比,最大的亮点在于,以微信朋友的关系链为基础,基于微信朋友圈真实社交关系,用户可以在该应用中看到朋友的读书排名,并给朋友点赞。点击朋友的头像后,还可以阅览他的书架和推荐的图书,将阅读和社交互动紧密结合,增加了阅读的交友互动性。

9月10日,咪咕数媒携手新浪微博推出"亚洲好书榜"。这是中国首个面向畅销初版新书和人气原创小说的跨平台联合榜单。推出出版新书榜和原创男/女文榜,推出高影响力的畅销书。有掌阅、中文在线、塔读、亚马逊中国、当当、京东、苏宁、爱阅读等多个合作伙伴出席了此次活动。通过实时的"FP指数"(粉丝力量指数)体现读者反馈,打造泛娱乐时代的阅读新形态,满足读者的多元化阅读需求。

9月11日,中共中央政治局审议通过《关于繁荣发展社会主义文艺的意见》。该意见认为,网络文艺充满活力,发展潜力巨大,应充分发挥新媒体的独特优势,把握传播规律,加强重点文艺网站建设,运用微博、微信、移动客户端等载体,促进优秀作品多渠道传输,多平台展示、多终端推送。加强内容管理,创新管理方式,规范传播秩序,让正能量引领网络文艺发展。应该坚持"重在建设和发展、管理、引导并重"的方针,实施网络文艺精品创作和传播计划,鼓励推出优秀网络原创作品,推动网络文学、网络音乐、网络剧、微电影、网络演出、网络动漫等新兴文艺类型繁荣有序发展,促进传统文艺与网络文艺创新性融合。

9月13日,《大汉情缘之云中歌》在湖南卫视钻石独播剧场播出。该剧改编自桐华的长篇小说《云中歌》。

9月15日,王玉玊在《南方文坛》上发表《从〈渴望〉到〈甄嬛传〉:走出"白莲花"时代》。文章对流潋紫的网络小说《后宫·甄嬛传》进行人物形象的分析,认为小说全面继承了此前出现的所有"宫斗"元素,并将之推向极致,揭示该小说是"宫斗类"网络小说成熟的一大标志性作品。

9月15日,邵燕君在《南方文坛》上发表《以"爽文"写"情怀"——专访著名网络文学作家猫腻》。文章对在"腾讯书院文学奖"中摘得类型小说年度作家桂冠的网文大咖猫腻进行访谈,探讨"爽文"写作的手段和"情怀"的意义。

9月19日,由北京儒意欣欣影业投资有限公司、东阳正午阳光影视有限公司等联合出品,由海宴的同名小说改编的电视剧《琅琊榜》,同一时间在北京卫视和东方卫视首播。该剧广受好评,荣获第30届中国电视剧"飞天奖"优秀电视剧奖、"第19届华鼎奖——中国百强电视剧第一名"等许多奖项,网络总播放量破百亿,豆瓣评分9.1分。该剧在韩国、日本也备受欢迎,被粉丝誉为2015年度良心剧。同年,卡牌手游上线,是网络文学、影视、游戏等文化领域的跨界联合。

9月22日,《蜀山战纪之剑侠传奇》电视剧分成5季以付费VIP独播模式在爱奇艺全网独播,每月22日一次性上线一季。该剧改编自潘婷的同名小说《蜀山战纪》,第一季上线一小时内会员就暴增79万。8天达1亿点击量。11月,第三季上线时,7天过亿。12月,第四季上线6天就破亿。

9月24—25日,"首届中国网络文学论坛"在上海开幕。论坛上分设各地网络作协经验交流、理论研讨和作品点评等三大板块活动。各地作协负责人,近百位网络文学写手和评论家、专家学者共论中国网络文学大计。多位学者呼吁设立全国性的网络作协联盟。众人对文学网站如何推动网络文学健康发展、网络文学的传承与创新、网络文学的出路、如何走向精品化等问题进行深入探讨。

9月30日,由天下霸唱《鬼吹灯之精绝古城》改编的电影《九层妖塔》票房达到6.78亿元。11月3日,影片获得第十一届中美电影节"金天使奖"。

9月,在上海市新闻出版局指导下,以阅文集团为首联合旗下多家知名原创网站,主办了跨年度的"网络原创文学现实主义题材征文大赛"。涵盖的主题有社会热点、生活变迁、国家改革历程等涉及社会生活多个领域。一年之内收到现实主义题材参赛作品6 000余部,wanglong的《复兴之路》获得特等奖,该小说展现了国企的重振辉煌。

9月,《福布斯·中国原创文学风云榜》发布。男性作品榜15部:《我欲封天》《焚天之怒》《妖神记》《黄金渔场》《天域苍穹》《超品相师》《星战风暴》《造化之门》《完美世界》《三界独尊》《赘婿》《一世之尊》《大宋的智慧》《择天记》《夜天子》。女性作品榜15部：《金陵春》《诛砂》《倾世宠妻》《炮灰攻略》《大神已掉线》《未来之军娘在上》《我家徒弟又挂了》《穿越未来之男人不好当》《重生空间之田园归处》《宁小闲御神录》《穿越之幸福日常》《锦谋》《水乡人家》《坑娘攻略》《后福》。

9月，欧阳友权主编的《网络文学研究成果集成》由中国文联出版社出版。该书是"网络文学文献数据库建设"的结题成果，收集了从1991年到2013年12月底共23年汉语网络文学研究资料。收录的研究文献原文均存放于该数据库软件。该书是网络文学研究成果集大成之作。

9月，周志雄的《网络文学的发展与评判》由人民出版社出版。该书从网络文学的生成机制与文学转型、网络文学的流脉与传播、网络文学的类型与特质三个部分，试图从理论上回答当代汉语网络文学兴起的文学意义，分析网络文学写作活动对当代文化价值建构的作用，考察网络媒介对中国当代文学创作的影响。该书对中国网络文学的兴起发展与评判进行了专业的解读，为网络文学的创作和欣赏提供了有益的学术思考。

10月15日，根据丁墨的同名小说改编的《他来了，请闭眼》在搜狐视频、东方卫视同步播出。该剧获得2015年最受瞩目网络剧奖。

10月17日，山东师范大学网络文学研究中心揭牌仪式暨"文化视域中的网络文学"学术研讨会在济南举行。有100多位专家学者和行业精英出席此次会议。参会人员就如何看待文学变局中的网络文学、网络文学与技术进步、网络文学主流化及其前景等话题进行深入探讨与交流。

10月19日，日本三大出版社之一的Libre出版社宣布，蝴蝶蓝的《全职高手》日文版第一、二卷将在12月24日发售。

10月22日，南派三叔复出，开始在起点中文网连载长篇小说《勇者大冒险之黄泉手记》。

10月24日，在中国作协的指导下，第一届网络文学论坛在上海举行，近百位网络文学写手和评论家、专家学者讨论中国网络文学发展大计。

10月30日，中国移动和阅读App客户端V5.50版正式上线。客户端在功能上全面升级，新用户手机注册登录后享有七天免费阅读权限，并送100 MB

流量。身为移动阅读界"武林盟主"的"和阅读"正式更名为"咪咕阅读"。

10月,周志雄等著的《大神的肖像:网络作家访谈录》由山东人民出版社出版。本书访谈了曹毅(高楼大厦)、于鹏程(风御九秋)、张堃(青狐妖)、张宁(减肥专家)、高克芳(曼陀罗)、魏忠山(冷海隐士)、高岩(最后的卫道者)、庞建新(落尘)、高月(穆丹枫)、段国超(写字板)、夏龙河(水蚀、希墨)、黄玉艳(浅紫缤纷)、李雪松(松子糖)、宋鹏帅(萧瑾瑜)、郜德文(雪舞冰蓝)、刘耀辉、张苏楠等颇有影响的17位网络文学作家。访谈录通过问答的方式感知网络作家的精神个性,了解网络作家的创作道路、生活现状、艺术追求以及写作的收获与困惑,对网络文学发展的相关理论问题进行探讨,建立第一手的网络作家研究资料。

10月,欧阳友权、袁星浩编著的《中国网络文学编年史》由中国文联出版社出版。该书按时间顺序对1991年至2013年汉语网络文学的发展历程进行整理,对其中的重要事件、主要人物、代表作品、各项活动、重要关键词等做了完整记录,保存了网络文学较为完备的原始资料。

10月,国家新闻出版广电总局组织开展"优秀网络文学原创作品推介"活动,21部作品入围,分别是:酒徒《烽烟尽处》、蒋胜男《芈月传》、骁骑校《匹夫的逆袭》、陈词懒调《回到过去变成猫》、唐慧琴《日头日头照着我》、万派《网络英雄传Ⅰ:艾尔斯巨岩之约》、萧炳正《萧家媳妇》、苏诗桂《宁子墨那代人》、天下尘埃《星星亮晶晶》、邱德昌《郭公传奇》、林跃奇《黄道周》、古筝《青果青》、三月王屋《宝贝,向前冲》、携爱再漂流《因为相爱才上演》、宁国涛《两个人的婚姻,七个人的饭桌》、小如的爱情《装修毁了我十四年婚姻》、我吃西红柿《莽荒纪》、唐家三少《斗罗大陆Ⅱ:绝世唐门》、风舞天下《不朽神瞳》、沧月《忘川》、笑谈天涯《古瓷谜云》。

10月,湖南电广传媒出资5.51亿元人民币入股看书网,取得69.25%的股权。而以"数字出版领导者"自居的中文在线,则在年初成功上市,成为国内"数字出版第一股"。

11月1日,全国网络文学重点园地工作联席会议主办、中国作家网承办的2015年第三季度中国网络小说排行榜揭晓。第三季度中国网络小说排行榜精品榜:寂月皎皎《酌风流,江山谁主》、天下归元《女帝本色》、林海听涛《冠军之光》、风御九秋《紫阳》、金满《远征》、梦入神机《星河大帝》、妣锦《御宠医妃》、血红《三界血歌》、李南风《电商之狼:创业者与资本的爱恨情仇》、柳暗花溟《美人谋律》。第三季度新书榜:殷寻《陆门 七年顾初如北》、骁骑校《穿越者》、随侯珠《拾光里的我们》、钟原《灵海》、乱《全职法师》、落尘《无上传承》、简思《婚前婚后Ⅱ》、琴律《盛宠医品夫人》、三盅《生命的每一天都是奇遇》、李天强《寒梅剑》。

11月2日,第一届网络文学双年奖颁奖典礼在慈溪市举行。网络文学双年奖由浙江省网络作协、宁波市文联、中共慈溪市委宣传部共同设立,由浙江省网络作协、宁波市网络作协、慈溪市网络作协联合承办,是面向全球华语网络文学界的评奖活动。该奖颁奖地为慈溪市,每两年颁发一次,每次评出金奖作品1部、银奖3部、铜奖6部、优秀奖15部。第一届网络文学双年奖金奖作品:猫腻《将夜》。银奖作品:海宴《琅琊榜》、沧月《听雪楼之忘川》、烽火戏诸侯《雪中悍刀行》。铜奖作品:酒徒《烽烟尽处》、骁骑校《匹夫的逆袭》、宝树《时间之墟》、周浩晖《死亡通知单》、桐华《长相思》、孑与2《唐砖》。优秀奖作品:爱潜水的乌贼《奥术神座》、辛夷坞《应许之日》、米周《南下打工记》、蓝云舒《大唐明月》、天下归元《凤倾天阑》、唐欣恬《裸生:生娃这件小事》、张晓晗《女王乔安》、马伯庸《殷商玛雅征服史》、打眼《天才相师》、赵公明《茅山传人》、无罪《仙魔变》、永城《秘密调查师:黄雀》、秦明《第十一根手指》、陈谌《世界上所有童话都是写给大人看的》、亮亮《季警官的无厘头推理事件簿》。

11月4日,《中共中央关于制定国民经济和社会发展第十三个五年规划的建议》发布,再次强调"加强网上思想文化阵地建设,实施网络内容建设工程,发展积极向上的网络文化,净化网络环境。推动传统媒体和新兴媒体融合发展,加快媒体数字化建设,打造一批新型主流媒体"。

11月25日,邵燕君在《当代作家评论》上发表《"媒介融合"时代的"孵化器"——多重博弈下中国网络文学的新位置和新使命》。文章认为,2014年是网络文学发展的关键一年,网络文学在17年中发展的势头如火如荼,拥有了数以亿计的庞大用户群体、号称百万的写手大军,并且建立起自成一统的生产—分享—评论机制,以及建立在"粉丝经济"上的"部落文化",这一切都对传统精英文学的主流地位构成挑战。在政治力量、经济力量、网络文学"自主力量"三种核心力量的博弈下,以及看不见的媒介革命的力量加持下,ACG产业文化兴起,对网络文学提出几点疑问:网文是最受大众和资本"宠爱"的文艺样式吗?在"有钱"的挤压下,"有爱"的"粉丝文化"会受到什么影响?原生的"网文机制"又会受到什么影响?如果网络文学被纳入"主流化"的进程,这个"主流化"和网络文学自身的"部落化"又构成什么样的关系?随着媒介革命的发展,网络文学需要在"媒介融合"的时代重新定位。

11月25日,黄发有在《当代作家评论》上发表《网络空间的本土文学传统》。文章认为,网络文学作为新媒体技术与文学创作联姻的产物,研究者向来重视网络技术对文学写作方式、传播方式的革命性影响。由于网络技术起源于海外,中国网络文化的繁荣在借鉴外来技术的前提下,其价值导向和时尚趣味也不能不受到外来文化的渗透。在文学写作方面,超文本写作的崛起打破了传统文本的封闭结构,其开放性、自主性、互文性带来了新的活力与可能性。

11月30日,电视剧《芈月传》在东方卫视、北京卫视首播。该剧根据蒋胜男的同名小说改编而成。开播当晚,单集收视率东方卫视破6%。开播一周后就夺得2015年"剧王"桂冠。

11月,单小曦的《媒介与文学:媒介文艺学引论》由商务印书馆出版。本书从媒介传播角度研究了中国现当代文艺学的发展和流变,是在新视域下对新型文学传播方式进行系统论述的一本专著。

11月,谭伟平的《未来文学形态探析》由湖南人民出版社出版。该书对未来文学面貌进行概述,设想未来文学基本范式,介绍了网络文学带来了文学观念转变、传播体制的冲击和当代文学数字媒介转型,对网络文学"命名的焦虑"进行探讨。在研究方法上立足于"大文学"观,跨越语言、历史、文学、社会,刷新既定规范,需加强对读者阅读反馈的重视,就如何看待互联网时代的文学生态、文学形态有哪些变化、对科幻文学的文学功能如何评价、全球化时代的文学如何发展等问题进行解答。

12月1日，邵燕君、周志雄、庄庸、赵斌在《名作欣赏》上发表《新媒体时代的文学形态——关于网络文学的对话》。文章指出，网络文学经历近20年的发展变迁，已经形成了鲜明的、成熟的商业化模式。而学界对网络文学的研究相对滞后，理论非常匮乏。对网络文学的格局以及热点问题进行研究和探讨。学院派如何进入网络文学之中，网络文学的危机和发展方向等都是值得关注的重点问题。

12月13日，改编自鲜橙的同名小说的网络剧《太子妃升职记》在乐视网开始更新，哔哩哔哩弹幕网跟更。这种"男穿女"，女主为女儿身男儿心，彻底颠倒了男强女弱的性别秩序。2016年11月，该剧荣登中国泛娱乐指数盛典"中国网生内容榜——网络剧榜top10"。这类女强男弱、女主为"真男主"的设定，在女频文中刮起一股"甜宠"的粉红风暴，红袖添香、潇湘书院、晋江文学城、云起书院等各大女频网站，首页的上榜之作都在"发糖"。该剧用网络化的台词和新奇的拍摄方式，被观众吐槽的同时又备受欢迎。

12月15日，朱郎才尽在起点中文网的热门男频历史类网络小说《寒门崛起》被指抄袭了起点女生网作者弱颜的小说《重生小地主》。双方粉丝爆发了激烈的冲突，主要涉嫌抄袭的是背景知识、外貌描写、环境描写、景物描写、场面描写等部分。大量网文作者在微博、龙的天空声援弱颜。12月20日，《寒门崛起》修改11万字后重新上架，作者朱郎才尽也发表道歉声明，提到他已经将这部作品修改了一遍，希望能够继续写书，干干净净地写下去。

12月15日，李玉萍在《中国文学批评》上发表《网络穿越小说的女性书写解析》。文章指出，网络穿越小说在发展过程中逐渐呈现出鲜明的女性书写特质。通过以网络穿越小说女性书写的典型类型，如穿越言情文、穿越女强文、穿越耽美文和穿越女尊文为例，从女性话语体系构建和女性主体意识叙事结构的分析两个方面，展开对网络穿越小说女性书写的分析和解读，并最终得出其价值和意义：在人类书写中构建和还原具有主体意识的真正的"人"，对女性主体意识的进一步确认和发展。

12月16—18日，第二届世界互联网大会在浙江乌镇举行。大会以"互联互通共享共治——构建网络空间命运共同体"为主题，会议设置了10场论坛、

22个议题,其中涉及"互联网文化与传播""中国文化网络传播"等网络文化议题。大会强调,互联网是人类共同的家园,要构建网络空间命运共同体,共创人类发展更加美好的未来。

12月17日,中国作家协会网络文学委员会在北京成立。中国作协原副主席陈崎嵘担任网络文学委员会主任,胡殷红、陈村、欧阳友权、童之磊、吴文辉担任副主任。中国作协副主席李敬泽表示,网络文学委员会的成立标志着网络文学作家、网站、批评家、学者拥有了自己的组织。该委员会是中国作协的第九个专业委员会,将充分发挥平台优势,为我国的网络文学作家、文学网站、批评家、学者打造优越的发展环境,开展网络文学理论研究和评论工作,联络并服务好网络作家,不断向读者推介网络文学优秀作品,组织评选网络文学作品排行榜,整合各方资源大力推动网络文学的全面发展。

12月18日,《鬼吹灯之寻龙诀》上映。该电影由天下霸唱的盗墓小说《鬼吹灯》的后四部改编而成。截至次日零点,《寻龙诀》在公映14小时后票房破亿元大关。上映8天电影票房突破10亿元。

12月28日,由搜狐视频出品的青春网络剧《匆匆那年:好久不见》播出。出品方称,该剧改编自九夜茴的同名小说,被认为是一部有泪有笑的纯情故事。但作者本人却表示,此番改编并非授权拍摄的续集,而只是沿用了作品原先的人物设定,剧情与原著的关联度不高。

12月,邵燕君的《网络时代的文学引渡》由广西师范大学出版社出版。该书为邵燕君多年来从事网络文学研究、教学工作的成果总结。上编是"立场与方法",包括《面对网络文学:学院派的态度和方法》《网络文学的"网络性"与"经典性"》等10篇理论文章,在媒介革命的视野下对网络文学进行深度关照,使之与更广阔的文学史脉络连通。下编"网文课堂"是对崔曼莉、千幻冰云、冰心、血酬、风弄、猫腻等网络作家参加北大网络文学研究访谈交流的记录。

12月,吕周聚等著的《网络诗歌散点透视》由中国社会科学出版社出版。该书系统地梳理了中国网络诗歌创作的历史与现状,探讨了网络诗歌的特征和诗学理论建构,揭示了电子媒介语境中诗歌观念发生的转型,分析了网络诗歌的新的存在形态和写作方式,剖析了其创作主体所呈现出来的新的特质,概括了网络诗歌复杂的主题模式。通过具体文本的分析来展示网络诗歌的语言形式、表现形式和文本形式,呈现网络诗歌多元化的审美形态。

12月,《修罗武神》第一册英文版电子书迈入 Amazon Kindle、Apple App Store、Nook、eReader 等海外平台。Amazon Kindle 上线当月即获3 000册的销量,取得 Amazon 亚洲奇幻传记销售榜第三名,读者好评达4.7分。

12月,沃拉雷小说 Volare Novels 由留美的中国台湾学生艾飞儿建立。该网站主要语种是英语,引进的作品以恶搞、科幻文和女频小说为主,充分发挥"女性向"和"另类"特点,为网站另辟蹊径。

是年,著名网络作家唐家三少2015年的版税收入达1.1亿元。从2012年到2015年,唐家三少的收入在4年内增长了16.6倍。

是年,起点中文网再度被评为上海市优秀网站。

是年,阅文集团旗下的起点中文网(上海玄霆娱乐)对神马搜索及UC浏览器侵权进行起诉。

是年,起点中文网设立作家、作品等荣誉奖项,包括人气、粉丝、创作、风格、价值五大类型来反映作家风格和成果。起点中文网发布开展"作家起点星计划",鼓励作者创作的积极性,签约作者的收益分为三部分:一是作品上架后的订阅收入;二是以全勤奖、勤奋写作奖和月票奖等形式,给予作者写作的相关福利;三是作品的版权和其他相关收益。

是年,起点女生网发布《2015作家体系星计划》。月内每日VIP有效更新字数不低于4 000字,当月有效更新总字数不少于18万,且作家当月总稿酬不满1 500元,均可申请创作保障。给予作者一定的薪酬和福利,年满18岁的签约作家可拥有一份一年的人身保险,将薪酬从每6个月一发改为1个月一发。

是年,阅文集团与韩国内容社达成战略合作,对旗下《无限恐怖》《他来了,请闭眼》《吞噬星空》《重生之贼行天下》和《冠军教父》等21部作品达成合作意向。签约作品数量和金额均保持了稳步上升的趋势,出版册数超1 000万册,读者覆盖全球100多个国家和地区。

是年,手游《武极天下》发行。该手游是由巨人移动自研开发的。游戏根据起点网的金牌同名小说改编,由起点白金作家"蚕茧里的牛"IP授权手游。

是年，美国收费视频网站 Netflix 正式播出美国版《甄嬛传》。这是由流潋紫的小说《后宫·甄嬛传》改编的影视作品，在 Netflix 上每集有 90 分钟，一共 6 集，颇受好评。《后宫·甄嬛传》是流潋紫的长篇宫斗小说，讲述了在虚构的大周朝，主人公甄嬛在后宫审时度势从宫女成长为太后的故事。

是年，橙瓜网成立。该网站是串联网络文学作者、网站、编辑、读者的交流服务平台，该平台旗下有橙瓜 App、橙瓜首页论坛、橙瓜微信公众号、今日头条等自媒体平台。已有超过千位的大咖作者和资深编辑在橙瓜平台上认证，平台注册用户突破百万，已连续 3 年成功发布"网文之王""五大至尊""十二主神""百强大神""年度最受欢迎的作家""年度十大作品"以及"年度百强作品""网文编辑伯乐奖"等重要网络评选活动。

是年，《南方都市报》主办的华语文学传媒盛典增加了"年度网络作家"的评选。从媒体的视角关注网络文学生态建设，推动大众对网络文学的认识、接受和认可，并积极宣传具有典范作用的标杆式作品。

是年，天下尘埃的《星星亮晶晶》获得"海峡两岸网络原创文学大赛"最高奖项。该活动由中版集团数字传媒有限公司承办，是中国官方面向海内外华语作者的网络原创征文活动，许多业内专家参与其中。《星星亮晶晶》入围第二届首都青少年最喜爱网络小说前 40 名，上榜北京市新闻出版广电局"2015 年向首都读者推荐优秀网络文学出版物名单"，从 115 部作品中脱颖而出，在最终确定的 14 部作品中排名第 5。

2016 年

1月1日,著名网络作家梦入神机在纵横文学网首发新作《龙符》。该书的发表从侧面打破了近半年来网传其"跳槽"和"封笔"的言论。此前,梦入神机在微博中明确表示:"新书定在2016年1月1日,发布在我的纵横中文网,我们自己的纵横中文网。"此举表明梦入神机对纵横中文网有着极其深厚的感情。

1月1日,广东畅读信息科技有限公司旗下原创网站阅读小说网正式上线。该网站与掌阅科技、腾讯书城、书旗、网易、凤凰和塔读等近20家阅读公司达成合作,内容通过更多的形式展示给用户,实现全平台运营。

1月3日,由中国作家出版集团和上海大学主办,中国诗歌网、上海大学中国创意写作中心、上海市华文创意协作中心共同承办的"首届中国网络诗人高级研修班"在上海大学举行结业仪式。

1月4日,易观智库发布《2015—2016:中国网络文学IP价值研究及评估报告》。该报告分析了2015年作为IP全版权井喷之年的背景下泛娱乐行业现状和受众用户状况,指出网络文学IP读者消费意愿非常高,将形成极大的分析效应,对全版权泛娱乐产业将形成巨大的价值空间。

1月6日,2015年度"福布斯·中国原创文学风云榜颁奖典礼"在上海展览中心完美收官。2015年度中国最具价值的原创文学作品权威数据排名发布,改编奖、新锐作家奖等年度大奖揭晓。"2015年福布斯·中国原创文学风云榜"各奖项获奖名单如下:男生作品TOP10:耳根《我欲封天》、鹅是老五《造化之门》、爱潜水的乌贼《一世之尊》、风凌天下《天域苍穹》、骷髅精灵《星战风暴》、九灯和善《超品相师》、孑与2《大宋的智慧》、犁天《三界独尊》、辰东《完美世界》、猫腻《择天记》。女生作品TOP10:苏小暖《邪王追妻》、叶非夜《国民老公带回家》、吱吱《金陵春》、白天《惊世毒妃》、莞尔wr《炮灰攻略》、希行《诛砂》、夜北《绝世神医》、公子如雪《征服游戏》、寒武记《倾世宠妻》、梵缺《爆笑宠妃》。2015年度人气作家:男性作家忘语,女性作家叶非夜。2015年度新锐作家:男性作家全金属弹壳,女性作家北川云上锦。2015年度原创作品改编奖:最佳电影改编《寻龙诀》,最佳电视剧改编《琅琊榜》,最佳动画改编《择天记》,最佳游戏改编《莽荒纪》,最佳网络剧改编《盗墓笔记》,最具改编潜力作品《谁与争锋》。

1月7日,艾瑞咨询发布《2015年中国网络文学版权保护白皮书》。该报告对网络文学的盗版状况进行概述,从详细的统计数据看,在移动端和客户端的盗版量都极为惊人,表明盗版对整个网络文学行业内部、文化创意、社会发展、青少年健康成长都有不同程度的危害。该报告表达了打击盗版势在必行的意义,并就PC端、移动端和网络文学衍生产品的盗版情况给予建议。

1月8日,根据国王陛下的同名网络小说改编的动漫《从前有座灵剑山》在腾讯视频、优酷、爱奇艺等五大平台播出。

1月9日,根据辰东的网络小说《完美世界》改编的游戏《完美世界3D》上线。

1月15日,掌趣科技宣布拟耗资3.03亿元参股掌阅科技。掌阅科技为中国数字阅读领域龙头企业,旗下主要产品为"掌阅iReader"。掌趣科技投资掌阅科技,实为移动游戏龙头与数字阅读龙头的深度联姻,这也意味着掌趣科技在继游戏、影视、体育板块之后,泛娱乐生态圈再添文学板块。

1月15日,根据我吃西红柿的同名小说改编的游戏《莽荒纪2》上线。

1月20日,根据耳根的同名小说改编的游戏《我欲封天》正式上线。

1月23日,2015年第四季度中国网络小说排行榜发布。上精品榜的有雨久花《医香》、何楚舞《流弹的故乡》、我想吃肉《女户》、百里途《催眠师手记1:天问》、零下九十度《超神建模师》、杨知寒《沈清寻》、梨花白《食锦》、圣者晨雷《盛唐夜唱》、墨舞碧歌《传奇》、清枫语《此颜差矣》。上新书榜的有罗森《碎星物语》、欣欣向荣《厨娘当自强》、黑暗荔枝《灭世之门》、茂林修竹《如意娘》、作家李珂《一寸山河》、祈祷君《寡人无疾》、冥灵《RED战神进化论》、八面妖狐《萌神恋爱学院》、解语《盛世帝女》、千步棋《毒舌即正义》。

1月23日,2015年度中国网络小说排行榜揭晓,共有147部作品参赛,10部作品入围精品榜,10部入围新书榜。入围精品榜的作品有:爱潜水的乌贼《奥术神座》、陈词懒调《回到过去变成猫》、祈祷君《木兰无长兄》、骁骑校《匹夫的逆袭》、国王陛下《从前有座灵剑山》、酒徒《烽烟尽处》、天下归元《凤倾天阑》、孑与2《唐砖》、风御九秋《紫阳》、我想吃肉《女户》；入围新书榜的作品有：陈词懒调《原始战记》、希行《诛砂》、卧牛真人《修真四万年》、骁骑校《穿越者》、罗森《碎星物语》、欣欣向荣《厨娘当自强》、血红《巫神纪》、观棋《万古仙穹》、玖月晞《他知道风从哪个方向来》、黑暗荔枝《灭世之门》。

1月25日,由中国作协中华文学基金会、中信出版社、中国移动咪咕数字传媒有限公司共同主办的《网络英雄传Ⅰ:艾尔斯巨岩之约》作品研讨会在中国作协举行。雷达、梁鸿鹰、张陵、李小慧、何向阳、张颐武、李炳银、白烨、徐忠志、李朝全、陈亚军等评论家,王海平、李汀等剧作家以及侯克明、张恂、应旭珺、徐远翔、黄霁等影视界业内人士参加了研讨会。与会专家认为,小说从"互联网"这个时代现象切入,不仅写出了创业者的爱恨情仇和奋斗过程中的成败得失,也真实反映了中国的创业百态,剖析和解读了关于创业的方方面面。对创业者和普通读者均有参考价值和启示意义。此外,作品具有很强的现实性,揭示了人性的丰富与复杂。

1月26日,第二届首都青少年最喜爱的网络文学作品评选大赛获奖作品揭晓。《白狼》《女帝本色》《烽烟尽处》《青果青》《锦绣良婚》《他知道风从哪个方向来》《京门风月》《驭兽斋》《浪花一朵朵》《紫阳》10部作品获奖。

1月,王小英的《网络文学符号学研究》由中国社会科学出版社出版。该书提出网络文学尤其是网络小说的兴盛是具有中国特色的重要文化现象,既需要将其放到一定的社会文化背景下去理解,也需要从其自身的特征和生产方式去探索。符号学作为一种通约性的人文社会科学研究方法,便于从形式文化的角度追寻其意义。

1月,北京大学网络文学研究论坛"2015中国年度网络文学排行榜"发布。该榜单坚持学院派研究者立场,所推选作品"蕴含某些经典的要素和指向,或者某种对既有类型的突破性和颠覆性",同时又是"建立在不错的商业成绩和圈内口碑之上"的。榜单分男频、女频各10部。男频小说10部分别是:《清客》(贼道三痴,创世中文网)、《宰执天下》(Cuslaa,纵横中文网)、《从前有座灵剑山》(国王陛下,创世中文网)、《异常生物见闻录》(远瞳,起点中文网)、《重生潜入梦》(第十个名字,起点中文网)、《回到过去变成猫》(陈词懒调,起点中文网)、《问镜》(减肥专家,纵横中文网)、《一世之尊》(会潜水的乌贼,起点中文网)、《剑王朝》(无罪,纵横中文网)、《择天记》(猫腻,创世中文网)。女频小说10部分别是:《木兰无长兄》(祈祷君,晋江文学城)、《制霸好莱坞》(御井烹香,晋江文学城)、《快穿之打脸狂魔》(风流书呆,晋江文学城)、《诛砂》(希行,起点女生网)、《帝师》(来自远方,晋江文学城)、《女帝本色》(天下归元,潇湘书院)、《他与月光为邻》(丁墨,腾讯云起书院)、《我家徒弟又挂了》(尤前,起点女生网)、《红楼之宠妃》(Panax,晋江文学城)、《金玉王朝》(风弄,米国度)。排行榜的纸质书《2015中国年度网络文学》(男频卷、女频卷)加入历史悠久的"漓江年选"于3月由漓江出版社出版,其中包含选文、简介、评论等内容。这是网络文学首个纸质出版的年选本。

2月1日,改编自网络作家匪我思纯的同名网络小说的电视剧《寂寞空庭春欲晚》在浙江卫视、深圳卫视、优酷、腾讯视频等九大平台播出。

2月5日,北京市新闻出版广电局确定14部作品为2015年度优秀网络文学作品。这14部作品分别来自晋江文学城、中文在线、红袖添香、掌阅、小说阅读等网站,作品名单如下:《战起1938》《花千骨》《家园》《时代枪王》《星星亮晶晶》《天歌,三生不负三世》《驭兽斋》《龙王令:妃卿莫属》《白狼》《好想喜欢你》《灭秦》《南下打工记》《百草媚》《驭兽斋无仙》。

2月8日,改编自张巍的网络小说《女傅:班淑传奇》的电视剧《班淑传奇》在CCTV-8、腾讯视频两大平台播出。

2月13日,改编自张巍的同名网络小说的电视剧《女医明妃传》在江苏卫视、东方卫视、优酷等八大平台播出。

2月18日,速途研究院发布了《2015年网络文学市场年度综合报告》。该报告从市场规模、用户规模、移动阅读等角度,对国内网络文学市场发展状况进行分析。报告预计,2016年国内网络文学市场有可能达到90亿元,同比上涨28.6%,网络文学用户规模会达到4.5亿人,渗透率将达到64.3%。随着网络文学改编的电视剧、电影热播,以及相应题材改编的游戏问世,泛娱乐生态的影响力和生命力逐渐凸显。

2月25日,改编自尾鱼的网络小说《怨气撞铃》的电视剧《示铃录》在搜狐视频独播。

2月,阅文集团发布了《阅文集团2015年原创文学报告》。该报告中阅文集团90后签约作家占78%,80后占16%,其余年龄段仅占6%,90后网络作家正在大量崛起。在作品人气程度的销售榜上,90后作家在前100名中占28席;在53位80后作家中,85后占据一半以上。

3月1日,由墨香铜臭于晋江文学城连载的原创耽美玄幻小说《魔道祖师》完结。该小说自连载之日起,便受到大量读者追捧。2016年11月4日,晋江文学城公布《魔道祖师》与非天夜翔的《二零一三》共同列入腾讯动漫百万级改编计划,一定程度上肯定了这部作品的IP价值。其后,由该作品改编的电视剧《陈情令》、动漫《魔道祖师》掀起收视狂潮,成为当年的现象级作品。

3月2日,网络作家雷云风暴于2005年开始创作的小说《从零开始》完结。该小说共3 429章,2 018.08万字,连载时间长达11年,被网友戏称为"能把读者看太监的神作"。

3月2日,鲁迅文学院第九期网络文学作家培训班开学典礼在北京举行。本次培训班共有来自35个文学网站的61名学员参加。

3月3日,腾讯公司董事会主席兼首席执行官马化腾在北京召开记者会。继前一年两会提出有关"互联网+"的建议后,马化腾于当日带来了5个建议,涵盖互联网医疗、分享经济、数字内容产业、互联网生态安全和"互联网+"落地措施等五大民生热点。其在《关于以创新为驱动,促进我国数字内容产业发展的建议》中指出:"网络盗版仍然是产业挥之不去的'阴霾',极大地制约了数字内容产业生态良性发展。"

3月10日,由中国作协网络文学委员会、鲁迅文学院、天津市作协与南开大学共同主办的"天津首届全国网络作家创作论坛"在南开大学举行。中国作协、中国网络文学委员会、天津市作协、南开大学等有关单位领导以及鲁迅文学院第九期网络文学作家培训班全体学员、天津市优秀网络作家代表及部分南开大学师生代表等300余人参加了活动。

3月21日,由中国出版集团主办、大佳网和中国台湾地区图书出版事业协会、中国台湾地区电子书协会共同承办的"海峡两岸网络原创文学大赛"在北京举行。大赛的主题是:"品味青春,感悟人生;绽放青春,放飞梦想。"口号是:"华语原创新势力,乐活青春无极限。让我们为青春喝彩,为网络原创文学加油!"大赛由李敬泽、潘凯雄、阎晶明、白烨、马季、邵燕君、梁鸿等人担任评委。

3月22日,由《华西都市报》、大星(上海)文化传媒联合推出的"第十届作家榜"在四川成都揭晓。位于榜首的是网络作家江南,南派三叔、蒋胜男、玄色等网络作家皆榜上有名。25日,该榜单的子榜单"网络作家榜"揭晓,榜单前三名分别是唐家三少、天蚕土豆、辰东,其中唐家三少被报年度版税收入达1.1亿元,成为第一位年度版税过亿元的中国作家。

3月22日,由广西壮族自治区新闻出版广电局、广西壮族自治区互联网信息办公室、广西出版传媒集团有限公司共同主办,广西网络文化协会、广西人民出版社、麦林文学网承办的"第二届广西网络文学大赛"正式启动。本届网络文学大赛参与作品主题不限,分为小说组和散文随笔组,要求参赛作品主题鲜明,内容健康积极向上,提倡有筋骨、有道德、有温度的文艺作品,彰显信仰之美、崇高之美。大赛共设3类4个奖项,小说类和散文随笔类分别设一等奖1名、二等奖2名、三等奖3名和优秀奖5名。

3月22日,广西作家协会第八届主席团会议决定成立广西作家协会网络文学委员会。网络文学委员会主任由广西作协专职副主席朱山坡兼任,副主任由网络作家卢国政、朱泽瑞、赵又仪、蒋晓平担任。该委员会旨在团结和壮大网络文学队伍,加强管理、协调和引导,促进广西网络文学的发展繁荣。

3月24日,根据青罗扇子的同名网络小说改编的电视剧《重生之名流巨星》在腾讯视频播出。该小说是较早的女频"重生"之作,开启了晋江延续至今的"重生"风潮,也是女频"娱乐圈文"的早期代表作。11月,被"2016中国泛娱乐指数盛典"评选为"中国网生内容榜——网络剧榜top10"之一。

3月28日,国家新闻出版广电总局"2015年优秀网络文学原创作品推介活动"作品名单公布,共21部作品获得推介,主要有《烽烟尽处》《芈月传》《匹夫的逆袭》《回到过去变成猫》《日头日头照着我》《网络英雄传Ⅰ:艾尔斯巨岩之约》《萧家媳妇》等。2017年1月19日,国家新闻出版广电总局"2016年优秀网络文学原创作品推介活动"作品名单公布,共18部作品获得推介,主要有《南方有乔木》《大荒洼》《锋刺》《百年家书》《材料帝国》《小飞鱼蓝笛》《我心缅怀旧时光》等。

3月29日,由广州市文联主办的"广州市迎接网络文艺的黄金时代"研讨会召开。会议就网络文艺的发展态势、网络文艺与传统文艺之比较等话题展开了热烈讨论。

3月29日,由大众网和《山东文学》《齐鲁晚报》主办的"中国第三届网络文学大奖赛"启动。该大赛邀请国内知名文学评论家、作家担任评委,诺奖得主莫言担任大赛评委会荣誉主席,中国作协副主席李敬泽,山东省作协主席张炜、副主席李掖平与多位教授名家担纲终评委,秉承"建构网络文学新坐标,引领时代创作新风潮"的宗旨,推出优秀网络文学作品,研究网络文学特点与现状,探究其发展规律,引导网络文学的持续健康发展。自活动启动以来,"中国第三届网络文学大奖赛"共收到参赛作品17 709篇,其中不乏优质内容。陈琢瑾的长篇小说《石库门》、刘伊的《睡城》,以曲折起伏的故事情节、流畅鲜活的叙述语言及鲜明的网络文学特征,受到评委的一致好评,因得票数相同,陈琢瑾、刘伊分享20万元特等奖,各得奖金10万元。在公示的小说奖名单中,有《爱情不流浪》《国泽情殇》《金陵警察》《晴川》等作品在列,《捕蛇人》《邢小俊十章》《醉令迷书》《爹》《坊中一日》等美文获散文奖,同时7个网络人气奖也由网友投票选出。

3月29—31日,"2016春季北京电视节目交易会"在北京会议中心开幕。北京网络文学出版企业首次集中亮相成为一大亮点,集结近750部电视剧作品,收录网络剧超18部,为历届之最。

3月,邵燕君主编的《网络文学经典解读》由北京大学出版社出版。该书首先从经典性作品切入,用文本细读的方式,挖掘提炼类型文的核心设定、快感机制、审美特性;然后以作品为中心线索,梳理类型文的起承转合脉络,以及与文学史和其他文艺资源之间的脉络关系;在此基础上,以文化研究的视野方法,解读这一类型文出现的社会文化原因,剖析其中聚合、折射着的大众集体无意识与国民心态变迁,阐释其作为"时代精神风向标"的价值。

3月,上海浦东新区人民法院对上海玄霆娱乐(阅文集团旗下起点中文网)起诉神马搜索及UC浏览器侵权一案做出一审判决:一、UC浏览器内搭载的神马搜索提供转码阅读是侵权行为;二、被告神马搜索立即停止对原告阅文集团文学作品13部小说的网络传播权,被告神马搜索赔偿原告侵权损失及其合理支出共计54万元。判决书表示:被告神马搜索未经许可,将原告阅文集团旗下起点中文网拥有版权的《完美世界》等13部小说作品放置在其服务器上,通过信息网络向用户提供阅读内容,构成对原告信息网络传播权的侵害。

3月,国家新闻出版广电总局数字出版司在北京召开重点网络文学网站作品阅评专家工作会议,正式启动2016年重点网络文学网站作品阅评工作。2016年,总局将重点围绕网络文学作品的导向、格调、文学价值及内容质量等方面,对重点网络文学网站作品进行抽查阅评。总局数字出版司巡视员、副司长宋建新表示,强化阅评工作是管理部门不断加强网络文学导向管理的针对性措施,也是网络文学内容质量管理长效机制的重要组成部分和重要的工作"抓手",以此引导网络文学网站把握导向、提高格调、提升质量,督促企业建立完善符合自身特点的质量评估体系和风险防控机制。同时,通过社会影响力大、受众广泛的网站的带头作用,带动更多网络文学网站更好地把握导向,提高内容质量。总局在完善阅评组织机制,将逐步形成全国联动、高覆盖率的网络文学阅评监管体系、高水平的阅评通报机制,不断促进网络文学健康有序发展。

3月,张立等人的著作《网络文学发展现状及其评价体系研究》由中国书籍出版社出版。该书全面系统地梳理了网络文学的发展历程,并在此基础上建立了评价体系,试图用新的思路和评价方法来对网络文学内容进行综合评价,以期为广大读者用户、政府监管部门、作者、出版单位等,在阅读选择、内容监管、提高创作质量、优化选题等方面,提供一定的参考。

4月7日,蒋胜男的长篇小说《芈月传》作品研讨会在中国现代文学馆召开。中国作协副主席陈崎嵘认为,《芈月传》提供了一个可供研究的范本,从《芈月传》的创作经验中能够寻找到网络文学的特质和规律,概括出具有经验性的要素,引导建立起网络文学的评价体系。网络文学发展至此,也形成了自身的一条脉络。中国作协党组成员、书记处书记阎晶明认为,网络文学在跟中国深厚的传统文化和历史进行一个奇妙的结合,"历史正在成为网络文学甚至是主流文学创作里重要的题材地带,我们必须承认在中国,不但历史题材成为热点,而且它的创作方法、构思设计、叙述方法都有很多的花样"。

4月8日,改编自八月长安的同名网络小说的电视剧《最好的我们》在爱奇艺独播。

4月9日,全国公安网络文学学会在江苏无锡成立。中国作协副主席、网络文学委员会主任陈崎嵘、全国公安文联副主席武和平等出席学会成立仪式,来自全国各地的几十位作家、评论家参会。

4月10日,由羊城晚报社、东莞观音山国家森林公园联合主办的"观音山杯·2016花地文学榜"颁奖典礼在羊城创意产业园1931剧场举行。酒徒《烽烟尽处》获得年度网络小说奖。

4月11日,上海首份网络文学批评电子刊物《网文新观察》上线。该刊是双月刊,由上海市作协主管,上海网络作协主办,主编是上海网络作协会长、作家陈村。他在《编后记》中写道:"网络文学也仅仅二十余年历史,写作、传播和阅读发生翻天覆地的变化。在文学的人民性的属性上,它压倒以往任何一个时代……我们在猜想网络文学的成长空间……我们有兴趣继续关注它的成长,爱惜它的美颜。"

4月12日,由咪咕数媒承办的"大咖星之夜——咪咕阅读互联网文学年度盛典"在杭州隆重举行。由吴晓波、林心如领衔的各界大咖和粉丝齐聚一堂,隆重揭晓了原创文学新人奖、畅销奖及IP奖等三大奖项。《我的爱情不贱卖》《权少的贴身翻译官》《黄金渔场》等作品成为"大咖星之夜——咪咕阅读互联网文学年度盛典"潜力新星奖得主,《沉香破》《血歌行》《我是霸王》等分获魅力价值奖,《网络英雄传》《家电人生》《天眼兵王在都市》则荣获实力畅销奖。

4月12—13日,第二届中国数字阅读大会在杭州举行。本届大会由国家新闻出版广电总局、浙江省人民政府指导,中国音像与数字出版协会、浙江省新闻出版广电局、杭州市文化创意产业办公室主办,中国音像与数字出版协会数字阅读工作委员会、杭州市西湖区人民政府、咪咕数字传媒有限公司承办。

支持单位有阿里文学、百度文学、多看阅读、京东阅读、天翼阅读文化传播有限公司、阅文集团、中国联通阅读运营中心、中文在线、掌阅科技股份有限公司等。大会旨在探讨数字阅读行业发展趋势,切实推动传统媒体与新兴媒体融合发展;通过弘扬数字阅读先进人物和创新案例,构建网络文学的正能量联盟,助力青少年思想健康成长;借助于数字阅读的新技术、新产品、新模式,提升广大人民群众精神文化消费水平,推动全民阅读蓬勃发展。

4月15日,由上海市作协、劳动报社、上海网络作协联合主办的"2015·中国网络文学年度好作品"获奖名单公布。优秀奖10部:火树《战狼旗》、疯丢子《战起1938》、酒徒《男儿行》、吴正《东上海的前世今生》、丁墨《他与月光为邻》、李歆捷《落英缤纷之际》、打眼《宝鉴》、希行《诛砂》、杨知寒《沈清寻》、贪狼独坐《超级农业霸主》。佳作奖10部:暗香《江山为聘,二娶弃妃》、林桑榆《不敢问来人》、寂月皎皎《酌风流,江山谁主》、玖月晞《他知道风从哪个方向来》、无罪《剑王朝》、期海飞鱼《对不起,我爱你》、吴千语《骄偶》、百里途《深度催眠》、血红《三界血歌》、妃锦《御宠医妃》。

4月16日,改编自李可的网络小说《杜拉拉升职记》的电视剧《我是杜拉拉》在江苏卫视、腾讯视频、爱奇艺三大平台播出。

4月16日,由《南方都市报》《南都周刊》联合主办的"第十四届华语文学传媒盛典颁奖典礼"揭开帷幕。此次盛典将"年度网络作家"奖项分为都市类、言情类、玄幻类、穿越类、军事类和历史类六大类别,近乎涵盖当下网络文学几大热门类型。六大"年度网络作家"分别是:纳兰内拉(《保卫媳妇》)、叶非夜(《国民老公带回家》)、吱吱(《金陵春》)、圣者晨雷(《盛唐夜唱》)、定离(《修真之上仙》)、若菀(《凤凌大燕》)。

4月16日,"全民阅读节·第十届作家榜颁奖盛典"在北京中国电影导演中心举行。蒋胜男的《芈月传》获"年度最具商业价值作品"奖,唐家三少、鱼人二代、何常在获"年度网络作家"奖。

4月18日,中国新闻出版研究院公布《第十三次全国国民阅读调查》。调查数据显示:2015年,我国成年国民综合阅读率为79.6%,较2014年上升1.0个百分点;人均纸质图书阅读量为4.58本,比2014年增加0.02本;人均每天手机阅读时长为62.21分钟,比2014年增加28.39分钟;人均报纸阅读量和期刊阅读量均有所下降。2015年,我国成年国民图书阅读率为58.4%,较2014年的58.0%上升了0.4个百分点;报纸阅读率为45.7%,较2014年的55.1%下降了9.4个百分点;期刊阅读率为34.6%,较2014年的40.3%下降了5.7个百分点;受数字媒介迅猛发展的影响,网络在线阅读、手机阅读、电子阅读器阅读、光盘阅读、Pad(平板电脑)阅读等数字化阅读方式的接触率为64.0%,较2014年的58.1%上升了5.9个百分点。此外,2015年我国成年国民日均手机阅读时长首次超过1小时。其中,人均每天微信阅读时长为22.63分钟,较2014年的14.11分钟增加了8.52分钟。人均每天电子阅读器阅读时长为6.82分钟,比2014年的3.79分钟增加了3.03分钟。人均每天接触Pad的时长为12.71分钟,较2014年的10.69分钟增加了2.02分钟。在手机阅读接触群体中,最喜欢的电子书类型为"都市言情",其后是"文学经典""历史军事""武侠仙侠""玄幻奇幻"等。

4月18日,根据阿耐的同名网络小说改编的电视剧《欢乐颂》在东方卫视、浙江卫视、搜狐视频等八大平台播出。

4月19日,"2015年中国知识产权发展状况新闻发布会"在北京举行。国家版权局副局长阎晓宏提出:"网络文学问题,也就是一般意义上网络中使用的文字作品,其中也包括转载作品,这也是网络里的一个'重灾区'。在这方面,版权局会同有关部门加大了治理力度,情况在好转。但是应该说,目前网络文字作品传播中问题仍然还是不少。对此,一方面要加大宣传,因为最根本的是让使用者有守法的意识;另一方面要加大执法,除了版权局和网信办、公安部、工信部联合组织的专项行动要加大力度以外,我们各级版权执法部门都要落实执法责任。从中国的情况来看,我们还是有能力治理网络领域的问题的。"

4月23日,重庆市网络作家协会成立。这是全国首家由市委统一领导、统战部统筹抓总、市作协负责业务指导、网络作家自主管理的协会。袁锐(静夜寄思)担任主席,张兵(小桥老树)担任名誉主席,张恒(zhttty)、林庭锋(宝剑锋)、侯庆辰(意者)、周运、庄秦、向林(司徒浪子)担任顾问。

4月25日,首家国家级网络文学研究基地"中国作家协会网络文学委员会中南大学研究基地"在中南大学正式挂牌成立。由欧阳友权教授领军的中南大学网络文学研究团队是我国最早开展网络文学研究的学术群体。该团队自1999年涉足网络文学研究领域至今,成果显著。

4月26日,中国网络版权保护大会在北京开幕。在"网络文学版权保护"专题分会上,有关管理部门以及专家学者对网络文学的版权环境进行了深入探讨。国家新闻出版广电总局数字出版司副司长宋建新介绍,对于切实保护网络文学版权,激发网络版权的活力,作为网络文学出版的管理部门主要是按五个思路开展工作:积极营造产业发展的环境;加大优秀原创网络作品的推荐工作力度;为原创网络版权保护提供支持;开展专题培训班,强化网络文学网站编辑人员版权保护意识;对各类侵权盗版特别是严重的网络侵权盗版行为,不断加大行政处罚力度。同时,会上发布了《2015年中国网络版权保护年度报告》。该报告指出,2015年,我国网络版权保护取得重大进展,国家更加重视文化产业和知识产权工作,先后做出一系列重大部署,产业政策环境不断优化,互联网、文化、创意等因素更好融合,深入助推国民经济转型升级。此外,该报告显示,2015年,我国在立法、司法、行政等方面进一步加强了网络版权保护。《中华人民共和国刑法修正案(九)》增加对著作权保护的重要条款,明确了网络版权侵权行为的刑事责任,《关于推动网络文学健康发展的指导意见》《关于规范网络转载版权秩序的通知》等一系列文件相继出台,对规范重点领域网络版权秩序起了重要作用。全国共有2118件网络版权相关的民事判决和裁定书,同比增长28.3%。各地知识产权法院在审理网络版权案件中作用突出,知识产权法院设立成效初显。

4月30日,根据骷髅精灵的同名小说改编的游戏《星战风暴》正式上线。

5月4日,上海大学文学院举办了第六届"文学之夜"活动。该活动的主题:"文学,侬好!"第九届茅盾文学奖《繁花》作者金宇澄先生、上海新锐女作家走走女士、上海青年作家王若虚先生与上大文学院的青年学子畅谈文学,共话青春。在"网络文学是否会取代纸质文学"的辩论中,正反方6位辩手展开激烈的讨论。金宇澄认为,在新媒体和传统媒体的合力下,网络文学作品对于语言文字的雕琢,应该丝毫不逊于在传统媒体发表的文学作品。

5月6日,爱奇艺网站启动"爱奇艺文学"和"中国好故事文学大赛",宣布投资1亿元来寻找100个好故事。爱奇艺网站此番行动意在打通IP从文学创作到后续改编的产业链,将爱奇艺从IP开发的下游平台转型为兼具上游源头功能、能够自主创造IP的"一体机"。

5月10日,第二届杜甫文学奖获奖名单公布。该评奖工作于2016年初启动,增加了小小说和网络文学奖项,刘峰晖(庚新)的《宋时行》获得网络文学奖。

5月19日,阅文集团CEO吴文辉在新浪微博上转发了自己就网文被盗版情况接受北京电视台采访的视频。该条微博得到了唐家三少、丁墨等众多网络作家的转发声援。23日,吴文辉在微博上发布长文《把这场不该发生的战争打到底》,公开讨伐网络文学盗版,并发起了"对盗版SAY NO"话题,很快得到包括网络作家在内的无数网友回应,最终发酵成为当日微博分类榜最热话题。24日,胜己、小刀锋利、猫腻、月关、南派三叔、唐家三少、林海听涛、我吃西红柿、辰东、石三、高楼大厦、蚕茧里的牛、骷髅精灵、不信天上掉馅饼、录事参军、天使奥斯卡、乱、傲无常、七十二编、犁天共20位网络作家录制了"对盗版SAY NO"的短视频。作为QQ阅读代言人的演艺明星胡歌也录制视频支持该活动。

5月20日,火星小说网上线测试版PC端重回数字阅读市场。该网站隶属于北京金影科技有限公司,致力于挖掘培育阅读、影视、动漫等全领域的优质IP。

5月23日,根据常书欣的同名网络小说改编的电视剧《余罪》在爱奇艺播出。该剧播出后收视、口碑双丰收,斩获金骨朵网络影视最佳网络剧等多项荣誉。

5月23日,百度贴吧发布公告,表示为加大对正版内容的保护力度、维护原创作者权益,即日起发起百度贴吧的全面整顿清查盗版内容行动。当日早上已经关停几千个相关的网络文学贴吧,其中包括《鬼吹灯》《盗墓笔记》等多个知名网络小说贴吧。

5月24日，根据缪娟的网络小说《翻译官》改编的电视剧《亲爱的翻译官》在湖南卫视、乐视视频、芒果TV三大平台播出。

5月，欧阳友权的《网络文学批评史的建构逻辑》发表在《求是学刊》（2016年第3期）上。文章认为，网络文学批评能否"入史"与网络文学本身能否进入文学史的论题逻辑一样，都要取决于网络文学在这个时代文化语境中的功能作用、它们自身的发展水平以及对其史学依据合法性的观念体认。当时体量巨大的网络创作与备受关注的网络文学批评一起走进人们的视野，构建网络文学批评史能否赢得其必要性与可能性，尚需要从观念逻辑、本体依据和史学价值上考辨其持论基础。

5月，周志雄的《兴盛的网络武侠玄幻小说》发表在《小说评论》（2016年第3期）上。文章阐述了武侠玄幻小说的繁盛之景，探讨了武侠玄幻小说繁盛的原因所在。武侠玄幻小说诞生于商业性质的网络平台，符合读者的阅读心理，能够满足读者的精神需求。此外，网络武侠玄幻小说还继承和发展了传统武侠小说，它不仅为读者提供了充满爽点的故事，也寄托了作家的文化情怀和现实关怀。

5月，禹建湘的《网络文学批评标准的多维性》发表在《求是学刊》（2016年第3期）上。文章认为，当时网络文学批评标准还处在一种混沌、众声喧哗的状态。网络文学批评标准与传统文学批评标准相比，多了技术与商业两个维度。为此，网络文学批评的标准至少要从三个新维度来考量，即审美维度、技术维度和商业维度。

6月2日，根据萧鼎的网络小说《诛仙》改编的游戏《诛仙手游》正式上线。

6月3日，"首届网络文艺评论大赛"启动。大赛由中国文艺评论家协会青年委员会、中国当代文学研究会新媒体文学委员会、中国文艺理论学会网络文学研究会主办，中国文艺评论网、中国文学网、爱读文学网、山东师范大学网络文学研究中心、北京大学网络文学研究论坛承办。本次大赛以我国重要的网络文学作品，如《后宫·甄嬛传》《花千骨》《致我们终将逝去的青春》等，向学界征集网络文学评论文章。此次大赛将在《中国文艺评论》《创作与评论》《名作欣赏》《网络文学研究》等刊物开设专栏，刊发优秀参赛论文。大赛对构建网络文学评价体系,促进网络文学创作与网络文学评论良性互动具有重大意义。

6月3日,中国作家网发布"2016年度全国网络文学重点园地工作联席会议重点作品扶持项目"最终入选作品名单。该名单荟萃了2016年包括阅文、中文在线、掌阅文学、安卓读书等多家文学网站的27部优秀连载作品。入选作品名单如下:《最强军魂》(天佑)、《太古神王》(净无痕)、《食汇录:香酥厨娘,不外卖》(秦楼)、《侠行天下》(zhttty)、《原始战记》(陈词懒调)、《二孩时代》(浩瀚馨语)、《女王的战争》(林雨)、《一品仵作》(凤今)、《终极替身》(高歌)、《民国诡案录》(墨绿青苔)、《神图腾》(如沫)、《唯有一人爱你灵魂至诚》(三盅)、《长安未》(灵犀无翼)、《单身时代》(十一圣)、《吞天记》(风青阳)、《谢家皇后》(越人歌)、《道医天下》(闷骚的蝎子)、《神魂至尊》(八异)、《血歌行》(管平潮)、《国色天香》(钓人的鱼)、《百炼成神》(恩赐解脱)、《催眠游戏》(尹剑翔)、《武道独尊》(小妖)、《龙战》(阳朔)、《烽火连营》(杨妮)、《梦想国旗》(海龙)、《绝世狂尊》(五月初八)。

6月11日,国家新闻出版广电总局发出《关于开展2016年优秀网络文学原创作品推介活动的通知》,继续评审并遴选出在思想性、艺术性、观赏性三方面有机统一的网络文学原创作品向社会推荐,以期引导网络文学推出更多追求真善美、传播正能量的佳作。这是总局连续第二年开展优秀网络文学原创作品推介活动。

6月15日,根据我吃西红柿的同名小说改编的游戏《雪鹰领主》正式上线。

6月17日,根据南派三叔的同名网络小说改编的电视剧《怒江之战》在腾讯视频播出。

6月20日,由中国作协网络文学委员会、广东网络作协和蔷薇书院联合主办的《翻译官》作品研讨会在中国现代文学馆举行。陈崎嵘、白烨、欧阳友权、肖惊鸿、邵燕君、马季、周志雄等10余位评论家参会。与会专家认为,《翻译官》成功地将青春与梦想融入文字之中,用现代的观念诠释了"灰姑娘"的故事,情节曲折,人物饱满,文笔细腻优美,节奏恰当,富有积极向上的正能量,具有较好的励志作用。

6月26日,江苏省网络作家协会在南京成立。中国作协副主席、网络文学委员会主任陈崎嵘,江苏省作协主席范小青,江苏省作协党组书记韩松林等出席了大会。江苏省120多名网络作家齐聚一堂,共议网络文学发展之路。陈彬(跳舞)当选为江苏省网络作协主席,副主席为丁凌滔(忘语)、马季、王辉(无罪)、卢菁(天下归元)、朱洪志(我吃西红柿)、刘晔(骁骑校)、刘华君(寂月皎皎)、杨晨(314)、吴正峻、徐震(天使奥斯卡)。

6月28日,北京市西城区人民法院对电影《九层妖塔》著作权纠纷案做出一审判决。判令被告中影公司等在发行和传播电影《九层妖塔》时署名天下霸唱为电影《九层妖塔》的原著小说作者,并就涉案侵权行为刊登声明,向原告张牧野(笔名"天下霸唱")公开赔礼道歉,消除影响,但并未支持其关于保护作品完整权的诉求。张牧野不服一审判决,向北京知识产权法院提起上诉。

6月29日,根据唐家三少的同名小说改编的游戏《绝世唐门》正式上线。

6月29日,中国作协在北戴河召开网络文学工作交流会。来自中国作协、全国部分省市作协的代表50余人参加了此次会议。会议围绕各地作协网络文学板块开展工作的具体思路和举措、如何进一步加强作协网络文学工作以及如何与文学网站联系与合作等议题展开。中国作协副主席李敬泽在会上表示:"网络文学在整个文化产业链中占有越来越重要的位置,已经成为我国当代文化体系中至关重要的原创资源,在现代大众文化生态中是想象力和创造力的重要生产者和供应者。网络文学面临着巨大的发展机遇和各种复杂困难,网络文学工作的对象和方式方法都与过去有很大不同。"

6月,阅文集团旗下多家子公司CEO集体离职,包括潇湘书院CEO鲍伟康、小说阅读网CEO刘军民、红袖添香CEO孙鹏、言情小说吧CEO宁辉。其后,阅文集团多位核心高管分别接任各网站CEO。

6月,盛世阅读网正式上线。该网站与多个第三方小说阅读平台合作,如与掌阅、书旗、百度文学等建立合作伙伴关系。

6月,梦想家中文网成立。该网站主打"灵异悬疑、盗墓探险、校园热血、都市争霸",所有作品版权都归网站公司独家所有。

7月4日,百度宣布旗下百度文学业务引入完美世界集团的战略投资,双方将以文学为连接点,在文学业务、版权业务、影游投资开发、影游产业链联动等方面展开深度合作。

7月4日,根据南派三叔的同名网络小说改编的电视剧《老九门》在东方卫视、爱奇艺播出。该剧是全网史上首部播放量破百亿的自制剧。11月,该剧荣登"2016中国泛娱乐指数盛典·中国网生内容榜——网络剧榜top10"。

7月11日,根据辛夷坞的网络小说《致我们终将逝去的青春》改编的电视剧《致青春》在北京卫视、安徽卫视、东方卫视等五大平台播出。

7月11日,由天津群众艺术馆、天涯社区联合主办的微时代全国网络短篇小说大赛正式启动。此次大赛旨在贯彻落实"互联网+"战略,以网络文学为抓手,将公共文化服务融入互联网时代的当时公众的生活,为文化共享工程平台充实新鲜元素。

7月12日,国家版权局、国家互联网信息办公室、工业和信息化部、公安部在北京联合召开"剑网2016"专项行动新闻通气会,宣布启动"剑网2016"专项行动,重点整治网络文学侵权。9月,中国版权协会主办"网络文学版权保护研讨会",阅文集团、掌阅科技在内的30多家单位参加了会议。会议就发布《关于加强网络文学作品版权管理的通知》向各界征求意见。11月正式发布通知。

7月20日,中国作协网络文学委员会与中国音像与数字出版协会数字阅读工作委员会共同发起了《网络文学行业自律倡议书》,呼吁网络文学行业"推出更多思想性、艺术性和可读性有机统一的精品力作"。该倡议书提出,要坚持以人民为中心的创作导向;坚持把社会效益和社会价值放在首位;坚持培育和弘扬社会主义核心价值观;坚持把创新精神贯穿于创作生产过程;坚持完善编辑制度,把好网络文学品质关;坚持版权保护观念,抵制侵权盗版;坚持依法经营,努力营造良好发展环境。

7月20日,根据唐缺的同名网络小说《九州天空城》改编的电视剧在腾讯视频和江苏卫视两大平台同步播出。

7月21日,根据李歆的网络小说《秀丽江山》改编的电视剧《秀丽江山之长歌行》在江苏卫视、爱奇艺等四大平台播出。

7月27日,根据蜘蛛的同名网络小说改编的电视剧《十宗罪》在优酷和土豆视频播出。

7月31日,根据萧鼎的网络小说《诛仙》改编的电视剧《青云志》在湖南卫视、芒果TV和优酷等五大平台播出。该剧在当年掀起收视热潮。

8月2日,中国文联网络文艺评论家协会成立。协会主任为尹鸿,副主任为欧阳友权、关玲,秘书长为庄庸。

8月2日,河南省网络文学学会成立大会在郑州召开。该学会是在河南省作协管理指导下,由河南省网络文学创作、评论、编辑和组织工作者自愿结合组成的专业性文学学会。会议通过了《河南省网络文学学会章程》,并选举何弘为河南省网络文学学会会长。

8月5日,根据南派三叔的同名网络小说改编的电影《盗墓笔记》正式上映。该电影由世纪长龙影视有限公司发行,上海电影(集团)有限公司、乐视影业、南派投资、世纪长龙影视有限公司联合出品,导演为李仁港,原著作者南派三叔亲任编剧。人气演员鹿晗、井柏然、王景春等担任主演。

8月12—14日,由中国文艺理论学会网络文学研究会、中国文联文艺评论中心、湖南省文联联合主办的中国文艺理论学会网络文学研究会2016年学术年会暨"网络文学评价体系构建"学术研讨会在湖南怀化学院召开。共有来自全国各地的100余位专家学者参会,围绕网络文学评价体系构建、网络类型化写作、网络IP热、网站商业模式、知识产权保护等话题展开讨论。与会专家认为,网络文学的理论体系已滞后于网络文学的创作实践。要建构网络文学评价体系,文艺评论家应以普通人的身份走进网络文学现场,从阅读网络文学作品出发,从了解网络作家出发,对文学网站、网络文学作品及IP开发的过程等进行考察。在阅读中形成真诚对话,并以大视野、大融合的视角审视评价网络文学,提出网络文学发展的理论核心概念,当好网络文学的引领人。

8月15日,邵燕君的《从乌托邦到异托邦——网络文学"爽文学观"对精英文学观的"他者化"》发表在《中国现代文学研究丛刊》(2016年第8期)上。文章认为,网络文学的出现搅动了文学的"正统秩序",使"精英文学"被"他者化",一些"永恒"的概念与逻辑被"历史化"。相对于"精英本位"的"寓教于乐"文学观,"粉丝本位"的"爽文学观"在诸多方面"颠倒"了我们一直以来所栖身的文学大厦的结构秩序。文章借用了福柯的"异托邦"概念,发掘中国网络文学近20年"野蛮生长"中所蕴含的理论潜能,并且以"子宫"和"培养皿"为比喻,探讨网络文学在心理建设和文化建构方面的积极功能。文章最后从"网络女性主义"出发,探讨中国网络文学同时以"现实空间"和"文本空间"形式存在的"异托邦"形态,以及其中自然存在的乌托邦指向。

8月15日,肖映萱的《"女性向"网络文学的性别实验——以耽美小说为例》发表在《中国现代文学研究丛刊》(2016年第8期)上。文章认为,"女性向"传入中国大陆之后,中国女性在网络提供的私密空间中,开始进行一种专门由女人写给女人看的"女性向"网络文学创作,并开展各种破旧立新的性别实验。其中,耽美从"强攻弱受"到"美攻强受"的攻受配对模式,破除了性别的刻板印象,发出"去性别本质主义"的呼声。这与网络公共空间中的"网络女性主义"殊途同归,共同探索着性别的另类可能性,在解放女人的同时也解放了男人。

8月16日,阅文集团宣布与科幻世界杂志社达成战略合作,并签署"银河奖"冠名协议。从当年起,阅文集团将连续三届冠名"银河奖",还将在科幻IP开发、电子出版物销售等领域与科幻世界杂志社展开深入合作。双方的强强联合,将进一步助推中国科幻产业的发展,特别是在阅文集团的泛娱乐核心IP战略的大背景下,将会刺激更多科幻超级IP的孵化和开发。

8月16日,国家版权局通报了"剑网2016"专项行动第一批网络侵权盗版案件查办情况,包括北京"顶点小说网"、江苏苏州"风雨文学网"、重庆"269小说网"、四川双流"轻之国度""轻之文库"、广西南宁"皮皮小说网"等网站涉嫌侵犯著作权案。

8月22日,根据顾漫的同名网络小说改编的电视剧《微微一笑很倾城》在江苏卫视、东方卫视等四大平台播出。该剧一经播出,立刻引起热烈反响,成为当年现象级电视剧。

8月29日,无锡市作家协会网络文学分会成立大会召开。大会选举产生了无锡作协网络文学分会首届理事会,著名无锡网络作家王辉(笔名"无罪")当选网络文学分会主席。成立网络文学分会,是无锡文学发展的现实需要,也是广大网络作家的迫切愿望。分会的成立,为无锡众多的网络文学作家提供了一个相互交流、互动学习的广阔平台。

8月31日,烽火戏诸侯连载于纵横中文网的玄幻小说《雪中悍刀行》完结。该作品首发于2012年,共450余万字,是当时被戏称为"大内总管"的烽火戏诸侯的最长完结小说。

8月31日,由成都市互联网文化协会、成都古羌科技有限公司(看书网)、博瑞集团天骄文化传播有限公司(8号平台)联合发起的"成都市网络文学联盟启动仪式暨联盟IP对接转化会"在博瑞创意成都大厦举行。成都市网络文学联盟成员、网络作家陨落星辰、月斜影清、五志、雁门关外等20余人及四川省网络文学发展研究中心、爱奇艺四川站、四川文化产业投资基金等20余家机构代表参加了启动仪式。联盟的重要目标是让网络作家这个"供给侧",与影视、文创、游戏、动漫、剧场、娱乐、投资等"需求侧"直接对接,避开不必要的中间环节,实现面对面衔接,让IP的转化成本最低,让IP的转化效益最大。

8月,阅文集团以20亿美元的价值成为唯一进入"2016年中国独角兽企业估值榜"前30位的网络文学企业,其估值较2015年上涨33%,成为网络文学市场王者。

8月,张邦卫等主编的《网络时代的文学书写》由中国社会科学出版社出版。该书是"网络文学高峰论坛论文集",主要分为网络文学现象与作品研究、网络文学产业与文化研究、网络文学理论与批评研究三大块。

9月1日,由中国文字著作协会主办的"2016剑网行动·原创文字作品保护月"在北京启动,活动为期一个月。治理网络文学侵权盗版是"剑网2016"专项行动的工作主线。

9月2日,根据乱的同名小说改编的动漫《全职法师》在腾讯视频播出。

9月11日,掌阅科技举办线下大型"阅饼狂欢节"活动。掌阅文化总编辑谢思鹏在"青春与阅读"论坛上公布了一组掌阅文学数据。数据显示,网络文学的受众在男女比例方面相差无几,男性读者略多于女性读者。从年龄分布上来看,网络文学因为基于网络平台,其语言更为贴近年轻人,所以受众普遍是年轻人。其中,21岁以下的读者占39%,22岁到29岁的读者占38%,29岁到39岁的读者有13%,39岁以上的读者占比为10%。从这组数据中可以看出,29岁及以下的读者占了整个网络文学受众的77%,绝大部分受众是90后或00后。

9月13日，由中国作协网络文学委员会主办、中国作家网承办的"2016年度中国网络小说排行榜半年榜"揭晓。入选半年榜（已完结作品）的有：猫腻《将夜》、常书欣《余罪》、耳根《我欲封天》、蝴蝶蓝《全职高手》、缪娟《最后的王公》、子与2《大宋的智慧》、爱潜水的乌贼《一世之尊》、priest《有匪》、丁墨《莫负寒夏》、轻轻绿萝裙《我有特殊沟通技巧》。入选半年榜（未完结作品）的有：猫腻《择天记》、吱吱《慕南枝》、永恒之火《儒道至圣》、我吃西红柿《雪鹰领主》、吉祥夜《听说你喜欢我》、皇甫奇《人皇纪》、希行《君九龄》、牛凳《奋斗在盛唐》、林海听涛《冠军之心》、红九《别怕我真心》。

9月14日，根据安妮宝贝的同名小说改编的电影《七月与安生》正式上映。该电影获得包括金像奖、金马奖在内的多项大奖提名，周冬雨与马思纯凭此电影成为史上第一对"双黄蛋"影后。

9月19日，由国家版权局指导、中国版权协会主办的"网络文学版权保护研讨会"在北京举行。在本次会议上，国家版权局就发布加强网络文学作品版权管理有关通知征求意见。此外，由掌阅科技、阅文集团、咪咕数字传媒公司等30余家单位共同发起的中国网络文学版权联盟宣布成立，掌阅科技创始人张凌云代表联盟发布自律公约。

9月25—26日，由中国作协、广东省作协承办的"第二届中国网络文学论坛"在广东佛山举行。此次论坛共有来自中国作协相关领导、中国作协网络文学委员会、网络文学研究专家、网络作家的100余名代表参加。本届论坛以"网络文学的文化自觉"为主题，就网络文学引导管理、网络文学业界动态、网络文学理论评论等问题展开讨论。此次论坛的举办是对近年火爆的IP产业化现象的积极回应。在论坛举办期间，广东省作协正式宣布创办全国性的网络评论刊物《网络文学评论》，分别与14家大型文学网站签署网络文学战略合作协议，与珠江电影集团有限公司等5家单位签署合作协议，合作打造"广东网络文学基地"。该基地的创立首次打通从网络文学创作、编剧到拍摄的一条龙IP产业链条。

9月29日，根据张嘉佳的同名小说改编的电影《从你的全世界路过》上映。

该电影由光线传媒出品，由张嘉佳本人担任编剧，由邓超、张天爱、白百何、杨洋、岳云鹏担任主演。上映后，电影票房迅速突破8亿元人民币，刷新了国产爱情片的票房纪录。

10月3日，根据叶非夜的同名小说改编的动漫《全民老公带回家》在腾讯视频播出。

10月8日，吉林省作家协会网络文学委员会成立，王永庵当选主任。

10月10日，金庸一纸状书递交到广州市天河区人民法院，将江南及北京联合出版有限责任公司、北京精典博维文化传媒有限公司、广州购书中心有限公司告上法庭，起诉后者作品《此间的少年》侵犯其著作权。

10月10日，根据烽火戏诸侯的同名小说改编的网络剧《陈二狗的妖孽人生》在腾讯视频上线播放。

10月13日，根据秦明的网络小说《第十一根手指》改编的电视剧《法医秦明》在搜狐视频播出。

10月14日，网易云阅读与知名网文作家更俗共同为全新都市商战小说《大地产商》举办发布会，分享更俗《大地产商》的推广开发计划及网易云阅读在IP市场的布局蓝图。网易云阅读负责人范少卿还在发布会上正式宣布网易云阅读注册用户已突破1亿。

10月20日，咪咕阅读与安徽省网络作协共同举办的"咪咕万里行"小说作者寻源计划暨安徽网络文学作家沙龙活动于合肥徽园文学馆举行。安徽网络文学作家沙龙由安徽省网络作协、咪咕阅读联合发起，致力于促进网络文学作者交流、探寻网络文学发展的现状与未来，并在此基础上结合安徽地方特色促进网络文化产业的繁荣。此次咪咕阅读邀请了著名网络大咖九灯和善、墨五、青子、步千帆进行了圆桌会谈。几位大咖围绕网文写作、行业发展和用户群体等众多方面进行了探讨，各抒己见，为行业的持续健康发展贡献了自己的宝贵经验。

10月23日，由上海网络作协主办、上海作协与静安区文化局共同倡议的"陕西北路网文讲坛"举行首场交流会。陈村、蔡骏、血红等知名作家和阅文集团总经理杨晨出席交流会，共议网络文学。

10月24日,根据丁墨的同名网络小说改编的电视剧《美人为馅》《如果蜗牛有爱情》播出。

10月25日,北京市新闻出版广电局在光明网以网络直播形式发布了《军旅长歌》《守望》《不在别处》等20部"北京市2016年向读者推荐优秀网络文学原创作品"入围作品,并为入选作品的作者颁发证书。在发布活动结束后,北京市新闻出版广电局局长杨烁和本次推优活动的评委、茅盾文学奖与鲁迅文学奖评委贺绍俊教授以及铁血网作者龙红桂做客光明网直播间,围绕政府如何把握网络文学创作导向,推动网络文学精品创作等问题开展在线访谈,与网友交流。

11月2日,以"共建清朗互联网空间"为主题的上海市第七届优秀网站表彰会在上海图书馆召开。起点中文网被评为"上海市优秀网站"。

11月3日,河北省网络作家协会在石家庄成立。河北省作协党组书记康振海、主席关仁山、副主席王力平和李延青等出席成立大会。河北省网络作协第一次代表大会同日举行。大会通过了协会章程,选举王万举为主席,成龙(九戈龙)、苏明哲(随轻风去)、寇广平(梦入洪荒)、崔浩(何常在)、张伟(录事参军)、聂丹(聂昱冰)为副主席。

11月11日,根据秦简的同名小说改编的电视剧《锦绣未央》在北京卫视等平台播出。原著小说却在网上陷入"抄袭门"争议,《胭脂泪装》《一世为臣》《公子无耻》《淑女生存手册》等11部小说作者将秦简诉至北京市朝阳区人民法院。2017年1月,该法院正式立案。

11月14日,为加强网络文学作品版权管理,进一步规范网络文学作品版权秩序,国家版权局发布了《关于加强网络文学作品版权管理的通知》。该通知进一步明确了通过信息网络提供文学作品以及提供相关网络服务的网络服务商在版权管理方面的责任和义务,细化了著作权法律法规的相关规定。该通知的发布是国家版权局加强网络文学版权保护的一项重要举措,对规范网络文学版权秩序具有重要的意义。

11月21—25日,国家新闻出版广电总局在上海举办了2016年网络文学网站主要负责人暨骨干编辑培训班。来自全国43家网络文学网站的80多人参加培训。在培训期间,学员深入学习习近平总书记在文艺工作座谈会上的重要讲话精神,进一步认识和把握网络文学面临的形势和任务,提高导向意识和内容把关能力。同时,通过对网络出版服务相关法律法规、网络文学知识产权保护管理和出版管理要求、内容审读与质量管理等内容的学习,引导企业建立完善内部编辑制度和作品审发机制,把创作优秀作品作为中心环节,不断推出思想性、艺术性、可读性有机统一的网络文学精品佳作。

11月23—26日,广东网络文学"金盘工程"峰会在广东佛山开幕。此次峰会共有130余位网络文学专家学者和网络作家代表参加,共同探讨了网络文学发展的问题和推进广东网络文学工作的具体实施方案。广东省作协党组成员、专职副主席杨克在座谈会上提及举办此次峰会的目的是引导广东省网络文学界认真学习、理解习近平总书记在文艺工作座谈会上的重要讲话精神,牢牢把握网络文学的正确方向,推动广东网络文学健康发展。

11月29日,由艺恩主办的2016中国泛娱乐指数盛典ENA wards颁奖典礼在北京举行。盛典共产生"企业榜""明星榜""内容榜"三大主体榜单的9个榜单,"内容榜"中有许多网文作品。"中国网生内容榜-网络大电影榜top10"有《山炮进城2》《死神的假期》《猎灵师之镇魂石(上)》《老九门番外之二月花开》《宠灵实验室Ⅰ狸奴艾莉》《拯救汪星人大作战》《深宫遗梦》《僵尸英雄之魔王与公主》《超能联盟》《痞子兵王之特种使命》。"中国网生内容榜-网络剧榜top10"有《法医秦明》《最好的我们》《余罪》《太子妃升职记》《超少年密码》《九州天空城》《十宗罪》《一起同过窗》《重生之名流巨星》《老九门》。"中国IP价值榜-网络文学榜top10"有《完美世界》《微微一笑很倾城》《最好的我们》《盗墓笔记》《诛仙》《择天记》《三生三世十里桃花》《斗破苍穹》《大主宰》《太子妃升职记》。

11月30日,中国作协第九次全国代表大会在北京召开。中国作协党组书记、副主席钱小芊在工作报告中透露中国作协将成立全国性网络作家组织。此次大会共有28位网络作家成为正式代表,与传统作家共商中国文学发展大计。其中,唐家三少、天下尘埃、天蚕土豆、血红、耳根、蒋胜男、阿菩、跳舞等8名网络作家当选中国作协第九届全国委员会委员,唐家三少当选主席团委员。

12月2日,由中国新闻出版传媒集团有限公司和中国全民阅读媒体联盟主办、浙江升华拜克生物股份有限公司联合主办、数舟（上海）数据信息服务有限公司承办的"2016首届中国网络IP大数据发展研讨会"在北京拉开帷幕。会议邀请国内相关领域的知名专家、学者、作家和媒体人，以网络文学IP蓬勃发展的话题为切入点，就中国网络IP大数据现状及发展趋势进行研究和探讨，旨在维护和加强IP行业健康、高效地运营发展，共同推动文化产业在国家社会、经济文化等领域的可持续发展。

12月5日，中国版权金奖颁奖仪式在第六届中国国际版权博览会开幕式上举行。6个作品奖、5个推广运用奖、5个保护奖和4个管理奖悉数揭晓。海宴的《琅琊榜》获得作品奖。

12月6日，由上海市新闻出版局指导，阅文集团旗下多家知名原创文学网站主办的跨年度重磅赛事"网络原创文学现实主义题材征文大赛"颁奖典礼在上海四季酒店圆满收官。大赛共评出14部获奖作品，其中，Wanglong的《复兴之路》斩获"特等奖"，唐四方的《相声大师》斩获"一等奖"。阅文集团首席执行官吴文辉认为，现实主义题材在中国具有悠久而强大的传统，创造了无数熠熠生辉的经典华章，是当之无愧的文学主潮，在任何时代都具有强大的生命力，且一旦经过网络文学平台的再度激活，爆发力十分惊人。"此次大赛涌现了大量优秀作品，最明显、直接的效应在于，我们希望借助网络文学的推力助燃现实主义题材，彰显其应有的魅力。而这些原创作品不仅为全民阅读提供了更加丰富、营养的内容，也能充分展现这个时代的精神风采。"在会上，上海市新闻出版局局长徐炯与阅文集团CEO吴文辉共同启动第二届现实主义题材征文大赛。同时，阅文集团高级副总裁林庭锋与上海文艺出版社社长陈徵现场签署了战略合作协议，旨在进一步推动中国现实主义题材网络原创文学的健康发展，为数字时代下的文艺繁荣提供有效的助力。

12月13日，由中国作协网络文学委员会、上海市作协、上海大学中国创意写作中心、阅文集团共同创办的中国作协网络文学委员会上海研究培训基地在上海大学挂牌。基地通过网络作家培训，引导和鼓励网络文学作家坚持先进文化的前进方向，了解文学创作包括网络文学创作的发展潮流和基本态势，丰富网络文学创作的知识和技巧，提高关注社会现实的能力和深入社会实践的意识,对中国网络文学作家、作品、现象组织开展系统深入研究,凝聚培养网络文学研究队伍,为逐步探索建立中国网络文学的理论体系、评价体系和话语体系提供有力支撑。同时,第一期网络文学高级研究班也正式开班,共有来自阅文集团、17K、云起、掌阅等的24名优秀学员参加。

12月15日,山东省作家协会网络文学创作委员会成立大会在济南召开。中共山东省委宣传部副部长王红勇,中国作协创研部研究员、全国网络文学重点园地联席会办公室副主任肖惊鸿,省作协党组书记、副主席杨学锋出席会议并讲话。会议最终确定了高楼大厦(曹毅)、风凌天下(张荣会)、周志雄、飞天(徐清源)等19人为省作协网络文学创作委员会成员。

12月16日,第二届"滇云网络文学大赛"颁奖典礼在昆明莲花池庭院剧场举行。百余名昆滇作家、学者、网友云集于此,共同见证这一文坛盛事。云南作家易晖的小说《那是一九九几年》夺得"滇云网络文学大赛"年度大奖,李国豪的散文《姐姐》、乖乖魔孩的诗歌《奶奶(外六首)》、凌之鹤的评论《乔叶:在淤泥里嬉戏的天使》、神农百合的儿童文学《一条搬家的鱼》、楚由的《爱到付款》分别获得散文类、诗歌类、文艺评论类、儿童文学类、其他类别的"年度最佳网络作品奖"。

12月19日,根据天下霸唱的同名小说改编的电视剧《鬼吹灯之精绝古城》在腾讯视频播出。

12月20日,起点中文网宣布与网站Wuxiaworld达成合作,签署10年翻译和电子出版合作协议,并初步达成20部作品的合作,以正版授权开启了中国网络文学对外输出的新模式。

12月24日起,由中国文艺评论家协会网络文艺委员会、光明网文艺评论编辑室、中国青年出版社青年读物工作室联合策划的"中国网络小说好看榜"定期发布一本好看的网络小说。"好看"的评定标准是"文笔要好""情节要精彩""人物要写活"。榜单如下:年度"脑洞"炸裂小说《末日乐园》;年度"视觉系"仙侠小说《拔魔》;年度"真实系"修真小说《修真门派掌门路》;年度"惊魂系"小说《七根凶简》;年度"文艺系"小说《文艺时代》;年度"纯情系"武侠小说《有匪》;年度"热血系"科幻小说《修真四万年》;年度"混搭系"玄幻小说《雪中悍刀行》;年度"吐槽系"网游小说《惊悚乐园》;年度网络娱乐文《制霸好莱坞》;年度"谋略系"小说《宰执天下》等。

12月27日,国家新闻出版广电总局公布《全民阅读"十三五"时期发展规划》。该规划指出,"十三五"时期要进一步完善推荐机制,做好"中国好书""向全国青少年推荐百种优秀出版物""优秀老年人出版物""大众喜爱的50种图书""优秀民族图书""中华优秀传统文化普及图书""优秀少儿报刊""精品文学期刊""优秀网络文学原创作品"等推荐工作。

2017 年

1月2日,改编自网络作家风弄的同名小说的电视剧《孤芳不自赏》在湖南卫视和乐视视频两大平台播出。

1月5日,首届"掌阅文学创作大赛"颁奖典礼在北京举行。杨洛淼的《荒魂塔克木》与贾立一的《尘风志》获奖。

1月7日,根据天蚕土豆的同名网络小说改编的动漫《斗破苍穹》在腾讯视频播出。开播首日点击量即迅速过亿。截至第12集播出,点击量已突破10亿。原著2009年于起点中文网连载,其在起点中文网上点击量超过了20亿,于2016年11月《斗破苍穹》荣登2016中国泛娱乐指数盛典"中国IP价值榜-网络文学榜top10"。这次腾讯视频联合阅文集团将奇幻的文字化成动画呈现给观众,为"阅文系"动画注入了新的能量。

1月10日,2016年度"福布斯·中国原创文学风云榜颁奖典礼"在上海举行。此次颁发了年度新锐作家、年度原创最佳改编作品、年度最具改编潜力作品等10项大奖。男生作品榜首由忘语的《玄界之门》摘得,女生作品榜首由苏小暖的《邪王追妻》摘得,猫腻摘得原创文学年度成就奖。《如果蜗牛有爱情》(原著作者:丁墨)获得年度原创最佳电视剧改编奖,《老九门》(原著作者:南派三叔)获得年度原创最佳网络剧改编奖,《微微一笑很倾城》(原著作者:顾漫)获得年度原创电影改编奖,《全职法师》(原著作者:乱)获得年度原创最佳动画改编奖,《雪鹰领主》(原著作者:我吃西红柿)获年度原创最佳游戏改编奖。

1月13日,"大数据来了,网络文学如何炼成大IP"主题访谈会在北京举行。全民阅读"红沙发"系列访谈由中国新闻出版传媒集团有限公司主办。该系列访谈创办于2012年,以主持人对话嘉宾的形式向公众全方位展现阅读的魅力与风采。此次访谈延续了上届研讨会的主题,专家委员会部分成员到场,分别就"网络文学大数据之路"发表了自己独到的见解。其中,大数据研究专家中国科学院信息工程研究所高级工程师戴琼、网络文学专家北京大学中文系副教授邵燕君等与听众共同分享了对网络文学未来的展望,探讨了大数据IP估值的方法和可能性。

1月13日,由中共福建省委宣传部指导,省文学艺术界联合会主办,省作协、省文学院、冰心文学馆、福建人民艺术剧院共同承办的"文艺的春天"诗文朗诵活动暨2017闽派诗歌春节联欢会在福建人民艺术剧院举办。福建省知名诗人、网络作家、评论家等400多人齐聚福州。会上举行由23名网络作家组成的福建省作家协会网络文学专业委员会成立仪式。

1月16日,马伯庸、周行文的《白蛇疾闻录》开始在天地中文网连载。该作品是"望古神话"推出的第一部。"望古神话"由流浪的蛤蟆任世界观首席架构师,由马伯庸、月关、天使奥斯卡、跳舞四位作者共同打造,是国内首个基于真实历史和古代神话传说所创建的宏大架空世界。

1月18日,浙江省正式启动第二届网络文学双年奖,并发布了第一期榜单,《云胡不喜》《小药妻》《清洁工马淑珍的故事》等17部网络小说上榜。

1月19日,由国家新闻出版广电总局组织主办、新华网承办的"2016年优秀网络文学原创作品推介活动"公布了18部推介作品名单。入选推介名单的分别是:小狐濡尾的《南方有乔木》、英霆的《大荒洼》、宋海锋的《锋刺》、疯丢子的《百年家书》、齐橙的《材料帝国》、金朵儿的《小飞鱼蓝笛》、李润的《我心缅怀旧时光》、土豆爱西红柿的《非常暖婚,我的超级英雄》、辛夷坞的《我们》、西子雅的《暮生荆棘》、边寻的《蟀侠》、酒徒的《男儿行》、月关的《夜天子》、管平潮的《血歌行:学府风雷》、减肥专家的《问镜》、罗晓的《大宝鉴》、爱潜水的乌贼的《一世之尊》、风青阳的《龙血战神》。

1月21日,北京大学网络文学研究论坛发布2016年度网络文学榜单。上榜名单女频10部:吱吱《慕南枝》、梦溪石《千秋》、徐徐图之《袁先生总是不开心》、霜华月明《我们微笑着说》、Twentine《打火机与公主裙》、须尾俱全《末日乐园》、琅俨《我有四个巨星前任》、水千澈《重生之国民男神》、拉棉花糖的兔子《天庭出版集团》、priest《有匪》。男频10部:愤怒的香蕉《赘婿》、知秋《十州风云志》、三天两觉《惊悚乐园》、睡觉会变白《文艺时代》、匂宫出梦《花与剑与法兰西》、风卷红旗《永不解密》、卧牛真人《修真四万年》、饥饿2006《无限道武者路》、徐公子胜治《太上章》、烽火戏诸侯《雪中悍刀行》。

1月29日,改编自沧溟水《大唐后妃传之珍珠传奇》的电视剧《大唐荣耀》在北京卫视、安徽卫视、腾讯视频三大平台播出。

1月30日,改编自唐七公子的同名小说的电视剧《三生三世十里桃花》在浙江卫视、东方卫视、优酷等八大平台上线。

1月,庄庸、王秀庭的《网络文学评论体系构建:从顶层设计到基层创新》由福建教育出版社出版。这是一部系统分析、研判国家顶层设计的思路、逻辑和智慧,深入发掘网络文艺基层创新的实践、潮流和脉动,思考和探索中国网络文学评论体系构建之道的理论专著,对网络文学理论研究具有重要意义。

1月,吴长青的《网络文学创作与研究概论》由河海大学出版社出版。该书对网络文学的本质属性、功能价值、艺术审美、话语方式、创作形态及叙事技巧、批评和评价、媒介传播、接受度和受众研究等逐一做探讨,并结合网络文学发生的具体历史情境,作者和受众所处的社会环境,联系大众文化发生的若干成因及特征。该书直面网络文学的敏感问题——商业化,从其商业化和产业化进程,特别是在泛娱乐背景下,对以 IP 为代表的全版权运营相关实践进行全面的检视与反思,并在理论上进行探讨,提出在文学场域发生变化的前提下如何利用跨学科的研究方式对文学性发生的流变进行微观考察。

1月,马季的《网络时代的故事回归与文学想象》发表在《小说评论》(2017年第1期)上。文章认为,网络文学从中国古代故事里脱胎,形成了一套新的讲故事的方式,所运用的手法包括延伸、翻写、借境、重塑、重构、羽化等,这正好和网络作家的民间身份、草根意识高度吻合。而网络文学之所以选择走类型文学之路,源于"讲故事"的文化传统在中国人心目中根深蒂固。文章选择了与当代文学关系最近的都市文学做分析,认为网络文学中的都市文学与传统文学中的都市文学差异明显,从外表看网络文学更注重故事的娱乐性,从实质看网络文学所建立的虚拟性或许更切合网络时代的人文景观在现代都市架构的描述上对当代文学是一种有效补充。

1月,周志雄的《中国网络文学评价体系的维度及构建路径》发表在《中国文艺评论》(2017年第1期)上。文章认为,网络文学是一种新兴的大众文学,注重商业化和娱乐化,与传统文学存在差异,构建网络文学的评价体系势在必行。而这一评价体系应包括价值、理论、审美、文化、技术、接受、市场等维度,既注重评价的有效性和通约性,又能在更高层面上促进网络文学发展。因此,研究者应从阅读作品出发,走进网络文学创作一线,深入调查、感知与评价,及时总结中国经验和中国道路,实现研究的理论创新,推动网络文学健康发展。

1月,周冰的《网络小说阅读成瘾的症候与挑战》发表在《当代文坛》(2017年第1期)上。文章提出,在当前的网络文学接受中,以过度摄取、快感沉浸和主体的戒断反应为症候的网络小说阅读成瘾正在形成。而网络小说之所以让人上瘾得益于其快感成瘾机制,这一机制从触发读者的阅读选择与行为开始,经过读者的阅读行动和想象性满足的回报,最后达成成瘾性的阅读行为投入与循环。阅读成瘾是一把双刃剑,它可以为网络小说赢得群众基础,促进其发展,但也会阻碍网络小说的推陈出新和其对快感模式的超越。文章认为,应当采取各种措施对网络阅读成瘾进行引导和遏制,避免网络小说的"娱乐至死"与成瘾者的"虫"化,促进其健康发展。

2月1日,中国之声《新闻纵横》报道《网络文学抄袭泛滥,作家买"写作软件"组合新小说》:近年来,网络小说被指涉嫌抄袭的情况屡屡成为社会热点话题。电视剧《花千骨》原著被指涉嫌抄袭4部网络小说;著名作家金庸也将作家江南告上法庭,认为江南早期网络小说中大量使用"乔峰、令狐冲"等人物涉嫌侵权。

2月6日,改编自桐华的同名小说的电视剧《那片星空那片海》在湖南卫视、芒果TV等四大平台上线。

2月8日,泸溪县委宣传部与该县作协组织召开迎新春文学创作交流座谈会。在座谈会上,红娘子、李菁、石磊三位泸溪籍的知名网络作家齐齐亮相,湘西州文学界大腕、泸溪县文学界前辈新人云集于此,分享了网络作家的文学创作经验和人生奋斗经历,研究探讨网络文学创作的诸多议题,共同谋划泸溪县及湘西州未来的文学发展蓝图。

2月10日,第七十七次全国网络文学重点园地工作联席会议在北京举行,主要就网络作家申报中国作协会员事宜进行阐释说明。网络作家的入会申报是中国作协扶持与推动网络文学创作的重要工作。自2013年开始,为了更好地联络服务网络作家,全国网络文学重点园地工作联席会议承担起协调文学网站推荐网络作家入会的职责。近年来,网络作家入会人数和在中国作协会员中的比重都逐年提升。2016年,46名网络作家加入中国作协。在会上,中国作协创联部相关同志结合近年来的申报情况和入会现状,针对申报入会的程序作了详细解释和说明,并对各网站提出的问题进行答疑解惑。

2月13日,阅文集团综合阅文数据中心及艾瑞、速途等研究机构的统计发布《2016网络文学发展报告》。该报告以数据解读的方式全景式展现了中国网络文学的市场环境、发展现状及未来趋势。通过用户规模、稿酬发放、IP运作、打击盗版四个方面的大数据,可以发现中国网络文学有远超想象的广阔发展前景。2016年阅文集团将内容分发渠道扩展至50余家,覆盖PC端、移动端、音频及电纸书等,囊括QQ阅读、起点中文网等业界品牌。其中,QQ阅读作为中国最大的阅读类应用,年增幅超过100%。此外,每年有近70万人在"作家助手"上更新作品,网文创作已突破时间、空间的限制。阅文集团2016年稿酬发放10亿元。优秀写手在进入大众视线的同时,也获得了传统主流文学界的认可,旗下有8位网络作者加入作协全委会。2016年集团旗下新增网文作品50万部以上,且覆盖品类达200多种。其中,超30部单书全网订阅过亿次、近千部作品全年日销过万元。

2月20日,由橙瓜网主办,天翼阅读、重庆市网络作协协办的第二届"网文之王"评选活动落下帷幕。天蚕土豆获得"网文之王"称号,唐家三少、辰东、善良的蜜蜂、耳根、梦入神机获得"五大至尊"称号,我吃西红柿、忘语、烽火戏诸侯、风青阳、鱼人二代、风凌天下、月关、了了一生、厌笔萧生、猫腻、妖夜、爱潜水的乌贼获得"十二主神"称号。

2月21日,阅文集团推出"2017年中国原创文学白金、大神作家名单",36位白金作家、133位大神作家入选。

2月23日,掌阅科技在北京举办"历史新纪元战略发布会",正式与月关及天使奥斯卡两位大咖级作家签约,并在会上宣布与掌阅、百度文学、中文在线等多家数字阅读平台成立"原创联盟",共同推出"精品内容全平台共享计划"。

3月1日,根据冰龙浮屠的网络小说《龙之谷之破晓奇兵》改编的游戏《龙之谷》正式上线。

3月1日,鲁迅文学院第十届网络文学作家高级研修班开学典礼在北京举行。此次研修班为期28天,共有来自34个文学网站的57名学员参加。

3月4日,由咪咕数媒与无锡网络作协联合发起的"无锡网络文学作家沙龙"在南长街199D咖啡书店圆满举办。该活动是"咪咕万里行"作者寻源计划系列活动之一,旨在促进网络文学作者交流,繁荣地方网络文化产业。无锡市文联创研部副主任殷国新、作协副主席苏讯、网络作协主席王辉、国家一级编剧张险峰等出席了本次活动。在会上,著名网文大咖无罪、傲无常、缘分0等就网文创作、IP改编及粉丝运营等话题发表了看法。咪咕数媒原创内容业务部主编分享了"咪咕阅读作家福利体系",系统阐述了咪咕阅读平台的征稿要求、月票全勤奖励制度及针对优质内容的运营推广案例。2017年,咪咕阅读将投入30亿元重金扶持网络文学发展,大力推动原创网文创作。

3月14日,"2017伦敦国际书展"盛大开幕。阅文集团人气作品《鬼吹灯》《斗破苍穹》《盘龙》《全职高手》《我欲封天》《莽荒纪》《一念永恒》等被展出,涉及中文、泰文、越南文、日文、英文等多种语言译本,充分展现了中国网文的独特魅力。同时,现场展台iPad循环展示阅文集团旗下改编影视、动画作品的宣传片及宣传海报等电子内容。

3月16日,中国作协网络文学委员会在北京发布"2016年中国网络小说排行榜"。入选排行榜的已完结作品有:酒徒《男儿行》、尼卡《云胡不喜》、烽火戏诸侯《雪中悍刀行》、雪满弓刀《不朽剑神》、荆柯守《青帝》、希行《君九龄》、Twentine《打火机与公主裙》、罗晓《大宝鉴》、知秋《十州风云志》、舞清影521《你好消防员》。入选的未完结作品有:酒徒《乱世宏图》、管平潮《血歌行》、作家李珂《一寸山河》、孑与2《银狐》、梦入神机《龙符》、唐四方《相声大师》、半鱼磐《山海经·瀛图纪》、巷晨虞《生物骇客》、临渊鱼儿《时光与你共眠》、骷髅精灵《斗战狂潮》。

3月19—22日,"2017春季北京电视节目交易会"在北京举行。在此届交易会上,掌阅科技、晋江文学城和纵横中文网等11家北京重点网络文学企业,携《湘语》《南方有乔木》等109部优秀原创作品亮相,寻找电视节目制作方。这些网络文学作品题材以校园、青春、励志、侦探、怀旧等都市爱情、现实生活为主,也不乏探险、穿越、玄幻、宫廷等传统网络小说题材。

3月21—24日,天津市作协举行了网络作家高级研修班。来自全市的近30名青年网络作家参加了培训。此次培训学员采取自荐和各区作协推荐相结合的方式产生。年龄限制在45岁以下,以天津作协会员为主,学员以网络文学创作、影视剧本等创作为主,优先吸收近年来新加入协会的青年会员。培训采用封闭式集中授课及研讨会的形式,三天的培训内容有"坚定文化自信,促进文化繁荣""网络文学的当前格局与未来走向"等课程,以及"影视行业大洗牌""论网络剧的网感——单元剧写作的技法探讨"等讲座。

3月22日,为了让网络作家真正了解中国作协,走进作家之家,鲁迅文学院第十届网络作家高级研修班学员走进中国作协,参加专题座谈。中国作协副主席李敬泽出席会议并讲话。中国作协创联部主任彭学明、鲁迅文学院副院长邢春、中国作协创研部副主任李朝全以及高研班师生60余人参加座谈。在会上,彭学明重点介绍了网络作家入会、深入生活、作家维权等工作。肖惊鸿介绍了中国作协近年来围绕网络文学开展的一系列工作。

3月23日,由鲁迅文学院、中国作协网络文学委员会联合举办的"网络文学在世界文化视野中的价值发现——网络文学'重写－再造神话'研讨会"在鲁迅文学院举行。此次研讨会邀请了学界和业界诸多专家、代表,对网络文学"重写－再造神话"问题进行了学理和创作实践方面的梳理,并在此基础上进一步探讨中国网络文学的世界传播之路。

3月28日,鲁迅文学院第十届网络文学作家高级研修班在北京举行结业典礼。中国作协副主席、鲁迅文学院院长吉狄马加出席结业典礼,并向学员们颁发了结业证书。本届研修班精心组织和安排了39课时的课程,内容包括文艺思想、国情时政课、大文化课、文学专题讲座、文学对话研讨、新媒体发展态势等。此外,研修班还举办了网络文学研讨会,组织学员到中国作协进行专题座谈,与北京大学中文系师生展开交流对话,参观北大校园和国家博物馆等。

3月29日,第三届广西网络文化节暨第三届广西网络文学大赛启动仪式在南宁举行。本届广西网络文化节以"繁荣发展网络文化,构建清朗网络空间"为主题。文化节从3月下旬持续至11月下旬,开展了内容丰富、形式多样的系列活动:广西网络文学大赛、广西网络知识竞赛、广西网络安全技术大赛、广西新媒体采风活动、2017"壮美广西·网播天下"原创网络视听节目征集推选展播等。

4月7日,根据蝴蝶蓝的同名网络小说改编的动漫《全职高手》在腾讯视频、bilibili播出。

4月10日,由江苏省作协、三江学院、江苏省网络作协合作创办的江苏省网络文学院正式成立。江苏省作协主席范小青与三江学院党委书记丛懋林为江苏省网络文学院揭牌,并向网络文学院特聘研究员颁发聘书。

4月10—13日,由中国作协主办,江苏省作协、中国作协网络文学委员会和江苏省网络作协共同承办的"第三届中国网络文学论坛"在南京举行。此次论坛以"学习习近平总书记重要讲话,坚定文化自信,推动网络文学健康发展"为主题,旨在深入学习贯彻习近平总书记系列重要讲话精神,交流研讨网络文学创作传播发展的新成绩、新情况、新趋势,进一步推动网络文学健康发展。中国作协副主席李敬泽出席会议并作主题报告,中国作协网络文学委员会主任陈崎嵘、中共江苏省委宣传部副部长徐宁出席会议并致辞。彭云、程晓龙、范小青、韩松林、王朔,以及来自全国各地的160余位网络作家、评论家和业界代表与会交流研讨。与会者围绕会议主题,从政府管理、作协工作、行业管理、创作经验等方面分享体会,交流心得。

4月13日,第11届网络作家收入排行榜发布。唐家三少蝉联榜首。排行榜前十位分别是:唐家三少(12 200万元)、天蚕土豆(6 000万元)、我吃西红柿(5 000万元)、月关(4 800万元)、骷髅精灵(4 600万元)、天使奥斯卡(4 500万元)、梦入神机(2 700万元)、辰东(2 600万元)、柳下挥(2 500万元)、高楼大厦(2 100万元)。

4月14日,以"重塑内容,触及未来"为主题的"2017第三届中国数字阅读大会网络文学发展峰会"在浙江举行。在会上,浙江作协与咪咕数媒签署战略合作协议,致力于为网络文学的健康发展搭建更好的平台。咪咕数媒与北京金影科技有限公司签署内容合作协议,正式开启亿重金扶持原创文学的新篇章。阿彩、李歆、缪娟三位联合召开了《盛世天骄》《占风铎》《盛唐幻夜》新作驻站发布会。

4月14日,由中国作协、浙江省作协和杭州市文联联合创建的"中国作协网络文学研究院"在浙江杭州挂牌成立。该研究院的建立意味着网络文学评价体系向纵深推进。中国作协网络文学研究院集聚中国网络文学界一批权威专家,重点对中国网络文学最前沿发展态势和创作现象展开研究,探讨并总结网络文学创作、产业、传播一体化的理论成果,使之成为中国网络文学业态和产业智库。这也是国内首个网络文学研究基地。按照设想,研究院以举办"网络文学周"为平台,重点组织开展"网络文学国际论坛""网络文学年度奖"和"网络文学传播集会"活动,一年一届,在杭州举办。

4月14日,由西南科技大学和当代文坛杂志社主办、西南科技大学文艺学院承办的"网络文学的中国书写与中国经验的研究暨《当代文坛》2017年学术研究会"在西南科技大学举行。四川省作协党组副书记张颖、当代文坛杂志社副主编杨青和学校校长陈永灿等共40余名代表参加研讨会。会议以"网络文学的中国书写与中国经验的研究"为主题,通过专题发言和研讨相结合的形式进行,内容涉及全球化语境与中国网络文学经验、媒介革命与中国文学转型、网络文学与地域文化等问题。会议气氛活跃,将网络文学与中国经验相关联,试图从学理、实践方面梳理网络文学的历史价值、内涵核心、价值取向等。

4月15日,《华西都市报》封面新闻、大星文化、作家榜App联合向全球重磅发布"第11届作家榜主榜"。唐家三少、天蚕土豆、我吃西红柿分别以1.22亿元、6000万元、5000万元排名网络作家收入榜前三位。

4月16日,中国首家以中老年作家为主体的文学网站"银河悦读"上线。其前身为榕树下雀之巢文学社团。

4月17日,改编自猫腻的同名小说的电视剧《择天记》在湖南卫视、爱奇艺、芒果TV等五大平台上线。

4月18日,阿里巴巴集团旗下阿里文学在网络电影开放合作大会上宣布正式进军网络电影领域。阿里影业和阿里文学将与优酷联合启动HAO计划,共同投入10亿元资源赋能网络电影内容生产者。

4月18日,中国新闻出版研究院发布第14次全国国民阅读调查报告。数据显示,数字化阅读(网络在线阅读、手机阅读、电子阅读器阅读、Pad阅读等)方式的接触率为68.2%,较2015年的64.0%上升了4.2个百分点。在手机阅读接触者中,近40%的用户选择"看手机小说"。受欢迎度排前三位的电子书类型分别为"都市言情"(23.5%)、"文学经典"(17.2%)、历史军事(15.4%)。

4月20日,由中国出版集团公司主办,大佳网和中国台湾地区图书出版事业协会/中国台湾地区电子书协会共同承办的第二届"海峡两岸网络原创文学大赛"获奖名单公布。李季彬《对决》获得金奖,梁洁的《大北谣》、范鑫的《真爱不迷路》获得银奖,半泽的《邓家铺子》、苏方圆的《守望》、古筝的《靰鞡草》获得铜奖。

4月22日,广东网络作家高级研修班在佛山市南海开班。广东省作协副主席杨克在开班仪式上发表讲话,阅文集团高级副总裁林庭锋、阅文集团副总裁侯庆辰、广东省作协创研部主任谢石南、广东省作协创研部副主任周西篱、南海区文联主席吴彪华及广东网络作家学员共120余人出席活动。该研修班由广东省作协与起点中文网、创世中文网、潇湘书院、红袖添香、小说阅读网、云起书院、起点女生网、榕树下、言情小说吧联合举办,邀请知名网络作家和传统作家、一线网络文学编辑为学员授课。

4月23日,京东集团正式公布入围角逐首届京东文学奖六大奖项的作品名单。网络文学首次登上文学大奖舞台,网络小说《大宗师4:楚人七剑》高票入围新锐作品奖。

4月24日,网络版权产业研究基地在北京发布《2017中国网络版权产业发展报告(摘要版)》。该报告指出,2016年中国网络核心版权产业行业规模突破5 000亿元,同比保持了31.3%的高增长速度,对整体经济的贡献能力持续提升,带动了版权产业整体结构向网络化以及信息化转型,对版权产业实体经济的发展起到了激活和催化作用。其中,中国网络文学产业规模为100亿元,题材也从以往以玄幻为主的单一类型向多元化发展,且逐渐形成了以网络文学为基础的泛娱乐IP开发模式。

4月25日,2017年湖南文学与影视IP发展研讨会暨第二届微力量影视文学交流会在长沙举行。大会由湖南省作协、湖南微力量艺术教育传媒主办,旨在建立一个网络文学的影视IP孵化平台。省作协主席王跃文、副主席余艳出席。此次大会致力于搭建一个作家尤其是网络作家、编剧、制片人以及学者理性探讨的平台,解析IP合作泛娱乐的联动效益,展示行业最新趋势,寻找文学IP进入影视行业发展的新机遇,创造新人新作孵化的机会,建立一个行业长效与健康发展的产业平台。

4月27日,由广东省作协主办的中国第一份网络文学学术期刊《网络文学评论》获得正式刊号。该刊成为全国唯一有关网络文学理论、评论的具有统一刊号的连续出版物。《网络文学评论》是面向当代网络文学现场、作家和网络文学创作及其衍生产品的纯理论、评论类刊物。内容涉及整个网络文学的创作、出版、影视、动漫等产业链和文化生态,针对国内网络文学、网络文化的动态、热点,进行多方位、多角度的艺术鉴赏和理论研讨,对网络文学的衍生文化产品的生产进行评论,打造高端的、前沿的学术平台,呈现网络文学的创作及其成就,引导和推进网络文学健康发展。

4月28日,书耽App正式上线。这是为部分女生量身定制的原创耽美小说App。手机创作是该软件的一大特色,支持作者在手机上随时创作更新。

4月30日,天蚕土豆的《大主宰》百度指数突破414万,成为历史上第一部百度指数突破400万的网络小说。2017年,《大主宰》继续荣登百度风云榜年度冠军宝座,成为唯一一本三度登顶的小说。

5月1日,根据叶非夜的同名网络小说改编的动漫《国民老公带回家2》在腾讯视频播出。

5月3日,由人人文学网、中国网络作协、中国网络文学节组委会联合主办,河北奥润顺达窗业集团、北京眉凌文化传媒有限公司承办的中国网络文学节颁奖典礼在高碑店举行。荣获"中国网络文学·桂冠诗人"称号的作家是:韩昕余、王芳闻、王妍丁、恩泽、瑞箫。陈庆宝的《鬼影》获得金奖,伊奈可的《付与丹青姓字標》、巫小师的《费达》获得银奖,子不语的《阿布只是不会说话》、朗月明轩的《秃牛》、黄国燕的《三福的叹息》获得铜奖。

5月7日,由中国作协网络文学委员会、中共兰州市委宣传部主办,兰州市文学艺术界联合会承办,兰州市作协都市生活杂志社协办的"一带一路"中国网络文学论坛在兰州隆重开幕。论坛以"'一带一路'与中国网络文学的发展前景"为主要议题,就网络文学如何响应、对接"一带一路"倡议进行充分发掘与讨论。中国作协副主席李敬泽、中国作协网络文学委员会主任陈崎嵘、中共兰州市委宣传部部长王宏出席论坛并致辞,特邀骠骑、吱吱、小丘山、子与2、志鸟村、猪三不等省内外知名网络作家到场发表精彩演讲。省市作家代表和西北师大、兰州大学、西北民族大学、甘肃政法学院等10多所高校的学生文学社团代表,以及诸多网络文学爱好者参加了当天的活动。

5月11日,改编自阿耐的同名小说的电视剧《欢乐颂2》在东方卫视、腾讯视频等五大平台上线。

5月15日,阅文集团旗下的起点国际正式上线。这是阅文集团海外布局的重要一环,标志着中国网文出海事业的更进一步。起点国际以英文版为主打,将逐步覆盖泰语、韩语、日语、越南语等多语种阅读服务,并提供跨平台互联网服务。上线作品共38部,累计更新近3 000章,总量超过Wuxiaworld等翻译网站。

5月16日,由成都市互联网文化协会主办、成都市网络文学联盟承办的首届"金熊猫"网络文学颁奖典礼在成都举行。颁奖典礼以"推进网络文学输出,构建成都IP产业生态"为主题,揭晓并颁发了最具潜力拓展价值奖、最具游戏(动漫)改编价值奖、最具影视改编价值奖、金奖、银奖、铜奖共计6个奖项。《古蜀国密码》获金奖;《超禁忌游戏》获银奖;《囧婚》获铜奖;《犹待朝阳》获最具潜力拓展价值奖;《封魔战皇》获最具动漫(游戏)改编价值奖;《蜀山云无月》获最具影视改编价值奖。

5月16日,"梦想起航:两岸青年网络文学大赛"启动仪式在杭州西湖畔的中国作协网络文学研究院举行。大赛分为大陆和台湾两个赛区,流程上分投稿及初评、复评、终评三个阶段。大赛采取"网生代评网生代"的方式,初评评委全部是在互联网阅读和写作模式下成长起来的两岸年轻群体。终评评委将邀请知名网络文学评论家、动漫界和影视界专业人士以及出版专家等担任。

最终采取评委综合打分和读者投票结合的方式,从中遴选出特等奖和一、二、三等奖。获奖人员均有机会在浙江文艺出版社出版获奖作品,并获得全产业链开发的推荐。10月,评选在杭州落幕,24部大陆作品和10部台湾作品分获一、二、三等奖及优秀奖。本次大赛在启动后3个月就收到了两岸的投稿540部,参赛作品的题材涵盖历史、言情、奇幻、科幻、悬疑、都市等领域。经过激烈角逐,来自大陆的大二学生叶童耀和来自台湾的专职写作者康庭瑀分别以科幻作品《漫长的一天》、历史演义小说《碧落人间情一诺》获得一等奖。

5月20日,中山市作协在中山文联文艺家活动中心召开了中山市网络作家协会成立大会暨会员代表选举大会。大会审议表决通过了《中山市网络作家协会章程》草案,并选举产生第一届协会主席、理事。经投票选举,黄廉捷当选中山市网络作协主席,何中俊、洪芜、吴止、郑玉彬、妍冰、王玉菊、马时遇等7人当选副主席。

5月23日,由光明网、中国文联文艺评论中心主办的"中国文艺发展与新型智库建设"研讨会在北京举行。会议主要围绕"习近平总书记系列重要讲话与新型文化智库建设""网络文艺智库建设的思路、方向和路径""媒体如何发力网络文艺智库建设"等三个主题展开了深入讨论。

5月23日,由社会科学文献出版社出版的《中国文情报告(2016~2017)》在北京发布。该报告显示:2016年中国文坛现实题材作品量多质高,同时网络文学作品加速实现跨界融合。2016年国内网络文学市场进入快车道,与影视、动漫、游戏等文化产品实现了跨界融合,以网络文学为核心IP来源的产业生态逐渐形成,以80后、90后为代表的新的文艺创作群体不断壮大。

5月25日,由上海作协、上海网络作协等主办的"2016中国网络文学年度好作品"获奖名单揭晓。《小飞鱼蓝笛》《绘夜人·子夜》《婚途漫漫》《蜀锦人家》等11部作品获得优秀奖,《合欢牡丹》《因为风就在那里》《农门医女》等9部作品获得佳作奖。

5月26日,百度文学宣布完成新一轮融资,红杉资本和完美世界领投,总额达8亿元。此轮融资后,新公司估值达到40亿元左右。新公司最大股东仍为完美世界,第二大股东为百度,其他主要股东是管理团队和红杉。2013年7

月,百度花1.915亿元从完美世界手中买下纵横中文网,将其与多酷、91熊猫看书整合成立"百度文学"。2014年11月,百度文学成立,旗下包括纵横中文网、91熊猫看书、百度书城等子品牌,整合百度贴吧、游戏、音乐、视频、91无线等百度系资源。2016年9月,百度将百度文学卖给完美世界,作价10亿元。百度仍占有百度文学三成的股份,并继续提供流量支持。同月,完美世界任命张云帆为控股集团董事,并代表控股集团出任文学业务CEO,掌舵控股集团的文学业务。

5月,邵燕君主编的《2016中国年度网络文学(女频卷)》与《2016中国年度网络文学(男频卷)》出版。该书选收2016年完结或已连载主体部分并有更新的作品,在参照各主要文学网站榜单和粉丝圈口碑的基础上,筛选具有较高文学性乃至经典性指向的作品。在关注大咖红文的同时,特别关注引发网文新类型、新潮流的小众流行作品。

5月,七猫中文网(原名"梧桐中文网")正式上线,是七猫旗下面向网络文学作者提供创作指导与版权运营等全方位一体化服务的优质内容孵化平台。网站以言情小说为导向,多为古言和现言。七猫免费小说App于2018年8月正式上线,专门为读者提供正版、免费、优质的网络文学内容阅读服务。

5月,北京九天仙娱网络科技有限公司旗下的原创文学网站大圣中文网正式上线。该网站重点吸引和发展偏男性读者口味的网络文学创作,作品类型主要有都市、悬疑、历史、军事、科幻、游戏等。

6月1日,阅文集团白金作家风凌天下的新作《我是至尊》在全球同步首发。海外粉丝将在起点国际上首次实现零时差畅读《我是至尊》英文版。此次全球玄幻迷同时同刻开席阅读盛宴,这也是中国网络文学作品首次实现全球同步首发。

6月1日,烽火戏诸侯的新作《剑来》在纵横中文网首发。

6月5日,改编自潇湘冬儿的网络小说《11处特工皇妃》的电视剧《楚乔传》在湖南卫视、爱奇艺、腾讯视频等七大平台播出。该剧收视率一路高涨,是"2017微博电视影响力盛典年度剧王"。

6月6日,2017阅文集团首届"生态大会"在北京演艺中心召开。"全·内容生态"概念首度被提出,宣告阅文在内容品质、数量、作者影响力以及IP价值上的绝对优势。在400万活力创作者以及专业编辑团队的推动下,阅文集团近1000万部作品储备量持续攀升,覆盖200余种全品类题材。而多部作品在6亿粉丝优胜劣汰的基础上,实现了口碑、市场双丰收,更为阅文树立了泛娱乐内容价值的"金字招牌"。在会上,阅文与亚马逊Kindle书店合作推出网络小说专区,未来也将与更多的海外平台渠道合作,通过优质翻译,让头部作品输出,实现与海外内容平台和合作伙伴的共赢。

6月6日,由庄庸、安迪斯晨风主持的"中国网络文艺词典"栏目开始在微信公众号"网络文艺报"上发布。该栏目尝试解释网络文艺的重要概念和问题。此前,他们还发布了"中国网络小说'好看榜'""中国网络文学海外传播榜"等栏目。

6月9日,爱奇艺世界大会网络文学高峰论坛力邀IP全产业链多位意见领袖,共同探讨网络文学如何与影游行业星辉互映,如何实现IP生态链的合作共赢。在会上,颁发了首届爱奇艺文学奖。一等奖为水千丞的《深渊游戏》,二等奖为李写意的《明夷于飞》与兰月熙的《天香美人》。

6月9日,由中国文艺评论家协会、浙江省文联主办,浙江省文艺评论家协会、中国文艺评论(浙江)基地、中国文艺评论家协会青年工作委员会承办的第三届中国青年文艺评论家"西湖论坛"在浙江杭州开幕。第三届"西湖论坛"以"网络文艺的中国形象"为主题,主论坛以"网络文艺的现状、时代机遇与责任"为主题,并设三个分论坛,探讨"内容产业的中国实践——网生内容的传统与现实""网络产业的中国经验——网络平台与产业"等分议题。

6月15日,北京作协在白洋淀组织召开了网络文学写作新状况座谈会。唐家三少、蝴蝶蓝、公子衍、叶非夜等40多位网络文学作家畅谈了如何应对网络文学新形势。

6月19日,阅文集团与腾讯影业、腾讯游戏及万达影视共同携手,于"万达之夜"晚会中宣布成立合资公司,旨在整合各方优势,打造航母级的IP开发新模式。阅文集团旗下经典IP《斗破苍穹》成首个上马项目。继同名3D动画以精品化树立国产动画标杆,总播放量超10亿后,《斗破苍穹》衍生电影、电视剧、游戏等多形式改编项目亦同步提上日程,向着超级IP目标迈进。

6月26日,国家新闻出版广电总局对外公布《网络文学出版服务单位社会效益评估试行办法》。该办法明确提出对从事网络文学原创业务、提供网络文学阅读平台的网络文学出版服务单位进行社会效益评估考核。评估考核共设置了5个一级指标、22个二级指标和77项评分标准,主要包括出版质量、传播能力、内容创新、制度建设、社会和文化影响等指标,将从网络文学价值引领和思想格调、文学价值和文化传承、编校质量、排行榜设置、编辑责任制度、党建和思想政治工作及社会评价、文化影响等方面进行计分。该办法明确规定,网络文学出版服务单位发表作品出现严重政治差错、社会影响恶劣,在平台首页或重点栏目推介导向有严重问题的作品,违反政治纪律和政治规矩等重大问题,社会效益评估实行"一票否决",评估结果为"不合格"。

6月27日,亚马逊和中国移动咪咕公司宣布推出专为中国市场定制的全球首款联合品牌亚马逊Kindle X咪咕电子书阅读器,将更丰富的网络文学内容整合到Kindle电子书阅读器,为中国读者提供超过80万本电子书选择。中国读者可以在Kindle电子书店的46万余本Kindle电子书与咪咕阅读的40余万本精选网络文学作品这两个世界之间一键自由"穿阅"。

7月2日,湖南省网络作家协会成立大会暨第一次会员代表大会在长沙举行。第一次会员代表大会选举余艳为湖南省网络作协主席,黄雄(妖夜)、刘明(玉面魔头)为常务副主席,李勇(十年砍柴)、冯振、向娟(天下尘埃)、杨国炜(我是老杨)、罗业勇(罗霸道)、周政、周健良(流浪的军刀)、曾登科(愤怒的香蕉)、谢坚(疯狂小强)、蔡晋等10人为副主席。

7月2日,山东省首家市级网络作家协会——淄博市网络作家协会在淄博银座华美达大酒店成立。大会选出第一届淄博市网络作协领导班子:曹毅(高楼大厦)任主席,苗露任执行主席,王绪松任2017年度轮值主席,高金国、巩本勇、徐鹏任副主席,王明光任秘书长。主席团决定聘请郑峰、王金铃担任名誉主席。

7月3日,改编自天下霸唱的同名网络小说的网络剧《鬼吹灯之牧野诡事》在爱奇艺首播,引发观众讨论。12月3日,其番外网络电影《牧野诡事之金豹子》在爱奇艺上线播出，也产生了一定的影响。

7月8日，天蚕土豆的《大主宰》上传最后一章大结局，标志最火的网络小说之一宣告完结。当天，天蚕土豆宣布将会在9月14日进行新书全网发布，这将是首次进行全网发布，或将是网络文学的一次变革。

7月10日，改编自梵缺网络小说《爆笑宠妃：爷我等你休妻》的网络剧《双世宠妃》在腾讯视频独播。该剧于11月29日在中国泛娱乐指数盛典ENAwards上获得"2016—2017年度最具价值网络剧"奖。

7月12日，胡润研究院联合猫片推出《2017猫片·胡润原创文学IP价值榜》和《2017猫片·胡润原创文学IP潜力价值榜》。《斗破苍穹》《盗墓笔记》《凡人修仙传》《琅琊榜》等100个最具价值的中国原创文学IP上榜，《骇罪》《春秋我为王》《替天行盗》等50个最具潜力的中国原创文学IP上榜。

7月13日，改编自十四夜的同名小说的电视剧《醉玲珑》在东方卫视、优酷等四大平台播出。

7月13日，根据今何在的同名网络小说《悟空传》改编的电影正式上映。该电影是由新丽电影、磨铁娱乐和上海三次元影业联合出品的奇幻电影，由郭子健执导，彭于晏、倪妮、欧豪、余文乐、郑爽、乔杉、杨迪联袂主演，俞飞鸿特别出演。

7月19日，由天下霸唱的小说《河神》改编的同名网剧在爱奇艺上线。《河神》是近年来由网络小说改编的网剧中评价最高的一部，并获得由艺恩网推出的"2017中国泛娱乐指数盛典ENAwards最佳IP改编影视剧"奖。

7月19日，浙江省网络作协、杭州市网络作协、余杭区委宣传部等联合主办"文学创作影视改编高级研修班"。来自全国各地近40位网络作家参加学习。该班网络作家都拥有成功的影视作品转化经验，或因售出影视版权而名声大噪，或有已杀青电视剧等待播出，有的甚至已经全职转向IP剧的编剧工作。在会上，面对40多位网络作家，杭州师范大学教授、杭州市网络作协主席夏烈宣布了一个重磅消息：他将启动一个夏烈个人品牌的华语类型文学奖项。这是国内首个个人品牌的类型文学民间奖项。

7月20日，根据逆苍天的同名网络小说改编的动漫《灵域5》在爱奇艺播出。

7月21日,根据天下霸唱的网络小说《鬼吹灯》改编的电视剧《鬼吹灯之黄皮子坟》在腾讯视频播出。

7月25日,由中国作协网络文学委员会中南大学研究基地、贵州财经大学文法学院主办,小说评论编辑部、网络文学评论编辑部协办的"大数据背景下少数民族网络文学高层论坛"在贵州财经大学举办。全国40余位专家学者参会,对少数民族网络文学的顶层设计、基础理论和少数民族网络作家血红的小说及相关作品等话题展开讨论。与会专家认为,尽管存在知名作家偏少、精品力作不多、理论批评滞后、发展模式不成熟等问题,但随着民族地区经济文化的发展,少数民族网络文学将成为坚守民族传统、反映民族生活、书写民族精神、呈现民族新变的重要载体,那些拥有民族生活经验、熟悉民族历史,又具有较高创作水平的网络作家的作品将会逐渐受到读者关注。

7月,陈海燕的《网络文学与动漫产业互动发展研究》由四川大学出版社出版。该书就网络文学与动漫产业的互动发展问题进行深入研究,探讨了网络文学对动漫产业的意义、动漫产业对网络文学的影响以及网络文学与动漫产业的互动发展对青年群体的影响,最后提出了网络文学与动漫产业互动发展的前景展望及策略思考。

7月,连尚文学正式上线。该网站是集网络文学和漫画原创、版权合作、移动阅读分发、IP孵化培育为一体的综合阅读平台。旗下拥有原创网络文学平台逐浪网、综合阅读App连尚读书、连尚免费读书及原创漫画平台漫漫漫画等。

8月9日,当微博上大家都在为四川九寨沟地震祈祷祝福的时候,唐七发了一篇微博将网络上的抄袭声讨推向高潮。唐七在微博中以一个四川人的身份希望灾难赶紧过去,还拿出了四川西部知识产权司法鉴定所出具的《著作权司法鉴定意见书》,这份鉴定书的最终结果是:文学作品小说《三生三世十里桃花》和《桃花债》,其故事梗概、人物设置、人物关系、情节发展不同,不构成著作权法意义上的抄袭。

8月11—13日,由国家新闻出版广电总局主办的首届中国"网络文学+"

大会召开。专家学者、网络文学企业和网络文学作者共有500余人参加了此次活动。此次大会举办了"网络文学创作从高原到高峰""网络文学与影视的融合发展""网络文学作者的创作与培育""网络文学'走出去'战略设想"等主题论坛，以及中国网络文学IP交易大会、读者体验、新书签售、网络作家签约、网络文学线上阅读等多项活动，旨在整合网络文学产业链的上下游资源，搭建网络文学创作、开发、展示、交流、合作、转化的良好平台，共同探讨中国网络文学行业及产业的发展前景。

8月18日，根据北巷的同名网络小说改编的动漫《血色苍穹》在爱奇艺、bilibili播出。

8月18日，"2017网络文学会客厅暨第一届网络原创文学现实主义题材征文大赛出版作品首发仪式"在上海举行。此次会客厅一大亮点是为第一届网络原创文学现实主义题材征文大赛获奖作品《复兴之路》《二胎囧爸》举行纸质书首发仪式。这一活动记录了现实主义题材小说从网络源头走向实体出版的历程，展现了网络原创文学现实主义题材创作的阶段性成果。

8月23日，中国作协网络文学委员会发布2017年度中国网络小说排行榜半年榜。猫腻《择天记》、他曾是少年《书剑长安》、纯情犀利哥《诸天至尊》、我是愤怒《全能高手》、随侯珠《时间都知道》、郭怒《奔跑吧足球》、豆子惹的祸《升邪》、血红《巫神纪》、Sunness《第十二秒》、风凌天下《天域苍穹》10部作品入选2017年中国网络小说排行榜半年榜（已完结作品）；多一半《第五名发家》、二月《放开那个女巫》、吉祥夜《写给鼹鼠先生的情书》、爱潜水的乌贼《武道宗师》、天使奥斯卡《盛唐风华》、庄毕凡《诸天记》、丛林狼《战神之王》、北倾《他站在时光深处》、辰东《圣墟》、月关《逍遥游》入选2017年中国网络小说排行榜半年榜（未完结作品）。

8月24日，中国移动数字阅读平台"掌阅科技"与泰国红山出版集团强强联手，进行战略合作。

8月24—27日，由中国作协、内蒙古自治区党委宣传部主办，中国作协创联部、中国作协少数民族文学委员会、中国少数民族作家学会、中国作协网络文学委员会等协办的"中国少数民族网络文学会议暨2017·中国少数民族当代文学论坛"在内蒙古呼伦贝尔市举办。来自全国各地的少数民族作家、网络作家、网络研究专家50多人参会。论坛探讨了中国少数民族文学如何适应网络文学异军突起这种迅猛发展的形势,面对这场文学浪潮的冲击如何突围,如何在坚持传统创作的前提下建设自己的网络文学园地,在网络时代如何获得更大发展空间,如何创新文学观念及样式,如何壮大中国少数民族网络文学队伍,如何提高少数民族网络文学的审美水平,如何建立独具特色的中国少数民族网络文学传播、交流、评价体系等话题。

8月25日,由中华文学基金会与茅盾故乡桐乡市人民政府联合举办的第二届"茅盾文学新人奖"暨"茅盾文学新人奖·网络文学新人奖"评选活动启动大会在浙江桐乡举行,"茅盾文学院"和"中国网络文学桐乡创作基地"同时揭牌。该奖旨在奖掖近年来涌现出来的成绩优异的年轻网络文学作家,树立标杆,引导和激励更多网络作者创作网络文学精品,传播正能量,促进网络文学健康发展。

8月,欧阳友权主编的《中国网络文学年鉴(2016)》由中国文联出版社出版。这是我国第一部网络文学年鉴,内容主要包括网络文学年度综述、文学网站、活跃作家、热门作品、理论与批评、网络文学的文化产业、研讨会议与社团活动、政策法规与版权管理、少数民族网络文学以及网络文学年度纪事等。

8月,周志雄、吴长青主编的《中国网络文艺作品评论选·网络文学卷》由中国社会科学出版社出版。该书收录了"首届网络文艺评论大赛"的优秀论文,从不同角度对我国重要网络文学作品的艺术经验进行了学理性的探讨,展示了我国网络文学评论的实绩。

8月,吾里文化推出吾里书城App。该App同步吾里文化旗下时阅文学、栀子欢文学、恒幻中文、粉瓣儿文学、迷鹿有书五大平台的原创内容,并支持包括轻世界在内的六大平台账号自由切换,小说类型包括言情、都市、总裁、悬疑等。

9月3—8日,为期6天的第二期网络文学(现实题材创作)高级研修班在上海作协华飞文学创作基地成功举办。来自全国各地的53名网络作家学员顺利结业。在6天里,来自全国的专家轮流授课。中国作协网络文学委员会主任陈崎嵘做了题为"站在坚实的大地上仰望高原和高峰"的讲座。他就如何用文艺思想引领和指导网络文学现实题材创作提出了建议。中国作协副主席、作家叶辛对比了传统文学与网络文学的生产机制，以自己创作长篇小说《孽债》《蹉跎岁月》的经验，并结合自己早年知青插队的亲身经历阐述了一名作家应该如何进行创作。上海大学中国创意写作中心副主任、上海大学中文系副主任许道军讲的"现实主义题材网络创意写作技巧"与阅文集团总监、起点中文网副总编邓鄂闽讲的"网文创作技巧及其他"，贴近学员们的创作。中国新闻出版研究院数字出版研究所所长、研究员王飚用翔实的数据，以互联网经济为切入点，为学员们讲授网文新政策及国家的相关举措。上海市社会科学界联合会主席王战以"关于当前经济形势和中西价值观比较"为题，从宏观角度分析了经济形势，并讲述了文化价值观的传承。在培训期间，张定浩、李伟长、黄德海、项静、黄平、张永禄、许道军、李晓亮等8位青年评论家，与学员们一道研讨了《韩警官》《惊山鸟》《豁子的媳妇》《唯有奋斗可期待》等4部作品，学员们与评论家进行了积极互动。

9月6日，改编自紫金陈的同名小说的电视剧《无证之罪》在爱奇艺视频独播。该剧一经播出，颇受好评。这部剧没有"小鲜肉"，没有闪亮亮的炫目画面，没有奢华的道具和服装，没有浮夸的炫技镜头，更没有刺激感官的火爆枪战戏，却凭借过硬的质量吸引了大批的观众。该剧客观地描述了社会现实、周遭的人和事，将一个残酷阴冷的边缘人世界一一展现出来。

9月8日，由中共牡丹江市委宣传部、阅文集团主办，牡丹江市文联、牡丹江师范学院、共青团牡丹江市委、牡丹江新闻传媒集团共同承办，网络文学创作(牡丹江)峰会在黑龙江省牡丹江市举办。此次峰会以"好内容、好生态、新趋势、新布局"为主题，中国作协全委会委员、牡丹江籍阅文集团旗下白金作家耳根，中国传媒大学经管学部党委副书记卜希霆，评论家马季，阅文集团原创内容中心高级总监、阅文集团旗下白金作家杨沾做了主旨演讲。阅文集团发表了《中国网络文学创作(牡丹江)峰会宣言》。

9月11日，由江苏省作协主办，省网络作协、省网络文学院共同承办的江苏网络文学艺术创作、编剧、理论人才高级研修班在南京开班。经网络公开报名、择优选拔录取，35名来自全省各地的优秀青年网络作家参加了本次学习。

该班分为网络文学创意写作培训、网络文学理论提升与产业化发展研究、培训学习总结与成果验收三个阶段。第一阶段培训的主题授课环节,既邀请了跳舞、月关、管平潮、天使奥斯卡、骁骑校等全国著名的网络作家传授创作经验,也邀请了起点中文网总编杨晨、南京师范大学文学院教授何平、三江学院文学院院长王勇、评论家马季等对网络文学现象、本质进行点评与梳理。在培训期间,网络文学高研班学员还与三江学院网络文学创作、编辑专业的20多名学生进行了座谈。

9月12日,中国网络文学国际传播全球研讨会——曼谷专场在泰国曼谷召开。此次国际研讨会由阅文集团主办,中国作协网络文学首席专家肖惊鸿、阅文集团高级副总裁林庭锋、副总裁侯庆辰,著名网络文学作家犁天、七品、二目,以及泰国多家主流出版商出席了本次研讨会。研讨会以"泰国网络文学传播与市场合作"为主题,旨在传递网络文学在泰国的文化魅力,为中泰两国在网络文学领域的更多交流合作搭建桥梁。

9月13日,上海作协"2017网络作家签约会议"召开,率先在全国推出签约网络作家。网络作家王小磊(骷髅精灵)、刘炜(血红)、程铭(洛水)等16位作家成为上海作协首批签约网络作家。上海市网络作协会长陈村表示,网络文学长期以来都处于自生长状态,这次上海作协率先推出签约网络作家制度,而且一签就是两年,时间比较长,对网络作家的创作很有帮助,让他们能够在稳定的生活基础上更加安心地写作。在签约期间,上海作协将向签约网络作家每月提供2 500元创作津贴,并对签约作家在深入生活、文学创作交流方面提供支持,作品完成后提供宣传推介服务。签约作家将接受年度创作进度和成果考核。

9月14日,艾瑞咨询发布《2017年中国网络文学出海白皮书》,对中国网络文学海外传播的发展历程、海外网络文学的发展现状、国内外文学的对比、海外网络文学用户画像及网络文学出海发展趋势进行了深入探讨。

9月21日,掌阅科技在上交所挂牌上市,成为继中文在线后网络文学领域第二家上市公司,主营互联网数字阅读服务、销售电子阅读器硬件产品及网络原创文学版权运营等。

9月25日,由共青团中央社会联络部和中国作协创研部联合举办的"网著梦想"——全国青年网络作家高级培训班开班仪式在全国青少年井冈山革命传统教育基地举行,共有来自全国的100名青年网络作家齐聚于此。

9月28日,"梦想起航:两岸青年网络文学大赛"颁奖典礼在杭州西溪湿地举行。24部大陆作品和10部台湾作品分获一、二、三等及优秀奖。该赛事旨在发掘两岸优秀青年作者、开发优质内容资源、促进海峡两岸文学界交流。叶童耀的《漫长的一天》与中国台湾地区作者康庭瑀的《碧落人间情一诺》获得大赛一等奖。

9月29日,在第14届中国动漫金龙奖评选中,《全职高手》《斗破苍穹》获6项大奖提名,《全职高手》斩获"最佳动漫改编奖"和"最佳营销动漫奖"两项大奖。

9月29日,第三届广西网络文化节暨第三届广西网络文学大赛评选结果揭晓。大赛得到了社会各界广泛关注,涌现出一批紧跟时代潮流、书写民生冷暖的优秀网络文学作品。大赛按照公平、公正、公开的原则,经过严谨客观的评选,最终评出33部获奖作品,其中小说组、散文组、诗歌组各有11部作品获奖。

10月11日,知名网络作家"三剑客"——烽火戏诸侯、天蚕土豆、梦入神机组成网络作家工作室入驻杭州市拱墅区桥西文化体验中心。

10月14日,宁夏回族自治区网信办和文联在中卫市举办了"喜迎十九大·一带一路发展战略中的新媒体文学研讨会",同时宣布宁夏回族自治区网络文学委员会成立。

10月15日至12月31日,中国作协网络文学委员会上海研究培训基地第四期网络文学(武侠题材·侦探悬疑小说·反腐小说)高级研修班在上海大学举办。研修班采取线上线下教学模式,10月15日线上开班,内容主要集中在武侠、侦探、反腐三种类型的小说上,培训针对性更强、受益人数更多,逐渐形成了一种既有中国作协特色,又富有网络文学特征的培训模式。

10月16日,由北京作协、北京十月文艺出版社、掌阅科技联合主办的"网络文学论坛:聚焦精品,聚力提升——全国文化中心建设中网络文学的使命与担当"主题活动在北京举行。论坛旨在关注当下网络文学发展潮流趋势,推动网络文学创作生产健康发展,为共筑网络文学开发、展示、交流、合作、转化的良好大环境建言献策。李朝全、曲仲、王升山、韩敬群、张凌云及部分传统作家和网络作家、文学网站负责人等就传统文学和网络文学的互动、网络文学的"精品化"与"走出去"、在当前情况下网络文学如何推优、网络文学未来发展趋势等话题和现象展开探讨。

10月16日,腾讯控股发布公告称,腾讯公司建议分拆阅文并在香港联合交易所有限公司主板独立上市,同时提交聆讯后资料集。资料显示,截至2017年6月30日,阅文集团1—6月收入为19.24亿元,2016年同期为10亿元;经营盈利为2.21亿元,期内盈利为2.13亿元,2016年同期亏损为238.1万元,按非国际财务报告准则计量,经调整经营盈利为3.22亿元,经调整期内盈利为3.03亿元,2016年同期为4 479.1万元。阅文产品及在腾讯产品上的自营渠道的平均月活跃用户为1.918亿人,阅文产品及在腾讯产品上的自营渠道的平均月付费用户为1 150万人,网络内容库的文学作品总数为960万部,作家总数为640万名。

10月16日,2017年秋季戛纳电视节拉开帷幕。阅文集团携《全职高手》《斗破苍穹》《择天记》重磅动漫登陆戛纳,显示出中国网文IP改编动漫的高级水准和国内动画的发展和进步。

10月19—20日,2017美中影视博览会开幕。阅文集团携多个改编作品亮相博览会,受到众多海外参展商的青睐。

10月21日,由中国文艺理论学会网络文学研究会、贺州学院、文艺理论研究编辑部联合主办,贺州学院文化与传媒学院承办的中国文艺理论学会网络文学研究会第四届学术年会暨"网络文学批评与中国文学传统"学术研讨会在广西贺州举行。本次会议共有来自中国作协、全国各高校、文学研究院、媒体杂志的近百位代表参会,会议还邀请了著名网络作家丛林狼、南无袈裟理科佛参加,就网络文学观念的多维性,市场、商业、技术与审美在网络文学中的作用,网络文学与传统文学的解构与建构关系,网络文学的空间营构等议题进行研讨。

10月24日,阿里文学在优酷秋集上举办"网络文学超级IP专场发布会",正式对外发布"IP星河汇",宣布旗下60部精品IP会向合作伙伴全面开放,题材涵盖都市、历史、言情、仙侠、悬疑等热门品类,并与香港知名作家张小娴达成合作协议,拥有其新书的版权及运营权。在会上,阿里巴巴文化娱乐集团CFO、阿里文学CEO宇乾提出3+X的IP孵化方法论。他指出,好IP需要具备正能量、好的世界观和喜闻乐见等优点,在此基础上通过科技创新的方式进行系统化运营,以保证精品IP的持续性输出。

10月28日,由北京作协和江苏作协联合主办的第二届中国网络文学南北对话论坛在北京举行。北京市文联党组书记沈强,江苏省作协党组成员、书记处书记王朔,北京市文联党组副书记、作协分党组书记程惠民及40多位专家学者、网络作家、文学网站代表参加论坛,围绕"走向新生态:网络文学的深耕与广拓"这一主题进行了交流讨论。在论坛上,程惠民宣读了《第二届中国网络文学南北对话论坛大会倡议书》,号召全国网络作家和网络文学业界人士,面向新时代,担当新使命,坚定文化自信,深入生活,扎根人民,关注现实题材,潜心创作精品,拓展网络文学对外传播渠道,把真实、立体、全面的中国呈现给世界,为提高国家文化软实力,彰显中国特色、中国风格、中国气派的审美境界,做出积极贡献。

10月29日,由天津作协主办,天津中作华文文化传播有限公司、炎炎如戏文化传媒、阅文集团联合承办的首届燧石文学奖在北京举行颁奖典礼。此次评选共产生了7个奖项,10位作家获奖。其中,王苏辛的《白夜照相馆》、北邙的《碧血丹心》、朱炫的《如果我是个能打的唐僧》获燧石·最佳短篇小说奖,双雪涛的《平原上的摩西》、那多的《告别》获燧石·最佳中篇小说奖,的灰的《雪拥蓝关》获燧石·最佳长篇小说奖,蚕茧里的牛的《武极天下》获燧石·最佳超长篇小说奖,汤介生获燧石·最佳90后女作家奖,温酒获燧石·最佳90后男作家奖,秦简的《锦绣未央》获燧石·白莲花奖。

10月30日,改编自李歆的同名小说的电视剧《独步天下》在腾讯视频独播。

10月31日,首届网络文学江苏发展论坛暨江苏网络文学作家作品研讨会在南京举行。白烨、欧阳友权、马季、王祥、王勇、房伟、何平、宋春华、桫椤、吴长青,江苏网络作协主席跳舞,副主席天使奥斯卡、骁骑校、吴正峻,知名文学网站资深主编血酬、谢思鹏、太山、火云邪神、贺亮、张鸿,以及雨魔、荆柯守、卓牧闲等共60余人出席了论坛。与会专家学者对《雪鹰领主》《盛唐风华》《匹夫的逆袭》《少年幻兽师》《青帝》《女帝本色》《万古仙穹》等7部作品展开了深入讨论和细致解读。与会专家学者认为,网络文学经20年发展,虽取得了丰硕成果,但存在诸如题材狭窄、艺术粗糙、价值迷失等问题,网络文学要进一步回归文学本质,在传递中国文化、讲好中国故事的基础上,更加深入地面向社会与时代命题。

11月1日,在网文行业从业7年以上的资深编辑韩子笑、萧铭、素文联合创办愚猫文化。旗下拥有长篇女性文学创作平台"愚猫看书",女性漫画绘制品牌"愚猫卡漫",有声读物制作品牌"愚猫乐听"。

11月5日,第二届网络文学双年奖在宁波慈溪揭晓。唯一的金奖颁给了中文在线签约作家酒徒(作品《男儿行》)。愤怒的香蕉的《赘婿Ⅰ》、疯丢子的《百年家书》、郭羽与刘波的《网络英雄传Ⅰ:艾尔斯巨岩之约》3部作品获银奖,齐橙的《材料帝国》等6部作品获铜奖。此次评选工作从2015年11月启动,来自影视、出版、网站、创作、评论、媒体等6个界别的19位推荐评委进行了为期半年的推荐工作,从近两年(2015—2016)海量网络文学作品中精选推荐出83部作品,囊括了悬疑、言情、都市、青春、武侠、玄幻、历史、军事等各网络文学主流门类,体现了近几年网络文学创作的主要成果和成就。此后,由12位初评委选出31部作品入围最后的终评环节,最终评选出金奖1名、银奖3名、铜奖6名、优秀奖15名。

11月8日,阅文集团在香港联合交易所正式挂牌上市,市值超过900亿元港币,成为网络文学行业市值最高的公司。阅文集团的使命是"让好故事生生不息",愿景是"为创作者打造最有价值的IP生态链,成为全球顶尖的文化产业集团"。

11月11日,由国家新闻出版广电总局数字出版司、中国作协创研部(网络文学委员会)共同主办的网络文学界学习贯彻党的十九大精神座谈会在北京举行。来自全国各地的网络作家代表、评论家代表、网络作协代表、文学网站代表参加会议。

11月17日,咪咕阅读邀请蔡骏、李西闽、庄秦、求无欲、宁航一、御风楼主人、贰十三7位国内顶级悬疑推理作家及演播名家纪涵邦先生,正式发布"咪咕悬疑社"的成立,力求打造更多元的阅读体验,连接热爱悬疑文化的作者、读者和产业人士,凝聚创作力量,提升中国悬疑文学IP影响力和产业价值。

11月21日,改编自今何在的同名小说的电视剧《九州·海上牧云记》在爱奇艺、优酷、腾讯视频三大平台上线。

11月22日,"阅文集团·上海大学创意写作学科产学研合作"签约仪式在沪举行。在上海大学副校长段勇、阅文集团高级副总裁林庭锋的共同揭牌下,中国网络文学第一个创意写作联合硕士点宣告成立。阅文集团携手上海大学共建中国网络文学第一个创意写作硕士点,旨在结合阅文集团在网文行业的领先资源、实践经验与上海大学科研优势,共同推动网络文学产业在人才培养、学术研究、产业运营等领域的协同发展,力求打造集产业、学术、科研、教育于一体的创意中心。

11月22日,北京市新闻出版广电局组织专家召开了以"大运河文化"为主题的网络文学选题论证工作会,遴选出17家单位选送的《漕运天下》等32部作品选题,确定为重点孵化项目。在会上,来自中国作协、出版单位和高等院校的8名专家、学者与文艺评论家,从主题性、思想性、文学性、创新性和可行性5个维度,对18家网络文学出版服务单位(文学网站)报送的105部作品选题进行了论证。专家们一致认为,《通惠河工》《京杭之恋》等32部作品的选题,在选题立意、构思、人物刻画、情节设计和紧扣"大运河文化"主题等方面均做得较好,具备明显的网络文学特征,有一定的文学创作水平,具有改编成影视、游戏等作品的潜质和可行性。

11月29日,一年一度的亚洲电视论坛在新加坡拉开帷幕。阅文集团携旗下《全职高手》《斗破苍穹》《择天记》《神藏》《盘龙》《庆余年》《武动乾坤》《将夜》《太古神王》等IP改编作品参与论坛,引发观众热烈反响。

11月30日,首届昆明市网络文化节闭幕式暨颁奖盛典举行。在盛典上颁发了第三届"滇云网络文学大赛"的各项大奖,6部作品从1 236篇网络文学作品中脱颖而出。设置的奖项有最佳年度网络小说、散文、诗歌、文艺评论、儿童文学作品奖。大赛评审邀请省内外文学界作家倪涛、内陆飞鱼等担任评委,实行网友评审与评委集中评审相结合的方式,最终李存梅的《羊倌老柱》、流云的《滇池渔歌》、云朱家勇的《滇池》、南天的《西山,一通顶尖级的碑文》、阿光《白尾鼠精灵》、羊肠村农的《鸡年画鸡话鸡》获奖。

11月,单小曦的《新媒介文艺批评及"媒介说"文艺观的出场》发表在《中国人民大学学报》(2017年第6期)上。文章提出,新媒介文艺批评是"倾向"或"根据"文艺媒介要素并着眼于"文本—媒介"关系的独立性文艺批评类型,它以新媒介文艺现象的发生发展和数字新媒介对文艺活动各要素的改变为现实基础。文章认为,文艺被解释为一种媒介或"文艺即媒介",就会形成一种不同于模仿说、实用(接受)说、表现说、客观说的文艺观——"媒介说"的文艺观。"媒介说"文艺观主要有四种:文艺即媒介工具、文艺即媒介程序、文艺即媒介实践、文艺即存在显现的媒介场域。

11月,黄发有的《媒介融合与网络文学的前景》发表在《天津社会科学》(2017年第6期)上。文章认为,在新世纪网络文学的发展历程中,网络文学对网络技术、商业资本、文学资源形成了多重的依附,一直没有建构独立的模式,选择了一条"依附性发展"的道路。在媒介融合的趋势下,网络文学的发展将表现出三大趋向:其一,在网络接近全面覆盖的环境下,"网络性"不再具有标签意义,网络文学和传统文学将逐渐融合;其二,技术美学取代主体美学,网络写作成为网络IP产业链的一个环节;其三,文学语言退化,乃至文学退化。

12月1日,上海陕西北路网文讲坛第11期邀请到了榕树下网站创始人、首任CEO朱威廉,上海网络作协会长、榕树下首任艺术总监陈村,以及北京大学中文系博士生、网文新观察编辑部主任李强,以"当年榕树下——网络文学20周年回顾"为主题,对榕树下以及当代中国网络文学展开了热烈的讨论。

12月2日,湖北省作协在武汉举行"湖北网络文学研讨会"。来自中国作协、《文艺报》及湖北省的多位知名评论家,重点关注了匪我思存《寻找爱情的邹小姐》、吱吱《金陵春》《慕南枝》、丁墨《莫负寒夏》、罗晓《大宝鉴》、郭怒《奔跑吧足球》、心在流浪《异能教师》等网络文学作品。此外,网络作家、评论家、国内知名文学网站负责人等60余名代表,围绕当下湖北网络文学发展现状与趋势,推动网络文学创作健康发展建言献策。

12月4日,鲁迅文学院第12届网络文学作家高级研修班结业典礼在北京举行。本届研修班精心组织和安排了60课时高水平课程,内容涵盖了学习党的十九大报告、大文化、文学专题讲座、网络文学创作技巧等。学员们不仅聆听了知名专家学者的授课,还与往届鲁院网络作家班学员代表和法律维权专家进行对话交流,并参加了2017国际写作计划启动仪式。此外,学员们还赴天津进行教学考察,与天津网络作家对话研讨,参观了天津市规划展览馆、梁启超故居等地。在结业典礼上,中国作协副主席、鲁迅文学院院长吉狄马加为学员们颁发了结业证书,创世中文网推荐的莫贤佐(夜独醉)、红袖添香推荐的李莹(吉祥夜)、网易文学推荐的陆显钊(南无袈裟理科佛)等学员代表先后发言,分享了学习收获和体会,表达了对鲁院的感激和难舍之情。

12月6日,首届网络原创文学现实主义题材征文大赛在上海颁奖,14部获奖作品揭晓。聚焦国企改革的《复兴之路》摘得特等奖,书写传统曲艺传承的《相声大师》获一等奖,《二胎囧爸》《我的1979》等获二等奖。

12月8日,北京大学网络文学论坛发布"2017中国年度网络文学作品榜"。入选女频榜的有藤萍的《未亡日》、尾鱼的《西出玉门》、闲听落花的《锦桐》、倪一宁的《丢掉那少年》、狐狸的《杀戮秀》、七英俊的《有药》、mockmockmock的《如此夜》、尼卡的《忽而至夏》、颜凉雨《丧病大学》、非天夜翔的《天宝伏妖录》。入选男频榜的有赵子曰的《三国之最风流》、耳根的《一念永恒》、圣骑士的传说的《修真聊天群》、庚不让的《俗人回档》、蔡骏的《最漫长的一夜》、绯炎的《琥珀之剑》、二目的《放开那个女巫》、会做菜的猫的《美食供应商》、卓牧闲的《韩警官》、吹牛者的《临高启明》。

12月9日,丛林狼的小说《最强特种兵》获第十届广东省鲁迅文学艺术奖(文学类)。

12月9日,首个"中国网络作家村"于杭州落户,由中国作协网络文学委员会主任陈崎嵘担任"名誉村长",网络作家唐家三少担任首任"村长"。当天有唐家三少、月关、管平潮、蝴蝶蓝、猫腻5位作家入驻该村,蒋胜男、沧月、匪我思存等十几位作家成为中国作协网络文学研究院特约网络作家。首个"中国网络作家村"将营造集作品创作、项目孵化、版权交易、作品改编、互动交流和影视动漫游戏衍生开发为一体的产业生态,地方政府还将配套文创产业政策和专门针对网络文学的扶持政策,并引入政府产业引导基金。

12月11日,速途研究院发布"2017年中国网络文学作家影响力榜",榜单选取近一年来在网络文学平台上有连载小说(如无连载小说作品,则选取IP正在运营的最新作品)的作家,基于作家作品影响力多维度的分析,并综合作家的新媒体影响力、粉丝影响力、社会影响力进行综合评价。

12月15日,由中共山西省委宣传部、省委统战部、省作协主办的"新时代网络文学的发展与繁荣——山西网络文学创作座谈会"在太原隆重召开。本次座谈会为深入贯彻落实十九大会议精神,组织全省网络作家全面学习习近平新时代中国特色社会主义思想,深入探讨新时代背景下网络文学创作经验,从而加强山西省网络作家队伍建设,提高山西省网络作家创作水平。在座谈会上,与会作家对山西网络文学作家提出希望:坚持以人民为中心的创作导向,以社会主义核心价值观为纽带,以讲好中国故事为主题,以中国精神为灵魂,以中华优秀传统文化为根基,创作精品力作。

12月16日,由中华文学基金会、桐乡市人民政府和阿里文学共同主办的第二届"茅盾文学新人奖"暨首届"茅盾文学新人奖·网络文学新人奖"颁奖典礼在浙江桐乡举行。中国作协名誉副主席金炳华,中国作协副主席何建明、高洪波,中国作协网络文学委员会主任陈崎嵘,中国作家出版集团管委会副主任鲍坚等出席典礼并为获奖者颁奖。从本届开始,"茅盾文学新人奖"首次增设"网络文学新人奖"。唐家三少、酒徒、孑与2、天下归元、天使奥斯卡、我吃西红柿、愤怒的香蕉、骠骑、爱潜水的乌贼、希行等10人获此荣誉。10位网络作家获提名。

12月17日,改编自肖锚网络小说《断刃》的电视剧《风筝》在北京卫视、东方卫视、爱奇艺、腾讯视频四大平台播出。

12月29日,中国作家协会网络文学中心在北京正式成立。该中心主要负责网络作家联络服务、网络文学评论和管理引导、有关文学网站和社团组织及各级作协网络文学工作的沟通联络等工作。

2018 年

1月4日,七月新番的《秦吏》在起点中文网开始连载。

1月5日,爱奇艺宣布云腾计划二期共有28部网络剧作品与45部网络大电影作品成功定标,网络剧作品定标率达到100%,网络大电影作品定标率达到62.5%。作为IP源头,网络文学作品将成为撬动内容产业生态链的关键。

1月5日,阅文集团公布了"2017年网络文学十二天王"。2017年的"十二天王"已有七成晋升阅文集团"大神作家",详见下表:

表1 阅文集团"2017年网络文学十二天王"名单

品类	天王称号	获选作者	获选作品
玄幻	2017玄幻畅销新王者	横扫天涯	《天道图书馆》
二次元	2017全网轻小说第一人	醉卧笑伊人	《变身路人女主》
仙侠	95后仙侠新人王者	任我笑	《最强神话帝皇》
科幻	95后科幻新人王	姐姐的新娘	《文化入侵异世界》
武侠	中国年度武侠第一新星	封七月	《最强反派系统》
军事	2017谍战之王	可大可小	《交锋》
灵异	90后爆笑灵异第一人	解三千	《极品捉鬼系统》
历史	网络历史小说新人王	苍山月	《调教大宋》
都市	都市正能量幽默大师	会说话的肘子	《大王饶命》
都市	亲子题材领衔作家	寒门	《奶爸的文艺人生》
奇幻	2017年奇幻最佳创意新秀	咸鱼公爵	《霜寒之翼》
游戏	2017游戏最强创意新人王	齐佩甲	《超神机械师》

1月5日,晋江文学城《2017年度IP改编盘点》发布。其中,非天夜翔、priest、淮上、墨香铜臭、青浼上上榜"多版权最有价值"榜作者。玖月晞、Twentine、红九、月下蝶影、容光、耳东兔子、咬春饼上榜"影视最有价值"榜作者。"动漫改编成品展示"有非天夜翔《末日曙光》、墨香铜臭《魔道祖师》、语笑阑珊《帝王攻略》、荔箫《盛世妆娘》。"动漫改编签约展示"有priest《默读》、淮上《青龙图腾》、梦溪石《千秋》、巫哲《狼行成双》、月下桑《没有来生》等9部。

晋江自2009年以来每年年初都会对上一年的作品进行盘点,包括年度十佳、现代言情/古代言情/纯爱/衍生等分类年度十佳等,这是晋江第一次单独列出年度IP改编的盘点榜单。

1月10日,互联网第三方调研机构艾瑞咨询发布《2018年中国网络文学IP影响力研究报告》。该报告以中国网文IP发展历程和IP衍生产业数据为基础,详细分析了网文IP在衍生模式、影响力和未来发展上的三大趋势。网文IP开发已进入4.0时代,从最初简单的内容改编,到现在深入挖掘内容丰富的宏大IP,实现了由平台方主导推动多媒介的良性互动。

1月14日,天衣有风网络小说《凤囚凰》的同名改编剧在湖南卫视钻石独播剧场首播,并在爱奇艺、芒果TV同步播出。

1月15日,"写一种精神,用文字传递力量"第二届网络原创文学现实主义题材征文大赛颁奖仪式举行。此次活动由上海市新闻出版局支持、阅文集团主办。《大国重工》(齐橙)获特等奖,《明月度关山》(舞清影)获一等奖。

1月15日,江西网络文学基地在新余学院成立。该基地由省作协、新余学院文学与传媒学院、新余市文学艺术界联合会三方联合主办,是扶持、引导、服务江西网络作家创作,加强文艺人才培养和文艺资源共享的重要举措。

1月20—22日,网易文学"用心讲好故事"2017年度作家年会在海南省三亚市亚龙湾举行。50余位网易文学的核心作家,与网易文学团队共聚一堂,畅言2017年的创作故事与经验,共商2018年的发展与机遇。在大会中,网易文学向26位作者颁发了6项年度大奖,以表彰他们在2017年度中的出色表现,网易文学漫画事业部总经理范少卿表示:网易文学将继续坚持提升作者福利、扩大生态布局,为作者提供一个可以尽情展现才华、释放自我价值的平台。

1月23日,国家新闻出版广电总局和中国作协联合发布2017年优秀网络文学原创作品推介名单,《复兴之路》《岐黄》《择天记》《华簪录》等24部作品入选。该活动是继2015年和2016年后第三次举办,2017年共有380部作品参选,申报数量创三届之最。

1月23日,豆瓣阅读从豆瓣集团独立出来,并接受柠萌影业6 000万元人民币的A轮融资。华兴Alpha担任此次融资的独家财务顾问。

1月25日,黎杨全在《中国社会科学》上发表《虚拟体验与文学想象——中国网络文学新论》。文章认为,应该从中国网络文学的特殊性,即由印刷媒体向网络媒体转型中,揭示它在商业化、大众化外表下折射的网络时代之生存体验与文学想象。具体而言,中国网络文学是通过现代人与连线世界的日常互动,网络的界面穿越,"线上"与"线下"世界的时空区分以及在虚拟性与交互性中获得想象灵感,并隐喻性地呈现出现代人与网络的共生与伴随关系、虚拟主体的间性、网络生活的"重置"体验及其精神症候。这是中国网络文学的特质,也是价值,具有一定的世界意义。

1月27日,"中国网络小说好看榜"盛大揭晓。本次榜单由中国青年出版社和光明网联合主办,中国网络文学网生评论家委员会(筹)推出。其中,入选"中国网络小说好看榜2017年度作品"的有年度军事演义小说《残阳帝国》(野狼獾)、年度升级逆转小说《顾道长生》(睡觉会变白)、年度都市悬疑小说《默读》(priest)等,入选"中国网络小说好看榜2017年度作家"的则有希行、紫金陈、猫腻等。

1月28日,阅文集团携手湖南卫视举办"第三届中国原创文学风云榜盛典",并在湖南卫视播出。盛典不仅对2017年网络文学行业进行了盘点,还发布了年度原创风云榜、年度改编潜力IP、年度潜力作家等多份榜单。辰东《圣墟》与叶非夜《亿万星辰不及你》分别获"男生作品"与"女生作品"榜单冠军,猫腻《择天记》被评为"年度原创最佳影视改编",蝴蝶蓝《全职高手》被评为"年度原创最佳动漫改编"。

1月31日,第三届橙瓜网络文学奖评选活动正式启动。此次评选活动由橙瓜网文之家主办,中国作家网协办,掌阅科技、书旗小说、咪咕阅读等为战略合作伙伴,多家省级网络作协作为支持单位。全网人气最热的《斗罗大陆》作者唐家三少,《斗破苍穹》《大主宰》作者天蚕土豆,《庆余年》作者猫腻等500位候选人云集于此,争夺新一届的"网文之王"。

2月2日,阅文集团发布报告《中国网络文学领导者》。

2月2日,第三届广西网络文学大赛颁奖暨第四届广西网络文学大赛启动仪式在南宁举行。曹光哲、张燕玲、东西等文化领域名家齐聚现场,与多家媒体共同见证了仪式盛况。现场公布了33篇获奖作品名单。《一个人的远山》《故乡尽头的祖父》《归去来兮（组诗）》分别获得小说组、散文组、诗歌组一等奖。

2月4日，绍兴市网络作家协会正式成立。80余位绍兴籍网络作家成为首批协会会员。

2月9日，冰临神下的《谋断九州》在起点中文网开始连载。

2月9日，纯洁滴小龙的《深夜书屋》在起点中文网开始连载。该作是第四届橙瓜网络文学奖年度百强作品之一。

2月12日，美国人"老白"在海外视频网站YouTube上传了一系列"关于中国网文问答"的科普视频。其在网站Wuxiaworld上翻译的中国仙侠小说《一念永恒》已积累数万名读者，中国网络文学逐渐在世界"圈粉"。

2月21日，淮上所著的现代刑侦小说《破云》在晋江文学城开始连载。9月10日连载完结。2020年，该小说获得第二届泛华文网络文学"金键盘"奖（悬疑科幻类）。

3月1日，明晓溪的同名小说改编剧《烈火如歌》在优酷播出。

3月2日，匪我思存的小说《迷雾围城》的改编剧《人生若如初相见》在腾讯视频播出。

3月10日，榴弹怕水的《覆汉》在起点中文网开始连载。该作是第四届橙瓜网络文学奖年度百强作品之一。

3月19日，阅文集团公布了其上市后的首份年度财务报告。2017年阅文集团总收入达到41亿元，网络文学贡献大多数版权收入。除在线阅读和版权运营两大主营业务的高位增长外，阅文集团还在作品和作者培育、版权海外输出等多个领域实现突破，整合协同效应日益显现。

3月22日，四川省网络作协第一届理事会第四次会议在成都召开。四川省网络作协常务副主席邓子强通报了2017年四川网络文学的发展情况。会议审议通过了《四川省网络作家协会第一届理事会第四次会议工作报告（审议稿）》《四川省网络作家协会第一届理事会第四次会议决议（草案）》；发布了2017年度四川省网络文学排行榜，2017年度四川省网络小说"十大影响力作品""十佳人气作品""十佳IP作品",并给予表彰;充分肯定了四川省网络作协一届三次理事会以来的工作。

3月29日,"中国网络文学20年发展研讨会"在上海举行。会上公布了"中国网络文学20年20部作品"的推选结果。猫腻《间客》(2009年)荣登榜首,评委给予"网络小说的巅峰之作"之评语;痞子蔡《第一次的亲密接触》(1998年)居次席;今何在《悟空传》和阿耐《大江东去》紧随其后。20部作品中还包括《诛仙》(萧鼎)、《致我们终将逝去的青春》(辛夷坞)、《斗罗大陆》(唐家三少)、《飘邈之旅》(萧潜)、《步步惊心》)(桐华)、《家园》(酒徒)、《繁花》(金宇澄)、《回到明朝当王爷》(月关)、《鬼吹灯》(天下霸唱)、《复兴之路》(wanglong)、《斗破苍穹》(天蚕土豆)、《巫神纪》(血红)、《明朝那些事儿》(当年明月)、《盘龙》(我吃西红柿)、《全职高手》(蝴蝶蓝)、《神墓》(辰东)。其中,《繁花》曾获茅盾文学奖,《大江东去》曾获"五个一工程"奖。

3月29日,国家新闻出版广电总局发布《游戏申报审批重要事项通知》。该通知称,由于机构改革,所有游戏版号的发放全面暂停,且并未通知暂停期限。游戏版号的发放从本月开始事实上进入停滞状态,经过20余年的飞速发展之后,国内游戏行业在2018年陷入"冰点"。版号停发后,整个游戏市场的信心大受打击,与游戏相关的网文IP进一步遇冷。

3月29日,bilibili(简称"B站")正式登陆纳斯达克。国内二次元行业正式进军海外,在发展上迈出重要的一步。

4月1日,爱潜水的乌贼的《诡秘之主》在起点中文网开始连载。2020年5月1日完结。该作品曾是第四届橙瓜网络文学奖年度十大作品之一,最具潜力十大游戏IP之一。2021年9月16日,《诡秘之主》被列入"中国网络文学影响力榜:海外影响力榜"。

4月1日,《华夏文摘》推出纪念创刊27周年特刊,公布了由读者选出的"最喜欢的作者、作品评选"结果。这是对《华夏文摘》创刊以来众多优秀作者与作品的一次集中展示。编辑部表示,"由于备选的作品、作者跨越年代久远,作品类别很广,自愿参与评选的读者有限,评选结果可能不尽全面"。

4月2日,翻译网站Wuxiaworld推出预读付费机制。这一"付费提前看"

的模式与按章付费的"起点模式"的根本差别在于并非强制付费。截至2018年底,Wuxiaworld上共有可"提前看"的小说29部,译者和网站一般按照七三分成,译者能拿到绝大多数的付费收入。

4月3日,中国数字阅读大会组委会组织召开第四届(2018)中国数字阅读大会新闻发布会,通报本届大会的有关情况。本届大会在浙江省人民政府的指导下,由中国音像与数字出版协会、浙江省新闻出版广电局、中共杭州市委宣传部共同主办,中国音像与数字出版协会数字阅读工作委员会、杭州市西湖区人民政府、咪咕文化科技有限公司联合承办,以"新时代·新阅读·新向往"为主题,将于4月13—15日在浙江西湖文体中心举办。

4月4日,新浪微博著名扫文账号"紫色熄灭之纯爱扫文札记"被注销。该账号是"女性向"网文圈内最著名的扫文推文账号,被粉丝昵称为"小紫",巅峰时期微博粉丝数量达154万,每条推文均有超过1万次的评论、转发,在读者群体中有非常大的传播力和影响力。其推文帖不仅有常规的主角CP属性、情节梗概等内容,还有极具个人特色的简评或长评,夸张的语言风格、简单粗暴但直接准确的描述,辨识度极高,影响了许多其他推文号的语言风格和行文方式。

4月9日,掌阅文学第二届作家年会举行。掌阅联合创始人王良宣布,掌阅将与北京大学、中国传媒大学展开深度合作。掌阅将与北京大学打造"北大网络文学研究论坛－掌阅文学原创人才基地",同时,掌阅将与中国传媒大学联手打造"中传&掌阅IP研究基地"。

4月10日,阅文集团旗下的海外门户起点国际开放原创功能,海外用户除阅读翻译作品外也可以进行创作。仅仅一个月的测试期,海外注册作者就超过了1 000人,审核上线原创英文作品620余部。

4月13日,第四届中国数字阅读大会在杭州召开。本次数字阅读大会以"新时代·新阅读·新向往"为主题设置了8场主题峰会,议题包括网络文学发展、出版融合、人工智能、企业阅读、互联网内容、泛阅读、图书馆融合发展、青年文化等前沿热点问题。在大会上,《2017年度中国数字阅读白皮书》重磅发布,"悦读中国"年度奖项评选揭晓,"全国移动阅读电子书格式标准联盟"正式成立。大会还正式启动了"2018悦读中国年"。

4月13日,《2017年度中国数字阅读白皮书》发布。数据显示,中国数字阅读市场规模已经达到了152亿元,并通过文化出海等多样化的运营模式进行多元创新拓展;以音频为主要传播载体的知识付费服务发展迅猛,成为行业增长亮点。从题材分布数量来看,都市职场、青春校园、历史军事等题材作品数量占52.5%,现实类题材备受关注。在用户方面,数字阅读用户已接近4亿,其中,青年阅读用户占比超七成。用户愿意为电子书付费的意愿从2016年的60.3%上升到2017年的63.8%,其中2017年愿意为单本电子书支付的平均金额为13.6元,相较于2016年的8.9元增长了52.8%。

4月14日,豆瓣阅读举办第五届征文大赛颁奖典礼,并宣布"豆瓣类型文学奖"启动的消息。"豆瓣类型文学奖"每年评选1次,奖励当年新发表的最出色的类型小说作品,范围包括所有的出版图书以及有质量的网络发表作品。此前,阅文、掌阅、纵横文学都曾举办过相关征文大赛。在类型文学奖、现实题材征文大赛的带动下,网络文学正从同质化的玄幻、修仙题材,走向更细分、接地气的都市、校园、军事等现实题材。

4月14日,豆瓣阅读公布正式涉足出版行业,推出名为"豆瓣方舟文库"的产品线,主打文艺小说、类型小说,与东方出版社、江苏文艺出版社、广西师范大学出版社等知名出版机构建立了深度合作关系。

4月19日,阅文集团正式发布"2018年原创文学白金、大神名单"。除男性原创文学36位白金作家、151位大神作家之外,名单还首次公布了女性原创文学20位白金作家、168位大神作家。男频白金大神(顺序不分先后):辰东、耳根、猫腻、唐家三少、我吃西红柿、血红、鱼人二代、打眼、乱、跳舞、风凌天下、zhttty、爱潜水的乌贼、傲无常、蚕茧里的牛、尝谕、丛林狼、鹅是老五、高楼大厦、蝴蝶蓝、孑与2、净无痕、骷髅精灵、犁天、林海听涛、录事参军、七十二编、瑞根、三戒大师、胜己、石三、石章鱼、忘语、写字板、小刀锋利、宅猪。女频白金大神(顺序不分先后):丁墨、苏小暖、叶非夜、吱吱、希行、夜北、MS芙子、公子衍、水千澈、恍若晨曦、绛美人、安知晓、梵缺、连玦、穆丹枫、十月初、妃锦、夏染雪、萧七爷、寻君。

4月22日,中国·宁波网络小说高峰论坛暨2018"华语新声"科幻小说征文大赛启动仪式在北仑举行。此次活动由中共宁波市委宣传部、市文联、市科协主办。这次的征文大赛不仅面向网络作家,也面向传统文学作家。

4月22—23日,腾讯互动娱乐(下称"腾讯互娱")在北京举行UP2018腾讯新文创生态大会(下称"UP大会"),就腾讯互娱在过去一年的业务发展进行了总结,并对2018年的作品泛娱乐开发规划进行了战略布局。网络文学在此次UP大会上表现抢眼,阅文集团旗下的《斗破苍穹》《全职高手》《庆余年》《武动乾坤》等众多优质原创内容,纷纷成为影视、动漫等公司争夺的热门IP。

4月23日,为了发掘更多优秀的原创作品,打造优质的顶级新IP,咪咕阅读正式开启第三届"咪咕杯"网络文学大赛,旨在网罗更多优秀的网络文学作家,以多元化的方式将原创网文作品呈献给读者。

4月23日,紫伊281的同名小说改编剧《萌妻食神》在腾讯视频播出。

4月23日,《九州·斛珠夫人》作者萧如瑟起诉《11处特工皇妃》作者潇湘冬儿抄袭案在北京朝阳法院开庭审理。

4月26日,中国传媒大学受众研究中心举办"问道IP——网络文学IP价值评估体系研究成果分享会"活动。中国传媒大学受众研究中心主任刘燕南教授分享了具有较高的学术价值和较强的应用性的《网络文学IP价值评估体系研究》。该成果为更科学地评估IP价值指明了方向。

4月27日,"志愿文学"网络作家基层行启动仪式暨"志愿文学"交流座谈会在上海举行。该活动探讨在互联网时代,中国志愿文学的新发展、新方向。该活动以"青春志愿行·共筑中国梦"为主题,由团中央青年志愿者行动指导中心、中国作协创作联络部和阅文集团联合主办。

4月27日,由阅文集团旗下热门网络小说《全职高手》改编的同名动画特别篇正式在腾讯视频与哔哩哔哩上线。首集上线10小时,双平台的专辑总播放量便突破1亿。该剧出品方阅文集团还在动画片的营销、授权合作以及衍生品开发上进行周密规划,如推出麦当劳全职主题餐厅等,探索多种版权变现模式,成为网络文学成功改编动画作品的典型案例。

5月5日,艾瑞咨询发布《2018年中国网络文学作者白皮书》,对中国网络文学作者的现状、作品的现状、作者与IP改编、作者与平台、作者画像进行了探讨与分析。

5月5日,"志愿文学"网络作家首站贵州行出发仪式在贵阳举行。该活动旨在聚焦志愿文学发展,基于"互联网+文学"的影响力,号召社会各界关注和扶持基层边远地区和志愿文化。

5月9日,施定柔的小说《结爱·异客逢欢》的改编剧《结爱·千岁大人的初恋》在腾讯视频网独家播出。2019年1月12日,该剧在第三届金骨朵网络影视盛典中获得年度十大精品网络剧奖。

5月11日,由中国出版集团公司主办的第三届海峡两岸新媒体原创文学大赛在北京颁奖。《风雪将至》获大佳金奖,《静静的运河》《王致和》获大佳银奖,《白纸阳光》《自燃树》《天堂钥匙》获大佳铜奖,《垒影子的人》《一个士兵的哨所》《柠檬绿的夏天》《当葡萄爱上狐狸》《裂焰-村官的2015》《身份告急》《别人的故事》《瘗佛》获大佳优秀奖,《岐黄》获最佳故事奖。其中,《自燃树》和《柠檬绿的夏天》来自台湾地区。在会上,新世界出版社和中版集团数字传媒有限公司签署了纸质书出版合同,《岐黄》和前两届大赛的7部作品将由该社进行纸质书出版。当天,中国出版集团还启动了第四届海峡两岸新媒体原创文学大赛,并邀请网络作家鱼人二代和明日复明日作为本届大赛的创作指导。

5月11日,江苏网络文学发展工作座谈会于南京召开。跳舞、我吃西红柿、天使奥斯卡、天下归元、雨魔等网络文学大咖云集,探讨如何构筑江苏网络文学新优势及网络文学产业化发展方向等问题。在会上,江苏省网络作协与江宁区政府签订《成立中国网络文化产业园暨网络文学主题街区合作备忘录》,并发布首届泛华文网络文学"金键盘"奖评奖公告。奖项分为"创作题材优秀作品奖"和"IP改编及项目类别优秀作品奖"2个评奖类别,其中又分为19个具体奖项,分别是现实主义题材优秀作品、玄幻仙侠题材优秀作品、都市幻想题材优秀作品、军事历史题材优秀作品、现代言情题材优秀作品、古代言情题材优秀作品、悬疑科幻题材优秀作品、游戏竞技题材优秀作品、优秀影视改编作品、优秀游戏改编作品、优秀有声改编作品、优秀动漫改编作品、优秀实体出版作品、优秀翻译输出作品、优秀繁体作品、少数民族语言文学作品、最具改编潜力IP作品、最佳创意作品、最具人气作品。

5月14日,志鸟村的《大医凌然》在起点中文网开始连载。该作品上架后,得到大量医务工作者的好评,被视为现实题材网络文学的精品之作,受到中国作协的肯定和扶持。

5月15日,起点国际正式推出按章付费机制。付费机制的推行分三步:第一步是上线Video advertisement model,让读者必须看一段广告才能解锁新的章节;第二步是试运行付费机制,即Premium Program(VIP),这一机制在2018年2月18日开始试运行,此时读者可以自行选择看广告或者付费;第三步是在2018年5月15日即起点国际正式上线一周年时,取消了Video advertisement model,正式推出Premium Program(VIP),读者只能按章付费。

5月15日,中南大学欧阳友权在《文学评论》上发表《网络文学批评的述史之辨》。文章针对网络文学批评史的建设问题,提出需要从网络文学批评现状中清理已有的学术资源,绅绎出批评史的学理观念,来解决网络文学历史短促与学术成果积淀不足造成的资源掣肘问题。通过把握文学变与不变、文学批评变与不变以及网络文学批评史变与不变的历史辩证法,来规避网络文学多元创作下"批评定制"的述史风险。

5月17日,首届中国网络文学周在浙江杭州举办。此次活动主题为"新时代·新起点·新使命"。中国作协主席铁凝,中共浙江省委宣传部部长葛慧君出席开幕式并致辞。在开幕式上,中国作协首次发布《中国网络文学蓝皮书(2017)》,并揭晓"2017中国网络小说排行榜"。该报告显示,中国网络文学已拥有约3.78亿读者、1 400万作者、1 600余万种原创作品。2017年中国网络小说排行榜:1.冰临神下《孺子帝》;2.沧月《朱颜·镜》;3.善水《不二掌门》;4.管平潮《燃魂传》;5.舞清影《我是你的眼》;6.丁墨《乌云遇皎月》;7.打眼《宝鉴》;8.红九《请叫我总监》;9.尾鱼《西出玉门》;10.吉祥夜《一路上有你》;11.藤萍《未亡日》;12.宅猪《牧神记》;13.无罪《平天策》;14.酒徒《大汉光武》;15.月斜影清《古蜀国密码》;16.齐橙《大国重工》;17.小桥老树《侯沧海商路笔记》;18.烽火戏诸侯《剑来》;19.耳根《一念永恒》;20.骁骑校《罪恶调查局》。

5月18日,首届中国网络文学周"网络文学海外传播论坛"举办。来自法国、德国、瑞士、泰国等国的专家学者以及国内网络文学专家,分享对中国网络文学在海外传播的看法。有学者提出中国网络文学可以同美国大片、日本动漫、韩国偶像剧并称"世界四大文化奇观"。

5月19日,第三届橙瓜网络文学奖在首届中国网络文学周期间揭晓。网络作家我吃西红柿成为本届的"网文之王",其作品《飞剑问道》被评为"年度十大作品"之一。本届网络文学奖由橙瓜网主办,中国作家网、咪咕数媒、阿里文学、掌阅科技协办,唐家三少、天蚕土豆、梦入神机、烽火戏诸侯等百余位知名网络作家出席颁奖典礼。《飞剑问道》《剑来》《凡人修仙之仙界篇》《平天策》《修真聊天群》《天行》《独步逍遥》《盛世天骄》《宰执天下》《第一战神》获评"年度十大作品",另有《圣墟》《逍遥游》等百部作品获推荐。月关、蝴蝶蓝、天下归元等15位作者被评为"年度最受欢迎作家"。此次"橙瓜网络文学奖"还发起倡议将5月19日设立为"网络文学读书日"。

5月20日,第四届海峡两岸新媒体原创文学大赛正式启动征文。大赛以"书写时代变迁,打造文学精品"为主题,倡导现实题材创作方向,以"新时代·创精品·享阅读"为中心,面向海内外中文创作者征文。题材类别包括但不限于"都市情感类""军事历史类""悬疑推理类""官场职场类""玄幻言情类""武侠科幻类""校园童趣类"。

5月24日,第二届爱奇艺文学奖的颁奖仪式在北京圆满落幕。万唯影业的签约作家酒徒、骠骑分别凭借作品《关河未冷》《春秋轮》斩获本次文学奖的一、二等奖,分别获得了200万元和100万元奖金。其他获奖的作家还有闫志洋、早安夏天、晴川、八寻、却却、Vivibear、夜神翼、云哲、知白、咬狗、周林、张嘉骏、狐小妹。

5月,趣头条旗下米读小说上线,以首创的"免费阅读+观看广告"的模式引发了持续的免费阅读冲击波。这一模式是以较低的成本向中小网站购买中底层作者批量生产的用于"充书库"的"套路文",为对质量要求不高但对价格敏感的用户提供免费阅读服务,再通过大量投放广告来营利。

6月1日,中国文艺理论学会网络文学研究分会第五届学术年会暨"中国网络文学二十年"学术研讨会在西南科技大学举行。本次学术研讨会共收到论文 50 余篇,围绕"中国网络文学 20 年的历史回顾与未来前瞻""网络文学批评与理论研究的问题及其突破点""网络文学与中国传统文化的关系""网络文学的评价体系与批评标准"等主题展开研讨。会议以主题报告和分组讨论的形式,为专家学者开展对话、切磋学问、交流思想、分享经验搭建了良好的学术交流平台。

6 月 2 日,知名网络作家见面会在廊坊国际会议展览中心 D 馆举行。此次活动是"璀璨读书廊,阅享京津冀"首届京津冀图书展览会暨全民阅读文化节系列活动之一。参加此次活动的网络作家有一级作家、中国作协网络文学专家马季,中国作协网络文学委员会委员、北京晋江原创网络科技有限公司副总裁刘旭东,中国作协会员、河北省网络作协副主席何常在,北京作协会员红九。4 位知名网络作家畅谈网络文学的发展、现状及各人创作过程中的心得体会以及写作背后的故事。

6 月 4 日,国家艺术基金资助、中国传媒大学主办的网络文艺批评人才培养项目在北京开班。项目培训时间为期一个月,由网络文艺批评高端讲座、考察调研与创作实践、结业研讨会等内容构成,这是国家艺术基金第一次设立网络文艺高端培训项目,一共选拔 42 名学员,主要从事网络文艺相关管理、媒体和研究工作。

6 月 4 日,老鹰吃小鸡的《全球高武》在起点中文网开始连载。该书上架后连续 100 天占据起点销售榜第 1 的位置,迅速成为"百日霸榜畅销王者",上架第 3 个月就冲入中国原创文学风云榜月票榜总榜前 10 位,并长期保持在 TOP3。

6 月 5 日,江苏省新闻出版局启动首届江苏省网络文学原创作品大赛,以主题出版和现实题材内容为重点,面向全省网络文学出版服务单位征集优秀网络文学原创作品。大赛由江苏省新闻出版局主办,江苏凤凰文艺出版社承办,江苏省作协、南京大学文学院、南京师范大学文学院、三江学院文学与新闻传播学院协办。

6 月 6 日,河北省大力开展网络文学专项整治行动,强化网络文学的引导与管理,严厉打击传播低俗、淫秽色情网络文学及网络侵权盗版行为,取得明显成效。据统计,在6月至8月的整治期间,全省监测网络文学网站及相关贴吧、微博、微信公众号2 600余家次,关闭相关非法网站12家。删除网上有害信息3万余条,勘验检查网络小说2 000余册。

6月11日,我会修空调的《我有一座冒险屋》开始在起点中文网连载。2020年9月24日完结。作为我会修空调在起点的第一本作品,《我有一座冒险屋》取得了巨大的成功,作者也凭借此书成为2018年度的"新人王",拿到了"大神约"。

6月13日,由priest的同名小说改编的网络剧《镇魂》在优酷视频播出。该剧迅速爆红,成为2018年最热门的影视作品。

6月15日,由爱奇艺文学与趣阅科技联合主办,掌阅科技协办,历时3个月的首届华语创意征文大赛公布结果。冠、亚、季军分别为倪洛的《女神楼》、绯红的《狂刀异闻录》以及光年牙的《羌羽》。

6月16日,QQ阅读杯——寻找"未来文艺之星"网络小说创作大赛获奖名单公示。本次大赛由共青团上海市委员会、新华社中国经济信息社、上海网络作协、上海市学生联合会联合主办,阅文集团协办,活动旨在唱响主旋律、传播正能量,给热爱文学的广大青少年搭建抒发梦想、实现梦想的平台。

6月17日,阿里文学在上海国际电影电视节上放出重磅消息:成立阿里文学IP影视顾问团,敦淇、李小婉、白一骢、杨文军、刘文武、马千策等11位国内金牌制片人和导演成为顾问团首批成员;签约知名网文作者静夜寄思和苍天白鹤;阿里文学作者骠骑发布"军事科幻"系列小说《零点》《奇点》《原点》。

6月18日,唐家三少的同名小说改编剧《为了你,我愿意热爱整个世界》在爱奇艺播出。2018年11月9日,该剧在深圳卫视播出。2019年1月12日,该剧在第三届金骨朵网络影视盛典中获得年度十大精品网络剧奖。

6月18日,天下归元的小说《扶摇皇后》的改编剧《扶摇》,在浙江卫视中国蓝周播剧场和腾讯视频首播。12月18日,该剧获得腾讯视频星光盛典年度网台剧奖。

6月20日,大地风车的《上海繁华》在起点中文网开始连载。媒体高度评价其为2019年度具有标志意义的长篇力作。

6月21日,全国网络文学重点园地工作联席会议2018年度重点作品扶持选题名单出炉。可大可小的《交锋》、宅猪的《牧神记》、三戒大师的《长乐歌》、打眼的《神藏》等30部作品入选。

6月23日,天津市作家协会网络文学专业委员会成立。这是天津首个网络文学专业组织,同时也是天津市作家协会成立的第一个专业委员会。

6月25日,芥沫的长篇小说《天才小毒妃》的改编剧《芸汐传》在爱奇艺播出。2020年2月12日在湖南卫视播出。2020年7月24日,《芸汐传》再次在湖南卫视播出。

6月27日,网络文学评论杂志社发布《优秀网络文学评论征集暨首届中国网络文学评论奖年度评奖活动启事》。

6月29日,由四川省网信办、成都市网信办指导,成都市互联网文化协会主办的第二届"金熊猫"网络文学奖颁奖暨创作座谈会在成都举行。在先后经历初评、复评两轮评审,最终共有10部作品脱颖而出,斩获第二届"金熊猫"网络文学奖长篇作品金银铜奖、最具改编价值奖、最具天府文化魅力奖和中短篇作品金银铜奖,其中包括《蜀帝》《锦绣河图》两部以四川元素为创作背景的作品。

6月,起点中文网因涉及网络文学作品导向不正确及内容低俗、传播淫秽色情信息、侵权盗版等问题,受到有关部门的行政处罚。

7月2日,橙瓜网发布2018年上半年度橙瓜网文风云榜TOP30。《圣墟》百万登顶,《元尊》随其后,详见下表:

表2 2018年上半年度橙瓜网文风云榜TOP30　　　来源:百度指数

排名	小说	作者	年指数
1	《圣墟》	辰东	1 193 480
2	《元尊》	天蚕土豆	731 600
3	《武炼巅峰》	莫默	555 046
4	《龙王传说》	唐家三少	554 435
5	《飞剑问道》	我吃西红柿	443 573
6	《万古神帝》	飞天鱼	363 375
7	《永夜君王》	烟雨江南	335 363

续表

排名	小说	作者	年指数
8	《帝霸》	厌笔萧生	304 531
9	《凡人修仙之仙界篇》	忘语	245 483
10	《剑来》	烽火戏诸侯	242 094
11	《逆天邪神》	火星引力	236 852
12	《牧神记》	宅猪	207 964
13	《伏天氏》	净无痕	193 447
14	《修罗武神》	善良的蜜蜂	186 682
15	《全职法师》	乱	176 554
16	《最强狂兵》	烈焰滔滔	170 373
17	《斗罗大陆》	唐家三少	153 804
18	《校花的贴身高手》	鱼人二代	147 813
19	《大王饶命》	会说话的肘子	143 988
20	《斗破苍穹》	天蚕土豆	121 178
21	《修真聊天群》	圣骑士的传说	115 512
22	《道君》	跃千愁	113 996
23	《混沌剑神》	心星逍遥	105 439
24	《汉乡》	孑与2	104 369
25	《真武世界》	蚕茧里的牛	101 459
26	《无敌剑域》	青鸾峰上	87 019
27	《大道朝天》	猫腻	85 499
28	《万域之王》	逆苍天	84 408
29	《一号红人》	山间老寺	83 194
30	《无敌天下》	神见	81 703

7月3日,内蒙古自治区首届"网著梦想"全区青年网络作家培训班暨第一期青社学堂在呼和浩特举办。此次活动由自治区团委、文联主办,自治区作协、青少年社会工作与志愿者服务指导中心承办。全区青年网络作家、优秀网络写作青年、各盟市团委相关工作人员80余人参加了培训。

7月3日,中国网络文学20年20部江苏优秀作家代表作品评审会在镇江举行。经专家投票选出了代表江苏网络文学发展的20部作品。会上还汇报了"江苏网络作家村"项目进展情况。"江苏网络作家村"将落户镇江新区,成为集聚江苏省网络作家人才的平台。

7月3日,晋江文学城与bilibili达成动漫、游戏化合作(第一弹),签约作品包括:墨香铜臭《天官赐福》、淮上《破云》、priest《残次品》、语笑阑珊《你在星光深处》、巫哲《解药》。一周后,达成合作(第二弹),签约作品包括:非天夜翔《天宝伏妖录》、拉棉花糖的兔子《我开动物园那些年》、梦溪石《无双》、西子绪《死亡万花筒》。

7月8日,第二届中国"网络文学+"大会新闻发布会在北京举办。这标志着本届大会正式启动。大会将在9月14日到16日举行,以"网络正能量,文学新高峰"为主题,全方位、多角度展现21世纪中国网络文学新作为,推动精品创作生产。北京亦庄国际投资发展有限公司等几家单位联合,设立"网络文学发展基金",初期规模5亿元,采取市场化运作模式专注网络文学及其上下游项目的投资,重点支持精品网络文学作品的创作和转化。

7月8日,第二届两岸青年网络文学大赛在浙江杭州正式启动。大赛以"弘扬中华文化,共绘和合未来"为主旨。在启动仪式上,首届大赛一等奖获得者纳兰采桑的长篇小说《碧落人间情一诺》新书首发式同时举行。

7月8日,杭州举办首届"海峡两岸青年发展论坛"之"文化·睿享"论坛。在论坛上,中国国民党前主席、中华青雁和平教育基金会董事长洪秀柱,浙江省人民政府副省长成岳冲等嘉宾共同启动了"第二届两岸青年网络文学大赛"。两岸人士就两岸青年网络文学的发展和未来,畅谈各自经历与认识。

7月9日,由墨香铜臭的同名小说改编的动画《魔道祖师第一季(前尘篇)》(视美精典、企鹅影视出品)在腾讯视频播出,24小时内播放量火速破亿。2019年8月3日,《魔道祖师第二季(羡云篇)》播出。2018年6月至2019年10月,在猫耳FM连载的《魔道祖师》广播剧,三季累计付费播放次数超过2.3亿,约400万人次收听(收听全剧需997钻,折合人民币99.7元)。《魔道祖师》既是"女性向"读者社区内最成功的网文,长期占据晋江全站总积分排行榜第一位,也是动漫、广播剧等二次元领域改编最成功的网文IP,2019年又成为影视改编最成功的网文IP。它的成绩证明了"女性向"粉丝读者的评价体系与整个女性社区CP文化的高度契合,最好的"女性向"网文提供了最好的CP,同时也就是最好的 IP。

7月12日,阿菩携新书《山海经·候人兮猗》、全新版《山海经密码》做客2018南国书香节,与读者分享新书创作的故事和多年研究网络文学的心得。

7月14日,邵燕君在《长江文艺》上发表《网络文学20年:媒介革命与代际更迭》。文章从媒介变革的角度,梳理了网络文学20年间的发展和变化:2003年在线收费阅读制度的成功建立使文学扎根网络;2008年顺应移动互联网浪潮,开始从"PC时代"迈向"移动时代";2014年"IP化"打通媒介阻隔和次元之壁。媒介的每一次阶段性变化,都会带来生产传播方式和文学形态的变化。20年间主流读者群的代际更迭,即70后、80后、90后与00后也构成了观察网络文学发展的重要维度,并从网络文学受众的角度,提出了"融合媒介人"的新概念,并将网络受众的"世代差异"归结于"媒介差异"。

7月15日,首都师范大学许苗苗在《中州学刊》上发表《网络文学20年发展及其社会文化价值》。文章以当时网络文学的主流"类型网文"为例,说明其紧密关注日常生活,在不同文化阶层群体之间进行解释和沟通的社会价值,并根据类型文的流行性和受关注度,判定网络文学已经成为构建社会文化议程的一个新维度。

7月15日,中南大学禹建湘在《中州学刊》上发表《产业化背景下网络文学20年的写作生态嬗变》。文章将线上产业、线下出版、IP产业链开发组成的网络文学产业,作为网络文学历史发展的宏大背景,并以此洞察网络文学20年来写作生态的嬗变:超长篇小说成为新趋势、类型小说成为新主流、"太监文学"成为新常态、"小白文"成为新风格,以及扁平人物取代圆形人物、直线叙事取代复调叙事、图像语言取代诗意表达、间性写作取代个人书写的新趋势。

7月16日,国家版权局、国家互联网信息办公室、工业和信息化部、公安部联合召开新闻通气会,通报启动打击网络侵权盗版"剑网2018"专项行动有关情况。此次专项行动自7月上旬开始,将利用4个多月的时间开展三项重点整治:一是开展网络转载版权专项整治;二是开展短视频版权专项整治;三是开展重点领域版权专项整治。

7月17日,上海市文学创作系列网络文学专业中级职称评审启动会举行。

上海率先出台《上海市文学创作系列网络文学专业职称评审办法(试行)》,在全国范围内首次专门就网络文学建立体系完整的社会化职称评审机制。

7月17日,网易文漫在北京举行"女频IP推荐会"。在会上,网易文漫宣布成立"女性成长力工作室",邀请知名编剧袁媛担任内容顾问,加速孵化优质女性题材作品。此外,网易文漫还宣布组建PGC(专业生产内容)影视内容策划团队,着力打造精品内容。

7月19日,无锡市网络作协首次设网络文学"金手指"奖,以便更好地发展无锡网络文学,培养精英作者,打造属于无锡的网络文学名片。"金手指"奖每两年评选一次,即日起面向全市征稿。

7月24日,晋江文学城官方微博公布,墨香铜臭《天官赐福》单本版权交易金额破4 000万元。

7月27日,南昌市网络作家协会成立大会在南昌召开。大会审议通过了《南昌市网络作家协会章程》,选举产生了第一届理事会。徐彩霞(阿彩)当选南昌市网络作协主席,任振华(夏言冰)、李涛(犁天)、吴书剑(浪漫烟灰)、黄芳(安以陌)、淦清(圣者晨雷)当选副主席。

7月27日,掌阅与轻松筹联合发起文学领域首个对平台内全部签约作家的健康保障公益计划。掌阅作为领先的数字阅读平台,轻松筹作为全民健康保障第一平台,主动承担起大平台应有的社会责任,立即得到众多顶级作家响应,共同发起了心源计划。

7月30日,"江苏网络文学谷"授牌仪式暨江苏首届网络文学高端峰会在南京举行。在此次峰会上,苍天白鹤、跳舞、天使奥斯卡、雨魔、骠骑、姞文、巧嫣然、八异、霉干菜烧饼、一起成功、麦苏、朽木可雕等12名网络作家成为首批入驻江苏网络文学谷的作家。红薯网、逐浪网等成为首批入驻江苏网络文学谷的企业。江苏网络文学谷由江苏省作协、中共南京市委宣传部、秦淮区共同创立,意在打造以原创网络文学精品为源头,以IP版权转化为纽带,集网络文学创作、影视、网剧、游戏、动漫、出版、舞台演艺、移动阅读、有声读物、周边产品等"文、艺、娱"为一体的IP全产业链园区。

8月2日,根据小说《香蜜沉沉烬如霜》(电线,2008年,晋江文学城)改编的同名电视剧在江苏卫视播出。该剧是2018年人气最高的古装仙侠偶像剧。

8月7日,阿里文学签约作家何常在的新小说《浩荡》在书旗小说开始连载。这是一部以改革开放40周年为背景的长篇小说,同时入围2018年中国作协重点作品扶持选题名单,成为"讴歌新时代、庆祝改革开放40周年、庆祝中华人民共和国成立70周年主题专项"的唯一网文作品。

8月7日,第二届"金熊猫"网络文学奖获奖作品公布。共征集长篇作品86部,中短篇作品133部,共计219部作品。本次征集作品整体还呈现出新的特点:一是反映现实题材作品数量增加,该类作品贴近实际、贴近生活、贴近群众,更感染人、影响人、塑造人;二是反映巴蜀文明、天府文化的作品明显增加,涵盖古蜀国、金沙遗址、三星堆古遗址、蜀锦等具有浓厚地域文化特点的优秀作品。**长篇作品**金奖:《傩神》(作者:阮德胜,河南籍)。银奖:《蜀帝》(作者:刘彩云,四川籍)。铜奖:《枕边敌人》(作者:陈杰,四川籍)。最具改编价值奖:《官场沉浮》(作者:张军,山西籍)。最具天府文化魅力奖:《锦绣河图》(作者:温秀利,四川籍)。最具创意价值奖:(经评委会决定空缺)。**中短篇作品**金奖:《梦境归来》(作者:刘浩暄,四川籍)。银奖:《律师晏天衡》(作者:刘明恒,湖北籍),《秘境惊魂》(作者:左文萍,北京籍)。铜奖:《雷庄的庙》(作者:王德新,山东籍),《青枫渡》(作者:陈融,山东籍)。

8月8日,2018第二届中国"网络文学+"大会IP路演"爱奇艺文学专场"在北京举行。大会汇聚了网络人气作家、出版畅销作家、热播影视剧原著作者等类型的作家。此前,唐家三少、南派三叔、Flash果果、水千丞被特聘为"爱奇艺文学首席架构师"。

8月9日,河北网络文学座谈会在河北省作协召开。梦入洪荒、九戈龙、随清风去等网络作家、青年评论家参加了会议。众人围绕"如何出作品、出人才"这一主题,从加强现实主义创作、加强网络作家培训、设立网络文学奖项、多渠道建立IP项目的长效孵化机制等方面提出很多建设性意见。

8月10日,首届阿里文学"星璨杯"创意征文大赛正式启动。大赛旨在挖掘具有创新精神的作者,扶持一批小众题材创新作品,通过让好的内容得到与之相匹配的商业回报,激活作者创作热情,繁荣网文市场,进而为整个产业注入一批立意高远、内容优质、人物阳光并充满正能量的好作品。本次"星璨杯"征文活动时间为8月初至年底,分为男频、女频、二次元三大赛区。

8月12日,第二届中国"网络文学+"之"传统文学VS网络文学六家谈"在北京十月文学院举行。传统文学作家李敬泽、梁晓声、梁鸿与网络作家蒋胜男、董哲、红九围绕网络文学的争议及现状与发展等话题,如文学的边界、文学理想等进行了对话和探讨。

8月13日,网络文学平台公司阅文集团发布公告称,拟以不超过155亿元的价格,收购新丽传媒100%股权。创立于2007年的新丽传媒,主要从事电视剧、网络剧及电影的制作和发行,制作的剧集作品包括《我的前半生》《白鹿原》《女医明妃传》《余罪》等,电影包括《悟空传》《情圣》《羞羞的铁拳》及《夏洛特烦恼》。阅文集团方面称,根据双方所达成的最终协议,新丽传媒既有的管理团队将会继续负责电视剧、网络剧和电影制作业务,并有权对原创内容进行挑选,包括从阅文以外的平台选取素材。与此同时,新丽传媒将在阅文集团的帮助下,接触阅文集团的内容库、作家平台及编辑队伍等资源。2018年,阅文集团还投资了动画技术制作公司kaca、韩国原创网络文学平台Munpia。

8月14日,天下归元的小说《凰权》的改编剧《天盛长歌》在湖南卫视金鹰独播剧场首播,并在芒果TV、爱奇艺同步播出。2019年5月,入围第25届上海电视节白玉兰奖最佳中国电视剧。

8月14日,月关的同名小说的改编剧《夜天子》在腾讯视频独家播出。2019年1月12日,该剧在第三届金骨朵网络影视盛典中获得年度IP改编网络剧奖。

8月16日,广州市天河区人民法院对作家查良镛(笔名"金庸")起诉作家杨治(笔名"江南")《此间的少年》著作权侵权和不正当竞争案进行一审宣判,该作品不构成对金庸作品的著作权侵权,但该作品的出版发行一定程度上构成不正当竞争,金庸获赔188万元人民币。

8月17日,非天夜翔的《图灵密码》在晋江文学城开始连载。

8月17日,2018网络文学会客厅暨"第二届网络原创文学现实主义题材征文大赛"获奖作品纸质书首发仪式及影视签约仪式在上海举行。2015年,阅文集团在上海市新闻出版局指导下推出首届网络原创文学现实主义题材征文大赛。该大赛诞生了大量观照社会现实、反映时代情绪的优秀现实主义作品。在引领现实主义创作风潮的同时，这些优秀的作家和作品也日益受到了全行业乃至社会各界的高度关注和认可。

8月20日，流潋紫的小说《后宫·如懿传》的改编剧《如懿传》在腾讯视频独播。2018年12月25日在江苏卫视、东方卫视播出。2019年1月12日，该剧在第三届金骨朵网络影视盛典中获得年度品质网络剧奖。

8月22日，掌阅、阅文公布网文最新出海情况，阅文海外用户超千万，掌阅覆盖40个国家。网文出海还得到了大型国企的支持，中国图书进出口（集团）总公司已经分别与掌阅、阅文签订合作，持续推动中国出版内容"走出去"。阅文集团的网络文学海外业务主要通过起点国际运营。阅文还向日本、韩国、泰国、越南、美国、英国、法国、土耳其等国家授权数字出版和实体图书出版，涉及7个语种，20余家合作方，授权作品达300余部。掌阅海外版已上线英语、韩语、俄语、印尼语、法语、泰语、阿拉伯语、乌尔都语等14个语种版本，在多个国家和地区位列阅读分类畅销榜榜首，在海外华语区掀起了中国文化热。

8月23日，"咪咕万里行——辽宁网络作家沙龙"在大连金普新区举行。此次活动由辽宁省作协与咪咕数字传媒有限公司联合举办。月关、骠骑、满城烟火、神我很乖、夜十三、明日复明日、三羊猪猪、雾外江山、墨白焰、辰机唐红豆等多位辽宁省内网络作家参加活动。

8月23日，第二届中国"网络文学＋"大会IP路演"中文在线专场"在北京举行。各行业精英代表齐聚一堂，分享中文在线的IP发展成果，并以文学IP为起点，与行业各方共探在新时代下网络文学的发展之路。

8月25日，"网络文学VS传统文学六家谈"第二场活动在北京十月文学院举行。此次活动由国家新闻出版署、北京市人民政府指导，第二届中国"网络文学＋"大会组委会和中国作家杂志社共同承办。著名作家、中国作协副主席王蒙与鲁迅文学院常务副院长邱华栋、青年作家大头马、网络作家管平潮、乱世狂刀、疯丢子围绕"网络文学路在何方"主题展开讨论。

8月25日，全国网络作家深入学习习近平新时代中国特色社会主义思想专题培训班在内蒙古自治区鄂尔多斯市乌审旗举办。此次培训有50位网络作家参加培训,其中有33位中国作协会员。

8月26日,由橙瓜网主办的中国网络文学橙瓜智库论坛圆满落幕。首届中国网络文学橙瓜智库论坛秉承交流、合作、开放、包容的理念,旨在洞察网文行业及周边行业的趋势,布局泛娱乐产业未来。论坛集结了近百位网络文学作家、专家学者和相关主流平台负责人,共话网文发展前后20年,提出了多个具有前瞻性的观点,宣布启动橙瓜网"见证·中国网络文学二十年"的项目。

8月30日,教育部、国家卫生健康委员会等8个部门联合印发《综合防控儿童青少年近视实施方案》,提出到2030年我国6岁儿童近视率控制在3%左右的目标。此后,文学网站纷纷推出"青少年版"。

8月,连尚文学推出连尚免费读书App。依托WiFi万能钥匙的渠道优势和逐浪网的内容支撑,连尚文学以免费模式下沉到乡镇、农村市场,吸引了广大中小城镇和乡村的网络小说爱好者以及盗版网文阅读人群。截至2018年12月,月活跃用户超3 000万。

8月,七猫免费小说上线。该平台依靠重金推广后来居上,在2019年年中超越米读小说和连尚免费读书,成为第三大移动阅读平台,并获得百度巨资入股。2018年是影响在线阅读风向的一年,各免费小说平台不断上线,米读小说、番茄小说、七猫免费小说、连尚免费读书等一众打着"免费正版"旗号的App问世,直接用钱开路,杀入由盗文网站违规主导了10多年的免费阅读市场。

9月1日,一批微博bot账号陆续开通。bot是robot的缩写,指的是不带主观感情、定期更新投稿的机器人账号。与推特bot相比,微博bot发展出了公共议题、文学、情感等更多种类。如热度最高的"鲁迅bot",主要发布鲁迅小说和杂文的片段摘录,常常与当下公共话题中的女权、儿童成长、青年人的未来、社会公平等热点出现重合,并获得大量转发点赞。11月,"俄罗斯文学bot"开通,此后"英国文学bot""亚非文学bot"等账号陆续开通。

9月4日,鲁迅文学院第十三期网络文学作家培训班(现实题材班)开学典礼在北京举行。中国作协副主席、鲁迅文学院院长吉狄马加出席开学典礼,并与学员们合影留念。起点中文网推荐的段武明(卓牧闲)、爱奇艺文学推荐的王凌英(却却)、铁血网推荐的张佳海(泗源)等学员代表先后发言。

9月8日,全国第二期青年网络作家高级培训班在江西井冈山开班。此次培训由中国作协、共青团中央、中央网信办联合主办,全国各地青年网络作家与重点文学网站从业者近百人参加培训。

9月12日,阅文发布红袖读书App。这是汇集阅文旗下女频内容的移动阅读平台,整合了起点女生网、云起书院、潇湘书院、红袖添香、小说阅读网、言情小说吧的作家作品。

9月14日,第二届中国"网络文学+"大会开幕式暨中国网络文学高峰论坛在北京举行。大会以"网络正能量,文学新高峰"为主题,以IP为核心,着重突出"+"的概念。大会发布了《2017年中国网络文学发展报告》。该报告由中国音像与数字出版协会发布,从政策、作品、作者、读者、市场、趋势等6个角度,以数据和业态的发展为基础,对网络文学现状做了宏观描述。该报告显示,截至2017年年底,各类网络文学作品累计高达1 647万部(种),签约作品132.7万部,当年新增签约作品22万部。2017年,国内网络文学市场营收规模129.2亿元,网络文学读者规模已突破4.06亿人,各项指标增速均明显高于出版行业总体水平。

9月14日,中国网络小说发展座谈会在北京召开。本次座谈会以中国网络小说的发展情况及海外影响力为主题,由中国青少年新媒体协会、阅文集团主办。共青团中央宣传部、社会联络部、中国青少年新媒体协会有关同志和忘语、骷髅精灵、横扫天涯、鹅是老五、小刀锋利等40余名知名网络作家参加座谈交流。

9月15日,上海网络作协召开第二届会员大会第一次会议和第二届理事会第一次会议,来自沪上10多个文学网站的200多位会员参会。会议宣布,刘炜(血红)当选会长,王小磊(骷髅精灵)、蔡骏、林庭锋、程铭(洛水)、张书玉(府天)、丁烨当选副会长,王若虚当选秘书长兼法人,孙辉(哥舒意)和陈佶(秦风)被聘任为副秘书长。

9月15日,第二届中国"网络文学+"大会平行主题论坛——"网络文学版权保护论坛"在北京召开。同日,第二届中国"网络文学+"大会"网络文学走出去"论坛在北京举行。论坛以"世界舞台,中国故事"为主题,由中国"网络文学+"大会组委会主办,阅文集团、中创文艺智库承办,汇集各部门领导、海外嘉宾、作家学者以及行业产业代表。在论坛现场,阅文集团内容运营部总经理杨晨发布《网络文学海外传播(2017—2018)研究报告》。该报告显示,网络文学文化出海模式从过去的以出版授权为主,升级为以线上互动阅读为核心,集版权授权、开放平台等举措于一体。

9月16日,第二届中国"网络文学+"大会在北京亦创国际会展中心圆满落幕。本届大会以"网络正能量,文学新高峰"为主题,全面展示改革开放以来网络文学20年的发展历程及突出成就,共同展望新时代网络文学的新使命、新责任、新风貌、新作为。在闭幕式上,北京市新闻出版广电局向广大读者推荐了21部优秀网络文学作品,并举行了优秀IP的颁奖仪式和签约仪式。北京文投集团子基金与纵横文学进行战略投资签约,实现强强联合;北京银行和爱奇艺、优酷签订战略合作协议,意向合作金额达20亿元,全面支持网络文学创新发展。北京市新闻出版广电局向广大读者推荐了《一路走过》《通惠河工》《长城风云》《双骄》等21部优秀网络文学作品。中国音像与数字出版协会相关负责人揭晓了"中国网络文学20年系列评审"结果,发布了影响和推动中国网络文学发展历程的"20件大事""20部优质IP作品"和"20个关键词"。

附一:中国网络文学发展历程中的20件大事

(一)1998年3月,《第一次的亲密接触》网上连载,引发读者广泛关注。

(二)1999年8月,榕树下注册成功,催生首批原创文学网站的建立。

(三)2003年10月,起点中文网在线收费运营模式正式推出。

(四)2004年10月,盛大网络收购起点中文网等网站,聚集效应初显。

(五)2009年9月,《大江东去》获中宣部第十一届"五个一工程"奖。

(六)2010年1月,手机阅读业务进入商用阶段。

(七)2011年,网络文学掀起改编潮。

(八)2014年1月,浙江省率先成立网络作家协会。

(九)2014年10月,习近平总书记主持召开文艺工作座谈会并发表重要讲话。

(十)2014年9月,"扫黄打非·净网2014"专项行动启动。

(十一)2014年12月,原国家新闻出版广电总局《关于推动网络文学健康发展的指导意见》等文件发布实施。

(十二)2015年1月,中文在线、掌阅、阅文集团等企业先后上市。

(十三)2015年7月,原国家新闻出版广电总局首次开展年度优秀网络文学原创作品推介活动。

(十四)2015年10月,中共中央印发《关于繁荣发展社会主义文艺的意见》。

(十五)2017年5月,阅文集团起点国际上线。

(十六)2017年8月,首届中国"网络文学+"大会在北京举办。

(十七)2017年11月,国家版权局印发《关于加强网络文学作品版权管理的通知》。

(十八)2018年5月,首届网络文学周在杭州举办。

(十九)2018年6月,网络文学用户规模超过4亿。

(二十)2018年8月,全国宣传思想工作会议在京召开,习近平总书记发表重要讲话。

附二:中国网络文学发展历程中的20部优质IP作品

(一)《诛仙》

(二)《步步惊心》

(三)《鬼吹灯》

(四)《致我们终将逝去的青春》

(五)《琅琊榜》

(六)《斗罗大陆》

(七)《盘龙》

(八)《大江东去》

(九)《斗破苍穹》

(十)《花千骨》

(十一)《微微一笑很倾城》

(十二)《失恋三十三天》

(十三)《遍地狼烟》

(十四)《裸婚时代》

(十五)《全职高手》

(十六)《完美世界》

(十七)《择天记》

(十八)《大国重工》

(十九)《复兴之路》

(二十)《网络英雄传Ⅰ:艾尔斯巨岩之约》

附三:中国网络文学发展历程中的20个关键词

(一)精品创作

(二)社会效益评估

(三)推优

(四)净网行动

(五)网络文学＋

(六)编辑责任制度

(七)阅评制度

(八)现实题材

(九)数字版权

(十)自律公约

(十一)在线写作

(十二)付费阅读

(十三)IP(Intellectual Property)

(十四)网络文学出海

(十五)互动

(十六)女频男频

(十七)更新

(十八)代入感

(十九)打赏

(二十)新文艺群体

9月16日,2018年华语言情小说大赛颁奖典礼在杭州西湖举办。近50位女性网络作家及行业专家参加。最终新生代情感作家江心月影,凭借现实题材网络小说《陌路柔情》问鼎年度总冠军。该小说通过对婚姻中的背叛与坚守,对爱与责任的深情解读,感动千万网友。

9月18日,第二届"磨铁杯"黄金联赛第二赛季获奖名单公布。在不到120天的时间里,磨铁文学共计收到2 708部参赛作品,涵盖悬疑、言情、玄幻、恐怖、科幻等多类题材。获得"季度金牌签约奖"的作品分别为《猎境者》(作者:唐小豪)、《中华女子银行》(作者:不画)、《大酒当国》(作者:陈末)、《予你半生》(作者:琉玄)、《钟声》(作者:婉婳莲翩)、《夜路押镖》(作者:老八零)、《梦游者:致命游戏》(作者:吉振宇)、《长安秘案录》(作者:时音)、《灵楼住客》(作者:强大的猪)、《孤胆侦察兵》(作者:本封旗印轩)、《辣妈的二次青春》(作者:玉珊瑚)、《彩云之南,山海以北》(作者:半瓶);获得"赛区之星"的作品分别为《中华女子银行》《孤胆侦察兵》《猎境者》《彩云之南,山海以北》。以上获奖作品的作者除被授予"磨铁文学金牌作家"称号外,还将获得至少10万元现金的签约合同,而"赛区之星"则额外增加1万元现金奖励。

9月18日,阅文集团内容运营部总经理杨晨在论坛上称,阅文集团推出的起点国际网站和App开放海外原创功能3个月来,已有2 000余位国外作者发布网络文学作品4 000余部。这些作品包括奇幻、言情、玄幻等类型,用英语或本国语言写就。

9月19日,好故事训练营暨第二期中国网络作家高级培训班在中国网络作家村正式启动。本期培训班全面升级了课程设置,并首次推出"好故事+"计划,有针对性地为学员带来包括创作培训、IP开发和交易、创业扶持及孵化、持续曝光及扶持等的一站式IP产业服务平台。此外,本期训练营作为第12届杭州文化创意产业博览会分会场之一,成为杭州市文创产业的重点扶持项目,持续为中国文学行业和IP产业赋能。

9月20日,宿迁市网络作家协会召开成立大会暨第一次代表大会。会议选举产生了第一届理事会,泗阳籍网络作家十里剑神(刘畅)当选第一任主席。匣中藏剑(周霄峰,泗洪)、时音(裴凯茹,宿城)、我是军师(陈利洋,沭阳)、月色(赵瑶瑶,泗阳)当选副主席。

9月28日,中国动漫金龙奖在广州召开颁奖大会。金龙奖见证了国漫从萌芽、发展到蓬勃,也是华语动漫界公认最具含金量的奖项。本届金龙奖首次设立最具网络人气轻小说奖,阿里文学共5部作品获奖,分别是墨熊的《地狱猎兵》(金奖)、刘阿八的《我的女友召唤兽》(银奖)、胧雨墨的《我们只做正经鸭子》(铜奖)、伯百川的《这就是推理》(铜奖)以及亮词的《梦幻列车》(铜奖)。

9月28日,"湖南网络作家创作研讨会"在毛泽东文学院圆满举办。湖南省网络作协主席余艳,副主席流浪的军刀和罗霸道,咪咕数媒总编辑听雨以及青丘千夜、墨子白等网络作家齐聚长沙,共同呈现了一场网络文学的交流盛会。

9月29日,鲁迅文学院第十三期网络文学作家培训班(现实题材班)结业典礼在北京举行。

10月3日,IG电子竞技俱乐部在《英雄联盟》2018全球总决赛中夺冠。中国电子竞技进一步商业化,同时也再次带动了网络文学中"电竞文"类型的发展。

10月5日,欧阳友权在《福建论坛(人文社会科学版)》上发表《中国少数民族网络文学20年巡礼》。文章将研究聚焦于我国少数民族网络文学的发展,不仅以大量的数据作支撑,细致描绘了少数民族网络文学以网络平台为基础的逐步发展以及创作队伍的不断壮大,并且详细描述了少数民族网络文学的理论研究和作品评论的发展现状。文章指出"身份意识"构成少数民族网络作家文学自觉的标志,而民族和地域特色鲜明、民族文化辨识度高,则构成了少数民族网络文学的内容特色。

10月13日,湖北省网络作家文学精品创作培训班开班。全省各地具有代表性的54位网络作家,在省作协组织下,以网名聚集。这也是网络文学鄂军首次集结亮相。

10月19日,由四川省网络作协与川北幼专共同主办的"红色文学轻骑兵·网络文学进校园"讲座走进广元市川北幼专,让广大青年学生与知名网络文学大咖亲密接触,了解他们的心路历程,接触最前沿的文学资讯。著名网络作家会做菜的猫、陨落星辰结合自身经历,分享网络文学创作经验。

10月19日,"新时代新风口:网络文学中的现实题材精品创作"主题论坛在北京举行。此次活动由北京十月文艺出版社、北京作协、阿里文学举办。在论坛上,作家何常在谈及改革开放40年的成就、涌现的人物及故事给了网络文学作家创作的土壤,作者有能力、时间、资本来创作更多现实主义作品。

10月21日,"创现实,阅万里"2018阅文集团现实主义万里行——第三届网络文学现实主义题材征文大赛培训活动在上海正式启动。其以进一步倡导现实主义题材创作、提升作家现实主义创作实力、扩大现实主义作品影响力为主旨,活动将陆续在南京、广州、成都、上海四个城市举行。每站分为作家培训和校园宣讲两大板块,精选阅文集团旗下编辑和白金、大神作家,对旗下签约作家进行现实主义创作培训;同时,编辑及作家还将深入当地高校向大学生进行现实主义创作宣讲。

10月22—28日,上海网络文学周在上海虹口区举行。此次活动由中国作协网络文学中心、上海市作协、上海市新闻出版局、中共虹口区委宣传部和阅文集团主办。在文学周期间,相继举行了中国网络文学20年20部优秀作品颁证仪式、庆祝改革开放40周年网络文学座谈会暨天马文学奖启动仪式、第五期网络文学(现实题材创作)高级研修班和全国网络作家庆祝改革开放40周年主题采访活动、网络作家作品读者分享会等活动。

10月23日,咪咕文学院于西溪银座A座咪咕数媒正式成立,同时咪咕文学院第一期高级作家研修班正式启动。本次活动由中国作协网络文学研究院、浙江省作协、咪咕数字传媒有限公司联合主办。

10月23日,为落实《中国作协深化改革方案》和《青海省文联深化改革方案》中关于建立联系新的文学群体、引导网络文学发展的工作机制的有关要求,经青海省文联同意,并经2018年10月18日召开的青海省作协七届七次委员会通过,省作家协会网络文学委员会成立。

10月25日,首届泛华文网络文学"金键盘"奖自5月启动以来,共收到来自全国30余家文学网站推荐和个人申报作品计437部。经资格初审、复评推荐、终评投票,产生了众多奖项。(一)现实题材获奖作品(2部):《奋斗者:侯沧海商路笔记》(小桥老树);《老妈有喜》(蒋离子)。(二)玄幻仙侠类获奖作品(2部):《雪中悍刀行》(烽火戏诸侯);《雪鹰领主》(我吃西红柿)。(三)都市幻想类获奖作品(2部):《八珍玉食》(雀鸣);《还你六十年》(三水小草)。(四)军事历史类获奖作品(2部):《大汉光武》(酒徒);《无缝地带》(李枭)。(五)现代言情类获奖作品(2部):《人不可貌相》(月下蝶影);《翅膀之末》(沐清雨)。(六)古代言情类获奖作品(2部):《大明小婢》(沐非);《天才小毒妃》(芥沫)。(七)悬疑科幻类获奖作品(2部):《源世界之天衍》(跳舞);《罪恶调查局》(骁骑校)。(八)游戏竞技类获奖作品(1部):《回到八零年代打排球》(番茄菜菜)。(九)优秀影视改编获奖作品(1部):《凰权》(天下归元)。(十)优秀游戏改编作品:本届空缺。(十一)优秀有声改编获奖作品(1部):《撒野》(巫哲)。(十二)优秀动漫改编获奖作品(1部):《万古仙穹》(观棋)。(十三)优秀实体出版获奖作品(1部):《少年幻兽师》(雨魔)。(十四)优秀翻译输出获奖作品(1部):《琉璃世琉璃塔》(姞文)。(十五)优秀繁体获奖作品(1部):《玄天魂尊》(暗魔师)。(十六)优秀少数民族语言作品:本届空缺。(十七)最具IP改编潜力获奖作品(1部):《望古神话之星坟》(天使奥斯卡)。(十八)最佳创意获奖作品(1部):《望古神话之秦墟》(月关)。(十九)最具人气作品:本届空缺。

10月25日,安徽特大侵犯网络文学网站著作权案告破。该案件是安徽省"扫黄打非"部门破获的首例特大网络侵犯著作权案。公安机关抓获涉嫌侵犯著作权嫌疑人11名,查控涉案服务器12台,关停虎踞阁、小小书屋等侵权盗版小说网站11个、侵权App平台2个,查扣涉案电脑15台,冻结涉案账户4个。

10月25日,何平在《文艺争鸣》上发表《再论"网络文学就是网络文学"》。文章指出,网络文学不是"一种泛文学的网络写作",而是"和此前的文学写作完全不同的文学书写"。网络文学的最大特征是作者和读者的同时"到场"和"在场"共同创作的"交际性",并因此形成与之配套的"网络思维、写作生活以及文体修辞语言",而这突破了"传统相对封闭的文学生产和文学消费"。

10月26日,全国"扫黄打非"工作小组办公室和国家新闻出版署就微信公众号传播淫秽色情和低俗网络小说问题约谈了腾讯集团。相关部门负责人指出,通过微信公众号传播淫秽色情和低俗网络小说的问题有所蔓延,以低俗内容为噱头吸引读者通过点击"阅读原文"、识别二维码等方式引流至其他公众号或网站的现象较为严重,严重干扰了网络出版秩序。

10月26日,国家新闻出版署、中国作协发出《关于开展2018年优秀网络文学原创作品推介活动的通知》,将继续遴选一批兼具思想性、艺术性的优秀网络文学原创作品向社会推介。该通知指出,具有国家新闻出版署(原国家新闻出版广电总局)颁发的网络出版服务许可证、业务范围涵盖网络文学出版的网络出版服务单位,纳入中国作协"全国网络文学重点园地"的网站均可申报。

10月30日,华东师范大学"分众"中国未来网络文学家项目启动仪式举行。本次活动在中国作协的指导下开展,由华东师范大学主办,华东师范大学中国创意写作研究院、华东师范大学中文系承办。

10月30日,第三届"北京十月文学月"闭幕暨"我们的十月"诗歌朗诵音乐会在北京举行。在闭幕活动上,北京十月文艺出版社与阿里文学签署战略合作协议,"十月阿里文学创作中心"同时揭牌,并推出匠心计划,首期投入超2 000万元为优秀作家及作品提供全链路扶持。宁肯、酒徒等12位知名作家入选首批扶持名单。

10月31日,"天一案"一审宣判,耽美作者天一因制作、贩卖淫秽物品牟利罪获刑十年零六个月。"耽美作者写黄文被判十年"成为网络热议话题。涉案小说写于2011年之前,2017年上半年被制作成个志《攻占》开始网络售卖。由于天一的作品在耽美圈内被判定为"黄文",该事件的核心争议主要集中于法律量刑标准。

10月31日,猫腻的同名小说的改编剧《将夜》在腾讯视频播出。2019年1月12日,该剧获得第三届金骨朵网络影视盛典年度IP改编网络剧奖。

11月2日,"城市记忆"杭州历史文化网络作家创作工程在杭州启动。数十位知名网络作家将参与创作工程,围绕钱塘江、大运河、良渚三大杭州重要历史文化遗存,着重开展"城市记忆·钱塘往事""城市记忆·运河风流""城市记忆·良渚曙光"三大篇章的网络文学创作。第一批作者包括酒徒、蒋胜男、子与2、夜摩、华表、清扬婉兮、春叁拾郎、少羽、少封、吕静、宓小九、万事文、赫连果果等。他们于11月1日已前往钱塘江、大运河、良渚三地采风,为创作积累素材。

11月5日,上海市新闻出版局举办网络文学编辑人员业务培训班。

11月7日,网络文学网站负责人暨骨干编辑人员培训班在北京结训。来自全国49家网络文学网站的负责人、骨干编辑共80余人参加了培训。

11月8日,天瑞说符的《死在火星上》开始在起点中文网连载。《死在火星上》创设未来时代和末日世界,表现"最后的人类"在浩瀚宇宙中面对生存危机时的荒凉感、孤独感与"向死而生"的人文精神。小说英译版还上线了起点国际。

11月9日,廊坊市网络作家协会第一次代表大会在廊坊万丽酒店隆重召开。此次大会的召开标志着廊坊市网络作家协会正式成立。

11月11日之前,一部中国原创玄幻小说领跑各大图书榜,引发关注。由人民文学出版社出版的《九州飘零书:商博良》一经面世便受读者青睐,持续热销。作为作家江南的代表作品,该书融合多种文化元素,被誉为"东方的《指环王》"。精品原创文学领跑出版市场,反映出中国网络文学在创作上的日趋成熟。

11月14日,首届"中国江苏·扬子江网络文学周"开幕暨中国江苏网络文学创业园揭牌仪式在南京市江宁区举行。在文学周期间,首届泛华文网络文学"金键盘"奖颁奖典礼举行。该奖项由江苏作协与南京市江宁区人民政府共同设立。经过初审、复评推荐、终评投票,最终评选出23部获奖作品。其中,小桥老树的《奋斗者:侯沧海商路笔记》、蒋离子的《老妈有喜》等现实题材作品受到关注。主办方还举办了"中国网络文学20年江苏20部优秀作品发布""江苏网络文学院江宁创作基地揭牌""江苏网络文学发展座谈会""江苏网络作家村成立""网络文学大咖论坛"等一系列丰富多彩的活动,吸引了众多读者和业内人士的参与。

11月15日,中国网络文学20年江苏20部优秀代表作品发布仪式在南京市江宁区中国江苏网络文学创意产业园举行。跳舞、我吃西红柿、忘语、天使奥斯卡、骁骑校、无罪、打眼、萧潜、顾漫、禹岩、天下归元、雨魔、更俗、李歆、石章鱼、寂月皎皎、任怨、失落叶、卓牧闲、乔雅的作品入选江苏网络文学20部代表作。20部代表作品名单:1.跳舞《恶魔法则》;2.我吃西红柿《吞噬星空》;3.忘语《凡人修仙传》;4.天使奥斯卡《篡清》;5.骁骑校《橙红年代》;6.无罪《剑王朝》;7.打眼《黄金瞳》;8.萧潜《飘邈之旅》;9.顾漫《何以笙箫默》;10.禹岩《极品家丁》;11.天下归元《扶摇皇后》;12.雨魔《驭兽斋》;13.更俗《枭臣》;14.李歆《秀丽江山》;15.石章鱼《医统江山》;16.寂月皎皎《君临天下》;17.任怨《横刀立马》;18.失落叶《网游之纵横天下》;19.卓牧闲《韩警官》;20.乔雅《心照日月》。

11月17日,襄阳市网络文学学会正式成立,同时启动"百人真实故事计划",力争用10年时间打造100个襄阳人的真实故事。会上表决通过《襄阳市网络文学学会章程》、学会首届理事和理事会负责人名单。张旗(午夜清风)当选学会会长,罗威(疯狂的大米)、罗文飞(文飞)当选副会长,张雷(剑走偏锋)当选秘书长,罗晓丹(夏光)当选副秘书长。

11月18日,"江苏网络作家村"和"中国网络文学泛娱乐产业孵化基地"揭牌仪式在镇江宜园举行。数十位网络作家齐聚镇江,网络文学作品《扶摇》和《天盛长歌》的作者天下归元出任江苏网络作家村首任村长。江苏网络作家村的落户,将带动镇江新区创意文化产业发展,为"宜"文化赋予现代文化的活力。

11月20日,洛小阳《三尸语》维权事件胜诉。作者洛小阳2017年10月10日起诉暗石公司对其作品《食阴骨》改编且未提供作者稿费。2018年9月3日上午正式开庭。2018年9月28日,法院做出判决,合约结束,暗石公司赔偿作者的损失。

11月20日,由爱读文学网联合北京青涩传媒文化有限公司联合打造的网络文学英文网站上线。该网站由国内作者原创翻译作品和海外作者原创日更构成,基本实现网络文学的全覆盖,不采用电子书销售模式;直接向海外推介,并且实行原创作品的海外影视联动;与海外机构(含华语)合作,实行作品的全球化交易模式。爱读文学网签约作者原则上只要符合英文网站的题材和类型均实行一稿两用,同步发表。这是中国网络文学战略格局的一次调整,也是为作者实现多语种版权的一次探索。

11月23日,鲁迅文学院第十四期网络文学作家培训班开学典礼在北京举行。中国作协副主席、鲁迅文学院院长吉狄马加出席结业典礼,并为学员们颁发结业证书。夏洁(天下漓渊)、冯长远(宅猪)、程云峰(意千重)、刘锋(叶天南)等学员代表在结业典礼上先后发言,分享了各自的学习收获和体会。

11月23日,华东师范大学发布"分众"中国未来网络文学家项目2018年度网络文学新人大赛公告。大赛致力于发现、选拔、培养和造就一批优秀的网络文学家,为中国网络文学发展和文化创意产业繁荣提供人才支持。大赛将每年从全国网络文学创作者中评选10~20名具有突出发展潜力的优秀青年作者,作为"未来网络文学家"后备人才,以华东师范大学中国创意写作研究院和华东师范大学中文系创意写作硕士学位点为平台,为其量身定做个性化培养方案,免费提供为期3年的优质专业培养(一年驻校培养,两年校外跟踪培养),助力其成长为优秀的职业网络文学家。

11月23日,"2018中国科幻大会"在深圳大学开幕。大会以"幻想无界,共享未来"为主题。本次大会为期3天,旨在全面展示中国科幻文创的发展现状,促进产业的长远发展。阅文集团承办"网络文学:科幻势力正崛起"专题论坛,旨在探讨科幻网文的发展之路。同日,阅文杯第29届中国科幻银河奖在深圳正式揭晓。其中,俞豪逸(笔名"最终永恒")的作品《深空之下》夺得最佳网络文学奖。

11月23日,第二届"金熊猫"网络文学颁奖暨创作座谈会在成都举行。来自全国的网络文学大腕汇聚一堂,为网络文学的发展出谋划策。

11月24日,2018爱奇艺文学作家年会在海南成功举办。在本次活动中,爱奇艺文学颁发了多个2018年度奖项,并宣布成立"爱奇艺文学院",拟从讲座、评奖、科技创新三个角度,以线下主题活动、IP沙龙、理论作品征集评奖、中国网络文学IP评估分析系统研发等多种形式,打造中国网络文学产学研一体化发展平台。

11月26日,由法兰克福书展和新加坡出版商协会联合主办的2018亚洲故事驱动大会在新加坡举行。阅文集团海外门户起点国际内容负责人刘昱人发表主题演讲,详细阐述阅文集团构筑的网络文学商业模式。

11月28日,首届江苏省网络文学原创作品大赛获奖作品座谈会在南京召开,大赛获奖名单正式揭晓。《海上升明月》获一等奖,《京门风月》《桤子花开》《问鼎巅峰》3部作品获二等奖,《河庄梦情》等6部作品获优胜奖。4位获奖作者和网站负责人作了交流发言。

11月29日,"2018纵横作家年会"在北京隆重举行。该年会为成绩斐然、表现突出的纵横作者颁发奖杯。纵横文学高级副总裁许斌、纵横文学高级副总裁何建秋、纵横文学副总裁苏小苏、纵横文学执行总编武新宇以及纵横文学常务总编孙新作为嘉宾,为大家揭晓各大奖项获得者并颁奖。最佳人气作者:烽火戏诸侯。最佳IP:《平天策》《楚臣》。最佳杰出贡献奖:梦入神机。最佳效率奖:火星引力。畅销作品:《最强狂兵》《嫡女有毒》。最佳新人奖:单王张。崛起之星:仲星羽。10年勤勉更新模范:步行天下、繁朵。更新王:风狂笑、半世琉璃。

11月30日,益阳市网络作家协会正式成立。

11月30日,第三届现实主义网络文学征文大赛作品研讨会暨终评启动会在沪举行。大赛共收到现实主义作品11 800部,相比上一届征文,作者增长32.5%,作品增长31%,参赛的女性作家比例高达41%,参赛作家的范围稳步扩大。

12月1日,"改革开放四十年·网络作家嘉陵行"活动在南充市嘉陵区举行。此次活动由四川省网络作协、嘉陵区委宣传部主办。来自省网络作协以及南充本地的网络作家50余人走进嘉陵,开展文学创作采风。

12月2日,团泊洼网络作家村暨新文化传媒(团泊)小镇在天津市静海区团泊湖畔揭牌。这也是京津冀首个网络作家村。

12月6日,中国作协网络文学研究基地揭牌仪式暨首届网络文学论坛在山东大学中心校区举行。来自北京大学、华东师范大学、浙江大学、湖南大学、安徽大学、杭州师范大学、苏州大学、北京市社会科学院等近20个单位的40余位专家学者及网络文学作家参加此次大会。中国作协网络文学研究山东大学基地、山东大学网络文学研究中心成立。

12月6日,杭州互联网法院召开区块链运行情况暨中国网络作家村上链启动仪式新闻发布会。中国网络作家村正式上链杭州互联网法院司法区块链。此次中国网络作家村的作家将通过数字版权行业链上链杭州互联网法院司法区块链,进一步推进中国网络作家村建设,加大知识产权保护力度。

12月7日,黔南州作家协会网络文学创作委员会成立暨2018年县(市)作协工作汇报会在都匀召开。这是贵州省率先成立的网络文学创作专委会。主任由网络作家朱双艺担任,会员由20多名网络创作爱好者组成。

12月7日,河北网络作家培训班举行开班仪式。来自全省各地的50名网络作家参加培训。

12月8—9日,阅文创作研修班在北京国家数字出版基地举行。此次研修班由中国小说学会指导,网络文艺国际创研基地与阅文集团联合主办,中创文艺智库承办。来自阅文集团的数十名网络文学作家从全国各地来到北京,为提升自身创作水平、创作高质量作品进行学习与交流。

12月8日,"庆祝改革开放40年网络文学20年(北京)论坛"在北京开启。在会上,茅盾文学奖和鲁迅文学奖评委、著名文学评论家包明德,政协委员、中国作协委员、鲁迅研究会秘书长陈漱渝,中国作协网络文学委员会委员、一级作家马季等40多人参会发言,探讨了20年网络文学生机盎然的繁荣景象,回望了改革开放40年我们精神世界的巨大变迁。

12月9日,第七届甘肃黄河文学奖评奖结果揭晓,知名作家胡说(刘金龙)的历史传奇著作《醉红楼》获综合类(网络文学)奖项。

12月9日,位于杭州滨江白马湖畔的中国网络作家村成立一周年。当天,100多名作家村村民齐聚白马湖畔,召开了第一次村民大会暨首个"村民日"活动。大会不仅总结了网络作家村过去一年的成绩,而且制定了未来一年的发展规划。

12月10日,阅文集团旗下海外门户起点国际在菲律宾举办首场海外粉丝见面会。来自起点国际的业务团队与菲律宾当地作者、编辑以及东南亚译者齐聚马尼拉,与数百名海外粉丝畅聊全球网文创作与翻译,掀起了一波中国网络文学热。

12月13日,"2018第九届互联网牛耳文娱盛典"在北京举行。连尚文学CEO王小书以连尚免费读书开创网络文学免费模式,被评为2018牛耳奖"互联网年度杰出人物"。

12月17日,"2018中国(温州)网络文学IP全产业链发展大会"于浙南·云谷路演中心召开。"领先一步,共赢国际"IP衍生资源对接会上聚集了来自全国各地的IP企业和大咖,大家对IP的衍生资源与IP产业化的发展模式和发展道路进行了深入交流和探讨。本次对接会致力于搭建连接IP作者、IP企业、轻工企业的"IP桥梁",扶持及孵化IP下游产业链,大力推进传统文化产业的IP化升级改造。随后,大会举行了中国(温州)网文IP产业化联盟成立仪式,中国(温州)IP衍生品版权交易中心上线仪式和网络文学全产业链发展高峰论坛。

12月18日,速途研究院发布"2018年中国网络文学作家影响力榜"。男网络作家前3名为唐家三少、辰东和会说话的肘子。女网络作家前3名为丁墨、叶非夜和天下归元。在上榜作家中,阅文集团旗下网站及关联平台的写手占据了近90%的份额。新作者如卓牧闲与志鸟村,分别凭借作品《朝阳警事》与《大医凌然》人气飙升。出自阅文现实主义题材征文大赛的《大国重工》作者齐橙排第28位。

12月19日,长沙市网络作协第一次会员大会举行。大会选举产生了第一届理事会和主席团,刘明(笔名"玉面魔头")当选协会主席。

12月19日,2018年重庆网络文学大会暨全国知名网络作家重庆行在重庆九龙坡区举行启动仪式。大会以"书写新时代,网播正能量"为主题。在会上,九龙坡区与重庆出版集团签订网络文学平台战略合作协议。同时,重庆市网络作协与阿里文学、咪咕阅读、掌阅科技、纵横文学、逐浪中文、万读小说六家全国网络文学平台签订了战略合作协议。

12月20日,胡润研究院携手IP版权运营机构猫片在北京发布《2018猫片·胡润原创文学IP价值榜》,100个最具价值的中国原创文学IP上榜。猫腻的作品《将夜》登上榜首。同期发布的榜单还有《2018猫片·胡润原创文学IP潜力价值榜》和《2018猫片·胡润原创动漫IP价值榜》,详见表3、表4:

表3 2018猫片·胡润原创文学IP价值榜

排名	排名变化	作品名	作者	积分
1	+3	《将夜》	猫腻	1 059 556
2	+1	《凡人修仙传》	忘语	955 176
3	+9	《鬼吹灯》	天下霸唱	759 455
4	+9	《全职高手》	蝴蝶蓝	647 955
5	-3	《盗墓笔记》	南派三叔	548 179
6	+5	《三生三世十里桃花》	唐七公子	538 866
7	-6	《斗破苍穹》	天蚕土豆	497 517
8	—	《择天记》	猫腻	454 628
9	+8	《雪中悍刀行》	烽火戏诸侯	411 764
10	新	《圣墟》	辰东	358 220

表4 2018猫片·胡润原创文学IP潜力价值榜

排名	作品名	作者
1	《大王饶命》	会说话的肘子
2	《大道朝天》	猫腻
3	《剑来》	烽火戏诸侯
4	《挚野》	丁墨
5	《牧神记》	宅猪
6	《天官赐福》	墨香铜臭
7	《神工》	任怨
8	《AI生存指南》	灰熊猫
9	《修真聊天群》	圣骑士的传说
10	《秦吏》	七月新番

12月21日,中宣部出版局有关负责人在2018中国游戏产业年会上表示,部分游戏已经完成审核,正在抓紧核发版号,由于申报的游戏总量比较大,所以工作的推进还需要一定时间,希望从业人士保持一定的耐心。消息一经发出,上市游戏公司股票全线大涨。

12月25日,关心则乱的同名小说的改编剧《知否知否应是绿肥红瘦》在湖南卫视金鹰独播剧场首播,并在爱奇艺、腾讯视频、优酷视频、YouTube 同步播出。2019年5月,该剧入围第25届上海电视节白玉兰奖最佳中国电视剧。2020年2月,该剧入选国家广播电视总局推荐的"2019中国电视剧选集"。10月18日,该剧获得第30届中国电视金鹰奖优秀电视剧奖。

12月26日,《少年歌行》(作者周木楠)的动画版在 bilibili 和爱奇艺播出,制作方为中影年年。该动画制作精良,时常占据 bilibili 国创区(国产动画区)排行榜榜首。

12月27日,废文网官方微博"废文网大内总管"发布《废文网年度总结》。废文网建立于2017年11月,是一个邀请/申请注册制的小众免费"女性向"网文平台,创作设限较少,且准入门槛较高。网站采取论坛文库结构,2018年7月成立编辑组后在首页设置了"编辑推荐"专区;8月配备微博推文号"废文网御膳房"以扩大影响力,主推"有趣、有品、有点丧"的中短篇(10万字以内)作品。截至《废文网年度总结》发布当日,已有超过10万注册用户,5 000日活用户,5 300 余部作品。自2017年长佩文学论坛进行商业化转型之后,废文网成为最大的小众免费"女性向"网文平台。

2019 年

1月2日,湖北作家网发布《2018年度湖北省作家协会新会员公示》,审议批准361位同志为湖北省作协会员。纵横中文网著名网络作家月如火、沙包被发展为湖北省作协会员。

1月3日,湖南省耒阳市网络作家协会成立。在会上,梁勇(网名"老麦")被推选为市网络作协主席,陈纪琪被聘为市网络作协名誉主席。

1月4日,阅文集团公布2018年度网络文学"十二天王"。"一书成神"的神话,还在继续上演。从榜单来看,以老鹰吃小鸡、我会修空调为代表的一批"新人王"横空出世,在万千粉丝的打call中,纷纷化身为网文新风向的掌舵者,悄然改变着网文江湖的固有格局。90后当道,多项纪录的连连被破,反套路佳作的不断涌现,也让榜单看点十足。

1月6日,第三届橙瓜文娱智库论坛在杭州召开。全国300多家文娱界头部企业、数百位网文圈大咖级作家,文娱圈、投资圈、影视圈、动漫圈、游戏圈等泛娱乐领域顶级大咖齐聚一堂。论坛秉承交流、合作、共赢的理念,以"破冬2019"为主题,探讨网文下一个20年的发展方向。

1月7日,80后作家笛安接受掌阅的作家采访。笛安以签约作家及作家主理人的身份加盟掌阅,她的代表作"龙城三部曲"《西决》《东霓》《南音》等多部作品数字版权独家授权给掌阅自出版平台。

1月8日,第九届中国互联网产业年会在北京国家会议中心举办。会上颁发了"2016—2018年度中国互联网行业自律贡献奖",南京大众书网图书文化有限公司(连尚文学主体运营公司)凭借高度的行业自律和在构建清朗网络文学空间工作中的突出贡献获得表彰。

1月8日,"连接宇宙——首届华语网络文学IP价值论坛"暨"中国青年网络作家IP孵化计划"重点项目发布与启动仪式举行。此次活动由新华文轩四川数字出版传媒等主办。会上研讨并发布了"IP新生态、IP新业态、IP新形态"价值评估系列研究分析报告及首届华语网络文学年度TOP100大盘点,推出了十大TOP10榜单,其中包含年度网络作家TOP10(综合榜)、年度网络作品TOP10(综合榜)、年度网络文学IP影视剧TOP10(副榜:年度网络文学IP衍生榜TOP10)等。

1月13日,淄博市文学艺术界联合会副主席姜岩在马踏湖畔为峨眉山人(国承新)、奔涌(巩本勇)、醉墨轩(郭祥)颁发淄博金键盘奖特别奖。淄博市网络作协名誉主席郑峰发来贺信。

1月13日,"2018阅文超级IP风云盛典"暨第四届中国原创文学风云榜盛典于东方卫视播出。本次盛典以"IP连接你和我"为主题,新老人气网文作家成为绝对主角,著名作家苏童、阿来、麦家、江南出席晚会。本次盛典权威发布了2018中国原创文学风云榜,盘点2018备受欢迎的IP改编影视作品,并重磅推出TOP影游改编价值书单。

1月14日,青年作家扶植计划(第二期)活动在中国网络作家村正式举办。此次活动由杭州市高新区(滨江)团委、白马湖生态创意城管委会联合主办。

1月16日,微软(亚洲)互联网工程院宣布,继在日本与宠物小精灵、朝日电视台等合作之后,已在中国与阅文集团旗下红袖读书展开合作,为国民级优质IP虚拟人物赋予可交互、可创作的"生命"。首批赋生IP包括《全职高手》原著主角叶修等5人,已率先在红袖读书App中上线。本次合作是微软小冰赋生计划中的一部分,该计划第一阶段已于一年前首先在日本落地。

1月17日,株洲市网络作家协会成立大会暨第一次会员大会召开。大会审议通过了《株洲市网络作家协会章程》,选举产生了株洲市网络作协第一届理事会。严新(极品妖孽)任株洲市网络作协主席,夏云(皇甫奇)、王慧(半弯弯)、邹围(酒中酒霸)、郭平(静悠)任副主席。郭平兼任秘书长。橙瓜网CEO饶耿、掌阅文化总编谢思鹏和湖南省网络作协常务副主席黄雄(妖夜)特聘为荣誉主席,17K总经理张大年、纵横文学高级运营总监王珂、天津大神互娱创始人宣伟特聘为顾问。

1月17日,掌阅在北京发布《2018掌阅数字阅读报告》。该报告详细介绍了2018年在本数字阅读平台上读者阅读情况,以及数字阅读领域新趋势。数据显示,00后用户(2000年至2009年出生)在掌阅平台占比已达28%,正式超过80后成为第二大阅读群体。

1月18日,全国"扫黄打非"工作小组办公室公布2018年度"扫黄打非"十大案件,其中涉及网络文学行业的安徽特大侵犯网络著作权案上榜。该案是2018年10月合肥市公安局高新公安分局破获的一起网络侵犯文字作品著作权案。

1月19日,北京市人大代表、中文在线董事长童之磊在接受《北京青年报》记者采访时提及,网络盗版猖獗,严重冲击正版市场。但知识产权司法保护中"判赔低"的问题仍未解决,特别是针对网络文学的判赔畸低的现象尤为严重。童之磊建议北京各级法院充分发挥审判职能,在知识产权案件审判中有针对性地提升侵权赔偿数额,特别是网络文学、网络音乐和网络视频等三类侵权盗版严重的领域,要加大赔偿力度,提高侵权成本,从而遏制侵权行为的发生。

1月19日,杭州市网络作协在杭州最天使文创书城举行"初妆西子,书语未来"新书签售会。季灵、疯丢子、王巧琳、七英俊四位作家亲临现场,和上百位读者一起分享他们的新书和写作故事。

1月20日,马季在《中国文学批评》上发表《网络文学的时代选择与旨归》。文章认为,网络文学以类型化为主要创作形态,类型繁多且不断推陈出新。从审美上讲,网络文学反映了新生代作家群体对生活的理解和认知;从文化脉承上看,网络文学与传统的通俗文学有着极深的渊源。在党的政策引领和行业主管部门的具体推动下,网络文学生态呈现多元健康发展,现实题材创作成为中国网络文学"主流化"的旗帜和风向标。

1月21日,永州市网络作家协会召开主题为"奋进新时代·书写新永州"的座谈会。会前举行了永州市网络作家协会揭牌仪式。

1月22日,中国商业智能服务商Quest Mobile发布《中国移动互联网2018年度大报告》。在这份报告中,Quest Mobile将2018年中国移动互联网的八大关键词总结为:上市、增长、下沉、裂变、新人类、边界、监管和粉丝经济。

1月22日,广东省广州市中级人民法院以出版、传播淫秽物品牟利罪,对烟雨红尘网站进行终审判决。

1月22日,安徽省合肥高新技术产业开发区人民法院开庭审理被告人许某、王某侵犯著作权罪一案。被告人利用专门软件,采集复制他人文字作品500万余份至其个人运营的多个网站中,供免费阅读,吸引会员加入,依靠流量赚取广告费。

1月23日,第三届网络文学双年奖正式启动,首期推荐榜单发布,《糖婚》《老妈有喜》等17部作品上榜。

1月24日,第三届现实主义网络文学征文大赛颁奖典礼暨第四届大赛启动仪式在上海举办。大赛以"风云激荡四十载,逐梦创造新时代"为主题,旨在以改革开放40年为时代背景,挖掘体现时代精神、抒发家国情怀的优秀作品。经过激烈的角逐,大赛共评出14部获奖作品,其中,大地风车半自传式的个人奋斗史《上海繁华》荣膺特等奖,而恒传录则以纪实小说《中国铁路人》斩获一等奖。

1月24日,晋江文学城发布2018年度盘点。其中,2018年新增的"最受欢迎作家/作品投票"结果公布。2018年度最受欢迎作者:现代组——priest、栖见、Twentine。古代组——月下蝶影、风流书呆、南岛樱桃。纯爱组——墨香铜臭、非天夜翔、木苏里。衍生组——银发死鱼眼、轻云淡、拉棉花糖的兔子。2018年度最受欢迎作品:现代组——栖见《白日梦我》、梦萝《我穿越回来了》、元月月半《后娘》。古代组——南岛樱桃《旺夫命》、风流书呆《女配不掺和》、春溪笛晓《玩宋》。纯爱组——非天夜翔《图灵密码》、缘何故《古董下山》、淮上《破云》。衍生组——银发死鱼眼《尖叫女王》、洛娜215《我在故宫装喵的日子》、霜雪明《我始乱终弃了元始天尊》。

1月24日,由阅文听书主办,QQ阅读、懒人听书、猫耳FM协办,腾讯公益作为公益平台支持,中华思源工程扶贫基金会作为公益机构支持的阅文听书公益日活动启动。

1月28日,中国作协网络文学中心和文艺报社正式推出《网络文学专刊》。该刊拟每月1期,每期4版,主要刊发团结管理网络作家、引导网络文学创作新办法、新机制、新经验的探讨交流文章,对网络文学的现象、问题、趋势进行综合研究的文章,以及对网络作家作品评论研究的文章等。

1月28日,第四届"橙瓜网络文学奖"暨见证·网络文学20年评选正式隆重开启。奖项主要分为人物奖和作品奖,其中,人物奖具体包括年度编辑伯乐奖、年度行业贡献奖、年度十大新锐大神、网络文学20年100位代表性人物、网络文学20年百强大神、网络文学20年十佳分类大神等;作品奖包括年度十大作品、年度百强作品、年度最具潜力十大(有声、动漫、影视、游戏)IP、网络文学20年百强作品、网络文学20年优秀漫画作品、网络文学20年优秀有声作品、网络文学20年十大分类作品等。

1月28日,"江苏网络文学谷"举办首期载体启用仪式。14位网络文学名家工作室正式挂牌,首位入驻作家姞文现实题材新书《长干里》也于同日发布。

1月29日,中国网络作家村组织"红船领航·走入嘉兴"活动,带领青年网络作家前往红船精神的诞生地——嘉兴实地学习。

1月30日,掌阅文化原掌阅小说网男频网站——书山中文网上线。

1月31日,中文在线发布了2018年业绩预告,预计归属于上市公司股东的净亏损为15亿～18.5亿元,2017年同期盈利7752.71万元。报告认为,业绩变动原因为:公司加速推进"以原创内容为中心"的IP一体化开发战略,因主动优化业务结构,减少一次性IP授权,IP衍生权授权业务收入大幅减少;受游戏行业版号冻结等政策性因素影响,公司游戏发行业务亏损幅度较大。

1月,阅文集团旗下免费阅读App飞读小说上线。相较其他免费阅读App,飞读小说虽然诞生较晚,但在内容上拥有绝对优势。阅文此前积累的众多大咖完结作品,如唐家三少的《斗罗大陆》、辰东的《完美世界》都出现在其中,供读者免费阅读。

2月1日,知名网络作家七英俊入驻红袖读书,新书《山海之灰》上线。

2月11日,中国作协网络文学中心主任、中国作协网络文学委员会副主任何弘在《文艺报》上发表《守正创新,高质量发展网络文学》。文章认为,中国网络文学20年的繁荣发展是广大网络作家转变观念、创新开拓的结果。新时代,中国网络文学必须改变以往良莠不齐的自然生长状态,从以量取胜向以质取胜发展,做到高质量发展。网络文学要想高质量发展,应该守正创新。

2月13日,阅文集团、掌阅科技、中文在线等数字阅读企业股票不断上涨。

有分析人士认为,此次春节档电影票房火爆,一方面凸显了国人旺盛的泛娱乐消费能力和水平;另一方面,《流浪地球》《疯狂的外星人》等作品(小说)改编电影实现了超高的票房和爆棚的口碑双丰收,也再一次展现了精品IP改编、作品改编的广阔前景。

2月14日,吴沉水的民国题材新作《那一场无尽意的往事》在网易云阅读首发。

2月14日,匪我思存的同名小说改编剧《东宫》在优酷播出。后因需内容优化下架。2019年10月28日,重新上架播出。2020年1月14日,该剧在湖南卫视偶像独播剧场播出。

2月18日,阅文集团发布《2018网络文学发展报告》。该报告指出网络文学正不断进化和迭代,于不同维度呈现出全新的面貌特征。其中,新生代的崛起和粉丝价值的凸显更促进了行业产生内生式的升级和变革进程。

2月20日,中国作协网络文学中心发布2019年度重点作品扶持征集通知。重点作品扶持的对象主要为作者提出的网络文学创作选题及有关单位提出的网络文学写作或出版计划。本年度重点作品扶持设立"讴歌新时代、庆祝中华人民共和国成立70周年"主题专项。

2月21日,中共上海市委书记李强一行走访调研阅文集团,专题调研信息消费产业发展情况,实地走访察看网络文学、电子商务、在线旅行企业。

2月21日,塔读文学推出2019年作家培养"3+"计划,即"3+"签约＝"高保底＋高销售分成＋高福利＋零偿还",以孵化更多优质作品,打造塔读文学本土大神,让更多优秀的网络文学作者脱颖而出,给予作者实质性福利政策保障以提升写作收入。

2月25日,"2018年优秀网络文学原创作品"在北京揭晓。《网络英雄传Ⅱ:引力场》《挚野》《零点》《白纸阳光》《运河码头》等24部作品获国家新闻出版署和中国作协联合推介。

2月27日,中国网络作家村召开第一次妇女代表大会,选举产生了第一届妇联执委班子,中国网络作家村妇联正式成立。中国网络作家村云聚了来自全国各地的100多位网络作家,其中女性近40位,包括知名网络女作家祝敏绮

（疯丢子）、蒋胜男、艾晶晶（匪我思存）等。根据网络作家群体的特点，首次创新采用远程网络投票选举的方式，选举产生了5名执委、主席和副主席。会议还通过杭州网和杭州市妇联西子女性新媒体进行了网络直播。网络作家"疯丢子"当选"村妇联主席"。

2月27日，全国"扫黄打非"工作小组办公室要求各地各部门紧紧围绕新中国成立70周年主线，于3月至11月大力组织开展"净网2019""护苗2019""秋风2019"等专项行动。其中，"净网2019"专项行动将着重整治网络文学领域。

3月1日，"向新中国成立70周年献礼——首届全国网络文学现实题材主题征文大赛"启动。此次大赛由中国作协网络文学中心、中共江苏省委统战部、江苏省作协指导，江苏省网络作协、连尚文学联合主办，逐浪网等承办。

3月1日，阿耐的同名小说改编剧《都挺好》在浙江卫视、江苏卫视首播，并在爱奇艺、优酷、腾讯视频同步播出。

3月4日，鲁迅文学院第十五期网络文学作家培训班开班。本期培训班为期20余天，共有来自全国28家文学网站和单位选拔推荐的40名学员参加。

3月6日，中国民主促进会中央委员会递交了《关于支持网络文学持续良性发展的提案》，从网文作家引导、平台管理、打击盗版等3个方面对我国网络文学的发展提出建议。据统计，截至2017年年底，45家主要文学网站的原创作品总量超过1 646万部，年新增作品超过233万部。民进中央在调研中发现，尽管网络文学作品的绝对数量不断增长，总体趋势逐年向好，但整体内容质量不高，优质、精良的原创文学作品偏少，质量参差不齐、良莠并存的问题依然突出。

3月7日，全国政协委员、网络小说作家张威（唐家三少）立足本领域，对推动网络文学行业的健康发展建言献策，提交了一份《关于规范网络文学类产品审核标准的提案》，提出网络文学平台资质应以清单形式列明。

3月7日，中共江苏省委宣传部、江苏省新闻出版局、江苏省作协联合出台《关于举办2019扬子江网络文学原创作品大赛的通知》。该通知明确要求参赛作品既要"唱响主旋律，传播正能量"，又要"彰显江苏特色"，培育出能够反映江苏人民奋斗新时代的现实题材作品和革命历史题材作品。

3月7日,妄语臣的新作《大明江山图》在网易文学旗下的网易云阅读连载上线。

3月8日,阅文集团旗下女性阅读旗舰品牌红袖读书发布当代女子图鉴——《2019红袖读书女性婚恋观研究报告》。调研结果显示,独立已经成为大多数女性心目中的共识,60%以上的女生争当大女主。90后最需要爱豆续命,00后总是在上演闪电式分手,而95后则是传说中的"母胎单身症候群"。在恋爱这件事上,"年下男"不如"年上男",大叔胜过"小奶狗",年纪越小越爱"颜性恋";而在结婚这件事上,宠妻比有钱、智商、颜值都有效,暖男才是硬通货。

3月8日,北京大学网络文学研究论坛推出《中国网络文学二十年·典文集/好文集》,共收入40部网文。《典文集》是"粉丝型学者"的网文史导读,《好文集》是"学者型粉丝"的同好安利。《典文集》中包括作家代表作《将夜》(猫腻)、《大明妖孽》(冰临神下)、《赘婿》(愤怒的香蕉)、《默读》(priest)、《二零一三》(非天夜翔),类型文代表作《悟空传》(今何在)等15部;《好文集》包括《十大酷刑》(小周123)等20部。

3月9日,"2019中国·达州第九届网络写作交流大会"召开。来自达州各区县及周边城市的200多位网络作家和网络写作爱好者欢聚一堂,交流探讨网络文化发展。活动以"笔帆思远"为主题,旨在为广大网络作家和网络写作爱好者打造一个交流平台,激发创作灵感,提升写作水平。

3月12日,阅文集团携最新成果亮相伦敦书展,国际影响力持续升级。作为第二次亮相伦敦书展的唯一中国网文平台参展商,阅文集团不仅展出了最新海外出版成果,更代表中国网络文学与国际知名出版机构等进行了广泛深入的探讨与交流。

3月12日,首届"甘肃网络文学八骏"评选活动正式启动。甘肃省文联、省作协和省文学院联合举办了甘肃省网络文学座谈会,梳理本土网络文学创作现状及特点,并对此项评选的理念、标准、范围等进行了研讨。

3月12日,浙江省高级人民法院一行参观调研中国网络作家村天马苑,并于作家村召开座谈会。在会上,法院代表听取网络作家反映所遇到的一些法律难题。当时所遇问题主要集中在两个方面,一是签约时易遇到"霸王条款",二是网络文学存在严重的盗版问题。

3月13—15日,中国网络作家村白马荟活动第十期在千年古镇建德梅城展开。通过实地走访感受,把梅城的文化底蕴用文字传递给更多的人。

3月14日,湖南省邵阳市网络作家协会筹备组正式面向社会招募首批创会会员。邵阳市网络作家协会成立后将启动各项活动,与国内各大文学平台合作,创造学习交流机会,发掘培养具有潜力的网络作家和网络作品。

3月15日,英国伦敦国际图书展落幕。本届伦敦书展上展出了多部网络文学作品。不仅有《天道图书馆》《全职高手》等出自中国作家之手的高人气网络文学作品的英文译作,也有 Reborn: Evolving From Nothing(《虚无进化》)等海外网文作家的人气新作,展现出"网文出海"从单纯的作品输出进入创作运营模式输出的新阶段。

3月18日,阅文集团公布了2018年全年财报。财报显示,阅文集团2018年共实现营收50.4亿元人民币,同比增长23%,全年经营利润达11.15亿元人民币,较2017年同期增长81.4%。全年净利润9.106亿元,同比增长63.7%。然而,平台及自营平台渠道平均月付费用户数从2017年的1 110万下降至2018年的1 080万,付费比率从5.8%下降至5.1%。

3月19日,前瞻产业研究院发布2018年中国网络文学行业市场现状及发展趋势,网络文学行业在2018年持续健康发展,用户规模和上市企业营收均实现进一步增长。截至2018年12月,中国网络文学用户规模达到4.3201亿人,同比增长14.37%,较2017年增加5 427万人,占网民总体的52.1%。手机网络文学用户规模达4.10亿,较2017年底增加6 666万,占手机网民的50.2%。

3月19日,由作家月关首次创作剧本,陈家霖执导,徐可、代露娃、张雨剑、黄灿灿等主演的大型古装探案剧《大宋北斗司》在腾讯视频、爱奇艺播出。

3月20日,网络文学孵化交易服务平台亮相中国网络作家村。此平台拟打造一个集网络文学作品创作、项目孵化、版权交易、作品改编、互动交流、影视动漫游戏衍生开发等为一体的完整的产业生态链,让更多优秀网络作品落地生花。当日下午,网络文学孵化交易服务平台第一期活动——"文思集创"推介会在中国网络作家村天马苑举办,吸引了众多网络作家以及影视公司前来参加。

3月21日,古装网络剧《新白娘子传奇》(爱奇艺、中文在线出品)宣布延期上线,影视剧圈内开始流传"限古令",其中传播最广的说法是:从当日至6月,包括武侠、玄幻、历史、神话、穿越、传记、宫斗等在内的所有古装题材网剧、电视剧、网大都不允许播出。已播出的撤掉所有版面,未播出的全部择日再排。此后,《九州缥缈录》《陈情令》等古装题材影视剧均延期上映。

3月22日,科技部发布21家拟认定国家文化和科技融合示范基地名单,辖区企业咪咕数字传媒有限公司获批单体类"国家文化和科技融合示范基地"。

3月23日,上海视觉艺术学院网络文学研究中心成立仪式暨首次研讨会在上海视觉艺术学院举行。该中心将着力推动网络文学的数字文本分析,定期发布年度网络文学研究白皮书,力求研究评价更客观、高效、权威、完整地呈现中国网络文学的现状。

3月24日,UP2019腾讯新文创生态大会在北京举办。作为新文创生态重要构建者的阅文集团出席了此次大会,联席CEO吴文辉以"打造无界的内容"为主题,分享了阅文在内容生态、IP开发、网文出海等领域的创新成果和见解。

3月26日,字节跳动推出免费阅读App番茄小说,进军免费阅读市场。

3月27日,"2019年上海网络出版管理工作会议"在上海电视台召开。会议总结了2018年上海网络出版工作情况及2019年主要工作安排。会议上回顾2018年的数据:全国的网络文学作者90%签约了上海的文学网站。2018年上海的网络文学销售收入达到47亿元,占全国近40%。

3月27日,中宣部出版局召开网络文学阅评通报会议,通报当时网络文学创作出版中存在的不良倾向与问题,要求网络文学企业以习近平新时代中国特色社会主义思想为指导,坚持正确出版导向,大力提升出版内容质量,以高度的使命感和责任感当好网络文学出版传播的"把关人"和"守门员",不断"净化"网络内容、不断"绿化"发展环境,以更多网络文学精品奉献读者。

3月27日,浙江省网络作协常务副主席夏烈在市直机关文艺大讲堂上做题为"新时代中国网络文艺发展与趋势"的讲座。对于近些年兴起的网络文学、网络影视、网络直播等网络文艺,夏烈提出了"四新"观点:网络文艺是中国文艺发展的新方向,是中国文化产业的新支柱,是青少年思想道德教育的新阵地,是国家意识形态重塑的新契机。至2018年年底,全国共有网络文学用户4.32亿人,占网民的52.1%,且呈逐年上升趋势,网络文学大有可为。

3月28日,2019CPCC中国版权服务年会在北京开幕。此次年会由中国版权保护中心主办,中华版权代理总公司、中国版权杂志社协办。年会主题为"全媒体时代的版权图景"。会上揭晓了"2018CPCC十大中国著作权人年度评选"活动获奖名单。掌阅科技股份有限公司获奖。

3月28日,第四届广西网络文学大赛颁奖暨第五届广西网络文学大赛启动仪式在广西民族大学举行。第四届大赛评选出48部获奖作品,其中小说组、散文组、诗歌组各有16部。与前三届相比,第四届大赛参赛作品具有原创性强、内容质量高、网络文学特征明显、现实主义特性突出、历史题材丰富等特点。其中,杨晋林的《厨子出山》、李司平的《故乡的菌》、杨泽西的《大风骤起(组诗)》分别获得小说组、散文组和诗歌组一等奖。此外,以"我和我的祖国"为主题的第五届大赛正式启动。

3月29日,上海网络文学职称颁证仪式在上海市作协举行。刘炜(血红)、蔡骏、王小磊(骷髅精灵)、张书玉(府天)、王旻昇(君天)、李健(寒烈)、俞莹(九尾窈窕)、戎骋(再次等候)、丁凌滔(忘语)、唐华英(君枫苑)等10人成为首批获上海文学创作系列网络文学专业中级职称的网络作家。此举系全国范围内首次专门就网络文学实施的职称评审,在网络作家中引起热烈反响。

3月29日,著名网络作家打眼创作的连载于起点中文网的原著小说《黄金瞳4》纸质书上架当当网开启预售。

3月29日,唐家三少原著小说《斗罗大陆3龙王传说》男主角唐舞麟官方人物手办正式发布。手办将在炫世唐门官方淘宝旗舰店正式开启预售。

4月1日,第三届中国"网络文学+"大会启动IP征集。此次大会面向各网络文艺相关企业征集包括网络文学、影视、动漫、游戏、文旅等作品。

4月1日,鲁迅文学院第十五期网络文学作家培训班结业典礼在北京举行。中国作协副主席、鲁迅文学院院长吉狄马加出席结业典礼,并为学员们颁发结业证书。

4月1日,月关、天使奥斯卡联手创作的历史架空题材小说《问鼎》在书山中文网开始连载。

4月2日,天蚕土豆携玄幻力作《元尊》在起点中文网开始连载。

4月3日,江苏网络文学谷首位入驻作家、南京籍华文作家姞文携新作《长干里》在加拿大列治文市公共图书馆举行签售会,助力江苏网络文学谷走出国门、加强对外文学交流。这是江苏网络文学谷首次走出国门进行文学交流。

4月4日,首届中国网络文学评论奖年度评奖活动评选结果公示。此次评选由中国作协网络文学中心等指导,网络文学评论杂志社主办。陈海燕的《动漫游戏境域中的网络文学新变与发展困境》斩获一等奖。

4月4日,缪娟的同名小说改编剧《我的波塞冬》在芒果TV播出。

4月5日,书海沧生的新书《腊月笔记》开始在咪咕阅读独家连载。

4月10日,由中国网络作家村等主办的大学生网络小说大赛开启。此次比赛是首届面向所有在杭大学生开展的网络小说大赛。

4月10日,"2018年度湖南省十大网络作家评选活动"正式启动。此次活动由中共湖南省委网信办指导,湖南省网络作协等承办,向广大网络写作者开通报名参评通道。

4月10日,甘肃省白银市作协第六次代表大会隆重召开。全国百强网络作家云宏当选市第六届作协主席;白祖彦、朱世魁、孙辛园、李慧、张明、武永宝、周志权、高振茂当选市第六届作协副主席。

4月12日,"2019中国数字阅读大会"在杭州正式拉开序幕。大会以"e阅读,让生活更美好"为主题。大会开幕式上发布了《2018年度中国数字阅读白皮书》,揭晓了"悦读中国"三大年度奖项,开展了文化扶贫荣誉表彰,并举行了2019悦读中国年暨庆祝新中国成立70周年百种重点电子书上线启动仪式。来自数字出版、文化产业和互联网新媒体相关企业的近1500位精英共襄盛会。

4月12日,山西省作协第七次代表大会在太原召开。山西省五位网络作家(银河九天、老草吃嫩牛、竹宴小生、叨狼、陈风笑)作为代表参加了此次会议,这也是他们首次公开亮相。

4月13日,甘肃省张掖市网络作家协会成立大会暨第一次会员代表大会举行。大会选举产生了第一届理事会和主席团,王兴荣当选协会主席。在会上,通报了张掖市网络作家协会成立前期准备情况,传达了《关于召开张掖市网络作家协会第一次会员代表大会的批复》;表决通过了《张掖市网络作家协会章程》,并选举产生了张掖市网络作协第一届理事会、监事会和主席团。这是甘肃省市州成立的首个网络作协。

4月13日,唐家三少的新书《隔河千里,秦川知夏》在杭州举行发布会。

4月13日,中国数字阅读大会IP交易会在杭州召开。大会以"感恩时代,不忘使命,拥抱未来"为主题,现场发布了"鹤鸣杯"2019年度IP潜力价值榜,该榜被誉为行业内IP开发的风向标。

4月13日,"咪咕文学院"第二期高级作家研修班在杭州开班。此次活动由中国作协网络文学研究院、浙江省作协和咪咕数字传媒有限公司共同主办。

4月15日,四川省网络文学(旺苍大峡谷森林公园)创作基地授牌仪式在旺苍县盐井河采育场隆重举行。

4月15日,《网络文学著作权保护手册》法律课题调研会议在中国网络作家村天马苑举行。在会上,风少羽、月入火、疯丢子、柠檬、叶精灵儿等网络作家纷纷提出自己遇到的法律问题,如版权交易中的霸王条款、合同类型区别、维权方式等,律师们进行了记录并解答。

4月16日,阅文集团公布"2019原创文学白金作家及大神作家"最新名单,"白金作家"及"大神作家"人数增至403位。其中,男生频道作者212位,女生频道作者191位。男生频道新晋白金作家分别是"网文出海标杆作家"横扫天涯,"连载8年,忠粉无数"的《赘婿》作者愤怒的香蕉,"专注科幻,脑洞大开"的远瞳。唯一晋升"白金"的女作者囧囧有妖,她的作品《恰似寒光遇骄阳》和《许你万丈光芒好》全网总订阅量超过5亿。当前,囧囧有妖不仅在国内抢占各大榜单榜首位置,更在起点国际平台拥有海外粉丝第一支持率。

4月16日,国内数据研究机构比达咨询发布《2019年第一季度中国移动阅读市场研究报告》。该报告显示,移动阅读市场已进入全景生态流量时代,由阅文、掌阅、阿里文学构成的市场前三位格局稳定,米读、连尚则通过免费阅读模式实现快速增长,分列行业第四、五位。2019年第一季度不同年龄用户群移动阅读内容类型中,都市生活、玄幻奇幻、穿越言情类书籍是90后、95后、00后用户普遍喜欢的类型。

4月17日,阅文集团大咖作家会说话的肘子的新书《第一序列》在阅文集团旗下全平台开启连载。

4月19日,塔读文学在中国传媒大学召开了"塔读文学第一届校园征文大赛"启动仪式。

4月20日,北京大学吉云飞在《中国文学批评》上发表《"起点国际"模式与"Wuxiaworld"模式——中国网络文学海外传播的两条道路》。文章从付费模式、翻译机制和原创体系三个方面对比了起点国际和Wuxiaworld经营模式的异同,在起点国际模式和Wuxiaworld模式这两条道路的竞合中,中国本土的文学模式成功国际化,不但使中国网络文学的世界影响力大为提升,更有可能推动世界性网络文学的诞生,并为其提供一种中国方案。

4月21日,淮南市网络作家协会成立大会隆重召开。在成立大会上,由淮南市网络作协主办的"安徽文学内容影视项目孵化平台"正式亮相并与淮南市动漫协会、淮南市微电影协会、影视导演、影视公司进行签约。

4月22日,亚马逊中国发布《亚马逊中国2019全民阅读报告》。该报告基于亚马逊中国和新华网联合发起的"2019全民阅读大调查"收到的近1.4万份有效问卷,解读了大众的阅读行为和偏好。该报告显示,随着数字阅读的持续普及,以阅读电子书为主的受众越来越多。23%的受访者表示过去一年主要阅读电子书,比2018年占比增加了4%。电子阅读对阅读总量起到了很好的拉动作用,有71%的受访者表示在开始阅读电子书后其阅读总量有所增加。

4月23日,《光明日报》、腾讯公司、京东集团共同发布《"思想文化大数据实验室"2019城市阅读报告》。该报告显示,中国网络文学已经成为"文化出海"的重要力量,截至2018年,近70部中国网文作品外语版本的点击量超千万,累计吸引访问用户超过2000万。这些读者遍布20多个国家和地区,以东南亚、欧美为主。影视IP的流行对大众阅读选择产生了重大影响。

4月23日,第五届当当影响力作家评选结果揭晓。网络文学作家榜墨香铜臭、天蚕土豆、唐家三少等15人上榜,榜单如下:

表5 第五届当当影响力作家(网络文学)上榜名单

作家姓名	代表作
墨香铜臭	《无羁》
天蚕土豆	《元尊》
唐家三少	《斗罗大陆》
叶非夜	《余生有你才安好》
Priest	《默读》
叶落无心	《纵然缘浅,奈何情深》
总攻大人	《原来你是我最想留住的幸运》
明月珰	《百媚生》
巫哲	《炮楼》
云檀	《如果不遇江少陵》
书海沧生	《十年一品温如言》
非天夜翔	《天宝伏妖录一·狐美人》
苏小暖	《一世倾城》
Twentine	《打火机与公主裙1荒草园＋2长明灯》
天下归元	《凰权·1—2卷套装(全六册)》

4月23日,南京财经大学国际经贸学院的学生针对当代大学生的阅读习惯做了调查。发现超过五成的大学生选择了"经常电子阅读",与此同时选择纸质书的也不在少数,"纸电一体"或是年轻人的阅读新潮流。

4月23日,2018年度"中国好书"盛典在CCTV-1、CCTV-10播出,年度获奖图书32种全部揭晓。在文学艺术类中,桐华的《散落星河的记忆4:璀璨》,郭羽、刘波的《网络英雄传2:引力场》和吉祥夜的《写给鼹鼠先生的情书》三部网络文学作品当选。这是网络文学作品首次入选。

4月24日,艾瑞网发表《艾瑞:网络文学盗版损失进一步下降,但正版化挑战依然存在》。该报告指出,根据艾瑞中国网络文学盗版损失模型核算,2018年中国网络文学整体盗版损失规模为58.3亿元,相较2017年下降了21.6%。网络文学盗版损失规模虽进一步下降,但正版化挑战依然存在。

4月24日,阅文集团发布其手机电子书"口袋阅",标准版定价为899元,将于5月中旬全球同步发售。同时宣布与中国联通达成战略合作。

4月25日,著名网文作家唐家三少携新作《隔河千里,秦川知夏》现身北京站的新书发布会,分享了新作中的都市爱情。

4月25日,最高人民检察院召开"充分履行检察职能·提升知产保护品质"新闻发布会。第四检察厅副厅长刘太宗就网络文学领域侵权盗版犯罪问题回答记者提问。

4月26日,2019中国网络版权保护与发展大会在北京召开,会议主题为"守正创新:新时代网络版权严格保护与产业发展"。大会发布了《2018中国网络版权保护年度报告》《2018中国网络版权产业发展报告》等。网络文学作家唐家三少在大会上做主题发言,呼吁加强网络文学版权保护,并建议完善著作权登记制度。

4月26日,中文在线发布了2018年度报告。年报显示,2018年中文在线完成营收8.85亿元,同比增长23.54%;净亏损15亿元,同比扩大2 045.72%;扣除非经常性损益归属于上市公司股东的净利润亏损19.6亿元,同比扩大4 409.29%;经营性现金流量净额-8 938.9万元,同比下降137.36%。

4月26日,阅文集团宣布,2018年,阅文集团进一步完善监测处置机制,加大监测处置力度,针对包括主流搜索引擎、应用市场在内的各大平台,全年下架侵权盗版链接近800万条,处置侵权盗版App及各类盗版衍生品2 300余款。

4月28日,"百川汇海·作家大讲堂"第十六期在北京举行。马季、月关、文舟以"网络文学20年"为切入点,全面阐释网络文学的思维模式和写作、阅读特点,带给现场观众全新的文学创作视野和思考维度。在北京多名作家及鲁迅文学院部分学员、中关村海归文学社团、海淀小作协、海淀高校文学社团联盟和社会文学爱好者300余人现场聆听。

4月29日,中国作协网络文学中心在北京召开全国网络文学重点园地工作联席会议专题会议,研究部署抵制历史虚无主义等不良倾向,共建清朗的网络文学空间,向新中国成立70周年献礼。

4月29日,阅文动漫新品分享会在杭州举行。会议主题为"肆放·悦动"。

在会上,阅文集团发布了动画和漫画两大板块的数十个新作品计划,包括续作计划和新动画改编计划。

4月30日,中文在线旗下互动式视觉小说平台Chapters登录苹果商店中国区。据中文在线年报,Chapters自2018年2月进入美国IPhone Top Grossing榜单后,基本稳定在第100名左右,是中国网络文学海外传播的又一突破。

5月7日,洛阳首届网络文学作家创研座谈会在洛阳文学院召开,对外公布洛阳市将尽快成立洛阳文学院网络文学研创中心。

5月8日,《锦绣未央》小说作者秦简(周静)被曝涉嫌抄袭209本小说,全书294章仅9章未抄袭。最终12位作者联合起诉,60名编剧众筹21万元诉讼费,反抄袭志愿者自发提供了"作品比对"证据。北京市朝阳区人民法院一审公开宣判,依法认定周静小说《锦绣未央》中有116处语句及2处情节与沈文文的自创小说《身历六帝宠不衰》构成相同或实质性相似,涉及字数近3万,已构成对沈文文享有的复制权、发行权和信息网络传播权的侵害。法院判令周静立即停止对小说《锦绣未央》的复制、发行及网络传播,赔偿沈文文经济损失12万元及合理支出1.65万元。

5月8日,"硬核技术流"这一名词在网上成为热词。先是彩虹之门的科幻力作《地球纪元》受到读者追捧,随后,医学题材小说《大医凌然》和都市题材小说《天工》也在网上引起热议。所谓"硬核技术流",是指客观、冷静地观察描写生活,揭示生活的本质,不管是现实题材还是幻想题材,都以追寻事物的客观真实为目的。

5月8日,中国作协重点作品扶持办公室发布《2019年度中国作家协会重点作品扶持公告》,确定106项选题入选,其中包括8项网络文学选题,分别是《大国航空》(华东之雄)、《旷世烟火》(陈酿)、《铁骨铮铮》(我本疯狂)、《孤军》(却却)、《匠心》(沙包)、《成浩宇的幸福生活》(邓元梅)、《山根》(胡说)、《致我们勇敢的年华》(小姐姐安如好)。

5月10日,全国网络文学工作会在浙江杭州举行。中国作协副主席李敬泽出席并发表讲话。会议深入学习习近平新时代中国特色社会主义思想和习近平总书记关于文艺工作的重要论述,特别是习近平总书记在全国宣传思想工作会议和全国政协文艺界社科界联组会上的重要讲话。

5月10日,掌阅文学第三届作家年会在北京落下帷幕。此次会议主题为"海纳百川·笔立世界"。近300位知名作家与业内大咖莅临现场。掌阅文学CEO王良以拥抱"变化"与"不变"为关键词对掌阅文学的现状和未来进行了深度剖析。

5月11—13日,以"守正道、创新局、出精品"为主题的第二届中国网络文学周在浙江杭州举办。本届文学周由中国作协、中共浙江省委宣传部等主办,中国作协网络文学中心和浙江省作协等机构承办。在开幕式上,中国作协发布了《中国网络文学蓝皮书(2018)》,从创作、引导力度、产业发展和网文出海等方面对2018年度中国网络文学生态进行了全面评述。

5月11日,在第二届中国网络文学周开幕式上揭晓"2018年中国网络小说排行榜",20部作品上榜。榜单分为已完结作品和未完结作品两类,详见表6、表7:

表6 2018年中国网络小说排行榜年榜(已完结作品)
(以得票多少为序,得票相同者以首发时间先后为序)

序号	作品名称	作者	推荐网站	时间
1	《修真四万年》	卧牛真人	起点中文网	2015年3月6日
2	《参天》	风御九秋	17K小说网	2016年8月15日
3	《燕云台》	蒋胜男	阅文、掌阅、咪咕	2016年4月30日
4	《大汉光武》	酒徒	网易文学	2017年8月1日
5	《翅膀之末》	沐清雨	晋江文学城	2017年10月12日
6	《零点》	骠骑	阿里文学	2018年4月1日
7	《网络英雄传2:引力场》	郭羽、刘波	咪咕阅读	2017年4月1日
8	《无缝地带》	李枭	网易文学	2017年8月1日
9	《挚野》	丁墨	云起书院	2016年4月15日
10	《明月度关山》	舞清影	小说阅读网	2017年10月1日

表7 2018年中国网络小说排行榜年榜（未完结作品）
（以得票多少为序，得票相同者以首发时间先后为序）

序号	作品名称	作者	推荐网站	时间
1	《诡秘之主》	爱潜水的乌贼	起点中文网	2018年4月1日
2	《大医凌然》	志鸟村	起点中文网	2018年5月14日
3	《书灵记》	善水	不可能的世界	2018年8月1日
4	《浩荡》	何常在	阿里文学	2018年8月18日
5	《大清首富》	阿菩	阿里文学	2018年9月5日
6	《商藏》	庹政	咪咕数媒	2018年4月13日
7	《血火流殇》	流浪的军刀	咪咕数媒	2018年4月1日
8	《我的塑料花男友们》	月斜影清	火星小说	2018年9月1日
9	《沉鱼策》	解语	中文在线-四月天	2018年10月20日
10	《长宁帝军》	知白	幻想纵横	2018年6月27日

5月12日，"网络文学名家名作导读"丛书新书发布会召开。该丛书由中国作协副主席李敬泽作序。这是作家出版社第一次出版网络文学研究作品，也是第一次将网络文学研究纳入重点项目。

5月13日，首届"鹤鸣杯"网络文学奖年度榜单在第二届中国网络文学周上发布。经过34位省市（网络）作协主席及网文平台主编组成的专家评审团的两轮评审，在综合考虑提名作品的作品风险、市场价值、作品潜力及社会价值四大维度后，首届"鹤鸣杯"网络文学奖九大分类获奖作品正式公布，榜单如下：

表8 首届"鹤鸣杯"网络文学奖九大分类获奖名单

类别	获奖作品	作者
年度历史作品	《大汉光武》	酒徒
年度幻侠作品	《斗罗大陆3龙王传说》	唐家三少
年度悬疑作品	《外科医生探案录》	卷土
年度都市作品	《大约在冬季》	饶雪漫
年度二次元作品	《大王饶命》	会说话的肘子
年度军事作品	《无缝地带》	李枭
年度竞技作品	《绝顶枪王》	果味喵
年度科幻作品	《异常生物见闻录》	远瞳
年度言情作品	《单身狗》	夜神翼

5月15日,"深海先生案"一审判决,法院认定耽美作者深海先生(真名"唐心")犯非法经营罪,判处有期徒刑4年。这是国内首例耽美作者涉嫌非法经营罪案。该案件在2017年12月经媒体报道后立即成为耽美圈的轰动性事件,受到持续关注。据圈内传言,该事件的起因是抄袭者为打击报复,向警方举报原作者有小说个志。抄袭者通过举报原作者,借法律之手,行打击报复之事,这一现象既受到一致谴责,又成为一种新的恶性竞争方式被普及,令一直处于"灰色地带"的耽美、同人类型面临新的危机。

5月15日,阅文集团旗下原创文学品牌起点中文网召开17周年分享会,发布"百川计划",在"原创内容""衍生分发""粉丝互动"上加大投入,进一步拓展粉丝经济与社区生态。

5月15日,第十届"茅盾文学奖"评奖办公室公告发布参评名单,共有234部作品参评,其中有不少网络文学作品,比如《盛世医妃》《写给鼹鼠先生的情书》《二胎囧爸》等,作品数量较往年明显增多。

5月15日,卢冶在《文学评论》上发表《网络文学的"界碑"与"症候"》。文章从一次网络文学选集的编纂困境引出对当时中国网络文学发展生态的回溯和评述,重点分析了当时网络文学出现"属性资料库"特征背后,是媒介环境由"网络"到"网络性"的巨大变革,并提出"网文"话语规则的改变映射出中国后现代文化已进入"平等主义"的成熟阶段。网络文学仍是讨论中国文化政治的现状与未来无法忽视的症候。

5月16日,中文在线第12届作家年会在杭州千岛湖举行。本次作家年会的主题为"网络文学,让生活更美好"。中文在线执行总裁戴和忠先生以"拥抱新变革,构建新生态"发表了主题演讲,多名17K小说网和四月天女生网作家参与了年会。

5月16日,第十五届中国(深圳)国际文化产业博览交易会在深圳会展中心开幕。此次活动由中宣部、文化和旅游部、商务部、国家广播电视总局等联合主办,阅文集团、中文在线、咪咕数媒等参会并展出优秀作品。

5月16日,江苏省网络作协一届五次主席团会和一届五次理事会在南京召开,集中学习习近平总书记关于文艺工作的系列重要讲话精神,总结省网络作协2018年主要工作,研究部署2019年工作。

5月18日,梧桐中文网第一届作者大会在海南三亚召开,主题为"人美就要多码字"。

5月19日,橙瓜网主办"5·19网络文学读书日,分享你的阅读乐趣"活动,联合多位网文圈大咖作家、国内重要文学网站、平台以及多省网协等,以鼓励作者、编辑、读者等分享自己的阅读感想,传递阅读快乐,更是借此为广大读者提供更多阅读指导分享。

5月20日,国家新闻出版署、中国作协共同发布《关于开展"庆祝新中国成立70周年"主题网络文学作品评选暨2019年优秀网络文学原创作品推介活动的通知》。

5月20日,上海市网信办联合市"扫黄打非"办、市新闻出版局,针对阅文集团旗下起点中文网对用户发布违法违规信息,未履行管理义务,传播导向错误、低俗色情小说等问题,约谈运营企业负责人,责令其立即自查自纠,全面深入整改。起点中文网问题突出的"都市"频道"异术超能"栏目、"女生网"频道"N次元"栏目暂停更新7天,并对违规创作账号进行封禁处理。

5月21日,"2019腾讯全球数字生态大会"在昆明开幕。在主峰会上,腾讯研究院发布《数字中国指数报告(2019)》。其中,"数字文化"指数汇总了包括网文、影业、网游等8种数字文化产品的使用总量数据,以衡量全国各地区在数字时代的文化市场活力。

5月21日,起点中文网发布《正视问题,严肃整改》的置顶公告,表示为严格落实有关部门要求,自5月21日15:00起至5月28日15:00止,起点中文网"异术超能"、起点女生网"N次元"栏目暂停更新7天,进行全面彻底的自查整改。

5月21日,阿里文学在北京举办超级IP分享会。旗下知名作家张小娴、酒徒、何常在、静夜寄思、苍天白鹤、森林鹿、漠兮分别携新书亮相,与百余家影视公司负责人共话创作背后的故事。

5月22日,阅文集团旗下QQ阅读App、起点读书App以及起点中文网、创世中文网等8家网站上线的"歌唱祖国"——全国网络文学优秀作品联展栏目,受到读者一致好评。

5月23日,北京市"扫黄打非"部门联合行动,查处晋江文学城涉嫌传播淫秽色情信息行为,关闭停更相关栏目、频道;对违法行为,执法机关将进一步追查。经查,在该网站登载的网络作品中,《不知悔改的男人》《妖孽养成日记》等作品涉嫌传播淫秽色情内容,对公众特别是未成年人的身心健康有毒害。

5月23日,橙瓜数据2019年4月网络小说风云榜发布,都市玄幻继续领跑。本期榜单筛选的网络小说平台增加一个点众科技,共九大平台,分别是起点中文、纵横中文、掌阅、17K小说、书旗小说、咪咕阅读、逐浪、QQ阅读、点众科技。

5月24日,湖南省网络作协公布了第三批拟发展会员名单。经过所有申报材料初审和主席团审议阶段,最终拟定发展会员511人。

5月25日,阅文集团在上海举办全国首场"网络文学党员作家高级研修班",以"守正道、创新局、强文化"为主题。在中共上海市委组织部高层次人才事务中心、上海市浦东新区张江园区综合党委的指导下,网络文学党员作者探讨属于当代作者的历史使命与现实担当。

5月28日,"2019中国国际服务贸易交易会"开幕。中文在线携多部精品IP参展。

5月28日,贵州省黔南州作协第七届会员代表大会在都匀举行。大会选举产生了新一届主席团成员,网络作家墨绿青苔当选副主席。

5月29日,第十四届中国北京国际文化创意产业博览会发布《成就新时代的中国文化符号:2018—2019年度文化IP评价报告》,对电影、连续剧、游戏、文学、漫画、动画等领域的74个文化产品IP的"出海"情况进行了评估。

5月29日,韩国网络小说平台Munpia公司拜访晋江文学城。晋江文学城总裁刘旭东与Munpia公司高层就海外版权输出的深度合作进行了沟通交流。

5月30日,中宣部出版局副局长冯士新一行莅临中文在线调研。冯士新一行首先参观了集团总部,对中文在线坚持正确的出版导向,在数字出版、网络文学、全民阅读等领域所取得的成绩表示了充分的肯定。

5月30日,江苏省盐城市网络作协召开一届二次理事会,宣布成立网络文学研究院,徐向林兼首任院长,吴长青为执行院长。会上表彰了一批庆祝改革开放40周年的优秀网络文学作品,并宣布启动庆祝新中国成立70周年网络文学大赛。此外,会议还特邀喜马拉雅商务负责人汪鑫泉做了移动声频与网络文学的专题演讲,并举办了《从海平面到地平线》的新书首发式。

5月30日,四川省网络作协公布2019年发展会员名单,拟发展会员51人。

6月1日,"2019两岸青年网络文学IP影视论坛"在台北举行。大陆网文大咖管平潮、发飙的蜗牛走入台湾岛内校园,畅谈两岸网络文学发展。论坛的上半场以"当网络文学搭上IP热潮"为主题,下半场以"两岸IP影视趋势发展"为主题,大陆仙侠小说作家管平潮,网游及玄幻类作家发飙的蜗牛与台湾原创编剧、导演H(陈鸿仪),台湾网络文学新锐人气作家尾巴Misa进行了精彩对谈,并同与会的台湾青年网络文学创作者和爱好者进行了热烈的交谈。

6月3日,塔读文学第一届校园征文大赛获奖名单正式公布。大赛得到全国5 000余名大学生作者咨询、参与,实际参赛投稿共计3 000余部。

6月3日,《盗墓笔记》系列原作者南派三叔发布微博称,《盗墓笔记》在欢瑞世纪的影视版权已经于2019年5月26日到期。

6月6日,南派三叔《盗墓笔记》系列的改编网剧《盗墓笔记之怒海潜沙&秦岭神树》在腾讯视频播出。

6月7日,韩模永在《学习与探索》上发表《网络小说三要素变迁及其现实主义反思》。文章从情节、人物、环境刻画等小说三要素的变迁考察网络小说的形变,在理论的维度上对网络文学的现实性、现实题材与现实主义写作进行了辨析。

6月8日,为献礼新中国成立70周年,在上海市新闻出版局的指导下,阅文集团"星学院"携200多位作家发起以"砥砺奋进·阅行万里"为主题的"现实主义万里行"系列活动,通过红色革命圣地实地采风与专业知识高级研修双管齐下,以理论教育与实践教育相结合的方式,提升网络作家的历史使命感、社会责任感以及专业创作能力。

6月9日,"科幻景观·文化·媒介"学术论坛在同济大学举办。此次论坛由同济大学艺术与传媒学院、探索与争鸣编辑部等联合主办。来自清华大学、北京师范大学、复旦大学等高校和机构的30余位专家学者围绕媒介文化视野中的科幻景观、科幻文艺作品的发展历程与媒介技术进步的关系、动漫和游戏中的科幻、科幻作品的文化背景等主题，各抒己见，激烈交锋。

6月10日，泰州市网络作家协会成立大会召开。大会通过了《泰州市网络作家协会章程》，选举产生了泰州市网络作协第一届领导机构，主席为张翔（隐为者）。

6月10日，八月长安的同名小说改编剧《暗恋·橘生淮南》在腾讯视频播出。

6月11日，上海国际电影电视节互联网影视峰会在上海普陀区开幕，再次把目光投向"精品"。现场发布和解读了2019年度《视听新媒体蓝皮书》、《2019年中国网络视频精品研究报告》、"2019互联网影视精品排行榜"和"2018年度百强IP"名单。其中，阅文集团旗下作品占比过半，数量达52部；咪咕阅读有4部作品入选榜单。

6月11日，《福布斯中国》再次携手易观分析，推出"2021中国最具创新力企业榜"。榜单选取每个领域中富有创新力并持续成长的企业，阅文集团登榜。

6月11日，阅文集团宣布，公司与传音控股达成战略合作，将共同开拓及发展非洲在线阅读市场。双方将结合阅文丰富的原创内容库和在线阅读平台运营经验以及传音在非洲市场广阔的分发渠道，向当地用户提供优质的在线阅读内容和产品。非洲平台将首先推出阅文现有的近3万部英文作品，并将陆续上线其他当地语言版本以及本地原创的内容。此外，在线阅读App将预装在传音于非洲销售的全品牌手机上。

6月12日，上海电视节"IP耀东方"——2019年阅文东方超级IP风云论坛召开，与影视界共享9部超级IP故事作品，全力夯实影视业精品内容源头，年度百强IP阅文作品占比过半。

6月13日，2019年全国大众创业万众创新活动周南京分会场启动仪式于江北新区成功举行。此次活动主题为"汇聚双创活力，澎湃发展动力"。连尚文学作为江苏省首家网络文学独角兽企业亮相。

6月14日,第25届上海电视节"白玉兰绽放"颁奖典礼在东方电视台演播厅举行。阿耐的小说《大江东去》的改编剧《大江大河》获得"最佳中国电视剧"奖。

6月14日,中国作协网络文学中心在北京举行工作会议,对《浩荡》《商藏》《网络英雄传Ⅲ攻防战·弈》《大医凌然》《旷世烟火》等5部未完结作品进行研讨,探索引导网络文学现实题材创作新举措、新机制。会议由中国作协网络文学中心主任何弘主持。

6月17日,华东师范大学成功举办"网络时代的文学——未来网络文学家"颁奖大会暨中国创意写作研究院孙甘露院长聘任仪式。同时,2019年中国网络文学年度新人颁奖仪式正式拉开帷幕。获奖者为班宇、唐四方、薛雍乐、徐平、栗鹿、魏思孝、哥舒意、吟光。

6月18—19日,"南京市网络文学编辑人员业务培训班"在南京举行。来自南京市13家网络文学企业的100多名编辑和审核人员参加了培训。这是南京第一次针对网络文学编辑人员开展业务培训,旨在提升网络文学从业人员队伍素质,提升网络文学编辑审核人员的综合水平和业务技能,增强把关意识和创新意识,适应新时期网络文学出版工作要求。

6月20日,浙江省作协结合"三服务"活动,开展"浙江网络文学继续领跑全国"专题调研。省作协副巡视员、党组副书记、省网络作协主席曹启文带领省作协网络文学中心工作人员,走访了华云文化、中文在线、欢愉文化等文创企业,召开了3场调研座谈会,汪海英、李俊、陈晶琳等10余位网络文学相关文创产业负责人参加了调研。

6月21日,易观千帆发布《2019年第一季度中国移动阅读市场季度盘点》。该报告显示,阅文集团旗舰产品QQ阅读的用户黏性、人均启动次数、人均使用时长等数据表现均居行业前两名。第一季度,综合阅读领域活跃用户规模达3.2亿,人均单日启动次数超17次,人均单日使用时长近4小时,与2018年第四季度相比增幅明显。

6月21日,艾瑞咨询发布《2019年中国网络文学出海研究报告》。该报告深入研究了网络文学出海发展现状,梳理了网络文学出海发展阶段,从产业链入手剖析网文出海产业布局,并分析得出整个网络文学出海未来发展趋势。数据显示,中国网络文学出海传播范围得到极大扩展,覆盖40多个国家,并上线英、法、日、韩等十几种语种版本,同时每年新增海外读者28.4%。综合网络文学出海发展现状及整个海外文化市场,中国网络文学出海潜在市场规模预计达300亿元以上。

6月21日,起点中文网编辑部发布公告,宣布永久封禁写手"老徐牧羊",并对涉事小说《演员的日常》进行下架处理。据悉,写手"老徐牧羊"在其小说《演员的日常》一书中发布了涉嫌美化毒品的言论,随后被读者发现并报警,而该作品也迅速被平台方封禁,获得了众多从业者的叫好和支持。

6月21日,"钱塘悦读"暨文澜大讲堂第四期举办。此次活动由杭州杂志社、杭州图书馆、杭州市作协联合主办。杭州师范大学文化创意产业研究院院长夏烈教授做客杭州图书馆,为读者带来"IP时代,网络文学还能怎么玩?"主题分享。

6月22日,阅文集团宣布与新加坡电信集团建立战略合作关系,双方将在东南亚网络文学服务及内容平台业务方面进行合作,探索东南亚市场发展潜力。除携手新加坡电信作为战略合作方外,阅文集团还发布了针对东南亚地区的原创扶持计划——群星计划,包括大力培育东南亚本土网络文学原创,通过对潜力作者进行挖掘与培养,借助于在线阅读以及IP衍生等方式,为作者以及作品的文化和商业价值增值。

6月23日,2019中国"网络文学+"大会在北京亦创国际会展中心举办新闻发布会。此次大会由国家新闻出版署、北京市人民政府指导,中共北京市委宣传部等共同主办。

6月25日,网络作家萧如瑟在微博晒出法院文书,分享了关于《11处特工皇妃楚乔传》抄袭《斛珠夫人》一案的进展。文书显示,法院一审宣布《11处特工皇妃楚乔传》被判抄袭《斛珠夫人》成立。

6月26日,第一期江西网络文学创作培训研讨班在新余开班。中国作协网络文学中心研究员马季、南京师范大学文学院教授何平、江西师大历史系教授梁洪生分别为学员们授课。来自江西各地的41位网络文学编辑、作家参加活动。

6月27日,第四届海峡两岸新媒体原创文学大赛颁奖典礼在北京举行。大赛金奖空缺,《我的青春有片海》《落凤山》获银奖,《布兰虫草》《归无艳的希望学校》《沙漠之星》获铜奖,《青春绽放在军营》《女村长》等8部作品获优秀奖,《绿伊拉》《最是长安小升初》获影视创意奖。

6月27日,阅文游戏《斗罗大陆》游戏产品发布会在上海举办。本次发布会介绍了《新斗罗大陆》手游的相关研发历程与成绩,展示了阅文打造精品IP改编类游戏,推动产业生态融合的愿景与决心。

6月27日,马伯庸的同名小说改编剧《长安十二时辰》在优酷视频播出。

6月27日,由墨香铜臭的小说《魔道祖师》改编的电视剧《陈情令》在腾讯视频播出,由企鹅影视、新湃传媒联合出品。该剧是2019年暑期档最热门的影视剧之一,剧中主角蓝忘机与魏无羡的扮演者王一博与肖战组成的"博君一肖"CP,是2019年人气最高的真人同人CP。

6月27日,华为阅读在济南举行线下活动。知名作家蔡骏带着他的最新作品《无尽之夏》,来到主题为"汇享美好生活,一场青春的成年礼"的华为阅读·DIGIX读书会现场,与济南的读者朋友们分享了自己的青春历程、畅谈了阅读的价值,为济南市民带来畅享阅读体验。

6月28日,"首届甘肃网络文学八骏"终评会在北京举行。孑与2(云宏)、志鸟村(高晨茗)、胡说(刘金龙)、乱世狂刀(李国瑞)、云起莫离(王莹莹)、猪三不(许万杰)、月下魂销(张桂香)、书狂人(冉耀生)当选,沐清浅(张艳艳)、顾落北(李艳)入围。

6月29日,阅文集团白金作家囧囧有妖新作《余生有你,甜又暖》于云起书院发布,并在阅文集团旗下各大平台同步上线。

6月29日,中国网络文学作家内蒙古行恳谈交流会召开,就内蒙古重大主题精品创作、网络文学创作等进行座谈交流。25名来自全国各地的网络文学作家来到内蒙古自治区开展采风行动。

6月29日,2019年"青青杯"文学大奖赛落幕。此次活动由义乌市网联会、义乌市青青幼教米德幼儿园主办。本次文学大奖赛于3月初启动,以"春意盎然"为主题,吸引了广大文学爱好者讴歌春天、宣传义乌,创作出了一批高质量的文学作品。大赛共收到新体诗歌、散文、小说、游记、杂文等各类体裁的作品800余篇。本次大奖赛一等奖获得者、74岁高龄的龚润泽笔耕不辍,积极"拥抱"网络文学。

6月,储卉娟的《说书人与梦工厂:技术、法律与网络文学生产》在社会科学文献出版社出版。该书是本年度网络文学研究的重要收获。该书通过扎实的田野调查和跨专业的独到方法,梳理网络文学发展的大致历史进程,探究著作权之于个人自由和社会繁荣的影响,法律与社会运动背后的焦虑,以及制度讨论的社会建构性意义,独树一帜,别有新见。

7月2日,微信官方信息发布平台"微信派"刊载《到此为止吧,小黄文》一文,对利用"小黄文"在微信公众号引流的涉黄新媒体文进行最严厉的警告,表示自2019年1月至此时,微信团队处理违规小说账号超过6.6万个。

7月2日,首届大湾区杯(深圳)网络文学大赛、第十届深圳青年文学奖、第六批深圳重点文学作品扶持等系列评选活动结果公示。

7月3日,第二届"爱奇艺·轻春联盟联合征文大赛"正式拉开帷幕。此次大赛主打"青春""幻想"两大主题,面向广大内容创作者进行轻小说征集,旨在"发掘新生代好故事,助力孵化优质IP"。

7月5日,第三届中国"网络文学+"大会第二场官方IP路演在北京十月文学院举行。本次路演由中文在线、博易创为、连尚文学和天下书盟四家企业组成,邀请了苦手、南豆毛毛、陈酿、翟鹏延在内的知名作家及产业上下游企业、投资人、版权营销专家参会。路演旨在为IP产业链上企业搭建交流、交易的平台,延伸产业链条,推动精品生产。中文在线IP经营事业部总经理唐倩、中文在线IP经营事业部版权总监赵建华出席活动。

7月5日,北京知识产权法院副院长宋鱼水邀请市人大代表、政协委员到中文在线数字出版集团调研。在调研中,中文在线围绕自身面临的知识产权保护的困难和问题,特别是企业在"走出去"过程中面临的知识产权风险,提出了相应的知识产权司法保护需求。

7月6日,首届甘肃网络文学八骏推介会在北京举行。此次活动由中国作协、中共甘肃省委宣传部、甘肃省文联主办,甘肃省文学院、甘肃省作协、甘肃省八骏文艺人才研究会承办。

7月8日,四川省网络作协第二次代表大会在成都召开。会议审议通过了《四川省网络作家协会第一届理事会工作报告》《四川省网络作家协会章程(修正案)》,并通过投票选举产生了四川省网络作协第二届常务理事会主席、常务副主席、副主席、常务理事。网络作家爱潜水的乌贼成为四川省网络作协主席,四川省作协主席阿来继续担任四川省网络作协名誉主席,侯庆辰、庄庸被推举为四川省网络作协名誉副主席。

7月9日,河北省作协第七次代表大会第二次全体会议召开。何常在、梦入洪荒等网络作家入选主席团。

7月9日,根据墨宝非宝的小说《蜜汁炖鱿鱼》改编的电视剧《亲爱的,热爱的》在东方卫视、浙江卫视、爱奇艺、腾讯视频播出。该剧以电竞言情为主题,是2019年暑期档最热的影视作品之一。

7月10日,网易文学与知乎携手合作,双方联手打造了针对网络文学创作及IP改编的在线系列课程——《网文创作论:从写好故事到爆款IP》。

7月10日,绵阳市网络作家协会成立大会暨第一次会员代表大会在市文联会议室举行。第一次会员代表大会选举王京为绵阳市网络作协主席,冯萃(37度鸢尾)、杨招琼(杨子之爱)、谢林(浓睡)、范青青(小天)为副主席。王京兼任秘书长,常进(萱草妖花)任副秘书长。

7月10日,周志雄在《中国图书评论》上发表《网络文学的现实主义形态》。文章认为,网络文学书写现实不仅仅是自上而下的引导,也是网络文学内部寻求创新和突破的必由之路,是网络文学必须面对读者"喜新厌旧"的自我更新。网络小说以爽文的形式写现实,笔力不在现实的深度开掘上,这是网络小说处理现实题材的局限所在。

7月12日,"新中国新时代——献礼新中国成立70周年"暨"奋斗中国梦"全国网络文学现实题材大型征文活动启动。本次活动由南京分布文化发展有限公司(红薯网)联合南京市秦淮区委宣传部、江苏网络文学谷、江苏省网络作协、南京市网络作协等共同主办。

7月13日,广东省网络作协与阅文集团"星学院"联合举办的2019年广东省网络作家高级研修班在广州市开班授课。这是自2015年以来,广东省作协与阅文"星学院"第四年联合举办线下网文作家培训活动。自阅文"星学院"成立以来,4年时间总计举办作家高级研修班30余场,面对面线下培育网文作家数千人。

7月15日,河北省网络作协主席王万举为"网络文学"下定义并征求学界意见。王万举的定义是:"网络文学是文学在互联网机制与市场机制交互作用下展开其动力系统的艺术-文化形态。"

7月15日,"善古堂杯"2018年度大连文艺界有影响的"三个十"评选结果公布。作家于立极、李枭等获评"2018年度大连文艺界十位有影响的人物"。

7月15日,"中俄青年创业孵化器交流项目"在俄罗斯开展。重庆市网络作协主席、网络文学平台"盛世阅读网"执行董事、知名网络作家袁锐随团访问,与俄罗斯乌里扬诺夫斯克州签订网络文学战略合作协议,共谋两国文学发展。

7月15日,欧阳友权在《社会科学辑刊》上发表《提质换挡期网络文学的进阶之路》。文章认为,在政府引导、行业资本加持以及文学内生动力的不断积蓄下,网络文学步入提质换挡期。网络文学迈向主流,网络创作持续繁荣,彰显时代担当,进入全生态输出的新阶段。整个行业在主流担当和"网文出海"的大局潮流中站位发声,网络作家作品和网站平台彰显创新活力。

7月15日,欧阳友权在《湖北大学学报(哲学社会科学版)》上发表《网络文学崛起对文学研究的影响》。文章认为,网络文学的快速崛起,改变了中国文学的发展格局,也对传统的文学研究产生了深远的影响:网络文学的"巨存在"为文学研究提供了新的对象;网络文学的观念转型为文学研究增设了新的理论命题;而网络文学的技术规制则开启了临场互动式的文学研究方法和大数据分析的学术范式。

7月15—17日,国家新闻出版署约谈了咪咕阅读、天翼阅读、网易文学、红袖添香网、起点中文网、追书神器、爱奇艺文学等12家企业,对此前发现的网络文学内容低俗问题,提出严肃批评,责令全面整改,要求相关单位立即下架存在问题的网络小说,停办征文活动,清理低俗的内容,健全内容把关机制。

7月17日,《龙族》独家电子平台QQ阅读上线路明非庆生会,粉丝互动气氛高涨。《龙族》这一诞生近10年的经典IP迎来线上狂欢。

7月17日,中国作协公布《中国作家协会2019年会员发展名单》,其中网络文学作家有10人之多。

7月19日,第三届中国"网络文学+"大会IP分会在安徽大学举办。大会以IP为核心依托,广泛聚焦网络文学、影视、动漫、游戏、文旅等泛娱乐业态,为IP全产业链发展提供一个极具影响力的交流、交易平台,同时积极探索"徽文化"与网络文学IP产业的融合创新。

7月19日,中国作协副主席、党组成员、书记处书记李敬泽等人考察调研了重庆市网络作协、盛世阅读网。在调研过程中,李敬泽副主席一行还参观了重庆市网络作协运营管理的网络文学创作基地、全国首家网络文学图书馆、盛世阅读网,并详细了解了协会的运行情况、取得的丰硕成果、未来的工作谋划等。

7月21日,连尚文学在北京举办优秀现实题材作品研讨会。研讨会围绕获得"2019年度中国作家协会重点作品扶持"的《旷世烟火》以及获得"2019年度中国作家协会网络文学中心重点作品扶持"的《无字江山》《第二次初婚》三部作品展开研讨。这三部作品也是由连尚文学主办的"向新中国成立70周年献礼——首届网络文学现实题材征文大赛"的参赛作品。

7月22日,"首届三体主题科幻征文大赛"正式开启。此次大赛由阅文集团、三体宇宙等联手举办,面向所有热爱科幻、喜欢《三体》的创作者,提供了一个基于《三体》小说世界观的想象空间与创作平台。

7月24日,蝴蝶蓝的同名小说改编剧《全职高手》在腾讯视频独播。

7月25日,在"净网2019"专项行动中,北京通州警方通过细致侦查,成功破获一起涉嫌非法获取计算机信息系统数据案,抓获犯罪嫌疑人10名,查获涉案计算机、手机等设备26部,关停相关网站8个。

7月27日,《回到明朝当王爷》十周年修订典藏版亮相第二十九届全国图书交易博览会,被称为"网络历史小说第一人"的该书作者月关携作品与读者见面。

7月28日,浙江省临海市网络作家协会成立大会召开。大会通过了协会章程和选举办法,选举产生了临海市网络作协第一届理事会主席、副主席、秘书长等,80后作家上官莹莹(网名"何堪")当选首届网络作协主席。当天下午,还开展了网络文学讲座,由著名网络作家发飙的蜗牛(王泰)主讲。

7月29日,湖南省怀化市网络文学学会正式成立。怀化市网络文学学会是怀化市作协继诗歌学会、散文学会之后,成立的第三个专业文学学会。

7月30日,福建网络文学作家座谈会在福州召开,中共福建省委常委、宣传部部长梁建勇,全国政协社会和法制委员会副主任、省文联主席张帆出席会议并讲话。

7月30日,河南省作协公布2019年度重点作品扶持项目评选结果,共收到有效申报选题133项,最终评出35部创作项目,覆盖长篇小说、中篇小说、短篇小说、小小说、诗歌、散文杂文、报告文学、儿童文学、理论评论、网络文学等10个门类。网络小说《归时舒云化春雪》《他从暖风来》入选。

7月31日,中共上海市委网络安全和信息化委员会办公室召开网信系统文明单位专题会议,公布了"2017—2018年度上海市文明单位"评选结果。其中,阅文集团旗下原创文学品牌起点中文网获此殊荣。此前,起点中文网就曾多次荣获"上海市优秀网站"称号,并于2016年上海市第七届优秀网站评选中获"最佳网站"殊荣。而阅文集团作为中国引领行业的正版数字阅读平台和文学IP培育平台,2019年也入选了由福布斯中国和易观联合发布的"2019中国最具创新力企业"榜单。

7月31日,内蒙古自治区文学艺术界联合会、花的原野杂志社、后旗旗委政府联合举办了庆祝新中国成立70周年第三届《花的原野》网络文学那达慕暨"乌拉特夏营"文学笔会。本次网络文学那达慕共收到参赛作品258件,其中散文66篇,诗歌106篇,小说71篇,随笔15篇。作品内容主要以讴歌中华人民共和国成立以来经济社会全面发展以及取得的辉煌成就为主,展现草原儿女积极向上的精神风貌。活动最终评选出一等奖1名、二等奖3名、三等奖

5名、优秀奖12名。

8月1日,女性原创文学网站晋江文学城在北京新华联丽景温泉酒店召开第四届作者大会。百余位作者与读者齐聚一堂,共同为网站庆生。网站以"道阻且长"为本届大会主题。

8月1日,掌阅文化首届原创梦想征文大赛品质IP赛区和创新畅销赛区第四季入围名单重磅出炉。7部优质作品入围品质IP赛区以及16部优质作品入围创新畅销赛区。其中,书山中文网作者叶擎苍所著的《凌天神帝》在众多作品中脱颖而出,荣膺品质创新畅销赛区"季度之星"作品。该作品取得掌阅热销榜前三位的好成绩。网络文学著名作家柯山梦所著的《铁血残明》则收获了品质IP赛区的"季度之星"。

8月1日,第三届"金熊猫"网络文学奖正式启动。此次活动由成都市互联网文化协会主办。"金熊猫"网络文学奖是四川省内首个网络文学行业奖项。

8月2日,"2019中国游戏资本峰会暨2019中国上市准上市游戏企业竞争力调查报告发布会"在上海举行。本次峰会还发布了《2019中国上市游戏企业竞争力报告》和《2019中国准上市游戏企业竞争力报告》。报告显示,截至2019年7月31日,国内已有198家游戏企业上市,较2018年底增加3家,各大证券市场仍有10余家游戏企业排队上市。

8月3日,第三届中国"网络文学+"大会分会场活动之《西山红》作品研讨会在北京举行。来自中直机关、京津冀等地区的中国网络文学、艺术评论等领域以及20余家媒体等社会各界人士齐聚一堂,对爱读文学网签约作家竹君创作的大型网络主旋律作品《西山红》进行研讨交流。《西山红》作为爱读文学网重点推介的文旅融合创新作品,将在第三届中国"网络文学+"大会上进行展示和重点推介。

8月6日,广东省作协第九次代表大会召开。玄雨等多位知名网络作者出席了大会,阿菩、了了一生、天堂羽、廖群诗、红娘子、猗兰霓裳等网文大咖被选为广东作协理事会理事。在会上,网络作家阿菩被选为广东省作协副主席。

8月7日,懒人听书宣布完成新一轮亿元级人民币融资。本轮融资由基石资本领投、三千资本跟投,融资后公司估值达20亿元规模。

8月9日,北京知识产权法院二审认定,中影公司、梦想者公司、乐视公司将小说《鬼吹灯之精绝古城》改编成电影《九层妖塔》的行为,侵害了张牧野对该小说的保护作品完整权。终判要求上述三家公司停止传播电影,并赔偿小说作者张牧野5万元。

8月9日,阅文集团携旗下智能硬件"口袋阅"与广东联通就达成5G战略合作伙伴关系在广州隆重举行签约仪式。双方将在IP平台及智能硬件领域展开深度合作,共同探寻阅读、游戏、视频等产业链领域在5G时代的新可能。

8月9日,第三届中国"网络文学+"大会开幕式暨高峰论坛在北京亦创国际会展中心举行。本届中国"网络文学+"大会以"网络正能量·文学新高峰"为主题,汇聚了100多家文艺企业、1 000多部优秀作品和近万名业界代表,持续至8月11日,设置主线活动、开闭幕式、行业活动和互动体验活动等四大板块。由爱奇艺主办的"文艺创作新春天"主题论坛于大会首日成功举办。爱奇艺向外界展示了文学业务布局与独特的生态优势,并与中国新闻出版研究院联合发布了中国网络文学IP价值智能评估系统课题研究成果。

8月11日,第三届中国"网络文学+"大会闭幕式暨颁奖盛典在北京圆满落幕。在闭幕式暨颁奖盛典中,大会专业评审专家对优秀作品、作者、项目进行甄选评定,颁布五项最受欢迎IP榜单奖项。其中,《黄檗向春生》《我的男神收藏家》《北京背影》《粮战》《商藏》等5部作品被评为"年度最风光文旅作品";《山海宴》《想不到你是这样的科技宅》《道家小姐也想成为魔法少女》《我的二次元茶舍》《匹诺曹与金丝雀》等5部作品被评为"年度最印象动漫作品";《她,主宰全场》《没有名字的人》《无尽白银之械》《我的战舰》《俄罗斯方块环游记》等5部作品被评为"年度最创意游戏作品";意千重、冬天的柳叶、云芨、尤前、莫言殇、果味喵、七英俊、sky威天下、安徒生和青狐妖等10位作家被评为"年度十佳最具潜力新人";《麻雀的狮子》《DNA鉴定师》《战长城》《明月度关山》《消防英雄》《海晏河清》《匠心之四艺堂》《大旗袍师》《网络英雄传Ⅱ:引力场》《制作人攻略:我是90后》等10部作品被评为"年度十大影响力IP"。

8月11日,翻阅小说"金牌合伙人计划"及原创创作平台发布会在北京举办。该计划意在推出原创创作平台,深度扶持中腰部创作者、新手创作者,借助于翻阅小说平台流量与粉丝积累,帮助广大优质创作者孵化和发展个人品牌IP。

8月12日,阅文集团公布2019年上半年业绩。业绩报告显示,阅文集团2019年上半年实现总收入29.7亿元人民币,同比增长30.1%;净利润3.93亿元;毛利为16.2亿元,同比增长35.5%。

8月13日,杭州市修订完善并发布2019年版《杭州市高层次人才分类目录》,新增了88项认定条件,把网络作家纳入分类目录。

8月14日,温州网络作协向全体会员发出助力台风"利奇马"灾区人民重建美好家园倡议。

8月14日,针对网络文学领域存在的低俗色情内容等问题,"扫黄打非"部门大力组织开展专项整治,深入规范市场秩序。全国"扫黄打非"工作小组办公室通报专项整治中查处的8起典型案件,警示不法行为。据介绍,全国"扫黄打非"工作小组办公室转办了涉嫌传播低俗色情甚至淫秽内容的网络文学网站、App、微信公众号和作者线索347条,部署北京、上海查处了晋江文学城、起点中文网、米读小说、番茄小说等违法行为并公开曝光。

8月14日,2019年中国互联网企业100强发布会暨百强企业高峰论坛举办。连尚文学凭借高成长性和优秀的市场表现入选互联网成长型企业20强。

8月14日,江苏省如皋市网络作家协会成立大会在"东皋文艺之家"举行。会上审议通过了《如皋市网络作家协会章程》和首届理事会成员名单,选举费存杰为该协会主席。

8月14日,2019上海书展暨"书香中国"上海周在上海展览中心开幕。阅文集团亮相2019上海书展。在中共上海市委宣传部、市新闻出版局的指导下,阅文集团在8月16日主办了主题为"壮丽七十年·迈向新征程"——献礼新中国成立70周年的2019网络文学会客厅活动。

8月16日,《上海繁华》《中国铁路人》纸质书在上海首发。此两本书均为第三届现实主义网络文学征文大赛的获奖作品。

8月17日,中国作协网络文学重点作品扶持项目长篇小说《十三行·崛起》,在南国书香节上举行了首发仪式。这是广东省作协副主席阿菩继广东鲁迅文艺奖获奖长篇小说、百万级畅销书《山海经密码》之后的又一力作。

8月17日，网络文学理论评论骨干培训班在山东省威海市开班。此次培训有来自全国各地的逾百位网络文学理论评论从业者参加。

8月17日，青衫取醉的《亏成首富从游戏开始》在起点中文网开始连载。这是一部引领游戏小说新风潮的反套路作品，上架24小时打破起点游戏品类首订纪录。该作品上架当月冲上游戏品类月票榜第二位，游戏品类畅销榜前三位，用戏剧性的反转效果横扫各大新书榜单。

8月18日，2019首届网络作家邯郸采风活动在邯郸经开区正式启动。16位著名网络作家齐聚邯郸，就"推动邯郸网络文化发展，做大做强邯郸文化符号"开展采风活动。

8月19日，柳下挥的新书《猎赝》在起点中文网开始连载。

8月21日，第九届中国数字出版博览会在北京举办。大会以"全媒体、高质量、新业态"为主题。大会最终公布"中国数字出版10强"榜单，阅文、掌阅、咪咕、中文在线、点众科技、连尚文学、联通沃悦读等多个网络文学机构入选。

8月21日，知名网络作家我吃西红柿的新书《沧元图》在起点中文网开始连载。

8月21日，第九届中国数字出版博览会在中国国际展览中心新馆盛大开幕。掌阅与"学习强国"学习平台签订数字内容资源合作协议。

8月22日，中国扫黄打非网在头版头条刊载《依法整治网络文学 塑造良好行业生态——专访全国"扫黄打非"办公室负责人》一文。围绕网络文学专项整治相关热点问题，全国"扫黄打非"工作小组办公室负责人接受新华社记者专访。

8月23日，阅文旗下品牌作家助手在微博上发布讣告，阅文大咖作家格子里的夜晚因心脏病离世。

8月24日，"2019世界机器人大会"在北京举行。中国利用脑机接口技术打字的新纪录在第三届中国脑机接口比赛中诞生。此项技术的突破有助于提升创作效率，并杜绝网络作家长期久坐带来的诸如近视、颈椎病、腰酸背痛等职业疾病，为网络文学行业的未来发展带来更多的可能。

8月25日,17K小说网审核排查全站小说。在审核期间,作品开启屏蔽状态,审核通过后方可正常显示。而平台的书籍评论区也将进行系统升级维护,在升级期间,所有评论不可见。

8月26日,江苏省作协深入网站、地方开展以"思想政治工作如何有效覆盖新的社会阶层和社会群体"为题的网络文学调研。

8月27日,阅文集团旗下原创文学品牌起点中文网与荣耀手机联合打造"脑洞故事创作大赛",展开为期15天的创意征文活动。在活动期间,用户可在起点读书App发现页的活动栏里找到"脑洞故事创作大赛",单击活动页面中的"去创作"按钮加入圈子进行创意制作。优秀作品的作者除了荣获"故事王"称号之外,还能获得荣耀9X手机。

8月28日,上海图书馆与阅文集团达成网络文学专藏战略合作,宣布设立"中国网络文学专藏库",长期保存优质的网络文学作品。《将夜》(猫腻)、《大国重工》(齐橙)、《写给鼹鼠先生的情书》(吉祥夜)等10部作品首批入藏。

8月29日,第五届全国非公有制经济人士优秀中国特色社会主义事业建设者表彰大会在北京召开。唐家三少获"第五届全国非公有制经济人士优秀中国特色社会主义事业建设者"称号。

8月30日,网络作家阿菩的作品《山海经·候人兮猗》获广东省第十一届精神文明建设"五个一工程"奖。

8月30日,中文在线发布2019年半年报。公司2019年1—6月实现营业收入3.42亿元,同比下降19.21%,归属于上市公司股东的净利润-1.51亿元,同比下降390.2%。

8月30日,淮安市网络作家协会成立大会召开,并宣布主席团成员。淮安市网络作协主席由杭贰(良木水中游)担任,李超(于舟)、尤晓燕(九月女王)、朱永才(流逝的冰)、赵威(赵大秀才)担任副主席,秘书长由尤晓燕兼任。

8月30日,第二届紫金山网络文学版权开发论坛在南京国际展览中心举行。此论坛是第二届江苏(南京)版权贸易博览会系列论坛之一,网络文学上下游企业代表、学界大咖和众多著名网络文学作家齐聚一堂,共话网络文学版权发展未来。

9月2日,阅文集团在上海总部召开党总支成立大会,引领网文守正创新。

9月2日,白熊阅读发布公告称,即日起将对站内作品进行审核排查,其间所涉部分作品可能下架,审核期限未知。白熊阅读是2015年11月上线的"女性向"小说阅读App,以二次元为风格定位,凭借部分人气作者作品及同人征文活动,吸引以95后为主的新作者、新用户。此次审查造成全站签约作品更新均受影响,部分人气作者停止更新,离开白熊。

9月2日,安徽省青年作家及网络作家培训班在芜湖开班。来自全省各地的60位学员参加此次培训,培训班将于27日结束。

9月3日,2019江苏省互联网大会召开。连尚文学入选"江苏省互联网名企汇榜单""2019江苏省互联网企业50强",再次彰显发展实力。连尚文学组织的"护苗行动"也入选"2019十佳网络公益优秀案例"。

9月5日,第五届中国网络文学论坛暨首届四川网络文学周在成都拉开帷幕,吸引了共70余位网络作家汇集蓉城。在会上,四川省作协与成都传媒集团签订了网络文学产业共建战略协议,拟围绕"天府智媒体城网络文学产业园"进行深度的产业战略合作,打造天府网络文学产业园。

9月5日,全国网络文学组织负责人培训班在四川成都开班,由中国作协网络文学中心主办。来自全国各地的逾百位网络文学组织负责人参加。

9月6日,中文在线旗下17K、四月天签约作家小鱼大心、鱼歌、平凡魔术师、风御九秋、皇甫奇、风青阳在弘慧教育发展基金工作人员的带领下,前往张家界桑植县,进行公益助学走访。

9月7日,阅文集团旗舰数字阅读产品QQ阅读联合浙江图书馆举办杭州书友见面会。阅文集团旗下白金作家叶非夜、大神作家老鹰吃小鸡与来自全国各地的粉丝进行了近距离的交流互动。

9月8日,知名网络作家子与2的新书《明天下》在起点中文网开始连载。

9月8日,著名网络作家余言在长沙举行新书《少年游》发布会。

9月9日,塔读文学正式加入由中国网络文学作家村发起的网络文学作家公益保障计划——心源计划。该计划覆盖超过500万网络文学作家。

9月9日,在腾讯99公益日活动中,由网络作家胡说发起的第二期网络作家"禾苗"助学公益活动携手中华社会救助基金会旗下"爱心衣橱"项目组,以"用爱心呵护孩子温暖"、为偏远地区孩子定制温暖冬衣为主旨,积极组织网络作者参与捐赠。

9月9日,阅文为网文作家开展现实主义创作培训,在延安、西安两地举行。培训活动除了组织网络文学资深编辑进行专业授课,还组织网络文学作者参观梁家河知青旧居、西安事变纪念馆等地,进行红色文化实践学习。

9月9日,第五届中国网络文学论坛暨首届四川网络文学周在成都落幕。全国近300名网络文学大咖云集,通过主题研讨会、网络文学行业调研恳谈会等一系列活动,为中国的网络文学发展建言献策。在会上,省作协与新华文轩出版传媒股份有限公司、成都传媒集团签订了网络文学产业发展共建战略协议,三方将充分发挥各自优势,整合资源,构建文创产业联盟,合作共建"中国·天府智媒体城网络文学产业园"等。

9月10日,阅文集团发起"阅书乐捐公益行"的活动,助力云南学子圆"文学梦"。

9月11日,第三批国家文化和科技融合示范基地名单发布。咪咕数字传媒有限公司国家文化和科技融合示范基地正式授牌。

9月12日,盛世阅读网与重庆天健互联网出版有限责任公司建立战略合作伙伴关系,签订《联合打造网络文学平台战略合作协议》。

9月12日,2019年"原动力"中国原创动漫出版扶持计划公示拟入选作品95部。连尚文学旗下漫漫漫画平台选送的《人间快递》《醒狮少年》两部作品成功入围。

9月13日,由萧鼎的同名小说改编的电影《诛仙》上映。

9月13日,《斗罗大陆》动漫在腾讯视频播放量突破100亿。第一部播放量破百亿的由网络小说改编的动漫出现。

9月16日,阅文集团出台新版《阅文用户服务协约》,将付费订阅的服务期限修改为一个月。同时规定,超出服务期限后,阅文将尽最大努力无偿地延长阅读期限,但如果收费小说超出上述服务期限后由于版权纠纷、作者或作品自身原因(如违反法律法规、政策的规定或行业的规则,涉及侵权纠纷,违反公序良俗等)导致作品下架或被屏蔽而无法正常阅读的,阅文不承担任何责任。

9月16日,阅文集团亮相第四届中加国际电影节。阅文旗下优质IP改编作品《全职高手之巅峰荣耀》大电影与电视剧《将夜》斩获"最佳动画奖"及"最佳电视剧奖"。

9月21日,第二届两岸青年网络文学大赛颁奖典礼暨第三届启动仪式在浙江传媒学院报告厅举行。大赛最终收到的投稿作品多达682部,其中台湾地区收到的稿件为200部。参赛作品题材涵盖历史、言情、奇幻、科幻、悬疑、都市等领域,最终有32部作品脱颖而出。在颁奖典礼上,同时启动了第三届两岸青年网络文学大赛,吸引来自港澳台的青年,以增进他们对祖国的认同感与亲近感。

9月21日,以"书山有径,风雨同行"为主题的书山中文网年会在三亚隆重举行。掌阅文学CEO王良、掌阅文化总编辑谢思鹏、发行中心总监宋程龙、书山中文网主编孙晓龙及书山中文网的签约作家出席了此次会议。

9月22日,"抒写新时代的中国好故事——现实题材作品创作研讨会"在杭州举行。围绕随侯珠《明月照大江》、何堪《赴你应许之约》、籽月《迷路在纽约》、陶燕《出走半生》等4部现实主义作品,研讨会邀请到文学评论界、出版界、影视界的专家学者进行解读,并对现实题材作品的社会价值、创作手法、发展前景、影视化改编等进行了探讨。

9月22日,"网著青春梦想,接力时代使命"——新兴领域青年大学习暨全国第三期青年网络作家"青社学堂"专题培训在井冈山举行。此次活动由共青团中央社会联络部、中国作协网络文学中心和中央网信办网络社会工作局联合举办。

9月25日,阅文集团联合微软小冰发布网络文学"IP唤醒计划",用AI赋生IP角色。基于阅文集团旗下100部小说原著和主人公IP,微软小冰Avatar Framework经过框架性的整合学习后,重建小说所描述的虚拟世界观和知识体系,赋予四个大类共100个男主人设全新的可交互"生命"。

9月26日,阅文集团旗下原创文学创作和阅读平台起点读书与中信银行信用卡中心再次达成深度合作,联合推出国内第一款网络文学作品专属作品信用卡。

9月27日,第四届"五个一百"网络正能量精品评选活动公布结果。此次活动由中国互联网发展基金会主办,人民网、央视网等共同承办,分别评选出网络正能量榜样、网络正能量文字作品、网络正能量图片、网络正能量动漫音视频作品、网络正能量专题活动各100个。

10月10日,掌阅举办首届听书节,全场内容免费畅听。这是掌阅首次以有声为主题举办的大型活动。

10月11日,"庆祝新中国成立70周年"暨2019年优秀网络文学原创作品推介活动发布仪式在北京举行。此次活动由国家新闻出版署和中国作协联合举办。有反映新中国沧桑变化和改革开放发展成就的全景式现实题材创作,如《大江东去》《浩荡》《大国重工》等;有讴歌党、讴歌祖国、讴歌人民、讴歌英雄的情怀佳作,如《宛平城下》《太行血》《青春绽放在军营》等;有表现普通人的奋斗精神和向上向善的正能量作品,如《朝阳警事》《一脉承腔》等。此外,也有积极探索创作手法网络化的精品佳作,如《吻安,我的费先生》《全科医生》《传国功匠》等。

10月11日,2019年17K & 四月天小说网网络文学联赛荣耀之战启动。联赛分为男生赛区、女生赛区、大梦山海赛区,启动全网超大范围征文。

10月12日,"庆祝新中国成立70周年"主题网络文学作品评选暨2019年优秀网络文学原创作品推介活动发布仪式在北京举行。《大江东去》《繁花》《致我们终将逝去的青春》《浩荡》《宛平城下》《传国功匠》等25部作品获推介。

10月15日,鲁迅文学院第十六期网络文学作家培训班开班。本期培训班共有来自全国27家文学网站和单位选拔推荐的41名学员参加。

10月15日,伪戒的新书《第九特区》重磅首发。这是作者首次挑战科幻末世题材。

10月15日,黎杨全在《中州学刊》上发表《网络文学:新媒介现实主义的崛起》。文章认为,网络文学并没有逃避现实,而是表现了新媒介现实主义的崛起,在一定程度上呈现了网络社会的"新现实",表现了新媒介现实主义的崛起。数字媒介带来了虚拟生存,它并不是远离现实的存在,而是在日常生活内部起作用的数码化现实。数码化现实并不是直接表现为网络文学的内容,而是从各种欲望叙事的背后折射出来。在后现代社会中,隐伏在大众文化根底的无意识,实际上更深刻地反映了社会的现实与症候。

10月16日,烟斗老哥的新书《大国名厨》在纵横中文网重磅首发。

10月16日,阅文集团和迪士尼中国宣布双方将就迪士尼公司旗下"星球大战"品牌开启内容合作,共同创作推出首部"星战"中文网络文学。

10月17日,北京市"扫黄打非"部门查处一批"净网"案件,其中包括北京幻想纵横网络技术有限公司经营的手机App纵横小说。

10月19日,海南省网络作家协会成立大会暨第一次全体会员大会在海口召开。知名网络作家打眼(汤勇)当选海南省网络作协首任主席。

10月20日,"2019苏州网络文学对话会"在苏州举行。此次活动由江苏省网络作协和苏州市作协联合主办。国内著名网络文学研究专家、网络文学网站负责人、网络作家等20余人,围绕"当下文学生态和网络文学的前景"展开对话交流。

10月22日,中国国际网络文学周新闻发布会暨中国网络文学海外传播圆桌会在浙江乌镇举行。此次活动由中国作协网络文学中心、浙江省作协主办。会上宣布,2020中国国际网络文学周将于2020年5月在杭州滨江举行,主题为"讲述中国故事,呈现世界精彩"。唐家三少、我吃西红柿、天蚕土豆等网络文学作家,邵燕君、夏烈等评论家以及来自阅文、掌阅、中文在线等网络文学企业的代表参加圆桌会议并发言。与会者认为,网络文学当时处于平缓期,下一个增长点将是外文版权。

10月22日,"咪咕文学院"第三期高级作家研修班在杭州开班。此次活动由中国作协网络文学研究院、浙江省作协和咪咕数字传媒有限公司共同主办。本期"咪咕文学院"的主题是"壮丽七十载,书写好故事",宗旨是在新中国成立70周年之际,鼓励广大作者用笔刻画身边故事,抒发爱国情怀。

10月23日,郭羽、刘波联袂创作的《网络英雄传之黑客诀》新书首发仪式暨作品研讨会在浙江师范大学举行。

10月23日,"2019年北京市向读者推荐优秀网络文学原创作品"发布活动在十月文学院(佑圣寺)举行。此次活动由北京市新闻出版局主办,北京十月文艺出版社、凤凰互娱承办,是第四届十月文学月重点活动之一。活动正式发布《长城守卫者》《新养老时代》《匠心》等21部推优网络文学原创作品名单,现实题材作品高达18部。

10月25日,电影《少年的你》上映,由曾国祥导演,周冬雨、易烊千玺主演。电影因聚焦校园暴力等现实性问题,且在电影艺术层面上达到了较高水平,被部分影评人和观众誉为"国产良心""年度最佳",在豆瓣也获得了8.3分的高分(截至2019年12月31日)。但与此同时,原著小说《少年的你,如此美丽》(玖月晞,晋江文学城,2015年)被指涉嫌抄袭东野圭吾的《白夜行》等作,且作者玖月晞被反抄袭群体称作"融梗女王",其多部小说均有抄袭争议,引发了网友对该电影的反感和抵制。

10月25日,首届大湾区杯(深圳)网络文学大赛、第十届深圳青年文学奖、第六批深圳重点文学作品扶持等系列评选活动公布结果。首届大湾区杯(深圳)网络文学大赛获奖10人、入围20人;第十届深圳青年文学奖10人;第六批深圳重点文学作品扶持20人。

10月25日,"中国网络诗歌20年纪念会"在首位中文网络诗人诗阳的家乡安徽芜湖举办。会上公布了"中国网络诗歌20年大奖"名单。

10月27日,中国作协网络文学现实题材创作培训班在上海举行。此次活动由中国作协网络文学中心和上海作协主办。本次培训是中国作协2019—2020年全国文学业务骨干培训第5期,来自全国各地的100余位网络作家参加培训。在培训期间,何弘、肖惊鸿、程晓龙、李晓亮、许道军、黄平等专家学者分别为学员授课。

10月29日,网络文学界学习贯彻党的十九大精神座谈会在北京举行。中国作协网络文学联席会议办公室副主任安亚斌主持会议。来自全国各地的60余位网络作家、评论家、网络作协代表、文学网站代表参加会议。

10月30日,由QQ阅读携手湖南大学岳麓讲坛共同举办的"中国制造是怎样炼成的"主题分享会落地长沙。阅文集团作家齐橙、湖南大学中国语言文学学院副院长、全民阅读研究中心主任刘舸教授共同亮相,就"现实主义网络文学创作""新中国成立70年间的工业发展历程"等话题与现场师生进行了深度分享。

10月31日,连尚文学逐浪网名家&公益作家凌晨举办新书分享会。凌晨是90后人气网络作家、连尚文学逐浪网签约作家、浙江省网络作协会员、中国网络作家村村民、杭州牧文影视文化工作室创始人,进修于北京大学,作品有《第二次初婚》《一见皇叔桃花开》《寻茶缘》《毒后天下》《越吟之下》。

10月31日,芒果TV2020招商资源推介会在上海举行。《锦衣之下》《三千鸦杀》《掌中之物》等片花曝光。

11月1日,《天下网安:缚苍龙》在咪咕小说开始连载。2020年9月,该小说入选"2019年度中国网络文学排行榜"之"中国网络小说排行榜"。

11月2日,庆祝新中国成立70周年·首届全国网络文学现实题材主题征文大赛在南京颁奖。此次活动由中国作协网络文学中心、中共江苏省委统战部、江苏省作协指导,江苏省网络作协、南京市文联和连尚文学共同主办。大赛共有24部优秀作品获奖,《天梯》《旷世烟火》分获完结组和未完结组一等奖。

11月2日,为加强和改进出版物重大选题备案工作,国家新闻出版署印发《图书、期刊、音像制品、电子出版物重大选题备案办法》。该办法指出,列入备案范围内的重大选题,图书、期刊、音像制品、电子出版物出版单位在出版之前,应当依照本办法报国家新闻出版署备案。未经备案批准的,不得出版发行。

11月4日,阅文集团与韩国原创网络文学平台Munpia(株式会社文笔雅)共同在韩国首尔举行了网文作家交流会。阅文集团高级副总裁、总编辑林庭锋及旗下爱潜水的乌贼、乱、会做菜的猫、别人家的小猫咪、晨星LL、我会修空调、妖夜、愤怒的香蕉等作家出席了此次交流会。Munpia创始人Hwan Chul Kim、联合创始人Dong Won Shin等高管及旗下多位知名作家、编辑出席了此次交流会。

11月4日,酥皮阅读女性向征文大赛正式启动。

11月4日,小说《少年的你,如此美丽》的作者玖月晞发布长篇微博否认抄袭。该作者是否抄袭融梗再次引发网友热议。

11月6日,网友举报《少年游——第21届全国新概念作文大赛获奖作品选》上刊登的《古董》一文涉嫌抄袭网文作家北南发表在晋江文学城网站的作品《碎玉投珠》。对此,萌芽杂志社回应称,《古董》一文的确构成抄袭,决定取消参赛者许如珵二等奖的成绩,收回获奖证书,扣发《古董》一文的稿费和样书。

11月6日,爱奇艺云腾计划七期中标暨八期启动发布会在北京举行。在本次活动中,爱奇艺全新发布了又一实力新厂牌"爱奇艺云腾新厂牌计划·慈文集团",并宣布将率先对获得第一届爱奇艺文学奖的悬疑、探险、科幻类作品《归墟三千界》进行改编开发。在发挥优秀文学作品驱动效应的同时,共同挖掘IP的影视价值。

11月7日,鲁迅文学院第十六期网络文学作家培训班结业典礼在北京举行。中国作协副主席、鲁迅文学院院长吉狄马加出席结业典礼,并为学员们颁发结业证书。

11月8日,杭州市网络作协举办新的社会阶层人士(网络作家)主题创作培训。浙江文学院副院长海飞,浙江省作协副主席、浙江传媒学院教授鲁强,杭州市网络作协主席、杭州师范大学教授夏烈,分别携佳作《惊蛰》《小欢喜》《大神们:我和网络作家这十年》陆续登场。

11月8日,杭州平治信息发布公告,拟收购网易云阅读业务的全部核心资产及网易文漫的100%股权。

11月8日,北京首次开展网络文学内容审核能力测试,系统检测网络文学企业的审核能力。北京地区24家网络文学网站参与测试。

11月10日,阅文集团旗下女性阅读品牌红袖读书为其作家吉祥夜举办出道十周年粉丝见面会。殷寻、唐欣恬、米西亚、纳兰雪央、汤森等作家到场一同庆祝。在活动现场,吉祥夜谈女频网文创作的三大转变。

11月10日,杭州电子科技大学宿管阿姨汤杏芳被邀请开写作课。虽只有小学文凭,但汤杏芳常年坚持写作,是浙江省网络作协的会员,曾6年写6部小说,共计200多万字。

11月10—12日,"河北省网络文学现实题材创作研修活动"在石家庄举行。活动由河北省作协主办、河北文学院承办。来自全省的50余名网络作家、评论家参与此次活动。

11月11日,横扫天涯的《造化图》在起点中文网开始连载。

11月12日,国王陛下的同名小说改编剧《从前有座灵剑山》在爱奇艺、腾讯视频播出。

11月13日,为深入学习贯彻党的十九届四中全会精神,扎实推进"不忘初心、牢记使命"主题教育,连尚文学组织召开党的十九届四中全会精神专题学习会。

11月14日,"2019扬子江网络文学原创作品大赛"公布结果。此次活动由中共江苏省委宣传部、江苏省新闻出版局、江苏省作协联合举办。13部获奖作品中有6部出自连尚文学。

11月15日,"自贸港背景下的网络文学出海论坛"在海南省三亚市举行。此次活动由中国作协网络文学中心、海南省作协主办,海南省网络作协承办。18位知名网络作家、31位海南网络作协代表、10位国内网络文学专家、多家文学网站代表参加了主题论坛。与会专家谈道,此次论坛对于探索中国网络文学海外传播的新途径、新方法、新机制,促进网络文学健康发展将发挥积极作用。

11月15日,"2019北京民营企业百强"榜单在北京发布。掌阅科技荣登"2019北京民营企业文化产业百强"榜及"2019北京民营企业科技创新百强"榜。

11月15日,掌阅旗下书山中文网豪掷千万元的首届征文圆满落幕。此次大赛邀请了月关、天使奥斯卡等业内顶尖作家和影视、出版等泛娱乐领域的专家领衔评审团对参赛作品进行评选。共计89部作品成功入围,叶擎苍《凌天神帝》荣获一等奖。

11月16日,QQ阅读携手深圳港铁打造"M地铁·图书馆","M地铁·图书馆——阅读分享会"活动在深圳图书馆举办。在会上,阅文集团作家凤歌、阅文集团内容出版部商务总监苏博、港铁(深圳)副总经理钱宇宏、深圳图书馆副研究馆员肖楠,围绕数字阅读、儿童成长等话题与现场观众进行了零距离分享与互动。

11月16日,第三届网络文学双年奖颁奖典礼在宁波慈溪举办。此次活动由浙江省网络作协、宁波市文联、中共慈溪市委宣传部主办。蒋胜男《燕云台》获金奖。吉祥夜《写给鼹鼠先生的情书》、无罪《剑王朝》、子与2《银狐》获银奖。冰临神下《孺子帝》、李枭《无缝地带》、丁墨《乌云遇皎月》、骠骑《零点》、蒋离子《老妈有喜》、风御九秋《参天》获铜奖。另有15部作品获优秀奖。

11月16日,首届海南岛国际图书(旅游)博览会上举行有关网络文学的两个分论坛:新时代网络文学题材的转型与升级、网络文学的产业化与国际版权合作。在新时代网络文学题材的转型与升级分论坛上,鲁迅文学院研究员王祥提出学习好莱坞电影和美剧,推动网络文学的世界化。

11月18日,网络作家墨香铜臭原创纯爱小说《魔道祖师》的改编剧《陈情令》泰国版在泰国大火。主演肖战荣获由泰国媒体评出的"2019泰国头条新闻年度风云人物奖"。

11月18日,山东网络作家重点选题创作研讨会在济南召开。此次活动由山东省作协主办。5部网络作家作品得到山东省2019年"文学精品打造工程"专项扶持。

11月18日,中国网络作家村带领网络作家参观横店影视城。村民夜摩、少封、指间天下、童童、圣骨架等人参与了此次活动。本次活动共历时3天,网络作家们深入地了解了影视行业的创作生产流程,对网络IP改编影视作品有了更加清楚的认知。

11月20日,靡宝Zoey发微博称其两年前被告侵权绿亦歌作品案的法院判决书已下。两年前其原创的短文作品《可曾记得爱》被"高级融梗",反而被对方作者状告侵权。法院基于具体情节表达的对比,判定两文"实质性相似",驳回了原告的全部诉讼请求。

11月22日,塔读文学联手水滴公益,推出面向低收入网文作家和从业者的灯塔计划,保障从业者的基本福利和家庭收入。

11月23日,湖北省网络作家协会第一届一次会员大会在武汉召开。大会审议通过了《湖北省网络作家协会章程》《湖北省网络作家协会财务管理办法》《湖北省网络作家协会秘书处工作制度》《湖北省网络作家协会理事会工作制度》,选举产生了湖北省网络作协第一届理事 22 名。理事会第一次会议选举网络作家匪我思存为湖北省网络作协首任会长,沈小群、猫腻、罗晓、沧溟水、吱吱、心在流浪和午夜清风当选副会长,沉金为监事,张志鲁为第一届理事会秘书长。

11 月 23 日,2019 年度辽宁网络文学"金桅杆"奖颁奖暨辽宁网络文学孵化基地、网络文学研究中心揭牌仪式在大连举行。辽宁作为文学大省,涌现出多位极具影响力的网络作家,在各自擅长的题材领域取得了令人瞩目的成绩。该奖项设立以奖励当年获得重要网络文学奖项、入选重要网络文学项目、影视改编作品产生较大影响的辽宁省网络作家。

11 月 25 日,株洲市第一届网络文学论坛举行。网络文学作家 40 余人齐聚一堂,共同探讨现实题材和网络文学的融合,为推动网络文学的健康发展建言献策。

11 月 26 日,猫腻的同名小说改编剧《庆余年》在腾讯视频、爱奇艺首播。

11 月 27 日,中共江苏省委宣传部、省新闻出版局、省作协在南京召开 2019 扬子江网络文学原创作品大赛获奖作品座谈会。会上为《传国功匠》等 13 部获奖作品的作者和南京市新闻出版局等 3 家优秀组织单位颁奖,并举行相关作品的影视版权、海外版权输出和图书出版等签约仪式。

11 月 29 日,"四川网络文学季暨数字文化嘉年华"在洛带古镇天府网络文学产业园隆重开幕。活动为期 3 天,将围绕网络文学、动漫游戏、音乐演艺、版权交易、汉服走秀、cosplay、文创展览等内容举行大小 10 余场活动,知名网络作家卷土、雨阳等重磅嘉宾也将莅临出席。在活动期间,洛带天府网络文学产业园将举办网络文学产业业务峰会、首届天府数字文化版权交易展等行业会议。全国首个网络文学实体体验式书店"悦读玩家"也将在数字嘉年华期间开业。

11 月 29 日,咪咕阅读签约作家管平潮入选中国作协"深入生活,扎根人民"主题实践先进个人,也是本次先进个人表彰里面的唯一网络作家。

11月29日,艾媒数据中心发布最新研究报告,从2011年起,中国网络文学用户规模呈现上升趋势,2018年中国网络文学用户规模突破4亿人,2020年中国网络文学用户规模将达4.4亿人。经过近10年的发展,2018年中国网络文学市场规模达162亿元,2020年有望突破200亿元。

11月30日,中南大学召开网络作家流浪的军刀《血火流觞》作品研讨会。湖南省作协名誉主席欧阳友权、湖南作协党组副书记游和平、《湘江周刊》主编龚旭东以及流浪的军刀、妖夜、贼眉鼠眼、应景小蝶等知名网络作家共同参与本次研讨。

11月30日,由《证券时报》联合芒果超媒举办的"IP价值挖掘与产业协作研讨会"在湖南长沙召开。来自国内IP产业链上下游的文化传媒企业、学界代表共聚一堂,探讨国内IP开发培育新趋势、新特点。同时,中影营销、芒果超媒、完美世界等企业代表介绍了各自在IP开发培育方面的经验或思考。此外,《证券时报》发起举办的"2019中国超级潜力IP评选"结果也在此次研讨会上揭晓,掌阅文学旗下《画骨女仵作》《读心追凶》,咪咕阅读作品《网络英雄传Ⅱ:引力场》《吻安,我的费先生》等荣获2019中国超级潜力IP评选TOP10(网文类)奖项。

11月30日至12月1日,"肩负新使命、攀登新高峰——山西网络文学工作会暨首届网络作家培训班"在太原举办。11月30日上午,首先举行了山西省作协网络文学专业委员会成立暨首届网络作家培训班开班仪式。接下来的两天培训,中国作协网络文学中心主任、网络文学专家何弘,中国作协网络文学中心研究员、中国作协网络文学研究院副院长肖惊鸿,中国文艺评论家协会副主席、中国传媒大学特聘教授张德祥,中共山西省委宣传部版权管理处处长杨志云为学员进行了专题授课。

12月1日,四川省南充市网络作家协会成立。卡之洛娃(罗志华)当选南充市网络作协主席,月下蝶影(唐永慧)、一丝不苟(苟熙)、游泳的鱼(戴玉霞)、月亮不发光(诸辉)、大野(杨耀元)当选副主席。自在飞花(张驰)当选秘书长(法人代表)。南充市网络作协聘请蒋川龙为名誉主席。

12月1日,中文在线2019年度盛典开启。本届盛典除个人赛环节外,新增加了战队赛环节。全新的活动道具,新颖的玩法,更有网站作者加入战队。

12月3日,阅文集团旗下女性阅读旗舰产品红袖读书宣布推出"游戏开放平台",首次合作《新剑侠情缘手游》。

12月3日,全球知名社交网站Tumblr公布2019年全球电视剧热度排前50名的作品。国产剧集《陈情令》排第36名,是首部登上榜单的中国剧集。

12月4日,猫腻的同名小说改编网剧《庆余年》最新剧情滕梓荆下线引发争议。编剧王倦发长文回应该剧改编问题。

12月4日,因《盗墓笔记》版权纠纷,欢瑞世纪向南派三叔索赔100万元,北京市朝阳区法院已受理此案。

12月5日,浙江省宁波市鄞州区百丈街道办事处迎来著名网络作家"苍天白鹤"。据悉,"苍天白鹤"将会把旗下企业落户于该街道,成立同名文化传媒有限公司,为辖区内网络文化创意产业带来新气象。

12月5日,著名网络作家江南在小说《龙族Ⅴ:悼亡者的归来》连载中发布章节《致各位亲爱的读者》,表示其已患有抑郁症。在治疗期间,他决定通过一段长时间的断更,来完成对《龙族》的修订工作。

12月5日,第四届金陀螺奖颁奖典礼在深圳举办。阅文集团根据IP定制改编手游《新斗罗大陆》荣获"年度人气IP类游戏奖"。这款手游改编自阅文集团作家唐家三少的代表作品《斗罗大陆》。

12月6日,由无罪的小说《剑王朝》改编的同名电视剧开播。

12月8日,绍兴网络作协与掌阅文学交流活动顺利举行。活动邀请掌阅白金作家月关来到柯桥"有书会"举办交流会。

12月9日,唐家三少、管平潮、蒋胜男、南派三叔等近百位网络作家回到杭州市滨江区白马湖畔,参加中国网络作家村二周年"村民日"活动暨第二次村民大会。

12月9日,首届全国大学生网络小说大赛正式启动。作品征集在线上和线下同时开展。此次活动由中国网络作家村等主办。

12月10日,江西省上饶市网络作家协会成立大会在上饶市高铁经济试验区隆重召开。大会通过了协会章程和选举办法,选举产生了上饶市网络作协第一届领导班子,并聘请著名网络作家犁天担任上饶市网络作协荣誉主席。

12月10日,阅文集团作家蒋胜男小说《燕云台》研讨会在杭州中国网络作家村举行。国内多位著名文学评论专家参加了研讨会。蒋胜男对《燕云台》小说的创作初衷及要表达的思想做了发言,并与专家们进行了交流。

12月11日,"江苏省网络作家进校园"活动举行。此次活动由泰州市网络作协主办,南京市网络作协与无锡市网络作协联合支持,南京理工大学泰州科技学院承办。

12月11日,连尚文学举办作家年会,开启"守正创新,奉献精品"的红色之旅活动。由网络文学编辑和网文作家组成的团队前往海南省红色娘子军纪念园、六连岭等红色革命圣地参观学习。

12月11日,中国作协发布《中国作家协会个人会员申请审批办法》,2020年开始正式实施。该办法新增关于网络作家申请加入中国作协的明确要求。

12月11日,2019年四川省网络作家高级研修班在成都开班,由四川省网络作协主办。

12月12日,襄阳市网络文学学会发起并设立"中国襄阳·岘山网络文学奖"。"岘山网络文学奖"设有最具影响力作品奖、最佳有声改编奖、最佳动漫改编奖、最佳影视改编奖、最佳现实主义题材奖、推广襄阳古城特殊贡献奖等10个奖项。该奖项计划每两年举办一次,以襄阳为举办地,立足襄阳,辐射和汇聚汉江流域及全国网络文学力量,力争做成网络文学领域的襄阳文化名片。

12月13日,互影科技(北京)有限公司完成近亿元A轮融资,由阅文集团领投、叠纸游戏跟投,叠纸游戏曾出品《恋与制作人》《奇迹暖暖》《闪耀暖暖》等爆款游戏。

12月14日,湖南省网络作协举办学习贯彻十九届四中全会精神专题研修班,在毛泽东文学院举行。湖南省网络作协的理事和部分会员代表共计90人参加学习。

12月14日,首届湖南省十大网络作家评选活动颁奖典礼暨第二届湖南省十大网络作家评选活动启动仪式在毛泽东文学院举行。二目、丁墨、不信天上掉馅饼、极品妖孽、妖夜、罗霸道、贼眉鼠眼、流浪的军刀、愤怒的香蕉、蔡晋获评"湖南十大网络文学作家";一梦黄粱、乙己、风卷红旗、可大可小、叶天南、只是小虾米、半弯弯、浅茶浅绿、乘风御剑、酒中酒霸获评"湖南十大网络文学新锐作家"。在颁奖典礼后,还举行了第二届湖南省十大网络作家评选活动的启动仪式。

12月14日,掌中云文学在福州举办掌中云2019年作者交流会,会议主题为"传播你我,联结梦想"。共有30多位领导及掌中云优秀签约作家齐聚现场。会议现场公布了"掌中云原创小说征文大赛""掌中云新媒体畅销奖""掌中云新媒体之王"等奖项。芭了芭蕉、风云、晚秋枫客、发飙的天空、3楼、牛二v587、大大洋洋共7位作家获得大奖。

12月15日,德阳市网络作家协会成立,天蚕土豆担任名誉主席。

12月16日,甘肃省网络作协第一次会员代表大会暨成立大会召开,选举产生了甘肃省网络作协第一届理事会和主席团。马晓芝等48人当选甘肃省网络作协第一届理事会理事;滕飞当选甘肃省网络作协第一届主席团主席,刘金龙(胡说)当选常务副主席,云宏(孑与2)、冉耀生(书狂人)、许万杰(猪三不)、李国瑞(乱世狂刀)、杨诚诚(奥丁般纯洁)、张桂香(月下魂销)、赵武明、高晨茗(志鸟村)当选副主席。

12月16日,阅文集团新一代墨水屏阅读器"口袋阅Ⅱ"正式上市。阅文集团电子书阅读场景再升级。据悉,这是国内首款支持移动网络(拨打电话、发送短信、联网)的电子阅读器。

12月16日,天眼查信息显示,北京量子跃动科技有限公司(字节跳动)投资"吾里文化",持股13.04%加注网文市场。

12月16日,掌阅作家月关的作品《南宋异闻录》有声版在酷狗首发上线。

12月17日,三声2019第四届中国新文娱·新消费年度峰会召开。阅文集团CEO吴文辉做了《IP产业链进入价值回归周期,文娱行业下半场开启》主题演讲。在他看来,IP产业链正式进入价值回归周期,IP开发也进入精品化、产业融合的新时代。文娱行业的下半场真正开始了,未来考验的是用户运营能力和产业运营能力。

12月18日,今日头条正式推出木叶文学网。木叶文学网支持付费订阅、全勤奖、广告分成、礼物打赏、版权衍生开发等多元变现方式,为优秀原创作家提供了丰厚的扶持资源。

12月18日,网络大咖何常在携新书《荣光》加入连尚文学,新作《荣光》在连尚文学旗下原创平台逐浪网正式上线发布。

12月18日,南京银行杯·第七届南京市文化产业"金梧桐奖"在南京国家领军人才创业园出炉。现场发布了"南京文化企业十强"等六大奖项的获奖名单。连尚文学荣膺"南京文化企业十强""年度杰出表现奖""最具投资价值企业十强"三项大奖,连尚文学CEO王小书当选"年度贡献人物"。

12月19日,22岁山东省网络作家刘炳浩(齐狂生)语音输入日更7万字,创一天写下7.5万字新纪录。据悉,其一年创作数百万字,单部小说点击量过千万。

12月19日,在2019广州国际文学周上,阅文总编辑与网文名家联合发布《网络文学全面助力小康年倡议书》,倡议作家通过网络文学的创作对全面建成小康社会和创造美好小康生活做出贡献。

12月22日,起点读书与你好酒店达成合作,双方将通过线上线下场景深耕打造专属阅读空间,共同推进数字阅读与睡前场景的融合,加速满足用户全场景的阅读需求。当日下午,阅文集团作家、热门网剧《从前有座灵剑山》作者国王陛下现身上海你好·未之贰拾壹酒店举办书友见面会,近距离与粉丝互动交流。

12月22日,第一届长沙市优秀网络文艺作品出炉,8部作品获奖。《三尸语》《少女心永不毕业》被评为优秀网络文学新人新作,《贞观大闲人》《放开那个女巫》《极限拯救》《降龙觉醒》《荣耀之路》被评为优秀网络文学作品。

12月22日,长沙市网络作协召开第一届理事会第二次会议。著名网络作家流浪的军刀当选长沙市网络作协主席,贼眉鼠眼(关云)为市网络作协常务副主席,老慕(邓谦)为市网络作协秘书长。

12月23日,浙江省作协和浙江传媒学院签订战略合作协议,共建网络文学创作与研究基地和网络文学院。同时,我国首家网络文学院——浙江网络文学院在浙江传媒学院正式成立,填补了国内网络文学学历教育的空白。

12月24日，三七互娱与阅文集团签订10年长约，将再打造5款《斗罗大陆》IP移动游戏。

12月25日，广东网络作协发布《关于开展广东网络作家调查的启事》。

12月25日，纵横文学旗下知名作者乱世狂刀的新作《剑仙在此》在纵横中文网开始连载。

12月25日，阅文集团与国内人工智能公司彩云科技合作的30部AI翻译网文作品，上线阅文旗下海外门户起点国际。

12月26日，阅文集团与300余家出版机构举办合作大会，发布"优质内容首发计划"。阅文集团已与2 000多家优秀的各类合作方建立了内容合作关系，实现了47个品类共600余种子品类的电子版权内容出版。其中，不仅包括《哈利·波特》《百年孤独》等世界级畅销作品及《芈月传》《麻雀》《九州·海上牧云记》等影视原著，还拥有莫言、张爱玲、村上春树、东野圭吾等海内外知名作家的出版物电子书。

12月27日，网络文学特色产业调研组到连尚文学调研座谈。大家围绕南京世界文学之都在网络文学领域的发展战略，就打造网络文学精品、IP版权衍生转化、产业规划、文化产业政策展开讨论，并表示要创造性地构建网络文化产业链，促进新时代网络文学行业高质量发展，为建设好文学之都做出更大的贡献。

12月27日，言情作品《凤回巢》小说主题曲在QQ音乐、酷狗音乐、酷我音乐三大平台上线。以首个联合共创和出品的小说主题曲上线为开端，阅文集团与腾讯音乐娱乐集团深度探索"文学＋音乐"的跨界合作也正式起步。

12月28日，中国作协发布《关于征集2019年中国网络小说排行榜参评作品的启事》，作品征集将于2020年1月15日截止。

12月28日，蓝色狮的同名小说改编剧《锦衣之下》在芒果TV、爱奇艺联合播出。

12月29日，由中国小说学会主办、中共兴化市委宣传部承办的2019年度中国小说排行榜在兴化揭晓。二目的《魔力工业时代》、cuslaa的《宰执天下》、横扫天涯的《天道图书馆》等10部作品入选网络小说排行榜。

12月30日，华尔街投资银行Jefferies首次发布对阅文集团评级报告，给予"买入"评级,对应目标价37.3港元。

12月30日,亚马逊中国权威发布2019年度Kindle阅读榜单。从Kindle电子书的销售总量来看,《三体全集》《长安十二时辰》和《明朝那些事儿》备受中国读者青睐,位列"2019亚马逊中国Kindle年度付费电子书畅销榜"前三名。而在2019年上线的电子书新书中,《都挺好》《美国陷阱》和《显微镜下的大明》位列"2019亚马逊中国Kindle年度付费电子书新书榜"前三名。

12月31日,为充分发挥先进典型的示范效应和引领作用,激励全省广大网络作家和网络文学工作者推出更多精品力作,四川省网络作协面向全省网络作家征集2019年度"十大影响力作品""十佳人气作品"和"十佳IP作品"并予以表彰。

12月31日,江苏省"全民阅读春风行动"主场活动在邳州市铁富镇举办。作为江苏省网络文学龙头企业,连尚文学与铁富镇中心小学签署"志愿帮扶协议书",将助力铁富镇中心小学打造一间标准化电子阅览室——"连尚文学梦想阅览室",并开展其他帮扶活动。

2020 年

1月2日,为深入学习贯彻习近平新时代中国特色社会主义思想和党的十九大精神,进一步推动"深入生活、扎根人民"主题实践活动向纵深发展,中国作协发布《关于2020年度定点深入生活项目申报的通知》,引导广大作家坚持以人民为中心的创作导向,加强现实题材创作,推动我国文学事业繁荣发展。

1月6日,国内数字阅读领军平台掌阅联合浙江传媒学院新闻与传播学院在北京发布了《掌阅2019年度数字阅读报告》。该报告基于掌阅平台超过1.2亿月活用户,指出读者对品质的重视以及IP改编的力量。

1月7—8日,由中国出版协会与中国新闻出版研究院共同举办的第十三届新闻出版业互联网发展大会在北京举行。大会以"全媒体创新、高质量发展"为主题,共同探讨了新闻出版与互联网融合的发展前景。

1月8日,书旗小说发布"书旗宇宙"计划,以传播中华侠客精神让中国人自己的英雄走向全世界为使命,打造了开放性IP生态体系。《剑仙》《星河浩劫》《我真不是武神》《强者无双》等IP项目已经确定了在影视、动漫、游戏等领域的衍生方向及故事内容。同日,改编自著名网络作家天蚕土豆的同名小说的动漫《元尊》在腾讯视频、优酷、爱奇艺、bilibili四大平台上线。

1月9日,由北京图书订货会组委会、中国出版集团有限公司、新华书店总店主办的"2020全国馆社高层论坛"在北京中国国际展览中心顺利举办。本次论坛旨在促进图书馆界、出版界、发行界行业交流,切实推动馆配行业可持续发展。中文在线荣获"全国优秀图书馆数字内容供应商"奖项。

1月11日,浙江省政协委员、省作协副主席、滨江区作协主席、知名网络作家管平潮在浙江两会现场提出三个提案:加强社区小微图书馆的建设、由政府立项助力浙江网络文学出海、加强浙江省高校对网络文学的教学研究和人才培养。

1月12日,为期一天半的吉林市网络作协第二届年度总结大会在吉林顺利闭幕。与会代表一致认为,网络文学发展应从重数量向重质量的方向转变,并利用网络文学创作者能平等表达与有效交流的平台优势,推出更多接地气的好作品。

1月13日,中国文娱指数盛典暨《艺恩文娱数据白皮书》正式发布。在年度最具改编潜力IP榜单中,灰狐的科幻文学作品《固体海洋》入围TOP10,见证了中国华语科幻市场的繁荣发展。掌阅文学画骨师的作品《繁星织我意·上》获得艺恩年度最具改编潜力IP奖。

1月14日,改编自匪我思存的同名小说的网剧《东宫》,在湖南卫视白天档偶像独播剧场播出。

1月14—18日,中国人民政治协商会议贵州省第十二届委员会第三次会议在贵阳举行。在会上,贵州省政协委员、网络作家晴了(段存东)表示,相关部门应为脱贫攻坚现实题材文艺作品单独设置奖项以鼓励创作。

1月14日,中国人民政治协商会议江苏省第十二届委员会第三次会议在江苏大会堂隆重开幕。江苏省政协委员、著名网络作家跳舞(陈彬)亮相江苏省政协会议并接受采访,表示希望能有更加优惠的税收政策,呼吁有关部门量化网络小说审核细则,制定明确的审核标准。

1月15日,余杭区作家协会2019年会暨余杭区网络作家协会成立大会在浙商开元名都酒店举行。杭州市网络作协主席夏烈在本次会议上被聘为余杭区网络作协名誉主席。他对区网络作协的成立提出了三个要求:一要从时代大势的高度认识网络文学,二要联络、服务好会员,三要工作创新。

1月18日,由阅文集团携手东方卫视主办的"2019阅文原创文学风云盛典"在东方卫视播出。本次晚会以"中国好故事、共筑新时代"为主题,数百位阅文旗下高人气网络作家和影漫游公司等产业合作伙伴齐聚一堂,共同见证了众多名家名作的荣誉时刻。现场发布了备受瞩目的2019年度中国原创文学风云榜,并重磅推出2019TOP影游改编价值书单,权威盘点2019年中国网络文学及IP改编年度表现。2019阅文超级IP风云盛典暨第五届中国原创文学风云榜盛典推荐名单有原创文学风云榜男生频道TOP10:爱潜水的乌贼《诡秘之主》、老鹰吃小鸡《全球高武》、寻青藤《谍影风云》、净无痕《伏天氏》、志鸟村《大医凌然》、真熊初墨《手术直播间》、育《星临》、圣骑士的传说《修真聊天群》、晨星LL《我要当学霸》、会说话的肘子《第一序列》。原创文学风云榜女生频道TOP10：叶非夜《好想住你隔壁》、囧囧有妖《余生有你，甜又暖》、一路烦花《夫人你马甲又掉了》、苏小暖《神医凰后》、锦凰《你好，King先生》、无尽相思《遇见，傅先生》、浮屠妖《你是我戒不掉的甜》、公子衍《南城待月归》、墨泠《这个大佬画风不对》、寒武珊《倾国策之西方有佳人》。超级风云成就作家：爱潜水的乌贼。风云潜力青年作家：天瑞说符。风云海外原创作品：*His Genius Wife Is A Superstar*（《天才娇妻是巨星》）。超级动漫改编作品：动画电影《全职高手之巅峰荣耀》、动画番剧《斗破苍穹特别篇2：沙之澜歌》。超级游戏改编作品：《新斗罗大陆》手游。超级影视改编作品：《庆余年》。超级影视改编价值男频作品：志鸟村《大医凌然》、争斤论两花花帽《我的1979》、形骸《罪无可赦》、吨吨吨吨吨《生活系游戏》、虾写《商踪谍影》。超级影视改编价值女频作品：吱吱《花娇》、天下归元《帝凰》、希行《重生之药香》、冬天的柳叶《似锦》、妣锦《乔先生的黑月光》。超级游戏改编价值作品：会说话的肘子《第一序列》、国王陛下《崩坏星河》、鹅是老五《天下第九》、远瞳《黎明之剑》、齐佩甲《超神机械师》。现实主义改编价值作品：舞清影《他从暖风来》、徐婠《生活挺甜》、离月上雪《投行之路》、莫伊莱《凶案调查》、艾左迦《职场新生》。

1月22日，改编自唐七的同名小说的网剧《三生三世枕上书》，在腾讯视频独家上线播出。

1月24日，肖映萱在《文艺理论与批评》上发表《"嗑CP"、玩设定的女频新时代——2018—2019年中国网络文学女频综述》。文章认为，近年来女频网文世界发生了非常重要的新变化，无论是作品的人物、世界、爱情关系，还是读者的共情方式都在发生着改变，女频网文开始进入一个"嗑CP"、玩设定的新时代：新一代的女频读者渐渐不满足于看两个人物谈恋爱，而开始热衷于"嗑"一对"CP"；言情不再是女频绝对的叙事中心，能将世界设定玩出花样的作品也开始获得关注。这一变化发端于2014年前后，到2018年后终于通过大量的典型文本显现出来，并极有可能最终改变女频网文的整体风貌。

1月26日，阅文旗下的QQ阅读开通了"科学防护，共度时艰"免费阅读专区,上线由各地疾控中心、权威专家学者等编写的 20 多本防控书籍,包括"科学战'疫'""心理防护""抗疫的历史""防控法律法规"等多个分类,帮助读者全面了解防控相关知识。

1月,邵燕君、肖映萱主编的《中国网络文学双年选(2018—2019)女频卷》由漓江出版社出版,选收了 2018—2019 年完结或已连载主体部分并有更新的作品,在参照各主要文学网站榜单和粉丝圈口碑的基础上,筛选具有较高文学性乃至经典性指向的作品。

1月,邵燕君、吉云飞主编的《中国网络文学双年选(2018—2019)男频卷》由漓江出版社出版。

2月3日,为了鼓舞全省网络作家和广大人民群众的"战疫"斗志,坚定"战疫"信心,夺取"战疫"胜利,四川省网络作协在全省网络作家及网络文学工作者中广泛开展"网文川军'战疫'同行"作品征集活动。

2月6日,阅文集团网文大咖老鹰吃小鸡的新作《万族之劫》首发于起点中文网。该作品迅速成为一部现象级畅销作品,称霸起点月票榜、人气榜第一,年度内获得999万推荐票和44万月票。

2月9日,阅文集团发布"我们的力量"征文大赛公告,鼓励网络文学作家和各行业人士,挖掘普通人在疫情中勇于奉献、攻坚克难的精神力量,弘扬网络文学正能量。

2月10日,吾道长不孤的《赛博英雄传》作为科技题材新作上架起点中文网。小说以编程能力为武功构架,利用编程和黑客技术来战斗,引出赛博武道的概念,战斗描写生动、带劲、异样、有张力,融入反乌托邦、末日废土和侠义精神等要素。

2月12日,改编自阿里签约作家安徒生的同名小说的网络电影《魔盗白骨衣》在院线上映。

2月14日,改编自极品妖孽的同名小说的电影《绝世战魂》在腾讯视频独家上映。同日,改编自木童心的同名小说的网剧《时光与你都很甜》在芒果TV播出。

2月17日,蒋离子的《糖婚:人间慢步》首发于翻阅小说,是《糖婚》三部曲中的第二部。小说入选中国作协2020年重点扶持作品,在橙瓜网现实题材2020年6月连载排行榜居第10位。全书以民办教育行业为背景,以职业女性与全职太太的角色换位为切入点,糅合婚恋情感生活和女性职场,讲述了一个横跨12年的成长励志故事。

2月17日,国家广播电视总局推荐的"2019中国电视剧选集"正式出炉,多部2019年热播的优质电视剧作品榜上有名,涵盖了军事、历史、行业、古装等多种题材电视剧。其中,两部由网络小说改编的电视剧《知否知否应是绿肥红瘦》《都挺好》入选。

2月21日,中国作协启动"同舟共济,战'疫'有我"征文活动。各省市作协以及全国40余家重点文学网站参加活动,共征集到作品14 043部(篇)。23日,举办知名网络作家"同舟共济,传递文学正能量"行动,组织100名网络作家以视频接力的形式集体发声。

2月25日,改编自神猴大叔的同名小说的网络电影《摸金祖师》,在腾讯视频独家上映。

2月26日,中共中央宣传部公布2019年文化名家暨"四个一批"人才、宣传思想文化青年英才名单。网络作家蒋胜男、李虎(笔名"天蚕土豆")和阅文集团CEO吴文辉、掌阅科技CEO成湘均等入选。

2月29日,据橙瓜数据网统计,2020年2月,在线阅读App前10位的平台共覆盖超过3.8亿台独立设备,与1月相比有小幅度的提升。

3月1日,国家互联网信息办公室发布了《网络信息内容生态治理规定》。鼓励数字阅读、网络游戏、网络动漫服务首页首屏、精选、榜单类、弹窗等网络信息内容服务平台坚持主流价值导向,优化信息推荐机制,加强版面页面生态管理。

3月9日,第七批浙江省宣传文化系统"五个一批"人才入围人选公示。咪咕文学院院长管平潮入选。

3月15日,卖报小郎君的《大奉打更人》在起点中文网上架。虽然该小说的故事背景是架空的古代,但故事内核保留了传统的都市悬疑文风,以破案为主线,融合都市、仙侠、悬疑等多种元素。该小说创造了起点中文网最快10万均订、起点仙侠第一本10万均订、起点高订纪录创造者三项纪录。

3月17日,掌阅科技发布了非公开发行预案,拟向百度集团旗下股权投资公司百瑞翔定向增发募集资金7亿元。在发行完成后,百度将持股8.8%,成为公司第三大股东。根据双方签署的协议,掌阅科技意在借助于百度的全链条内容产业优势,加速掌阅科技对优质数字阅读内容衍生形态的拓展以及IP运营能力的提升。

3月18日,阅文集团宣布与腾讯音乐达成战略合作,共同开拓长音频有声作品市场。阅文集团将授权腾讯音乐将其平台上的文学作品制作为长音频有声读物,双方可以在各自平台上向全球发行有声作品,推动内容在不同场景下融合变现。

3月19日,古兰月的《冲吧!丹娘》首发于咪咕阅读,是中国作协2020年网络文学重点扶持作品、庆祝中国共产党成立100周年主题专项。小说以革命先烈施奇为原型,描述了她荡气回肠的一生。

3月19日,改编自十四郎的同名小说的网剧《三千鸦杀》在芒果TV、优酷视频两大平台上线。

3月19日,改编自酒小七的同名电视剧《冰糖炖雪梨》在江苏卫视、浙江卫视首播,并在优酷平台同步播出。该剧发行至海外多个国家,包括俄罗斯、美国、日本等。

3月24日,麦苏的《荣耀之上》上架连尚文学网旗下的逐浪网。该作品聚焦城市救援题材,是连尚文学参与主办的"新时代的中国"第二届全国网络文学现实题材主题征文大赛参赛作品。《荣耀之上》是麦苏转战现实题材网络小说的又一力作。小说跌宕起伏、节奏明快,以一个又一个城市救援故事串联起来,通过向薇、朱小竹、姚天、冯军等众多一线基层消防员的形象塑造,展现出了鲜活的、充满力量的、昂扬向上的年轻群体,以这一群"最美逆行者"的感人事迹与生动画卷表现了青年一代敢担重责、勇于奉献、刚毅坚贞、不怕牺牲的英雄风貌。

3月25日,许苗苗在《中国文艺评论》上发表《网络文学:再次面向现实》。文章认为,早期自发创作的网络文学中并不缺乏现实题材,其中以青春情感类、都市生活类最多，一些边缘话题、私人话题和争议话题也时有出现。随着现实创作资源的消耗、市场对幻想题材的追捧以及作者和网站对监管的规避等，网文呈现出背向现实的趋势。然而，现实题材网文并未销声匿迹。扶植力度的导向、市场需求变化的推进、作者突破固定模式的写作意愿等，支撑现实题材网文再度兴起，网络文学重新面向现实。在网络文学这个涵盖面广、包容丰富的领域里，现实题材时常借用幻想手法，幻想题材也会折射现实问题，幻想和现实相互依存。健康的网络文学生态必然拥有百花齐放的格局，无论现实题材或非现实题材，都应在其中享有开放、自由、广阔的空间。

3月30日，"新时代的中国"第二届全国网络文学现实题材征文大赛在南京正式启动。本届大赛的目的在于引导网络文学作家坚持以人民为中心的创作导向，记录新时代、书写新时代、讴歌新时代。

4月3日，杭州亚运会宣传形象大使、著名网络作家、中国网络作家村村长唐家三少献唱亚运宣传歌《勇敢飞翔》，为2020年杭州亚运会加油。

4月5日，改编自拉棉花糖的兔子的同名小说的动画片《我开动物园那些年》在bilibili平台上线。

4月5日，中文在线旗下17K签约作家风御九秋，受读者打赏，成为全网第一位获得2亿盟荣誉的作家。

4月6日，改编自余耕的小说《如果没有明天》的超级网剧《我是余欢水》在爱奇艺、腾讯视频、优酷视频播出。该剧以诙谐荒诞的方式描写了社会底层小人物余欢水的艰难境遇与心路历程。

4月7日，改编自米兰Lady的小说《孤城闭》的电视剧《清平乐》在湖南卫视播出，在腾讯视频同步播出。

4月13日，网信办、发展改革委、工业和信息化部、公安部、安全部、财政部、商务部、人民银行、市场监督管理总局、广电总局、保密局、密码局联合发布《网络安全审查办法》。修订后的《网络安全审查办法》不仅增加了有关网络平台运营者的条文，还增加了多项有关数据安全的条文，对数据安全的重视程度更高、覆盖对象的范围更广、审查指标更加量化。

4月14日，全国"扫黄打非"工作小组办公室通报6起制售传播淫秽色情等有害信息重点刑事案件和2起网络行政案件。坚决打掉网络黑灰产业链，并将对典型案件加大曝光力度。

4月15日，阅文集团"2020原创文学白金大神作家"最新名单发布，包含男频新晋白金作家2名（会说话的肘子等）、大神作家17名，女频新晋白金作家5名（一路烦花等）、大神作家17名（青衫取醉等）。至此，阅文旗下白金、大神作家人数共有428位。

4月16日，趣头条旗下的网络文学产品米读宣布推出"平民英雄"计划，在未来3年内，将投入不低于10亿元的资金及流量资源，重点挖掘、扶持一批优质的潜力作者，强化内容建设。米读此次斥资10亿元打造的作者扶持计划，包括为网文创作者提供定向的流量扶持、专业运营服务和高额的奖金激励。

4月20日，由掌阅文学旗下签约作者任怨的奇幻力作《元龙》改编的同名漫画上线。

4月20日，"钱潮杯"首届青年创意家·网络文艺评论奖活动在杭州启动。该奖项分设网络文学与网络短视频评论双主题。文学评论主要针对"浙江网络作家作品"及其影视改编的审美、价值评价。

4月22日，阅文集团在旗下在线阅读平台QQ阅读、起点读书、红袖读书以及合作渠道微信读书上线第一批七部互动小说，再次开启阅文数字阅读平台的全新内容体验。互动小说，是指读者可以在阅读中自主选择关键情节走向，从而使故事多线程发展以及可演变多种结局的创新小说类型。这种新型小说颠覆了传统阅读形式，大大提升了读者阅读过程中的参与感，为他们带来了新奇有趣的沉浸式阅读体验。

4月23日，共青团中央社会联络部联合阅文集团共同发起"战疫担当·悦读青春"主题系列活动。来自阅文的多位知名作家做客平台直播间，分享他们的写作故事与读书体会。同时，双方还在QQ阅读平台推出多个阅读专区、开放大批抗疫主题优秀作品资源。

4月23日，第五届"咪咕杯"网络文学大赛正式启动。本届大赛由咪咕数字传媒有限公司主办，面向全网征集原创网络文学作品，持续一年。其旨在通过汇聚优秀网络文学作家，聚合形式多元、题材丰富的原创网络文学作品，挖掘优质内容,打通书影音 IP 产业链,为用户打造多元化阅读体验。

4月23—30日,以"e阅读,让生活更美好"为主题的第六届中国数字阅读大会在线上举行。各界大咖与观众在线交流,助力数字阅读行业不断升级。

4月27日,阅文集团宣布管理团队调整,现任联席首席执行官吴文辉和梁晓东、总裁商学松、高级副总裁林庭锋等部分高管团队成员荣退,吴文辉将调任非执行董事和董事会副主席,梁晓东和其他高管将会担任集团顾问,助理管理团队的平稳过渡。腾讯平台与内容事业群副总裁侯晓楠出任阅文集团总裁和执行董事,推动阅文深度联动腾讯和行业伙伴,迈向全新的发展阶段。

4月30日,第六届广西网络文学大赛正式启动。大赛以"全民共筑中国梦,勠力同心奔小康"为主题,通过优秀的网络文学作品来记录全国各族人民同心携手、决胜全面小康、决战脱贫攻坚的历史征程。

4月,今日头条小说频道品牌升级为"番茄小说",并宣布全场免费。

5月1日,由阅文集团联合多家原创网站主办的第四届全国现实题材网络文学征文大赛获奖名单公布。其中,《生活挺甜》《何日请长缨》《投行之路》《情满沂蒙》《中国石油人》《大国航空》等作品上榜。

5月5日,由网文作家在网络平台,针对网络文学平台阅文集团发起,以断更的方式,抵制阅文集团推出的作者权益缩水的新合约。后称"55断更节"。

5月6日,阅文集团为平息"合同风波",召开阅文作家恳谈会,就各界质疑做出回应。明确"著作人身权"属于作者,付费模式也会继续巩固,免费阅读机制尚在讨论,并承诺新合同将在一个月内推出。

5月7日,中文在线与蜻蜓FM运营实体麦克风达成战略合作。对于此次投资,中文在线方面对媒体表示,主要基于看好音频行业良好的市场前景,拓宽公司海量版权的变现渠道,提升版权价值。

5月10日,欧阳友权的《网络文学价值的三个维度》发表在《江海学刊》上。文章认为,网络文学切入"网络性"与"文学性"之间的价值关联,需要从网络时代社会变迁和网络作家人文审美的主体选择上考辨网络文学价值律成的必然性,据此可探寻的维度有:网络文学的虚拟体验,蕴含了社会转型期人们在赛博空间的梦想与抵抗;网络技术平权下的读者本位,规制了网络作家平视审美的价值立场;类型小说的"套路"叙事,是网络创作中艺术适配创新性的价值选择。

5月15日,四川省作协印发《关于通报表扬2019年度全省作协系统先进集体与先进个人的通知》,对成都市作协等34个先进集体和王德宝等70名先进个人予以通报表扬。其中,四川省网络作协被评为2019年度全省作协系统先进集体。

5月19日,改编自艾小图的小说《恋爱才是正经事》的电视剧《幸福触手可及》在湖南卫视首播,在优酷、爱奇艺、腾讯视频同步播出。

5月27日,人力资源和社会保障部办公厅、文化和旅游部办公厅发布《关于深化艺术专业人员职称制度改革的指导意见(征求意见稿)》。该意见将体制外文艺组织从业人员,包括网络作家、签约作家等新的文艺群体以及非公有制经济领域艺术从业人员的职称评审纳入其中。

6月1日,作为第十届书香中国·北京阅读季的重点项目之一,"悦读·小康有我"主题征文活动正式启动。活动紧紧围绕2020年全面建成小康社会、决胜脱贫攻坚这条主线,围绕第十届书香中国·北京阅读季"书香飘京城,悦读颂小康"的主题,大力、持续推进书香北京建设,真实反映老百姓过上小康生活的获得感、幸福感、安全感。

6月2日,人民日报数字传播有限公司与阅文集团正式签署战略合作协议。双方将依托阅文集团数字内容与多元化渠道优势,探索新媒介语境下网络文学创作的现实主义传统重建。

6月5日,阅文集团发布关于进一步扩大网络文学整版联盟的公告,展现一系列打击盗版成果,并推五大实质举措打击盗版。"笔趣阁"一案为阅文针对冠以"笔趣阁"之名的盗版集群发起的诸多案件之一,被列为2019年江苏省打击侵权盗版十大典型案例之一。

6月8日,《人民日报》刊发文章《网络文学:既要高质量也要正能量》。文章认为,"总体上看,网络文学良莠不齐、泥沙俱下的问题还较为突出,在质量、品位、价值观和导向等方面还有很大改进空间,平庸之作较多,历史虚无主义、伦理道德、凶杀暴力、过度色情描写等问题依然存在,甚至还出现历史观、民族观、边疆观、史学观错误。老百姓特别是广大青少年家长迫切要求加强网络文学管理,进一步改变网络文学生态"。

6月10日,改编自纯风一度的同名小说的网剧《奈何BOSS又如何》在芒果TV上线播出。

6月12日,国家版权局、工业和信息化部、公安部、国家互联网信息办公室联合发布《关于开展打击网络侵权盗版"剑网2020"专项行动的通知》。继续巩固网络文学、动漫、网盘、应用市场、网络广告联盟等领域取得的工作成果,推动各地结合自身特色工作因地制宜扩大专项行动战果。

6月14日,国家新闻出版署发布《国家新闻出版署关于开展"优秀现实题材和历史题材网络文学出版工程"作品评选工作的通知》,拟每年对10部优秀现实题材和历史题材网络文学作品进行扶持推广,推动网络文学提高质量、多出精品。

6月15日,国家新闻出版署发布《关于进一步加强网络文学出版管理的通知》,要求规范网络文学行业秩序,加强网络文学出版管理,引导网络文学出版单位始终坚持正确出版导向,坚持把社会效益放在首位,坚持高质量发展,努力以精品奉献人民,推动网络文学繁荣健康发展。

6月15日,由人民日报社、中国福利会指导,人民日报数字传播公司旗下"人民阅读"平台、中国中福会出版社、阅文集团共同发起的"中国儿童数字阅读中心"在中国福利会少年宫正式揭牌成立。同时,旨在鼓励支持儿童文学创作主体,推动儿童文学优质内容供给的"中国儿童文学扶持计划"正式启动。

6月18日至8月15日,由中共深圳市委宣传部、深圳市文联指导,深圳市作协、阅文集团、澳门基金会联合举办的"2020年第二届大湾区杯(深圳)网络文学大赛"活动正式启动。活动设立"最正能量奖""最具时代奖""最具创新奖""现实大奖""历史大奖"等10项作品奖。

6月19日,中国作协网络文学中心发布《2019中国网络文学蓝皮书》。该报告认为,网络文学现实题材创作的数量和质量进一步提升,新生力量不断涌现,进一步扩大创作队伍,研究评论更受重视,理论方法更趋自觉。

6月,由翻阅小说与册府文学联合策划发行,网络作家苏曼凌所著的大运河主题文学《京杭之恋》由吉林文史出版社出版。该书诠释了大运河文化的精神内涵和人文情怀,展示和传播了中华优秀传统文化,进一步增强全社会对中华文化、运河文化的自信。同时,故事中所弘扬的工匠精神,更需要在快节奏发展的信息时代进行宣导和树立,极具现实意义。

6月,陈定家的《网络时代的文学转向》由中国社会科学出版社出版。该书提出,自20世纪90年代以来,中国文学经历了市场化和网络化两大转向。在这一转向的过程中,形形色色的"消亡论""淘汰说""变性观"交相呼应,由此,文学研究也日渐呈现出"价值体系崩溃""理论话语失序""批评准的无依"的严峻局面。市场与网络的一体化对自然、社会和人类心灵所造成的冲击和影响超乎想象,从听、说、读、写到衣、食、住、行,从时空观念到思维方式甚至生活习惯,无不受其左右与牵制。在这种背景下,新兴网络文学承担着融通数字化生存和拯救文化审美性的双重历史使命。为此,如何用马克思主义文艺理论规范和引导风生水起的网络文学及其相关研究,传统文学理论如何与网络时代的文艺生产和审美现实相适应,文学生产如何随着网络社会的发展而获得新的生命,文学研究与文学理论应该怎样及时更新观念,如何对网络时代的新生艺术现象做出学理化总结和批判性阐释,如何评价网络技术与网络文化对文学生产及其审美取向的影响,如何促进网络文学的人性化与人文化等,都是当代文学尤其是网络文学生存与发展过程中亟待研究的重大课题。该书对这些课题进行了探讨,并尝试提出解决方法。

7月1日,月关的最新力作《青萍》在掌阅震撼发布。该作品作为一部仙侠题材小说,想象瑰奇、韵味十足。

7月5日,改编自非天夜翔的同名小说的动漫《天宝伏妖录》在bilibili平台上线播出。

7月9日,"晋江禁止创作中出现自杀情节"的消息在网络上流传,一时引起不少网络作家的恐慌。晋江文学城官方微博账号贴出了《关于清理文章宣扬自杀等有害信息的重要通知》的补充说明,称"不是不让出现'自杀情节',而是不让'宣扬自杀'"。

7月9日,国家网信办秘书局发布《关于开展2020"清朗"未成年人暑期网络环境专项整治的通知》。结合属地管网治网实际,紧紧围绕与未成年人密切相关的平台环境,强化问题导向和效果导向,通过深入清理一批有害信息,大力整治影响青少年健康上网的突出问题。

7月9日,为庆祝中国共产党成立100周年,在中共上海市委宣传部的指导下,上海市作协举办"红旗颂——献礼建党百年·百家网站·百部精品"征文活动,以优秀的网络文学作品迎接建党100周年的到来。此次活动特请中国作协作为指导单位。

7月10日,第39期陕西北路网文讲坛开讲。文学史料研究者孔海珠、上海大学中国创意写作研究中心教授张永禄和青年作家君天与读者一同探讨了红色文化带给网络文学的影响。

7月14日,中文在线集团宣布与字节跳动达成框架合作协议,将旗下知名IP作品授权给字节跳动旗下的番茄小说及西瓜视频等平台使用。就在几日前,字节跳动刚刚宣布再投资网络文学平台塔读文学。

7月20日,鲁迅文学院第17期网络文学作家培训班在北京举办。本次培训借助于网络平台进行授课和交流,在吸纳以往办学经验的基础上,充分结合本期学员具体特点,利用网络教学的优势,对课程进行了精心安排。

7月20日,夏烈、段廷军在《中国文学批评》上发表《网络文学"无边的现实主义"论——场域视野下的网络文学现实题材创作20年》。文章认为,网络文学的现实题材和现实主义创作是近年来网络文学研究的热点之一,也是国家意识形态主导下具有网络文学"成人礼"寓意的要求律令。持何种现实主义标准对标网络文学此类作品,应深入网络文学自身传统以及发展的现实主义理论来综合考量。从作品特征、场域力量等方面可将网络文学现实题材创作分为"自发时期"和"自觉时期",而"无边的现实主义"式的开放性则为当下网络文学定位了三种现实主义的发展路径。

7月31日,位于马栏山(长沙)视频文创产业园的中国网络文学小镇迎来第一批网络文学作家入驻。中国网络文学小镇的正式运营,将为"北有中关村,南有马栏山"的宏伟目标增添新的发展动力,并成为长沙文化产业的新地标。

8月4日,爱奇艺文学云腾计划+启动发布会在北京举行。在此次发布会上,爱奇艺正式启动云腾计划+影视计划,联合爱奇艺多个工作室、外部影视方共同打造自制、定制影视作品。爱奇艺在孵化好作品、培养好作者的同时,通过云腾计划赋能影视IP开发,以文学驱动影视,生态赋能文学,以文学和影视的紧密结合最大程度地拉动行业继续往前行。

8月4日,首届"天马文学奖"评审结果发布会在上海市作协举办。血红《巫神纪》、齐橙《大国重工》、猫腻《择天记》、何常在《浩荡》、吉祥夜《写给鼹鼠先生的情书》5部作品获奖。

8月6日,长三角文艺评论发展联盟论坛在杭州开幕。长三角各高校网络文艺专业负责人、网络文艺研究者、评论者、组织者及网络文艺相关企业代表百余人参加论坛。

8月7日,陕西省网络作家协会成立大会在西安举行。大会审议通过《陕西省网络作家协会章程》,选举产生陕西省网络作协第一届主席团、理事团与监事团成员。申大鹏(笔名"风圣大鹏")为首任协会主席。

8月12日,"2020上海书展"正式开幕。本届书展以"破圈"为亮点,呈现出高品质、多维度、线上线下联动的特点。阅文旗下白金作家爱潜水的乌贼、血红、一路烦花陆续来到活动现场与读者互动交流。

8月15日,由中国作协网络文学中心主办的首期全国网络作家在线学习培训班正式开班。其旨在进一步扩大培训覆盖面,引导广大网络作家深入学习贯彻习近平新时代中国特色社会主义思想,加强网络作家思想建设和队伍建设。

8月21日,以"新时代、新机遇、新发展"为主题的第六届中国网络文学论坛在内蒙古赤峰开幕。围绕网络创作与发展举行新时代网络文学发展趋势论坛、网络文学现实题材创作论坛等分论坛。

8月21日,全国网络文学工作会议暨全国网络文学重点园地工作联席会议在内蒙古赤峰举行。中国作协党组成员胡邦胜对各地作协和各网络文学网站开展网络文学活动的现实情况与潜在问题进行仔细了解,并对未来网络文学工作提出期待。

8月25日,湖北网络作家午夜清风的网络文学新作《微粒之重:一位疫区普通人的生活纪实》在移动终端掌阅上线。这部抗疫文学作品以"我"的视角,见证了"我"及以"我"为中心的"家庭""企业""社区""城市""故乡""亲人"等由疫情带来的各种权衡撕扯和生活改变。

8月29日,在国家版权局的指导下,中国版权协会文字版权工作委员会在北京成立。这是由文字作品版权领域相关单位和机构自愿组成的公益性群众团体,是中国版权协会下属的二级委员会,为非独立法人单位。

8月31日,国家图书馆与阅文集团携手合作,共同举办"珍藏时代经典,悦享网络文学"发布会并建立战略合作关系。阅文集团成为国家图书馆互联网战略保存基地。来自阅文平台的《庆余年》《琅琊榜》等百部网文佳作入藏国家图书馆,向读者开放借阅。

8月,周志雄主编的《网络文学教程》由高等教育出版社出版。该书对我国网络文学的历史语境、发展现状、发展脉络、文体特点、作品类型、代表作家、文学网站、叙事艺术、IP转化、传播与接受、文化意蕴、艺术风格、评价体系、网络文学的未来等问题进行分析讲解。帮助学生了解网络文学,掌握网络文学的创作规律;激发学生网络文学写作、研究的热情,推动我国网络文学更好地发展。该书适合汉语言文学、新闻学、影视传播学等专业选修课使用,可作为通识课教材,也可供文学爱好者阅读。

9月1日,点众科技旗下百川中文网上线。该网站由原网易文学总编辑洛古特携资深编辑团队创建并独立运营。

9月4日,改编自随侯珠的同名小说的网剧《拾光里的我们》在腾讯视频平台播出。

9月6日,由第四届中国"网络文学+"大会组委会主办,推文科技和人民阅读承办的第四届中国"网络文学+"大会"走出去"论坛在北京成功举办。近百位网络文学行业人士出席论坛,围绕"让中国好故事全球传播",共同探讨中国网络文学海外传播的新途径、新方法、新机制。

9月6日,第三届that's阿拉伯网络小说创作与翻译大赛颁奖典礼在北京举行,阿拉伯地区有包括埃及《金字塔报》在内的100多家主流媒体、共计300

多家各类媒体报道了此次大赛。

9月10日,改编自墨香铜臭的小说《人渣反派自救系统》的动漫《穿书自救指南》,在腾讯视频平台上线播出。

9月12日,四川彭州市作协举办文翁题材长篇网络小说创作研讨会。

9月15日,改编自蓝白色的同名小说的网剧《我喜欢你》在腾讯视频平台上线播出。

9月17日,以"新时代·梦可期"为主题的第五届海峡两岸新媒体原创文学大赛颁奖典礼在中国出版集团举办,共有16部作品获奖。大佳银奖:《深圳三部曲》《网疫》;大佳铜奖:《际遇》《省重点中学》《夜幕之塔》;优秀奖:《我们都是天使》《北方的尘埃》《金沙汉子》《炊烟》《去橡山吧》《暖暖》《河套》《如果生命停止了转动》;"战疫有我"微征文特别作品奖:《侠骨柔情,原不过身边的平凡》《我的妈妈在武汉》《抗疫笔记》。

9月23—25日,为期3天的甘肃省首届"融入乡村生活·记录脱贫故事"网络作家培训班在甘肃白银开班,各地区共20位知名网络作家参与研讨。目的是借此机会学习交流,提高全省网络文学创作水平,进而通过网络文学为经济社会添彩助力。

9月28日,由小说云文学与武汉锦阅文化公司合力打造的连载短剧《百亿上门女婿》,在抖音、快手、爱奇艺、优酷等平台全网同步首发。以单集一分钟的时长,满足用户碎片化娱乐的需求,被称为"网文界首部赘婿题材连载短剧"。

9月28日,人力资源和社会保障部官网发布《人力资源和社会保障部文化和旅游部关于深化艺术专业人员职称制度改革的指导意见》。该意见明确畅通网络作家等新的文艺群体从业人员职称评审渠道,确保其与国有文化艺术企事业单位艺术专业人员在职称评审上享有同等待遇。

9月30日,改编自天下霸唱的小说《鬼吹灯》的网剧《鬼吹灯之湘西密藏》在腾讯视频上线播出。该片讲述了胡八一为救身中剧毒的大金牙,带领摸金铁三角二入湘西瓶山的故事。

9月,桫椤的《网络文学:观察、理解与评价》由海峡文艺出版社出版。该书收录了桫椤自2008年到2019年撰写的网络文学评论文章50篇,分为三个专辑:"观察与理解""创作与批评""作品评论"。该书围绕网络文学对当代文学的贡献、网络文学催生新文化的可能性、网络文学的民族性与大众化、网络文学的文化价值、网络文学的审美调适与品质提升等问题展开探讨,为广大读者提供了一个很好的认识和了解网络文学的视角。

9月,黄发有的《网络文学内外》由海峡文艺出版社出版。该书认为,随着20多年来互联网的快速发展,网络文学在我国已经形成具有中国特色的新兴文化现象,成为我国不断推进的改革开放实践在文化领域取得的重要成果,为满足我国人民更丰富的精神文化需求做出了重要的贡献,值得好好研究。该书收录了作者十几篇研究网络文学的文章,从多个角度反映了中国当下的网络文学状况,颇有真知灼见。

9月,邵燕君的《网络文学的"新语法"》由海峡文艺出版社出版。该书认为,网络文学经历了"传统网文"发展阶段,正向"二次元"和数据库写作的方向发展,这进一步表明了网络文学的新媒介属性。对"传统网文""起点模式""金字塔生态系统"等几个基础性概念做了界定,梳理网络文学在不同发展阶段的特点以及形成这些特点的原因。网络文学类型本身具有价值,类型套路是一种集群体智慧的文学发明。通过梳理网络文学创作模式,概括出稳定的网络文学评价标准。网络文学评价体系的确立有助于推动网络文学经典化问题的讨论和网络文学的历史化研究。

9月,周根红的《网络文学与网络文化》由海峡文艺出版社出版。该书从网络文学的生产与传播、网络文学的产业发展、网络文学的影视改编、网络文化研究4个方面展开论述。先围绕网络文学生产机制与传播动力、网络文学产业化发展展开论述;继而探讨网络文学影视改编现象,逐渐引入网络文化研究,拓宽了网络文学研究视域;最后探究网络文化对社会所产生的潜移默化的影响。该书逻辑分明,勾勒出作者关于网络文学思考的知识架构,对网络文学研究者有一定的启发意义。

9月,欧阳友权主编的《中国网络文学年鉴2019》由新华出版社出版。该书内容包括网络文学年度综述、文学网站、活跃作家、热门作品、网络文学阅读、理论与批评、网络文学的文化产业、研讨会议与重要事件、网络法规与版权管理、少数民族网络文学、2019网络文坛纪事等专题。

9月,庄庸等主编的"华语网络文学智库丛书"由中国青年出版社出版。其中,《爽点宇宙:中国网络文学阅读潮流研究(第2季)》是一部以解剖、分析、研究网络文学爽点建构的模式与具体应用为主的研究型作品。该书以《剑王朝》《将夜》和《择天记》三部网络文学作品为例,论证了讲故事写爽文的网络文学都是以"爽点"为原点,来建构自己的故事情节。进而将爽点建构的过程与原理,解读、诠释和建构为一个全新的造词、理论与方法论模型——爽点宇宙。《爽感爆款系:中国网络文学阅读潮流研究(第3季)》分为14章,从不同的视角剖析天蚕土豆《斗破苍穹》的爽点所在及其成为爆款爽文的原因,通过剖析爽文建构机制,为网文写作、IP改编提供参考。《文运迷楼说:中国网络文学阅读潮流研究(第4季)》是一部解剖、分析、研究网络文学在"讲故事的革命"这种现实趋势和未来发展潮流中的话语体系变革、讲故事写爽文的技术标准与理念体系创新,以及价值观念的颠覆与重建的智库研究型作品。作品以烽火戏诸侯《剑来》这部关键节点上的标杆性作品作为具体分析样本的小切口,撬动了贯穿于中国网络文学所有发展阶段的轴心大杠杆——"讲故事的革命"。

10月10日,邵燕君在《文艺研究》上发表《以媒介变革为契机的"爱欲生产力"的解放——对中国网络文学发展动因的再认识》。文章认为,中国网络文学的发展动因是一场以媒介革命为契机的"爱欲生产力"的解放,草根读者的文学消费权获得前所未有的满足,创作能量也被极大激发。对网络文学概念的定义不能回避商业性,而与爱欲劳动相关的商业性必须是粉丝经济。"以爽为本"的网络文学可定义为以互联网为媒介的新消遣文学。新消遣文学基于互联网的新媒介属性,具有"自由享受"和"自由创作"的积极面向。在理想的网络空间,文学可以按照现实原则和快乐原则分成两大类。每个人都可以自由地"登录"不同的文学空间,也需理解、遵循不同空间的文学原则。

10月17日,中国社科院文学研究所网络文学研究室在北京成立。中国社科院文学研究所所长刘跃进表示,网络文学研究室成立,是文学学科发展的现实需要,也是网络文学学科建设史上的一个大事件。

10月19日,阅文影视联合腾讯影业、新丽传媒举办2020年联合发布会。

这是阅文影视、腾讯影业、新丽传媒三大平台首次以"组合拳"的形式正式出现在公众面前。阅文集团上游丰富的 IP 储备和内容分发能力，与下游腾讯影业、新丽传媒的动漫、影视等多元 IP 开发结合，这势必构成一个更加开放、更具联动性与系统性的 IP 生态。

10月21日，改编自笑佳人的小说《宠后之路》的网剧《如意芳霏》在爱奇艺平台上线播出。

10月24日，第31届中国科幻银河奖系列活动在成都举行。网络作家火中物的科幻作品《我真没想当救世主啊》荣获"中国科幻银河奖——最佳网络文学奖"。

10月24日，由中国文艺理论学会网络文学研究分会、安徽大学网络文学研究中心主办，杭州万派财经文学研究院承办，掌阅文化、浙江文艺出版社协办的郭羽、溢青网络小说《脑控》线上研讨会举行。

10月29日，由中国"网络文学+"大会联合第27届北京电视节目交易大会（2020·秋季）共同承办的主题为"编辑赋能，助力 IP 内容跨越"的网络文学影视化论坛在北京成功举行。会议就当时 IP 影视化市场中备受关注的提高网络文学创作水平的必要性以及 IP 改编的精品化制作标准等话题，进行深度剖析与解读。

10月29日，第二届扬子江网络文学周开幕式暨第二届泛华文网络文学金键盘奖颁奖典礼在南京举行。在文学周期间，由江苏省作协主办的长三角文学发展联盟网络作家研修班开班。现实题材类《朝阳警事》、玄幻仙侠类《牧神记》、都市幻想类《别想打扰我学习》、军事历史类《宰执天下》等多部作品获奖。

10月31日，改编自墨香铜臭的同名小说的动漫《天官赐福》在 bilibili 平台国创频道上线播出。

11月2—4日，全国网络文学理论研讨会在杭州举行。与会代表从网络文学的创作、评价、研究等角度出发，就网络文学的发展实际与理论现状展开研讨，在中国网络文学发展史上具有重要意义。

11月3日，中文在线发布《17K 小说网蓝皮书》。从该报告可以看出，17K 小说网免费与付费渠道不断拓展，有声书与微短剧等轻衍生形式花样改编，专业编辑团队助力优质作品创作,全新福利与权益保障吸引更多作家入驻平台创作内容,平台收入也不断增长。

11月3日,改编自蒋胜男的同名小说的电视剧《燕云台》在北京卫视播出,并在腾讯视频同步播出。

11月5日,国家知识产权局办公室发布《关于印发〈知识产权信息公共服务工作指引〉的通知》。坚持政治引领、服务大局,坚持稳字当头、稳中求进,坚持落实为要、质量优先,进一步做好2022年知识产权工作,扎实推进知识产权事业高质量发展。

11月9日,2020年四川省中青年作家高研班在成都开班。经过层层遴选,50余位来自全省各市州的中青年作家受邀参加高研班。四川省作协特别邀请李洱、李怡、贾梦玮、季亚娅、刘阳、吴佳骏、彭学明等茅盾文学奖得主、高校文学院院长、文学名刊编辑参与授课。

11月11日,全国人民代表大会常务委员会发布《关于修改〈中华人民共和国著作权〉的决定》,进一步完善网络文学领域的版权问题和著作权保护。

11月15日,黎杨全在《文学评论》上发表《网络文学、本土经验与新媒介文论中国话语的建构》。文章认为,人们借用了各种外来理论来分析中国网络文学的先锋性,推进了相关研究,但忽视了它在世界范围内的独特性。需要"回到事物本身",梳理网络文学的中国经验。中国经验表现为四个方面:文学活动的社会化与群体性互动、文学制度的重构与探索、产业化模式的建构、文本渗透的社会无意识与媒介化写作经验。中国经验带来了文论建设的契机,新媒介文论中国话语的建构可成为摆脱中国当代文论危机的突破口,在资本、权力、媒体、技术等话语缠绕中,马克思主义成为"不可逾越的视界",建构以草根批评与土著理论为基础的新媒介文论生产结构,实现理论话语的创新。

11月16日,以"开放文学力量,网聚时代精彩"为主题的首届上海国际网络文学周在上海浦东开幕。开幕式上发布了《2020网络文学出海发展白皮书》,并揭晓了一系列海外热门作品奖项。

11月18日,改编自青青绿萝裙的同名小说的网剧《我有特殊沟通技巧》在芒果TV平台上线播出。

11月18日,文化和旅游部推出《文化和旅游部关于推动数字文化产业高质量发展的意见》。该意见提出,到2025年,培育20家社会效益和经济效益突出、创新能力强、具有国际影响力的领军企业,各具特色、活力强劲的中小微企业持续涌现,打造5个具有区域影响力、引领数字文化产业发展的产业集群,建设200个具有示范带动作用的数字文化产业项目。

11月19日,改编自北倾的小说《美人宜修》的网剧《好想和你在一起》在腾讯视频平台上线播出。

11月19日,中国作协网络文学中心在北京举办全国网络文学重点园地工作联席会议,共同探讨网络文学"十四五"期间的工作目标和远景规划。

11月20日,阅文集团宣布正式成立阅文起点大学,并发布"青年作家扶持计划",称将在未来投入亿元资金与资源,扶持青年作家的创作与发展。此外,随着腾讯影业、新丽传媒、阅文影视"三驾马车"的协同持续深化,依托腾讯新文创体系和新丽旗下编剧资源,各领域的优秀创作者也将陆续加入,担任导师,传授一线经验。

11月24日,由中国文联文艺评论中心、中国文艺评论家协会主办的"优秀网络文艺评论的评价标准"研讨会在北京举行。周由强、刘树勇、胡建礼等围绕主题展开了精彩对谈。

11月27—28日,首届"中国襄阳·岘山网络文学奖"颁奖典礼暨"网络作家的时代担当与使命"主题交流会启动。颁奖典礼现场揭晓了10个奖项与10个提名奖。

12月2日,江苏省徐州市检察院对笔趣阁、菠萝小说等6家小说网站侵犯著作权的案件进行判处。

12月3日,人民文学出版社与字节跳动战略合作协议签约仪式在北京举行。双方将从内容创作、品牌合作、数字阅读、技术运营等领域进一步加深合作。李少红、李洱、郝景芳、骆新在仪式现场开启了"书房计划"的首场直播——"网络时代下的文学",为线上线下的读者贡献了一场跨界对话。

12月7日,中央电视台财经频道播出的《经济半小时》围绕"数字产业就业"话题,对我国网络文学行业的就业情况进行了关注和报道。阅文集团总裁、腾讯平台与内容事业群副总裁侯晓楠,阅文集团白金作家希行以及新晋网络文学作家曲小蛩等接受采访。

12月9日,由中国作家村与橙瓜网联合承办的网络文学高峰论坛活动在杭州白马湖建国饭店隆重举行。来自全国各地的知名网络作家、网文行业与文娱企业代表参加了此次论坛。

12月9日,第二届辽宁网络文学"金桅杆"奖结果揭晓。月关的《青萍》、骠骑的《雪在烧》、徐公子胜治的《欢想世界》、雾外江山的《太乙》、风咕咕的《春风故事》、陌上人如玉的《恋爱吧,修灯师》和酒徒的《盛唐日月》七部作品上榜获奖。

12月14日,国家市场监督管理总局发布消息,根据《中华人民共和国反垄断法》规定,对阅文集团收购新丽传媒控股有限公司股权未依法申报违法实施经营者集中案进行了调查,并对其处以50万元人民币罚款的行政处罚。

12月17日,由迪士尼中国、卢卡斯影业和阅文集团共同推出,全球首部中国作者原创的星战网络文学《星球大战:白银誓约》正式上线。这是首个进入星球大战正史的中文网络文学故事,将于阅文旗下起点读书App、QQ阅读App等渠道与读者见面。

12月17日,"陕西北路主题网络小说创作讨论会"在陕西北路600号的中国历史文化名街展示咨询中心举行。君天、梦风、闲听落花3位网文作家受邀为这条街创作3篇网络小说。

12月21日,腾讯动漫、阅文动漫首次共同亮相,在苏州周庄联合举办主题为"要想富,先修路"的创作者闭门交流会。在交流会上,腾讯动漫和阅文动漫宣布,在坚定支持原创动漫发展及加大动漫IP开发力度的基础上,启动网文漫改计划,共同推进300部阅文小说的漫改,并对创作者开放多种合作模式。漫改名单包括《大奉打更人》《大周仙吏》《第一序列》《绍宋》《天启预报》《万族之劫》《问丹朱》《小阁老》《余生有你,甜又暖》等。

12月30日,136位知名网络作家经过充分酝酿和讨论,联合发出《提升网络文学创作质量倡议书》,呼吁全国网络作家坚持正确创作导向,深入生活,扎根人民,传承中华文脉,承担时代责任,抵制低俗、庸俗、媚俗,反对抄袭跟风,加大现实题材创作力度,坚定文化自信,拓展国际视野,讲好中国故事,推进网文出海,推动网络文学精品化创作。

12月31日,由杭州师范大学国际网络文艺研究中心发起的"钱潮杯"第二届青年创意家·网络文艺评论奖在杭州正式启动。其旨在团结行业同人,选拔青年网络文艺理论评论人才,形成新型知识共同体。

2021 年

1月8日,第六届广西网络文学大赛揭晓。小说类一等奖作品《山中有棵树》以女干部进村扶贫为主线,叙写了两代人克服恶劣自然条件和因地制宜发展乡村经济的扶贫故事。散文类一等奖作品《灯火渺茫》以故乡村庄的夜灯为切入点,回忆人生路上的人和事。诗歌类一等奖作品《乡愁布鲁斯(组诗)》以细腻的语言刻画中国乡村的美。

1月10日,第二届湖南十大网络文学作家(作品)颁奖仪式在长沙举行。其中,雪珊瑚、可大可小、南音音、洛小阳、西楼月、叶天南、磨剑少爷、欧阳烈、寂寞读南华、独孤求剩等10人被评为"第二届湖南网络文学作家";风卷红旗的《永不解密》、陈韵妤的《撞上总裁赖上我》、曾紫若的《婚牢》、一梦黄粱的《兔子必须死》、何许人的《荣耀之路》、应景小蝶的《共待花开时》、只是小虾米的《武逆》、半弯弯的《强势婚爱》、唐以莫的《盛少撩妻100式》、安如好的《铜婚》等10部作品被评为"第二届湖南网络文学作品"。

1月13日,"讲好红色故事,献礼建党百年——首届红色题材网络小说征文大赛"正式启动并面向全国征稿。大赛由中国作协网络文学中心,中共甘肃省委宣传部、省委统战部、省委网信办指导,省文联、省文明办、共青团省委、省青联、读者出版集团主办,省作协、省直机关青联、省网络作协承办,甘肃银行协办,晋江文学城、七猫中文网、磨铁文学、奇迹文学、火星女频、咪咕文学、悦读纪、喜马拉雅、橙瓜网、海阅文学、字节有趣等文学网站、内容平台联合参与。

1月25日,中文在线公告,公司持股5%以上股东北京启迪华创投资咨询有限公司和建水文睿企业管理有限公司拟通过协议转让部分股份的方式,引进深圳市利通产业投资基金有限公司(腾讯旗下)、上海阅文信息技术有限公司、上海七猫文化传媒有限公司(百度旗下)成为公司的重要股东,各方将进一步深化合作。此次协议转让完成后,腾讯、阅文、七猫将成为中文在线重要战略投资方。

1月29日,中国电影家协会编剧教育工作委员会、北京电影学院中国电影编剧研究院在北京发布《2019—2020年度网络文学IP影视剧改编潜力评估报告》。该报告在业界首次尝试基于用户评论大数据量化评估网络文学IP与其影视改编作品间的关系,分析得出网络文学原著里影响影视改编的关键因素。其中,《诡秘之主》《第一序列》《大国重工》《天梯》4个网络文学IP位于2019—2020年度网络文学IP影视剧改编潜力评价第一潜力阶梯。

1月31日至12月31日,纵横文学举办以"传承红色基因,书写百年风华"为主题的"建党百年"专题征文活动,呼吁在建党百年之际,以党员、基层干部、平民英雄的先进事迹等为主要背景进行创作。

2月8日,中共昆明市委网信办、昆明市文联举办2021第七届滇云网络文学大赛征稿启事。这次活动的目的为挖掘和培养网络文学新人,推出具有昆滇特色的原创网络文学精品,通过互联网平台打造本土网络文化品牌,促进昆滇地区网络文学健康发展。

2月10日,掌阅科技股份有限公司发布《非公开发行A股股票发行情况报告书》。该报告书称,掌阅科技本次非公开发行股票募集资金10.61亿元。其中,bilibili主体公司上海幻电信息科技有限公司在列,认购金额为5 000万元。在认购过程中,B站报了最高价。

2月11日,作家辰东的《圣墟》在连载5年后迎来完结。因原版结局过于仓促,读者不满的呼声太高,辰东于3月19日重写大结局,再度成为网文圈热门话题。

2月14日,改编自愤怒的香蕉的同名小说的网剧《赘婿》在爱奇艺平台上线首播。该作品成为爱奇艺平台史上热度值最快破万剧集,这也预示着全行业合作共建IP工业化开发体系的探索更进了一步。

2月18日,花潘的《致富北纬23度半》在起点中文网连载完结。该小说结合自身经历,书写科技扶贫的故事,谱写了一曲北纬23.5度精准扶贫的壮丽红歌。

2月,马季的《网开一面看文学:中国网络小说批评》由中国书籍出版社出版。该书汇集了作者近年来发表于《人民日报》《光明日报》《中国文学批评》

《中国文艺评论》《南方文坛》《小说评论》《文艺争鸣》《名作与欣赏》《长江文艺评论》等知名报刊上的作品。该书分为"源头""大势""趋向""文本""对话"五部分,内容涵盖网络文学诸多方面,包括本体论、美学价值、时代特征、文化内涵、产业发展、现实意义、主流化趋势、文本现象和社会热点等议题。

3月1日,由中共江苏省委宣传部、省新闻出版局、省作协联合举办的2021扬子江网络文学作品大赛正式开始。其旨在通过举办大赛,引导网络文学坚持以人民为中心的创作出版导向,推出更多健康优质的网络文学作品,培养更多优秀网络文学作家,加快构筑江苏网络文学出版高地,促进网络文学产业高质量发展,为加快建设"三强三高"文化强省做出积极贡献。

3月2日,由中国作协网络文学中心组织的庆祝中国共产党成立100周年网络文学"百年百部"系列活动在北京启动。在发布会上,中国作协网络文学中心副主任何弘介绍了2021年度网络文学强国梦、科技创新和科幻、中华文化精神、人民美好生活、人类命运共同体这五大选题指南。为充分展示网络文学"建党百年"主题创作成果,在系列活动中,中国作协网络文学中心还将组织国内30余家重点网站,遴选出一批反映中国共产党百年奋斗历程的优秀网络文学作品,以线上联展的形式,向广大读者免费开放。

3月4日,趣头条发布2020年第四季度及全年财报。财报披露,米读在第四季度完成了1.1亿美元C轮融资。这距离2019年10月米读完成由CMC资本领投的1亿美元B轮融资刚好一年。

3月4日,阎ZK的《镇妖博物馆》在起点中文网正式上架。该作品连续5个月稳居悬疑类月票榜第一。小说融合了《搜神记》《山海经》《聊斋志异》等华夏千年的神话传说、志怪传奇,谱写现代都市语境下的精怪妖魔故事。

3月4日,中国人民政治协商会议第十三届全国委员会第五次会议在北京召开。在文娱文旅提案中,众代表就网络文学进行探讨,全国政协委员、山东师范大学教授李掖平提出,网络文学管理不能封堵了之;全国政协委员、中国作协网络文学委员会主任陈崎嵘建议筹建全国性网络作家组织;全国政协委员、中国出版集团有限公司原副总裁潘凯雄提出要讲好中国故事,增强文化自信。

3月16日,中国作协网络文学重点作品扶持项目共收到申报选题252项。经重点作品扶持项目论证委员会论证,报中国作协书记处批准,确定30项选题入选。其中,时代先锋主题7部,强国梦主题2部,科技创新与科幻主题2部,中华文化精神主题6部,人民美好生活主题11部,人类命运共同体主题2部。

3月21日,匪迦的《北斗星辰》在七猫中文网连载完结。该小说倾情讴歌不为常人所知的导航卫星研发者科技报国的情怀,以北斗卫星导航系统的整个研发周期为主线,兼顾全程中的国际合作和产业发展两条副线,三线并行,聚焦于关键技术攻关、局中人成长、行业发展以及与大时代潮流的互动。

3月22日,改编自蒸糕君的小说《废柴前台的自我修养》的网剧《恋恋小酒窝》在爱奇艺平台上线全网独播。该剧属于爱奇艺文学"云腾计划+",是爱奇艺视频推出的首部IP改编网络剧。

3月25日,浙江传媒学院浙江网络文学院申报的"网络文学影视化创意与制作实验室"获得中央财政专项支持,正式立项开始建设。这是全国首家网络文学方面的文科实验室。网络文学影视化创意与制作实验室应运而生,顺应了浙江网络文学大发展和创意写作中国化的最新形势。

3月28—29日,近百名网络作家聚会浙江,参加中国作协主办的"网络作家党史学习教育暨主题创作改稿培训班"。开设党课,学史明理,此次培训班的核心内容是党史学习教育。党史专家为学员做了《"数说"百年党史,守好红色根脉》的精彩报告,以从"一"到"十"10个数字,回顾100年来党的辉煌成就、艰难历程、历史经验和优良传统。作家们分成三组,围绕"学史明理"进行讨论,深刻领悟中国共产党为什么能、马克思主义为什么行、中国特色社会主义为什么好等道理。

3月28日,改编自天蚕土豆的同名小说的动漫《斗破苍穹》第四季在腾讯视频独家播出。

3月,许苗苗的《网络文学的媒介转型》由中国社会科学出版社出版。该书回顾中文网络文学20余年来的发展历程,分析其背后的推动力量及在话语权和利益争夺中暴露出的问题。曾经被视为试验性小众概念的网络文学,已成为流行故事的生产者和通俗文化产业链的源头,其大众参与的创作模式虽然众声喧哗,但也具备自我完善的可能。网络文学引发人们对有关文学本质、表现形式、创作过程和接受模式等问题的再思考,也孕育着文学在新时代的新诉求。

4月3日,改编自诺小颖的同名小说的网剧《今夜星辰似你》在优酷视频平台上线播出。在原著小说的加持下,上线即成爆款,获得业界的广泛认可。

4月8日,2021年全国网络文学工作会议在武汉召开。担任地方网络作协领导职务的血红、匪我思存、管平潮、阿菩、静夜寄思、夜神翼、萧鼎等网络作家,与各省区市作协的负责人一同就"地方网络作协如何更好开展工作、引领青年网文作者的成长""如何加强网络文学队伍建设、更好发挥作用""如何深化东西部协作、更好开展定点帮扶工作"等话题展开了讨论,并对2021年的全国网络文学工作做出了部署和安排。

4月18日,会说话的肘子的《夜的命名术》在起点中文网正式上架。该小说将无限流与赛博朋克等科技元素相结合,上架即成爆款,打破多项平台纪录。该小说的内容是一个赛博朋克背景下的群体穿越故事,穿越后每个人身份都发生了改变,小朋友变成了小公主,富家公子变成了社会底层,身份与社会阶层的陡然转变,为故事带来了巨大的剧情张力。在赛博朋克、穿越、冒险的元素之下,这个故事也有着清晰的内核和主旨立意:永远少年,永远都有重新开始的勇气。人生逆旅里的每次冒险,都是对过去的解脱,对未知世界的探索。人是由时间支配的,但在被支配下活成什么样子是由自己选择的。除此之外,无论对赛博朋克世界科幻元素的描写,还是作品中风趣幽默的表述,都彰显了作者扎实的知识底蕴和写作功力。

4月20日,马季的《中国网络文学叙事探究》发表于《中国文学批评》。文章认为,网络文学虽然题材和类型繁多,但大致可以归纳为三大类:一是"幻想"题材,以玄幻、仙侠、科幻为叙事形态;二是历史题材,以古代言情和古代战争为叙事形态,其中分为"正史"和"穿越架空"两种叙事形态;三是现实题材,分为"写实"的和"写虚"的两种叙事形态。网络文学的叙事资源主要来源于传统文化中的神话传说、志怪、演义和国外大众文艺,其基本叙事手法如"扮猪吃虎""打怪升级"等的使用,使故事体现出某种寓言性。网络文学 IP 的迅速升级不仅改变了网络文学单一化的叙事模式,也在一定程度上加快了网络文学与传统文学在艺术上的共振。这一方面源于网络文学自身变革的要求,另一方面也是大众文艺发展在遭遇天花板时的必由之路。

4月25日,改编自非天夜翔的同名小说的动漫《天宝伏妖录》第二季在 bilibili 平台独家网络发布。

4月26日,互联网数据资讯机构易观分析发布《中国网络文学版权保护白皮书》。该报告显示,2020 年中国网络文学市场规模 288.4 亿元,盗版损失规模达 60.28 亿元,版权保护工作的重要性越发凸显。横向对比视频、音乐、游戏等数字内容产业,网络文学的版权保护难度更大、形势更严峻。

4月,中国作协修订了《作家维权实用指南》,内容包含《最高人民法院关于审理侵害知识产权民事案件适用惩罚性赔偿的解释》《图书出版合同》《信息网络传播权授权合同》等,为广大作者维护自身权益提供了依据。

5月9日,全国首家网络文学评论中心——扬子江网络文学评论中心落户江苏网络文学谷。该中心由江苏省作协、南京师范大学和秦淮区合作成立,通过网络文学评论引导网络文学高质量发展,打造权威性、专业性的中国网络文学评论与研究平台。扬子江网络文学评论中心成立后将引导网络文学经典化、精品化发展。具体内容包括组织各类网络文学研讨活动、中国网文评论高层论坛,创办网文产业转化高端座谈会等;深化网络文学理论研究,对中国网络文学的时代意义、文化价值和产业价值进行系统性的分析评价,并编纂网络文学史、网络文学评论史等。

5月11日,阅文集团发布 2021 年白金大神名单及网络文学作家指数。其中,2021 新晋白金大神共 24 名,包含 6 位白金作家及 18 位大神作家,至此,阅文旗下白金、大神作家人数达 444 位。老鹰吃小鸡、陈词懒调、飞天鱼、锦凰、云芨、顾南西等 6 位作家晋升白金,漫西、月下无美人、柳岸花又明、天瑞说符、卖报小郎君等 18 位作家"成神"。

5月26日,由中国作协主办,中国作协网络文学中心、重庆市作协、中共重庆九龙坡区委和区政府承办,重庆出版集团协办的"奋斗百年路,启航新征程"——2021中国网络文学论坛在重庆九龙坡区举行。该论坛旨在推动网络文学在全面建成社会主义现代化强国的新征程上开好局、起好步,探讨中国网络文学如何发展。在开幕式上,现场发布了《2020中国网络文学蓝皮书》。内容显示,2020年,中国网络文学全年新增签约作品约200万部,其中,现实题材作品占60%以上。抗疫与医疗、脱贫致富、工业与服务业等创业题材,成为2020年现实题材的突破点。

5月31日,胡说的《扎西德勒》在八一中文网连载完结。该小说扎根基层现实,聚焦西部发展,致敬时代工匠,讴歌家国情怀。"《扎西德勒》一书源于我2018年赴四川省甘孜州德格县做的一场助学公益活动。在那里,我亲眼见到不远万里从天府之国成都,奔赴山高路险的德格县的援藏工作队。"作者在分享《扎西德勒》创作背景时,难掩这段经历带来的震撼,"这群平均年龄20岁出头的援藏工作队成员,他们以热血青春响应党中央的号召,全心全意帮助藏区人民脱贫致富,他们流过泪、流过血,甚至有人为此付出生命的代价,但他们无怨无悔,他们既是这个时代的无名者,也是这个时代最可爱的人!我觉得有必要把他们记录下来,用网络文学的形式,把他们感人的事迹让更多的读者知道"。

5月,庄庸、杨丽君、王秀庭、吴金梅主编的《爽文时代:中国网络文学阅读潮流研究(第1季)》由中国青年出版社出版。该书以"爽文时代"为关键词,对远瞳《黎明之剑》、烽火戏诸侯《剑来》和知白《大逆之门》等极具代表性的网络作家作品进行庖丁解牛,勾勒了中国网络文学"极简爽文时代史",并深入解读网络文学爽文潮流,诠释社会爽文化现象,建构青年造爽机制和发展趋势:从"爽文"到"爽文娱",从"爽文创"再到"爽文化"……其实是"这一届青年形塑自我和时代画像"的形态、业态和生态系统重塑。

6月1日,经过三次修订的《著作权法》开始实施。该法针对以往侵权惩治力度不够的问题,对损害赔偿额的计算方式进行了优化,增加了惩罚性赔偿,提高了法定赔偿的上限,提高了违法成本,对盗版侵权行为产生了威慑力,也从国家层面对广大作者以及整个行业起到了最权威和专业的保护作用。

6月1日,天瑞说符的《我们生活在南京》在起点中文网正式上架。该作品于11月19日斩获中国科幻小说最高奖项"银河奖",这也是作者继《死在火星上》之后的又一部荣获银河奖的作品。

6月2日,国家版权局、全国"扫黄打非"办发布2020年度全国打击侵权盗版十大案件,其中,北京"10·24"侵犯网络文学著作权案,违法人未经著作权人许可,在其运营的10余个App上向用户提供侵权网络文学作品5072部,北京市海淀区人民法院以侵犯著作权罪宣判该案。因涉案人员众多,涉案作品数量大,非法经营额高,该案判决引发行业广泛关注,对打击网络文学侵权盗版、推动网络文学繁荣健康发展有重要意义。

6月3日,2021阅文年度发布会在上海中心举行。腾讯集团副总裁、阅文集团CEO、腾讯影业CEO程武宣布了"大阅文"战略升级,明确阅文将基于腾讯新文创生态,以网络文学为基石,以IP开发为驱动力,开放性地与全行业合作伙伴共建IP生态业务矩阵。

6月3日,改编自三千渡的同名小说的网剧《将门铁血毒妃》在腾讯视频平台上线播出。

6月7日,改编自卖报小郎君的同名小说的网剧《大奉打更人》在腾讯视频平台上线播出。该剧上线仅44小时平台收藏量就突破10万。

6月12日,由安徽大学文学院网络文学研究中心、中国文艺理论学会网络文学研究分会、中国中外文艺理论学会新媒介文化研究分会联合主办中国文艺理论学会网络文学研究分会第六届学术年会暨"中国网络文学评价体系与批判标准"学术研讨会在合肥召开。

6月13日,腾讯影业、新丽传媒、阅文影视在上海世博中心联合举办主题为"向融·日新"的2021年度发布会。这是继2020年10月三个影视主体宣布结成"三驾马车"后第二度同台,共发布了《1921》《人世间》《心居》等70个影视项目,并启动了"青年导演培养计划"第三期招募工作。同时,故宫博物院和腾讯表示双方将继续探索新文创的深度内容合作,期望未来也能用电影讲好故宫故事。

6月,庄庸、杨丽君、王秀庭、吴金梅主编的《蚂蚁哲学:中国网络文学阅读潮流研究(第5季)》由中国青年出版社出版。

6月,黎杨全的《中国网络文学与虚拟生存体验》由中国社会科学出版社出版。该书在世界网络文学的背景下,客观分析中国网络文学的新质,既有助于坚定中国文化自信,也有助于同世界展开有价值的对话。该书立足于中国网络文学的特殊性,深入分析了中国网络文学在商业化、大众化外表下呈现的网络时代的生存体验(虚拟生存体验)。

6月,王玉玊的《编码新世界游戏化向度的网络文学》由中国文联出版社出版。该书认为,游戏化向度的网络文学,作为一种基于(数码)人工环境的文学样态,发展出区别于传统现实主义的叙事程式和题材范畴。电子游戏及游戏经验对网络文学创作与接受范式的深刻影响导致了2010年以来网络文学内部的重要转向,进而借鉴东浩纪"游戏性写实主义"的概念,在全面剖析游戏化向度的网络文学的存在基础、内涵与特征的前提下,探讨了互联网时代新的媒介环境下文学叙事的新困境与新可能,并揭示其中呈现的当代青年对自身"后现代"处境的认知、探索与表达。

6月,欧阳友权主编的《中国网络文学年鉴2020》由新华出版社出版。我国网络文学虽发展快速,体量巨大,影响广泛,但网络信息流转迅捷、显隐难定,使网络文学的丰富信息和有效资源被覆盖、遮蔽或消解,造成网络文学史料流失,这对网络文学繁荣发展是一大损失。该书内容包括:网络文学年度综述,文学网站,活跃作家,热门作品,网络文学阅读,网络文学产业,研讨会议、社团活动与重要事件,网络法规与版权管理,理论与批评,中国网络文学海外传播,2020年网络文坛纪事等专题。

6月,国家版权局会同国家互联网信息办公室、工业和信息化部、公安部联合开展"剑网2021"专项行动,将打击网络侵权盗版作为版权执法的重中之重,重点整治5个领域的版权秩序,包括进一步加强对社交平台、知识分享平台的版权监管,巩固新闻作品、网络音乐、网络文学等领域专项治理成果。

7月3日,吱吱的《登堂入室》在起点中文网正式上架。该小说将制瓷技术的改革创新融入女主宋积云的成长故事,将多种元素创意性地糅合。

7月3日,改编自任怨的同名小说的动漫《元龙》第二季在bilibili平台上线独家播出。《元龙》在B站上线后,迅速成为国漫市场上的焦点,连续3天蝉联

B站热搜第一名,4天内就飙升至爱奇艺热搜榜第一名。

7月7—10日,由中国作协主办的"网络文学青年创作骨干培训班"在北京举行。在各网站、地方作协推荐的百名网络作家中,培训班选拔出32位90后青年创作骨干进行为期3天的集中强化培训。

7月20日,周志雄的《网络文学经典化与评价体系建构》发表于《中国文学批评》。文章认为,文学经典是时代性的,网络文学经典是时代文学机制的产物。与传统文学相比,网络文学更具有消费性、亲民性,更注重读者的阅读体验。评价网络小说不能简单套用现代文学以来的思想艺术标准,而应在艺术考量的基础上,充分考虑网络小说的网络性、大众性、市场性、文化产业转化的影响力等。经典网络文学作品具有完美的艺术形式和动人的艺术力量。中国网络文学难觅"永恒经典",但产生了大量的"时代经典"和具备经典"潜质"的作家作品。

7月26日,中国作协网络文学中心根据《中国作家协会网络文学理论评论支持计划暂行办法》,开始征集2021年中国作协网络文学理论评论支持计划选题项目。其倡导以习近平新时代中国特色社会主义思想为指导,坚持为人民服务、为社会主义服务,坚持百花齐放、百家争鸣,弘扬社会主义核心价值观,鼓励理论创新,构建符合网络文学特点的评论评价体系,倡导"说真话、讲道理"的网络文学批评。

7月27日,《王者荣耀》联合阅文集团共同推出的"妙笔计划"共创小说正式官宣。此次王者和阅文集团合作,共邀请了25位顶级作家,基于王者世界观,围绕多位人气英雄及王者世界区域进行小说创作,书写作家心目中的王者英雄故事。小说将于7月29日正式上线,分三批连载,覆盖长安、玄雍、稷下、海都、云中等不同区域,届时将为玩家们带来更多样的王者故事体验。

7月28日,改编自乱的同名小说的动漫《全职法师》第五季在腾讯视频平台独家上线播出。该动画由上海福煦影视文化投资有限公司负责制作。该作品于10月13日更新完毕,共12集。

7月30日,由广西网络文学大赛组委会主办,麦林文学网、广西新联会网络作家分会、城市书房承办的广西网络文学大赛主题沙龙第二期:扎根现实,创新表达——如何打造网络文学"爆款"活动在南宁市会展中心城市书房举办。本次活动邀请了包括"夜火火""水纤纤""不吃鱼的猫儿""莫默墨""山海"在内的5位知名网络作家,并围绕"对于专业性较强的职场小说如何取材并获得专业知识""网络文学在同类作品中如何做到差异化""如何洞察什么样的作品能成为爆款""网络文学作品成功的因素有哪些""作为网络文学创作者写作的时候最核心应该注意什么"等6个问题进行了现场互动交流。

8月1日,人间需要情绪稳定的《破浪时代》在起点中文网上架。该小说讲述中国手机制造发展史,将小人物的创业史投入时代的大环境中。

8月23日,中共长沙市委宣传部、长沙市文学艺术界联合会、马栏山视频文创产业园共同主办2021长沙"马栏山杯·网络文学排行榜"活动,面向全国启动征集申报。活动旨在推动网络文学IP化、精品化,在新时代展现文艺新业态,引导文化新消费,服务产业新发展,助推经济新动能。

8月30日,志鸟村的《大医凌然》在起点中文网连载完结,历时3年零3个月,共349万字。作为志鸟村的第六部长篇作品,《大医凌然》的成绩是6部作品中最好的。首订1.6万,均订4.5万。这之后,救死扶伤的医生行业文热度持续走高。

8月,单小曦等著《入圈网络文学名作细评》由安徽教育出版社出版。杭州师范大学网络文学研究团队选择网络文学名篇佳作,以合作批评方式,进行扎实而充分的文本研讨,每部作品研讨都大致按情节设定、叙事艺术、人物塑造、主题思想、审美接受等基本问题展开,形成3万~4万字的详细研讨文本。该书涉及《盗墓笔记》《默读》《全职高手》等8部作品研讨。

9月5日,邵燕君、吉云飞的《不辨主脉,何论源头?——再论中国网络文学的起始问题》发表于《南方文坛》。文章提出,中国网络文学的起点必须是新动力机制的发生地,"因为只有新动力机制产生的内在影响力,才能推动这一新媒介文学高速成长20余年,形成自成一体的生产机制、社区文化、文学样态、评价标准"。由此,确定中国网络文学的起点是开启了论坛模式的金庸客栈。这个观点被欧阳友权概括为"论坛起源说"(《哪里才是中国网络文学的起点》)。

9月5日,改编自我吃西红柿的同名小说的动漫《星辰变》第三季在腾讯视频独家上线播出。作为一部国产动画,该作品有超过1亿的专辑播放量。

9月7日,中国作协在现代文学馆召开全国重点网络文学网站联席会议暨加强职业道德建设座谈会,传达《关于加强新时代文艺评论工作的指导意见》《关于开展文娱领域综合治理工作的通知》等文件精神,研讨加强网络文学行业职业道德建设的措施。中国作协党组书记、副主席张宏森出席会议并讲话,中国作协党组成员、书记处书记胡邦胜主持会议。43家重点网络文学网站负责人参加会议。

9月8日,数十位网络文学大咖齐聚梅城古镇,共同见证17℃建德新安江"爱的原乡,爱在一起"网络文学创作大赛采风活动启动。杭州市文联党组成员、副主席唐龙尧,省网络作协副主席、杭州市网络作协主席陈政华,浙传创意写作中心主任、浙江网络文学院执行院长刘业伟,副市长何瑞洪,市政协副主席汪华瑛等出席启动仪式。

9月10日,阿加安的《在阳光眷顾的大地上》上架起点中文网。该小说描写中国工程人在非洲披荆斩棘20年,推动中非合作和非洲工业建设的艰难历程与悲欢离合。

9月16日,扬子江网络文学评论中心举办2021年度"扬子江网络文学最具IP潜力榜"评选活动,面向全国启动作品征集。该活动旨在以专业性、学术性和规范性的网络文学评价体系标准,对当下网络文学作品的IP转化潜力和市场价值进行分析和研判,为下游文化企业提供及时、有效的资讯服务,努力助推网络文学产业化发展。

9月16日,"红星路网文讲习所"在成都正式揭幕。红星路网文讲习所结合网络文学多年的高速发展实践,以网络文学为内容产业的核心源头,串联上下游相关产业及专家资源,致力于打造网络作家与读者见面交流、网络作家与各行业跨界融合的线上线下交流平台。同时,它将作为四川省网络作协长期坚持的精品活动为四川省网络作协会员提供写作、交流新书发布等便利,为网络作家打造一个集线上线下于一体的"四川网络文学会客厅"。

9月23日,由第三届广西网络文学大赛小说组优秀奖获奖作品《你是我的铠甲》改编的网络微短剧《我的恋人哥哥》在广东省佛山市开机。《我的恋人哥哥》是一部围绕"成长"展开的青春治愈剧,主要讲述女主角苏岑与男主角江乔从校园生活到步入社会的成长故事。

9月24日,殷寻的《他以时间为名》在起点中文网连载完结。该作品在连载期间一度占据红袖添香网站的阅读榜首,高居红袖添香风尚精品榜TOP1。该作品是市场上较为稀缺的敦煌修复题材,主要讲述了身为壁画修复师的江执和鬼才临摹文创师盛棠冲破阻碍,用独特技艺揭开敦煌0号窟时间之谜的故事。小说描写了"敦煌壁画修复师"职业群体,以传承敦煌壁画文化为核心展开,在展现敦煌文化魅力的同时,书写匠心精神。

9月25日,由中南大学文学与新闻传播学院、中国作协网络文学委员会中南大学研究基地、中国文艺理论学会网络文学研究分会、湖南省网络文学研究基地联合主办的"中国网络文学30年"国际高峰论坛在中南大学举行。

9月26日,2021年世界互联网大会乌镇峰会在浙江乌镇开幕,由中国作协和浙江省人民政府共同主办的"2021中国国际网络文学周"成功举行。中国作协党组成员、书记处书记胡邦胜,中共浙江省委常委、宣传部部长朱国贤,浙江省人民政府副省长成岳冲等有关领导及知名网络文学作家、评论家、网络文学平台代表和文化产业代表近200人与会。

9月28日,中国国际网络文学周·网络文学IP发展大会在温州启动。徐磊(南派三叔)、蒋胜男等网络文学大咖,以及评论家、网络文学平台代表和文化产业代表近百人齐聚,共研网络文学高质量发展路径,共话中国网络文学"扬帆出海"。

10月9日,第五届中国"网络文学+"大会开幕式暨高峰论坛在北京中关村国家自主创新示范区展示中心举办。本届大会以"网颂百年,文谱新篇"为主题,以庆祝中国共产党成立100周年为主线,整体分为主体活动、长效活动两大板块,依托覆盖全年的各项活动,搭建起助推网络行业发展的立体平台。在会上,中国音像与数字出版协会副理事长张毅君发布《2020中国网络文学发展报告》。该报告详细介绍了中国网络文学发展背景、产业现状、主要特征、趋势和展望四个部分。据悉,2020年中国网络文学市场规模达到249.8亿元,网络文学用户规模达到4.60亿人,日均活跃用户约为757.75万人。2020年累计创作2 905.9万部网络文学作品,网络文学作者累计超2 130万人。

10月10日,王玉玊的论文《"盗猎者"与"虔信者":在粉丝文化的"两副面孔"之间》发表于《中国图书评论》。文章通过回顾21世纪以来中国网络粉丝文化与粉丝文化研究的两个阶段,分析粉丝之为"文本盗猎者"与"迷狂的虔信者"这两副截然相反的面孔背后,粉丝文化一以贯之的核心诉求与本质特征——作为粉丝文化"中心物"的偶像不过是"泡沫塑料制成的湿婆神像",勾连起最低成本、最高效率的共同体代偿实践。

10月20日,单小曦的《使命与钳制:中国网络文学发展境况思考》发表于《探索与争鸣》。文章认为,网络文学属于电子-数字文化知识型中的数字文学范式,中国网络文学在这个意义上担负着振兴中国当代文学并将之推向新历史发展阶段的使命。然而通过对中国网络文学发展境况的考察可以发现,在深层次上中国网络文学正遭遇着来自网络文学平台异化、网络文学制度不健全和精英批评话语错位带来的三大钳制,它们正在把中国网络文学拖入一种发展的困厄境地,从而也在很大程度上阻碍了其当代文学使命的达成。

10月21日,晋江文学城向全体用户和作者发布《关于开始逐步实施分年龄阅读推荐体系的说明》站内信,表示将按照作品不同标签、类型及其他特点,做不同年龄的阅读推荐。第一步要做的,就是将最受社会关注的小众题材按轻重缓急逐步做分级。为什么让未成年人远离不宜内容?在该信中,晋江文学城解释此举是为了将不适宜未成年人阅读的有争议的、尖锐的、思想性更复杂的文章远离未成年人,同时留给成年人一个更加安心阅读的空间。

10月29日,由苏州高新区管理委员会主办,苏州高新区工委宣传部、苏州高新区文化体育和旅游局、苏州高新区文学艺术界联合会及阅文集团承办的网络文学创作基地挂牌仪式,在苏州高新区举行。这是阅文打造的首个网络文学创作基地,预计未来将成为网络文学作家与大众情感共鸣、与时代价值共振的"精神家园"。

11月10日,欧阳友权的《中国网络文学海外传播的形态、动力与屏障》发表于《贵州师范大学学报(社会科学版)》。文章认为,中国网络文学的海外传播经历了实体书版权输出、线上网文外译推介、网文 IP 分发的多媒体传播和网络文学模式输出等几种主要形态。综合国力的"文学表情"、中国文化的故事魅力和拓展海外市场的行业需要,构成了网文出海的动力机制。谨遵落地国法规,解决好网文出海的版权难题;把握跨文化传播的社会差异,从文化通约走向文化融入;以品质化内容生产保证适配作品的可持续供给等,是中国网络文学海外传播需要突破的三道屏障。

11 月 14 日,改编自忘语的同名小说的动漫《凡人修仙传》第二季年番《魔道争锋》在 bilibili 平台独家发布。

11 月 15 日,高翔的《现代性的双面书写——论当代网络文学中的宏大叙事》发表于《中州学刊》。文章认为,宏大叙事这一概念内生于现代性之中,纯文学和流行文学的演化体现了背离现代性和宏大叙事的整体样貌。而网络文学从时代语境出发,以消弭历史屈辱的民族主义叙事、展现发展逻辑的工业党叙事以及想象未来的文明叙事生成了重构现代性的宏大叙事谱系。不过,其叙事逻辑囿于网络文学的个体化特性,呈现出基于个体欲望与民族情怀、科学与技术、空间与时间的复杂交错,展现了当代中国宏大叙事和个体书写并行不悖的双面性。

11 月 20 日,改编自会说话的肘子的同名小说的动漫《第一序列》宣传 PV 上架 bilibili 平台。该动漫上线 8 天人气就突破 8 000 万。

11 月 22 日,阅文集团发布《2021 网络文学作家画像》。该报告显示,川渝地区的网络文学作家数量高居全国前列,四川是全国网文作家最多的省份,在网文作家最多的城市中,重庆第一、成都第四。

11 月 23 日,"2021 花地文学榜"年度盛典在深圳举行。榜单加入了网络文学元素和网络文学打榜项目,深度支持网络文学的创作。最终,一十四洲撰写的《小蘑菇》等 10 部网络文学作品入选"2021 花地文学榜年度网络文学榜单",骁骑校《长乐里:盛世如我愿》获评年度网络文学。

11 月 30 日,辽宁网络作家学习党的十九届六中全会精神暨第三届辽宁网络文学"金桅杆"奖颁奖仪式在省作协机关以线上与线下相结合的形式举行。本届"金桅杆"奖评奖工作于 10 月启动,经过作品征集、资格审查、初评、终评,投票产生了10部获奖作品及10部入围作品。获奖作品有《奋斗者》《旦装行》《故巷暖阳》《云霄之眼》《秘野奇域》等。

12月14日,言归正传的《这个人仙太过正经》在起点中文网连载完结。该小说以《山海经》等神话传说为故事背景,用网络文学诙谐幽默、"思想迪化"、现代化的语言和讲述方式,对古代传说做了新解。

12月17日,改编自马伯庸的小说《洛阳》的网剧《风起洛阳》的前传——动漫《风起洛阳之神机少年》在爱奇艺平台上线全网首播。

12月20日,《2021年度湖南省网络文学专业职称专场评审通过人员名单》正式出炉,全省50名网络作家获评文学创作职称。湖南高度重视网络文学创作人才的培养。2021年上半年,湖南省人社厅、省作协等组成联合调研组,对全省多地的网络文学发展及网络作家状况进行了实地调研,广泛征求对网络文学专业职称专场评审的意见和建议。

12月23日,盐城市网络作协2021年度理事会召开。据市网络作协主席管国颂介绍,2021年,盐城市文学创作呈现百花齐放的繁荣态势,成果丰硕。2021年上半年,由中共江苏省委宣传部指导,省作协牵头、省报告文学学会组织作家分赴全省各地采访创作大型报告文学《向时代报告:中国全面小康江苏样本》和《向人民报告:江苏优秀共产党员时代风采》,向建党百年献礼。

12月24—26日,广西网络文学大赛主题展在广西美术出版社美术馆举行。此次主题展向公众展示了广西本土优秀作品,推动了广西网络文学发展。本次主题展以"助力文艺精品,繁荣网络原创"为主题,是广西网络文学大赛的首次成果展览。展览采用实物展与体验活动相结合的沉浸式观展模式,有"时光隧道"大赛足迹展示区、"荣誉时刻"获奖作品及荣誉展示区、"创意一刻"文创产品创新展示区、"畅享影音"IP联动体验展示区以及互动打卡分享区5个展区。

12月25日,改编自纪茗的同名小说的动漫《幻游猎人》在腾讯视频平台上线独播。该动画自12月4日宣布定档以来,就引起了漫迷的热烈期待。该动画以其强烈的科技属性与未来既视感,成为同期开播动画中十分吸睛的作品之一。

12月28日,起点中文网发布公告,为鼓励题材多元化发展,有针对性地扶持"硬科幻",起点将原有的科幻品类拆分为科幻与"诸天无限",将"诸天流"和"无限流"这两种包含科幻元素,但又和传统意义上强调科学创意和技术理性的"硬科幻"相距甚远的网文类型,从原本的"科幻"品类中独立了出来。

12月,杨翠芳的《网络传播与文学生态嬗变》由武汉大学出版社出版。该书从系统论研究角度,将文学视作一个自足的生态系统。从五个维度切入对文学生态的考察:文学生产、文学传播媒体、文学消费、文学价值评价体系及文学管理方式。该书认为,在这个自足的生态系统中,传播媒体发生了变化,引起了文学生态其他元素的变化,从而引起整个文学生态的失衡。该书以大众传播学理论透视大众传播话语方式的变化,引起文学生产、文学消费及文学价值观等的变化。该书以消费者主权理论透视文学生产者与文学消费者在新的传播话语方式下所建立的新型关系。因为传播媒体话语方式的改变,消费者主权得到过度张扬,文学生产者与文学消费者在整个文学生态中处于严重的不平衡状态。该书从文学特殊意识形态属性的角度,分析文学生产在社会价值生产与意义生产中的失语现状,对网络传播话语方式下文学生态做出价值估计,最后提出网络传播话语方式下文学生态建设的路径思考,试图在媒体传播与文学审美间找到逻辑联系,为媒介文艺学建设寻找实践依据与理论依据。

2022 年

1月1日,起点中文网2022科幻"启明星奖"设立。该奖项设立的目的是激励网络科幻小说创作。

1月3日,黑山老鬼的《从红月开始》连载完结。

1月5日,贺予飞在《南方论坛》上发表《中国网络文学起源说的质疑与辨正》。文章对网络文学起源的四种代表性观点,即代表作起源说、事件影响起源说、平台功效起源说以及"网生"起源说进行了质疑和辨正。首先是中国网络文学三大起源说的问题质疑,代表作起源说、事件影响起源说和平台功效起源说分别聚焦中国网络文学的作品层、现象层、组织层,从这三种角度进行溯源都具理论与史实论证的可行性,但就具体选取的例证来看,仍存在一些值得商榷的问题。"网生"起源说是一种最为恰切的中国网络文学起源判断。但从"网生"起源说的辩驳意见来看,依然存在一些质疑。最后,还对"网生"起源说背后的中国网络文学生命演化路径进行了探讨。作为一个多元化的生态系统,网络文学的作品型、平台型、产业链型、生态型发展路径是网络文学沿"点→面→圈→系统"不断进化的生命演变史。

1月5日,国家图书馆联合阅文集团在天津举办"甲骨文推广公益项目"主题发布会。

1月6日,阅文集团发布了2021年度网络文学榜样作家"十二天王"榜单。轻泉流响、百分之七、幼儿园一把手、朕有话要说、阎ZK、裴不了等作家获封"十二天王"称号。

1月8日,17K小说网男频玄幻征文获奖名单公布。

1月12日,由《文艺报》、中国现代文学馆、中国社会科学院文学研究所联合主办,腾讯集团、阅文集团协办的"文学照亮美好生活"2021探照灯年度书单发布暨阅文名家系列研讨启动会在中国现代文学馆举办。探照灯书评人好书榜公布了"十大中外小说""十大类型小说""十大非虚构翻译作品""十大非虚构原创作品"4个年度榜单。同时,该活动首次设立了"十大网络原创小说"榜单,《临渊行》《表小姐》《大奉打更人》《万族之劫》等作品入选。

1月13日,好芋的《在逃离》首发于长佩文学城,曾上榜过长佩言情万花筒征文获奖榜单。

1月13日,由中国文学艺术界联合会、中国文艺评论家协会主办的第七届"啄木鸟杯"中国文艺评论推优暨第三届网络文艺评论优选汇云发布典礼在北京举行。

1月13日,华为阅读与阅文集团达成合作,阅文集团旗下超过10万部网文作品将上线华为阅读,双方将进一步达成优势互补,深化IP网文板块发展,共同促进数字阅读行业生态发展。

1月14日,掌阅科技发布2021年度掌阅数字阅读报告。

1月14日,晋江文学城发布2021年度报告。

1月14日,吴学安在《湖南日报》上发表《网络文学转化为影视作品应走精品化道路》。文章指出,应在优秀网络文学作品的基础上打造出更多精品化的影视剧,留下更多的文化影视精品。

1月15日,唐家三少更新完15万字的《斗罗大陆外传斗罗世界》,标志着"斗罗系列"的正式结束。

1月15日,许苗苗在《中州学刊》上发表《情感回馈与消费赋权:网络文学阅读中的权力让渡》。文章指出,文学阅读活动在网络中产生跨媒介的新变,在网络文学活动中,阅读的次序、作用和意义都发生了变化,从被动接受变成主动表达,甚至参与情节构思,成为创作的一部分。网络小说顺应消费逻辑,将评论权力赋予付费者,作为产品提供方的作者也必须积极回应消费者的需求,在写作语言、叙述方式以及媒介表现手段等方面加以调整。网络读者不仅阅读文本,也结成以作者为中心的粉丝群体,通过对个人的包容和支持,鼓励作者突破类型套路不断创新。通过需求和回应的往还,参与者在网络文学活动中建立起紧密联系,网络作品是多方意愿妥协和适应的结果。

1月16日,阅文集团与澎湃新闻联合发布《2022网络文学十大关键词》,同时公布2022年反盗版进展状况。

1月16日,封面新闻"2022名人堂年度人文榜"之"年度新锐作家"榜单揭晓。本次共有突出文学成绩的五位青年作家上榜,分别是魏思孝(山东)、陈梓钧(广东)、阿微木依萝(四川)、任禾(河南)、杨知寒(黑龙江),其中,任禾笔名为"会说话的肘子",是网络文学白金作家。

1月16日,吉云飞在《人民日报》上发表《中国网络文学国际传播"枝叶长青"》。文章指出,网络文学翻译从英语世界走向整个世界,网络文学在具有"网络性"的同时亦传递出特有的"中国性",网文出海再次升级为模式传播,中国网络文学走出去要补短扬长,自然生长。

1月17日,河北省网络作协副主席何常在接受《人民日报》记者采访,谈到网络文学作家应更多关注和考虑作品所传达的"三观"、对读者潜移默化的影响以及弘扬时代精神的历史使命,深入生活,树立精品创作意识,让大流量转化为正能量。

1月18日,中国作协网络文学中心"党的二十大精神"线上专题培训班结业。

1月18日,根据匪我思存的同名小说改编的都市剧《今生有你》在CCTV-8播出。

1月19日,纵横小说发起的"纵横最佳男频作品与作者""纵横最佳女频作品与作者"的投票结果公布。《剑来》《边月满西山》《道断修罗》被评为最佳男频作品,萧瑾瑜、乱世狂刀、沙漠被评为最佳男频作者,《不负韶华》《三世芳菲皆是你》《盛世婚宠:帝少难自控》被评为最佳女频作品,雨中枫叶、安玛苒、乱步非鱼被评为最佳女频作者。

1月19日,江苏省作协副主席、省网络作协主席陈彬(跳舞)在《新华日报》上发表《培养网络文学人才 书写新时代》。文章提出,网络文学发展稳中有进,江苏网络作协已和南京市秦淮区达成深度合作的战略协议,推出更多有温度和担当的创作。

1月19日,吴长青在《中国当代文学研究》上发表《异化与解放——中国网络文学批评理论的演进与反思》。文章指出,经过近20年的实践,中国网络文学批评作为一种独立的形态,成功地探索出一套理论话语体系。纵观近20年来网络文学批评理论的生产,中国网络文学批评出现了所谓"电子(数码)文学理论批评""媒介理论批评""学者粉丝批评""大众文化批评""图像与游戏批评"等理论流派。在新的历史条件下,需要对一些批评模式以及批评策略进行合理扬弃,并在立足中国现实的基础上,确立起网络文学的批评主体。与此同时,采用马克思主义文艺批评方式,在提高网络批评有效性的同时,建构并完善中国网络文学批评理论,使之能够承担起历史使命,促进中国网络文学的健康发展。

1月20日,网络作家胡说接受《兰州晨报》记者采访,谈到了2021年的种种收获,并表示作为青年网络作家代表,将创作出更多"接地气、有底气、聚人气"的精品佳作。

1月20日,2021七猫必读榜年度榜单发布。其中,青鸾峰上的《一剑独尊》和浮生三千的《在他深情中陨落》分别被评为"七猫必读榜年榜"男、女频最受欢迎作品。

1月20日,汤哲声在《小说评论》上发表《网络文学发生机制的关联性研究与批评标准的构建》。文章指出,网络文学不仅仅是文学,还是文化的表现。它承接着中国文化的传统,也体现出鲜明的中国文化的当代性。健康的心理、较高的修养、好看的故事和良好的口碑是网络文学经典化路径的四个紧密相连的环节,也是优秀的网络文学的判断标准。

1月26日,《中华读书报》刊登记者采访文章《网文作家:书写人民群众喜闻乐见的网络文学》,提到蒋胜男在创作中大量翻阅古籍,实地考察古迹,不断在新时代调整自己的创作方向;匪我思存在创作中始终牢记网络文学是草根文学,来自人民;爱潜水的乌贼注意到"网文出海"方兴未艾,势头正好;意千重则表示身为一名网络作家,受益于时代,实现了自己的梦想;孑与2认为要从民心出发,书写生生不息的人民史诗。

1月26日,《中华读书报》刊登《自觉承担历史使命,与时代同频共振》文章,邀请3位研究网络文学的专家和7位网络文学作家,对2021年网络文学热点变化进行梳理,并分析展望2022年的整体趋势、研究潮流。欧阳友权提出中国网络文学高质量发展出现拐点,马季指出网络文学已融入中国当代文学洪流,桫椤提出出海和青年是网文生产机制的关键词。

1月26日,虞婧在《文艺报》上发表《凭着热爱,也凭着那股子劲儿——访网络文学作家卖报小郎君》。卖报小郎君积累10年,终破茧成蝶,创作的《大奉打更人》荣获诸多奖项。这部作品在男频基础上,以丰富的人物形象、多元素融合以及轻松幽默的文风走出了一条新路。

1月26日,新华通讯社与中国作协在北京签署价值阅读战略合作协议,推出阅读平台"悦读汇",征集正能量网络文学、剧本杀等作品。

1月27日,长佩文学推出"万花筒"言情征文活动,时间为1月27日至8月31日。

1月27日,邵燕君、吉云飞、肖映萱在《文学报》上发表《走向"小众"的网络文学——〈中国网络文学双年选2020—2021〉概述》。文章针对双年选推荐的20部作品,提出了几种值得关注的创作趋向:一是流行套路的反套路;二是注重现实原则;三是向精微处开掘;四是向巅峰处攀登;五是女孩儿们的"叙世诗";六是职场由"卷"到"苟"的"后丛林"转向;七是"无CP"等。

1月27日,《文学报》刊登《北京大学网络文学研究论坛双年度篇目(2020—2021)》,以男频、女频的分类公布具体篇目。

1月28日,《文艺报》刊登《网络文学主流化:传承民族、文化与时代精神》。编者分享了阅文名家系列研讨会上诸多与会嘉宾的精彩观点,比如世界观、问题意识与长篇小说的结构能力,文学创作的互生与互动关系,写作重新为人类创作神话,聚焦网络文学精品化发展等内容。

1月28日,由书旗IP《诸天纪》改编的同名动画在优酷动漫频道开播,上线当天就占据优酷独播动漫热度榜第一。

2月8日,起点白金作家丛林狼发布新作《贞观悍婿》。

2月9日,作家新丰在起点中文网发布玄幻新作《快隐居成圣,受到威胁苟不住了》。

2月9日,齐橙在起点中文网发布都市类新作《沧海扬帆》。

2月11日,由阅文集团联合新加坡滨海湾金沙举办的"2022全球作家孵化项目启动仪式暨WSA 2021颁奖典礼"在新加坡举行。WSA 2021年度优秀作品及各奖项于现场揭晓。

2月14日,豆瓣阅读作者李尾的言情小说《但愿人长久》售出影视改编权。

2月15日,《盛装》原著小说上架书旗小说App。

2月16日,起点作家言归正传的科幻类新作《余光》上架;起点作家阴天神隐发布奇幻类新作《高天之上》;起点老派作家滚开发布玄幻类新书《我的属性修行人生》。

2月16日,上海市作协"现实题材重点创作项目(网络文学)"征集推荐活动入选作品名单发布。经公开征集、会议评审,并报请市作协党组审议通过,评选出20部现实题材佳作。骁骑校《世纪大道东》等作品入选。七猫中文网4位签约作家的原创作品入选,分别是匪迦的《关键路径》、银月光华的《大国重器2智能时代》、君天的《一卷封神》和棠花落的《蔬果香里是丰年》。

2月23日,巫马行的新作《是你们逼我成巨星的》上线起点。

2月23日,IP改编剧《相逢时节》在浙江卫视、东方卫视播出,同时登录优酷平台。

2月25日,唐家三少的作品《神印王座》由神漫文化公司改编为动漫。

2月25日,玄色的《哑舍》韩文版正式发布。

2月25日,意千重的公益主题作品《小小的我和小小的梦想》上线。

2月27日,Twentine的作品《无何有乡》完结。

2月28日,江秀廷在《文艺报》上发表《打造中国网络文学研究的前沿阵地——安徽大学网络文学研究中心工作纪实》。文章较为全面地介绍了安徽大学网络文学研究中心,以及中心在科研项目、学术论著、学术论文方面取得了一系列成果。该中心注重对网络文学研究后备人才的培养,以公众号和刊物为阵地,搭建网文研究平台,积极打造中国网络文学研究的前沿阵地,为中国特色社会主义文化建设贡献力量。

2月28日,李玮在《文艺报》上发表《让评论介入网文发展的第一现场——扬子江网络文学评论中心的2021年》。文章全面介绍了扬子江网络文学评论中心的概况,该中心深入现场,关注网文发展;坚持正确价值导向,弘扬网络文学正能量;与多方合作,致力于提升评论影响力,努力打造具有权威性、专业性的中国网络文学评论与研究平台。

2月28日,禹建湘、欧阳友权在《文艺报》上发表《扎实研学 砥砺前行——记中南大学网络文学研究基地》。中南大学网络文学研究基地紧盯前沿,团队协作,拓土深耕,创下了网文研究多个"第一"。基地注重人才培养,广泛开展学术交流,为中国网络文学理论批评做出了积极贡献。

3月1日,桫椤在《中国文化报》上发表《网络文学创作:需要"有营养" 讲究"好口味"》。文章指出,2021年度内网络文学创作方面呈现的三个特点:一是类型结构进一步优化,二是映照现实与抒写想象方骖并路,三是题材转向为行业发展注入新动能。

3月1日,风凌天下的玄幻新书《碧落天刀》上线;北川南海的新作《卡师指南》上线。

3月4日,桫椤在《河北日报》上发表《网络文学"在场"的时代魅力》。文章从网络文学反映时代审美、表达时代情感、贴近时代生活三个方面来诠释网络文学作为时代文体是独特魅力。

3月4日,豆瓣阅读上的悬疑小说《听风泣》签约出版。

3月4日,尤四姐的新作《雪中春信》上线。

3月4日,飘荡墨尔本的新作《小生意》上线。

3月4日,陈风笑的修真玄幻类小说《大数据修仙》完结。

3月4日,吴杰超的无限流小说《无限先知》完结。

3月5日,在浙江省海宁市文联的支持下,海宁市作协网络文学创作委员会成立。

3月8日,马季在《中国文化报》上发表《网络文学中的女性书写》。写"大女主"类型的网络文学聚焦女性命运及心理世界描写,在女频文中,"玛丽苏"人物设定更为多元化。小说借助于故事传播更多的中华优秀传统文化,且新的文本形式不断涌现,展现出女性形象思维的独特性。

3月8日,潘凯雄在《人民政协报》上发表《打击网络文学侵权绝不能手软》。文章提出,要加大对侵权盗版不法行为的打击惩处力度,原创必须受到尊重和保护。

3月9日,《文艺报》刊登记者专访文章《筹建网络文学博物馆 推进网络文学经典化——专访全国政协委员陈崎嵘》。陈崎嵘提出筹建中国网络文学博物馆及成立全国性网络作家组织的相关提案,并对2021年网络文学的发展和近几年网络文学理论研究工作表示肯定,认为网络文学经典化是一个历史过程,需要经过读者和时间的检验。

3月9日,中国作协公布第十届网络文学委员会组成人员。主任:陈崎嵘。副主任:何弘、陈村、欧阳友权、唐家三少。委员:马季、马文运、王朔、王祥、月关、风凌天下、朱钢、血红、庄庸、刘旭东、杨晨、肖惊鸿、何平、张富丽、阿菩、邵燕君、周冰、周志雄、周志强、夏烈、黄发有、桫椤、曹启文、蒋胜男、程天翔、谢思鹏、跳舞。

3月14日,由中国作协与中国人民大学共同举办的首届网络文学研究班在北京开班。来自全国各地的35名知名网络作家成为首批学员。

3月14日,阎晶明在《人民政协报》上发表《激发网络文学IP生产力,讲好中国故事》。文章鼓励网络文学不断创新发展,激活IP生产力。

3月14日,闲庭落花的新作《吾家阿囡》上线。

3月15日,欧阳友权在《文学评论》上发表《网络文学评价的美学律令与历史逻辑——兼论恩格斯"美学观点和历史观点"之于网络文学评价的有效性》。文章以"美学观点和历史观点"为逻辑支点,探寻网络文学评价的美学律令与历史逻辑。廓清网络评价对象的美与审美,关注历史在线与文学在场,谨防美学缺席与历史虚无,规制着网络文学评价能自觉践行审美对历史的文学承诺。避免"脱网谈美"和"离文谈史",把握美学评价的"坐标",勘准历史评价的"锚点",厘清网络文学评价标准的内容边界,从学理原点上建构网络文学评价的美学律令与历史逻辑,从而为网络文学评价的理论构建奠定坚实的思想基础,在方法论上找到自己的"学术语法"。

3月15日,晋江签约作者红刺北的新作《将错就错》上线。

3月15日,IP改编剧《余生请多指教》播出。

3月15日,欧阳友权在《社会科学辑刊》上发表《网络文学亟待建立自己的评价体系和标准》。文章指出,当时快速崛起的网络文学"有高原缺高峰"现象十分突出,亟须文学批评家入场,补齐批评标准这块"短板",以加强文学批评,运用一定的标准去解读、评价、引导和规范,助推网络文学从"长个子"走向"强筋骨",实现新时代网络文学的高质量发展。而网络文学批评标准既离不开"文学"品格,又不可脱离"网络"特点,是在赓续文学传统基础上的理论拓新。因此,应基于网络语境的思想性、艺术性、产业性、网生性和影响力等维度,架构起由核心层、中间层、外围层组成的动态评价体系和批评标准。

3月16日,远瞳的科幻类小说《黎明之剑》完结。

3月16日,IP改编剧《影帝的公主》播出。

3月17日,一度君华的《不醒》完结。

3月17日,IP改编剧《与君初相识》播出。

3月17日,张英在《文学报》上发表专访文章《阎晶明:网络文学"出海",助力世界读者更客观、全面地理解中国》。该文认为,中国网络文学海外传播是中国文化走出去的一张重要名片。网络文学作品的海外推广仍面临诸多困境,"规模性推广力量缺乏""翻译难度大、速度慢""译者资源少""境外盗版"等难题仍有待攻克。要推动翻译力量的培养,通过专业机构及院校等支持,规范化持续培养网文出海专业翻译人才,为全球读者提供保质保量的文化大餐。从国家层面推动中国的基建、智能硬件、互联网产品、文化平台等各方出海力量协同合作,帮助文化产品进一步融入各国,获得全方位、本土化的发展。在中国IP的塑造中,建议引导全产业链整体化、精细化打造,鼓励专业化的市场力量投入。以网络文学为创意源头的IP动漫、影视、游戏等流行文化业态要构成全方位传播、大纵深推进、多元化发展的全球化局面,发挥"好故事"的优势,展现中国人普遍的精神面貌和心路历程、承载中国人成长的梦想。

3月18日,卓牧闲的历史类新作《守捉大唐》上线。

3月18日,豆瓣阅读上的言情小说《再也不想喜欢你》《烈焰》签约出版。

3月20日,西风紧的新作《大魏芳华》上线。

3月21日,李晓楠的《绍宋》漫画上线。

3月23日,卖报小郎君的新作《灵境行者》上线。

3月23日,第五届扬子江网络文学作品大赛启动。

3月24日,书旗原创作品《重卡雄风》出版。

3月24日,IP改编剧《烽烟尽处》在腾讯视频、爱奇艺播出。

3月25日,张春梅在《中国文艺评论》上发表《网络文学"现实"的多重变异、未来性与大众美学》。文章认为,网络文学的"现实书写"在"人"的现实、"世界"现实、"书写"现实和"文本"现实等层面显示出与纸媒写作的不同,其媒介属性、生成方式和文化表达带有鲜明的互联网时代特征,从而提示"网络文学的现实主义"必然带有区别于既有现实主义理解的面相。

3月25日,《国家新闻出版署关于开展2022年优秀现实题材网络文学出版工程评选工作的通知》发布,鼓励网络文学热忱描绘新时代、新征程的恢宏气象,创作、出版更多饱含精神力量、彰显时代底色、富有艺术魅力的网络文学精品,以新风貌、新作为迎接党的二十大胜利召开。选题重点包含4个方面:展现新时代的历史性成就和历史性变革;讴歌新时代中国人民的拼搏奋斗和实践创造;彰显新时代自信自强、守正创新的精神风貌;书写新时代激活中华文化生命力的生动实践。

3月26日,厌笔萧生的封神作《帝霸》漫画上线。

3月28日,屋外风吹凉的都市类新书《最长一梦》上线。

3月30日,中国文联发布《中国文艺工作者职业道德公约(修订稿)》,进一步加强文艺工作者职业道德建设和文艺行风建设。

3月31日,中国作协网络文学中心发布《关于征集"喜迎二十大"主题优秀网络文学作品的通知》。

3月31日,IP改编剧《我叫赵甲第》在优酷上线播出。

4月1日,"回首峥嵘过往,续写时代华章"番茄小说现实题材征文活动正式启动。

4月1日,柳下挥的都市类新书《金装秘书》上线。

4月1日,天瑞说符的科幻类作品《我们生活在南京》完结。

4月1日,IP改编剧《玉面桃花总相逢》播出。

4月2日,中国社会科学院文学研究所在北京举办《2021中国网络文学发展研究报告》专家研讨会。本次会议由中国社会科学院文学研究所数字信息室主任祝晓风主持。报告内容以包括阅文集团等平台在内的行业数据为分析蓝本,从内容题材、内容消费、创作生态、网文IP和网文出海5个层面分析网络文学的发展脉络和趋势特征。其权威性得到与会专家的一致认可。

4月2日,国家新闻出版署启动2022年优秀现实题材网络文学出版工程评选工作。

4月3日,夜南听风的新作《我能神游亿万里》上线。

4月3日,上山打老虎额的新书《锦衣》完结。

4月6日,起点白金作家宅猪的新书《择日飞升》上线。

4月6日,房伟在《文艺报》上发表《呼唤大学建立"网络文学"学科》。文章呼吁大学教育主管部门尽快单独成立"网络文学"二级学科,隶属于"中国文学"一级学科之下。

4月6日,初言在《光明日报》上发表《在书写现实中开拓网络文学新天地》。文章指出,网络文学要继承和发扬书写和反映时代的文学传统,创作出无愧于时代的壮丽史诗。

4月7日,中国社会科学院发布《2021中国网络文学发展研究报告》。该报告指出,2021年中国网络文学展现出不俗的社会价值与文化责任感。大众创作推动网络文学题材转向,科幻、现实题材增速飞快,与玄幻、仙侠、历史等品类逐步呈并驾齐驱之势,网络文学内容题材多元化格局已形成;网络文学已是全民阅读的重要组成部分。同时,网络文学出海纵深推进,海外影响力持续攀升,成为书写和传播中国故事的重要载体。

4月8日,天津市作协网络文学专业委员会以"迎盛会、铸忠诚、强担当、创业绩,献礼党的二十大"为主题,开展线上线下相结合的创作交流座谈,提出识才、爱才、敬才、用才,引领广大天津网络作家守正道、走大道,鼓励大家多创新、出精品。

4月8日,九鹭非香的作品《和离》完结。

4月11日,陈瑞迪在《文艺报》上发表《符号学如何更好地切入网络文学研究——评王小英的〈网络文学符号学研究〉》。文章认为,《网络文学符号学研究》一书以符号学理论为视角对网络文学及其现象进行解读,作者运用符号学原理对网络文学相关理论建设的过程涉及的主要问题如网络语境与网络文学特征之间的关系、网络文学的文本结构分析、网络文学的产业平台机制问题等做出了回应。

4月11日,花都大少的成名作《极品全能高手》完结。

4月11日,伊北的作品《对的人》售出影视改编权。

4月11日,《2022第八届滇云网络文学大赛征稿启事》发布。

4月11日,孙佳山在《人民日报海外版》上发表《现实题材网络文学正打开广阔天地(文化只眼)》。文章指出,在现实题材的创作上,网络文学已经完成了从异军突起到引领创作方向的结构性转化和创新性发展。

4月13日,起点第2期"科幻星光"奖项获奖名单公布。

4月14日,周志军在《中国文化报》上发表《网络文学成为文化传播重要载体》。文章指出,网络文学对现实的关切达到新高度,对优秀传统文化的继承和发扬呈现出一些新特征,不断融合文化元素。

4月15日,赖名芳在《中国新闻出版广电报》上发表《网络文学为全民阅读提供丰富资源》。文章从网文与全民阅读关系成为讨论焦点、现实题材内容引起共鸣和网文"出海"向纵深推进三个方面来指出网络文学成为深入推进全民阅读的强力引擎。

4月15日,如水意的新书《火力为王》上线。

4月15日,桐棠的新作《锦唐》上线。

4月16日,IP改编剧《祝卿好》播出。

4月16日,疯丢子的《小心说话》获"火星杯"冠军。

4月16日,裴不了的新书《请公子斩妖》上线。

4月16日,林滨在《光明日报》上发表《图书出版助力网络文学开拓新天地》。文章指出,网络文学观照现实,成为反映现实生活和社会的一面镜子,网络文学的图书出版有利于提升作品的艺术水准,应注重自觉坚守与主动作为。

4月16日,龚江辉(齐橙)在《光明日报》上发表《用好网络文学手法 写好现实题材作品》。文章指出,网络文学的手法与现实题材并不矛盾,手法的恰当运用会增强作品的艺术感染力。

4月16日,何弘在《光明日报》上发表《热忱描绘新时代是网络文学的使命所系》。文章指出,网络文学是新时代文学的重要生力军,要不断提升现实题材创作能力和水平,热忱描绘新时代。

4月18日,IP改编剧《且试天下》播出。

4月18日,徐涂在《中国艺术报》上发表《警惕网络文学领域"饭圈"乱象》。文章提出,要彻底治理各个文化领域的"饭圈"乱象,引导文化产业健康发展。

4月18日,鲁迅文学院第21期网络文学作家培训班开学典礼在北京举行,中国作协副主席吴义勤出席并讲话。吴义勤表示,网络文学作为社会主义文艺的重要组成部分,在时代中孕育成长并影响着青年一代的思想建构。广大网络文学创作者理应进一步转变观念,树立精品意识,明确使命,勇于担当,推动网络文学高质量发展,为文化强国建设贡献更大的文学力量。张栩(匪迦)、谢漠兮(漠兮)、何健(天瑞说符)、张芮涵等学员代表通过网络视频形式先后发言,分享了各自的创作体会,表示将珍惜宝贵的学习时光,努力收获更多知识和感悟,以更好的作品回馈伟大的时代。

4月21日,夏烈在《中国文化报》上发表《网络文学推动全民阅读》。文章指出,网络文学始终保持活力的关键所在,即创新创造、现实观照、积极转化。

4月21日,穿黄衣的阿肥的作品《我的细胞监狱》完结。

4月22日,《隐秘的角落》游戏独家公开。

4月22日至5月21日,阅文集团旗下起点读书App开启"全民阅读月",首次限免200本付费好书,覆盖文学、小说、传记、经济等20余大品类。作为2022年国家图书馆"4·23"全民阅读推广活动合作伙伴,阅文集团还将限时免费提供文津奖部分好书。

4月24日,净无痕的新书《7号基地》上线。

4月25日,第六届"咪咕杯"获奖名单公布,《今日宜偏爱》《重生1991》《人间大火》等书获奖。

4月26日,"重返太阳系"超短篇科幻征文获奖作品公示。

4月26日,晋江第三届原创轻小说征文大赛开启。

4月26日,IP改编剧《请叫我总监》播出。

4月26日，禹建湘在《中国社会科学报》上发表《网络文学批评聚焦的五个问题》。文章聚焦网络文学的历史溯源，网络文学"文学性"价值、网络文学的经典化、数字资本的"网文算法"、网络文化海外传播等五个方面的问题。

4月27日，吴长青在《光明日报》上发表《网络文学短剧改编，刚上路别迷路》。文章指出，"网络文学＋短剧"生产模式存在的个别问题，比如硬剪切拼贴的问题，短剧的艺术性和思想性亟待提升。

4月27日，新丰的新书《我一个人砍翻末世》上线。

4月27日，IP改编剧《风起陇西》播出。

4月28日，《神印王座》动画播出。

4月28日，知名网络文学作家天下归元在微博平台发布长文，陈述其作品《凰权》被改编为电视剧《天盛长歌》时的故事。此前，网络上便有关于《凰权》由"大女主"题材改编为"大男主"题材的剧情争议。这篇博文又一次引发读者对女频文改编问题的关注。

4月30日，IP改编剧《超时空大玩家》播出。

4月30日，IP改编剧《良辰好景知几何》播出。

5月1日，言归正传的新书《天庭最后一个大佬》上线。

5月4日，第17届"江苏青年五四奖章"评选结果揭晓，网络作家周丽（赖尔）获奖。

5月5日，IP改编剧《反转人生》开播。

5月7日，唐家三少开启《神印王座》第二部创作。

5月7日，《大圣传》时隔两年再次更新。

5月8日，周冰在《光明日报》上发表《彰显"硬核"工业文学的担当——读网络文学〈重卡雄风〉》。文章指出，网络文学作品的特别之处：独具匠心的现实题材选择与开掘，工业的大历史与情怀担当，"弱网络"的叙述方式，现实主义精神与浪漫情怀的结合。

5月10日，玄幻巨作《星门》精品有声剧上线。

5月10日，山东首家网络文学青春谷揭牌暨网络文学青春谷团支部揭牌仪式在淄博市天空之橙双创艺术空间举行。

5月12日,《二次缝合》售出影视改编权。

5月14日,退戈的新书《歧路》上线。

5月14日,王青在《光明日报》上发表《网络文学纸质出版是个什么流程——以"中国好书"〈蹦极〉为例》。文章以《蹦极》为例,指出网络文学纸质出版的三道关卡,表明纸质出版的过程是一个精细化的技术操作过程。

5月15日,余姗姗的《灯下黑》完结。

5月15日,黑山老鬼的《白首妖师》完结。

5月15日,宝剑锋的新书《冬日不曾有暖阳》上线。

5月15日,起点读书20周年推出"515好书节"的活动,并联合上海图书馆推出"起点百部好书单"。

5月16日,大姑娘浪的《世无双》完结。

5月16日,卓牧闲的新书《滨江警事》上线。

5月18日,红九的新书《蜜语纪》上线。

5月18日,爱潜水的乌贼的《长夜余火》完结。

5月18日,徐暮明的《心隐之地》签约待出版。

5月19日,老鹰吃小鸡的《星门》完结。

5月20日,志鸟村的新书《国民法医》上线。

5月20日,南山的《寻找金福真》签约待出版。

5月25日,舒晋瑜在《中华读书报》上发表《王朔:当前网络文学发展遇到了四个瓶颈》。江苏省作协一级巡视员王朔认为,网络文学遇到以下四个方面的发展瓶颈:一是网络文学发展不平衡,二是优秀网文数量太少,三是网文作者心理压力过大,四是政府和社会层面具体支持力度不够。

5月26日,中国版权协会举办《2021年中国网络文学版权保护与发展报告》发布会。522位网络作家联名倡议反盗版。唐家三少、猫腻等网络作家联名倡议:呼吁将技术应用于版权治理,搜索引擎履行平台责任,应用市场加强版权审查。这也是近年来网络文学行业最大规模的一次集体呼吁。

5月26日,KadoKado百万小说创作大赏开启。

5月27日,北京大学网络文学研究中心、中南大学网络文学研究基地、山东大学网络文学研究中心、安徽大学网络文学研究中心和南京师范大学扬子江网络文学评论中心,联合南京出版传媒集团青春杂志社,共同举办"网文青春榜"2021年度榜单发布暨2022年度"网文青春榜"的启动仪式。入选"网文青春榜"2021年度榜单的有南方赤火《女商》、天瑞说符《我们生活在南京》、沉筱之《青云台》、跳舞《稳住别浪》、祈祷君《开更》、她与灯《观鹤笔记》、云住《霓裳夜奔》、黑山老鬼《从红月开始》、伪戒《第九特区》、赵熙之《小镇做题家》、会说话的肘子《夜的命名术》、高级鱼《逃脱纪录》。

5月27日,七猫纵横非独家签约唐家三少。

5月27日,IP改编剧《二进制恋爱》播出。

5月28日,永恒之火的新书《猎命人》上线。

5月31日,红刺北的《将错就错》完结。

6月1日,飞卢小说网新增联想查询功能,引领AI写作新发展。

6月3日,七猫中文网5月"原创风云榜""原创飞跃榜"榜单出炉,发放万元奖金。

6月8日,缪娟的《人间大火》完结。

6月8日,何常在在《人民日报海外版》上发表《发挥现实题材网络文学的优势(百家谈)》。文章指出,网络文学现实题材的创作优势包含紧跟时代、积极向上、感情真挚三个方面。

6月9日,2022年起点奇幻分类第一部万订作品——《高天之上》。

6月9日,桫椤在《长江日报》上发表《网络文学要增强文化责任感》。文章指出,网络文学增强文化责任感,需要主动发挥文明教化功能,从中华文化根脉上汲取营养,从现实生活中发现感动人心的力量。

6月10日,新华社首发网络文学纪录片《用故事书写时代温度》。

6月10日,"首届全球元宇宙征文大赛"公布入围作品,将举办线上评审会,多位大咖评委出席评审会。

6月10日,阅文发布最新网络作家指数。

6月10日,子与2的新作《唐人的餐桌》上线。

6月11日,第一季"谜想故事奖"悬疑短篇征文比赛获奖名单公布。《失忆的杀手》《同学录》分获超短篇组和短篇组一等奖。

6月11日,《天才基本法》广播剧上线。

6月12日,耳根的新作《光阴之外》上线。

6月12日,肖惊鸿在《南方日报》上发表《建立国家网络文学版权价值数据库应提上日程》。文章提出,要保护网络文学版权,推动中国网络文学健康有序发展。

6月14日,御井烹香的《买活》完结。

6月14日,中国作协网络文学中心传播处张富丽在《中国青年作家报》上发表《萧鼎:网络文学为我打开了一个新世界》。萧鼎讲述了自己的网络文学创作道路,并相信未来必然产生殿堂级的经典作品,弥补缺憾,自己也会继续在文学的道路上前进。

6月14日,桫椤在《中国文化报》上发表《网络文学用"好故事"书写时代温情》。文章认为,网络文学在时代生活的滋养下发展壮大,每一位写作者都在以不同方式观照时代生活,每一部作品都蕴含着对时代的热爱与真诚,丰富多彩的生动形象和真挚感人的故事场景,共同构成了此时此刻最鲜活的中国故事。

6月14日,桫椤在《中国艺术报》上发表《精品创作是网络文学的"阿里阿德涅线团"》。文章指出,网络文学发展的要务在于逐步实现"精品化",坚守文学立场。

6月15日,番大王的新作《潮热雨季未解之谜》上线。

6月16日,鹳耳的《恐树症》完结。

6月18日,韩国首部仙侠剧《还魂》开播,被网友质疑涉嫌抄袭中国网络文学IP改编剧。

6月20日,纵横签约作家萧瑾瑜的《剑道第一仙》的同名改编动画开播。

6月20日,《文艺报》公布《网络文学重点作品扶持选题名单》,分为新时代山乡巨变主题、科技创新和科幻主题、中华民族伟大复兴主题、人类命运共同体主题、优秀历史传统主题。

6月21日,"让好书生生不息——女频小说背后的爱情哲学"直播活动开启。

6月21日,潘凯雄在《文汇报》上发表《网络文学如何去"赘肉",将"硬核"之"硬"进行到底?——看晨飒的〈重卡雄风〉兼谈网络文学的品质提升》。文章认为,作品有工人群像塑造鲜明、整体氛围不单调的特色,但也存在一些人物简单化、脸谱化之嫌。

6月23日,潇湘书院宣布品牌升级并发布"紫竹计划",发起"全球100位名人的小说邀约"活动。

6月23日,"亚洲好书榜"5月榜单结果公布。

6月24日,起点中文网公布2022原创文学新晋白金作家和新晋大神作家名单。

6月24日,IP改编剧《我叫刘金凤》播出。

6月28日,"首届四川省青少年科幻创作征集活动"正式启动。

6月28日,上山打老虎额的新书《我的姐夫是太子》上线。

6月28日,迈可贴的悬疑小说《鱼猎》新书上市。

6月30日,山东省网络作家协会成立大会在济南举办。大会选举产生了山东省网络作协第一届理事会、常务理事会、会长、副会长。于鹏程(风御九秋)当选山东省网络作协会长,张荣会(风凌天下)、曹毅(高楼大厦)、高岩(最后的卫道者)、张堃(青狐妖)、徐清源(飞天)、郑强(傲天无痕)、石瑞雷(黑山老鬼)、孟醒(言归正传)当选副会长,尚启元当选山东省网络作协第一届秘书长。

7月1日,第十届未来科幻大师奖获奖名单公布。

7月1日,《穹顶之上》时隔半年再次更新。

7月2日,飞卢发布更新榜的最新规则。

7月2日,网络微短剧《夜色倾心》播出。

7月4日,盗版网站宝书网永久关闭。

7月5日,IP改编剧《星汉灿烂》播出。

7月6日,中国作协网络文学中心发布2022年网络文学重点作品扶持选题名单。天瑞说符《我们生活在南京》、会说话的肘子《夜的命名术》、横扫天涯《镜面管理局》等入选科技创新和科幻主题;风御九秋《山河》、雾外江山《十月缨子红》等入选新时代山乡巨变主题;刘金龙《穿越星河热爱你》、暗香《小城大医》、冰可人《女检察官》等入选中华民族伟大复兴主题；凉城虚词《万里敦煌道》、我本纯洁《沧海归墟》、风晓樱寒《逆行的不等式》入选人类命运共同体主题；七月新番《赤壤》、闲听落花《吾家阿囡》等入选优秀历史传统主题。

7月6日，第一家中国网络文艺知识产权纠纷人民调解委员会在北京成立。

7月6日，网络文学界发起《网络文学行业文明公约》。

7月6日，中国作协在北京召开全国重点网络文学网站联席会议。近50家重点网络文学平台负责人、全国省级网络文学组织负责人、知名网络作家和评论家共同发起《网络文学行业文明公约》，该公约向网络文学作者、平台、评论研究者、组织发出号召，呼吁加强网络文明建设，倡议各方一起营造有益创作、风清气正的良好环境，优化网络文学行业生态，共同促进网络文学高质量发展。

7月6日，《大唐荣耀》同名有声剧上线。

7月6日，番茄小说网对涉及低俗色情描写的作品发布相关处罚说明。

7月8日，《文艺报》发布《网络文学行业文明公约》。中国作协网络文学中心组织全国重点网络文学网站、网络文学组织，协调网络作家、评论家、网络文学工作者，共同制定本公约，以促进网络文学的高质量发展。

7月11日，番茄小说第二届网络文学大赛开启。

7月11日，远瞳的新书《深海余烬》上线。

7月12日，骁骑校的新书《特工易冷》上线。

7月12日，常书欣的新书《警动全城》上线。

7月12日，爱奇艺小说多部作品达成版权合作。

7月12日，晋江就洛拾意因受网络暴力轻生事件发表声明，推进评论规则修订工作。

7月12日，网络文学编辑（数字出版编辑）被列入人社部《中华人民共和国职业分类大典》。

7月12日，何平在《文汇报》上发表《文学新生代：是写作者也是网络原住民》。文章指出，文学新生代意味着新的时代命题和文学表达的可能。

7月14日，2021年阅文"年度最佳作品"《大奉打更人》（第一卷）纸质书全面上市。

7月15日,动画《苍兰诀》开播。

7月15日,中国作家网发布2022年第二季度网络文学新作推介。

7月15日,国内最大的原创轻小说创作平台和付费阅读平台"菠萝包轻小说"奇幻征文开启。

7月15日,魔性沧月仙侠的新书《天道今天不上班》上线。

7月15日,周志军在《中国文化报》上发表《科幻网络文学也可以真实、温暖、有生命力》。文章指出,科幻题材网文崛起,创作群体呈年轻化,科幻网文的创作既要仰望星空,也要脚踏大地。

7月18日,番茄小说评分数据改版。

7月18日,科幻漫谈节目《不要回答》播出。

7月20日,第二届读客科幻文学奖征稿启动。

7月20日,IP改编剧《沉香如屑》播出。

7月21日,综漫同人文的《次元法典》完结。

7月21日,国产"漫改剧"的话题被热议。

7月22日,爱奇艺文学2022新势力大会成功召开,就如何打破纯文学和网络文学的壁垒进行深度探讨。

7月22日,月关的新书《莫若凌霄》上线。

7月22日,IP改编剧《天才基本法》播出。

7月22日,晓原在《文艺报》上发表《网络文学现实题材创作前景广阔》。文章指出,现实题材在服务时代的同时,也为网络文学打开新的格局和天地。

7月22日,欧阳友权在《中国艺术报》上发表《高扬新时代网络文学风帆》。文章针对网络文学发展出现的问题,具体提出了从高质量发展、现实题材创作要增强"抓地力"、线上线下联动、网文出海、根治行业乱象五个方面努力。

7月22日,徐坤琳在《文艺报》上发表《着力推进新时代网络文学高质量发展》。文章指出,要坚持以网文创作精品化为关键,网络作家组织化为基础,激励引导多元化为保障,产业发展融合化为路径,推进新时代网络文学高质量发展。

7月22日,李玮在《文艺报》上发表《迭代的网络文学创造"文学新代际"》。文章指出,网络文学的迭代以赛博主体之间的互联与共通的表达,创造了新的代际想象,表达了新的对于现实的理解和塑造。

7月22日,月关在《中国艺术报》上发表《网络文学新格局、新气象、新境界的十年》。文章认为,文艺评论家从创作理论和价值导向的高度对网络文艺进行深刻分析与评论,对创作者产生了积极影响,网络文学走向更加健康、长久繁荣的发展之路。

7月23日,动画《神澜奇域无双珠》播出。

7月26日,中国共青团中央委员会社会联络部联合中国作协网络文学中心共同举办"喜迎二十大,青春著华章"主题征文及优秀网络文学作品展示活动。

7月26日,第四届大湾区杯(深圳)网络文学大赛启动。

7月26日,番茄小说网与张家界武陵源风景区玄幻小说联合征文。

7月26日,罗樵森的同名小说改编短剧《民间诡闻实录》上线。

7月26日,中国作协网络文学中心启动"喜迎二十大"优秀网络文学作品联展活动,阅文集团、纵横小说、中文在线等22家重点网络文学平台设置活动专题页,上线优秀网络小说347部,持续到年底免费向广大读者开放。

7月27日,"谜想故事奖"短篇比赛第二季来袭。

7月27日,IP改编剧《迷航昆仑墟》播出。

7月27日,"故事大爆炸2022"征文大赛开启。

7月28日,晋江文学城发布《关于论坛、评论区展示账号IP属地的公告》。

7月28日,第十一届"金陵文学奖"评选公告发布。

7月28日,《隐秘的角落》试玩上线Steam平台。

7月29日,桫椤在《河北日报》上发表《网络文学评论抓"大"也不能放"小"》。文章认为,网络文学评论存在"两重两轻"和"两多两少"的问题,亟须引起重视。

7月31日,"首届全球元宇宙征文大赛"线上评审会召开。

7月31日,天下归元的《辞天骄》完结。

8月1日,江秀廷在《中国社会科学报》上发表《网络文学原声评论对接受美学的挑战》。文章指出，网络原生批评对接受美学提出了挑战，给予人们新的理论建构启示。

8月2日，蔡骏带项目《X的故事》参加第16届FIRST青年电影展创投会。

8月2日，《诛仙》动画开播。

8月3日，马伯庸的作品《三国机密》有声剧上线。

8月3日，番茄小说启动"收入保障计划"——传统悬疑专题。

8月3日，郑文学在《人民日报海外版》上发表《拓宽题材边界 提升翻译质量 实现精准推介——探索网络文学出海精品化新路径（文化只眼）》。文章指出，网络文学要完成从"走出去"到"走进去"的嬗变，需要在拓宽内容题材、提升翻译质量、实现精准推介上持续发力。

8月4日，番茄签约作品《丽江，今夜你将谁遗忘》纸质书发售。

8月5日，最具IP潜力网络文学推介座谈会在南京举行。推介座谈会由扬子江网络文学评论中心执行副主任李玮主持，以"探索网络文学IP转化的优化之路"为主题。本次座谈会邀请了网络文学作者、评论家以及广播电视局、影视公司、平台版权方的专业人员进行行业对话，探讨如何将网络文学IP转化做得更精准、更有效益，对当下网络文学产业转化中最尖锐的问题进行回应与解答。

8月5日，佳男的《金刚不坏大寨主》完结。

8月5日，番茄小说推出"谁是番茄人气王"活动。

8月5日，科幻作家潘海天的新书《永生的岛屿》和《黑暗中归来》上线。

8月7日，IP改编剧《苍兰诀》播出。

8月8日，千山茶客的《簪星》完结。

8月8日，番茄小说"她·甜宠"征文活动获奖作品揭晓。TOP1作品《原来月亮先动心》，以惊艳老练的文笔讲述了主角之间相互救赎的温暖爱情，男女主魅力十足，辞藻华丽，引人入胜，获得了评审团的一致好评。

8月8日，腾讯主办的"鹅次元动画节"，集中推陈顶级网络文学IP转化动漫。

8月9日,中国作协启动优秀网络文学作品联展。

8月9日,由中国作协网络文学中心主办,河南省文联、中共郑州市委宣传部承办的2022年全国网络文学工作会议在郑州召开。

8月9日,薛静在《文汇报》上发表《网络文学优质IP影视化如何在深度与广度上作出平衡——评电视剧〈天才基本法〉》。文章对网络文学优质IP的影视化在深度和广度如何平衡做了探讨。

8月10日,《2021中国网络文学蓝皮书》发布。该报告从作家创作、理论评论、行业发展、海外传播等方面全面回顾网络文学过去一年的发展。2021年,网络文学主流化、精品化进程加快,现实题材创作进一步深化。网络作家队伍组织化程度不断提高,凝聚力、向心力显著增强。及时总结网络文学发展现状,研判网络文学发展趋势。理论评论发挥价值引导、精神引领、审美启迪作用,评论生态更趋健康。人才培养和团队建设不断加强,评价体系和批判标准建设进一步推进,研究更加深入。行业转型升级发展势头延续,IP改编更加多元。网络文学国际传播更受重视,网文出海形式更加丰富多样,中国网络文学全球影响力不断扩大,海外本土化传播体系初步建立。

8月10日,赵敏在《光明日报》上发表《文学经典如何与网络空间产生"化学反应"——以〈西游记〉的网络改编为例》。文章指出,形式创新与立意高远应相辅相成,精良叙事、价值引领和审美品位缺一不可。

8月11日,第四届"豆瓣阅读长篇拉力赛"获奖名单公布。任平生的《纸港》获总冠军,夏渔的《不如去野》和临素光的《妇产科改命师》获新人奖。

8月12日,姬叉的作品《女主从书里跑出来了怎么办》完结。该小说讲述了网文写手楚戈故事里原定的女主角由虚化实,进入现实世界的故事。

8月13日,《我的治愈系游戏》漫画上线。该作品改编自起点中文网作者我会修空调的同名小说。该小说曾入选扬子江网络文学评论中心"青春榜"月榜。

8月14日,孟中得意的作品《老来伴》完结。该小说别出心裁地讲述了老年人的爱情故事。

8月15日,阅文集团2022年中期财报发布。业绩报告显示,2022年上半年阅文集团总收入为40.9亿元,其中在线业务收入为23.1亿元,版权运营及其他业务收入为17.8亿元。

8月15日,七猫中文网女频特色题材第三季"超级甜宠"征文开启。不限时代背景,不限人设,以甜宠为主线,包括但不限于以下元素:①超甜·团宠,如皇室团宠等;②超甜·宠妻,如糙汉宠妻等;③超甜·双向救赎,如残疾王爷等。征文投稿时间为2022年8月15日至2023年2月15日。

8月16日,由优酷出品的影视剧《爱情遇见达尔文》在成都开机。该作品改编自网络文学作家柠檬羽嫣的小说《治愈者》。该小说讲述了神经外科专家顾云峥和退学的学霸医学生苏为安,从师徒互怼到成为生活和科研事业上的亲密伙伴的故事。

8月16日,第五届"牧神计划·新主义悬疑文学大赛"获奖名单暨第六届大赛正式开启。第五届"牧神计划·新主义悬疑文学大赛"获奖名单公布,一等奖空缺,二等奖是朱琨的《追仇四十年》,三等奖是王稼骏的《女神》和公子的《不废江河万古流》。

8月16日,中共中央办公厅、国务院办公厅印发了《"十四五"文化发展规划》,鼓励引导网络文化创作生产,强调实施网络文艺创作传播工程,加强对网络作家、自由撰稿人、网络主播、网络视听主创、独立制片人、独立演员歌手等新的文艺群体的关心引导,扶持网络文艺社群等新的文艺组织健康发展。加强网络文学、视听、音乐、表演、动漫等网络文艺精品创作扶持。引导商业平台开展网络文艺主题宣传,推动优秀文艺作品网上网下一体化传播。

8月17日,宋爽在《人民日报海外版》上发表《古韵新声:网络文学"恋上"传统文化》。文章指出,网络文学作品题材结构更趋优化,不少作品更注重从文化经典中汲取养分。继承发扬中华优秀传统文化,已成为网络文学作家的自觉追求。经由网络文学再加工,跨越历史长河的传统文化有了新的发展。

8月17日,赖尔在《文艺报》上发表《网络文学IP产业现状与方向预判》。文章针对中国网络文学IP产业发展现状进行预测,讨论了三个方面的问题:文本的脚本化与游戏化趋势;AI技术推进并加速网文的可视化呈现;VR和元宇宙技术实现网络文学的世界观构建。

8月18日,由天瑞说符的同名小说改编的漫画《泰坦无人声》上线腾讯动漫。

8月18日,贱宗首席弟子的新书《神之纪元》上线。

8月20日,骷髅精灵的新书《机武风暴》上线。

8月20日,起点科幻征文活动开启,包含"科幻先驱""时间变换"两个主题。

8月21日,中国首批网络作家电子会员证面世。

8月22日,《从大树开始的进化》同名动漫上线。

8月22日,中国作协网络中心在《文艺报》上发表《2021中国网络文学蓝皮书》。

8月23日,流浪的蛤蟆的作品《仙狐》完结,新书《异仙列传》上线。

8月25日,日语版《全职高手》轻小说第一卷正式上线角川电子书商城。

8月26日,《我在精神病院学斩神》动画版概念预告片首发。

8月27日,苍山月的作品《重生之似水流年》完结。

8月28日,晋江文学城"新农村 新青年"原创现言主题征文精品展示。

8月29日,IP改编剧《消失的孩子》播出。

8月29日,马伯庸的新书《大医》上线。

8月29日,石章鱼的新书《大医无疆》上线。

8月29日,七猫作家助手App上线。

8月29日,IP改编动漫《力拔山河兮子唐》开播。

8月29日,"谜想故事奖"2023年度悬疑长篇征文比赛启动。

8月29日,桫椤在《中国艺术报》上发表《春风吹浪正淘沙——新时代以来网络文学发展观察》。文章从时代使命领航发展之路、为人民讲好中国故事、向世界传播中国精神和中国价值三个方面来探讨网文的繁荣发展态势。

8月31日,古装重生剧《覆流年》播出。

9月1日,第六届现实题材网络文学征文大赛颁奖典礼在上海举行,14部获奖作品榜上有名,并发布了《2022现实题材网络文学发展趋势报告》。其中,展现中国科技企业崛起的《破浪时代》获特等奖,作者人间需要情绪稳定是一位新人作家,她以10余年大型高新企业海外营销的工作经验,在作品中描写了一家民族科技企业从籍籍无名到誉冠全球的故事。书写平凡人生活史诗的《上海凡人传》获一等奖。小说《都市赋格曲》，以女性视角观察都市家庭生活的真实困境，获二等奖。

9月1日，电影《鬼吹灯之精绝古城》播出。

9月1日，原创漫画平台"有妖气"将于12月31日正式关停，其相关漫画服务将一同并入哔哩哔哩漫画。

9月1日，"阅见非遗"主题征文活动开启。

9月2日，作客文学网发布新锐作家计划。

9月2日，第7期科幻新书"星光奖"获奖名单公布。

9月3日，2021"十大年度国家IP评选"完整获奖名单出炉。综合专家评审意见与网络投票排名，最终评选出2021十大年度国家IP，以及文学、影视、文博等16个赛道大奖，同时包括微博人气奖、潜力新声奖等特别单项奖。在赛道大奖中，《庆余年》获得文学赛道的银奖，《风起洛阳》获得影视赛道的银奖。在最佳专项奖中，爱潜水的乌贼所著的网络文学作品《诡秘之主》获得玄幻创意奖，米兰Lady所著的网络文学作品《弥楼芳时》获得潜力新声奖。

9月3日，唐伟在《光明日报》上发表《网络文学如何实现转型升级》。文章总结分享了网络文学工作会议中与会人员关于版权保护、阅读模式、理论批评和海外传播等的心得体会。

9月7日，第四届"茅盾新人奖"在桐乡颁奖。经过专家评审和网上公示，李云雷、马力（马伯庸）等10人获得第四届"茅盾新人奖"。王冬（蝴蝶蓝）、任禾（会说话的肘子）、陈徐（紫金陈）、刘勇（耳根）、段武明（卓牧闲）、蔡骏（蔡骏）、叶萍萍（藤萍）、朱乾（善水）、杨汉亮（横扫天涯）、程云峰（意千重）10人获得第四届"茅盾新人奖·网络文学奖"。

9月7日，中国作协网络文学中心在江苏省连云港市举办"网络文学青年创作骨干培训班"。来自各网络文学平台的40位90后网络文学作家参加培训。

9月7日，许苗苗在《文汇报》上发表《网络文学：在幻想与现实的互动中酝酿跨界破圈新主题》。文章从模式新变、题材新变、类型新变三个方面阐述网络文学的种种变化。

9月8日,七猫旗下子站奇妙小说网上线。

9月8日,纵横中文网推出全新的"脑洞星球"板块。

9月11日,"剑网2022"行动启动,整治通过搜索引擎传递网络作品等侵权行为。

9月13日,大英图书馆收录16部中国网络文学作品。被收录的网络文学作品分别是《赘婿》《赤心巡天》《地球纪元》《第一序列》《大国重工》《大医凌然》《画春光》《大宋的智慧》《贞观大闲人》《神藏》《复兴之路》《尕临》《魔术江湖》《穹顶之上》《大讼师》《掌欢》。16部作品既囊括了科幻、历史、现实、奇幻等多个网络文学题材,也涵盖了中国网络文学20余年发展历程中的经典作品。近年来,优秀网络文学作品越来越得到经典化认可,网络文学也在不断拓宽自身的海外影响力。

9月13日,根据周洲小说改编的电影作品《猎海日志》上映。

9月14日,吴长青在《中华读书报》上发表《网络文学的发展》。文章对王小英所著的《媒介突围——网络文学的破壁》进行简要评价,认为此书采取以点带面的方式,对网络文学发展历程中不同样态的文学作品进行了文本细读。

9月14日,张鹏禹、张明瑟在《人民日报海外版》上发表《网络文学步入转型升级新阶段》。文章从现实题材创作进一步深化、理论批评蓬勃发展、网文出海规模不断扩大三个方面谈网络文学的转型升级。

9月15日,章润在《光明日报》上发表《入藏大英图书馆,中国网络文学证明了自己》。文章指出,中国网络文学作品首次被收录至世界最大的学术图书馆之一——大英图书馆的中文馆藏书目之中,网络文学已成为此时最主流的文学表达之一。

9月16日,七猫与华策"奔腾计划"创意大赛活动结果公布。基于"公平、公正、公开"的活动原则,大赛专业评委从431部投稿作品中评选出兼具创新性、思想性、可看性以及影视改编可行性的十强作品。其中,七猫中文网原创作品《日出珊瑚海》(作者:圆月四九)、《云霄之眼》(作者:千羽之城)、《腾格里的记忆》(作者:白马出凉州)、《玉谋不轨》(作者:扬了你奶瓶)入围。

9月16日,爱奇艺文学与荣信达文化达成云腾计划"S"友好合作。

9月19日,江南的新书《龙王:世界的重启》上线。

9月19日,微博文学全新启动"网络文学超新星计划"。

9月20日,天下霸唱的小说改编剧《昆仑神宫》开播。

9月20日,邵璐、吴怡萱在《中国社会科学报》上发表《中国网络文学海外改编与翻译新生态》。文章指出,在跨媒介改编层面,一要忠实原作,二要偏向目的受众;在翻译层面,人工智能翻译技术或成为网络文学产业链翻译的发展趋势。

9月21日,豆瓣阅读"百变幻想"主题征稿活动开启。

9月23日,番茄小说新媒体征文活动获奖作品揭晓。获奖作品涵盖都市神医、鉴宝捡漏、战神女婿、情感职业等多种类型和风格,有《高手下山,从跟未婚妻退婚开始》(作者:天崖明月)、《盖世龙婿》(作者:三七的七)、《千术》(作者:陈初尧)等。

9月26日,艾瑞咨询发布《中国社交媒体ACGN内容发展研究报告》。该报告显示,微博平台覆盖ACGN全维度热门内容,聚集大规模兴趣用户,每两位微博用户中就有一个是ACGN爱好者,整体用户规模约为3亿。其中作家规模达到3万以上,读书用户90%每周进行阅读,94%对网络小说感兴趣。

9月26日,网络文学作者罗森、千幻冰云、半只青蛙联手策划网络电影《密室探案之剪纸馆》。

9月26日,IP改编剧《我的卡路里男孩》开播。

9月28日,云起书院的作者雪中回眸转战起点男频。

9月29日,IP改编剧《炽道》开播。

9月,"杭州优秀传统文化丛书"面世,南派三叔新作被收录其中。

10月1日,IP改编剧《乌云遇皎月》开播。

10月5日,九九三的作品《无敌神龙养成系统》完结。

10月5日,张春梅在《光明日报》上发表《网络文学与传统文学有什么不一样》。文章探讨网络文学写者身份、读者功能、作品形态等方面呈现的新特点,为什么网络文学作品越写越长,网络文学是网络空间里的一个故事园地等一系列问题。

10月6日,南派三叔的最新短篇集《花夜前行》开启预售。

10月7日,倔强的小肥兔的作品《我的夫人竟是魔教教主》完结。

10月8日,叶斐然的新书《请别放弃治疗》上线。

10月8日,任我笑的新书《刚成仙神,子孙求我出山》上线。

10月9日,《晴天遇暴雨》同名有声剧热播中。

10月9日,"新时代十年百部中国网络文学作品榜单"评选活动在浙江杭州中国网络作家村启动。这是国内第一次就新时代10年(2012—2022)以来的网络文学创作态势及其优秀作品做出系统性、全景化的梳理和评价。活动将从10年来中国网络文学内部多样化的创作流变、现实题材与科幻题材的崛起、与影视动画等下游改编的深度融合、富有影响力的海外传播等方面进行评选梳理。此次评选活动分为三个环节,推荐环节截至10月15日,预计年底进入终评,将邀请近80位相关领域的专家参与评审。

10月10日,《北京青年报》专访蒋胜男。

10月10日,小刀锋利、空想之龙、古羲等作者的新书上线。

10月10日,《血色逃逸线》有声剧上线。

10月10日,雷宁在《中国艺术报》上发表《是中国的网络文学,也将是世界的网络文学——回望新时代以来中国网文出海之路》。文章从版权出海、翻译出海、模式出海、生态出海等方面分析新时代的网文出海。

10月11日,根据《中国作家协会网络文学理论评论支持计划暂行办法》,2022年中国作家协会网络文学理论评论支持计划征集公告发布。征集范围为:①对网络文学创作规律、生产和传播机制及周边文化现象进行研究分析和理论探讨的专著、论文集;②针对网络文学创作现象、作家和作品的评论专著和论文集;③网络文学创作及产业状况调查研究及网络文学学术资料整理、编纂的专著和文集;④全面总结网络文学发展状况的专题项目。申报条件应有详细计划,完成并提交一半以上内容;原支持项目尚未完成的,不得再次申报等。

10月11日,由同名剧改编的小说《摇滚狂花》上线。

10月11日,管平潮的新书《仙长也疯狂》上线。

10月13日,言归正传的《天庭最后一个大佬》完结。

10月13日,邵燕君、许婷在《文学报》上发表《以精巧的故事类型求问时代肌理——近十年现实向网络文学新态势》。文章指出,当下网络文学遴选出大众普遍关注的社会话题,压缩为复杂个案,在作者与读者的思考阅读互动中面向现实,不断追问。

10月14日,《恐树症》售出影视改编权。

10月14日,杨雪、张丽在《人民政协报》上发表《激发创新创造活力,推动社会主义文化繁荣发展——文化艺术界全国政协委员热切期盼党的二十大胜利召开》。文章提到文化艺术界全国政协委员以高昂的热情和旺盛的创作精力投入新时代的文化建设中,从发展中国特色社会主义文化、推动文艺创新、推进文化惠民、提高文化软实力四个方面推进。

10月15日,忘语的新书《仙者》上线。

10月17日,关心则乱的《江湖夜雨十年灯》完结。

10月17日,改编自意千重的同名小说的《国色芳华》电视剧备案。

10月17日,望舒慕羲和的《新顺1730》完结。

10月17日,第四届"金熊猫"网络文学奖初评入围名单公布及复审环节开启。专业初评评委团最终评选出136部优秀作品进入复评环节,其中包含长篇单元66部,中短篇单元70部。长篇单元包括蒿里茫茫《早安!三国打工人》、三九音域《我在精神病院学斩神》、麦苏《生命之巅》等,短篇单元包括骁骑校《长乐里:盛世如我愿》、本命红楼《一面》等。

10月18日,《司南》同名有声剧上线。

10月19日,爱奇艺小说再度确定9部作品版权合作。

10月19日,脑洞星球"次元同人"主题征文大赛第二期开启。

10月19日,蓝白的天的新书《这就是第四天灾》上线。

10月19日,周冰在《文艺报》上发表《网络文学的"走出去""走进去"与"走上去"》。文章从"走出去"与传播的"浅表化"、"走进去"与传播的"深化"、"走上去"与传播的"生态性"建构三个方面来探讨网络文学建设与传播的时代使命。

10月19日,郭超、仝责浦在《文艺报》上发表《融媒体语境下网络文学的新形态——从"文字交互游戏"和"互动阅读体验"谈起》。文章提出，文字互动游戏为我们提供了走向"去中心"的文本实践全新路径。

10月19日，喻向午在《文艺报》上发表《网络交互时代的文学景观》。文章认为，虽然当下文学何去何从暂时无法形成共识，但以文学史的眼光打量文学现场不断出现的新的文学景观，也许会看得更加清晰。

10月19日，王文静在《文艺报》上发表《十年筑梦向峥嵘——新时代网络文学发展回眸》。文章指出，10年内网络文学坚持守正创新，逐渐发展为社会主义文学版图中的重要一极。

10月20日，改编自网络文学作家关心则乱的小说《星汉灿烂，幸甚至哉》的影视剧《星汉灿烂·月升沧海》发布预告，11月将在中国台湾播出。

10月20日，伊人睽睽的新书《金吾不禁，长夜未明》上线。

10月20日，匪我思存的《潜心于墨》开始连载。

10月20日，何弘在《中国文化报》上发表《网络文学异军突起是新时代文学的亮丽景观》。文章指出，网络文学进入主流化、精品化发展阶段，它已成为文化产业发展的重要引擎。与此同时，网络文学评论研究不断加强，作家队伍发展势头良好，逐渐成为中华文化走出去的亮丽名片。

10月24日，七猫中文网旗下子站奇妙小说网第一届征文活动开启。

10月25日，改编自飞卢小说网作者黑白茶的原创小说《此刻！全球进入恐怖时代》的漫画《全球诡异时代》关注量破200万。

10月26日，IP改编剧《谁都知道我爱你》开播。

10月26日，改编自网络文学作家zhttty的小说《无限恐怖》的动画《无限世界》定档。

10月26日，喜马拉雅首届原创悬疑小说大赛开始征稿。此次大赛主要围绕犯罪推理、奇幻探秘、情感悬疑三大悬疑赛道征集原创小说，并邀请知名悬疑作家周浩晖、张震、侧侧轻寒分别担任三个赛道的导师，由喜马拉雅官方编辑部、赛道导师以及合作专业出版社机构共同出任本次大赛的评委，选出最优秀的原创悬疑作品。

10月，豆瓣阅读作者贝客邦的全新悬疑小说《白鸟坠入密林》纸质书出版。

11月1日,周志雄、江秀廷在《社会科学战线》上发表《"阅评族""产消者""传受人"——数字媒介时代读者的身份叠合与融合体的生成》。文章认为,在网络文化时代,媒介变革为人们带来了重新评估一切的契机,在辨析"读者之死"这一命题之前,首先需要回答"读者是什么"的问题。在文学接受和批评层面,从六神磊磊线上评论金庸,到众多网络文学原生评论家的崛起,阅读/评论的叠合催发了"阅评族"的诞生;在文化产业层面,UGC时代的到来使得文化艺术的个性化、个体参与性显著增强,以粉丝为代表的群体在文学消费的同时生产了大量的网络文学同人文本,成为名副其实的"产消者";在文学传播层面,数字媒介使得传受分离转变为传受合一,单向度的受众由此成为集多种身份于一身的"传受人",其在网络文学"玩梗"的编码/解码过程中得到很好的呈现。因此,以接受为唯一性的传统读者已经消失,融合体借网而生。这一结论为推动文学理论发展、建构网文评价体系带来了很大启示。

11月3日,2023腾讯在线视频V视界大会召开。此次大会发布了电视剧、电影、综艺、纪录片、体育、动漫等在内的多元品类资源,并面向品牌展示了平台对于IP营销升级、内容共创的差异化新理念。

11月5日,由山东理工大学文学与新闻传播学院承办的中国文艺理论学会网络文学研究分会第七届学术年会暨"中国网络文学三十年的历史反思与未来发展"学术研讨会召开。

11月7日,第三届扬子江网络文学周在泰州开幕。

11月7日,国务院新闻办公室发布《携手构建网络空间命运共同体》白皮书。该文件提到网络视听、网络文学、网络音乐、网络互动娱乐等不断发展,产生海量网络文化内容,为人们提供了丰富的精神食粮。

11月7日,第三届泛华文网络文学金键盘奖在泰州颁奖。从获奖结果看,本届获奖作品呈现出作品精品化、风格多元化、题材细分化的趋势。

11月7日,李安在《中国艺术报》上发表《网络文学依然在书写崇高》。文章指出,网络文学从未远离净化心灵、催人向上的崇高精神和崇高美。

11月9日,周敏在《文汇报》上发表《提升网络文学质量,需在"爽文"路径上突围》。文章认为,在明确"爽感"对于网络文学重要性的基础上,需要重新认识"爽感",重新认识网络新媒介对文学的革命性影响,重新认识网络文学与评论的关系。

11月10日,由中国作协主办,大公网、量子之歌集团协办的世界互联网大会乌镇峰会"疫情下的数字社会"论坛在浙江乌镇举行。

11月11日,桫椤在《河北日报》上发表《中华优秀传统文化是网络文学的根脉》。文章提出,网络文学中的传统文化以隐性和显性两种方式存在,在文体形式上,中国古典通俗小说的审美形式亦为网络文学奠定了基础。

11月11日,顾亚奇在《人民日报》上发表《网络文学提质升级需多点发力》。文章指出,在建设文化强国的征程中,中国网络文学大有可为也应当大有作为,应努力实现高质量发展,讲好中国故事。

11月12日,帅志强在《光明日报》上发表《彰显现实精神 回应时代使命——读〈中国网络文学理论评论年选(2021)〉》。文章认为,年选紧跟学术热点和前沿话题,提出了一些较有创新性、针对性、前沿性的学术观点。

11月14日,网络文学研究现状与学科建设学术研讨会在北京召开。本次研讨会由中国社会科学院文学研究所主办,来自中国社会科学院、北京大学、中国艺术研究院、首都师范大学、《光明日报》《人民日报海外版》、17K网等多家单位的专家学者围绕"网络文学研究现状""未来五年有潜力的研究方向和研究课题""未来五年学科建设重点"等议题展开热烈研讨。

11月15日,共青团中央社会联络部联合中国作协网络文学中心共同举办的"学习二十大 青春著华章"主题征文活动优秀作品名单公布。

11月15日,桫椤在《中国青年作家报》上发表《网络文学写作的"私教秘籍"》。文章对赖尔的《网络文学创作实战》一书进行点评,认为此书以整体性视野观照现场,一方面注意到了当前理论批评界关于网络文学的主流意见,另一方面也有许多创新性的观点。

11月15日,迟静、只恒文在《中国青年作家报》上发表《博弈、比较、传承——网络文学焕活传统文化》。文章指出,网络文学应主动传承中华优秀传统文化,不断探索创新性发展的路径。

11月16日,国家新闻出版署公布2021年"优秀现实题材和历史题材网络文学出版工程"入选作品。经过严格评选,最终确定《蹦极》《出路》《天圣令》《长乐里:盛世如我愿》《重生——湘江战役失散红军记忆》《故巷暖阳》《投行之路》等 7 部作品入选。

11 月 18 日,中国作家网公布《中国作家协会网络文学理论评论支持计划入选项目》。入选项目有:数字文艺迭代背景下元宇宙内容生产研究(刘业伟);中国网络文学生产机制的生成(吉云飞);网络小说的类型化生产及其批评范式(李震);中国网络文学创作"现实转向"问题研究(陈海燕);赛博空间的共同体建构研究(段建军、储方舟);从中作梗:数码人工环境的语言与主体(王鑫);中国网络文学年鉴(2022)(专项)(中国作协网络文学中南大学研究基地);中国网络文学理论评论年选 2022(专项)(中国作协网络文学山东大学研究基地);中国网络文学阅评计划(专项)(扬子江网络文学评论中心)。

11 月 25 日,张宏森在《文艺报》上发表《在中国作协十届二次全委会上的工作报告》。该报告指出,要以习近平总书记在中国文联十一大、中国作协十大开幕式上的重要讲话精神为遵循,全力推动新时代文学高质量发展。

11 月 25 日,许苗苗在《光明日报》上发表《网络文学:用心书写新时代的新故事》。文章指出,现实题材网络文学显示出"时代文""强国文"的总体基调,通过描摹人间百态,记录生活景观,逐渐走向成熟和理性。

11 月 25 日,阅文集团旗下起点读书 App"网文填坑节"活动首批书单出炉。

11 月 28 日,桫椤在《文艺报》上发表《网络文学中的知识景观与知识生产》。文章从被知识支撑起的网络文学世界、知识生产创新网络文学表达方式两个方面阐述网络文学在社会文化生活中的独特功能。

11 月 28 日,李敏锐在《中国社会科学报》上发表《网络文学海外传播多样化路径与影响》。文章指出,中国网络文学的海外传播为中国文学乃至中国文化"走出去"提供了一条可供参照的成功路径。

12 月 4 日,何亦聪在《光明日报》上发表《网络文学有无可能"反哺"传统文学》。文章指出,以知识、技艺为主要元素的写作或将成为一种潮流,而文学的本质诉求就是用恰当的文字传达丰富的内容。

12月9—11日,第十届海峡两岸文学笔会在中共厦门市委党校成功举行。本届笔会以"数字化时代的两岸文学"为主题,由主题研讨会、专题讲座两部分组成。

12月14日,第四届"金熊猫"网络文学奖获奖作品在成都颁奖。

12月15日,欧阳友权在《文学报》上发表《深入现场,为网络文学评论探索了新路——李玮批评印象》。文章指出,李玮关注时下热点,从敏锐性、行动力、多样化三个方面进行评价。

12月15日,在中国作协的支持下,韩国"中国文学读者俱乐部"与中国图书进出口(集团)有限公司联合举办中国网络文学作品分享会。活动邀请古风文学创作代表作家大风刮过,韩国青年汉学家、作家金依莎,韩国的出版人和中国网络文学爱好者近20人在线参与。

12月16日,宁夏作家协会报告文学学会、宁夏网络作家协会云上成立会议在银川举行。季栋梁当选宁夏作协报告文学学会会长。我本疯狂(赵磊)当选宁夏网络作协主席。云会议还举办了"网络文学现实题材创作座谈会",为加强宁夏网络文学现实题材创作给予理论支持。

12月17日,第二届"中国襄阳·岘山网络文学奖"云颁奖典礼暨"学习二十大 永远跟党走 奋进新征程"主题活动在隆中举行。活动揭晓并颁发了最佳新人奖、最具襄阳元素作品奖、最具影响力作品奖、最佳男频作品奖、最佳女频作品奖、最佳有声改编奖、最佳动漫改编奖、最具影视改编潜力奖、最佳类型奖、最佳现实题材作品奖10个奖项和对应的10个提名奖。

12月21日,舒晋瑜在《中华读书报》上发表专访文章《2022:值得关注的网络文学现象和重磅作品》。何弘、欧阳友权、马季、桫椤、吉云飞、肖映萱等专家接受专访,指出现实和科幻题材创作持续走强,网络文学找到新的行业蓝海。

12月23日,朱钢在《文艺报》上发表《网络文学组织的生机活力源于守正创新》。文章指出,要始终坚守人民立场,注重团结,加强网络作家人才队伍建设。

12月23日,汤哲声、陈进在《文艺报》上发表《"文学链"上的网络小说》。文章指出,网络小说是中国传统通俗小说的当代形态,中国网络小说发展需要行稳致远。

12月24日，翟羽佳在《光明日报》上发表《网络文学现实题材创作从何处着力》。文章指出，网络文学现实题材受到重视只是一个开始，实现高质量发展仍然任重道远。

12月24日，宋秋云在《光明日报》上发表《大运河文化主题网络文学书写的文化品格》。文章指出，大运河文化的当代价值被发现与中国网络文学的高质量发展融合共生，激发出新的文学创作活力。

12月27日，黎杨全在《中国社会科学报》上发表《交往性是网络文学评价的重要维度》。文章指出，中国网络文学的特殊性在于交往性，对网络文学的评价就必须从交往性出发，将交往性视为评价的重要维度。

后 记

本书是中国作协网络文学理论评论支持计划资助项目"中国网络文学大事记"结项成果,也是国家社科基金重大项目"中国网络文学评价体系建构研究"的中期成果。

"中国网络文学大事记"主要包含文学网站发展历史、网络文学热点事件、网络文学活动、网络作家组织、重要网络作家作品及其IP、重要网络文学研究著作及理论文章、国家政策法规等方面的内容,是对中国网络文学发展历史的一次梳理。

本书的完成,要感谢我的学生们。他们合作完成了资料收集的初稿,具体分工为:江秀廷(1991年至1997年);蒋悦(1998年、1999年);屈晴爽(2000年、2001年);张梦茹(2002年、2003年);陈涛(2004年、2005年);林媛媛(2006年、2007年);章江宁(2008年、2009年);徐晨(2010年、2011年);汪晶晶(2012年、2013年);王菡洁(2014年、2015年);杨春燕(2016年、2017年);谢其银(2018年、2019年);许潇菲(2020年、2021年);王启航(2022年)。

从中国网络文学发展的历程来看,30多年来,中国网络文学相关的事件、活动和重要的有影响力的作品越来越多。中国网络文学从海外网络文学发端,在商业资本的推动下蓬勃发展,形成了今天以类型化网络小说为主要特色的中国网络文学。经IP产业化、网文出海、国家对网络文学的引导,中国网络文学传承中国文化,积极书写现实,成为中国当代文学最富有活力和影响力的重要组成部分,是国家文化战略的先锋。

当代写志,隔代修史,《中国网络文学大事记(1991—2022)》是对过往中国网络文学发展历史的记录,期待本书能为同行做更深入的研究提供些微帮助。

限于篇幅,限于能力,有些大事难免遗漏,取材上难免偏颇,期待读者朋友批评指正。

周志雄
2023年5月16日